Erf

P.D. James

Erfzonde

2001 – De Boekerij – Amsterdam

Oorspronkelijke titel: Original Sin (Faber)
Vertaling: J.J. de Wit
Omslagontwerp: Studio M/V, Marlies Visser
Omslagfoto: Image Store

ISBN 90-225-3079-5

© 1994 by P.D. James
© 1992, 1995 voor de Nederlandse taal: De Boekerij bv, Amsterdam

Niets uit deze uitgave mag worden verveelvoudigd en/of openbaar gemaakt door middel van druk, fotokopie, microfilm of op welke wijze ook zonder voorafgaande schriftelijke toestemming van de uitgever.

Erfzonde

Een woord vooraf

Deze roman speelt zich af aan de Theems en veel beschreven lokaties zullen degenen die van de rivier houden bekend voorkomen. Wat de overeenkomst met bestaande mensen en instellingen betreft: uitgeverij Peverell en alle personages bestaan uitsluitend in de fantasie van de auteur.

I

Inleiding tot een moord

1

Als uitzendkracht op je eerste dag in een nieuw bedrijf aanwezig zijn bij de ontdekking van een lijk is misschien niet uniek, maar toch wel zo ongewoon dat het moeilijk kan gelden als risico van het beroep. Mandy Price, negentien jaar en twee maanden oud en de erkende ster van mevrouw Crealeys Uitzendbureau Nonesuch, was op de ochtend van dinsdag veertien september, de dag dat ze zich moest melden bij uitgeverij Peverell Press, van huis gegaan met het gebruikelijke gevoel van lichte spanning aan het begin van een nieuwe opdracht. Het was een spanning die niet zozeer voortkwam uit bezorgdheid of zij zou kunnen voldoen aan de eisen van haar nieuwe werkgever, maar eerder of de werkgever aan haar eisen zou voldoen. Ze had de vrijdag daarvoor van de vacature gehoord toen ze om zes uur bij het uitzendbureau langsging om haar salaris op te halen na een saaie opdracht van twee weken bij een regisseur die een secretaresse zag als statussymbool, maar geen idee had hoe hij haar bekwaamheden het beste kon benutten. Ze was toe aan iets nieuws en liefst opwindends, zij het misschien niet zo opwindend als wat haar wachtte.

Mevrouw Crealey, voor wie Mandy al drie jaar werkte, beheerde haar uitzendbureau in een paar kamers boven een sigarenwinkel in een zijstraat van de Whitechapel Road, een adres dat, zoals ze haar cliënten graag vertelde, niet alleen dicht bij de City was, maar ook bij de nieuwe kantoorreuzen van de Docklands. Geen van die lokaties had tot dusver veel opgeleverd, maar terwijl andere uitzendbureaus naar de kelder gingen in de stormen van de recessie was het onderbemande scheepje van mevrouw Crealey nog steeds in de vaart. Ze dreef het uitzendbureau in haar eentje, met hoogstens wat hulp van een van haar meisjes als er geen opdrachten waren. De voorkamer was het kantoor waar ze haar cliënten ontving, sollicitatiegesprekken met nieuwe meisjes voerde en de werkzaamheden indeelde. De achterkamer was haar persoonlijke heiligdom, voorzien van een divan waarop ze ondanks de verbodsbepaling in het huurcontract soms de nacht doorbracht, een drankenkabinetje en een koelkast, een kastdeur waarachter een keukentje schuilging, een enorm televisietoestel en twee fauteuils voor een gaskachel met namaakhoutblokken en namaakvuur. Ze noemde het vertrek haar 'huisje' en Mandy was een van de weinige meisjes die er werden toegelaten. Waarschijnlijk was het het huisje dat Mandy bond aan het uitzendbureau, al zou ze nooit openlijk hebben toegegeven aan een behoefte die ze zowel kinderachtig als gênant zou vinden. Haar moeder was er vandoor gegaan toen Mandy zes was en zelf had ze nauwelijks kunnen wachten tot ze zestien werd om op haar beurt weg te gaan bij een vader wiens opvatting van het ouderschap weinig meer inhield dan het verstrekken van twee maaltijden per dag (klaar te maken door Mandy) en kleding. Het afgelopen jaar had ze een kamer gehuurd in een huis met tuin in Stratford East, waar ze woonde met drie jonge huisgenoten in een sfeer van ruzieachtige kameraadschap, waarbij het voornaamste twistpunt Mandy's motor betrof, de Yamaha die ze wenste te parkeren in de smalle gang. Maar het was mevrouw Crealeys zitkamer aan de Whitechapel Road, waar het rook naar wijn en Chinees eten, waar de gaskachel siste en de grote, sleetse fauteuils stonden waarin ze met opgetrokken knieën een dutje kon doen, waar Mandy voor het eerst iets kende van huiselijke gezelligheid en geborgenheid.

Met een sherryfles in de ene hand en een afgescheurd vel van een notitieblok in de andere kauwde mevrouw Crealey op haar sigarettepijpje tot het in haar mondhoek zat waar het, zoals gewoonlijk, de zwaartekracht ten spijt bleef hangen, en tuurde door haar hoornen bril met de immense glazen naar haar nauwelijks te ontcijferen handschrift.

'Het gaat om een nieuwe cliënt, Mandy, Peverell Press, een uitgeverij. Ik heb ze opgezocht in de uitgeversgids. Het is een van onze oudste uitgeverijen, misschien wel de oudste; ze zijn van 1792. Het kantoor staat aan de rivier: Innocent House, Innocent Walk, in Wapping. Als je ooit met de boot naar Greenwich bent geweest, heb je het zien staan. Net een reusachtig Venetiaans paleis. Ze hebben hun eigen motorboot om mensen af te halen van de steiger bij Charing Cross, maar daar zul jij in Stratford weinig aan hebben. Het is wel aan jouw kant van de Theems, dus dat scheelt in de reistijd. Neem maar een taxi, en zorg dat je die betaald krijgt voor je weggaat.'

'Nee, ik neem de motor wel.'

'Je moet het zelf weten. Ze willen dat je dinsdag komt, om tien uur.'

Mevrouw Crealey stond op het punt te zeggen dat gezien deze deftige nieuwe cliënt wat conventionelere kleding wellicht gewenst zou zijn, maar ze hield zich in. Mandy was gevoelig voor bepaalde suggesties wat haar werk of gedrag betrof, maar niet voor aanmerkingen op de excentrieke en soms bizarre creaties die uiting gaven aan haar in wezen zelfverzekerde en uitbundige persoonlijkheid.

'Waarom dinsdag?' vroeg ze. 'Werken ze niet op maandag?'
'Dat moet je mij niet vragen. Ik weet alleen dat het meisje dat me belde zei dat je dinsdag moest komen. Misschien kan juffrouw Etienne je niet eerder ontvangen. Zij is een van de directieleden en wil je zelf spreken. Claudia Etienne heet ze, ik heb het allemaal opgeschreven.'
'Waar is dat allemaal goed voor?' vroeg Mandy. 'Waarom moet ik naar de baas zelf?'
'Eén van de bazen. Ze zullen wel kieskeurig zijn. Ze hebben om mijn beste kracht gevraagd en die stuur ik dan ook. Misschien zoeken ze iemand voor een vaste aanstelling en willen ze die eerst op proef. Je laat je niet overhalen daar te blijven, Mandy, alsjeblieft?'
'Dat doe ik toch nooit?'
Mandy nam een glas zoete sherry aan en installeerde zich met de aantekeningen in een van de fauteuils. Het kwam eigenlijk niet voor dat ze naar een toekomstige werkgever moest voor een gesprek alvorens ze ergens begon, ook niet als het een nieuwe cliënt was, zoals nu. De gebruikelijke gang van zaken was duidelijk voor alle partijen. Een benarde werkgever belde mevrouw Crealey op om naar een tijdelijke stenotypiste te vragen en haar te smeken deze keer een meisje te sturen dat kon spellen en dat een typesnelheid had die de beweerde norm op zijn minst benaderde. Mevrouw Crealey beloofde een wonder van punctualiteit, efficiency en betrouwbaarheid, stuurde wie van de meisjes toevallig vrij was en kon worden overgehaald het te proberen, en hoopte dat de verwachtingen van cliënt en uitzendkracht nu eens overeen zouden stemmen. Klachten werden vervolgens altijd afgedaan met dezelfde klaaglijke reactie van mevrouw Crealey: 'Daar begrijp ik niets van. Andere werkgevers geven hoog van haar op. Ze vragen me altijd of Sharon kan komen.' De cliënt, die nu het gevoel had dat de ramp blijkbaar zijn of haar eigen schuld was, hing zuchtend op, drong aan, bemoedigde en leed tot de wederzijdse ellende voorbij was en de vaste kracht weer met open armen kon worden verwelkomd. Mevrouw Crealey streek haar provisie op, een bescheidener tarief dan de meeste bureaus in rekening brachten, wat waarschijnlijk de reden was dat ze het hoofd boven water had kunnen houden, en de transactie was afgedaan tot de volgende griepepidemie of de zomervakantie aanleiding werd voor een nieuwe overwinning van de hoop op de ervaring.
'Je kunt maandag vrij nemen, Mandy,' zei mevrouw Crealey, 'doorbetaald natuurlijk. En typ een overzicht van je diploma's en werkervaring. Zet er maar "Curriculum Vitae" boven, dat maakt altijd indruk.'
Mandy's curriculum vitae en Mandy zelf maakten altijd indruk, ondanks haar excentrieke uiterlijk. Dat dankte ze aan haar lerares Engels, me-

vrouw Chilcroft. Staande voor een klas vol bokkige elfjarigen had mevrouw Chilcroft gezegd: 'Jullie zullen leren je eigen taal eenvoudig, foutloos en met een zekere gratie te schrijven, en zo uit te spreken dat jullie niet in het nadeel zijn zodra je je mond opendoet. Als je meer wilt bereiken dan trouwen op je zestiende en kinderen grootbrengen in een te kleine flat, heb je de taal nodig. Als je niet verder wilt komen dan je door een man of de staat te laten onderhouden, heb je de taal nog harder nodig, al was het maar om de sociale dienst en het ziekenfonds partij te kunnen geven. Die taal zullen jullie leren.'
Mandy wist niet of ze mevrouw Chilcroft een kreng of een fantastisch mens moest vinden, maar door haar geïnspireerde, zij het onconventionele manier van lesgeven had ze Engels leren spreken, schrijven en spellen en met zelfvertrouwen en een zekere gratie leren gebruiken. Meestal was het een verworvenheid die ze net zo lief niet had gehad. Al sprak ze de ketterse gedachte niet uit, ze vond dat ze er weinig mee opschoot dat ze zich kon thuisvoelen in de wereld van mevrouw Chilcroft, maar in haar eigen wereld niet meer werd geaccepteerd. Haar taalbeheersing was een instrument waarover ze beschikte, waarmee ze geld kon verdienen en soms in gezelschap haar voordeel kon doen naast haar hoge typesnelheid en ervaring met verschillende wordprocessors. Mandy wist dat ze overal werk kon krijgen, maar ze bleef mevrouw Crealey trouw. Afgezien van de gezelligheid waren er ontegenzeggelijk voordelen verbonden aan haar status van onmisbaarheid; de beste opdrachten waren voor haar. Haar mannelijke werkgevers boden haar soms een vaste aanstelling aan met extra's die weinig te maken hadden met jaarlijkse verhogingen, lunchbonnen of een royale pensioenregeling. Mandy bleef bij bureau Nonesuch omdat haar loyaliteit werd ingegeven door andere dan materiële overwegingen. Ze voelde soms een bijna volwassen mededogen met haar opdrachtgeefster. Mevrouw Crealeys problemen kwamen voornamelijk voort uit haar overtuiging dat alle mannen doortrapt waren, terwijl ze toch niet zonder hen kon. Verder werd haar leven beheerst door de strijd om het behoud van de weinige meisjes in haar stal die bruikbaar waren en de voortdurende staat van oorlog met haar ex-man, de belastingen, haar bank en de verhuurder van haar kantoorruimte. In al die traumatische ervaringen was Mandy haar bondgenoot, steun en vertrouwelinge. Wat het liefdesleven van mevrouw Crealey betrof was dat meer uit goedmoedigheid dan begrip, want voor de negentienjarige Mandy was de gedachte dat haar opdrachtgeefster werkelijk naar bed zou willen met een van de bejaarde – sommigen waren minstens vijftig – en onaantrekkelijke heren die zich soms op kantoor vertoonden, te bizar om geloofwaardig te zijn.

Na een week waarin het vrijwel onafgebroken had geregend, leek dinsdag de eerste dag met opklaringen in de vorm van zonnestralen die door het lage wolkendek drongen. Het was geen lange rit vanuit Stratford East maar Mandy had er alle tijd voor genomen, en het was pas kwart voor tien toen ze de afslag van The Highway naar Garnet Street nam. Ze reed de straat uit, volgde Wapping Wall en sloeg af bij Innocent Walk. In de brede doodlopende steeg, die aan de noordkant werd afgesloten door een drie meter hoge muur van grijze baksteen, minderde ze vaart tot stapvoets en hobbelde voort naar de drie gebouwen aan de zuidkant waarin Peverell Press was ondergebracht.

Op het eerste gezicht viel Innocent House haar tegen. Het was een imposant maar niet echt bijzonder laat-achttiende-eeuws huis van harmonieuze afmetingen, maar het leek zich nauwelijks te onderscheiden van veel andere herenhuizen aan de straten en pleinen van Londen. De voordeur was dicht en ze zag geen teken van bedrijvigheid op de vier etages met in acht ruiten verdeelde ramen, waarvan de onderste waren voorzien van een elegant smeedijzeren balkon. Aan weerskanten stond een kleiner, minder imposant huis, op enige afstand, bescheiden als verarmde familieleden. Ze stond tegenover het eerste van die twee, nummer tien, hoewel ze nergens de nummers één tot en met negen kon ontdekken, en zag dat dit huis van het grote huis gescheiden werd door een nauwe gang, Innocent Passage, die met een smeedijzeren hek was afgesloten en kennelijk in gebruik was als parkeerruimte voor auto's van het personeel. Maar het hek stond nu open en drie mannen waren bezig met behulp van een hijsinrichting kartonnen dozen over te brengen van een van de bovenverdiepingen naar een kleine bestelwagen. Een van de drie mannen, een klein, donker type, nam zijn smoezelige junglehoed af om voor Mandy een spottende buiging te maken. De andere twee staakten hun werkzaamheden om haar eens goed te bekijken. Mandy schoof het vizier van haar helm op en wierp het drietal een lange, ontmoedigende blik toe. Tussen het tweede kleine huis en het grote huis liep een steeg die Innocent Lane bleek te heten. Hier zou ze volgens mevrouw Crealey de ingang vinden. Ze remde, stapte af en duwde de motor verder over de keien op zoek naar een onopvallend plekje om te parkeren. Op dat moment ving ze haar eerste glimp op van de rivier, een smalle glinstering van stromend water onder de lichter wordende hemel. Ze zette de Yamaha op de standaard, deed haar helm af, zocht in de zijtas naar haar hoed en zette die op, en liep toen met haar tas over de schouder en haar helm onder de arm naar het water, alsof ze fysiek werd aangetrokken door de kracht van het getij en een zwakke, de fantasie prikkelende geur van de zee.

Ze stond ineens op een brede voorhof van glanzend marmer omgeven door een lage, sierlijke balustrade van smeedijzer, met op elke hoek een glazen globe gesteund door verstrengelde dolfijnen in brons. Een opening in de balustrade gaf toegang tot een stenen trap naar de rivier. Ze hoorde hem ritmisch klotsen tegen het steen. Ze liep er langzaam in een trance van verwondering heen, alsof ze de rivier nog nooit had gezien. Hij strekte zich glinsterend voor haar uit, een brede vlakte van deinend, zonbeschenen water, die terwijl ze stond te kijken door een plotselinge windvlaag werd opgezweept tot talloze golfjes, als een rusteloze binnenzee, en toen met het wegvallen van de wind op mysterieuze wijze weer veranderde in een glanzend vlak. Ze draaide zich om en zag voor het eerst het hoog oprijzende wonder van Innocent House, vier etages gekleurd marmer en goudgeel steen dat subtiel wisselde van kleur met elke wisseling van licht, ophelderde en dan weer donkerde tot dieper goud. Het grote poortgewelf van de hoofdingang werd geflankeerd door smalle boogramen; daarboven volgden twee etages met brede balkons van gebeeldhouwd steen voor een rij slanke marmeren zuilen onder klaverbladbogen. De hoge boogramen en marmeren zuilen liepen door tot aan de bovenste verdieping en het lage dak was voorzien van een borstwering. Ze wist niets van de architectonische bijzonderheden, maar ze had eerder huizen zoals dit gezien, op een rumoerig, slecht geleid schoolreisje naar Venetië, toen ze dertien was. Ze herinnerde zich weinig meer van de stad dan de zomerse stank van de kanalen, waarop de kinderen hadden gereageerd met het dichtknijpen van hun neus en gilletjes van gespeelde afkeer, en de overvolle musea en palazzo's die, zeiden ze, heel bijzonder waren maar op instorten leken te staan, alsof ze elk moment in het water konden verdwijnen. Ze had Venetië gezien toen ze er nog te jong voor was en zonder erop voorbereid te zijn. Pas nu ze opkeek naar Innocent House voelde ze voor het eerst in haar leven een vertraagde reactie op die eerdere ervaring, een mengeling van ontzag en verrukking die haar verbaasde en een beetje van haar stuk bracht.

De betovering werd verbroken door de stem van een man. 'Zoekt u iemand?'

Ze draaide zich om en zag in de opening in de balustrade een man die uit de rivier leek te verrijzen. Ze liep naar hem toe en zag dat hij op het voorschip stond van een motorboot die links van de trap lag afgemeerd. Hij droeg een naar achteren geschoven schipperspet op zijn zwarte krullen en zijn ogen waren glinsterende spleetjes in een verweerd gezicht.

'Ik kom hier werken. Ik keek alleen naar de rivier,' zei ze.

'Die is er altijd, de rivier. De ingang is daar.' Hij wees met zijn duim naar Innocent Lane.

'Ja, dat weet ik.'

Als om haar zelfstandigheid te bewijzen keek Mandy op haar horloge, draaide zich om en bleef nog twee minuten staan kijken naar Innocent House. Na een laatste blik op de rivier liep ze terug naar Innocent Lane. Op de buitendeur stond PEVERELL PRESS – BINNEN ZONDER KLOPPEN. Ze duwde de deur open en liep door een glazen vestibule naar de receptie. Links was een gebogen balie met een centrale die werd bemand door een man met grijs haar en een vriendelijk gezicht; hij begroette haar met een glimlach en zocht haar naam op een lijst. Mandy gaf hem haar valhelm, die hij met zijn kleine handen vol levervlekken zo voorzichtig aanpakte alsof het een bom was; even scheen hij niet te weten wat hij ermee moest doen, toen legde hij hem op de balie.

Hij belde op om te zeggen dat ze er was en zei toen: 'Juffrouw Blackett komt hierheen om u naar juffrouw Etienne te brengen. Misschien wilt u even plaatsnemen.'

Mandy ging zitten en negeerde de drie dagbladen, de literaire tijdschriften en de waaier fondslijsten op een lage tafel omdat ze liever om zich heen keek. Het moest ooit een voornaam vertrek zijn geweest; bij de marmeren schouw met het olieverfschilderij van het Canal Grande, het plafond met het verfijnde lofwerk en de rijkversierde kroonlijst staken de moderne balie, de comfortabele maar alledaagse stoelen, het grote prikbord van groen laken en de met een hek afgesloten lift rechts van de schouw vreemd af. Aan de wanden, die in een verzadigde kleur donkergroen waren geschilderd, hing een rij zachtbruine portretten. Mandy vermoedde dat ze van Peverells van vroeger waren en was net opgestaan om eens te kijken toen er een tamelijk gezette, nogal gewone vrouw verscheen; dat zou juffrouw Blackett wel zijn. Ze begroette Mandy stroef, wierp een verbaasde en tamelijk onthutste blik op Mandy's hoed en vroeg haar zonder zich voor te stellen om mee te gaan. Over de koele bejegening maakte Mandy zich geen zorgen. Dit was kennelijk de secretaresse van de zakelijk directeur, die het belangrijk vond haar status te demonstreren. Mandy had ervaring met haar slag.

Op de gang hield Mandy even haar adem in van ontzag. Ze zag een marmervloer met een patroon in verschillende kleuren waaruit zes slanke zuilen met bewerkte kapitelen opstegen naar een verrassend beschilderd plafond. Mandy negeerde het kennelijke ongeduld van juffrouw Blackett, bleef op de onderste tree van de stap staan en draaide zich langzaam om, met de blik omhoog gericht, zodat de grote kleurrijke koepel met haar mee draaide: paleizen, torens met wapperende banieren, kerken, huizen, bruggen, de meanderende rivier vol schepen met hoge masten en kleine cherubijnen die met getuite lippen gunstige winden aanbliezen, als stoomwolken uit een ketel. Mandy had in allerlei kantoren gewerkt, van

15

glazen torens met veel chroom en leer en de nieuwste wonderen op elektronisch gebied, tot kamers zo klein als een kast met een enkele houten tafel en een oude schrijfmachine, en had al jong geleerd dat de inrichting van een kantoor weinig zei over de financiële standing van een bedrijf. Maar ze had nog nooit een kantoor gezien als Innocent House.

Zwijgend liepen ze de brede trap op. Het kantoor van juffrouw Etienne bevond zich op de eerste verdieping. Hier was vroeger kennelijk de bibliotheek geweest, maar voorin was een kantoortje afgescheiden. Een ernstig kijkende jonge vrouw, zo mager dat ze ondervoed leek, zat aan een wordprocessor te typen en wierp Mandy alleen een korte blik toe. Juffrouw Blackett deed de tussendeur open, zei: 'Hier is Mandy Price van het bureau, juffrouw Claudia,' en trok zich terug.

Na het kantoortje van de secretaresse leek Mandy deze kamer buiten proportie groot toen ze over het parket naar het bureau liep dat rechts van het raam achterin stond. Een lange vrouw met donker haar stond op, gaf haar een hand en wees naar de stoel tegenover het bureau.

'Hebt u uw curriculum vitae meegebracht?'

'Ja, juffrouw Etienne.'

Er was haar nog nooit naar haar curriculum vitae gevraagd, maar mevrouw Crealey had gelijk gehad; hier werd het kennelijk verwacht. Mandy keek in haar schoudertas met kwastjes en kleurig borduursel, een trofee van haar laatste zomervakantie op Kreta, en haalde er drie met zorg getikte pagina's uit. Juffrouw Etienne bekeek de pagina's. En Mandy bekeek juffrouw Etienne. Ze had een scherp gesneden gezicht met een wasbleke huid en bijna zwarte ogen in ondiepe kassen, met zware oogleden. Haar wenkbrauwen waren tot een hoge boog geëpileerd. Ze had links een scheiding in haar korte, glanzend geborstelde haar; de lokken waren achter het rechteroor weggestoken. De handen op het papier droegen geen ringen; de vingers waren lang en heel slank, de nagels ongelakt.

Zonder op te kijken vroeg ze: 'Is het Mandy of Amanda Price?'

'Mandy, juffrouw Etienne.' Onder andere omstandigheden zou Mandy erop hebben gewezen dat het in haar c.v. zou staan als ze Amanda had geheten.

'Hebt u ervaring met het werken op een uitgeverij?'

'Dat heb ik in de afgelopen twee jaar maar een keer of drie gedaan. Ik heb op pagina drie een lijstje gezet van de bedrijven waar ik heb gewerkt.'

Juffrouw Etienne las verder en keek toen op; de attente, glanzende ogen onder de boogvormige wenkbrauwen bestudeerden Mandy met meer belangstelling dan eerst.

'U hebt op school uitstekende cijfers gehaald, maar daarna wel uitzonderlijk veel baantjes gehad. U hebt het nergens langer dan een paar weken uitgehouden.'

In haar drie jaar als uitzendkracht had Mandy geleerd de meeste machinaties van het andere geslacht te herkennen en te omzeilen, maar ze was minder zelfverzekerd tegenover vrouwen. Haar instinct, zo scherp als de tanden van een fret, zei haar dat ze met juffrouw Etienne zou moeten oppassen. Ze dacht: zo gaat dat als je uitzendwerk doet, stomme trut. Dan weer hier, dan weer daar. Wat ze zei was: 'Dat vind ik het prettige van uitzendwerk. Ik wil zoveel mogelijk ervaring opdoen voordat ik aan een vaste baan begin. Wanneer ik dat eenmaal doe, wil ik graag blijven en proberen er een succes van te maken.'

Mandy gaf zich niet bloot. In werkelijkheid voelde ze niets voor een vaste baan. Tijdelijk werk, zonder contractuele verplichtingen en vaste arbeidsvoorwaarden, met de bijbehorende afwisseling, het besef dat ze niet gebonden was en dat zelfs de ergste baan uiterlijk volgende week vrijdag afgelopen zou zijn, was precies wat ze zocht; maar haar toekomstplannen zagen er heel anders uit. Mandy was aan het sparen voor de dag waarop ze met haar vriendin Naomi een winkeltje zou kunnen beginnen aan de Portobello Road. Naomi zou sieraden maken en Mandy hoeden naar eigen ontwerp, waardoor ze in korte tijd rijk en beroemd zouden worden.

Juffrouw Etienne keek opnieuw naar het curriculum vitae en zei droogjes: 'Als u streeft naar een permanente aanstelling en daar een succes van wilt maken, bent u de enige van uw generatie.'

Ze gaf het curriculum vitae met een snel, ongeduldig gebaar terug, stond op en zei: 'Goed, dan moesten we u eerst maar een typetest afnemen om te kijken of u zo goed bent als u zegt. Er staat een tweede wordprocessor in de kamer van juffrouw Blackett beneden. Daar komt u ook te werken, dus laten we het daar maar doen. Meneer Dauntsey, onze redacteur poëzie, heeft een bandje dat moet worden uitgetikt.' Ze stond op en zei: 'Laten we het samen maar gaan halen, dan kunt u meteen zien waar hier alles is.'

'Gedichten?' zei Mandy. Gedichten konden lastig zijn om uit te tikken. Ze wist dat het bij moderne poëzie niet altijd eenvoudig was om te bepalen waar een regel ophield en een nieuwe begon.

'Nee, geen gedichten. Meneer Dauntsey houdt zich bezig met het archief en maakt een lijst van dossiers die bewaard moeten blijven en welke vernietigd kunnen worden. Peverell Press bestaat al sinds 1792. De oude dossiers bevatten interessant materiaal dat moet worden gecatalogiseerd.'

Mandy liep achter juffrouw Etienne aan de brede gebogen trap af en de hal door langs de receptie. Blijkbaar moesten ze met de lift, en die ging dan zeker alleen van de benedenverdieping. Niet de beste manier om te zien waar alles is, meende Mandy, maar de opmerking had haar moed gegeven; het zag ernaar uit dat ze de baan kon krijgen als ze wilde. En vanaf haar eerste blik op de Theems had Mandy geweten dat ze hier wilde werken.

De lift was klein, misschien anderhalf bij anderhalf, en terwijl hij kreunend opsteeg was Mandy zich zeer bewust van de lange, zwijgende gedaante wier arm bijna de hare raakte. Ze hield haar ogen strak op het liftrooster gevestigd, maar rook het subtiele, exotische parfum van juffrouw Etienne zo zwak dat het misschien geen parfum was maar zeep. Alles aan juffrouw Etienne leek Mandy duur: de matte glans van haar blouse, die wel van zijde moest zijn, haar dubbele gouden collier en gouden oorstekers, het over de schouders geworpen vestje van kasjmier. Maar de fysieke nabijheid van de andere vrouw en haar eigen hyperactieve zintuigen, geprikkeld door het nieuwe en opwindende van Innocent House, vertelden haar nog iets: dat juffrouw Etienne zich niet op haar gemak voelde. Mandy was degene die nerveus had moeten zijn. Maar ze voelde dat in de claustrofobische lift die zo tergend langzaam omhoog schommelde, de spanning te snijden was.

De lift kwam met een bons tot stilstand en juffrouw Etienne trok het dubbele liftrooster opzij. Mandy liep een smalle gang in met een deur tegenover de lift en een deur links. De deur tegenover de lift stond open en ze zag een grote, rommelige kamer met schappen van de vloer tot aan het plafond, vol ordners en stapels papier. Tussen de schappen, die zich uitstrekten van het raam tot de deur, was net genoeg ruimte om te lopen. Het rook er naar oud papier, muf en bedompt. Ze liep achter juffrouw Etienne aan tussen de schappen door naar een kleinere deur, die dicht was.

Juffrouw Etienne bleef staan en zei: 'Hier werkt meneer Dauntsey aan zijn catalogus. Dit is het archief. Hij zei dat het bandje op tafel zou liggen.' Dat vond Mandy nogal overbodige en curieuze opmerkingen; het scheen haar toe dat juffrouw Etienne met de hand op de deurknop een ogenblik aarzelde. Met een resoluut gebaar, bijna alsof ze weerstand verwachtte, duwde ze de deur wijd open.

De stank kwam hen tegemoet als een boosaardige geest: de vertrouwde menselijke geur van braaksel, niet overweldigend maar zo onverwacht dat Mandy onwillekeurig terugdeinsde. Over de schouder van juffrouw Etienne nam ze een klein vertrek waar met een kale houten vloer, een vierkante tafel rechts van de deur en een enkel hoog raam. Onder het raam stond een smal rustbed en daarop lag een vrouw uitgestrekt.

Mandy had de geur niet nodig om te beseffen dat ze een dode zag. Ze gilde niet; ze had nog nooit van angst of schrik gegild; maar een reusachtige, in ijs gepantserde vuist greep en omklemde haar hart en maag en ze begon zo heftig te beven als een kind dat uit een ijzige zee wordt getild. Geen van beiden zei iets, maar vlak achter elkaar slopen ze naar het bed. De vrouw lag op een schots geruite deken, maar ze had het kussen eronder vandaan gehaald om haar hoofd op te leggen, alsof ze in haar laatste ogenblikken van bewustzijn niet zonder dat comfort had gekund. Naast het bed stond een stoel met een lege wijnfles, een gebruikt waterglas en een potje met schroefdeksel. Eronder was een paar bruine veterschoenen netjes weggezet. Misschien, dacht Mandy, heeft ze die uitgetrokken omdat ze de deken niet vuil wilde maken. Maar de deken en het kussen waren allebei bevuild geraakt. Een slijmspoor van braaksel kleefde als het spoor van een reusachtige slak aan de linkerwang en koekte aan het kussen. De ogen van de vrouw stonden half open, de irissen waren naar boven gedraaid en het grijze haar, in een pony geknipt, was nauwelijks in de war. Ze droeg een bruine trui met hoge col en een tweedrok waaronder twee staken van magere benen vreemd verdraaid lagen. Haar linkerarm lag gestrekt en raakte bijna de stoel, haar rechterarm lag over haar borst. De rechterarm had aan de dunne wol van de trui getrokken voordat de dood intrad, waardoor een stukje wit onderhemd te zien was. Naast de lege pillenpot lag een vierkante envelop, beschreven in een krachtig zwart handschrift.

Zo eerbiedig als in een kerk fluisterde Mandy: 'Wie is dat?'

De stem van juffrouw Etienne klonk beheerst. 'Sonia Clements. Van onze redactie.'

'Zou ik voor haar gaan werken?'

Zodra Mandy de vraag had gesteld, besefte ze dat hij nergens op sloeg, maar juffrouw Etienne antwoordde: 'Ook wel, maar niet lang. Ze zou aan het eind van de maand weggaan.'

Ze pakte de envelop en leek die in haar handen te wegen. Mandy dacht: ze wil hem openmaken, maar niet waar ik bij ben. Na enkele ogenblikken zei juffrouw Etienne: 'Gericht aan de lijkschouwer. Maar ook zonder die brief is wel duidelijk wat hier is gebeurd. Het spijt me dat u dit hebt moeten meemaken, juffrouw Price. Ze heeft geen rekening gehouden met anderen. Als mensen er een eind aan willen maken, moeten ze dat thuis doen.'

Mandy dacht aan het huisje in Stratford East, de gemeenschappelijke keuken en badkamer en haar eigen achterkamertje waar je blij mocht zijn als je niet tijdens het slikken van de pillen werd gestoord, laat staan daarna. Ze dwong zichzelf nogmaals naar het gezicht van de vrouw te kijken. Ze voelde de drang opkomen de ogen en de iets opengezakte mond te sluiten. Dus dit was de dood, of liever gezegd de dood voordat de lijkbezorgers je te pakken kregen. Mandy had nog maar één dode gezien, haar oma: keurig gekleed in een doodshemd met ruches om de hals, in haar kist verpakt als een pop in een geschenkdoos, vreemd klein geworden en vrediger dan oma in haar leven ooit was geweest; de priemende, rusteloze ogen gesloten, de al te bedrijvige handen eindelijk stil gevouwen. Opeens sloeg er een golf van verdriet en medelijden door haar heen, door de schok misschien, of de onverhoedse herinnering aan de oma van wie ze had gehouden. Toen ze de tranen voelde prikken, wist ze niet of het om oma was of om deze onbekende, die er zo weerloos en onelegant bij lag. Ze huilde zelden, maar als ze het deed kon ze er haast niet meer mee ophouden. Doodsbang zich belachelijk te maken deed ze haar uiterste best zich te beheersen, wendde zich af en keek om zich heen tot haar blik iets vertrouwds vond, iets waar ze niet bang van werd, iets waar ze mee vertrouwd was en dat haar de verzekering gaf dat buiten deze dodencel de wereld gewoon doordraaide. Op de tafel stond een kleine bandrecorder.

Mandy liep erheen en legde er haar hand op alsof het een ikoon was. 'Is dit het bandje? Is het een lijst? Wilt u dat ik met kolommen werk?'

Juffrouw Etienne keek haar een ogenblik zwijgend aan en zei toen: 'Ja, in kolommen graag. En twee kopieën. U kunt de wordprocessor in de kamer van juffrouw Blackett gebruiken.'

En op dat ogenblik wist Mandy dat ze de baan had.

2

Een kwartier eerder was Gerard Etienne, algemeen directeur en voorzitter van de raad van bestuur van Peverell Press, de directiekamer uit gelopen op weg naar zijn kantoor op de begane grond. Ineens hield hij in, trok zich lichtvoetig als een kat terug in de schaduw en keek vanachter de balustrade omlaag. In de hal beneden voerde een meisje een trage pirouette uit, de blik gericht op het plafond. Ze droeg zwarte laarzen tot over de knie, een strak beige rokje en een dofrood fluwelen jasje. Een smalle, sierlijke arm reikte omhoog om de ongewone hoed op haar hoofd vast te houden. Het breedgerande geval leek gemaakt van rood vilt en was van

voren opgeslagen en versierd met een merkwaardige verzameling van objecten: bloemen, veren, reepjes satijn en kant, stukjes glas. Terwijl ze ronddraaide schitterde, glansde en glinsterde haar hoed. Ze zou er belachelijk uit moeten zien, dacht hij, dat smalle kindergezicht half onzichtbaar achter slordig neervallende massa's donker haar, en dan dat malle ding op. In plaats daarvan was ze betoverend. Hij glimlachte, had bijna hardop gelachen, en voelde een vervoering zoals hij sinds zijn eenentwintigste niet meer had gekend, een drang de brede trap af te rennen, haar in zijn armen te sluiten en met haar de hal door te dansen, de voordeur door naar buiten, naar de oever van de zonbeschenen rivier. Ze had haar langzame draai voltooid en liep achter juffrouw Blackett aan de hal door. Hij bleef nog even staan, genietend van zijn eigen dwaasheid die hem niets te maken leek te hebben met seks maar eerder met de behoefte een herinnering vast te houden aan de jeugd, aan jonge liefde, aan onbezorgdheid en vrolijkheid, aan zuiver zinnelijke verrukking. Geen van die gevoelens speelde meer een rol in zijn leven. Nog steeds glimlachend wachtte hij tot de hal verlaten was en daalde toen langzaam af naar zijn kantoor.
Tien minuten later ging de deur open en hij herkende de voetstappen van zijn zuster. Zonder opkijken vroeg hij: 'Wie is dat kind met die hoed?'
'Hoed?' Een ogenblik leek ze niet te weten waarover hij het had, toen zei ze: 'O, die hoed. Mandy Price van het uitzendbureau.'
Haar stem had een vreemde klank en hij keek op om haar zijn volle aandacht te schenken. 'Claudia, wat is er?'
'Sonia Clements is dood. Zelfmoord gepleegd.'
'Waar?'
'Hier. Op het archief. Het meisje en ik hebben haar net gevonden toen we een bandje van Gabriel wilden ophalen.'
'Het meisje heeft haar gevonden?' Hij zweeg even en vroeg daarna: 'Waar is ze nu?'
'In het archief, dat zei ik toch. We hebben het lijk niet aangeraakt. Waarom zouden we?'
'Waar is het meisje gebleven, bedoel ik.'
'Ze zit hiernaast bij Blackie om het bandje uit te tikken. Met haar hoef je geen medelijden te hebben. Ze was niet alleen en er is geen bloed te zien. Die generatie is hard. Ze vertrok geen spier. Ze vroeg zich alleen af of ze de baan zou krijgen.'
'Weet je zeker dat het zelfmoord was?'
'Natuurlijk. Er lag een briefje. De envelop is open, maar ik heb het niet gelezen.'
Ze gaf hem de envelop, liep naar het raam en keek naar buiten. Na een

21

korte aarzeling liet hij de brief behoedzaam uit de envelop glijden en las hem hardop voor. ' "Het spijt me dat ik overlast veroorzaak, maar dit leek de beste kamer om te gebruiken. Gabriel zal waarschijnlijk degene zijn die me vindt en hij is te zeer vertrouwd met de dood om te schrikken. Nu ik alleen woon, was ik thuis misschien niet gevonden voordat ik ging stinken en ik merk dat ik er behoefte aan heb enige waardigheid te behouden, zelfs in de dood. Mijn zaken zijn op orde en ik heb mijn zuster geschreven. Ik ben niet verplicht een reden voor mijn daad op te geven, maar voor het geval het iemand interesseert, is die eenvoudig dat ik vernietiging verkies boven voortzetting van het bestaan. Het is een redelijke keuze en een die we allemaal gerechtigd zijn te maken."
Nou ja, dat is wel duidelijk,' zei hij, 'en in haar eigen handschrift. Hoe heeft ze het gedaan?'
'Pillen en drank. Er is weinig te zien, zoals ik al zei.'
'Heb je de politie gebeld?'
'De politie? Wanneer had ik dat moeten doen, ik ben er meteen mee bij jou gekomen. En is dat wel nodig, Gerard? Zelfmoord is geen misdaad. Kunnen we niet volstaan met dr. Frobisher te bellen?'
'Ik weet niet of het nodig is, maar het is zeker wenselijk,' zei hij kort. 'We willen geen onzekerheid of verdenkingen rond dit sterfgeval.'
'Verdenkingen?' zei ze. 'Hoezo verdenkingen?'
Ze had haar stem gedempt en ze spraken nu bijna op fluistertoon. Als vanzelf bewogen ze zich in de richting van het raam, weg van de scheidingswand.
'Geklets dan,' zei hij. 'Geruchten, schandaal. We kunnen van hieruit de politie bellen, dat hoeft niet via de centrale. Als ze haar met de lift naar beneden brengen zou ze al weg kunnen zijn voordat het personeel weet wat er gebeurd is. Op George na, natuurlijk. De politie zal wel door die ingang moeten. George moet te horen krijgen dat hij zijn mond dient te houden. Waar is dat meisje van het bureau gebleven?'
'Dat zei ik toch. Ze zit te typen in de kamer hiernaast, bij Blackie.'
'Dan zit ze te vertellen aan Blackie en wie daar maar binnenkomt dat ze boven is geweest om een bandje te halen en een lijk heeft gevonden.'
'Ik heb beiden opgedragen niets te zeggen tot we het personeel op de hoogte hebben gebracht. Gerard, als je denkt dat je dit langer dan een paar uur geheim kunt houden, vergis je je. Er komt een politieonderzoek met de onvermijdelijke publiciteit. En ze zal toch echt over de trap moeten. In de lift kun je geen brancard kwijt. Mijn God, dat dit juist nu moest gebeuren! Boven op die andere kwestie zal het geweldig zijn voor de stemming onder het personeel.'
Er viel een korte stilte waarin geen van beiden aanstalten maakte de tele-

foon te pakken. Ze keek hem aan en vroeg: 'Hoe reageerde ze toen je haar woensdag ontsloeg?'
'Ze heeft er heus geen eind aan gemaakt omdat ik haar de laan uit heb gestuurd. Ze was een verstandige vrouw, ze besefte heel goed dat ze weg moest. Dat moet ze hebben geweten vanaf de dag dat ik hier de leiding overnam. Ik heb haar van meet af aan laten weten dat we volgens mij een redactielid te veel hadden, dat we het werk buitenshuis konden laten doen.'
'Maar ze is drieënvijftig. Op die leeftijd vind je niet gemakkelijk een andere baan meer. En ze heeft hier vierentwintig jaar gewerkt.'
'Part-time.'
'Part-time, maar bijna een volle baan. De uitgeverij was alles voor haar.'
'Dat is sentimentele onzin, Claudia. Ze had ook een leven buiten dit huis. En wat heeft het er verdomme mee te maken? Ofwel ze kon hier worden gemist, ofwel ze kon hier niet worden gemist.'
'Heb je het haar op die manier verteld? Dat ze niet meer nodig was?'
'Ik heb het niet grof gedaan, als je dat bedoelt. Ik heb tegen haar gezegd dat ik van plan was een free-lancer in te schakelen voor een deel van het non-fictiefonds en dat haar functie daardoor zou komen te vervallen. Ik heb gezegd dat we, hoewel ze juridisch geen aanspraak kon maken op de maximale afvloeiingsregeling, een financiële schikking zouden treffen.'
'Een schikking? En wat zei ze toen?'
'Dat het niet nodig was. Dat ze zelf wel haar zaken zou regelen.'
'En dat heeft ze nu gedaan. Met slaappillen en een fles Bulgaarse cabernet. Natuurlijk heeft ze ons geld bespaard maar God nog aan toe, ik had liever betaald dan voor zoiets te staan. Ik weet dat ik met haar te doen moet hebben. Misschien komt dat wel als ik over de eerste schok heen ben. Maar gemakkelijk is het niet.'
'Claudia, het heeft geen zin al die oude koeien weer uit de sloot te halen. Het was nodig haar te ontslaan en dus heb ik haar ontslagen. Dat had niets te maken met haar dood. Ik heb gedaan wat gedaan moest worden in het belang van het bedrijf en destijds was je het met me eens. Dat ze de hand aan zichzelf heeft geslagen, kan ons niet worden verweten en haar dood heeft ook niets te maken met die andere kwestie.' Hij zweeg even en zei toen: 'Tenzij blijkt dat zij daarachter zat, natuurlijk.'
De plotselinge hoopvolle klank in zijn stem ontging haar niet. Kennelijk maakte hij zich meer zorgen dan hij wilde toegeven. Bitter zei ze: 'Dat zou wel mooi zijn, hè? Maar zij kan het toch niet zijn geweest, Gerard? Ze lag ziek thuis toen de proef van Stilgoe werd verknoeid en ze was op bezoek bij een auteur in Brighton toen we de illustraties voor het boek over Guy Fawkes zijn kwijtgeraakt. Nee, zij kan het niet zijn geweest.'

23

'Natuurlijk niet. Dat was ik vergeten. Hoor eens, laat mij nu de politie maar bellen, dan kun jij de mensen hier langsgaan om uit te leggen wat er is gebeurd. Dat is minder dramatisch dan iedereen bijeenroepen voor een algemene mededeling. Zeg erbij dat ze op hun kamer moeten blijven tot het stoffelijk overschot is weggehaald.'
Langzaam zei ze: 'Een ding nog. Ik denk dat ik de laatste ben geweest die haar nog in leven heeft gezien.'
'Dat geldt altijd voor iemand.'
'Het was gisteravond, even na zevenen. Ik had nog wat doorgewerkt. Toen ik uit de garderobe op de eerste verdieping kwam, zag ik haar naar boven gaan. Ze had een fles wijn bij zich en een glas.'
'Je hebt haar niet gevraagd wat ze ging doen?'
'Natuurlijk niet. Ze was geen jongste bediende. Ze kon wel op weg zijn naar het archief om heimelijk wat te drinken. Het ging me niet aan. Ik vond het alleen vreemd dat ze hier nog zo laat was.'
'Zag ze jou ook?'
'Ik denk het niet. Ze keek niet om.'
'En er was niemand anders aanwezig?'
'Om die tijd niet. Ik was de laatste.'
'Verzwijg het dan. Het maakt niets uit. Niemand schiet er iets mee op.'
'Maar ik had wel het gevoel dat er iets vreemds met haar was. Ze deed een beetje... schichtig.'
'Dat zeg je nu. Je hebt niet meer de ronde gedaan voordat je afsloot?'
'Ik heb in haar kamer gekeken. Het licht was uit. Er lag niets: geen jas, geen tas. Ik neem aan dat ze die in haar kast heeft weggesloten. Ik dacht natuurlijk dat ze naar huis was gegaan.'
'Dat kun je voor de rechtbank wel zeggen, maar meer ook niet. Zeg maar niet dat je haar nog naar boven hebt zien lopen. Dan wordt je hoogstens gevraagd of je nog boven bent geweest voordat je afsloot.'
'Waarom zou ik boven gaan kijken?'
'Precies.'
'Maar Gerard, als me wordt gevraagd naar de laatste keer dat ik haar heb gezien...'
'Lieg er dan over. Maar doe het in godsnaam geloofwaardig, Claudia, en blijf bij je leugen.' Hij stak zijn hand uit naar de telefoonhoorn. 'Ik moest 999 maar bellen. Het is vreemd, maar bij mijn weten is het voor het eerst dat we in Innocent House de politie over de vloer krijgen.'
Ze wendde zich af van het raam en keek hem vol in het gezicht. 'Laten we hopen dat het ook de laatste keer is.'

3

In het andere kantoor zaten Mandy en juffrouw Blackett achter hun wordprocessor, tikkend met de blik op het scherm. Geen van beiden zei iets. Eerst hadden Mandy's vingers niet willen gehoorzamen, ze hadden trillend boven de toetsen gehangen alsof de letters zich op onverklaarbare wijze hadden verplaatst en het hele toetsenbord een zinloze verzameling van symbolen was geworden. Maar ze had een halve minuut lang haar handen in haar schoot ineengeklemd om het trillen onder controle te krijgen, en toen ze eenmaal was begonnen met typen had haar routine haar er verder doorheen geholpen. Af en toe wierp ze een snelle blik op juffrouw Blackett, die zichtbaar aangeslagen was. Het grote gezicht met de hamsterwangen en de kleine, koppige mond zag zo wit dat Mandy vreesde dat ze elk ogenblik boven het toetsenbord in elkaar kon zakken. Er was al ruim een half uur voorbijgegaan sinds juffrouw Etienne en haar broer waren weggegaan. Nog geen tien minuten nadat ze de deur achter zich hadden gesloten, had juffrouw Etienne haar hoofd om de deur gestoken en gezegd: 'Ik heb mevrouw Demery gevraagd een kopje thee te brengen. Het moet een hele schok zijn geweest.'

De thee was enkele minuten later gebracht door een vrouw met rood haar en een gebloemd schort. Ze had het blad op een archiefkast neergezet met de woorden: 'Ze hebben me gezegd dat ik mijn mond moet houden, dus dat doe ik. Maar het kan geen kwaad te vertellen dat de politie zojuist is gekomen. Die mensen zullen ook wel thee willen.' Daarna was ze verdwenen alsof ze besefte dat er buiten die kamer spannender dingen te beleven waren.

Het kantoor van juffrouw Blackett was geen harmonisch vertrek: het was te hoog voor de breedte en de wanverhouding werd nog versterkt door de schitterende marmeren schouw met fries, gesteund door de koppen van twee sfinxen. De scheidingswand, vanonder hout tot een meter hoog met daarboven glazen ruiten, liep door tot het midden van een smal boograam en doorsneed een ruitvormige plafondversiering. Als het grote vertrek dan in tweeën moest worden verdeeld, bedacht Mandy, had het gedaan moeten worden met meer gevoel voor het ontwerp, om nog maar te zwijgen van juffrouw Blacketts comfort. Nu werd de indruk gewekt dat haar zelfs niet genoeg werkruimte werd gegund.

Een merkwaardigheid van andere aard was de lange slang van gestreept groen fluweel die om de handvaten van de twee hoogste archiefladen was gewikkeld. Boven de glimmende kraalogen hing een hoog hoedje en de gevorkte tong van rood flanel hing uit een zachte open bek die met roze zijde leek gevoerd. Mandy had wel eens eerder zo'n slang gezien; haar oma had er een. Ze waren bedoeld om de tocht tegen te houden voor een raam of deuropening, of ze werden om deurknoppen gebonden om te voorkomen dat de deur dicht zou slaan. Maar het was een belachelijk ding, kinderspeelgoed bijna, niet wat je verwachtte in Innocent House. Ze had er juffrouw Blackett wel naar willen vragen, maar juffrouw Etienne had gezegd dat ze hun mond moesten houden en juffrouw Blackett vatte dat kennelijk op als een gebod uitsluitend over het werk te praten.

De minuten verstreken in stilte. Mandy was bijna aan het einde van de tape. Toen keek juffrouw Blackett op en zei: 'Zo is het wel genoeg. Ik zal u iets dicteren. Juffrouw Etienne wilde dat ik uw steno zou controleren.' Ze pakte een fondscatalogus uit een la van haar bureau, gaf Mandy een stenoblok, schoof haar stoel naast haar en begon zachtjes voor te lezen, waarbij ze haar bijna bloedeloze lippen bewoog. Mandy's vingers vormden automatisch de vertrouwde hiërogliefen, maar haar gedachten waren nauwelijks bij de inhoud van de tekst van de komende non-fictieaanbieding. Af en toe aarzelde de stem van juffrouw Blackett en Mandy wist dat zij ook luisterde of ze stappen hoorde in de hal. Na de aanvankelijke sinistere stilte hoorden ze nu voetstappen, half-verbeeld gefluister, dan luidere stappen die echoden tegen het marmer, en zelfverzekerde mannenstemmen.

Juffrouw Blackett staarde naar de deur en zei toonloos: 'Wilt u uw aantekeningen even teruglezen?'

Mandy las haar stenogram zonder fouten op. Het werd weer stil. Toen ging de deur open en juffrouw Etienne kwam binnen. 'De politie is er,' zei ze. 'Ze wachten nog op de politiearts en daarna wordt juffrouw Clements weggehaald. Het lijkt me beter zolang in deze kamer te blijven.' Ze keek juffrouw Blackett aan. 'Bent u klaar met de test?'

'Ja, juffrouw Claudia.'

Mandy liet haar getypte lijsten zien. Juffrouw Etienne wierp er een laatdunkende blik op en zei: 'Goed, u kunt hier komen werken, als u wilt. U kunt morgen om half tien beginnen.'

4

Tien dagen na de zelfmoord van Sonia Clements en precies drie weken voor de eerste moord in Innocent House lunchte Adam Dalgliesh met Conrad Ackroyd in de Cadaver Club. Ackroyd had hem uitgenodigd, over de telefoon, op die wat gewichtige samenzweerderstoon die al Conrads uitnodigingen kenmerkte. Zelfs een diner, aangeboden om een achterstand aan sociale verplichtingen in te halen, beloofde geheimzinnigheid, verborgen samenzweringen, geheimen die slechts aan bevoorrechte enkelingen zouden worden toevertrouwd. De voorgestelde datum kwam niet echt goed uit en Dalgliesh verschoof met enige tegenzin zijn afspraken; daarbij bedacht hij dat het een van de nadelen van de gevorderde leeftijd was dat de afkeer van dit soort plichtplegingen toenam, terwijl het hem niet langer lukte ze zwierig af te wimpelen of de nodige energie te steken in het vermijden ervan. De grondslag van hun vriendschap – het woord leek hem wel van toepassing; ze waren zeker meer dan kennissen – was dat ze op gezette tijden gebruik van elkaar maakten. Doordat beiden dat feit erkenden, ontbrak de noodzaak van een rechtvaardiging of verontschuldiging. Conrad, een van de beruchtste en meest betrouwbare roddelaars in Londen, was vaak een nuttige bron geweest, met name in de zaak-Berowne. Bij deze gelegenheid zou van Dalgliesh kennelijk worden verwacht dat hij zich even nuttig toonde, maar het verzoek, in welke vorm het ook kwam, zou waarschijnlijk eerder irritant dan bezwaarlijk zijn; de Cadaver Club had een uitstekende keuken en Ackroyd was wel vaak frivool, maar zelden saai.

Achteraf zou hij alle gruwelen die volgden gaan zien als voortgekomen uit die volstrekt normale lunch, en zou hij zichzelf betrappen op de gedachte: als dit fictie was en ik schreef romans, dan zou ik daarmee beginnen.

De Cadaver Club hoort niet tot de meest prestigieuze clubs van Londen, maar de coterie van haar leden voelt zich er thuis. Het negentiende-eeuwse huis behoorde oorspronkelijk toe aan een vermogende maar niet bijzonder succesvolle strafpleiter, die het pand in 1892 met een passend legaat vermaakte aan een vijf jaar tevoren gevormde particuliere club die bijeenkwam in zijn salon. De club staat nog steeds alleen open voor heren en de belangrijkste voorwaarde voor het lidmaatschap is een beroepsmatige belangstelling voor moord. Nog steeds telt de club onder haar leden enkele gepensioneerde hoge politiefunctionarissen, praktiserende strafpleiters en pleiters in ruste, vrijwel alle beroeps- en amateurcriminologen van naam, misdaadverslaggevers en enkele eminente auteurs van mis-

daadromans, mannen die slechts worden gedoogd, gezien het standpunt van de club dat als het gaat om moord fictie niet kan concurreren met de werkelijkheid. Nog niet zo lang geleden dreigde de club van de categorie excentriek in de gevaarlijke categorie van het modieuze terecht te komen, een risico dat het comité had afgewend door prompt de eerstvolgende zes aanvragen voor het lidmaatschap af te wijzen. De boodschap werd begrepen. Zoals een ontstemde aanvrager klaaglijk zei: door de Garrick Club te worden afgewezen is pijnlijk maar door de Cadaver Club, dat is gewoon belachelijk. De club bleef expres klein en, volgens haar eigen excentrieke standaard, exclusief.
Dalgliesh stak in de milde septemberzon Tavistock Square over en dacht aan het boek dat zijn gastheer vijf jaar terug had geschreven over drie beruchte moordenaars: Hawley Harvey Crippen, Norman Thorne en Patrick Mahon. Ackroyd had hem een gesigneerd exemplaar toegestuurd en Dalgliesh, die het braaf had gelezen, was getroffen geweest door de zorgvuldigheid van het onderzoek en de minstens even zorgvuldige stijl. Ackroyds niet geheel originele stelling was dat de drie in zoverre onschuldig waren dat geen van hen de dood van zijn slachtoffer had beoogd en hij had een plausibel, zij het niet geheel overtuigend betoog opgezet, gebaseerd op een uitvoerig onderzoek van het medische en forensische bewijsmateriaal. Voor Dalgliesh was de belangrijkste boodschap van het boek dat mannen die niet wegens moord veroordeeld wilden worden, hun slachtoffers niet moesten ontleden, een gebruik waarvan Britse jury's sinds jaar en dag hun afkeer plegen te tonen.
Ze hadden afgesproken in de bibliotheek om vooraf een glas sherry te drinken, en Ackroyd had zich daar al in een van de hoge leren fauteuils geïnstalleerd. Hij kwam verrassend soepel overeind voor iemand van zijn omvang en liep met kleine, wat kokette pasjes op Dalgliesh toe. Hij zag er geen dag ouder uit dan toen ze elkaar leerden kennen.
'Aardig van je om tijd hiervoor vrij te maken, Adam. Ik weet hoe druk je het tegenwoordig hebt. Bijzonder adviseur van de korpsleiding in Londen, lid van de commissie van toezicht op de interregionale rechercheteams, en af en toe een moordonderzoek om het handwerk niet te verleren. Laat je niet te veel onder druk zetten, beste kerel. Ik schel voor de sherry. We hadden ook naar mijn andere club kunnen gaan, maar je weet hoe het is. Daar lunchen is nuttig om mensen te herinneren aan het feit dat je nog leeft, maar de leden komen wel naar je toe om je daarmee te feliciteren. We zitten beneden, in de gelagkamer.'
Ackroyd was na het bereiken van de middelbare leeftijd tot verbazing en consternatie van zijn vrienden getrouwd, en bewoonde nu in huwelijkse genoeglijkheid een aantrekkelijke villa van rond de eeuwwisseling in St.

John's Wood, waar hij en Nelly Ackroyd zich wijdden aan huis en tuin, hun twee Siamezen en Ackroyds ingebeelde kwalen. Hij was eigenaar, hoofdredacteur en financier (uit eigen aanzienlijke middelen) van *The Paternoster Review*, een dwars geschrift vol literaire artikelen, kritieken en roddelverhalen, de laatste gefundeerd op zorgvuldig onderzoek en soms discreet, maar vaker even malicieus als juist. Wanneer Nelly zich niet wijdde aan de hypochondrie van haar man was ze een geestdriftige verzamelaar van kostschoolboeken voor meisjes uit de jaren '20 en '30. Het huwelijk was een succes, al moesten Conrads vrienden er nog altijd aan wennen dat ze eerst naar Nelly's gezondheid moesten informeren alvorens naar de katten te vragen.

De laatste keer dat Dalgliesh in de bibliotheek was geweest, was hij er beroepshalve, op zoek naar informatie. Toen ging het om een moordzaak en was hij door een andere gastheer ontvangen. Veel leek er niet veranderd. Door de ramen op het zuiden, die uitzagen over het plein, viel die ochtend zo veel zonlicht naar binnen door De Witte vitrage dat het vuurtje in de haard nauwelijks nodig was. Wat oorspronkelijk de salon was, was nu ingericht als zitkamer en bibliotheek. Tegen de wanden stonden mahoniehouten boekenkasten met wat waarschijnlijk de omvangrijkste particuliere verzameling op misdaadgebied was in heel Londen, met alle uitgaven in de Opmerkelijke Britse Strafzaken-serie en de Beroemde Strafzaken-serie, boeken over medische jurisprudentie, forensische pathologie en recherchetechnieken, en in een kleinere kast de weinige eerste drukken van Conan Doyle, Le Fanu en Wilkie Collins die de club bezat, als om te demonstreren dat fictie uiteraard inferieur was aan de werkelijkheid. De grote mahoniehouten vitrinekast stond er ook nog, met de schenkingen die de club in de loop der jaren had vergaard: het kerkboek met de naam van Constance Kent; het duelleerpistool dat door dominee James Hackman zou zijn gebruikt voor de moord op Margaret Wray, de maîtresse van de graaf van Sandwich; een flesje met wit poeder, naar beweerd werd arsenicum, aangetroffen in het bezit van majoor Herbert Armstrong. Sinds het vorige bezoek van Dalgliesh was de collectie uitgebreid. De nieuwe aanwinst lag strak opgerold, als een slang, op een prominente plaats met een bordje waarop stond dat met dit touw Crippen was opgehangen. Toen Dalgliesh achter zijn gastheer de bibliotheek verliet, kon hij niet nalaten beleefd te vragen of het tentoonstellen van zo'n onsmakelijk voorwerp niet barbaars was, een bezwaar dat Ackroyd even beleefd van de hand wees.

'Een beetje morbide, misschien, maar barbaars: dat gaat me te ver. Een aantal oudere leden doet het waarschijnlijk goed te worden herinnerd aan het uiteindelijke doel van hun voormalige beroepsactiviteit. Zou jij

nog bij de politie werken als we de strop niet hadden afgeschaft?'
'Dat weet ik niet. Voor mij lost het afschaffen van de doodstraf het morele dilemma niet op, want zelf zou ik zeker de doodstraf verkiezen boven twintig jaar gevangenisstraf.'
'Maar toch niet de dood door ophanging?'
'Nee, dat niet.'
De galg had voor hem, en voor de meeste mensen, vermoedde hij, altijd iets bijzonder weerzinwekkends gehad. Ondanks de rapporten van officiële commissies over de doodstraf waarin ophanging een humane, snelle en betrouwbare methode werd genoemd, bleef het voor hem een van de gruwelijkste vormen van gerechtelijke executie, beladen met afzichtelijke beelden die de scherpte hadden van een pentekening: slachtoffers van massavergelding in het spoor van zegevierende legers; deerniswekkende, gestoorde slachtoffers van de zeventiende-eeuwse rechtspraak; omfloerste trommels op het halfdek van schepen waarop de marine aanschouwelijk tot vergelding overging, vrouwen die in de achttiende eeuw waren veroordeeld wegens kindermoord, dat belachelijke maar sinistere ritueel van de rechter die een vierkantje zwarte stof op zijn pruik legde, de verborgen maar normaal uitziende deur die van de dodencel toegang gaf tot die laatste korte wandeling. Het was goed dat dat alles geschiedenis was geworden. Even leek de Cadaver Club een minder aangename omgeving om in te lunchen, en leek de excentriciteit eerder onsmakelijk dan amusant.

De gelagkamer in de Cadaver Club is een gezellige kleine ruimte in het souterrain aan de achterkant van het huis met twee ramen en een tuindeur die toegang geeft tot een geplaveide binnenplaats, omgeven door een drie meter hoge met klimop begroeide muur. De binnenplaats bood ruim plaats voor drie tafeltjes, maar de leden van de club zijn niet verslaafd aan buiten eten, ook niet in die korte hitteperioden van de Engelse zomer; kennelijk beschouwen ze die gewoonte als een buitenlandse excentriciteit die zich niet laat verenigen met de juiste appreciatie van goed voedsel of de beslotenheid die voorwaarde is voor een goed gesprek. Om elke verdere gedachte aan een dergelijke dwaasheid te ontmoedigen is de binnenplaats voorzien van roodstenen bloempotten van verschillend formaat met geraniums en klimop, en de beschikbare ruimte wordt nog verder beperkt door een reusachtige stenen kopie van de Apollo Belvedère die in een hoek tegen de muur staat, en die een schenking zou zijn van een van de eerste leden van de Club, wiens vrouw het beeld had verbannen uit hun villatuin. De geraniums stonden nog volop in bloei en de dieproze en felrode tinten achter het glas versterkten de uitnodigende sfeer. Kennelijk was het souterrain ooit de keuken geweest, want in de ene muur bevond zich nog de oorspronkelijke schouw met glanzend gepoetste ebbenzwarte roosters en ovens. Aan de zwart geworden balk erboven hing kookgerei en een rij koperen pannen, gedeukt maar glimmend. De muur tegenover de schouw werd geheel in beslag genomen door een eikehouten wandkast, die werd gebruikt voor het uitstallen van de schenkingen en legaten van leden die ongeschikt werden geacht voor de vitrinekast in de bibliotheek.

Dalgliesh herinnerde zich dat het een ongeschreven wet was in de Club dat geen schenking van een lid, hoe ongepast of bizar ook, werd afgewezen, en de kast getuigde, evenals het hele vertrek, van de merkwaardige voorkeuren en hobby's van de schenkers. Verfijnde borden van Meissner porselein stonden naast Victoriaanse met strikken versierde souvenirs uit Brighton of Southend-on-Sea; een Toby-beker die eruit zag als een kermistrofee stond tussen een kennelijk origineel Victoriaans porseleinen beeldje van Wesley in een dubbele preekstoel, en een fraaie buste in Parisch marmer van de hertog van Wellington. Een rommelige verzameling kroningsbekers en vroege Staffordshire-bekers hing aan onzekere haken. Naast de deur was een op glas geschilderd schilderij van de uitvaart van prinses Charlotte te zien; daarboven staarde een opgezette elandkop met een oude strohoed over zijn linkerhoorn met glazige afkeuring naar een grote, gruwelijke prent van de Aanval van de Lichte Ruiterij.

De huidige keuken was ergens niet ver weg; Dalgliesh hoorde zo nu en dan een zacht, plezierig gerinkel en af en toe een bons van de etenslift die van de eetzaal op de eerste verdieping naar beneden kwam. Slechts één van de vier tafels was gedekt, met smetteloos linnen, en Dalgliesh en Ackroyd installeerden zich bij het raam.

Het menu en de wijnkaart lagen al rechts van Ackroyds couvert. Hij pakte ze op en zei: 'De Plants zijn met pensioen, maar we hebben nu de Jacksons en misschien kookt mevrouw Jackson nog beter. We hebben geboft met die twee. Zij en haar man dreven vroeger een particulier verzorgingshuis, maar het leven op het land ging hun tegenstaan en ze wilden terug naar Londen. Ze hoeven niet meer te werken, maar ik geloof dat ze het hier wel naar hun zin hebben. Ze zetten de traditie voort van één hoofdgerecht per dag voor de lunch en de avondmaaltijd. Heel verstandig. Vandaag is er salade van witte bonen en tonijn, gevolgd door lamsribstuk met verse groenten en een groene sla. Daarna citroentaart en kaas. De groente is altijd vers; groenten en eieren komen nog steeds van het boerenbedrijfje van Plant junior. Wil je de wijnkaart zien? Heb je voorkeur?'

'Dat laat ik aan jou over.'

31

Ackroyd dacht hardop terwijl Dalgliesh, die graag wijn dronk maar het vervelend vond erover te praten, zijn blik waarderend over het vertrek liet gaan dat ondanks, of misschien dankzij de sfeer van geordende chaos verrassend rustgevend was. De collectie van ongelijksoortige voorwerpen, niet geordend met het oog op effect, hadden mettertijd iets harmonisch gekregen. Na een lange bespreking van de wijnkaart (waarbij Ackroyd geen bijdrage van zijn gast leek te verwachten) liet hij zijn keus vallen op een chardonnay. Mevrouw Jackson, die als op een geheim teken verscheen, bracht een geur mee van warme broodjes en straalde energie en zelfvertrouwen uit.
'Aangenaam, meneer Dalgliesh. U hebt de gelagkamer voor u alleen vanmorgen, meneer Ackroyd. Meneer Jackson zal u de wijn brengen.'
Nadat de eerste gang was opgediend vroeg Dalgliesh: 'Waarom draagt mevrouw Jackson een verpleegstersuniform?'
'Omdat ze verpleegster is, neem ik aan. Ze was vroeger verpleeghoofd. Ze is ook kraamverpleegster, geloof ik, maar daar is hier geen vraag naar.'
Allicht niet, de Club laat immers geen vrouwen toe, dacht Dalgliesh.
'Gaat die gesteven muts met linten niet wat ver?'
'Vind je? Ach, wij zijn eraan gewend geraakt, denk ik. Ik vraag me af of de leden zich nog thuis zouden voelen als mevrouw Jackson ineens zonder haar mutsje verscheen.'
Ackroyd kwam zonder omwegen terzake. Zodra ze alleen waren, zei hij: 'Lord Stilgoe sprak me vorige week aan bij Brooks. Hij is een oom van mijn vrouw. Ken je hem?'
'Nee. Ik dacht dat hij dood was.'
'Ik begrijp niet hoe je daarbij komt.' Hij prikte kribbig in zijn bonensalade en Dalgliesh bedacht dat Ackroyd aanstoot nam aan elke suggestie dat iemand die hij persoonlijk kende zou kunnen sterven, en zeker als dat zou gebeuren zonder dat hij daarvan persoonlijk op de hoogte was gesteld. 'Hij is niet zo oud als hij lijkt, nog geen tachtig. Hij is opmerkelijk vitaal voor zijn leeftijd. Hij wil zijn memoires publiceren. Peverell Press brengt ze uit in het voorjaar. Daar wilde hij me juist over spreken. Er is iets verontrustends gebeurd, althans zijn vrouw vindt het verontrustend. Volgens haar is hij bedreigd met moord.'
'En is dat zo?'
'Nou ja, dit is wat hij heeft gekregen.'
Hij zocht in zijn portefeuille naar een rechthoekig papiertje en gaf dat aan Dalgliesh. De woorden waren foutloos getypt op een wordprocessor en de mededeling was niet ondertekend:
'Is het wel verstandig te publiceren bij Peverell Press? Denk aan Marcus

Seabright, Joan Petrie en nu Sonia Clements. Twee schrijvers en je eigen redactrice dood in nog geen jaar. Wil jij nummer vier worden?'
'Eerder malicieus dan dreigend, lijkt me,' zei Dalgliesh, 'en eerder een aanval op de uitgeverij dan op Stilgoe. Dat Sonia Clements zelfmoord heeft gepleegd, staat wel vast. Ze heeft een brief voor de lijkschouwer achtergelaten en heeft haar zuster geschreven dat ze een einde aan haar leven wilde maken. Van de eerste twee sterfgevallen herinner ik me niets.'
'O, die zijn normaal genoeg, zou ik denken. Seabright was in de tachtig en had een hartkwaal. Hij is bezweken aan een ingewandsstoornis die tot een hartaanval leidde. Hij had in tien jaar geen roman meer geproduceerd. Joan Petrie is verongelukt op weg naar haar buitenhuisje. Verkeersongeluk. Petrie had twee hartstochten: whisky en snelle auto's. Verrassend is alleen dat ze zichzelf heeft doodgereden voordat ze iemand anders doodreed. De schrijver van dat briefje noemt die twee sterfgevallen alleen maar om iets te suggereren. Maar Dorothy Stilgoe is bijgelovig. Zij vraagt zich af waarom je bij Peverell zou blijven als er nog andere uitgeverijen zijn.'
'Wie heeft daar nu de leiding?'
'Gerard Etienne. Heel nadrukkelijk. De vorige directeur, de oude Henry Peverell, is begin januari gestorven en heeft zijn aandelen in het bedrijf nagelaten aan zijn dochter Frances en aan Gerard, die elk de helft kregen. Zijn oorspronkelijke vennoot, Jean-Philippe Etienne, had zich een jaar eerder teruggetrokken en dat was zeker niet te vroeg. Ook zijn aandelen zijn naar Gerard gegaan. De twee oude heren dreven de uitgeverij bij wijze van hobby. De oude Peverell ging er altijd van uit dat een heer geld erfde, niet verdiende. Jean-Philippe Etienne was al jaren niet meer actief in het bedrijf. Zijn grote moment kwam in de oorlogsjaren, toen hij verzetsheld was in Vichy-Frankrijk, maar ik geloof niet dat hij daarna nog iets opmerkelijks heeft gedaan. Gerard wachtte in de coulissen af; hij was de kroonprins. En nu neemt hij de centrale plaats in op het podium en we kunnen in elk geval actie verwachten, misschien zelfs melodrama.'
'Is Gabriel Dauntsey nog steeds verantwoordelijk voor het poëziefonds?'
'Het verbaast me dat je dat moet vragen, Adam. Je mag dan een hartstocht voor het vangen van moordenaars hebben, je moet wel met beide benen op de grond blijven staan. Ja, die zit er nog. Zelf heeft hij al twintig jaar geen gedicht meer geschreven. Dauntsey is een bloemlezingendichter. Zijn beste verzen zijn zo goed dat ze keer op keer worden herdrukt, maar ik vermoed dat de meeste lezers denken dat hij dood is. Hij vloog bommenwerpers in de oorlog en moet nu in de zeventig zijn. Tijd dat hij

met pensioen gaat. Het poëziefonds van Peverell is het enige dat hij nog doet. De andere drie vennoten zijn Gerards zuster Claudia Etienne, James de Witt, die meteen van Oxford naar de uitgeverij is gegaan, en Frances Peverell, de laatste van de Peverells. Maar Gerard heeft de touwtjes in handen.'
'Wat heeft hij voor plannen, weet je daar iets van?'
'Het gerucht gaat dat hij Innocent House wil verkopen en verhuizen naar de Docklands. Frances Peverell zal daar niet blij mee zijn. Innocent House is altijd een obsessie geweest van de Peverells. Het eigendom berust nu bij de vennootschap, niet meer bij de familie, maar een Peverell beschouwt het als het huis van de familie. Hij heeft al enkele veranderingen doorgevoerd, een aantal mensen ontslagen, zoals Sonia Clements. Natuurlijk heeft hij gelijk. Het bedrijf moet moderniseren om niet ten onder te gaan, maar hij heeft wel vijanden gemaakt. Het is tekenend dat de problemen bij de uitgeverij zijn begonnen toen Gerard het heft in handen nam. Dat is Stilgoe ook niet ontgaan, al is zijn vrouw ervan overtuigd dat de kwade bedoelingen niet tegen de firma gericht zijn maar tegen haar man, en in het bijzonder tegen zijn memoires.'
'Schiet Peverell er veel bij in als het boek wordt teruggetrokken?'
'Dat denk ik niet. Natuurlijk zullen ze de memoires brengen als onthullingen die de regering noodlottig kunnen worden, de oppositie in diskrediet brengen en het einde betekenen van het parlementaire stelsel zoals wij dat kennen, maar ik vermoed dat ze, als de meeste politieke memoires, meer beloven dan erin zit. Ik zie alleen niet hoe ze teruggetrokken kunnen worden. Het boek is al in produktie, ze zullen het niet zonder verzet laten gaan en Stilgoe zal geen contractbreuk willen plegen als hij vervolgens in het openbaar moet uitleggen waarom. Wat Dorothy Stilgoe wil weten is of de dood van Sonia Clements echt zelfmoord was en of iemand met de Jag van Petrie heeft geknoeid. Ik denk dat ze wel wil aannemen dat Seabright is gestorven van ouderdom.'
'Wat wordt er dan van mij verwacht?'
'In de laatste twee zaken moet er een lijkschouwing zijn geweest en ik neem aan dat de politie een onderzoek heeft ingesteld. Jouw mensen zouden de dossiers kunnen inzien, met de betrokken mensen kunnen praten, zoiets. Als Dorothy dan de verzekering kan krijgen dat een hoge politiefunctionaris zich in de gegevens heeft verdiept en geen reden ziet tot twijfel, laat ze misschien haar man en de uitgeverij verder met rust.'
'Misschien zou dat voldoende zijn om haar ervan te overtuigen dat Sonia Clements zelfmoord heeft gepleegd,' zei Dalgliesh. 'Maar het zal niet helpen als ze echt bijgelovig is, en ik zou ook niet weten wat dan wel helpt. De essentie van bijgeloof is dat de rede er geen vat op heeft. Waarschijn-

lijk denkt ze dat een door ongeluk achtervolgde uitgever net zo erg is als een moordzuchtige. Ik neem aan dat ze niet wil beweren dat iemand van Peverell Press een niet te traceren vergif in Sonia Clements' wijn heeft gedaan?'
'Nee, ik denk niet dat ze zo ver gaat.'
'Dat is maar goed ook, anders zouden de royalty's van haar man nog opgaan aan de kosten van een geding wegens laster. Het verbaast me dat hij de hoofdcommissaris of mij niet rechtstreeks heeft benaderd.'
'Meen je dat? Mij verbaasde het niet echt. Het had de indruk gemaakt of hij, nou ja, echt een beetje bang was, een beetje te bezorgd. Bovendien, hij kent je niet, ik wel. Ik begrijp best dat hij mij heeft benaderd. En je kunt je nauwelijks voorstellen dat hij bij het wijkbureau langs zou gaan en aansluiten in de rij van eigenaars van vermiste honden, mishandelde vrouwen en gegriefde automobilisten om de wachtcommandant zijn dilemma voor te leggen. Om je de waarheid te zeggen denk ik dat hij vreesde niet serieus te worden genomen. Hij meent dat hij, gezien de zorgen van zijn vrouw en het anonieme briefje, de politie mag vragen nog eens te kijken naar wat er bij Peverell is gebeurd.'
Het lamsvlees werd opgediend, roze en sappig en mals genoeg om met een lepel te eten. In de korte stilte die Ackroyd een passend eerbetoon vond aan een perfect klaargemaakt gerecht, dacht Dalgliesh terug aan zijn eerste blik op Innocent House.
Zijn vader had hem als verjaarscadeau op zijn achtste meegenomen naar Londen; ze zouden twee hele dagen blijven om bezienswaardigheden te bezoeken; ze logeerden bij een bevriende dominee in Kensington en diens vrouw. Hij herinnerde zich de nacht ervoor, toen hij nauwelijks had kunnen slapen van opwinding; de reusachtige lawaaiige hal van het oude Liverpool Street Station, zijn hevige angst dat hij zijn vader zou kwijtraken en zou worden meegevoerd door het grote leger voetgangers met grauwe gezichten. In die twee dagen had zijn vader het aangename met het leerzame willen verenigen (als intellectueel zag hij nauwelijks verschil) en misschien was het wel onvermijdelijk dat ze veel te veel hadden gedaan. Het was allemaal overweldigend voor een jongen van acht; hij hield er chaotische herinneringen aan over van kerken en musea, restaurants en ander eten dan thuis; torens in het licht van schijnwerpers en dansende lichtjes op het rimpelende zwarte water; glanzend verzorgde, elegant stappende paarden en zilveren helmen, de schittering en gruwelen van de geschiedenis, bewaard in baksteen en marmer. Maar niet één andere wereldstad had hem later zo kunnen betoveren als Londen.
Op de tweede dag hadden ze een bezoek gebracht aan de St. Paul en daarna waren ze met een bootje van de steiger bij Charing Cross naar

35

Greenwich gevaren; die keer had hij Innocent House voor het eerst gezien, glinsterend in de ochtendzon en als een gouden fata morgana verrijzend uit het schitterende water. Hij had er vol verbazing naar gestaard. Zijn vader had hem verteld dat het huis Innocent House heette naar de straat erachter, Innocent Walk, waar in het begin van de achttiende eeuw een politierechtbank had gestaan. Arrestanten werden na hun eerste verhoor vanhier overgebracht naar de Fleet-gevangenis en wie meer geluk had liep over de met kinderhoofdjes geplaveide steeg zijn vrijheid tegemoet. Hij was begonnen zijn zoon iets te vertellen over de geschiedenis van het huis, maar was overstemd door het versterkte commentaar van de gids, dat ver genoeg droeg om op elke boot op de rivier te worden gehoord.

'Op de linkeroever, dames en heren, zien we een van de interessantste gebouwen aan de Theems: Innocent House, gebouwd in 1830 voor sir Francis Peverell, een bekende uitgever uit de vorige eeuw. Sir Francis had Venetië bezocht en was onder de indruk geraakt van het Ca' d'Oro, het gouden huis aan het Canal Grande. Als u zelf wel eens op vakantie in Venetië bent geweest, hebt u het misschien ook gezien. Zo kwam hij op het idee van een eigen gouden huis aan de Theems. Jammer dat hij het Venetiaanse klimaat er niet bij kon bestellen.' Hij zweeg even voor de verwachte lach. 'Tegenwoordig is het huis het kantoor van een uitgeverij, Peverell Press, dus het is nog altijd in de familie. Over Innocent House gaat een interessant verhaal. Sir Francis schijnt er zo in te zijn opgegaan dat hij weinig tijd had voor zijn jonge vrouw, met wier vermogen hij het huis had kunnen bouwen; ze wierp zich van het bovenste balkon en was op slag dood. Volgens de overlevering is in het marmer een bloedvlek achtergebleven die niet kan worden verwijderd. Ze zeggen dat sir Francis op hoge leeftijd gek werd van berouw en 's avonds alleen naar buiten placht te gaan om de noodlottige vlek weg te boenen. Mensen beweren daar een schim te hebben gezien die nog steeds bezig is met boenen. Sommige schippers op de rivier varen na donker dan ook liever niet te dicht langs Innocent House.'

Alle ogen aan dek hadden gehoorzaam opgekeken naar het huis, maar na het intrigerende verhaal van het bloed liepen de passagiers naar de reling; stemmen werden gedempt en halzen rekten zich alsof de legendarische vlek nog steeds te zien was. De achtjarige Adam met zijn levendige fantasie had zich voorgesteld hoe een in het wit geklede vrouw zich met wapperend blond haar van het balkon had gestort, als de waanzinnige heldin in een verhaal; hij had de dreun gehoord en had een stroompje bloed over het marmer zien kruipen naar de Theems. Nog jaren was het huis hem blijven fascineren door die aangrijpende mengeling van

schoonheid en doodsangst.
Het verhaal van de gids had op zijn minst een feitelijke onjuistheid bevat, en mogelijk was ook het verhaal over de zelfmoord opgesierd of onwaar. Hij wist nu dat sir Francis niet verrukt was geweest van het Ca' d'Oro, dat hij ondanks de verfijning van de versieringen en het beeldhouwwerk te asymmetrisch had gevonden (zoals hij aan zijn architect had geschreven), maar van het paleis van de doge Francesco Foscari. Het was een Ca' Foscari dat de architect aan deze koude getijderivier had moeten bouwen. Het had misplaatst moeten lijken, nagemaakt Venetiaans, en dan nog uit het Venetië van de vijftiende eeuw. En toch stond het daar alsof geen andere stad, geen andere plaats er passend voor zou zijn geweest. Dalgliesh begreep nog steeds niet goed waarom het zo'n geslaagd gebouw was, dat onbeschaamd geleende ontwerp uit een andere tijd, een ander land, een milder, warmer klimaat. De verhoudingen waren gewijzigd en alleen al daardoor had de droom van sir Francis onuitvoerbaar moeten zijn, maar de schaalverkleining was briljant uitgevoerd en de waardigheid van het origineel was behouden. Er waren zes grote centrale raambogen in plaats van acht achter de versierde stenen balkons op de eerste en tweede verdieping, maar de marmeren zuilen met acanthusversiering waren bijna exacte kopieën van het Venetiaanse origineel en de centrale arcaden werden ook hier in balans gehouden door hoge enkele ramen, waardoor de voorgevel een elegante eenheid werd. De grote gewelfde deur lag aan een marmeren voorhof die leidde naar een aanlegsteiger en een trap naar de rivier. Aan weerskanten van het huis stonden bakstenen herenhuizen in de Regency-stijl met kleine balkons, waarschijnlijk gebouwd voor koetsiers of andere leden van het personeel; als nederige schildwachten bewaakten zij het pronkstuk in het midden. Hij had het huis na zijn achtste verjaardag nog vaak vanaf de rivier gezien, maar was er nooit binnen geweest. Hij herinnerde zich te hebben gelezen dat in de centrale hal een fraaie plafondschildering van Matthew Cotes Wyatt was te bewonderen en had die wel eens willen zien. Het zou jammer zijn als Innocent House in de handen van filistijnen viel.
'En wat is er bij Peverell Press precies gebeurd?' vroeg hij. 'Waar maakt lord Stilgoe zich zorgen over, afgezien van die brief?'
'Dus je hebt de geruchten ook gehoord. Moeilijk te zeggen. Ze praten er liever niet over en dat kan ik ze niet kwalijk nemen. Maar een paar incidenten zijn algemeen bekend geworden. Geen kleinigheden. Het ernstigste dateert van kort voor Pasen, toen ze de illustraties kwijt waren voor het boek van Gregory Maybrick over het komplot van Guy Fawkes. Geschiedenis voor het grote publiek, maar Maybrick is thuis in die periode. Er werd nogal wat van verwacht. Het was hem gelukt nog nooit

gepubliceerde prenten uit die tijd te vinden en andere documenten, en de hele collectie was weg. Hij had ze te leen gekregen van de diverse eigenaars en zich er min of meer garant voor gesteld.'
'Weg? Zoek geraakt? Vernietigd?'
'Blijkbaar waren ze overhandigd aan James de Witt, die het boek redigeerde. Normaal doet hij hun fictielijst maar de oude Peverell, die nonfictie deed, was net drie maanden dood en ik denk dat ze nog geen tijd hadden gehad om een vervanger te vinden of zich het geld wilden besparen. Zoals bij de meeste uitgeverijen worden er eerder mensen ontslagen dan aangenomen. Het gerucht gaat dat het bedrijf het niet lang meer zal redden. Geen wonder, met dat palazzo dat ze moeten onderhouden. Maar goed, die illustraties zijn De Witt in zijn kamer overhandigd, hij heeft ze onder de ogen van Maybrick weggesloten in zijn kast.'
'Niet in een kluis?'
'Beste kerel, we hebben het over een uitgeverij, niet over Cartier. Peverell kennende verbaast het me eerder dat De Witt de kast heeft afgesloten.'
'Was hij de enige die een sleutel had?'
'Alsjeblieft, Adam, je bent nu niet aan het speurneuzen. Jawel, hij was de enige. Hij bewaarde de sleutel in een oud tabaksblik in zijn linkerla.
Allicht, dacht Dalgliesh. 'Waar elk personeelslid en elke loslopende bezoeker erbij kon.'
'Inderdaad, iemand moet die sleutel hebben gepakt. James hoefde een paar dagen niets uit de kast te hebben. De illustraties zouden de week daarop bij de ontwerper worden afgeleverd. Je weet dat Peverell de omslagen buiten de deur laat ontwerpen?'
'Nee, dat wist ik niet.'
'Het zal wel goedkoper zijn. De ontwerpen worden al vijf jaar verzorgd door hetzelfde bedrijf. En ze zijn niet slecht. Verzorging en vormgeving zijn bij Peverell altijd van hoge kwaliteit gebleven. Je herkent een boek van Peverell al aan de verzorging. Tot nu toe, tenminste. Misschien dat Gerard Etienne daar ook verandering in zal brengen. Hoe dan ook: toen De Witt de envelop wilde pakken, was hij verdwenen. Toestanden, natuurlijk. Navraag gedaan bij iedereen. Wanhopig gezocht. Algehele paniek. Uiteindelijk moesten ze aan Maybrick en de eigenaars wel opbiechten wat er was gebeurd. Je kunt je voorstellen hoe die reageerden.'
'Is het materiaal ooit teruggevonden?'
'Pas toen het te laat was. Maybrick wilde het boek eigenlijk helemaal niet meer uitbrengen, maar het was al aangekondigd en dus werd besloten door te gaan met andere illustraties en aanpassingen in de tekst. Een week nadat het boek van de pers was gekomen, dook de envelop met

inhoud op mysterieuze wijze weer op. De Witt trof hem aan in zijn kast op de plaats waar hij hem had opgeborgen.'
'Dat wijst erop dat de dief enig respect had voor de inhoud en niet van plan was die te vernietigen.'
'Het wijst op een aantal mogelijkheden: rancune jegens Maybrick, rancune jegens de uitgeverij, rancune jegens De Witt, of iemand met een pervers gevoel voor humor.'
'Ze zijn hiermee niet naar de politie gegaan?'
'Nee, Adam, ze hebben geen vertrouwen gesteld in onze fantastische jongens in het blauw. Ik wil niet onaardig doen, maar de resultaten van de politie in dit soort diefstallen zijn ook niet indrukwekkend. De vennoten waren van mening dat ze evenveel kans hadden op succes, en minder onrust zouden stichten onder het personeel, als ze hun eigen onderzoek zouden instellen.'
'Door wie? Waren sommigen dan vrij van verdenking?'
'Dat is natuurlijk het probleem. Die waren er toen niet, en die zijn er nog steeds niet. Ik denk dat Etienne heeft gekozen voor de rectormethode. Je weet wel: "Als de jongen die hiervoor verantwoordelijk is na de les naar mijn kamer komt en de documenten teruggeeft, is de zaak daarmee afgedaan." Op school leverde dat nooit iets op. Op de uitgeverij heeft het waarschijnlijk evenmin iets opgeleverd. Het was kennelijk het werk van iemand van de uitgeverij en zo groot is die staf niet: zo'n vijfentwintig mensen plus de vijf vennoten. De meesten zijn natuurlijk oude getrouwen en de anderen zouden een alibi hebben.'
'Dus het is nog steeds een mysterie.'
'Net als het tweede incident. Het tweede serieuze incident; waarschijnlijk zijn er nog minder belangrijke dingen geweest die ze stil hebben kunnen houden. Dat betreft Stilgoe, dus het is maar goed dat ze er tot dusver in zijn geslaagd het voor hem verborgen te houden, en dat het niet naar buiten is gekomen. Dan zou de oude baas pas goed last krijgen van paranoia. Toen de proeven waren gecorrigeerd en overeenstemming was bereikt over een aantal wijzigingen, hebben ze een nacht onder de balie in de receptie gelegen, waar ze de volgende morgen zouden worden opgehaald. Iemand heeft het pak met de proeven opengemaakt en erin geknoeid: een paar namen veranderd, de interpunctie gewijzigd, een paar zinnen doorgehaald. Gelukkig was de zetter die ze in handen kreeg een intelligente man. Hij vond een aantal veranderingen vreemd en belde op om te vragen of het wel in orde was. God mag weten hoe het de vennoten is gelukt dat vervelende incident voor de meeste mensen in Innocent House geheim te houden, en natuurlijk voor Stilgoe. Het zou bijzonder schadelijk voor de uitgeverij zijn geweest als het was uitgelekt. Ik heb

begrepen dat alle pakjes nu 's avonds achter slot en grendel gaan, en er zullen nog wel meer maatregelen zijn genomen ter verhoging van de veiligheid.'

Dalgliesh vroeg zich af of het niet van meet af de bedoeling van de dader was geweest dat de veranderingen zouden worden ontdekt. Het bedrog was kennelijk nogal doorzichtig geweest. Het kon toch niet moeilijk zijn de drukproeven zodanig te bewerken dat het boek ernstige schade zou lijden zonder dat het de zetter opviel. Vreemd dat de schrijver van het briefje niets over de drukproeven had gezegd. Ofwel hij of zij was niet op de hoogte, in welk geval de vijf vennoten vrijuit gingen, ofwel de auteur had Stilgoe bang willen maken zonder hem de kennis te verschaffen die hem goede gronden zou geven om zijn boek terug te trekken. Het was een interessant raadsel, maar niet een waaraan hij de tijd van een hoge politieman wilde verspillen.

Peverell Press kwam pas weer ter sprake toen ze in de bibliotheek zaten om koffie te drinken. Ackroyd boog zich naar voren en vroeg een beetje bezorgd: 'Kan ik tegen lord Stilgoe zeggen dat je een poging zult doen om zijn vrouw gerust te stellen?'

'Nee, Conrad, het spijt me. Ik zal hem een briefje schrijven dat de politie geen aanleiding heeft om boze opzet te vermoeden in de gevallen die hem betreffen. Ik betwijfel of hij daar veel mee opschiet als zijn vrouw zo bijgelovig is, maar dat is vervelend voor haar en eventueel een probleem voor hem.'

'En de andere incidenten in Innocent House?'

'Als Gerard Etienne meent dat de wet wordt overtreden en dat de politie een onderzoek moet instellen, moet hij naar de politie gaan.'

'Net als iedereen.'

'Precies.'

'Je bent niet bereid naar Innocent House te gaan voor een onofficieel gesprekje?'

'Nee, Conrad. Zelfs niet om de plafondschildering van Wyatt te zien.'

5

Op de middag van de crematie van Sonia Clements reden Gabriel Dauntsey en Frances Peverell samen in een taxi van het crematorium terug naar Innocent Walk nummer twaalf. Frances was erg stil tijdens de rit en zat op enige afstand van Dauntsey naar buiten te staren. Ze droeg geen hoed; haar lichtbruine haar leek een glanzende helm die net de grijze kraag van haar jas raakte. Haar schoenen, kousen en handtas waren zwart en ze had een sjaal van zwarte chiffon om haar hals geknoopt. Het waren dezelfde kleren, bedacht Dauntsey, die ze op de crematie van haar vader had gedragen; een moderne, ingetogen rouwkledij die precies het evenwicht bewaarde tussen vertoon en gepaste eerbied. De combinatie van grijs en zwart maakte haar heel jong; ze versterkte wat hem het best beviel aan haar: een zachtmoedige, ouderwetse vormelijkheid die hem deed denken aan de jonge vrouwen in zijn jeugd. Ze leek gereserveerd en stil, alleen haar handen vonden geen rust. Hij wist dat de ring die ze aan haar rechterhand droeg de verlovingsring van haar moeder was geweest en keek toe terwijl ze er onder de zwartsuède handschoen onophoudelijk aan draaide. Hij overwoog een ogenblik zonder iets te zeggen haar hand te pakken, maar weerstond de verleiding tot een gebaar dat, bedacht hij, hen allebei in verlegenheid kon brengen. Hij kon moeilijk haar hand blijven vasthouden tot aan Innocent Walk.

Ze waren op elkaar gesteld; hij wist dat hij in Innocent House de enige was die ze wel eens in vertrouwen wilde nemen; maar ze lieten geen van beiden veel merken. Ze woonden op hetzelfde adres maar bezochten elkaar alleen op uitnodiging, allebei beducht voor inbreuk op de privésfeer van de ander, voor een intimiteit die de ander niet prettig zou vinden of later zou kunnen betreuren. Het gevolg was dat ze ondanks hun wederzijdse sympathie minder met elkaar omgingen dan wanneer ze kilometers uit elkaar hadden gewoond. Ze spraken met elkaar voornamelijk over boeken, gedichten, toneelstukken die ze hadden gezien, en tv-programma's, zelden over mensen. Frances was te fijnzinnig om te roddelen en hij wilde net zomin als zij betrokken raken bij de tweestrijd over het nieuwe regime. Hij had zijn baan en zijn onderkomen op de benedenverdieping en eerste etage op Innocent Walk nummer twaalf. Misschien zou het niet lang meer duren, maar hij was zesenzeventig, te oud om in verzet te komen. Hij wist dat haar flat boven de zijne een aantrekkingskracht had die hij, als hij verstandig was, beter kon weerstaan. Als hij in de hoge fauteuil zat, met de gordijnen gesloten tegen het zachte, halfverbeelde zuchten van de rivier, en zijn benen naar het open vuur strekte terwijl zij, na een van hun zeldzame gezamenlijke etentjes, naar de keuken was gegaan om koffie te zetten, voelde hij bij het luisteren naar haar bedrijvigheid een verlokkende sereniteit en voldoening opkomen die maar al te gemakkelijk tot de regelmaat van zijn leven kon gaan behoren. Haar zitkamer strekte zich uit over de volle lengte van het huis. Alles in dit vertrek sprak hem aan: de elegante verhoudingen van de originele marmeren schouw, het olieverfschilderij van een achttiende-eeuwse Peverell met zijn vrouw en kinderen boven de schoorsteenmantel, het kleine Queen Anne-bureau en de mahoniehouten boekenkasten aan weerszijden van de schouw, met een fronton en twee mooie marmeren koppen van een gesluierde bruid; de Regency-eettafel met zes stoelen; de subtiele, doorleefde kleuren van de tapijten op de gouden parketvloer.

Het zou zo gemakkelijk zijn nu een intimiteit op te roepen die hem toegang zou verschaffen tot dat zachtzinnige, vrouwelijke comfort dat zo volstrekt verschilde van zijn eigen sombere, kale vertrekken beneden. Soms verzon hij een afspraak als ze opbelde om hem te eten te vragen, en ging naar een pub in de buurt waar hij de lange uren uitzat in de rook en het geroezemoes en zorgde ervoor niet te vroeg terug te gaan, want zijn voordeur in Innocent Lane bevond zich direct onder haar keukenramen. Die avond had hij het gevoel dat ze zijn gezelschap misschien wel prettig zou vinden, maar er niet om wilde vragen. Het speet hem niet. De crematie was al deprimerend genoeg geweest zonder de verplichting het banale karakter ervan te bespreken; hij had voor vandaag genoeg van de dood. Toen de taxi stopte in Innocent Walk nam ze bijna gehaast afscheid en deed haar voordeur van het slot zonder ook maar één keer om te kijken, en hij voelde zich opgelucht. Maar twee uur later, toen hij klaar was met zijn soep en zijn lievelingsgerecht, roereieren met gerookte zalm (als altijd met zorg klaargemaakt, op zacht vuur, voorzichtig het mengsel naar het midden van de pan schuiven en op het laatst nog een lepel room erbij), stelde hij zich voor hoe ze in haar eentje moest hebben gegeten en betreurde zijn egoïsme. Vanavond kon ze beter niet alleen zijn. Hij belde op en zei: 'Ik vroeg me af, Frances, of je zin had in schaken.'

Hij hoorde aan de verheugde klank van haar stem dat zijn voorstel als geroepen kwam. 'Ja, heel graag, Gabriel. Kom alsjeblieft boven. Ja, ik wil graag schaken.'

Haar eettafel was nog gedekt toen hij binnenkwam. Ze at altijd min of meer in stijl, ook als ze alleen was, maar hij zag dat de maaltijd zelf even eenvoudig was geweest als de zijne. Het kaasplateau en de fruitschaal stonden op tafel en ze had kennelijk soep gegeten, maar verder niets. Hij zag ook dat ze had gehuild.

Met een glimlach en een poging opgewekt te klinken zei ze: 'Ik ben heel

blij met je komst. Nu heb ik een excuus om een fles wijn open te maken. Vreemd eigenlijk, dat bezwaar tegen alleen drinken. Het zal wel komen van al die waarschuwingen tegen het eenzame drinken als eerste stap op het hellende vlak van het alcoholisme.'
Ze haalde een fles Château Margaux te voorschijn en hij kwam naar haar toe om hem open te maken. Ze praatten pas verder toen ze met een glas in de hand bij het vuur zaten. 'Hij had erbij moeten zijn,' zei ze. 'Gerard had erbij moeten zijn.'
'Hij houdt niet van dat soort dingen.'
'Maar Gabriel, wie wel? En het was echt vreselijk, hè? De crematie van papa was al erg, maar dit was nog veel erger. Die zielige dominee die haar niet kende en ons niet, maar zijn best deed oprecht te klinken toen hij bad tot de God waarin zij niet geloofde en het over het eeuwige leven had, terwijl zij hier op aarde niet eens een leven had dat de moeite waard was.'
'Dat kunnen we niet weten,' zei hij tactvol. 'We kunnen niet beoordelen of een ander gelukkig of ongelukkig is.'
'Ze wilde dood. Dat bewijst het toch? Op de crematie van papa is Gerard tenminste nog geweest. Maar ja, toen moest hij wel, hè? De kroonprins die afscheid neemt van de oude koning. Het zou raar hebben geleken als hij was weggebleven. Er waren immers belangrijke mensen: schrijvers, uitgevers, de pers, mensen op wie hij indruk wilde maken. Vandaag was er niemand van naam en dus hoefde hij er niet heen. Maar hij had horen te komen. Hij heeft haar de dood in gejaagd.'
Op besliste toon zei Dauntsey: 'Frances, dat mag je niet zeggen. Er is geen enkel bewijs dat de dood van Sonia is veroorzaakt door iets dat Gerard heeft gedaan of gezegd. Je kent haar afscheidsbriefje. Als ze er een eind aan wilde maken omdat Gerard haar ontslag had aangezegd, had ze dat wel geschreven, dunkt me. Die bewering van je moet binnenskamers blijven. Zo'n gerucht kan enorme schade aanrichten. Ik wil graag dat je het me belooft; het is belangrijk.'
'Goed, dat wil ik wel beloven. Ik heb het tegen niemand anders gezegd, maar ik ben niet de enige in Innocent House die er zo over denkt en er zijn mensen die het hardop zeggen. Toen ik in die vreselijke kapel knielde, heb ik geprobeerd te bidden, voor papa, voor haar, voor ons allemaal. Maar het was allemaal zo zinloos. Ik kon alleen maar aan Gerard denken, aan Gerard die bij ons had moeten zitten op de voorste rij. Gerard die mijn minnaar was, Gerard die niet meer mijn minnaar is. Het is zo vernederend. Inmiddels besef ik natuurlijk wat erachter zat. Gerard dacht iets als: "Arme Frances, negenentwintig jaar en nog maagd. Daar moet ik iets aan doen. Haar de ervaring van haar leven bezorgen, haar laten voelen wat ze mist." Zijn goede daad voor die dag. Of voor drie

43

maanden, liever gezegd. Ik geloof dat dat langer is geweest dan de meesten. En het einde was zo onsmakelijk, zo platvloers. Zoals altijd, hè? Gerard is erg goed in het aangaan van een verhouding, maar hij weet niet hoe hij er een einde aan moet maken op een manier die je in je waarde laat. Ik ook niet, trouwens. En ik verkeerde in de waan dat ik anders was dan zijn andere vriendinnen, dat het hem deze keer ernst was, dat hij van me hield en zich wilde binden, wilde trouwen. Ik dacht dat we samen de uitgeverij zouden voortzetten, in Innocent House zouden wonen, onze kinderen hier grootbrengen, zelfs de naam van het bedrijf wijzigen. Ik dacht dat hij dat prettig zou vinden. Peverell en Etienne. Etienne en Peverell. Ik speelde met de combinatie en vroeg me af wat het beste zou klinken. Ik dacht dat hij hetzelfde wilde als ik: trouwen, kinderen, huiselijkheid, samenwerking. Is dat zo onredelijk? O God, Gabriel, ik voel me zo dom, ik schaam me zo.'

Ze was nog nooit zo openhartig tegen hem geweest; nog nooit had ze hem laten merken hoe intens haar verdriet was. Het was bijna alsof ze haar uitbarsting in stilte had voorbereid en op dit ogenblik had gewacht om haar hart uit te storten bij iemand die ze kon vertrouwen. Maar komend van Frances – zo gevoelig, terughoudend en trots – greep deze onbeheerste uitbarsting van bitterheid en zelfverachting hem heftig aan. Misschien was het de crematie, en de herinnering aan die eerdere crematie, waardoor de verborgen haat en vernedering naar buiten waren gekomen. Hij dacht niet dat hij haar zou kunnen helpen, maar hij besefte dat hij het moest proberen. Een zo heftige smart vroeg om meer dan troostende clichés: 'hij is het niet waard, zet hem uit je hoofd, na verloop van tijd wordt de pijn vanzelf minder'. Maar dat laatste was waar: pijn werd minder na verloop van tijd, of het nu pijn van ontgoocheling was of pijn door een sterfgeval. Wie wist dat beter dan hij? Hij dacht: het tragische van een verlies is niet dat we rouwen, maar dat we ophouden met rouwen, en dan zijn de doden misschien pas echt dood.

'De dingen die je wilt,' zei hij vriendelijk, 'kinderen, trouwen, een huis, seks – zijn redelijke verlangens; sommige mensen zouden zeggen: fatsoenlijke verlangens. Kinderen zijn onze enige hoop op onsterfelijkheid. Het zijn geen dingen waarvoor je je zou moeten schamen. Het is pech, geen schande, dat jouw verlangens en die van Etienne niet met elkaar overeenkwamen.' Hij zweeg even en zei toen, terwijl hij zich afvroeg of het verstandig was en of ze het harteloos zou vinden: 'James is verliefd op je.'

'Tja. Arme James. Hij heeft niets gezegd, maar dat hoeft ook niet, hè? Weet je, als Gerard er niet was geweest, had ik van James kunnen houden, geloof ik. En ik vind Gerard niet eens aardig. Ik heb hem nooit aardig

gevonden, ook niet toen mijn verlangen naar hem het grootst was. Dat is zo verschrikkelijk van seks, dat die kan bestaan zonder liefde, zonder sympathie, zonder respect zelfs. Ja, ik heb geprobeerd mezelf voor de gek te houden. Als hij bot of egoïstisch of grof was, praatte ik het goed. Ik hield mezelf voor dat hij briljant was en knap en grappig en een fantastische minnaar. Dat was hij ook allemaal. Dat is hij ook allemaal. Ik hield mezelf voor dat het onredelijk was om Gerard te beoordelen naar de kleinzielige normen waarnaar je anderen beoordeelde. En ik hield van hem. Als je van iemand houdt, wil je niet oordelen. En nu haat ik hem. Ik wist niet dat ik dat kon, een mens echt haten. Het is iets heel anders dan een ding haten, een politieke overtuiging, een maatschappelijke misstand. Het is zo geconcentreerd, zo lichamelijk, het maakt me ziek. 's Avonds slaap ik in met mijn haat en elke morgen word ik ermee wakker. Maar het is verkeerd, het is zondig. Het moet verkeerd zijn. Ik heb het gevoel dat ik in een staat van doodzonde leef en geen absolutie kan krijgen omdat ik niet kan ophouden met haten.'
'In zulke termen denk ik niet,' zei Dauntsey. 'Zonde, absolutie. Maar haat is gevaarlijk. Haat vertroebelt de rechtvaardigheid.'
'De rechtvaardigheid! Daar heb ik nooit veel van verwacht. Maar mijn haat maakt me zo vervelend. Ik heb zo'n genoeg van mezelf. Ik weet dat jij me ook vervelend vindt, lieve Gabriel, maar je bent de enige met wie ik af en toe kan praten en soms, zoals vanavond, krijg ik het gevoel dat ik moet praten om niet gek te worden. En jij bent zo wijs, die reputatie heb je in elk geval.'
'Die reputatie is niet zo moeilijk te verwerven,' zei hij droog. 'Daarvoor hoef je alleen maar lang te leven, weinig te zeggen en nog minder te doen.'
'Maar wanneer je iets zegt, is het de moeite waard. Gabriel, vertel me wat ik moet doen.'
'Om hem kwijt te raken?'
'Om de pijn kwijt te raken.'
'Kijk naar de gebruikelijke uitwegen: drank, pillen, zelfmoord. De eerste twee leiden tot de derde; het is alleen een tragere, duurdere, meer vernederende manier. Ik kan ze niet aanraden. Of je kunt hem vermoorden, maar dat raad ik je ook niet aan. Doe het in je fantasie zo vernuftig als je wilt, maar niet in werkelijkheid. Tenzij je tien jaar in de gevangenis wilt verkommeren.'
'Zou jij dat volhouden?' vroeg ze.
'Geen tien jaar. Misschien drie jaar, maar langer niet. Er zijn betere manieren om de pijn te bestrijden dan de dood, zijn dood of de jouwe. Jezelf voorhouden dat pijn een onderdeel is van het leven; pijn voelen is beseffen dat je leeft. Ik benijd je. Als ik zoveel pijn kon voelen, was ik mis-

schien nog dichter. Haal jezelf niet omlaag. Je bent als mens niet minder geworden omdat een egoïstische, arrogante, botte man je niet beminnenswaard vindt. Moet je je eigenwaarde echt laten bepalen door een man, en dan nog wel door Gerard Etienne? Houd jezelf voor dat hij alleen macht over je heeft voor zover je hem dat toestaat. Ontneem hem die macht, dan voel je minder van de pijn. Bedenk wel dat je niet bij de uitgeverij hoeft te blijven, Frances. En zeg nu niet dat er bij uitgeverij Peverell altijd een Peverell heeft gewerkt.'
'Al sinds 1792, nog voor we in Innocent House trokken. Papa zou niet hebben gewild dat ik de laatste werd.'
'Iemand moet het zijn, iemand zal het zijn. Toen je vader nog leefde, had je bepaalde verplichtingen aan hem, maar daar is door zijn dood een einde aan gekomen. We kunnen ons leven niet laten bepalen door mensen die dood zijn.'
Zodra hij het had gezegd, had hij er spijt van; hij verwachtte half dat ze zou zeggen: 'En jij dan? Laat jij je leven soms niet bepalen door de doden, je vrouw, je kinderen die je zijn ontvallen?' Snel liet hij erop volgen: 'Wat zou je het liefst doen als je de vrije hand had?'
'Met kinderen werken, denk ik. Misschien onderwijzeres worden. Na mijn studie zou het me misschien maar een jaar kosten om mijn bevoegdheid te halen. En dan zou ik graag op het platteland willen werken of ergens in een kleine stad.'
'Doe dat dan. Je bent immers vrij om te kiezen. Maar ga niet op zoek naar het geluk. Zoek de juiste baan, de juiste omgeving, de juiste manier van leven. Als je boft, komt het geluk vanzelf. De meeste mensen krijgen een ruime dosis geluk toebedeeld, al hoeft het niet altijd lang te duren.'
'Het verbaast me dat je Blake niet citeert,' zei ze, 'dat gedicht over de verwevenheid van vreugde en pijn tot kleed voor de goddelijke ziel. Hoe was het ook weer?
 "De mens is geschapen tot Vreugde en Smart
 En dragen wij dat besef recht in het hart
 Gaan wij om in de Wereld onbenard."
Alleen geloof jij niet in de goddelijke ziel, hè?'
'Nee, dat zou het toppunt van zelfbedrog zijn.'
'Maar je gaat wel onbenard om in de wereld. En je begrijpt haat. Ik geloof dat ik altijd heb geweten dat je Gerard haat.'
'Nee, je vergist je, Frances. Ik haat hem niet. Ik voel niets ten opzichte van hem, helemaal niets. Waardoor ik veel gevaarlijker voor hem ben dan jij ooit kunt zijn. Moesten we maar niet eens de stukken pakken?'
Hij liep naar de kast in de hoek om het zware schaakbord te pakken en ze schoof de tafel tussen de fauteuils, waarna ze hem hielp de stukken op te

zetten. Hij hield haar zijn vuisten voor om haar te laten kiezen en zei: 'Eigenlijk moet je me een pion voorgeven, uit jeugdige eerbied voor mijn ouderdom.'
'Onzin, vorige keer heb je me nog verslagen. Geen sprake van.'
Ze was verbaasd over zichzelf. Vroeger zou ze hebben toegegeven. Het was een klein bewijs dat ze niet met zich liet sollen en ze zag een lachje op zijn gezicht toen hij met zijn stijve vingers de pionnen terugzette.

6

Juffrouw Blackett ging elke avond terug naar Weaver's Cottage in West Marling, in Kent, waar ze al negentien jaar woonde met haar nicht Joan Willoughby, die ouder was dan zij, en weduwe. Ze gingen vriendschappelijk met elkaar om, maar meer ook niet. Mevrouw Willoughby was met een gepensioneerde dominee getrouwd en toen hij na drie jaar huwelijk was gestorven (in haar hart vermoedde juffrouw Blackett dat geen van beiden het langer had kunnen uithouden), had zijn weduwe het bijna vanzelfsprekend gevonden haar nicht, die in Bayswater een klein flatje huurde, uit te nodigen bij haar in te trekken. Al vroeg in die periode van negentien jaar samenwonen was er een vaste indeling ontstaan die bevredigend was voor beide partijen. Het was Joan die voor de huishouding zorgde en de tuin deed en Blackie die op zondag de hoofdmaaltijd klaarmaakte, die altijd om één uur precies werd gebruikt, een verantwoordelijkheid die haar ontsloeg van de plicht naar de vroegdienst te gaan, al moest ze wel naar de avonddienst. Blackie stond als eerste op en bracht haar nicht een kopje thee; 's avonds maakte ze om half elf een kop Ovomaltine of chocola. Ze gingen samen op vakantie, de laatste twee weken in juli, meestal naar het buitenland, omdat ze geen van beiden iets anders liever wilden. Elk jaar verheugden ze zich op Wimbledon in juni en soms gingen ze in het weekeinde naar een concert, een toneelstuk of een galerie. Ze hielden zichzelf voor, al zeiden ze het niet hardop, dat ze het goed hadden getroffen.
Weaver's Cottage stond aan de noordkant van het dorp. Het bestond uit twee huisjes die in de jaren vijftig waren verbouwd tot één, door een gezin met scherpomlijnde opvattingen over landelijke charme. Het pannendak

47

was vervangen door een rieten dak met drie erkerramen, als bolle ogen; de gewone ramen waren glas-in-loodramen geworden en er was een entree met pergola aangebouwd die in de zomer schuilging onder klimrozen en clematis. Mevrouw Willoughby was heel tevreden met het huis; hoewel de ramen door de glas-in-loodverdeling minder licht toelieten dan ze wel had gewild en hoewel sommige eiken balken minder authentiek waren dan andere, werden die bezwaren nooit uitgesproken. Het huis met het volle rieten dak en de fraaie tuin had op zoveel kalenders gestaan en was zo vaak door toeristen op de foto gezet dat ze zich niet meer druk kon maken om architectonische integriteit. Het grootste deel van de tuin lag aan de voorkant en daar bracht mevrouw Willoughby de meeste uren van haar vrije tijd door met wieden, gieten en planten in wat onbetwist de indrukwekkendste voortuin van heel West Marling was, een lust voor het oog voor de voorbijgangers en de bewoners.
'Ik streef naar iets interessants in elk jaargetijde,' legde ze uit aan mensen die bleven staan om de tuin te bewonderen, en daar slaagde ze zeker in. De tuin getuigde van haar hartstocht en fantasie. Planten gedijden onder haar goede zorg en ze had een instinct voor de verdeling van kleur en massa. Het huis mocht dan niet helemaal authentiek zijn, de tuin was onmiskenbaar Engels. Er was een klein gazon met een moerbeiboom, in het voorjaar omringd door krokussen en sneeuwklokjes en later door de zonnige trompetjes van botanische en grootbloemige narcissen. In de zomer waren de dicht beplante bloembedden die naar de entree leidden overweldigend van kleur en geur terwijl de beukenhaag, laag gesnoeid om de blik op al dat schoons vrij te laten, een levend symbool was van de verstrijkende seizoenen, van de eerste stijf dichtgevouwen, aarzelende knoppen tot het ritseldroge bruin en rood van zijn herfstpracht.
Joan kwam altijd monter en enthousiast terug van de maandelijkse kerkeraadsvergadering. Sommige mensen, bedacht Blackie, zouden weinig plezier beleven aan de schermutselingen met de dominee over zijn voorkeur voor de nieuwe liturgie boven de oude en zijn andere kleine ontsporingen, maar Joan genoot ervan. Ze ging zitten, de mollige dijen vaneen zodat de tweed van haar rok spande, de voeten stevig neergezet onder de Chippendale-tafel, en schonk de twee glaasjes amontillado in. Een droge biscuit knapte tussen haar sterke witte tanden en het kristallen glas, onderdeel van een servies, leek in haar hand te zullen breken.
'Het laatste is neutraal taalgebruik, neem me niet kwalijk. Voor aanstaande zondagavond wil hij "Door de nacht van smart en twijfel" doen, maar dan te zingen als "Hand in hand gaan mensenkind'ren, zonder vreze door de nacht" in plaats van "mannenbroeders"'
'Wat is daartegen?'

'Niets, het is alleen niet wat de dichter heeft geschreven. Leuke dag gehad?'
'Nee. Geen leuke dag.'
Maar de gedachten van mevrouw Willoughby waren nog bij de vergadering. 'Ik ben niet zo dol op die tekst. Nooit geweest ook. Ik begrijp niet wat juffrouw Matlock ermee wil. Nostalgie zeker. Jeugdherinnering. Weinig nachten van smart en twijfel bij de gemeente van St. Margaret. Te weldoorvoed. Te welgesteld. Maar dat komt nog wel als de dominee probeert de heilige communie van acht uur uit 1662 uit de zondagsdienst te schrappen. Dan kunnen we heel wat geknarsetand verwachten.'
'Heeft hij dat voorgesteld?'
'Niet met zoveel woorden, maar hij houdt de omvang van de gemeente in het oog. Jij en ik moeten blijven komen en ik zal zien of ik niet wat mensen in het dorp kan porren. Al dat modieuze gedoe, daar zit Susan natuurlijk achter. Die man zou volstrekt redelijk zijn als hij niet door zijn vrouw werd opgestookt. Ze denkt erover om een opleiding te volgen tot diaken. Straks wordt ze nog tot priester gewijd. Ze zouden allebei beter tot hun recht komen in een gemeente in een binnenstad. Daar kunnen ze zich dan uitleven met banjo's en gitaren en ik neem aan dat de mensen daar het prachtig vinden. Hoe was de trein?'
'Ging wel. Beter dan vanmorgen. Vanochtend tien minuten vertraging op Charing Cross, een slecht begin van een slechte dag. Sonia Clements is vandaag gecremeerd. Meneer Gerard was er niet bij. Die zei dat hij het te druk had. Ze was zeker niet belangrijk genoeg. Maar daardoor kreeg ik natuurlijk het gevoel dat ik op kantoor moest blijven.'
'Dat was geen ramp,' zei Joan. 'Crematies zijn altijd deprimerend. Een goed georganiseerde begrafenis kan nog voldoening geven, maar een crematie niet. Overigens heeft de dominee het gepresteerd voor te stellen de alternatieve liturgie te gebruiken bij de uitvaartdienst aanstaande dinsdag, voor de oude Merryweather. Maar daar heb ik een stokje voor gestoken. Meneer Merryweather was negenentachtig en erg van de oude stempel. Zonder de tekst uit 1662 zou hij het geen christenbegrafenis hebben gevonden.'
Toen Blackie de dinsdag daarvoor thuiskwam met het nieuws dat Sonia Clements zelfmoord had gepleegd, had Joan daar opvallend beheerst op gereageerd. Blackie zei bij zichzelf dat ze daar niet verbaasd over zou moeten zijn. Haar nicht reageerde vaak anders op nieuws en gebeurtenissen dan je zou verwachten. Van kleine huiselijke tegenslagen kon ze volstrekt over haar toeren raken, terwijl een grote tragedie met stoïcijnse kalmte werd aanvaard. En van deze tragedie kon je immers niet aannemen dat ze erdoor geraakt zou zijn. Ze kende Sonia Clements niet en had

haar zelfs nooit ontmoet.
Toen Blackie het nieuws vertelde, zei ze: 'Ik heb natuurlijk mijn mond gehouden op het secretariaat, maar er schijnt op kantoor te worden gedacht dat ze er een eind aan heeft gemaakt omdat meneer Gerard haar had ontslagen. Dat heeft hij vast niet tactvol gedaan. Ze schijnt een briefje te hebben achtergelaten, maar daarin niets over haar baan te hebben gezegd. Toch denken de mensen dat ze nog zou rondlopen als meneer Gerard haar niet de laan uit had gestuurd.'
Joan had heel beslist gereageerd. 'Maar dat is belachelijk. Volwassen vrouwen plegen geen zelfmoord omdat ze hun baan kwijtraken. Als dat een reden was om de hand aan jezelf te slaan, zouden we massagraven moeten aanleggen. Ze had het nooit mogen doen, ze had aan andere mensen moeten denken. Als ze echt niet anders kon, had ze het ergens anders moeten doen. Jij had ook degene kunnen zijn die haar in het archief boven had gevonden. Dat zou hoogst onaangenaam zijn geweest.'
'Het was ook niet prettig voor Mandy Price, onze nieuwe uitzendkracht,' had Blackie gezegd, 'maar ik moet zeggen dat die het heel bedaard opnam. Een ander meisje zou hysterisch zijn geworden.'
'Het heeft geen zin om hysterisch te worden van een lijk. Lijken kunnen je niets doen. Ze mag van geluk spreken als ze in haar leven niets ergers te zien krijgt.'
Blackie nam een slokje sherry en keek met geloken oogleden naar haar nicht, alsof ze haar nog nooit objectief had bekeken. Een stevig lichaam, nauwelijks smaller ter hoogte van het middel; stevige benen met een begin van spataderen boven opvallend welgevormde enkels; vol haar dat eens diepbruin was geweest en nu grijs werd, in een wrong (dat was nooit veranderd in de jaren dat Blackie haar had gekend); een opgewekt, verweerd gezicht. Een verstandig gezicht, zouden de mensen zeggen. Het verstandige gezicht van een verstandige vrouw, een van Barbara Pyms voortreffelijke vrouwen maar zonder de zachtmoedigheid of terughoudendheid van de heldinnen van Barbara Pym. Tegenover alles gaf ze blijk van een genadeloze vriendelijkheid: van de problemen in het dorp tot sterfgevallen en weerspannige koorknapen; de genoegens en plichten in haar leven waren even strikt ingedeeld als het liturgisch jaar dat er vorm en richting aan gaf. Ook Blackies leven had ooit vorm en richting gehad. Nu had Blackie het gevoel dat ze niets in de hand had: haar leven, haar werk, haar gevoelens, het was of Henry Peverell haar door te sterven een wezenlijk deel van haarzelf had afgenomen.
Opeens zei ze: 'Joan, ik geloof niet dat ik op de uitgeverij kan blijven werken. Gerard Etienne is niet te harden. Ik mag niet eens zijn persoonlijke telefoontjes aannemen. Daar heeft hij een eigen lijn voor. Meneer

Peverell liet de deur op een kier staan, met behulp van die tochtwerende slang. Meneer Gerard houdt de deur dicht en hij heeft een hoge kast tegen de glazen scheidingswand geschoven om meer privacy te hebben. Hij denkt nooit aan anderen. Nu heb ik nog minder licht. En ik moet wel plaats inruimen voor de nieuwe uitzendkracht, Mandy Price, maar al haar werk gaat via Emma Wainwright, de assistente van juffrouw Claudia. Ze zou bij Emma moeten zitten. Nu meneer Gerard de scheidingswand heeft verschoven, is er voor mij toch al nauwelijks meer ruimte in mijn kamer. Meneer Peverell zou nooit goed hebben gevonden dat de wand in de eetzaal voor het raam kwam te staan, ook al niet vanwege de plafondversiering. Hij had zo'n hekel aan die wand; hij moest niets van die verbouwing hebben.'
'Kan zijn zuster niet iets doen?' vroeg haar nicht. 'Waarom ga je niet eens met haar praten?'
'Ik klaag niet graag en zeker niet tegen haar. Trouwens, wat kan zij doen? Meneer Gerard heeft de leiding over het bedrijf en het bestuur. Hij maakt het bedrijf kapot en niemand kan tegen hem op. Ik weet niet eens of ze wel tegen hem in het geweer willen komen, behalve misschien juffrouw Frances, en naar haar luistert hij niet.'
'Ga dan weg. Je hoeft daar toch niet te werken.'
'Na zevenentwintig jaar?'
'Lang genoeg om waar dan ook te werken, lijkt me. Ga vervroegd met pensioen. Je bent in het pensioenfonds opgenomen toen de oude meneer Peverell dat instelde. Dat leek me indertijd heel verstandig. Ik heb je aangeraden het te doen, weet je nog? Het zal natuurlijk niet veel zijn, maar het is toch iets. Of je kunt een part-time baantje hier in Tonbridge nemen. Je hebt zoveel ervaring, dat kan niet moeilijk zijn. Maar waarom hou je niet op met werken? We redden ons wel. En er is in het dorp van alles te doen. Ik heb je nooit voor de kerkeraad willen strikken zolang je nog bij Peverell werkte. Ik heb tegen de dominee gezegd: mijn nicht is privésecretaresse en typt de hele dag al. Dan is het niet redelijk om te verwachten dat ze dat 's avonds en in de weekends ook nog eens gaat doen. Ik heb je in bescherming genomen. Maar als je met pensioen gaat, komt het anders te liggen. Geoffrey Harding klaagt dat scriba zijn hem te veel tijd kost. Daar kun je beginnen. En dan is er de Literaire en Historische Vereniging. Die kunnen heel goed je hulp gebruiken als secretaresse.'
De woorden en het leven dat zo summier werd beschreven, joegen Blackie de rillingen over de rug. Het was alsof Joan met die paar zinnen een levenslang vonnis had uitgesproken. Nu pas besefte ze dat West Marling in haar leven maar een heel geringe rol speelde. Ze had geen afkeer van het dorp; de rijtjes tamelijk saaie huizen, het opgeschoten gras van de

meent naast de stinkende vijver, de moderne pub die zonder succes probeerde zeventiende-eeuws te lijken, met een gaskachel in de open haard en zwart geverfde balken, zelfs het kerkje met de achthoekige spits: afkeer was een sterk woord voor de gevoelens die het dorp opriep. Het was waar ze woonde, at en sliep. Maar gedurende zevenentwintig jaar had het zwaartepunt van haar leven ergens anders gelegen. Ze was 's avonds wel blij als ze terug kon naar het comfort en de orde van Weaver's Cottage, naar het bescheiden gezelschap van haar nicht, het aangenaam ruikende houtvuur in de winter, het koele glas in de tuin op zomeravonden. Ze hield van het contrast tussen de landelijke rust en de prikkels en uitdagingen van het kantoor, het schorre geschreeuw op de rivier. Ze moest ergens wonen omdat ze niet bij Henry Peverell kon wonen. Maar nu besefte ze, in een overweldigend ogenblik van scherpziendheid, dat haar leven in West Marling onmogelijk zou zijn zonder haar werk.

Haar leven ontrolde zich in een serie sprekende beelden zonder onderlinge samenhang voor haar geestesoog, een verspringende, onontkoombare reeks: uren, dagen, weken, maanden, jaren van onbevredigende, voorspelbare eentonigheid. De huishoudelijke bezigheden die haar de illusie zouden geven dat ze zich nuttig maakte, in de tuin helpen onder toezicht van Joan, verslagen of brieven tikken voor de kerkeraad of de vrouwenbond, zaterdags naar Tonbridge om boodschappen te doen, plannen maken voor de uitjes die de hoogtepunten van de maand zouden worden, niet rijk genoeg om te ontsnappen, zonder excuus om ontsnapping te rechtvaardigen en nergens een toevluchtsoord. En waarom zou ze willen vertrekken? Het was een leven dat haar niet bevredigde en geestelijk voldeed: haar plaats in de dorpshiërarchie was onbedreigd, het huis was haar onbetwiste eigendom en de tuin, haar bron van vreugde, bleef haar boeien. De meeste mensen zouden vinden dat Blackie bofte met haar aandeel in dat leven, haar gratis inwoning (dat wisten ze vast wel in het dorp, zulke dingen wisten ze instinctief), een prachtig huis, het gezelschap van haar nicht. Ze zou de minst geachte van de twee zijn, de minder populaire, het arme familielid. Haar werk, waarvan de mensen maar half begrepen wat het inhield maar dat door Joan was opgehemeld, had haar een zekere status bezorgd. Dat waren de voordelen van een baan: aanzien, status, gewicht. Was dat niet de reden waarom mensen bang waren voor werkloosheid, waarom voor sommige mannen de pensionering zo traumatisch was? Ze voelde niets voor wat Joan 'een leuk part-time baantje in Tonbridge' had genoemd. Ze wist nu al wat dat zou worden: op een kantoor zitten met allerlei onervaren meisjes die zo van school of de opleiding kwamen en seksueel actief waren, en die een hekel aan haar zouden krijgen vanwege haar bekwaamheid of met haar te doen zouden hebben vanwege haar overduidelijke maagdelijkheid. Hoe kon ze zich verlagen tot part-time werk, zij die eens de rechterhand was geweest van Henry Peverell?

Terwijl ze roerloos met een half leeggedronken glas sherry voor zich naar de amberkleurige gloed staarde, kolkte het in haar hart en haar stem riep geluidloos: 'O mijn liefste, waarom heb je me verlaten? Waarom moest je sterven?'

Ze had hem zelden gezien buiten het werk om, was nooit door hem uitgenodigd in zijn flat op nummer twaalf, had hem nooit uitgenodigd in Weaver's Cottage of met hem over haar privé-leven gesproken. Toch was hij zevenentwintig jaar lang het middelpunt van haar bestaan geweest. Ze had meer uren met hem doorgebracht dan met wie ook. Voor haar was hij altijd meneer Peverell en hij had haar juffrouw Blackett genoemd als er anderen bij waren, en Blackie in haar gezicht. Ze kon zich niet herinneren dat haar handen ooit de zijne hadden aangeraakt sinds die kennismaking, zevenentwintig jaar terug, toen ze als verlegen meisje van zeventien, zo van de opleiding, naar Innocent House was gekomen om te solliciteren en hij glimlachend vanachter zijn bureau was opgestaan om haar te begroeten. Haar typen en steno waren al beoordeeld door de secretaresse die wegging omdat ze op het punt stond te trouwen. Zodra ze naar het knappe, intellectuele gezicht met de opvallend blauwe ogen keek, had ze geweten dat dit de vuurproef was. Hij had weinig over het werk gezegd – maar waarom zou hij? Juffrouw Arkwright had al angstaanjagend uitvoerig uiteengezet wat er van haar verwacht zou worden – maar had gevraagd naar haar reistijd en had gezegd: 'We hebben een motorboot die een aantal mensen naar de uitgeverij vervoert. U kunt op de steiger bij Charing Cross instappen en over de Theems naar het werk komen; tenzij u watervrees hebt.'

En ze had geweten dat haar antwoord de doorslag zou geven, dat ze de baan niet zou krijgen als ze een afkeer had van de rivier. 'Nee,' zei ze, 'ik heb geen watervrees.'

Daarna had ze weinig meer gezegd, haast sprakeloos bij de gedachte elke dag naar dit glinsterende paleis te zullen gaan. Tot slot van het onderhoud had hij gezegd: 'Als u denkt dat u het hier naar uw zin zult hebben, kunnen we het een maand proberen.'

Aan het einde van die maand had hij niets gezegd, maar ze wist dat er ook niets gezegd hoefde te worden. Ze was bij hem gebleven tot de dag waarop hij stierf.

Ze herinnerde zich de ochtend van zijn eerste aanval. Was dat echt nog maar acht maanden geleden? De deur tussen hun kamers had op een kier gestaan, zoals altijd, zoals hij het graag had. De fluwelen slang met zijn rijversierde rug en gevorkte tong van rode flanel had op de vloer gelegen. Hij had haar geroepen met een stem die zo schor en gesmoord klonk dat er nauwelijks een menselijk stemgeluid in te herkennen viel; ze dacht eerst dat ze een schipper op de rivier hoorde. Ze had een paar seconden nodig gehad om te beseffen dat die onaardse stem haar naam riep. Ze was zo snel overeind geschoten dat ze haar stoel had horen wegrollen en was naar zijn bureau gerend. Ze staarde hem aan; hij zat als verlamd achter zijn bureau en durfde zich niet te verroeren; zijn knokkels waren wit van het omklemmen van de armleuningen en zijn ogen puilden uit onder een voorhoofd waarop zweet stond, in glinsterende bolletjes zo dik als etter. 'De pijn, de pijn!' had hij naar adem snakkend uitgebracht. 'Haal een dokter!'

Ze had de telefoon op zijn bureau genegeerd en zich naar haar kamer gehaast alsof ze alleen in die vertrouwde omgeving de crisis aankon. Met trillende vingers had ze in het telefoonboek gezocht tot ze bedacht dat de naam en het nummer van zijn arts in haar zwarte bureau-agenda stonden. Ze rukte de la open en griste de agenda eruit terwijl ze probeerde op de naam te komen; ze wilde wanhopig graag terug naar dat schrikbeeld in de stoel, maar was bang voor wat ze zou aantreffen; ze besefte dat ze zo snel mogelijk hulp moest halen. Toen schoot het haar te binnen. Natuurlijk, een ambulance. Ze moest bellen voor een ambulance. Ze drukte de telefoontoetsen in en hoorde een kalme, gezaghebbende stem die de boodschap doorgaf. De gedrevenheid en doodsangst in haar stem moesten overtuigend zijn geweest. De ambulance zou komen.

Wat er daarna was gebeurd, herinnerde ze zich niet in volgorde, maar als losse, indringende beelden. Bij de deur van zijn kamer zag ze nog net Frances Peverell machteloos naast hem staan voordat Gerard Etienne naar haar toe kwam en, alvorens de deur te sluiten, zei: 'We willen er geen anderen bij. Hij moet lucht hebben.'

Het was de eerste van een reeks afwijzingen. Ze herinnerde zich de geluiden van de reanimerende broeders; zijn hoofd, van haar afgewend, toen hij onder een rode deken langs haar werd gedragen; het snikken van iemand die ze alleen zelf kon zijn geweest; de leegte van het kantoor, zo leeg als het was wanneer ze 's morgens eerder was dan hij, of 's avonds als hij eerder was weggegaan: een leeg kantoor, voor eens en altijd ontdaan van alles wat er inhoud aan had gegeven. Ze had hem nooit meer gezien. Ze had hem in het ziekenhuis willen opzoeken en had Frances Peverell gevraagd welke tijd het beste uit zou komen, maar had te horen gekregen: 'Hij ligt nog steeds op de intensive care. Alleen de familie en de vennoten mogen bij hem. Het spijt me, Blackie.'

Aanvankelijk kwamen er goede berichten. Het ging al veel beter met

hem. Ze hoopten dat hij spoedig naar een gewone kamer kon. En toen kwam vier dagen na de eerste een tweede, zware hartaanval en daaraan was hij bezweken. Bij de crematie had ze op de derde rij gezeten, tussen het overige personeel. Niemand had haar getroost; waarom ook? Officieel was ze geen nabestaande, ze was geen familie. Toen ze buiten naar de bloemen had gekeken en zich niet meer goed had kunnen houden, had Claudia Etienne even naar haar gekeken met een mengeling van verbazing en ergernis, alsof ze wilde zeggen: 'Als zijn dochter en zijn vrienden zich kunnen beheersen, waarom jij dan niet?' Er was op het verdriet gereageerd alsof het smakeloos was, net zo aanmatigend als haar krans, die opviel tussen de eenvoudige snijbloemen van de familie. Ze had onthouden dat ze Gerard Etienne tegen zijn zuster had horen opmerken: 'God, wat overdreven van Blackie. Die krans zou niet misstaan op een maffiabegrafenis in New York. Wat wil ze daar nou mee, de mensen in de waan brengen dat ze zijn maîtresse was?'
En de volgende dag hadden de vijf vennoten in een besloten bijeenkomst zijn as vanaf het terras van Innocent House in de Theems verstrooid. Er was haar niet gevraagd mee te doen, maar Frances Peverell was naar haar kamer gekomen om te zeggen: 'Misschien wil je erbij zijn op het terras, Blackie. Ik denk dat mijn vader dat prettig had gevonden.' Ze was achteraan blijven staan om de anderen niet te storen. Ze hadden een eindje uit elkaar gestaan, dicht bij de rand van het terras. De Witte verpulverde botten, de enige overblijfselen van Henry Peverell, bevonden zich in een blik dat haar vreemd genoeg aan een koekblik deed denken. Ze gaven elkaar het blik door, namen een handvol stof en lieten die in de Theems vallen, of gooiden ermee. Ze herinnerde zich dat het hoog water was geweest, met een stevige bries. De rivier, okerbruin, klotste tegen de steiger en het schuim woei op. Frances Peverell had vochtige handen; er waren asresten aan blijven kleven die ze naderhand verstolen aan haar rok afveegde. Ze was volkomen beheerst toen ze uit haar hoofd uit *Cymbeline* voordroeg, te beginnen met:

> Vrees niet meer de zonnegloed
> Noch het razen van de winter;
> Uw werelds werk is nu gedaan,
> U keert naar huis, naar uw beloning.

Het scheen Blackie toe dat ze hadden vergeten een volgorde vast te stellen en het duurde even voordat James de Witt naar voren kwam om een citaat uit de apocriefen voor te dragen. 'De zielen van de rechtvaardigen zijn in de handen van God en daar zal geen kwelling hen raken.' Vervolgens had hij zijn handjevol as laten vallen alsof hij elke korrel telde. Gabriel Dauntsey had een gedicht van Wilfred Owen voorgedragen dat haar niet bekend voorkwam, maar na afloop had ze het opgezocht en zich verwonderd over zijn keuze.

> Ik ben de schim van Shadwell Stair.
> Langs de werven bij het waterhuis
> En door de abattoirspelonken:
> Ik ben de schaduw die daar doolt.
>
> Toch is mijn lichaam tastbaar en koel
> Met ogen zo woelig als de juwelen
> Van manen en lampen in de hoge Theems
> Als de schemer killend aanzeilt over de Pool.

Claudia Etienne had de kortste bijdrage, twee regels:

> Het ergste dat ons kan gebeuren, welbedacht
> Is een lange sluimering en een lang goenacht.

Ze had luid, maar vrij snel gesproken, met een felle heftigheid die de indruk wekte dat ze het allemaal maar poespas vond. Na haar kwam Jean-Philippe Etienne. Hij was niet meer in Innocent House gezien sinds hij een jaar voor deze dag met pensioen was gegaan en was van zijn afgelegen huis aan de kust in Essex hierheen gebracht door zijn chauffeur; hij was net voor de aanvang gekomen en was niet gebleven voor het koude buffet in de vergaderzaal. Maar zijn bijdrage was de langste en hij had haar met een vlakke stem voorgelezen, waarbij hij zich aan het lofwerk van de balustrade had vastgehouden. De Witt had naderhand gezegd dat het citaat uit de *Overwegingen* van Marcus Aurelius afkomstig was, maar op het moment zelf had Blackie maar een korte passage onthouden:
'Alles van het lichaam is als een rivier, en alles van de ziel als een droom en een nevel; en het leven is krijgsgewoel en een pelgrimsverblijf, en roem na de dood slechts vergetelheid.'
Gerard Etienne was de laatste. Hij had de vermalen botten van zich af geworpen alsof hij het verleden van zich afschudde en Prediker aangehaald:
'Want voor hem die vergezelschapt is bij alle levenden, is er hoop; want een levende hond is beter dan een dode leeuw.
Want de levenden weten, dat zij sterven zullen, maar de doden weten niet met al; zij hebben ook geen loon meer, maar hun gedachtenis is vergeten.

Ook is reeds hun liefde, ook hun haat, ook hun nijdigheid vergaan; en zij hebben geen deel meer in deze eeuw in alles, wat onder de zon geschiedt.' Na afloop hadden ze zich zwijgend afgewend en waren naar de vergaderzaal gegaan voor een koude lunch met wijn. En om twee uur precies was Gerard Etienne zonder iets te zeggen door Blackies kamer naar het kantoor daarachter gelopen en was voor het eerst in de stoel van Henry Peverell gaan zitten. De leeuw was dood en de levende hond had het overgenomen.

7

Na afloop van de crematie van Sonia Clements sloeg James de Witt het aanbod van Frances af om met haar en Gabriel mee te rijden; hij zei dat hij behoefte had aan een eindje lopen en op Golders Green Station de ondergrondse zou nemen. Het was verder lopen van het crematorium dan hij had verwacht, maar hij vond het prettig alleen te zijn. Het overige personeel van uitgeverij Peverell was met auto's van het uitvaartbedrijf naar huis gebracht en hij wist niet wat erger zou zijn geweest: kijken naar het strakke, ongelukkige gezicht van Frances zonder hoop haar te kunnen troosten, of opeengepakt zitten in een opvallende auto tussen de spraakzame jonge personeelsleden die een crematie hadden verkozen boven een middag werken en die, losgelaten na de pseudo-plechtige dienst, zich door zijn aanwezigheid geremd zouden voelen. Zelfs Mandy Price, de uitzendkracht, was gekomen. Maar dat was niet onredelijk; ze was er immers bij geweest toen het lijk werd gevonden.

De crematie was een grimmig gebeuren geworden en dat nam hij zichzelf kwalijk. Hij gaf zichzelf altijd de schuld en bedacht soms dat het een pijnlijke samenloop was dat iemand zo'n levendig schuldbesef had, zonder de religieuze overtuiging die de troost van absolutie omvatte. De zuster van juffrouw Clements, de non, was op het laatste ogenblik als bij toverslag achterin verschenen en was na afloop even razendsnel verdwenen, zodra ze de hand had gedrukt van de mensen van de uitgeverij die zich naar haar toe hadden gehaast om haar binnensmonds te condoleren. Ze had vooraf een brief aan Claudia geschreven met het verzoek aan de firma om de uitvaart te regelen en ze hadden er meer van moeten maken. Hij had zich er meer mee moeten bemoeien in plaats van alles aan Claudia over te laten, wat erop neerkwam dat Claudia's secretaresse alles had geregeld. Er zou, bedacht hij, een dienst moeten zijn voor mensen zonder godsdienst. Waarschijnlijk bestond er wel zo iets en hadden ze daarachter kunnen komen als ze zich meer moeite hadden getroost. Het zou een interessante en misschien zelfs lucratieve onderneming kunnen zijn om zoiets uit te geven, een boek met alternatieve uitvaartriten voor humanisten, atheïsten en agnostici, een herdenking in een vaste vorm, een lofzang op de menselijke geest zonder verwijzing naar een mogelijk voortbestaan. Terwijl hij met grote stappen en wapperende jaspanden naar het metrostation liep, hield hij zichzelf aangenaam bezig met het kiezen van proza- en poëziefragmenten die van toepassing konden zijn. De nostalgische melancholie van 'Look thy last on all things lovely' van De la Mare. Misschien 'Non Dolet' van Oliver Gogarty, 'Ode to Autumn' van Keats voor een oude en Shelley's 'To a Skylark' voor een jonge dode. 'Tintern Abbey' van Wordsworth voor een natuurliefhebber. Liederen in plaats van psalmen of gezangen en het langzame deel van Beethovens Vijfde pianoconcert als passende dodenmars. En natuurlijk was er altijd het derde kapittel van het boek Prediker:

'Alles heeft een bestemde tijd, en alle voornemen onder de hemel heeft zijn tijd.

Er is een tijd om geboren te worden, en een tijd om te sterven; een tijd om te planten, en een tijd om het geplante uit te roeien.

Een tijd om te doden, en een tijd om te genezen; een tijd om af te breken, en een tijd om te bouwen.'

Hij had iets passends voor Sonia in elkaar kunnen draaien, misschien met citaten uit een boek dat ze had laten schrijven en dat ze had bewerkt, een eerbetoon aan die vierentwintig jaar trouwe dienst aan het bedrijf dat Sonia toen ze nog leefde passend zou hebben gevonden. Het was vreemd, bedacht hij, dat zulke overgangsriten zo belangrijk waren, hoewel bedoeld om de levenden te troosten en te verzoenen, omdat de overledene immers onbereikbaar was geworden.

Hij ging langs een supermarkt op Notting Hill om twee pakken halfvolle melk en een flacon afwasmiddel te kopen voordat hij zachtjes zijn huis binnenging. Het was duidelijk dat Rupert bezoek had; stemmen en muziek van boven waren beneden duidelijk te horen. Hij had gehoopt dat Rupert alleen zou zijn en verbaasde zich erover, zoals vaak, dat een man die zo ziek was zoveel lawaai kon velen. Maar het was vrolijk lawaai en Rupert hoefde het niet lang te verdragen. Het was James die na afloop de onvermijdelijke terugslag opving. Opeens had hij het gevoel dat hij ze geen van allen onder ogen kon komen. Hij liep de keuken in en maakte zonder zijn jas uit te doen een beker thee waarmee hij de stille en donkere tuin in ging. Hij liet zich neer op de houten bank bij de achterdeur. Het was een warme avond voor eind september en terwijl hij daar zat in het vallende duister, op nog geen tachtig meter van de drukte en de lichtjes van Notting Hill Gate, was het hem te moede alsof de kleine tuin in zijn stilte alle herinnerde zoetheid van de zomer en rijke aardegeuren van het najaar vasthield.

Al tien jaar, sinds het hem door zijn peetmoeder was nagelaten, was het huis voor hem een niet aflatende bron van genoegen en voldoening. Hij had niet gedacht dat de eigendom hem zo'n intense, egoïstische voldoening zou schenken; sinds zijn jongensjaren had hij zichzelf wijsgemaakt dat hij niet hechtte aan materieel bezit, afgezien van zijn schilderijen. Hij besefte nu dat dit ene eigendom, het meest solide en permanente, het middelpunt van zijn leven was geworden. Hij hield van de bescheiden vroeg negentiende-eeuwse voorgevel, de ramen met de luiken, de salon op de eerste verdieping over de volle diepte van het huis, met aan de voorkant uitzicht op de straat en aan de achterkant een erker die uitzicht bood op zijn eigen kleine tuin en de tuinen van zijn buren. Hij hield van de Regency-meubels die zijn peetmoeder had meegebracht toen betrekkelijke armoede haar had verdreven naar deze nederige straat die toen nog niet was opgewaardeerd. Ze had hem alles nagelaten op haar schilderijen na, maar gezien hun verschil in smaak kon hij dat niet betreuren. Voor alle wanden in de salon stonden boekenkasten van één meter twintig hoogte en daarboven had hij zijn eigen prenten en gouaches opgehangen. De suggestie van vrouwelijke goede smaak was nog niet helemaal uit het huis verdwenen, maar hij had geen behoefte aan het opleggen van een mannelijke sfeer. Elke avond kreeg hij bij het thuiskomen, in de kleine maar elegante hal met verschoten behang en licht gebogen trap, het gevoel dat hij een besloten, veilige en in alle opzichten behaaglijke wereld binnenstapte. Maar dat was voordat hij Rupert in huis had genomen.

Rupert Farlow had vijftien jaar eerder zijn eerste roman bij uitgeverij Peverell gepubliceerd en James herinnerde zich nog de mengeling van opwinding en ontzag waarmee hij het manuscript had gelezen, dat niet via een agent was aangeboden, maar direct bij de uitgeverij was binnengekomen, slordig getikt op slecht papier en zonder begeleidende brief, alleen Ruperts naam en adres, alsof hij de onbekende lezer tartte de kwaliteit ervan te erkennen. Zijn tweede roman, twee jaar later, was minder hartelijk ontvangen, zoals vaak gebeurt bij een tweede roman nadat de eerste een spectaculair succes heeft behaald, maar James was niet teleurgesteld geweest. Voor hem was het tweede boek de bevestiging van een groot talent. Daarna was het stil geworden. Rupert werd niet meer in Londen gesignaleerd en op brieven en telefoontjes kwam geen reactie meer. Het gerucht ging dat hij in Noord-Afrika zat, in Californië, in India. Daarna was hij korte tijd weer opgedoken, maar zonder nieuw werk. Er was geen roman meer gekomen en nu zou die nooit meer komen. Het was Frances Peverell die James had verteld dat ze had gehoord dat Rupert stervende was aan aids en in een hospitium in West-Londen werd verpleegd. Zij ging niet op bezoek, James wel, en hij bleef komen. Rupert maakte een opleving door, maar het personeel van het hospitium wist niet goed wat ze met hem aan moesten. Zijn flat was niet geschikt, zijn hospes had geen begrip, de kameraderie in het hospitium stuitte hem tegen de borst. Die gegevens kwamen er zonder klagen uit. Rupert klaagde nooit, alleen over kleinigheden. Hij scheen zijn ziekte niet als een wrede, onrechtvaardige vloek te beschouwen, maar als een voorbeschikt en onontkoombaar einde, waarin hij zich zonder wrok moest schikken. Rupert toonde moed en karakter in het aanzien van de dood, maar hij was de oude Rupert gebleven, malicieus of ondeugend, lichtgeraakt of temperamentvol, al naar gelang je visie. Aarzelend, bang dat het aanbod verkeerd zou worden begrepen, had James voorgesteld dat Rupert bij hem zou intrekken in Hillgate Village. Het aanbod was aanvaard en het was nu vier maanden geleden dat Rupert bij hem was komen wonen.

Sereniteit, de ordelijkheid en geborgenheid van vroeger waren voorbij. Rupert had moeite met trappen lopen en James had een bed voor hem neergezet in de salon; daar bracht hij het grootste gedeelte van de dag door, of in de erker, als de zon scheen. Er waren een wc en douche op de eerste verdieping en een kamer, nauwelijks groter dan een kast, waarin James een keuken had ingericht, compleet met elektrische ketel en tweepitskomfoor, waar hij koffie kon zetten of tosti's maken. De eerste verdieping was in feite een aparte flat geworden die Rupert had overgenomen en waarop hij het stempel van zijn rommelige, respectloze en plagerige karakter zette. Ironisch genoeg was het huis minder vredig geworden nu er een stervende in woonde. Er was een constante stroom bezoek: Ruperts huidige en oude buddy's, zijn reflexoloog, de masseuse die geuren van exotische oliën achterliet en pastor Michael, die volgens Rupert kwam om hem de biecht af te nemen. Maar Rupert bezag hem met dezelfde geamuseerde toegeeflijkheid als de mensen die zijn lichamelijke verzorging ter hand namen. De vrienden waren er zelden als James thuis was, behalve in het weekend, hoewel hij elke avond kon zien dat ze waren geweest: bloemen, tijdschriften, fruit, flessen met geurige oliën. Ze kletsten, zetten koffie, kregen een glas aangeboden. Een keer vroeg hij aan Rupert: 'Houdt pastor Michael van wijn?'

'Hij weet in elk geval wel wat voor fles hij uit de kelder moet halen.'
'Dan is het goed.'
James had er geen bezwaar tegen dat pastor Michael zijn bordeaux dronk, zolang hij maar besefte wat hij dronk.

Hij had Rupert een bronzen belletje gegeven, zo doordringend van klank als een schoolbel, zodat Rupert hem 's nachts kon wekken als hij hulp nodig had. Hij sliep nu licht, beducht voor het luide geschel en dacht in zijn halfslaap aan het bolderen van lijkenkarren in Londen tijdens de pest, en de klaaglijke kreet: 'Breng uw doden naar buiten!'

Hij herinnerde zich nog elk woord van een gesprek twee maanden eerder; Ruperts waakzame, spottende ogen en glimlachende gezicht dat hem had uitgedaagd hem niet te geloven.

'Het zijn gewoon de feiten die ik je vertel. Gerard Etienne wist dat Eric aids had en hij heeft ons met elkaar in contact gebracht. Ik klaag niet, verre van dat. Ik kon kiezen. Gerard heeft ons niet echt ingestopt.'

'Jammer dat je geen gebruik hebt gemaakt van je mogelijkheid om te kiezen.'

'Maar dat heb ik gedaan. Ik wil niet beweren dat ik er lang over heb nagedacht. Jij hebt Eric niet gekend, hè? Hij was een schoonheid. Dat zijn maar heel weinig mensen. Aantrekkelijk, knap, sexy, leuk om te zien, dat wel, maar schoonheid is zeldzaam. Eric was een schoonheid. Schoonheid heb ik nooit kunnen weerstaan.'

'Is dat alles wat je van een minnaar vroeg: schoonheid?'

Rupert had hem met spottende ogen en stem nagebauwd.

'Is dat alles wat je van een minnaar vroeg? Beste James, in wat voor wereld leef je, wat ben je voor iemand? Nee, dat is niet alles wat ik vroeg. Vroeg, verleden tijd, merk ik op. Het zou tactvoller zijn als je op je grammatica lette. Nee, dat was niet alles. Ik wilde iemand die mij ook wilde en in bed over bepaalde bekwaamheden beschikte. Ik heb Eric niet gevraagd of hij de voorkeur gaf aan jazz boven kamermuziek, aan opera boven ballet, of, belangrijker nog, wat voor wijn hij het liefst dronk. Ik bedoel begeerte, ik bedoel liefde. Christus, het is of je Mozart uitlegt aan iemand die a-muzikaal is. Laten we het hierop houden: Gerard Etienne heeft ons opzettelijk met elkaar in contact gebracht. En hij wist toen al dat Eric aids had. Hij hoopte misschien dat we met elkaar naar bed zouden gaan, dat kan in zijn bedoeling hebben gelegen, misschien kon het hem ook geen barst schelen. Misschien vond hij het amusant. Ik weet niet wat zijn bedoelingen waren. Het kon me ook niet veel schelen. Ik wist wat ik wilde.'

'En Eric, die wist dat hij een besmettelijke ziekte had, heeft niets tegen jou gezegd? Mijn God, wat bezielde hem?'

'Nou, niet meteen. Later wel. Ik verwijt hem niets en als ik hem niets verwijt, kun jij je morele oordeel achterwege laten. En ik weet niet wat hem bezielde. Ik laat mijn vrienden in hun waarde. Misschien wilde hij een metgezel op het laatste eindje voordat hij zelf de lange stilte ging verkennen.' En hij had eraan toegevoegd: 'Vergeef jij je vrienden niet?'
'Vergiffenis is een vreemd begrip voor vrienden. Maar geen van mijn vrienden heeft mij met een dodelijke ziekte besmet.'
'Maar mijn beste James, daar geef je ze toch nauwelijks de kans toe.'
Hij had Rupert ondervraagd met de neutrale vasthoudendheid van een ervaren onderzoeker; hij moest hem de waarheid ontfutselen, hij moest het absoluut weten. 'Hoe kun je zeker weten dat Etienne wist dat Eric ziek was?'
'James, ik laat me door jou niet verhoren. Je klinkt als een aanklager. En je drukt je wel graag in eufemismen uit. Dat wist hij omdat Eric het tegen hem had gezegd. Etienne had hem gevraagd wanneer hij weer een boek kon verwachten. De uitgeverij had goed verdiend aan zijn eerste reisboek. Etienne had het goedkoop kunnen krijgen en hoopte waarschijnlijk dat hij een tweede boek op dezelfde voorwaarden zou kunnen kopen. Eric zei dat er geen boek meer zou komen. Hij had er de energie niet meer voor, hij had er ook geen zin meer in. Hij wilde de tijd die hij nog had anders besteden.'
'Met jou, bij voorbeeld.'
'Uiteindelijk wel. Twee weken na dat gesprek organiseerde Etienne dat tochtje over de rivier. Wat op zichzelf al verdacht was, denk je niet? Helemaal niets voor Etienne, dat soort vrolijkheid. Tjoeketjoek over Vadertje Theems naar de stuw, tjoeketjoek weer terug met gerookte zalm en champagne. Hoe heb jij je daar trouwens aan kunnen onttrekken?'
'Ik zat in Frankrijk.'
'Natuurlijk. Je tweede huis. Vreemd dat Etienne er geen moeite mee heeft al die jaren zijn geboorteland niet te zien. Gerard en Claudia gaan daar niet meer heen, hè? Je zou denken dat ze nog wel eens zouden willen rondkijken in de omgeving waar papa en zijn makkers zich zo goed hebben vermaakt met Duitsers neerpaffen vanachter de rotsblokken. Zij gaan er nooit heen en jij zo vaak. Wat doe je daar, onderzoek naar wat hij heeft gedaan?'
'Waarom zou ik dat doen?'
'Het was maar een opmerking, ik bedoelde er niets mee. En trouwens, de oude Etienne was brandschoon. Alles is nagetrokken en het lijdt geen twijfel meer: hij was een authentieke held.'
'Vertel verder over het tochtje op de rivier.'
'O, gewoon. Giechelende typistes, juffrouw Blackett een beetje aange-

schoten, met een rood opgezet gezicht en die akelige jongejuffrouwenguitigheid van haar. Ze had die tochtslang meegenomen. Sissende Sid noemen ze die. Curieuze vrouw. Geen enkel gevoel voor humor, had ik gedacht, behalve op het punt van die slang. Een paar meisjes hingen hem over de rand en dreigden hem te verdrinken, en een van de meisjes deed alsof ze het beest champagne te drinken gaf. Ten slotte bonden ze hem om Erics hals en hij droeg hem mee naar huis. Maar dat was later. Stroomopwaarts zocht ik mijn toevlucht voor in de motorboot. Daar stond Eric in zijn eentje, roerloos, als een boegbeeld. Hij draaide zich om en keek me aan.' Rupert zweeg even vervolgde toen, bijna fluisterend: 'Hij draaide zich om en keek me aan. James, wat ik net heb verteld, kun je beter vergeten.'
'Nee, dat doe ik niet. Is het waar?'
'Natuurlijk, ik zeg toch altijd de waarheid?'
'Nee Rupert, niet altijd.'
Opeens werd hij ruw gestoord. De keukendeur zwaaide open en Ruperts buddy stak zijn hoofd naar buiten. 'Ik dacht al dat ik de voordeur hoorde. We gaan zo. Rupert vroeg of je thuis was. Anders loop je meteen door naar boven.'
'Ja,' zei James, 'anders loop ik meteen door naar boven.'
'Dus wat doe je nou hier?'
Hij vroeg het bijna achteloos, maar James antwoordde: 'Peinzen over het derde kapittel van Prediker.'
'Ik geloof dat Rupert je graag wil zien.'
'Ik kom eraan,' en moeizaam als een oude man beklom hij de trap, naar de wanorde, de warmte, de exotische rommeligheid die tegenwoordig heerste in zijn salon.

8

Het was negen uur en op de bovenste verdieping van een rijtjeshuis achter Westbourne Grove lag Claudia Etienne met haar minnaar in bed.
'Ik vraag me af,' zei ze, 'waarom je je na een sterfgeval altijd geil voelt. De krachtige verbinding van dood en seks, denk ik. Wist je dat Victoriaanse prostituées hun klanten afwerkten op begraafplaatsen, op grafstenen?'

'Hard, koud en luguber. Ik hoop dat ze er aambeien van kregen. Ik zou het niet opwindend vinden. Ik zou telkens moeten denken aan het rottende lijk onder de grond en al die volgevreten wormen die de openingen in en uit kropen. Schatje, wat weet je toch een bijzondere dingen. Bij jou zijn is altijd leerzaam.'
'Ja,' zei ze. 'Dat weet ik.' Ze vroeg zich af of hij net als zij aan andere dingen dacht dan historische feiten. 'Bij jou zijn' had hij gezegd, niet 'houden van jou'.
Hij ging op zijn zij liggen om naar haar te kijken en steunde zijn hoofd op zijn hand. 'Was het heel erg, de crematie?'
'Zowel vervelend als grimmig: muziek uit blik, een kist die wel een kringloopprodukt leek, een orde van dienst die bedoeld leek om niemand voor het hoofd te stoten, ook God niet, en een dominee die zijn best deed de indruk te wekken dat we ons met iets zinnigs bezighielden.'
'Als ik aan de beurt ben,' zei hij, 'wil ik graag op een brandstapel verbrand worden, zoals Keats.'
'Shelley.'
'Die dichter, in elk geval. Een warme, winderige avond, geen lijkkist, veel drank en al je vrienden die eerst naakt gaan zwemmen en daarna dansen om het vuur, allemaal lekker verwarmd door mij. En de as kan wegspoelen met de vloed. Denk je dat iemand daarvoor zorgt, als ik in mijn testament vermeld hoe ik het wil hebben?'
'Reken er maar niet op. Waarschijnlijk kom je in Golders Green terecht, net als iedereen.'
Zijn slaapkamer was klein en de vloer werd bijna geheel in beslag genomen door een anderhalve meter breed Victoriaans bed van versierd koper, met knoppen op de hoge beddestijlen. Over die stijlen had Declan een Victoriaanse patchworksprei gespannen die hier en daar zwaar gehavend was.
De sprei hing boven hen wanneer ze de liefde bedreven, een rijkgeschakeerd baldakijn van glanzende zijde en satijn. Er hingen rafels zijde af en ze voelde zin om eraan te trekken. De sprei was gevoerd met oude brieven, zag ze; de zwarte hanepoten van een allang gestorven hand waren duidelijk te onderscheiden. Een familiegeschiedenis, de zorgen en triomfen van een gezin hingen hun boven het hoofd.
Zijn koninkrijk, het scheen haar een koninkrijk toe, bevond zich onder hen. De winkel, het hele huis, behoorde meneer Simon toe (zijn voornaam had ze nooit gehoord) en hij verhuurde de twee bovenverdiepingen tegen een belachelijke vergoeding aan Declan; hij betaalde hem even zuinig voor zijn werkzaamheden in de winkel. Hij was er zelf altijd om zijn goede klanten te begroeten; hij zat met een zwart keppeltje op aan

een Dickensiaans bureau net voorbij de deur, maar hield zich grotendeels afzijdig van inkoop en verkoop, al beheerde hij wel de kas. De voorkant van de winkel werd onder zijn persoonlijke toezicht ingericht: de mooiste meubels, schilderijen en kunstvoorwerpen zo uitgestald dat ze het best tot hun recht kwamen. De achterkant van de winkel beschouwde Declan als zijn domein. Het was een lange serre van gehard glas met in beide hoeken een palmboom: een slanke stam van ijzer en loof, dat trilde als je er met een hand langs streek, van platen felgroen geschilderd tin. Deze herinnering aan mediterrane zon contrasteerde met de kapelachtige sfeer in de serre. Lage glaspanelen waren vervangen door grillig gevormde stukken glas-in-lood van gesloopte kerken; een legpuzzel van engelen met geel haar en heiligen met stralenkransen, sombere apostelen, fragmenten van een aanbidding of het laatste avondmaal, huiselijke vignetten van handen die wijn in een kan schonken of broden optilden. In een flatteuze wanorde waren op tafels en stoelen de voorwerpen uitgestald die Declan had aangekocht en hier kwamen zijn klanten snuffelen, zich verbazen, bewonderen en ontdekkingen doen.
Er vielen inderdaad ontdekkingen te doen. Declan had er oog voor, zoals Claudia moest toegeven. Hij hield van schoonheid, afwisseling, curiosa. Hij was buitengewoon deskundig op terreinen waarvan zij weinig wist. Ze verbaasde zich evenzeer over wat hij wist als over wat hij niet wist. Soms promoveerden zijn vondsten naar het voorste gedeelte van de winkel en dan was zijn belangstelling meteen over, maar zijn liefde voor al zijn aanwinsten was grillig. 'Je begrijpt toch wel, lieve Claudia, dat ik het moest hebben? Je begrijpt toch wel dat ik het wel moest kopen?' Hij streelde en bewonderde elke nieuwe aankoop en was er zo trots op dat hij er een ereplaats voor uitkoos. Maar drie maanden later was het ding op mysterieuze wijze verdrongen door iets nieuws waar hij enthousiast over was. Hij streefde niet naar een geheel; voorwerpen kwamen door elkaar te staan, de waardeloze en de waardevolle. Een Staffordshire-aardewerk beeldje van Garibaldi te paard, een juskom van Bloor Derby met een barst erin, opgezette vogels onder glazen stolpen, sentimentele Victoriaanse waterverfschilderijen, bronzen bustes van Disraeli en Gladstone, een logge Victoriaanse ladenkast, twee vergulde art-deco-stoelen, een opgezette beer, een groezelige pet van een Luftwaffe-officier.
Naar het laatste voorwerp had ze gekeken toen ze vroeg: 'Als wat verkoop je dit, als eigendom van wijlen veldmaarschalk Hermann Göring?' Ze wist niets van zijn verleden. Een keer had hij met een dik opgelegd, weinig overtuigend Iers accent gezegd: 'Ja, ik ben maar een arm jongetje uit Tipperary, mijn ma is dood en God mag weten waar mijn pa is.' Maar daar had ze geen ogenblik in geloofd. Zijn lichte, verzorgde stem verried

niets van zijn herkomst of het milieu waarin hij was opgegroeid. Wanneer ze gingen trouwen – als ze gingen trouwen – zou hij haar wel iets over zichzelf vertellen, nam ze aan, en anders zou ze er waarschijnlijk naar vragen. Nu werd ze nog door een instinct gewaarschuwd dat het onverstandig was, zodat ze haar vragen voor zich hield. Ze kon zich hem moeilijk voorstellen met een orthodox verleden, ouders en broertjes en zusjes, school, een eerste baan. Ze had soms het gevoel dat hij een exotisch wisselkind was dat spontaan was ontstaan in die volle achterkamer en gretige vingers had uitgestrekt naar voorwerpen uit verstreken eeuwen, zonder andere tastbaarheid dan in het huidige ogenblik.

Ze hadden elkaar een half jaar terug leren kennen; ze zaten naast elkaar in de ondergrondse gedurende een ernstige stremming op de Central Line. Tijdens het wachten, dat eindeloos leek te duren voordat ze ten slotte opdracht kregen de trein te verlaten en langs het spoor naar het station te lopen, had hij schuins naar haar *Independent* gekeken; toen hun blikken elkaar kruisten, had hij met een verontschuldigend lachje gezegd: 'Het spijt me, ik weet dat het onbehoorlijk is, maar ik heb een beetje last van claustrofobie en het kost me minder moeite om te wachten als ik iets te lezen heb. Meestal heb ik wel wat bij me.'

'Neem mijn krant maar, ik heb hem uit. En ik heb nog een boek in mijn tas.'

Ze hadden naast elkaar zitten lezen, zonder iets te zeggen, maar ze was zich erg bewust geweest van zijn aanwezigheid. Ze had zichzelf voorgehouden dat het door de spanning kwam en een lichte angst. Toen ze opdracht kregen de trein te verlaten brak er geen paniek uit, maar het was een onaangename ervaring en sommige mensen waren erg bang. Een paar grappenmakers hadden op de spanning gereageerd met grove grappen en luid gelach, maar de meesten hadden er het zwijgen toe gedaan. Een bejaarde vrouw die dicht bij hen had gezeten, had het kennelijk te kwaad en samen hadden ze haar geholpen naar het station te lopen. Ze had verteld dat ze een hartkwaal had en astma en bang was dat ze door het stof in de tunnel een aanval zou krijgen.

Op het station hadden ze haar overgedragen aan een van de inderhaast opgetrommelde verpleegsters, waarna hij tegen Claudia had gezegd: 'Volgens mij hebben we een borrel verdiend. Ik ga in elk geval wat drinken. Zullen we naar een pub gaan?'

Ze had bedacht dat niets zo tot intimiteit prikkelde als samen doorstaan gevaar, gevolgd door samen beleefde gezelligheid, en dat het dus verstandiger zou zijn om afscheid te nemen en naar huis te gaan. In plaats daarvan was ze op het aanbod ingegaan. Toen ze ten slotte uit elkaar gingen, wist ze waarop het zou uitlopen. Maar ze had de tijd genomen. Ze was

nooit aan een verhouding begonnen zonder de vaste overtuiging dat ze de zaak in de hand kon houden, dat de ander meer van haar zou houden dan zij van hem, dat ze eerder hem pijn zou doen dan gekwetst zou worden. Daar was ze nu niet zo zeker meer van.
Ongeveer een maand nadat het was begonnen had hij gezegd: 'Waarom trouwen we niet?'
Het voorstel – ze beschouwde het nauwelijks als een aanzoek – had haar zo verrast dat ze er even sprakeloos van was. 'Lijkt je dat een goed idee?' vervolgde hij.
Ze merkte dat ze er serieus op inging zonder te weten of het voor hem een inval was zoals hij haar wel vaker voorlegde zonder te verwachten dat ze erin zou geloven, en soms zonder dat het hem veel kon schelen of ze hem geloofde of niet.
Langzaam zei ze: 'Als je het meent, dan is het antwoord dat het een heel slecht idee zou zijn.'
'Nou goed, laten we ons dan verloven! Ik voel wel voor een permanente verloving.'
'Dat is onlogisch.'
'Waarom? De oude Simon zou het prettig vinden. Dan kan ik "ik verwacht mijn verloofde" zeggen. Dan is hij minder gechoqueerd als je blijft slapen.'
'Hij heeft nooit iets van gechoqueerdheid laten merken. Volgens mij zou het hem niet kunnen schelen als we voor in de winkel neukten, als we de klanten maar niet afschrikten en niets stukmaakten.'
Maar hij noemde haar tegenover de oude Simon soms zijn verloofde en ze had het gevoel dat ze hem nauwelijks kon tegenspreken zonder hem en zichzelf voor gek te zetten of er meer nadruk op te leggen dan de zaak waard was. Hij sprak niet meer over trouwen, maar het verontrustte haar dat het idee bij haar al begon post te vatten.
Toen ze die avond van het crematorium kwam, had ze meneer Simon gegroet en was doorgelopen naar achteren. Declan stond een miniatuur te bestuderen. Ze vond het prettig hem te zien met het voorwerp dat zijn enthousiasme gold, al was dat enthousiasme ook vluchtig. Het was een schilderijtje van een dame uit de achttiende eeuw; haar gedecolleteerde lijfje en geplooid hemdje waren heel verfijnd geschilderd. Misschien was het gezicht onder de hoge, gepoederde pruik iets te onnozel mooi.
'Betaald door een rijke minnaar, stel ik me voor,' had hij gezegd. 'Ze lijkt meer op een hoer dan op een echtgenote, hè? Volgens mij kan het een Richard Corey zijn. In dat geval is het een vondst. Je begrijpt toch wel dat ik het moest hebben?'
'Hoe kom je eraan?'

'Een vrouw had een advertentie gezet voor een aantal tekeningen waarvan ze dacht dat het originelen waren. Dat waren het niet. Dit is wel echt.'
'Hoeveel heb je ervoor betaald?'
'Drie vijftig. Met minder was ze ook tevreden geweest. Ze had het geld hard nodig. Ik verspreid graag een beetje geluk om me heen door iets meer te betalen dan wordt verwacht.'
'En het is zeker het driedubbele waard.'
'Zoiets. Mooi, hè? Het ding zelf, bedoel ik. Die naar achteren krullende lok. Het lijkt me beter dit niet voor in de winkel aan te bieden, want dan kan het gemakkelijk worden gepikt. De ogen van de oude Simon zijn niet meer zo goed als vroeger.'
'Volgens mij is hij ziek,' zei ze. 'Moet je hem niet aanmoedigen naar de dokter te gaan?'
'Dat heeft geen zin, dat heb ik al eens geprobeerd. Hij haat dokters. Hij is doodsbang dat ze hem naar het ziekenhuis sturen en dat vindt hij nog verschrikkelijker. Voor hem is een ziekenhuis een plek waar mensen doodgaan en daar wil hij niet aan denken. Dat is ook niet zo vreemd als je hele familie in Auschwitz is uitgevaagd.'
Hij ging op zijn rug liggen en staarde naar de lapjes zijde waarop de lamp naast het bed een zacht schijnsel wierp. 'Heb je al met Gerard gepraat?' vroeg hij.
'Nee, nog niet. Dat doe ik na de eerstvolgende directievergadering.'
'Luister, Claudia, ik wil de winkel hebben. Ik moet hem hebben. Ik heb hem gemaakt. Alles wat eraan veranderd is, is mijn werk. Simon mag hem niet aan een ander verkopen.'
'Dat weet ik. We moeten zorgen dat hij dat niet doet.'
Vreemd toch, dacht ze, die drang om te geven, om alle wensen van de geliefde te bevredigen, als om hem te verzoenen met de last van het bemind worden. Of bestond er een diepere, irrationele overtuiging dat hij verdiende wat hij wilde hebben omdat hij nu eenmaal beminnenswaard was? En als Declan iets wilde hebben, wilde hij het hebben met de volharding van een verwend kind, zonder reserve, zonder waardigheid, zonder geduld. Maar ze hield zichzelf voor dat deze wens nu juist wel volwassen en redelijk was. Het huis met de twee appartementen en de winkel met inventaris waren een koopje voor driehonderdvijftigduizend pond. Simon wilde verkopen en wilde aan Declan verkopen, maar hij kon niet veel langer wachten.
'Heb je hem pas nog gesproken? Hoeveel tijd hebben we nog?'
'Hij wil het eind oktober definitief weten, maar liever zo spoedig mogelijk. Hij wil dolgraag met zijn oude botten in de zon.'
'Ik ga Gerard voorstellen me uit te kopen,' zei Claudia langzaam.

'Al je aandelen in uitgeverij Peverell, bedoel je? Kan hij dat opbrengen?'
'Niet zonder moeite, maar als hij het wil, ziet hij wel kans het bijeen te brengen.'
'En je kunt er niet op een andere manier aankomen?'
Ze dacht: ik kan mijn flat in het Barbican verkopen en hier komen wonen, maar wat schieten we daarmee op? 'Ik heb geen driehonderdvijftigduizend pond op de bank staan, als je dat bedoelt.'
'Gerard is je broer,' hield hij aan. 'Die wil je toch wel helpen.'
'We zijn niet zo intiem. Dat is ook begrijpelijk. Na de dood van onze moeder zijn we allebei naar een andere school gestuurd. We zagen elkaar nauwelijks toen we nog niet in Innocent House werkten. Hij koopt mijn aandelen alleen als hij denkt dat hij erop vooruitgaat. Anders niet.'
'Wanneer vraag je het hem?'
'Na de directievergadering op veertien oktober.'
'Waarom niet eerder?'
'Omdat dat het beste ogenblik is.'
Ze bleven een poosje zwijgend liggen.
Opeens zei ze: 'Declan, laten we de veertiende de rivier op gaan. Als jij me nou om half zeven afhaalt, dan varen we met de motorboot naar de stuw. Die heb je nog nooit in het donker gezien.'
'Die heb ik helemaal nog nooit gezien. Wordt dat niet een koud uitje?'
'Welnee. Je kunt toch iets warms aantrekken. Ik neem een thermosfles met soep mee en wijn. Het is echt de moeite waard om te zien, Declan, die grote kappen die uit de donkere rivier boven je hoofd oprijzen. Zeg nou ja. We kunnen in Greenwich in een pub wat eten.'
'Goed dan,' zei hij. 'Waarom niet. Ik ga mee. Ik begrijp niet waarom we dat nu al moeten afspreken, maar ik ga mee, als ik je broer maar niet hoef te ontmoeten.'
'Dat kan ik je wel beloven.'
'Half zeven bij Innocent House. Of eerder als je dat liever wilt.'
'Half zeven kan het pas. Dan is de motorboot pas vrij.'
'Je zegt het alsof het belangrijk is,' zei hij.
'Ja,' zei ze. 'Ja, het is belangrijk, belangrijk voor ons allebei.'

9

Meteen na het schaken vertrok Gabriel; hij had gemakkelijk van Frances gewonnen. Een beetje schuldbewust zag ze dat hij erg moe was en ze vroeg zich af of hij uit medelijden met haar naar boven was gekomen, en niet omdat hij behoefte had aan gezelschap. De crematie moest voor hem zwaarder zijn geweest dan voor de andere vennoten. Hij was immers de enige voor wie Sonia sympathie had laten blijken. Haar eigen aarzelende pogingen tot vriendschap had Sonia subtiel afgeketst, bijna alsof een Peverell zijn haar diskwalificeerde voor toenadering. Misschien was hij wel de enige van de vennoten die haar dood als een persoonlijk verlies voelde.

Het schaken had haar geest gescherpt en ze wist dat ze, als ze nu naar bed ging, een slapeloze nacht zou doorbrengen met perioden van halfslaap waardoor ze 's ochtends vermoeider was dan wanneer ze helemaal niet naar bed was gegaan. In een opwelling liep ze naar de kast in de hal om haar warme winterjas te pakken, deed het licht uit, duwde de deur open en liep het balkon op. De nachtlucht rook koud en schoon, met de vertrouwde zilte geur van de rivier. Ze greep de balustrade vast en voelde zich alsof ze lichaamloos in de lucht zweefde. Er hing een lage bewolking over Londen met een roze rand, als watten die het bloed van de stad hadden opgezogen. Terwijl ze stond te kijken scheidden de wolken zich langzaam en ze zag het heldere blauwzwart van de late avondhemel met een enkele ster. Een helikopter vloog als een met juwelen bezette metalen libelle ratelend stroomopwaarts. Zo had haar vader avond aan avond gestaan voordat hij naar bed ging. Na het eten was zij in de keuken bezig en als ze dan weer binnenkwam, was de kamer donker, op één lampje na, en zag ze de donkere schaduw van die zwijgende, roerloze gedaante die over de rivier stond uit te kijken.

Ze waren naar nummer twaalf verhuisd in 1983, toen het bedrijf in een periode van betrekkelijke voorspoed uitbreidde en er extra kantoorruimte nodig was in Innocent House. Nummer twaalf was verhuurd aan een oude man die op een geschikt ogenblik was overleden, waarna het huis kon worden verbouwd tot een flat op de bovenste verdieping voor haarzelf en haar vader en een kleinere flat beneden voor Gabriel Dauntsey. Haar vader had de noodzaak van verhuizen filosofisch opgenomen, het leek zelfs wel alsof hij zich erover verheugde, en ze vermoedde dat hij pas in 1985, toen ze na Oxford bij hem introk, de flat klein was gaan vinden, bijna benauwend.

Haar moeder, die nooit sterk was geweest, was plotseling en onverwacht aan een viruspneumonie overleden toen Frances vijf jaar was; ze was opgegroeid met haar vader en een verzorgster in Innocent House. Pas als volwassene had ze beseft hoe bijzonder die jeugdjaren waren geweest, hoe ongeschikt het huis was als onderkomen voor een gezin, zelfs een door de dood beperkt gezin van vader en dochter. Ze had geen vriendinnetjes die vlakbij woonden; slechts enkele achttiende-eeuwse pleinen in East End waren modieuze enclaves voor de middenklasse. Haar speelterrein was de glinsterende marmeren hal en de voorhof waar ze, ondanks de beschermende balustrade, altijd scherp in het oog werd gehouden en niet mocht fietsen of met een bal spelen. De straten waren niet veilig voor een kind en met juf Bostock werd ze soms met de motorboot van de uitgeverij naar de overkant gebracht, naar een kleine privé-school in Greenwich waar de nadruk eerder op goede manieren lag dan op onderzoekend intellect. Maar meestal was de motorboot nodig om personeelsleden op te halen en dan werden zij en juf Bostock door de chauffeur naar de voetgangerstunnel onder de Theems gebracht; op hun onderaardse wandeling werden ze voor de veiligheid altijd begeleid door de chauffeur of haar vader.

Het kwam niet bij de volwassenen op dat ze de tunnel doodeng vond en zelf had ze liever haar tong afgebeten dan dat toe te geven. Ze wist van haar vroegste jaren af dat haar vader moed als de hoogste deugd beschouwde. Ze liep tussen de volwassenen in, hield met gespeelde braafheid hun handen vast en probeerde niet te hard in hun vingers te knijpen; ze boog haar hoofd zodat ze niet konden zien dat ze haar ogen stijf dicht hield, rook de kenmerkende tunnelgeur, hoorde de echo van hun voetstappen en dacht aan dat enorme gewicht van klotsend water, angstaanjagend sterk, dat op een dag het dak van de tunnel zou forceren en zou gaan doorlekken, eerst met dikke droppels terwijl de tegels barstten en dan plotseling, in een razende golf van zwart stinkend water dat hen kolkend zou meesleuren tot er niets meer was tussen hun spartelende lichamen en gillende monden dan een paar centimeter ruimte en lucht. En daarna dat niet eens meer.

Vijf minuten later kwamen ze met de lift in het daglicht terug en zagen het prachtig glanzende complex van de marine-academie in Greenwich, met zijn tweelingkoepels en met goud aangestreken weervanen. Voor het kind was het alsof ze uit de hel kwam en door de hemelse stad werd verblind. Hier lag ook de slanke Cutty Sark met zijn hoge masten. Haar vader vertelde haar over het monopolie dat de Engelse Oostindische Compagnie in de achttiende eeuw had op de handel met het Verre Oosten en hoe die op snelheid gebouwde grote klippers met elkaar wedijverden om in recordtijd de bederfelijke en kostbare thee uit China en India naar

Engeland te brengen.

Van jongsaf aan had haar vader haar verhalen verteld over de rivier, die voor hem bijna een obsessie was, een grote slagader, een eindeloze bron van fascinatie, die telkens wisselend op zijn krachtige stroom de hele geschiedenis van Engeland torste. Hij vertelde van de vlotten en primitieve bootjes van de vroegste Theemsvaarders, de vierkant getuigde schepen van de Romeinen die vrachtgoed naar Londinium brachten, de lange schepen van de Vikingen met hun hoog oprijzende boeg. Hij beschreef haar de rivier in het begin van de achttiende eeuw, toen Londen de grootste haven ter wereld was en de hoge masten van de schepen aan kaden en werven leken op een door de wind kaalgeblazen bos. Hij vertelde haar van het ruwe leven aan de havenkant en de vele beroepen die hun bestaan dankten aan deze levensstroom; de stuwadoors of bevrachters, de parlevinkers die met hun bootjes de afgemeerde grote schepen van proviand voorzagen, de touwslagers die trossen en want leverden, scheepsbouwers, zeilmakers, scheepsbakkers, timmerlieden, rattenvangers, logementhouders, kasteleins, pandjesbazen en tagrijns, de armen en de rijken die hun levensonderhoud aan de rivier ontleenden. Hij had haar beschreven hoe het bij bijzondere gelegenheden was toegegaan: Hendrik VIII die in de met goud versierde koninklijke sloep naar Hampton Court werd geroeid, de lange riemen die ten groet werden geheven; het lijk van lord Nelson, dat in 1806 van Greenwich was vervoerd in een sloep die oorspronkelijk voor Karel II was gebouwd; rivierfeesten; scheepsrampen en overstromingen. Ze hunkerde naar zijn liefde en goedkeuring. Ze had braaf geluisterd en de juiste vragen gesteld; ze had instinctief geweten dat hij veronderstelde dat ze al die dingen net zo interessant vond als hijzelf. Maar ze besefte nu dat het veinzen alleen tot een schuldgevoel had geleid, terwijl ze van nature al terughoudend en verlegen was; en dat de rivier des te angstaanjagender was geworden omdat ze niet kon toegeven dat ze er bang voor was en dat de relatie met haar vader afstandelijker was geworden omdat die op een leugen was gebaseerd.

Maar ze had een andere wereld voor zichzelf geschapen en als ze 's nachts wakker lag in die schitterende, ongezellige kinderkamer, nam ze de foetushouding aan en trok zich onder het dek in die veilige wereld terug. In haar fantasie had ze een zus en een broer met wie ze in een grote pastorie op het platteland woonde. Er was een tuin met een bongerd en bessenstruiken in een kooi en groente die in rijen was geplant, van de grote groene gazons gescheiden door keurige lage buxushagen. Achter de tuin was een beek, hoogstens zo diep als je enkel, waar ze overheen konden springen; en een oude eikeboom met een boomhuis zo knus als een bergkast, waar ze zaten te lezen en op appels knaagden. Met hun drieën sliepen ze in de kinderkamer, waar ze uitzicht hadden over het gazon en de rozentuin en de kerktoren, en er waren geen schorre stemmen, geen stinkende dampen van de rivier, geen schrikbeelden, alleen tederheid en sereniteit. Er was ook een moeder: lang, blond, met een lange, blauwe jurk en een half herinnerd gezicht, die over het gazon naar haar toe liep, met uitgestrekte armen om haar in op te vangen omdat ze het jongste kind was, van wie ze het meest hield.

Ze besefte dat ze toegang had tot een volwassen equivalent van die nietenge wereld. Ze kon met James de Witt trouwen en in zijn mooie huis in Hillgate Village trekken en kinderen van hem krijgen, de kinderen die ze graag wilde hebben. Ze kon rekenen op zijn liefde, zeker zijn van zijn goedheid, weten dat wreedheid en afwijzing haar bespaard zouden blijven, welke problemen hun huwelijk haar ook zou brengen. Ze had zichzelf niet kunnen leren hem te begeren, omdat begeerte zich niet voegt naar de wil, maar in goedheid en zachtmoedigheid een vervangingsmiddel voor begeerte kunnen vinden, zodat na verloop van tijd seks met hem mogelijk en zelfs aangenaam zou kunnen worden, op zijn minst een prijs die voor zijn liefde moest worden betaald, op zijn best een bevestiging van genegenheid en van de overtuiging dat liefde mettertijd liefde kon opwekken. Maar drie maanden lang was ze de maîtresse van Gerard Etienne geweest. Na dat wonder, die verbijsterende openbaring, besefte ze dat ze niet kon verdragen dat James haar zou aanraken. Gerard, die haar achteloos had genomen en even achteloos verworpen, had haar zelfs beroofd van de mogelijkheid zich te troosten met een tweede keus.

Het was altijd het angstaanjagende van de rivier, niet de romantiek of het mysterieuze, dat haar fantasie beheerste, en na de wrede afwijzing van Gerard staken haar oude angsten, die ze meende met haar kinderjaren achter zich te hebben gelaten, de kop weer op. De Theems was een donkere, sinistere stroom: die van vocht verzadigde, met algen begroeide poort die toegang gaf tot het Tower-bolwerk, de doffe bons van de bijl; het getij dat tegen de Wapping Old Stairs kabbelde, de oude watertrap waar piraten bij eb heen werden gebracht om aan de palen te worden vastgebonden totdat – de 'Genade van Wapping' – de vloed hen driemaal had overspoeld; de stinkende hulken die voor Gravesend lagen, bevracht met geboeide mensen. Zelfs de salonboten die stroomopwaarts voeren, met een bonte stoet lachende feestvierders aan dek, riepen ongewild associaties op met de grootste ramp die zich ooit op de Theems had voltrokken, toen de raderboot Alice in 1878 zwaar beladen van een tochtje naar Sheerness terugstoomde en door een steenkolenschuit werd geramd, waarbij zeshonderdveertig mensen waren verdronken. Ze meende hun kreten te horen in het gekrijs van de meeuwen en terwijl ze omlaagkeek

naar de donkere, met licht bespatte rivier, stelde ze zich de bleke, opgewende gezichtjes voor van verdronken kinderen, losgerukt uit de armen van hun moeder, als bleke bloesems meedrijvend op de stroom.
Op haar vijftiende had haar vader haar voor het eerst meegenomen naar Venetië. Hij had gezegd dat vijftien de minimumleeftijd was waarop een kind renaissancekunst en architectuur kon waarderen, maar ze had toen al het vermoeden gehad dat hij liever alleen reisde, dat haar meenemen een plicht was die hij niet langer met goed fatsoen kon uitstellen, maar toch een plicht die voor beiden enige hoop inhield.
Het was hun eerste en laatste gezamenlijke vakantie. Ze had een brandende zon verwacht, kleurig geklede gondeliers op blauwe golven, glanzende marmeren paleizen, dineren alleen met hem in een van de jurken die mevrouw Rawlings, de huishoudster, voor deze gelegenheid had uitgezocht, voor het eerst wijn drinken. Ze had vurig gehoopt dat de vakantie een nieuw begin zou worden. Het begon slecht. Ze moesten in de schoolvakantie reizen en de stad was overvol. Alle tien de dagen was het buiig gebleven en de dikke druppels sloegen putjes in kanalen zo bruin als de Theems. Ze hield er een indruk aan over van constant lawaai, hese buitenlandse stemmen, doodsangst dat ze in de volte haar vader zou kwijtraken, schemerig verlichte kerken waar een conciërge kwam aanschuifelen om het licht aan te doen op een fresco, een schilderij, een altaarstuk. De lucht rook zwaar naar wierook en de zure mufheid van natte kleding. Haar vader duwde haar voor zich uit tussen de zich verdringende toeristen en fluisterde haar een toelichting op de schilderingen in het oor, boven het veeltalige geroezemoes uit en de verre kreten van minachtende gidsen.
Eén schilderij zag ze nog zo voor zich. Een moeder die haar kind voedde onder een onweershemel, gadegeslagen door een enkele man. Ze wist dat er iets was waarop ze zou moeten reageren, een mysterie dat met het onderwerp en de bedoeling samenhing, en ze wilde graag net zo verrukt zijn als haar vader, iets zeggen dat misschien geen intelligente opmerking was, maar in ieder geval er niet toe zou leiden dat hij zich afwendde met het lichte misprijzen waaraan ze gewend was geraakt. Op nare ogenblikken waren er de woorden die ze zich herinnerde. 'Mevrouw is na de geboorte van het kind nooit meer de oude geworden. Die zwangerschap is haar fataal geworden, zeg dat maar gerust. En moet je nou zien waar we mee opgescheept zitten.'
De vrouw, van wie naam en taak in huis allang vergeten waren, had waarschijnlijk alleen het grote, bewerkelijke huis bedoeld zonder de sturende hand van een vrouw des huizes, maar het kind had heel goed geweten wat het betekende. 'Ze heeft de dood van haar moeder veroorzaakt en moet

je kijken wat we daarvoor terug hebben gekregen.'
Nog een andere herinnering aan die vakantie bleef haar scherp bij. Het was hun eerste bezoek aan de Accademia en hij had haar met een hand op haar schouder meegevoerd naar een schilderij van Vittore Carpaccio, De droom van St. Ursula. Er waren nu eens geen mensen bij en terwijl ze naast hem stond, zich bewust van zijn zware hand, had ze haar eigen slaapkamer in Innocent House gezien. Daar waren de twee boogramen met flesseglas in de bovenste halve manen; de deur in de hoek stond open; de twee vazen op de vensterbank leken op die van thuis en het was hetzelfde bed, een sierlijk ledikant met een hoog hoofdeinde met houtsnijwerk en een franje met kwastjes. Haar vader had gezegd: 'Zie je, je slaapt in een vijftiende-eeuwse Venetiaanse slaapkamer.'
Er lag een vrouw op het bed die haar hoofd op haar hand steunde. 'Is die mevrouw dood?' had Frances gevraagd.
'Dood? Waarom zou ze dood zijn?'
Ze had het vertrouwde misprijzen in zijn stem gehoord. Ze had geen antwoord gegeven, had niets teruggezegd. De stilte duurde voort, met die hand op haar schouder die nu nog zwaarder leek te voelen, tot hij haar had afgewend. Maar ze had hem weer teleurgesteld. Ze had altijd het probleem gehad dat ze zijn stemmingen feilloos aanvoelde, maar de vaardigheid of het zelfvertrouwen voor een passende reactie ontbeerde.
Zelfs op religieus gebied waren ze verdeeld. Haar moeder was rooms-katholiek geweest, maar ze wist niet hoe vroom en kon dat ook niet te weten komen. Mevrouw Rawlings, van dezelfde overtuiging, die een jaar voor haar moeders dood in dienst was genomen om voor de zieke vrouw het huishouden te bestieren en het kind te verzorgen, had haar elke zondag steevast meegenomen naar de mis, maar had verder niets aan haar godsdienstige vorming gedaan, zodat het kind de indruk had gekregen dat godsdienst iets was dat haar vader niet kon begrijpen en maar nauwelijks kon tolereren, een vrouwengeheim waarover in zijn aanwezigheid beter niet kon worden gesproken. Ze gingen zelden vaker dan twee keer naar dezelfde kerk. Het was alsof mevrouw Rawlings een fijnproefster was op godsdienstgebied en de aangeboden variëteit aan ritueel, architectuur, muziek en preekstijlen keurde, bevreesd zich voortijdig vast te leggen, door de gemeente te worden herkend, als vaste bezoekster aan de deur te worden begroet door de priester, te worden overgehaald tot parochiewerk, misschien zelfs tot bezoek ontvangen op Innocent House. Toen Frances wat ouder werd, vermoedde ze dat het vinden van een nieuwe kerk voor de zondagochtend een soort particuliere proeve van vindingrijkheid voor mevrouw Rawlings was, iets avontuurlijks en afwisselends in haar overigens eentonige week en een onderwerp van gesprek op de

wandeling naar huis.
'Niet zo'n goed koor, hè? Veel minder goed dan dat van de Oratoriumkerk. Wanneer ik het kan opbrengen, moeten we weer eens naar de Oratoriumkerk. Te ver voor elke zondag, maar de preek was tenminste kort. Ik heb iets tegen lange preken. Als je het mij vraagt, worden er na de eerste tien minuten weinig zielen meer gered.'
'Die pastor O'Brien staat me tegen. Zo schijnt hij zich te noemen. Slechte opkomst. Geen wonder dat hij bij de deur zo vriendelijk was. Wilde ons zeker overhalen volgende week weer te komen.''
'Mooie kruiswegstaties hebben ze. Ik houd wel van beeldhouwwerk. Die geschilderde kruiswegstaties die we vorige week in de Michaelkerk zagen, waren kakelbont. En de koorknapen hadden tenminste schone hemden aan, die had iemand netjes gestreken.'
Na een zondagochtend waarop ze de mis hadden bijgewoond in een bijzonder saaie kerk waar de regen als hagel op het tijdelijke metalen dak had gekletterd ('Niet ons soort mensen. Daar gaan we niet meer heen.') had Frances gevraagd: 'Waarom moet ik elke zondag naar de mis?'
'Omdat je ma r.-k. was. Dat had je vader afgesproken. Jongens anglicaans, meisjes r.-k. En hij heeft jou.'
Hij had haar. De verachte sekse. De verachte godsdienst.
'Er zijn heel veel godsdiensten in de wereld,' had mevrouw Rawlings gezegd. 'Iedereen kan iets passends vinden. Je hoeft alleen maar te onthouden dat de onze de enige ware is. Maar het heeft geen zin er te veel over na te denken, zolang het niet moet. Ik denk dat we volgende week weer naar de kathedraal gaan. Dan is het sacramentsdag. Daar maken ze vast wel een mooie vertoning van.'
Het was een opluchting voor haar vader en voor haar toen ze op haar twaalfde naar het klooster werd gestuurd. Hij was haar na het eerste trimester zelf komen halen en ze had de moeder-overste bij de deur horen zeggen: 'Meneer Peverell, het kind heeft nauwelijks enig onderricht ontvangen in haar geloof.'
'In het geloof van mijn vrouw. Ik stel voor dat u er zelf zorg voor draagt, moeder Bridget.'
Met zachtmoedig geduld hadden ze dat voor haar gedaan, en nog veel meer. In die korte periode had ze zich geborgen gevoeld, het idee gehad dat ze werd gewaardeerd, dat het mogelijk was van haar te houden. Ze hadden haar voorbereid op Oxford, wat ze misschien als meevaller moest beschouwen, omdat moeder Bridget haar vaak had voorgehouden dat de intentie van een echte katholieke opvoeding was haar voor te bereiden op de dood. Dat hadden ze ook gedaan, maar ze was er minder sterk van overtuigd dat ze haar op het leven hadden voorbereid. In ieder geval had-

76

den ze haar niet voorbereid op Gerard Etienne.
Ze ging de zitkamer weer binnen en trok de deur stevig achter zich dicht. Het geluid van de rivier zwakte af, werd een zacht gezoem in de nachtlucht. Gabriel had tegen haar gezegd: 'Hij kan geen macht over je uitoefenen als jij hem die niet geeft.' Op een of andere manier moest ze de wil en de moed vinden om die macht finaal en voorgoed te breken.

10

Mandy's eerste vier weken in Innocent House, die onheilspellend begonnen met zelfmoord en dramatisch zouden eindigen in moord, leken achteraf een van de prettigste maanden sinds ze werkte. Zoals altijd had ze zich snel aangepast aan de dagelijkse gang van zaken op kantoor en ze vond haar collega's aardig, op enkelen na. Ze kreeg veel te doen, wat haar aanstond, en het werk was afwisselender en interessanter dan ze gewend was.
Aan het einde van de eerste week had mevrouw Crealey gevraagd of ze het naar haar zin had, en Mandy had gezegd dat het minder kon en dat ze het nog wel even zou uithouden, wat bij haar een uiting van opperste tevredenheid over een baan was. Ze was snel geaccepteerd in Innocent House; voor wie jong en energiek is en bovendien goed werk aflevert, is dat zelden een probleem. Na een week van uitzonderlijk strenge, strakke blikken had juffrouw Blackett kennelijk geconcludeerd dat de uitzendkracht ermee door kon; Mandy, die altijd snel wist hoe ze haar eigenbelang kon dienen, behandelde juffrouw Blackett met een vleiende mengeling van ontzag en vertrouwelijkheid; ze haalde koffie voor haar in de keuken, vroeg haar om raad zonder het voornemen die op te volgen en werkte saaie routinekarweitjes met opgewekte welwillendheid af. In haar hart had ze met het oude mens te doen. Het was bij voorbeeld duidelijk dat meneer Gerard haar niet kon uitstaan, en geen wonder. Naar Mandy's onuitgesproken mening hing juffrouw Blackett ontslag boven het hoofd. Ze hadden het trouwens te druk om tijd te besteden aan bespiegelingen over hoe weinig ze gemeen hadden, hun afkeer van elkaars kleding, kapsel en opinie over de redactie en directie. Mandy hoefde ook niet elke dag in de kamer van juffrouw Blackett te werken. Ze moest vaak

brieven opnemen voor juffrouw Claudia of meneer De Witt, en op een dinsdag, toen George was thuisgebleven met maagklachten, had ze op de receptie gewerkt en de centrale bediend en maar een paar keer verkeerd doorverbonden.

Op de dinsdag en donderdag van haar tweede week werkte ze op de afdeling publiciteit, waar ze hielp met het organiseren van een aantal promotiereizen; de assistente, Maggie FitzGerald, vertelde haar over de grillen van schrijvers, die onvoorspelbare en hypersensitieve wezens waarvan, zoals Maggie met tegenzin toegaf, het lot van uitgeverij Peverell uiteindelijk afhing. Er waren bangmakers, die het best aan juffrouw Claudia konden worden overgelaten, en verlegen tobbers die voortdurend moesten worden aangemoedigd voordat ze ook maar een woord in een radioprogramma durfden te zeggen en die bij het vooruitzicht van een literaire lunch met doodsangst en indigestie te kampen kregen. Net zo lastig in de omgang waren de agressieve, van zelfvertrouwen overlopende types die, als ze niet werden tegengehouden, hun oppas lieten staan en elke winkel binnendraafden met het aanbod hun boeken te signeren, waardoor het zorgvuldig uitgewerkte promotieschema lelijk werd doorkruist. Maar het ergste, vertrouwde Maggie haar toe, waren de ijdeltuiten, meestal degenen van wie de minste boeken werden verkocht: die eisten een reisvergoeding eerste klasse, hotels met vijf sterren, een limousine en een redacteur als escorte en schreven furieuze klaagbrieven als er bij het signeren geen rij tot voorbij de volgende straat stond. Mandy vond het leuk op de afdeling publiciteit: het jeugdige enthousiasme van het personeel, de montere stemmen en voortdurend snerpende telefoons; reizigers die luidkeels werden verwelkomd als ze contact opnamen met de thuisbasis om even te roddelen en nieuwtjes uit te wisselen; de sfeer van haast en een dreigende crisis. Met tegenzin schoof ze weer in de kamer van juffrouw Blackett aan.

Ze was minder enthousiast over verzoeken om dictaat op te nemen van meneer Bartrum van de boekhouding die, vertrouwde ze mevrouw Crealey toe, saai en van middelbare leeftijd was en haar behandelde als oud vuil. De boekhouding was op nummer tien ondergebracht en na een sessie met meneer Bartrum vluchtte Mandy even naar boven om te kletsen, te flirten en rituele beledigingen uit te wisselen met de drie inpakkers. Zij bewoonden een privé-wereld van kale vloeren en schragen, bruine kartonnen dozen die in elkaar moesten worden gezet, sellotape en enorme bollen touw, van de karakteristieke en opwindende geur van boeken die vers van de pers kwamen. Ze vond ze allemaal aardig: Dave met zijn bush-hoed die ondanks zijn geringe lengte armen als voetballen had en die enorm zware dingen kon tillen; Ken, die lang en somber en zwijgzaam

was; en Carl, de expeditiechef die als jongen al bij het bedrijf was gekomen. 'Dit gaat niet lopen,' zei hij en sloeg met de vlakke hand op een doos.
'Hij weet het altijd precies,' zei Dave bewonderend. 'Hij kan een bestseller van een zeperd onderscheiden door eraan te ruiken. Hij hoeft ze geeneens te lezen.'
Haar bereidheid om thee en koffie te zetten voor de twee assistentes en de vennoten stelde haar twee keer per dag in de gelegenheid te roddelen met de huishoudster, mevrouw Demery. Het hart van het domein van mevrouw Demery was de grote keuken met kleine zitkamer ernaast, op de begane grond aan de achterkant van het huis. De keuken was ingericht met een rechthoekige grenen tafel, groot genoeg voor tien mensen, een gasfornuis en een elektrisch fornuis en een magnetron, een enorme koelkast en een wand met kastjes. Hier rook het tussen twaalf en twee naar allerlei niet bij elkaar passende keukenluchtjes; alle employés, maar niet de vennoten, aten hier hun meeneembrood, warmden pasta- en curryschotels op, kookten eieren, bakten omeletten, grillden bacon voor op brood en zetten thee en koffie. De vijf vennoten aten nooit mee. Frances Peverell en Gabriel Dauntsey gingen tussen de middag naar huis op nummer twaalf en de twee Etiennes en James de Witt gingen met de motorboot de stad in om in de City te lunchen, of liepen naar de Prospect of Whitby of een andere pub in Wapping High Street. Zonder hun remmende aanwezigheid was de keuken het middelpunt van geroddel. Hier werd nieuws verteld, eindeloos besproken, opgesierd en verspreid. Mandy zat zwijgend achter haar brooddoos; ze wist dat vooral de middengroep waar zij bij was, weinig losliet. Hun opvatting over de nieuwe directeur of de mogelijke toekomst van de uitgeverij, loyaliteit en statusbesef lieten niet toe dat zij tegenover een uitzendkracht hun gevoelens uitspraken. Maar wanneer ze alleen met mevrouw Demery 's ochtends koffie of 's middags thee zette, hield mevrouw Demery zich niet in.
'We dachten dat meneer Gerard en juffrouw Frances zouden gaan trouwen. Dat dacht zij ook, het arme kind. En dan is er juffrouw Claudia met haar gigolo.'
'Juffrouw Claudia met een gigolo! Dat meent u niet, mevrouw D.'
'Nou ja, misschien niet echt, al is hij er jong genoeg voor. Jonger dan zij in ieder geval. Ik heb hem gezien op het verlovingsfeest van meneer Gerard. Knappe jongen, dat moet ik toegeven. Juffrouw Claudia heeft er wel oog voor. Hij doet in antiek. Je weet wel, zoals "Schat op zolder". Ze zouden verloofd zijn, maar ik heb geen ring gezien.'
'Ze is toch al heel oud? En mensen zoals juffrouw Claudia doen vaak niet aan ringen.'

79

'Maar lady Lucinda heeft er wel een, hè? Een kokkerd van een smaragd met diamanten eromheen. Die zal meneer Gerard een lieve duit hebben gekost. Ik weet niet waarom hij met de zuster van een graaf wil trouwen. Ze had zijn dochter kunnen zijn. Ik vind het gewoon niet netjes.'
'Misschien wil hij graag een vrouw met een titel, mevrouw D; u weet wel: lady Lucinda Etienne. Misschien vindt hij dat mooi klinken.'
'Dat stelt niet meer zoveel voor als vroeger, Mandy, als je ziet hoe sommige oude families zich tegenwoordig gedragen. Niet beter dan wij. Heel anders dan toen ik een meisje was; toen keek je nog op naar die mensen. Die broer van haar is niet om over naar huis te schrijven, graaf of geen graaf, als je ook maar de helft mag geloven van wat je in de krant leest. Nou ja, wie het langst leeft, ziet het meest.' Met die uitspraak sloot mevrouw Demery haar betoog steevast af.

Op haar eerste maandag, een dag waarop de zon zo fel scheen dat ze bijna kon geloven dat het weer zomer was, had ze een beetje jaloers toegekeken toen de eerste ploeg van het personeel om half zes in de motorboot stapte om zich naar Charing Cross te laten brengen. In een opwelling vroeg ze Fred Bowling, de schipper, of ze mee mocht. Hij had geen bezwaar en ze sprong aan boord.

Onderweg had hij zwijgend aan het roer gezeten, zoals hij, vermoedde ze, altijd deed. Maar toen de mensen waren uitgestapt en ze terugvoeren naar Innocent House, had ze hem vragen gesteld over de rivier en zich verbaasd over zijn kennis. Er was geen gebouw waarvan hij niet kon vertellen hoe het heette, geen voorgeschiedenis die hem onbekend was, geen collega-schipper die hij niet herkende, en er waren maar weinig boten die hij niet van naam kende.

Van hem vernam ze dat de Naald van Cleopatra omstreeks 1450 voor Christus was opgericht voor de Isistempel in Heliopolis, en in 1878 naar Engeland was versleept om aan de rivieroever te worden neergezet. Het was er een van een tweeling; de andere stond in Central Park in New York. Ze stelde zich voor hoe de grote kist met zijn stenen vracht spartelend als een grote vis door de woelige wateren van de Golf van Biskaje was gesleept. Hij wees naar de Doggett's Coat and Badge, een pub bij de Blackfriars-brug, en vertelde haar over de Doggett's Coat and Badgewedstrijd, die sinds 1722 was geroeid op het traject tussen de Old Swan Inn bij de London Bridge en de Old Swan Inn in Chelsea, de oudste scullerwedstrijd ter wereld. Zijn neef had eraan meegedaan. Terwijl ze onder de hoge pijlers van de Tower-brug doorvoeren, noemde hij haar de lengte van elk brugdeel en de hoogte van de High Walk: drieënveertig meter boven hoogwaterpeil. Ter hoogte van Wapping vertelde hij haar over James Lee, een tuinder uit Fulham die in 1789 een mooie bloeiende plant

had opgemerkt voor het raam van een arbeiderswoning; de plant was door een zeeman uit Brazilië meegenomen. James Lee had hem voor vierhonderd shilling gekocht en stekken geplant en het jaar daarna een fortuin verdiend door driehonderd planten voor eenentwintig shilling per stuk te verkopen.
'Wat was dat voor plant, denk je?'
'Geen idee, meneer Bowling. Ik weet niets van planten.'
'Maar je kunt er toch een slag naar slaan?'
'Het was toch geen roos?'
'Een roos? Natuurlijk was het geen roos. Rozen zijn er in Engeland altijd al geweest. Nee, het was een fuchsia.'
Mandy keek naar hem op en zag dat zijn verweerde gezicht, dat strak vooruit keek, nog lachte. Wat zijn de mensen toch vreemd, dacht ze. Van alle wonderen en gruwelen rond de rivier waarover hij haar had verteld, vond hij niets zo aardig en opmerkelijk als de ontdekking van die ene bloem.
Toen ze Innocent House naderden, zag Mandy de laatste twee passagiers staan: James de Witt en Emma Wainwright, klaar om in te stappen. De duisternis was ingevallen en de rivier was zo glad en stroperig als olie geworden, een zwarte stroom waarin de tuffende motorboot een vissestaart van wit schuim sneed. Mandy stak de voorhof over naar haar motor. Ze liep stevig door. Ze was niet bijgelovig of nerveus, maar na donker werd Innocent House geheimzinniger en een beetje dreigend, zelfs in het zachte, warme licht van de twee schijnwerpers op het marmer. Ze keek recht vooruit om niet die beruchte bloedvlek op de marmeren vloer te zien of het balkon waarvan de radeloze echtgenote zich lang geleden had gestort.
Zo verstreken de dagen. Op kantoor liep de vlijtige, gewetensvolle, snel geaccepteerde Mandy kamer in en kamer uit en niets ontging haar scherpe, ervaren blik: het verdriet van juffrouw Blackett, de achteloze minachting waarmee meneer Gerard haar bejegende; de bezorgde blik van George als meneer Gerard langs de receptie liep; flarden van gesprekken die ophielden bij haar verschijnen. Mandy wist dat het personeel zich zorgen maakte over de toekomst. Er hing in Innocent House een stemming van onbehagen, vrees bijna, die ze aanvoelde en waarvan ze soms bijna kon genieten, omdat ze als altijd het gevoel had alleen maar de bevoorrechte toeschouwer te zijn, de buitenstaander die voor niemand een bedreiging vormde, die per week betaald kreeg, niemand loyaliteit verschuldigd was en de deur achter zich kon dichttrekken zodra ze dat liever deed. Soms moest ze, als het licht aan het einde van de dag afnam en de rivier buiten zwart werd en voetstappen hol klonken op het

marmer in de hal, denken aan de uren voor een zwaar onweer: de toenemende duisternis, de drukkende lucht die metalig rook, het besef dat niets anders de spanning kon verbreken dan de eerste knetterende donderslag en het met geweld openscheuren van de hemel.

11

Het was donderdag veertien oktober. De directievergadering in Innocent House zou om tien uur in de vergaderzaal beginnen en om kwart voor tien had Gerard Etienne, zoals zijn gewoonte was, al zijn plaats aan de mahoniehouten tafel ingenomen. Hij zat in het midden van de tafel met uitzicht op het raam en de rivier. Om tien uur zou zijn zuster Claudia rechts van hem gaan zitten en Frances Peverell links van hem. James de Witt zou tegenover hem komen te zitten en Gabriel Dauntsey rechts van hem. De tafelschikking was niet veranderd sinds die dag, negen maanden eerder, waarop hij de vergadering voor het eerst als directeur had voorgezeten. Die donderdag hadden zijn vier collega's voor de deur van de vergaderzaal getalmd alsof ze geen van allen in hun eentje naar binnen wilden. Zodra hij zich bij hen had gevoegd, had hij zonder aarzelen de dubbele mahoniehouten deuren opengeduwd en was in de stoel gaan zitten die van Henry Peverell was geweest. Achter hem waren de andere vier vennoten samen binnengekomen; zwijgend waren ze gaan zitten alsof ze gehoorzaamden aan een eerder gemaakte overeenkomst die hun status bij het bedrijf bevestigde. Hij had Henry Peverells plaats ingenomen alsof het zijn goed recht was en dat was ook zo. Frances had er, herinnerde hij zich, tijdens die korte vergadering bleek en bijna sprakeloos bijgezeten en na afloop had James de Witt hem apart genomen om te vragen: 'Moest je nu echt op de stoel van haar vader gaan zitten? Hij is net tien dagen dood.'
Hij voelde opnieuw de mengeling van verbazing en lichte ergernis die de vraag indertijd bij hem had opgeroepen. Waar had hij anders moeten gaan zitten? Wat wou James dan, met hun vijven tijd verspillen aan beleefd overleg over wie het uitzicht op de rivier zou krijgen, een soort stoelendans zonder muziek rond de tafel? De stoel met de armleuningen was de stoel van de directeur en hij, Gerard Etienne, was directeur geworden.

Wat maakte het uit hoe lang de oude Peverell dood was? Henry had deze stoel, deze plaats aan de tafel, ingenomen toen hij nog leefde; in zijn irritante ogenblikken van gemijmer, waarin de anderen geduldig op de voortzetting van de besprekingen wachtten, had hij zijn starende blik over de rivier laten gaan. Maar hij was dood. James wilde toch zeker niet dat de stoel permanent leeg zou blijven als eerbewijs of zo, dat er een gedenkplaatje op moest worden gemonteerd?

Hij beschouwde het incident als een typerend voorbeeld van James' overdreven gevoeligheid en toegeeflijkheid, typerend ook voor iets anders dat hij onbegrijpelijker en interessanter vond omdat het hemzelf betrof. Hij kreeg soms de indruk dat de denkwijze van andere mensen radicaal van de zijne verschilde en dat ze leefden in een dimensie van de rede die een andere was dan de zijne. Feiten die hij vanzelfsprekend vond, eisten van zijn vier vennoten lang gepeins en langdurige discussie voordat ze met tegenzin werden aanvaard; discussies werden vertroebeld door verwarde gevoelens en persoonlijke overwegingen die hem irrelevant en onzinnig voorkwamen. Hij hield zichzelf voor dat voor hen het nemen van een besluit zoiets was als een orgasme bereiken bij een frigide vrouw, iets dat een hinderlijke hoeveelheid voorspel vereiste en het investeren van een mate van energie die in geen verhouding stond tot de zaak zelf. Hij overwoog wel eens of hij de anderen die vergelijking zou voorleggen, maar besloot met een verstolen lachje dat hij die aardigheid beter voor zich kon houden. Frances bij voorbeeld zou het niet leuk vinden. Maar bij deze gelegenheid zou het weer zo gaan. Ze stonden voor moeilijke, onontkoombare beslissingen. Ze konden Innocent House verkopen en het kapitaal gebruiken om het bedrijf een stevige basis te geven voor verdere ontwikkeling; ze konden met een andere uitgeverij in onderhandeling gaan om het voortbestaan van de naam Peverell als imprint zeker te stellen; of ze konden in liquidatie gaan. De tweede optie was niet meer dan een langere, moeizamere weg naar de derde mogelijkheid; die begon onveranderlijk met optimisme naar de buitenwereld toe en eindigde met de roemloze ondergang. Hij voelde er niets voor die veelgebruikte weg te kiezen. Het huis moest worden verkocht. Frances moest beseffen, ze moesten allemaal beseffen, dat ze niet zowel Innocent House konden aanhouden als in zaken blijven als zelfstandige uitgeverij.

Hij stond op en liep naar het raam. Terwijl hij naar buiten keek, blokkeerde een cruiseschip zijn uitzicht van zo dichtbij dat hij even in een verlichte patrijspoort keek en in een halve kring van licht het hoofd van een vrouw zag, fijngevormd als een camee; met haar bleke armen geheven liet ze haar vingers door een aureool van haar gaan en hij kon zich voorstellen dat ze elkaar aankeken in een ogenblik van verbazing en intimiteit. Hij vroeg zich even af, zonder er echt nieuwsgierig naar te zijn, met wie ze haar hut deelde – haar man, minnaar, vriend? – en hoe ze hun avond dachten te besteden. Zelf had hij geen plannen. Het was zijn vaste gewoonte op donderdag over te werken. Hij zou Lucinda pas vrijdag weer zien; dan gingen ze naar een concert op de South Bank gevolgd door een diner bij de Brasserie Bombay, omdat Lucinda een voorkeur had uitgesproken voor Indiaas eten. Hij dacht zonder opwinding, maar met stille voldoening, aan het komende weekeinde. Een van Lucinda's deugden was haar besluitvaardigheid. Als hij Frances vroeg waar ze wilde eten, had ze 'waar je maar wilt, lieveling' gezegd; als het maal tegenviel en hij zich beklaagde, had ze zich tegen hem aan gedrukt, zijn arm genomen en verzoenend gezegd: 'Het was best te eten, eigenlijk helemaal niet slecht. En trouwens, wat doet het ertoe, lieveling? Zolang we maar bij elkaar zijn.' Lucinda had hem nooit te verstaan gegeven dat zijn gezelschap opwoog tegen een matig klaargemaakte, slecht geserveerde maaltijd. En hij vroeg zich wel eens af of dat wat haar betrof wel zo was.

12

'Dit is een besloten vergadering, juffrouw Blackett,' zei Etienne. 'Er komen vertrouwelijke zaken aan de orde. Ik maak zelf wel aantekeningen. U hebt voldoende typewerk om aan de slag te kunnen.'
In de resolute afwijzing klonk iets van verachting mee. Juffrouw Blackett werd rood en hapte geluidloos naar adem. Haar stenoblok viel op de grond en ze bukte zich stram om het op te rapen. Met een meelijwekkende poging haar waardigheid te bewaren kwam ze overeind en liep naar de deur.
'Was dat aardig?' zei James de Witt. 'Blackie notuleert de directievergaderingen al ruim twintig jaar. Ze heeft er altijd bijgezeten.'
'Zonde van haar tijd en de onze.'
'Je had niet hoeven suggereren dat we haar niet vertrouwen,' zei Frances Peverell.
'Dat heb ik ook niet gedaan. Niettemin, als het om de streken gaat die hier zijn uitgehaald, is zij een van de verdachten. Ik zie niet in waarom zij anders behandeld zou moeten worden dan de rest van het personeel. Ze

heeft geen alibi voor de incidenten. Ze had er alle gelegenheid voor.'
'Ik ook, wij vijven allemaal,' zei Gabriel Dauntsey. 'En hebben we nog niet lang genoeg gepraat over die grappenmaker? We schieten er niets mee op.'
'Misschien. Maar het is nu niet aan de orde. Eerst het belangrijke nieuws. Hector Skolling heeft zijn bod op Innocent House met driehonderdduizend pond verhoogd. Vier en een half miljoen. Het is voor het eerst in de onderhandelingen dat hij spreekt over een "uiterste bod", en als hij dat zegt, meent hij het. Precies een miljoen meer dan ik had gedacht dat we zouden moeten accepteren. Meer dan het huis op de zakelijke markt waard is, strikt genomen, maar onroerend goed is waard wat iemand ervoor over heeft en Hector Skolling wil het huis graag hebben. Zijn imperium is immers in de Docklands. Er is een duidelijk verschil tussen de huizen die hij ontwikkelt voor de verhuur en een huis waarin hij zou willen wonen. Ik stel voor het bod mondeling te aanvaarden en de nadere uitwerking over te laten aan de notarissen zodat de overdracht binnen een maand kan plaatsvinden.'
'Ik dacht dat we op de vorige vergadering niet tot een besluit waren gekomen,' zei James de Witt. 'Als je de notulen nakijkt...'
'Die hoef ik niet na te kijken. Ik beheer dit bedrijf niet op basis van wat juffrouw Blackett in de notulen belieft te zetten.'
'Je hebt ze trouwens nog niet goedgekeurd.'
'Precies. Ik stel voor dat we deze maandelijkse vergadering voortaan zonder vaste agenda afwerken. Jullie zeggen altijd dat dit een vennootschap is van vrienden en collega's en dat ik degene ben die allerlei procedures en nodeloze bureaucratie wil. Waarom dan al dat formele gedoe met een agenda, notulen en een besluitenlijst, als het om het maandoverleg van de vennoten gaat?'
'Dat heeft zijn nut bewezen,' zei De Witt. 'En ik geloof niet dat ik ooit heb gesproken over "vrienden en collega's".'
Frances Peverell zat er stokstijf bij, met kaarsrechte rug en een wasbleek gezicht. Nu zei ze: 'Je kunt Innocent House niet verkopen.'
Etienne keek haar niet aan, maar hield zijn blik op zijn papieren gericht. 'Dat kan ik wel. Dat kunnen we wel. We moeten het verkopen om het bedrijf in stand te kunnen houden. Je kunt geen efficiënte uitgeverij beheren vanuit een Venetiaans palazzo aan de Theems.'
'Dat heeft mijn familie honderdzestig jaar lang gedaan.'
'Een efficiënte uitgeverij, zei ik. Jouw familie hoefde niet efficiënt te werken, die mensen konden putten uit eigen vermogen. In de tijd van je grootvader was boeken uitgeven geen beroep voor heren, het was een liefhebberij voor heren. Tegenwoordig moet een uitgever geld verdie-

nen; hij moet efficiënt werken, anders redt hij het niet. Is dat wat je wilt? Ik ben niet van plan ten onder te gaan. Ik wil Peverell Press winstgevend maken en daarna uitbreiden.'
'Om de uitgeverij te kunnen verkopen?' vroeg Gabriel Dauntsey zachtjes. 'Om je miljoenen binnen te halen en daarmee ergens anders te kunnen beginnen?'
Etienne negeerde hem.
'Om te beginnen ga ik Sydney Bartrum vervangen. Hij is een competente boekhouder, maar wat wij nodig hebben is iemand die meer kan. Ik wil een financieel directeur benoemen die tot taak krijgt middelen te verwerven voor de ontwikkeling en die een modern financieel systeem opzet.'
'We hebben een uitstekend financieel systeem,' zei De Witt. 'De accountants hebben nog nooit geklaagd. Sydney werkt al negentien jaar voor ons. Hij is een eerlijke, gewetensvolle, hardwerkende boekhouder.'
'Precies. Dat is wat hij is, en meer ook niet. En we hebben meer nodig, zoals ik al zei. Ik moet, om maar iets te noemen, de winstmarges kunnen vergelijken met de bruto kosten voor elk boek dat we uitgeven. Andere uitgeverijen beschikken wel over die informatie. Hoe kunnen we improduktieve auteurs afstoten als we niet weten wie het zijn? We hebben iemand nodig die geld voor ons verdient, niet iemand die ons elk jaar vertelt hoe we het hebben uitgegeven. Als we alleen een competente boekhouder nodig hadden, kon ik het zelf wel af. Het verbaast me niets dat je het voor hem opneemt, James. Hij is zielig, ontoonbaar en niet erg efficiënt. Natuurlijk spreekt je dat aan. De ergste zielepoot heeft meteen jouw hart gewonnen. Je moet eens iets doen aan die sentimentele neigingen van je.'
James bloosde, maar zei beheerst: 'De man heeft niet echt mijn sympathie. Ik krimp elke keer als hij me meneer De Witt noemt. Ik heb voorgesteld dat hij De Witt of James zou zeggen, en toen keek hij me aan alsof ik een oneerbaar voorstel deed. Maar hij is een uitstekende boekhouder en hij werkt hier al negentien jaar. Hij kent het bedrijf, hij kent ons, hij weet hoe we werken.'
'Hoe we vroeger werkten, James.'
'En hij is net een jaar geleden getrouwd,' zei Frances. 'Ze hebben pas een kindje.'
'Wat heeft dat in vredesnaam te maken met de vraag of hij de juiste man voor die functie is?'
'Heb je iemand op het oog?' vroeg De Witt.
'Ik heb de headhunters van Patterson Macintosh om wat namen gevraagd.'
'Dat zal ons een paar centen kosten. Headhunters zijn niet goedkoop.

86

Vreemd dat we tegenwoordig geen mensen meer kunnen aannemen zonder bemiddeling van headhunters, dat we de bedrijfsvoering niet kunnen verbeteren zonder efficiency-experts en managementadviseurs moeten vragen hoe we het management moeten aanpakken. Meestal worden die zogenaamde deskundigen er alleen bijgehaald om mensen te ontslaan als het management daar zelf te laf voor is. Hebben jullie ooit managementadviseurs meegemaakt die niet adviseerden bepaalde mensen te ontslaan? Daar worden ze voor betaald, en daar verdienen ze dik aan.'
'We hadden hierover geraadpleegd moeten worden,' zei Frances.
'Jullie worden toch geraadpleegd.'
'Dan kunnen we er nu ook over ophouden. Het gaat niet door. Innocent House wordt niet verkocht.'
'De verkoop gaat door als één van jullie ermee instemt. Meer is niet nodig. Jullie weten toch hoeveel aandelen ik heb? En het huis is niet van jou, Fran. Jouw familie heeft het immers in 1940 verkocht aan het bedrijf. Zeker, het bedrijf heeft het te goedkoop gekregen, maar waarschijnlijk gaven ze niet veel voor het gebouw gezien de bombardementen op East End. Het was onderverzekerd en trouwens, het was onvervangbaar. Fran, je moet beseffen dat dit geen huize Peverell meer is. Waarom maak je je zo druk? Je hebt geen kinderen. Er is geen erfgenaam die Peverell heet.'
Frances bloosde en maakte aanstalten om op te staan, maar De Witt zei halfluid: 'Niet doen, Frances. Blijf hier. We moeten dit met ons allen bespreken.'
'Er valt niets te bespreken.'
Er viel een stilte die werd verbroken door het kalme stemgeluid van Dauntsey. 'Moet mijn poëzie ook haar achteneenhalf procent winst opbrengen? Ik noem maar wat.'
'Jouw titels blijven natuurlijk verkrijgbaar, Gabriel. Bepaalde boeken houden we natuurlijk aan.'
'Ik moet maar hopen dat de last van de mijne niet te zwaar zal wegen.'
'En de verkoop van dit huis zal betekenen dat we je uit nummer twaalf moeten zetten. Skolling wil het hele complex, de twee huizen en het hoofdgebouw. Het spijt me.'
'Maar ik heb immers al ruim tien jaar tegen een belachelijke huurprijs op nummer twaalf kunnen wonen.'
'Tja, dat was de afspraak die je met Henry Peverell had gemaakt, en natuurlijk had je het recht daarop in te gaan.' Hij zweeg even. 'En eraan vast te houden. Maar je ziet zelf wel in dat we niet op de oude voet kunnen doorgaan.'
'Natuurlijk zie ik dat in. De oude voet, stel je voor.'

Etienne ging door alsof hij het niet had gehoord.
'En we moeten van George af. Die had al jaren geleden met pensioen moeten gaan. De centrale is het eerste contact van de mensen met het bedrijf. Daar moet je een jong, vief, aardig meisje hebben, geen oude man van achtenzestig. Hij is toch achtenzestig? En vertel me nu niet dat hij er al tweeëntwintig jaar is. Ik weet hoe lang hij er al is en dat is juist het probleem.'
'Hij bedient niet alleen de centrale,' zei Frances. 'Hij doet de zaak open, bedient de alarminstallatie en hij doet allerlei karweitjes.'
'Dat is ook wel nodig. Er is voortdurend iets mis hier. Hoog tijd om te verhuizen naar een modern, naar de eisen van de tijd ingericht gebouw. En dan hebben we nog niet eens een begin gemaakt met de moderne technologie. Jullie dachten dat jullie al gevaarlijk vernieuwend bezig waren toen jullie een paar schrijfmachines vervingen door wordprocessors. En ik heb nog meer goed nieuws. Er is een kans dat ik Sebastian Beacher kan weglokken bij zijn huidige uitgever. Daar is hij heel ontevreden over.'
'Maar hij is een bedroevend slechte schrijver,' riep Frances uit, 'en als mens is hij niet veel beter.'
'Uitgeven is een kwestie van de mensen geven wat ze willen hebben, niet van het geven van waardeoordelen.'
'Dat kun je zeggen als je sigarettenfabrikant bent.'
'Dat zou ik zeker zeggen als ik sigarettenfabrikant was. Of whiskystoker.'
De Witt zei: 'Dat lijkt me geen zuivere vergelijking. Drank in bescheiden hoeveelheden kan nog een gunstig effect hebben. Van een slechte roman kun je niet beweren dat het iets anders is dan een slechte roman.'
'Slecht voor wie? En wat bedoel je met slecht? Beacher komt met een stevig verhaal, houdt de actie erin en biedt de combinatie van seks en geweld die de mensen kennelijk willen. Wie zijn wij dat we de lezers gaan vertellen wat goed voor ze is? En hebben we niet altijd beweerd dat de mensen aan het lezen krijgen het belangrijkst is? Laat ze maar beginnen met goedkope romantische fictie, dan komen ze daarna misschien aan Jane Austen of George Eliot toe. Ik zie niet waarom ze dat zouden doen; overstappen op de klassieken, bedoel ik. Dat is jouw argument, niet het mijne. Wat is er mis met goedkope romantische fictie als ze die prettig vinden om te lezen? Het is behoorlijk arrogant om je op het standpunt te stellen dat populaire fictie alleen bestaansrecht heeft als het tot iets hogers leidt. Of wat jij en Gabriel als iets hogers beschouwen.'
'Wou je zeggen dat een mens geen waardeoordelen mag uitspreken?' vroeg Gabriel. 'Maar dat doen we elke dag.'
'Ik wil alleen zeggen dat je het niet voor anderen mag doen. Dat ik dat als

uitgever niet moet doen. Trouwens, er is één onweerlegbaar argument: als ik geen winst mag maken op populaire boeken, goede of slechte, kan ik het me niet veroorloven minder populaire boeken uit te geven voor wat jij als de minderheid met smaak beschouwt.'
Frances Peverell keerde zich tegen hem. Ze had een rood gezicht en het kostte haar moeite haar stem in bedwang te houden. 'Waarom zeg je toch telkens "ik"? "Ik ga dit doen, ik ga dat uitgeven." Je mag dan de directeur zijn, je bent niet het bedrijf. Dat zijn wij. Met ons vijven. En we zijn niet bezig met een redactievergadering. We worden geacht te praten over de toekomst van Innocent House.'
'Dat doen we toch. Ik stel voor het bod aan te nemen en de onderhandelingen uit handen te geven.'
'En waarheen wil je verhuizen?'
'Een kantoor in de Docklands, aan de rivier. Misschien stroomafwaarts. We moeten bespreken of we een kortlopend of langlopend huurcontract willen; beide is mogelijk. De prijzen zijn nog nooit zo laag geweest. Dit is het ogenblik voor een buitenkansje in de Docklands. En nu het treintje in gebruik is genomen en de ondergrondse zal worden doorgetrokken, is de bereikbaarheid geen probleem meer. We hebben de motorboot niet meer nodig.'
'En wou je Fred ontslaan na al die jaren?'
'Beste Frances, Fred heeft zijn schipperspapieren. Het zal hem geen moeite kosten een andere baan te vinden.'
'Het gaat allemaal te snel, Gerard,' zei Claudia. 'Ik ben het met je eens dat we het huis waarschijnlijk niet kunnen aanhouden, maar daarover hoeven we vanmorgen niet te beslissen. Zet iets op papier, de bedragen bij voorbeeld. Laten we er nog eens naar kijken wanneer we de gelegenheid hebben gehad erover na te denken.'
'En riskeren dat het bod wordt ingetrokken?' vroeg Gerard.
'Is dat waarschijnlijk? Vast niet, Gerard. Als Hector Skolling het huis echt wil hebben, zal hij zich niet terugtrekken omdat hij een week op antwoord moet wachten. Neem het aan, als je dat zo graag wilt. We kunnen er altijd op terugkomen als we ons bedenken.'
'Ik wil over de nieuwe roman van Esmé Carling praten,' zei James de Witt. 'Op de vorige vergadering heb je iets gezegd over afwijzen.'
'*Moord op het Paradijseiland*? Dat heb ik al afgewezen. Ik dacht dat dat vaststond.'
Rustig en langzaam zei De Witt, als tegen een lastig kind: 'Nee, dat stond nog niet vast. Het is kort besproken en de beslissing is uitgesteld.'
'Zoals zo veel beslissingen. Jullie doen me met jullie vieren denken aan die definitie van een vergadering: een groep mensen die het genoegen

van conversatie verkiest boven de verantwoordelijkheid van de daad of de hartstocht van de beslissing. Zoiets. Ik heb gisteren de agent van Esmé gesproken en haar het nieuws verteld. Ik heb het bevestigd met een afschrift aan Carling. Ik neem aan dat niemand hier in alle ernst wil beweren dat Esmé Carling een goede schrijfster is of zelfs een winstgevende schrijfster. Persoonlijk geef ik er de voorkeur aan als een auteur een van beide is, of allebei.'
'We hebben mindere auteurs gepubliceerd,' zei De Witt.
Etienne richtte zich tot hem met een zacht geknor van verontwaardiging.
'God mag weten waarom je het voor haar opneemt, James. Jij bent degene die literaire romans wil publiceren, kandidaten voor de Booker Prize, gevoelige werkjes die indruk maken op de literaire maffia. Vijf minuten geleden viel je mij nog aan omdat ik Sebastian Beacher wil brengen. Je wilt toch niet beweren dat *Moord op het Paradijseiland* de roem van Peverell Press zal vergroten? Ik neem tenminste aan dat je het niet ziet als Whitbread-Boek van het Jaar. Ik zou trouwens meer sympathie voor je zogenaamde Booker-boeken kunnen opbrengen als ze eens een enkele keer de shortlist haalden.'
'Ik ben het met je eens,' zei James, 'dat het waarschijnlijk tijd wordt om haar vaarwel te zeggen. Het gaat me om de manier waarop. Op de vorige vergadering heb ik voorgesteld, misschien weet je dat nog, dat we haar nieuwste boek zouden uitbrengen en haar dan tactvol zouden laten weten dat we ophouden met het uitgeven van populaire detectiveromans.'
'Niet erg overtuigend,' zei Claudia. 'Ze is de enige in het fonds.'
James richtte zich direct tot Gerard. 'Het boek zal stevig geredigeerd moeten worden maar dat accepteert ze wel, als het tactvol wordt gedaan. De plot moet worden opgekrikt en het middengedeelte is zwak. Maar de beschrijving van het eiland is uitstekend. Ze is heel goed in het oproepen van een dreigende sfeer. En de personages zijn beter getroffen dan in haar vorige boek. We maken er geen verlies op. We geven haar al dertig jaar uit. Het is zo'n lange samenwerking. Die zou ik liever op een vriendelijke, niet al te krenterige manier afronden.'
'Die is al afgerond,' zei Gerard Etienne. 'We zijn een uitgeverij, geen liefdadigheidsinstelling. Het spijt me, James, maar het kon echt niet langer.'
'Je had moeten wachten tot de redactievergadering,' zei De Witt.
'Dat had ik waarschijnlijk gedaan als haar agent niet had gebeld. Carling drong erop aan om te weten of de dag van publikatie al was vastgesteld en wat de plannen waren voor de feestelijke presentatie. Feestelijke presentatie! Een begrafenismaal zou passender zijn. Het had geen zin er nog langer omheen te draaien. Ik heb tegen haar gezegd dat het boek niet goed genoeg was en dat we het niet wilden hebben. Dat heb ik gisteren

schriftelijk bevestigd.'
'Dat zal ze heel erg vinden.'
'Natuurlijk vindt ze dat heel erg. Auteurs vinden het altijd heel erg als een boek wordt afgewezen. Dat stellen ze gelijk met kindermoord.'
'En haar oude titels?'
'Daarmee kunnen we misschien nog wat geld verdienen.'
Opeens zei Frances Peverell: 'James heeft gelijk. We hadden afgesproken dat we erop terug zouden komen. Je had absoluut niet het recht om iets tegen Esmé Carling te zeggen of tegen Velma Pitt-Cowley. We hadden heel goed haar nieuwste kunnen nemen en er voorzichtig bij kunnen zeggen dat het de laatste keer was. Gabriel, daar ben jij het toch ook mee eens? Dat we *Moord op het Paradijseiland* hadden moeten nemen?'
De vier vennoten keken Dauntsey aan alsof hij een laatste beroepsinstantie was. De oude man had zijn documenten bestudeerd, maar nu keek hij op en glimlachte naar Frances.
'Ik denk niet dat het de klap had verzacht, denk jij wel? Een auteur kun je niet afwijzen. Wat je afwijst, is het boek. Als we dit nieuwste boek nemen, komt ze ook weer met het volgende aan en dan staan we voor hetzelfde dilemma. Gerard heeft voortijdig gehandeld en niet bepaald tactvol, denk ik, maar het besluit lijkt me op zichzelf juist. Een roman is het waard te worden gepubliceerd of niet.'
'Ik ben blij dat we dat tenminste hebben vastgesteld.' Etienne begon zijn papieren te ordenen.
'Zolang je maar beseft dat dat het enige is dat we hebben vastgesteld,' zei De Witt. 'Er wordt niet meer over de verkoop van Innocent House onderhandeld tot we opnieuw bij elkaar zijn geweest en jij ons de cijfers en een beleidsplan hebt laten zien.'
'Dat beleidsplan heb ik jullie afgelopen maand al gegeven.'
'Geen beleidsplan dat voor ons begrijpelijk was. Over een week komen we weer bij elkaar. Het zou nuttig zijn als je de stukken een dag van tevoren kon ronddelen. En we hebben alternatieven nodig. Eén beleidsplan uitgaande van de verkoop van Innocent House en één uitgaande van de veronderstelling dat we hier blijven.'
'Het tweede kan ik jullie zo geven,' zei Etienne. 'Of we doen zaken met Skolling, of we gaan failliet. En Skolling staat niet bekend om zijn geduld.'
'Houd hem zoet met een belofte,' zei Claudia. 'Zeg dat hij als eerste in aanmerking komt als we tot verkoop overgaan.'
Etienne glimlachte. 'O nee, die belofte kan ik niet doen, geloof ik. Zodra bekend wordt dat hij belangstelling heeft, kunnen we nog eens vijftigduizend pond meer krijgen. Het lijkt me niet waarschijnlijk dat het gebeurt,

91

maar je weet het nooit. Het Greyfriars-museum schijnt een nieuwe lokatie te zoeken voor de collectie zeegezichten.'
'We verkopen Innocent House niet aan Hector Skolling of wie ook,' zei Frances Peverell. 'Het huis verkopen? Over mijn lijk – of dat van jullie.'

13

Op het secretariaat keek Mandy op toen Blackie binnenkwam, met een rood hoofd en stijve benen naar haar bureau liep, achter haar wordprocessor ging zitten en begon te typen. Na een ogenblik won de nieuwsgierigheid het van de discretie en Mandy vroeg: 'Wat is er? Ik dacht dat u altijd de directievergadering moest notuleren.'
Blackies stem klonk vreemd, schor maar ook met iets van triomfantelijke wraakzucht: 'Dat is kennelijk niet meer nodig.'
Eruit geschopt, het arme mens, dacht Mandy. Ze zei: 'Wat gebeurt er dan voor geheims, wat doen ze?'
'Wat ze doen?' Blackies vingers hielden op met hun rusteloze dans over de toetsen. 'Ze maken het bedrijf kapot, dat is wat ze doen. Ze smijten alles weg waar meneer Peverell voor heeft gewerkt, waar hij om gaf, wat hij ruim dertig jaar overeind heeft gehouden. Ze willen Innocent House verkopen. Meneer Peverell had zijn hart verpand aan dit huis. Het is al meer dan honderdzestig jaar in de familie. Innocent House is Peverell Press. Die twee kunnen niet afzonderlijk bestaan. Meneer Gerard wil er al af sinds meneer Etienne met pensioen is gegaan en nu hij directeur is geworden, is er niemand die hem kan tegenhouden. Ze zijn er trouwens niet echt aan gehecht. Juffrouw Frances zal het niet prettig vinden, maar zij is verliefd op hem en niemand luistert naar juffrouw Frances. Juffrouw Claudia is zijn zuster en meneer De Witt heeft niet de moed om hem tegen te houden. Dat heeft niemand. Meneer Dauntsey misschien, maar die is al zo oud, die ziet het allemaal wel gebeuren. Ze kunnen geen van allen tegen meneer Gerard op. Maar hij weet hoe ik erover denk. Daarom wou hij mij er niet bij hebben. Hij weet dat ik ertegen ben. Hij weet dat ik hem zou tegenhouden, als ik kon.'
Mandy zag dat ze bijna in tranen was, maar van verontwaardiging, niet van verdriet. Verlegen, omdat ze haar wel wilde troosten, maar zich er

pijnlijk van bewust was dat Blackie deze spontane uitbarsting naderhand zou betreuren, zei ze: 'Hij kan echt een rotzak zijn. Ik heb gezien hoe hij soms tegen u doet. Waarom gaat u hier niet weg, u kunt toch kijken of het u als uitzendkracht bevalt? Neem gewoon ontslag en zeg dat hij kan doodvallen.'
Blackie, die moeite had zich goed te houden, deed een poging haar waardigheid te hervinden. 'Doe niet zo gek, Mandy. Ik ben absoluut niet van plan ontslag te nemen. Ik ben privé-secretaresse, geen uitzendkracht. Dat ben ik nooit geweest en dat wil ik ook nooit worden.'
'Er zijn erger dingen in de wereld. Wilt u koffie? Ik kan wel even gaan zetten, waarom zouden we wachten, koffie met chocoladekoekjes.'
'Goed, als je maar niet bij mevrouw Demery blijft praten. Wanneer je klaar bent met die brieven, heb ik kopieerwerk voor je. En Mandy, wat ik heb gezegd was in vertrouwen. Ik heb me even laten gaan, maar dat moet binnenskamers blijven.'
Kan je net denken, dacht Mandy. Begreep juffrouw Blackett dan niet dat er overal in het gebouw over werd geroddeld? 'Ik kan mijn mond wel houden,' zei ze. 'Met mij heeft het immers niets te maken? Tegen de tijd dat u gaat verhuizen, ben ik hier allang weg.'
Ze was net opgestaan toen de telefoon op haar bureau ging. Ze hoorde de stem van George, bezorgd maar zo samenzweerderig dat ze hem nauwelijks kon verstaan.
'Mandy, weet jij waar juffrouw FitzGerald is? Ik kan Blackie niet uit de vergadering halen en ik heb hier mevrouw Carling. Ze eist meneer Gerard te spreken en ik denk dat ik haar niet veel langer kan tegenhouden.'
'Geen probleem, juffrouw Blackett is hier.' Mandy gaf de hoorn aan haar.
'Het is George. Mevrouw Carling is in de receptie en wil met alle geweld meneer George spreken.'
'Dat kan nu niet.'
Blackie nam de hoorn over, maar voordat ze iets kon zeggen, zwaaide de deur open en mevrouw Carling stormde binnen, duwde Mandy opzij en liep zonder iets te zeggen door naar de kamer erachter. Ze kwam meteen weer terug en vroeg op hoge toon: 'Waar is hij? Waar is Gerard Etienne?'
Blackie deed haar best haar waardigheid te bewaren en sloeg haar bureau-agenda op. 'Ik geloof niet dat u een afspraak hebt, mevrouw Carling.'
'Natuurlijk heb ik geen afspraak, verdomme! Na dertig jaar bij het bedrijf heb ik geen afspraak nodig om mijn uitgever te spreken. Ik ben geen vertegenwoordiger die hem advertentieruimte wil verkopen.'
'Hij is in vergadering met de andere directieleden, mevrouw Carling.'
'Ik dacht dat dat alleen de eerste donderdag van de maand was.'

'Meneer Gerard heeft de vergadering naar vandaag verzet.'
'Dan moeten ze maar even pauzeren. Ik neem aan dat ze in de vergaderzaal zijn.'
Ze liep al naar de deur, maar Blackie was sneller en ging er met haar rug tegenaan staan.
'U kunt niet naar boven, mevrouw Carling. Directievergaderingen mogen niet worden gestoord. Ik mag zelfs geen dringende telefoontjes doorgeven.'
'Dan wacht ik wel tot ze klaar zijn.'
Blackies stoel was opeens bezet, maar ze bleef kalm.
'Ik weet niet hoe lang het gaat duren. Misschien laten ze broodjes komen. En zou u rond lunchtijd niet signeren? Ik zal meneer Gerard laten weten dat u bent geweest; hij zal ongetwijfeld contact met u opnemen zodra hij een ogenblik vrij heeft.'
Door haar eerdere uitbarsting en haar behoefte haar gezag over Mandy te herstellen klonk haar stem strenger dan tactvol was; toch waren ze allebei beduusd door de heftigheid van de reactie. Mevrouw Carling kwam zo onbeheerst overeind uit de stoel dat die wegtolde en ze ging zo dicht bij Blackie staan dat haar gezicht het hare bijna raakte. Ze was een half hoofd kleiner, maar in Mandy's ogen werd ze daar nog angstaanjagender door. De spieren in haar gestrekte hals stonden strak als kabeltouwen, de ogen schoten vuur en onder de kleine haakneus spuwde het zuinige mondje, als een rode kerf, venijn uit.
'Zodra hij een ogenblik vrij heeft! Onnozele trut! Arrogant stuk uilskuiken! Wie denk je wel dat je voor je hebt? Het is mijn talent waar jij al een jaar of twintig je salaris aan dankt, vergeet dat niet. Het wordt tijd dat jij eens beseft hoe onbelangrijk je bent in dit bedrijf. Alleen maar omdat jij voor meneer Peverell werkte, die je tot in de grond heeft verwend en in de watten gelegd en het gevoel heeft gegeven dat je werd gewaardeerd, denk je dat je mensen kunt afblaffen die al aan Peverell Press verbonden waren toen jij nog een snottebel was die van niets wist. De oude Henry heeft je natuurlijk verwend, maar ik kan je wel zeggen hoe hij echt over je dacht. Weet je waarom? Omdat hij het me heeft verteld, daarom. Hij had er schoon genoeg van dat je altijd maar om hem heen hing en hem aanstaarde als een onnozele koe. Hij was kotsmisselijk van je toewijding. Hij wilde je weg hebben, maar hij had niet het lef je te ontslaan, arme sul. Als hij meer lef had gehad, was Gerard Etienne hier nu niet de baas. Zeg maar dat ik hem wil spreken en op een tijd die mij schikt, niet wanneer het hem uitkomt.'
Blackie stamelde met lippen die zo bleek en stijf waren dat Mandy dacht dat ze nauwelijks kon bewegen: 'Het is niet waar. Dat is een leugen. Het is

niet waar.' En nu was Mandy bang. Ze was gewend aan kantoorruzies. In ruim drie jaar kantoorwerk had ze menige indrukwekkende uitbarsting meegemaakt en was als een dapper bootje tussen de wrakstukken in de woelige zeeën door gedobberd. Mandy hield eigenlijk wel van een mooie ruzie. Geen beter middel om de verveling te verdrijven. Maar dit was iets anders. Dit was, besefte ze, oprecht lijden, echte volwassen pijn en volwassen kwaadaardigheid die voortkwam uit een onthutsende haat. Hier waren een kopje koffie en een paar chocoladekoekjes uit het blik dat mevrouw Demery apart hield voor de vennoten niet voldoende om te troosten. Een gruwelijke seconde dacht Mandy dat Blackie het hoofd in de nek zou leggen om het uit te brullen van smart. Ze wilde een troostende hand toesteken, maar wist instinctief dat ze geen troost kon bieden en dat haar poging als ongewenst zou worden ervaren.

De deur sloeg dicht. Mevrouw Carling was verdwenen.

'Het is een leugen,' zei Blackie weer. 'Allemaal leugens. Ze weet er niets van.'

'Natuurlijk niet,' zei Mandy solidair. 'Natuurlijk zijn het leugens, dat kon iedereen zien. Ze is gewoon een jaloers kreng. U moet zich niets van haar aantrekken.'

'Ik ga even naar het toilet.'

Het was duidelijk dat Blackie moest overgeven. Weer vroeg Mandy zich af of ze mee zou gaan, maar het leek haar beter van niet. Blackie liep zo stijf als een robot de kamer uit en botste bijna tegen mevrouw Demery op, die met een paar pakjes binnenkwam.

'Deze zijn met de tweede bestelling gekomen, dus die kom ik maar even brengen. Wat heeft ze?'

'Ze is van streek. De vennoten wilden haar niet bij de vergadering hebben en toen kwam mevrouw Carling, die meneer Gerard te spreken eiste, en Blackie hield haar tegen.'

Mevrouw Demery kruiste haar armen en leunde tegen Blackies bureau.

'Ze heeft vanochtend zeker de brief gekregen dat ze haar nieuwe roman niet willen.'

'Lieve hemel, hoe weet u dat, mevrouw Demery?'

'Er gebeurt hier maar weinig waar ik niet van weet. Hier krijgen ze nog last mee, let op mijn woorden.'

'Als het niet goed genoeg is, waarom werkt ze het dan niet om, of schrijft een nieuw boek?'

'Omdat ze denkt dat ze dat niet kan, daarom. Dat is wat er met schrijvers gebeurt als ze worden afgewezen. Daar zijn ze voortdurend bang voor, dat ze hun talent verliezen, dat ze niet meer kunnen schrijven. Daarom moet je zo met ze uitkijken, in de omgang. Je moet altijd uitkijken met schrijvers. Je moet ze telkens maar weer vertellen dat ze zo fantastisch zijn, anders gaan ze er onderdoor. Ik heb het meer dan eens meegemaakt. De oude meneer Peverell had er slag van om met ze om te gaan. Hij wist precies hoe hij schrijvers moest aanpakken, de oude meneer Peverell. Met meneer Gerard ligt het moeilijk. Hij is heel anders. Hij begrijpt niet dat ze niet gewoon hun werk doen zonder al dat gezeur.'

Het was een opvatting waarvoor Mandy veel sympathie had. Ze mocht dan tegen Blackie zeggen – en het was zeker gemeend – dat meneer Gerard een rotzak was, maar ze kon niet echt een hekel aan hem hebben. Ze had het gevoel dat ze meneer Gerard wel aankon, als ze de kans kreeg. Maar verdere confidenties werden afgesneden door de terugkeer van Blackie, veel eerder dan Mandy had verwacht. Mevrouw Demery glipte de deur uit en Blackie ging zonder iets te zeggen weer achter haar toetsenbord zitten.

Het volgende uur werkten ze in een drukkend stilzwijgen dat alleen werd verbroken als Blackie een opdracht gaf.

Mandy moest naar het kopieerapparaat om drie kopieën te maken van een pas binnengekomen manuscript dat te oordelen naar de eerste drie alinea's waarschijnlijk nooit zou verschijnen; daarna kreeg ze een stapel uiterst saaie kopij over te typen en vervolgens moest ze uit het vak 'voorlopig bewaren' de papieren schiften die ouder dan twee jaar waren. Dat handige vak werd door het hele personeel gebruikt om papieren te dumpen waarvoor ze geen passende plaats konden vinden, maar die ze toch niet wilden weggooien. Het meeste was twaalf jaar oud en het schiften van de voorraad 'voorlopig bewaren' was een hoogst impopulair karweitje. Mandy had het gevoel dat ze werd gestraft voor Blackies uitbarsting van vertrouwelijkheid.

De directievergadering was eerder afgelopen dan gewoonlijk; het was pas half twaalf toen Gerard Etienne, gevolgd door zijn zuster en Gabriel Dauntsey, energiek het kantoor door liep naar zijn eigen kamer. Claudia Etienne bleef staan om iets tegen Blackie te zeggen toen de tussendeur openzwaaide en Gerard Etienne weer verscheen. Mandy zag dat hij moeite had zijn woede te bedwingen. 'Heb jij mijn privé-agenda gepakt?' vroeg hij aan Blackie.

'Natuurlijk niet, meneer Gerard. Ligt die niet in uw rechterla?'

'Als dat zo was, zou ik er niet naar vragen.'

'Ik heb hem maandagmiddag bijgewerkt en in de la gelegd. Daarna heb ik hem niet meer gezien.'

'Gisterochtend lag hij er nog. Als jij hem niet hebt, zoek je maar uit wie hem wel heeft. Ik ga ervan uit dat je het bijhouden van mijn agenda als onderdeel van je werk beschouwt. Als je de agenda niet kunt vinden, wil

ik graag het potlood terug. Het is een gouden potlood en ik ben er nogal aan gehecht.' Blackies gezicht was knalrood. Claudia Etienne keek met een sardonisch opgetrokken wenkbrauw toe. Mandy rook oorlog en bestudeerde de lijntjes van haar stenoblok alsof die opeens onbegrijpelijk waren geworden.
Blackies stem trilde op de grens van hysterie. 'Wilt u me van diefstal beschuldigen, meneer Gerard? Ik werk al zevenentwintig jaar in dit bedrijf maar...' Haar stem brak.
'Doe niet zo onnozel,' zei hij kortaf. 'Niemand beschuldigt je ergens van.' Zijn blik viel op de slang die over de handvatten van de archiefkast kronkelde. 'En ruim in godsnaam dat prul op. Smijt maar in de rivier. Het is hier een kantoor, geen crèche.'
Hij trok zich in zijn kamer terug en zijn zuster liep achter hem aan. Zonder iets te zeggen pakte Blackie de slang en borg hem weg in haar la. 'Wat zit je te staren?' zei ze tegen Mandy. 'Als je niets meer te typen hebt, heb ik nog wel wat voor je. Intussen kun je wel even koffie voor me halen.' Gewapend met een nieuwe roddel om mevrouw Demery mee te vergasten, was Mandy haar graag ter wille.

14

Declan zou er om half zeven zijn voor de riviertrip en het was kwart over zes toen Claudia het kantoor van haar broer betrad. Ze waren de laatsten in het gebouw. Gerard werkte op donderdag altijd over, maar de meeste mensen gingen vroeg weg om gebruik te maken van de koopavond. Hij zat aan zijn bureau in de lichtkring van zijn lamp, maar stond op toen ze binnenkwam. Hij gedroeg zich tegenover haar altijd onberispelijk. Ze had zich weleens afgevraagd of dat een manier was om vertrouwelijkheid af te weren.
Ze ging tegenover hem zitten en zei zonder inleiding: 'Hoor eens, ik zal je steunen bij de verkoop van Innocent House. Ik wil zelfs wel met al je plannen meegaan. Met mijn steun kun je de anderen gemakkelijk wegstemmen. Maar ik heb nu meteen geld nodig: driehonderdvijftigduizend pond. Ik wil dat je de helft van mijn aandelen overneemt, al mijn aandelen als je wilt.'

'Dat kan ik me niet permitteren.'
'Wel als Innocent House wordt verkocht. Zodra het contract is opgesteld, kun je een miljoen of zo vrijmaken. Met mijn aandelen erbij heb je een permanente meerderheid in handen. Dat betekent de absolute macht. Het is het geld waard. Ik blijf voor het bedrijf werken, maar met minder of geen aandelen.'
'Het is de moeite van het overwegen waard,' zei hij zacht, 'maar niet nu. En ik kan niet het geld van de verkoop gebruiken. Dat is van de vennootschap. Ik zal het trouwens nodig hebben voor de nieuwe behuizing en mijn andere plannen. Maar jij kunt het wel vrijmaken. Driehonderdvijftigduizend pond. Als ik het kan, kan jij het ook.'
'Niet zo gemakkelijk. Alleen heel moeizaam en niet op korte termijn. En ik heb er haast mee. Ik moet het aan het eind van de maand hebben.'
'Waarvoor dan? Wat ga je doen?'
'Investeren in de antiekbranche met Declan Cartwright. Hij kan de zaak van de oude Simon overnemen: driehonderdvijftigduizend voor het huis en de inventaris. Het is een volstrekt redelijke prijs. De oude man is erg op hem gesteld en wil niets liever dan dat hij de zaak voortzet, maar hij wil zo snel mogelijk verkopen. Hij is oud, hij is ziek en hij heeft haast.'
'Cartwright is een knappe jongen, maar drie en een halve ton: biedt hij zich niet erg duur aan?'
'Ik ben niet onnozel. Hij krijgt het geld niet. Het blijft mijn geld, belegd in een gezamenlijk bedrijf. Declan is ook niet dom. Hij weet heel goed wat hij doet.'
'Je overweegt met hem te trouwen, hè?'
'Misschien. Verbaast je dat?'
'Nogal, eigenlijk.' En hij voegde eraan toe: 'Ik denk dat jij meer om hem geeft dan hij om jou. Dat is altijd riskant.'
'O, we zijn aan elkaar gewaagd, hoor. Hij voelt zoveel voor me als hij in staat is te voelen en ik voel voor hem waartoe ik in staat ben. Alleen ons vermogen om te voelen is verschillend. We geven de ander allebei wat we te geven hebben.'
'Dus je bent van plan hem te kopen?'
'Zo hebben jij en ik toch altijd gekregen wat we wilden hebben: door aankoop? Hoe staat het met jou en Lucinda? Weet jij wel zeker dat je er goed aan doet, voor jezelf, bedoel ik? Over haar maak ik me geen zorgen. Ik laat me geen zand in de ogen strooien door dat air van broze deugdzaamheid. Zij kan wel voor zichzelf zorgen. Dat is haar klasse altijd nog gelukt.'
'Ik ben van plan met haar te trouwen.'
'Je hoeft het niet zo agressief te zeggen. Niemand probeert je ervan te

weerhouden. Ligt het in je bedoeling haar de waarheid over jezelf te vertellen – over ons? Of wat belangrijker is: ligt het in je bedoeling haar familie op de hoogte te stellen?'
'Op redelijke vragen zal ik antwoord geven. Tot nu toe hebben ze nog geen redelijke of onredelijke vragen gesteld. We leven goddank niet meer in de tijd waarin toestemming aan vaders moest worden gevraagd en verloofden zedelijk en financieel verantwoording moesten afleggen. Bovendien is er alleen haar broer. Hij schijnt ervan uit te gaan dat ik een huis voor haar heb om in te wonen en genoeg geld om haar redelijk comfortabel te onderhouden.'
'Maar je hebt immers geen huis? Ik zie haar nog niet wonen in het flatje in het Barbican. Veel te klein.'
'Ik geloof dat ze meer ziet in Hampshire. Dat kunnen we nog wel bespreken wanneer het huwelijk in zicht komt. Ik houd de flat in het Barbican aan. Handig zo dicht bij kantoor.'
'Ik hoop maar dat het wat wordt. Eerlijk gezegd geef ik Declan en mij meer kans. Wij halen seks en liefde niet door elkaar. En het zou wel eens lastig voor je kunnen worden om van dat huwelijk af te komen. Waarschijnlijk ontwikkelt ze nog religieuze bezwaren tegen scheiding. En trouwens: scheiden is vulgair, onsmakelijk en duur. Natuurlijk, na twee jaar gescheiden wonen kan ze dat omzeilen, maar dat zouden heel onaangename jaren worden. Het zou je niet bevallen, zo'n openbaar fiasco.'
'Ik ben nog niet eens getrouwd. Het lijkt me voorbarig nu al te willen beslissen hoe ik een fiasco moet opvangen. Het gaat niet mis.'
'Eerlijk gezegd, Gerard, begrijp ik niet wat je erbij denkt te winnen, behalve dan een mooie vrouw die achttien jaar jonger is dan jij.'
'De meeste mensen zouden dat voldoende vinden.'
'Alleen naïeve mensen. Je stevent af op een ramp. Je bent geen vorst, je hoeft niet met een totaal niet bij je passende maagd te trouwen om een dynastie voort te zetten. Of is dat je voornaamste motief, een gezin stichten? Ja, ik geloof het wel. Je bent op jouw leeftijd conventioneel geworden. Je wilt vaste grond onder de voeten, en kinderen.'
'Dat kon wel eens de zinnigste reden zijn om te trouwen. De enige zinnige reden, zou je zelfs kunnen aanvoeren.'
'Je hebt genoeg gescharreld en nu ben je uit op een jonge, mooie en liefst adellijke maagd. Volgens mij was je met Frances beter af geweest, eerlijk gezegd.'
'Dat is nooit een mogelijkheid geweest.'
'Voor haar wel. Ik begrijp wel hoe het is gekomen. Een maagd van bijna dertig die naar seksuele ervaring hunkert, en wie is daar geschikter voor dan mijn handige broertje. Maar het was verkeerd. Je hebt James de Witt

99

tegen je opgezet en dat kun je je niet veroorloven.'
'Hij heeft nooit iets tegen me gezegd.'
'Natuurlijk niet. Dat is ook niets voor James. Hij is een doener, geen prater. Laat me je één ding zeggen. Kom op de balkons in Innocent House niet te dicht bij de balustrade. Eén sterfgeval door geweld is genoeg.'
'Dank je voor de waarschuwing,' zei hij bedaard, 'maar ik weet niet of James de Witt wel de belangrijkste verdachte zou zijn. Als mij immers iets overkomt voordat ik in het huwelijk treed en een nieuw testament opmaak, krijg jij mijn aandelen, mijn flat en de uitkering van mijn levensverzekering. Voor bijna twee en een half miljoen kun je heel wat antiek aanschaffen.'
Claudia stond al bij de deur toen hij koel en zonder opkijken zei: 'Overigens heeft de kwelgeest weer toegeslagen.'
Claudia draaide zich naar hem om en vroeg op scherpe toon: 'Wat bedoel je? Hoe dan? Wanneer?'
'Vanmiddag, om half één om precies te zijn. Iemand heeft vanhier een fax gestuurd naar Better Books in Cambridge om de signeermiddag van Carling af te gelasten. Toen ze bij de winkel kwam, werden de affiches net losgehaald, de tafel en de stoel waren weggezet, de gegadigden weggestuurd en de meeste boeken teruggebracht naar de opslag. Ze schijnt laaiend te zijn geweest. Ik vind het eigenlijk wel jammer dat ik er niet bij was.'
'Jezus! Wanneer heb je dat gehoord?'
'Haar agent, Velma Pitt-Cowley, belde me om kwart voor drie op, toen ik terug was van de lunch. Ze had al vanaf half twee geprobeerd me te bereiken. Carling had haar vanuit de winkel gebeld.'
'En dat heb je tot nu toe stil weten te houden?'
'Ik had vanmiddag belangrijker dingen aan mijn hoofd dan de kamers afgaan om de mensen te vragen of ze een alibi hadden. Dat is trouwens jouw taak en als ik jou was, zou ik er niet te veel tijd aan verdoen. Ik heb het gevoel dat ik deze keer wel weet wie er verantwoordelijk voor is. Maar het is niet zo belangrijk.'
'Voor Esmé Carling wel,' zei Claudia grimmig. 'Je kunt haar niet aardig vinden, op haar neerkijken of met haar te doen hebben, maar je mag haar niet onderschatten. Ze zou wel eens een gevaarlijker vijand kunnen zijn dan je vermoedt.'

15

De bovenkamer van de Connaught Arms, achter Waterloo Road, was stampvol. Matt Bayliss, de kastelein, twijfelde niet aan het succes van de poëzieavond. Om negen uur waren de inkomsten van de bar al aan de hoge kant voor een donderdagavond. Het zaaltje boven werd anders voor lunches gebruikt – naar avondmaaltijden was weinig vraag in de Connaught Arms – maar het werd ook gebruikt voor feesten en partijen. Zijn broer, die voor een culturele instantie werkte, had hem overgehaald de ruimte op donderdagavond ter beschikking te stellen. De bedoeling was dat een aantal gepubliceerde dichters uit eigen werk zou voorlezen, afgewisseld door amateurs die het erop wilden wagen. De toegang kostte een pond en achterin had Matt een wijnbuffet ingericht. Hij had er geen idee van gehad dat poëzie zo gewild was, of dat zijn stamgasten de ambitie hadden zich in dichtvorm uit te drukken. De voorverkoop van de kaartjes was bevredigend geweest, maar er waren nog veel meer mensen later binnengekomen of van de bar naar boven gegaan toen ze hoorden wat daar aan de gang was; met het bierglas in de hand hadden ze de smalle trap genomen.
Colin had allerlei modieuze interesses: kunst van zwarte kunstenaars, kunst van vrouwen, homokunst, gemenebestkunst, toegankelijke kunst, vernieuwende kunst, kunst voor het volk. Deze avond stond er 'Poëzie voor het volk' op de affiches. Matts eigen interesse was bier voor het volk, maar hij zag geen bezwaar tegen een winstgevende combinatie van die twee. Colin streefde ernaar van de Connaught Arms een erkend centrum voor moderne poëzievoordracht te maken en een open podium voor nieuwe dichters. Terwijl Matt toekeek hoe zijn extra barman druk bezig was flessen rode Californische wijn open te trekken, ontdekte hij bij zichzelf een onverwachte belangstelling voor contemporaine cultuur. Hij verliet de bar beneden op tijd om het amusement te kunnen meemaken. Van de verzen begreep hij heel weinig; de meeste ontbeerden rijm of een herkenbaar metrum, wat voor hem toch de normen waren voor een gedicht; maar alle aanwezigen klapten enthousiast. De meeste amateurdichters en toehoorders rookten en er hing dan ook een dikke walm van tabak en bier.
De aangekondigde ster van de avond was Gabriel Dauntsey. Hij had verzocht aan het begin van de avond te mogen voorlezen, maar de meeste dichters voor hem hadden hun tijdslimiet overschreden; vooral de amateurs voegden zich niet gemakkelijk naar Colins gemompelde vermaningen. Het was al bijna half tien toen Dauntsey zich langzaam naar de lesse-

naar begaf. Er werd in eerbiedige stilte naar hem geluisterd en hij kreeg een stevig applaus, maar Matt vermoedde dat zijn gedichten over een oorlog die voor de meerderheid van de aanwezigen geschiedenis was, heel weinig te maken hadden met wat het publiek bezighield. Na afloop baande Colin zich een weg naar hem toe.
'Moet je echt weg? We gaan met nog een paar mensen na afloop ergens wat eten.'
'Het spijt me, dat wordt me te laat. Waar kan ik een taxi vinden?'
'Matt kan wel bellen, maar waarschijnlijk gaat het vlotter als je naar Waterloo Road loopt.'
Hij was bijna onopgemerkt en zonder bedankje weggeslopen, zodat Matt er het gevoel aan overhield dat ze te weinig voor de oude man hadden gedaan.
Hij was net de deur uit toen een echtpaar op leeftijd bij de bar naar hem toe kwam. De man vroeg: 'Is Gabriel Dauntsey al weg? Mijn vrouw heeft een eerste druk van zijn gedichten die ze graag door hem wil laten signeren. We zien hem hier nergens.'
'Hebt u een auto?' vroeg Matt.
'Een paar straten verderop. Dichterbij was geen plaats.'
'Hij is nog maar net weg. Hij is te voet. Als u gauw bent, haalt u hem nog wel in. Als u eerst de auto gaat halen, loopt u hem waarschijnlijk mis.'
Haastig vertrokken ze; de vrouw, met het boek in de hand, had een gretige blik in de ogen.
Nog geen drie minuten later waren ze terug. Vanachter de bar zag Matt ze binnenkomen; ze droegen Gabriel Dauntsey tussen zich in. Hij drukte een bebloede zakdoek tegen zijn voorhoofd. Matt liep naar hem toe.
'Wat is er gebeurd?'
De vrouw zei, kennelijk geschrokken: 'Hij is beroofd. Drie mannen, twee zwarte en een blanke. Ze stonden over hem heen gebogen, maar renden weg toen ze ons zagen. Ze hebben wel zijn portefeuille gepikt.'
De man keek of hij ergens een lege stoel zag en installeerde Dauntsey daarin. 'We moesten maar liever de politie en een ambulance bellen.'
Dauntseys stem klonk vaster dan Matt had verwacht. 'Nee, nee. Het gaat best. Ik wil geen gedoe. Ik heb alleen een schaafwond omdat ik ben gevallen.'
Matt keek hem besluiteloos aan. De man leek eerder geschrokken dan echt gewond geraakt. En wat had het voor zin de politie te bellen? De overvallers kregen ze toch niet meer te pakken en dit was niet meer dan de zoveelste kleine misdaad voor de statistiek van onopgeloste aangiften. Matt was een groot voorstander van de politie, maar zag ze liever niet te vaak in de zaak.

De vrouw keek naar haar man en zei toen kordaat: 'We komen toch langs het St. Thomas-ziekenhuis. We gaan wel even naar de eerste hulp. Dat is het beste.'
Dauntsey had er kennelijk niets meer over te zeggen. Ze willen zo gauw mogelijk van de verantwoordelijkheid af, dacht Matt, en hij kon het ze niet kwalijk nemen. Toen ze weg waren, ging hij weer naar boven om te kijken of er nog genoeg wijn was, en zag op een tafel bij de deur een stapeltje dunne boeken liggen. Even had hij echt met Gabriel Dauntsey te doen. Die arme kerel had niets eens van de gelegenheid gebruik gemaakt om zijn boeken te signeren. Maar misschien was het maar beter zo. Het zou voor alle betrokkenen gênant zijn geweest als niemand zijn werk had willen kopen.

16

De volgende ochtend, vrijdag vijftien oktober, werd Blackie bedrukt en angstig wakker. Haar eerste bewuste gedachte was dat ze bang was voor de dag die was aangebroken en voor wat er zou kunnen gebeuren. Ze trok haar ochtendjas aan en ging naar beneden om thee te zetten; ze vroeg zich af of ze bij het wekken tegen Joan zou zeggen dat ze hoofdpijn had en liever niet naar kantoor ging, of ze haar zou vragen later naar kantoor te bellen met de belofte dat ze maandag weer present zou zijn. Ze verdrong de verleiding. Het zou al vroeg genoeg maandag worden, een dag die nog meer met angst beladen was. En als ze niet op haar werk kwam, zou ze argwaan oproepen. Iedereen wist dat ze nooit een vrije dag nam, dat ze zich nooit ziek meldde. Ze moest naar haar werk alsof het een gewone dag was.
Ze kon niets eten bij het ontbijt. Alleen al de gedachte aan eieren en spek maakte haar misselijk en het eerste hapje cornflakes bleef haar in de keel steken. Op het station kocht ze de *Daily Telegraph*, zoals haar gewoonte was, maar ze sloeg hem onderweg niet open; in plaats daarvan keek ze met nietsziende ogen naar de voorbijrazende kaleidoscoop van voorsteden in Kent.
De motorboot voer vijf minuten te laat weg van de steiger bij Charing Cross. Meneer De Witt, anders zo punctueel, kwam aangehold toen Fred

Bowling net wilde losgooien.
'Sorry allemaal,' zei De Witt. 'Ik heb me verslapen. Bedankt voor het wachten. Ik dacht al dat ik de tweede boot zou moeten nemen.'
Ze waren er allemaal, de vaste passagiers van de eerste boot: meneer de Witt, zijzelf, Maggie FitzGerald en Amy Holden van de publiciteitsafdeling, meneer Elton van copyright en Ken van de expeditie. Blackie ging zoals gebruikelijk op de voorste bank zitten. Ze had liever een plaatsje alleen achterin gezocht, maar dat had misschien verdacht geleken. Het leek of ze zich abnormaal bewust van elk woord en elke handeling was, alsof ze al werd verhoord. Ze hoorde James de Witt tegen de anderen zeggen dat juffrouw Frances hem 's avonds laat nog had opgebeld om te zeggen dat meneer Dauntsey was beroofd. Het was na zijn voordracht gebeurd. Hij was snel gevonden door twee mensen die in de pub waren geweest en zij hadden hem naar de eerste hulp van het St. Thomas gebracht. De schrik was nog het ergste geweest. Blackie zei niets. Het was gewoon een kleine tegenslag, een geval van pech. Het leek niet belangrijk, vergeleken bij haar eigen loodzware angst.
Meestal vond ze het tochtje over de rivier wel prettig. Ze deed het al ruim vijfentwintig jaar en toch boeide het haar altijd weer. Maar vandaag leken alle vertrouwde beelden niet meer dan decorstukken op weg naar een ramp: het elegante smeedijzeren hek van de Blackfriars-spoorbrug, de Southwark-brug met de watertrap vanwaar Christopher Wren per roeiboot was overgezet naar de plaats vanwaar hij toezicht hield op de bouw van de St. Paul; London Bridge, de brug waar eens de hoofden van verraders, op palen gespiest, aan de oost- en westzijde aan het volk waren getoond; Traitor's Gate, de watertrap voor landverraders, groen van de algen en wieren; en Dead Man's Hole, het dodemansgat onder de Towerbrug vanwaaruit vroeger de as van de doden buiten de stadsgrenzen werd verstrooid; de Tower-brug zelf, met het wit en lichtblauw van de hoge voetgangerspassage en het glanzende, in goud gepenseelde schild; Hr. Ms. Belfast in Atlantisch grijs. Ze zag het allemaal aan zonder ook maar iets tot zich te laten doordringen. Ze hield zichzelf voor dat haar bezorgdheid belachelijk en onnodig was. Ze had hoogstens één reden om zich schuldig te voelen en die was echt niet zo belangrijk of schandelijk. Ze hoefde alleen maar haar hoofd erbij te houden, dan kwam het allemaal wel in orde. Maar haar bezorgdheid, die nu tot echte angst was toegenomen, groeide met elk ogenblik dat ze dichter bij Innocent House kwamen, en ze had het gevoel dat haar stemming zich aan de anderen in de groep meedeelde. Meneer De Witt zei onderweg meestal niets, hij zat vaak te lezen, maar de meisjes babbelden gewoonlijk honderduit. Deze keer bleef het stil tot de motorboot op de gebruikelijke plaats rechts van

de trap werd afgemeerd.
'Innocent House,' zei De Witt opeens. 'Zo, we zijn er...'
Zijn stem klonk gemaakt vrolijk, alsof ze allemaal terugkwamen van een tripje, maar zijn gezicht stond strak. Ze vroeg zich af wat er met hem was en waar hij aan dacht. Samen met de anderen beklom ze bedachtzaam de watertrap naar de marmeren voorhof en zette zich schrap voor wat de dag in petto had.

17

Achter zijn beschermende balie luisterde George Copeland hulpeloos of hij al stappen op de kinderhoofdjes hoorde. Het was een opluchting voor hem toen de motorboot had aangelegd. Lord Stilgoe hield op met boos ijsberen en ze keken allebei naar de deur. Het groepje kwam gezamenlijk binnen, met James de Witt voorop. Hij wierp één blik op het bezorgde gezicht van George en vroeg meteen: 'Wat is er?'
Het was lord Stilgoe die antwoord gaf. Zonder De Witt te begroeten zei hij grimmig: 'Etienne is weg. Ik had om negen uur een afspraak met hem in zijn kamer. Toen ik hier aankwam, trof ik alleen de receptionist en de dame van de huishouding. Zo ben ik het niet gewend. Etienne hoeft misschien niet op zijn tijd te letten, maar ik wel. Ik moet zo meteen naar het ziekenhuis.'
'Hoe bedoelt u weg?' vroeg James de Witt soepel. 'Waarschijnlijk zit hij vast in een file.'
'Hij moet hier ergens zijn, meneer De Witt,' interrumpeerde George. 'Zijn jasje hangt in zijn kamer over zijn stoel. Toen hij de telefoon niet opnam, ben ik wezen kijken. En de voordeur was niet op slot toen ik vanmorgen kwam, die zat niet op het Banhamslot. Ik kon er zo met de yale in. En het alarm was niet ingeschakeld. Juffrouw Claudia is net binnen. Zij is al aan het zoeken.'
Als op bevel liepen ze allemaal de gang in en zagen Claudia Etienne, die, op de voet gevolgd door mevrouw Demery, uit de kamer van Blackie kwam.
'George heeft gelijk,' zei ze. 'Hij moet hier ergens zijn. Zijn jasje hangt over de stoel en zijn sleutels liggen in de bovenste la rechts.' Ze keek

George aan. 'Heb je op nummer tien geïnformeerd?'
'Ja, juffrouw Claudia. Meneer Bartrum is er, maar verder niemand. Hij heeft rondgekeken en teruggebeld. Hij zegt dat de Jaguar van meneer Gerard nog op dezelfde plaats staat als gisteravond.'
'En de lampen? Waren die nog aan toen je vanmorgen binnenkwam?'
'Nee, juffrouw. In zijn kamer ook niet. Er was nergens licht aan.'
Op dat ogenblik kwamen Frances Peverell en Gabriel Dauntsey binnen. Het viel George op dat meneer Dauntsey er slecht uitzag. Hij liep met een stok en hij had een pleister rechts op zijn voorhoofd. Niemand zei er iets van. George vroeg zich af of het buiten hem wel iemand was opgevallen.
'Je hebt Gerard niet op nummer twaalf kunnen bereiken?' vroeg Claudia. 'Het lijkt wel of hij verdwenen is.'
'Wij hebben hem niet gezien,' zei Frances.
Mandy kwam binnen, zette haar helm af en zei: 'Zijn auto is er wel. Die heb ik in Innocent Passage zien staan.'
'Ja, dat weten we al, Mandy,' zei Claudia bits. 'Ik ga boven kijken. Hij moet hier ergens zijn. Wachten jullie hier.'
Energiek liep ze naar de trap, onmiddellijk gevolgd door mevrouw Demery. Blackie scheen niet te hebben gehoord wat ze zei; ze kreunde kort en liep schutterig achter haar aan. 'Mevrouw Demery is weer eens bang iets te missen,' zei Maggie FitzGerald, maar haar stem klonk aarzelend en toen niemand iets zei, bloosde ze alsof ze haar opmerking betreurde.
Het groepje had een soort halve cirkel gevormd; bijna, meende George, als door een onzichtbare hand opgesteld. Hij had de lampen in de hal aangedaan en de plafondschildering lichtte in volle glorie op; het was alsof het kunstwerk de vluchtigheid en banaliteit van hun zorgen en bezigheden benadrukte. Ze keken allemaal omhoog. George moest denken aan figuren op een religieuze voorstelling die omhoogstaarden in afwachting van een visioen. Hij wachtte af met de anderen en wist niet goed of hij erbij kon blijven of weer zijn plaats achter de balie moest innemen. Hij dacht niet dat van hem kon worden verwacht dat hij het initiatief nam bij het zoeken. Zoals altijd deed hij wat hem werd opgedragen, maar het verbaasde hem een beetje dat de vennoten zo gedwee afwachtten. Niet dat het zin zou hebben om allemaal weg te stormen om Innocent House tot in alle hoeken en gaten te doorzoeken. Drie mensen waren ruim voldoende. Als meneer Gerard ergens in huis was, zou juffrouw Claudia hem wel vinden. Niemand sprak, niemand verroerde zich, alleen James de Witt was stil naast Frances Peverell gaan staan. George had het gevoel dat ze zo, bevroren als spelers in een tableau vivant, uren hadden staan wachten, al konden het hoogstens minuten zijn, toen Amy zei, met een

stem die schel klonk van angst: 'Ik hoor iemand gillen. Ik hoorde iemand gillen.' Ze keek radeloos om zich heen.

James de Witt draaide zich niet naar haar om, maar bleef strak naar de trap kijken. 'Geen sprake van. Je hebt het je verbeeld, Amy.'

Toen klonk het opnieuw, nu luider en onmiskenbaar: een hoge, radeloze kreet. Ze drongen op naar de trap, maar niemand liep door. Het was alsof geen van hen de eerste tree durfde nemen. Even bleef het stil; toen klonk de klaaglijke kreet opnieuw, eerst gedempt, toen van dichterbij. George, die zo geschrokken was dat hij geen stap kon doen, wist niet van wie de stem was. Het geluid leek hem even onmenselijk als het gillen van een sirene in het donker of het janken van een krolse kat.

'God nog aan toe!' fluisterde Maggie FitzGerald. 'God nog aan toe, wat is dat?'

Met dramatische onverwachtheid verscheen mevrouw Demery op de bovenste tree van de trap. Het scheen George toe dat ze opdoemde uit het niets. Ze ondersteunde Blackie, wier geweeklaag nu door snikken werd gesmoord.

De stem van James de Witt was zacht, maar goed te verstaan. 'Wat is er, mevrouw Demery? Wat is er gebeurd? Waar is meneer Gerard?'

'In de archiefkamer. Dood! Vermoord! Hij ligt er halfnaakt bij en zo stijf als een plank. Met Sissende Sid om zijn hals en de kop in zijn mond.'

Nu kwam James de Witt in actie. Hij schoot de trap op. Frances wilde achter hem aan komen, maar hij draaide zich om en zei vriendelijk: 'Nee, Frances, nee.' Hij duwde haar terug. Lord Stilgoe volgde met de moeizame tred van een oude man en greep de trapleuning telkens stevig vast. Gabriel Dauntsey aarzelde een ogenblik en ging toen achter hem aan naar boven.

'Kan iemand me niet eens even helpen, ze is best zwaar!' riep mevrouw Demery.

Frances schoot meteen toe en legde haar arm om Blackies middel. Juffrouw Frances heeft zelf een helpende hand nodig, dacht George. Ze daalden de trap af met Blackie, half gedragen tussen hen in. Blackie kreunde en fluisterde: 'Het spijt me, het spijt me.' Samen hielpen de vrouwen haar de hal door naar de achterkant van het huis, zwijgend en in afgrijzen nagestaard door de anderen.

George haastte zich naar zijn centrale. Nu wist hij wat hem te doen stond. Hij voelde zich zeker van zijn taak. Hij hoorde stemmen. Het akelige gesnik werd minder, maar hij hoorde de hoge stem van mevrouw Demery van alles beweren, en andere vrouwenstemmen die invielen. Hij sloot er zijn oren voor. Er was iets dat hij moest doen, liefst zo snel mogelijk. Hij probeerde de kluis in de balie te ontsluiten, maar zijn handen trilden zo

heftig dat hij de sleutel niet in het slot kon krijgen. De telefoon ging; hij schrok heftig en tastte naar de koptelefoon. Het was mevrouw Velma Pitt-Cowley, de agent van mevrouw Carling, die meneer Gerard wilde spreken. Eerst was George te geschrokken om een woord terug te zeggen; toen bracht hij uit dat meneer Gerard niet gestoord kon worden. Zelfs in zijn eigen oren klonk zijn stem hoog, vreemd en onnatuurlijk.
'Geeft u me dan juffrouw Claudia maar. Die is er toch wel?'
'Nee,' zei George. 'Nee.'
'Wat is er? George, jij bent het toch? Wat is er aan de hand?'
Ontzet verbrak George de verbinding. Onmiddellijk ging de telefoon opnieuw, maar hij reageerde niet en na enkele seconden hield het geluid op. Hij staarde ernaar, bevend van machteloosheid. Zo erg had hij het nog nooit te kwaad gehad. Toen torende lord Stilgoe over de balie en hij rook zijn adem en voelde de kracht van zijn triomf en wrok.
'Bel New Scotland Yard. Ik wil de hoofdcommissaris spreken. Als hij niet te bereiken is, dan commissaris Adam Dalgliesh.'

II

Dood van een uitgever

18

Adjudant Kate Miskin schoof een halflege verhuisdoos opzij, zette de balkondeur van haar nieuwe flat in de Docklands open, legde haar handen op de geoliede eiken balkonreling en staarde naar de glinsterende rivier, stroomopwaarts naar Limehouse Reach en stroomafwaarts naar de machtige bocht om het eiland, Isle of Dogs. Het was pas kwart over negen in de ochtend maar een vroege mist was al opgetrokken en de hemel, die bijna wolkeloos was, klaarde op tot melkwit met hier en daar een zachtblauwe plek. Het leek wel een voorjaarsochtend in plaats van oktober, maar de rivier geurde krachtig naar de herfst, eerder naar vochtige bladeren en humus dan de zilte lucht van zee. Het was vloed, ze stelde zich de sterke getijstroom voor onder de lichtvlekken die als vuurvliegjes dansten op het wateroppervlak en kon de kracht ervan bijna voelen. Met deze flat en dit uitzicht had ze opnieuw een doel verwezenlijkt, een stap gezet die haar verder weg voerde van de saaie, kleine blokkendoosflat boven in de Ellison Fairweather Buildings, waarin ze de eerste achttien jaar van haar leven had doorgebracht.

Haar moeder was enkele dagen na haar geboorte gestorven, haar vader was onbekend en ze was verzorgd door een onwillige bejaarde grootmoeder die vol wrok was tegenover het kind dat haar bond aan de hoogbouwflat die ze 's avonds niet meer uit durfde om de gezellige sfeer en warmte van de plaatselijke pub op te zoeken. Ze was steeds meer verbitterd geraakt door de intelligentie van haar kleinkind en een verantwoordelijkheid waarvoor ze ongeschikt was door haar leeftijd, haar gezondheid en haar karakter. Te laat, pas op het moment van haar dood, had Kate beseft hoeveel ze van haar hield. Ze had nu het gevoel dat ze op dat moment wederzijds een levenslange schuld aan liefde hadden ingelost. Ze wist dat ze zich nooit helemaal van de Ellison Fairweather Buildings zou kunnen losmaken. In de grote, moderne lift omhoog naar haar nieuwe flat, omringd door de zorgzaam verpakte olieverfschilderijen die ze zelf had gemaakt, had ze teruggedacht aan de lift in het Ellison Fairweather: de vieze, besmeurde en bekladde wanden, de stank van urine, de peuken en lege bierblikjes op de grond. Als de lift door vandalisme weer eens niet werkte, hadden zij en haar grootmoeder hun boodschappen en hun was zeven trappen op moeten dragen, wachtend op elke verdieping tot oma weer op adem was. Wachtend te midden van hun plastic zakken tot de oude dame was uitgehijgd, had ze zich plechtig voorgenomen: wanneer ik groot ben ga ik hier weg. Ik wil die rotflat nooit meer zien. Ik kom hier nooit meer terug. Ik zal nooit meer arm zijn. Ik zal nooit meer die stank hoeven te ruiken.

Ze had de politie gekozen als middel om te ontsnappen en de verleiding van langer doorstuderen weerstaan; ze wilde zo snel mogelijk geld verdienen en weg. Een Victoriaanse flat bij Holland Park was het begin geweest. Na de dood van haar grootmoeder was ze er nog negen maanden blijven wonen, omdat ze het als verraad voelde direct te verhuizen, al wist ze zelf niet waar dat gevoel vandaan kwam; van het besef dat ze een bepaalde realiteit onder ogen moest zien, misschien, dat ze boete moest doen en meer over zichzelf te weten moest komen, en dat die flat daar de juiste plaats voor was. Er zou een ogenblik komen om te vertrekken en dan kon ze de deur achter zich dichttrekken met het gevoel dat er iets was voltooid, dat ze een verleden achter zich liet waaraan niets te veranderen viel, maar dat moest worden aanvaard met al zijn ellende en verschrikking – en de vreugden die er zeker ook waren geweest – als een deel van haarzelf. Dat ogenblik was nu gekomen.

De flat was natuurlijk niet wat ze zich oorspronkelijk had voorgesteld. Ze had zichzelf gezien in een van de grote verbouwde pakhuizen bij de Towerbrug met de hoge ramen en zalen van kamers, de zware eiken balken en, dat kon niet anders, een blijvende lichte geur van specerijen. Maar zelfs met de ingezakte onroerend-goedmarkt was zo'n etage te duur geweest. En de flat die ze na veel wikken en wegen had gekozen, was lang niet kwaad. Ze had de hoogste hypotheek genomen die ze kon krijgen, omdat het haar financieel verstandig leek het beste te kopen dat ze zich kon permitteren. Ze had een grote kamer, van zes bij vier meter, en twee kleinere slaapkamers, waarvan een aansloot op de douche. De keuken was groot genoeg om in te eten en voorzien van allerlei apparatuur. Het balkon op het zuidwesten, over de hele lengte van de huiskamer, was smal, maar er konden net een tafeltje en stoelen staan. Dan kon ze 's zomers buiten eten. En ze was blij dat de meubels die ze voor haar eerste flat had gekocht niet echt goedkoop waren geweest. De leren bank en fauteuils zouden goed tot hun recht komen in deze lichte, moderne ruimte. Gelukkig had ze geen zwart gekozen maar zandkleur. Zwart zou te chic zijn geweest. En de eenvoudige eettafel met stoelen van iepehout leken ook precies goed.

De flat had nog een groot voordeel. Hij was op het uiteinde van het gebouw, zodat ze aan twee kanten uitzicht en een balkon had. Vanuit haar slaapkamer zag ze het fonkelende panorama van Canary Wharf, de toren als een immens potlood met lichtende punt, de grote witte curve van het aangrenzende gebouw, het stille water van het oude West India Dock en het verhoogde spoor van het Docklands-treintje, dat net opwindspeelgoed leek. Deze stad van glas en beton zou drukker worden naarmate zich hier meer bedrijven vestigden. Dan zou ze kunnen uitkijken over de veelkleurige, steeds veranderende parade van een half miljoen gehaaste mannen en vrouwen met hun drukke bezigheden. Het andere balkon lag op het zuidwesten, met uitzicht op de rivier en het tragere, sinds onheuglijke tijden bestaande verkeer op de Theems: aken, pleziervaart, de scheepjes van de waterpolitie en de havendienst, de cruiseschepen die stroomopwaarts voeren naar hun aanlegplaats bij de Tower-brug. Ze hield van contrasten en in deze flat kon ze van de ene wereld in de andere lopen, van de nieuwe naar de oude, van stilstaand water naar de getijdenrivier die T.S. Eliot 'een sterke bruine god' had genoemd.

De flat was bijzonder geschikt voor een politievrouw, met een hallofoon bij de voordeur beneden en twee veiligheidssloten en een ketting aan haar eigen voordeur. Er was een garage in de kelder waarvan alleen bewoners de sleutel hadden. Dat was ook belangrijk. En New Scotland Yard was gemakkelijk te bereiken; ze woonde aan de goede kant van de rivier. Maar misschien zou ze af en toe de watertaxi naar de Westminstersteiger nemen. Ze zou de rivier leren kennen, deel gaan uitmaken van zijn leven en geschiedenis. Ze zou 's morgens wakker worden met krijsende meeuwen en deze koele, witte leegte betreden. Nu ze daar stond tussen het glinsterende water en het hoge zachtblauw van de hemel voelde ze een merkwaardige aandrang die haar eerder had overvallen en die, dacht ze, zo dicht bij een religieuze ervaring kwam als zij bij machte was te voelen. Wat bezit van haar nam was een innige, bijna fysieke behoefte om te bidden, dank te zeggen, zonder te weten aan wie, het uit te schreeuwen van een vreugde die dieper was dan de vreugde die ze beleefde aan haar eigen fysieke welbevinden en prestaties, of zelfs aan de schoonheid van de wereld die haar omringde.

Ze had de ingebouwde boekenkasten in de oude flat laten staan, maar de muur tegenover het raam was voorzien van op bestelling gemaakte kasten waarin Alan Scully, knielend bij een doos, nu haar boeken neerzette. Het had haar verbaasd dat ze er zoveel boeken bij had gekregen sinds ze hem kende. Op school had ze nooit van die schrijvers gehoord, maar ze was Ancroft Comprehensive niettemin dankbaar: ze hadden hun best voor haar gedaan. De leerkrachten, op wie ze vroeger in haar arrogantie had neergekeken, hadden zoals ze nu besefte met veel inzet geprobeerd

113

orde te houden in grote klassen waarin tien of twaalf verschillende talen werden gesproken, onder leerlingen die onderling zeer strijdige behoeften hadden en bij wie de situatie thuis soms niet anders dan gruwelijk was te noemen. Ze hadden de kinderen ten minste door de examens gesleurd die toegang gaven tot iets beters. Maar pas na school had ze er echt veel bijgeleerd. Achter de fietsenhokken en op het asfalt van het schoolplein had ze alles geleerd wat onbelangrijk was aan seks en niets dat belangrijk was. Dat had Alan voor haar gedaan, en nog veel meer. Hij had haar voorgelicht over boeken, niet hooghartig, niet als een Pygmalion, maar omdat hij zijn liefde met iemand wilde delen. En nu was het ook tijd geworden dat daaraan een einde kwam.

Ze hoorde hem zeggen: 'Als we even pauzeren, wil ik wel koffie zetten. Of sta je alleen het uitzicht te bewonderen?'

'Ik bewonder het uitzicht. Ik verlustig me erin. Hoe vind jij het, Alan?'

Hij zag de flat die dag voor het eerst en ze had hem rondgeleid als een kind met een nieuw stuk speelgoed.

'Wanneer je alles hebt ingericht, vind ik het vast mooi. Als ik dan tenminste nog mag komen. Hoe moet het met die boeken? Wil je gedichten, romans en non-fictie scheiden? Nu staat Dalgliesh nog naast Defoe.'

'Defoe? Ik wist niet dat ik een boek van Defoe had. Ik hou niet eens van Defoe. Tja, doe ze maar apart, geloof ik. En dan op schrijver.'

'Die Dalgliesh is een eerste druk. Vind je het nodig hem in de gebonden uitgave te kopen omdat hij je chef is, omdat je voor hem werkt?'

'Nee. Ik lees zijn gedichten om hem beter te kunnen begrijpen.'

'En helpt het?'

'Niet echt. Ik kan de gedichten niet in verband brengen met de man. En als dat eens lukt, dan schrik ik. Hij kijkt te scherp.'

'Niet gesigneerd, zie ik. Dus daar heb je niet om gevraagd.'

'Dat zouden we allebei gênant vinden. Laat je niet afleiden, Alan. Zet het maar in de kast.'

Ze liep naar hem toe en knielde naast hem. Hij zei niets over haar studieboeken; ze zag dat hij die op een keurige stapel naast de verhuisdoos had neergelegd. Eén voor één zette ze de boeken op de onderste plank: de meest recente misdaadstatistieken, de *Police and Criminal Act* van 1984, de *Guide to the Criminal Justice Act 1991* van Blackstone, de *Police Law* van Butterworth, *The Modern Law of Evidence* van Keane, *Criminal Law* van Clifford Hogan, het recherchehandboek en het Sheehy-rapport. De verzameling van een vrouw die hogerop wil in haar beroep, dacht ze, en ze vroeg zich af of Alan een bedoeling had met het apart leggen van deze boeken, of hij daardoor misschien zelfs onbewust een oordeel gaf over meer dan deze verzameling. Voor het eerst in jaren zag ze hun relatie

met de blik van een neutrale, kritische waarnemer. Ze was een zelfbewuste werkende vrouw, succesvol en ambitieus; ze wist wat ze wilde bereiken. Elke dag werd ze geconfronteerd met de knoeiboel in het vrijgevochten leven van anderen; haar eigen leven stond in het teken van organisatie en zelfdiscipline. Een noodzakelijke voorziening in een dergelijk bestaan was een intelligente, innemende minnaar die beschikbaar was wanneer het uitkwam, bekwaam in bed en daarbuiten niet te veeleisend. Drie jaar lang had Alan Scully die functie uitstekend vervuld. Ze wist dat ze hem in ruil daarvoor hartelijkheid, trouw en begrip had geschonken; dat had haar weinig moeite gekost. Maar kon het verrassen dat hij, nu hij zichzelf had vastgelegd, meer voor haar wilde zijn dan een accessoire?
Ze maalde de koffiebonen en genoot van de geur. De koffie zelf smaakte nooit zo lekker als de bonen roken. Ze dronken hun koffie in de huiskamer, met hun rug tegen een verhuisdoos. 'Met welk vliegtuig vertrek je woensdag?' vroeg ze.
'Dat van elf uur. BA175. Of heb je je bedacht?'
Ze had bijna gezegd: 'Nee, Alan, dat is onmogelijk', maar ze hield zich in. Het was niet onmogelijk. Ze kon zich heel goed bedenken. De eerlijkheid gebood haar toe te geven dat ze dat niet wilde. Ze hadden hun probleem al vele malen besproken en ze wist nu dat er geen compromis mogelijk was. Ze kende zijn standpunt en wist wat hij wilde. Hij zou niet proberen haar te chanteren. Hij had de kans gekregen drie jaar aan de Princetonuniversiteit te werken en hij wilde graag naar Amerika. Dat was belangrijk voor zijn carrière, voor zijn toekomst. Maar hij zou in Londen blijven, bij de bibliotheek blijven, als zij zich aan hem wilde binden: als ze met hem wilde trouwen of op zijn minst samenwonen, en een kind van hem kreeg. Het was niet zo dat hij haar werk minder belangrijk vond dan het zijne; desnoods zou hij zijn werk tijdelijk opgeven en huisman worden terwijl zij bleef werken. Die essentiële gelijkheid had hij haar altijd gegund. Maar hij kon zich niet meer neerleggen bij zijn marginale rol in haar leven. Zij was de vrouw van wie hij hield en met wie hij zijn leven wilde doorbrengen. Hij was bereid Princeton op te geven, maar niet als dat betekende dat ze op de oude voet zouden doorgaan, dat hij haar alleen zag voor zover haar werk het toeliet, in het besef dat hij haar minnaar was, maar nooit meer dan dat. 'Ik ben nog niet toe aan trouwen of kinderen krijgen. Misschien gebeurt dat ook nooit, zeker kinderen krijgen niet. Daar zou ik niets van terechtbrengen. Dat heb ik nooit geleerd.'
'Ik geloof niet dat dat een voorwaarde is.'
'Liefde en de bereidheid je vast te leggen zijn in elk geval essentieel. En die heb ik niet. Je kunt niet geven wat je nooit hebt gehad.'

Hij sprak haar niet tegen en probeerde niet haar op andere gedachten te brengen. Ze waren uitgepraat.

'In elk geval hebben we nog vijf dagen,' zei hij, 'en vandaag. Vanmorgen uitpakken, lunchen in een pub aan de rivier, misschien de Prospect of Whitby. Daar moet tijd voor zijn. Je moet toch eten. Hoe laat word je op de Yard verwacht?'

'Twee uur,' zei ze, 'ik heb maar een halve dag vrij. Daniel Aaron is vandaag vrij, dus we zitten al krap. Ik ga zo vroeg mogelijk weg en dan kunnen we vanavond hier eten. Eén keer per dag uit eten is genoeg. We kunnen wat halen bij de Chinees.'

Terwijl Alan de koffiebekers naar de keuken bracht, ging de telefoon. 'Je eerste telefoontje,' riep hij. 'Dat komt ervan als je adreswijzigingen verstuurt. De ene kennis na de andere zal je bellen om je te feliciteren met je nieuwe huis.'

Maar het was een kort gesprek en Kate zei nauwelijks een woord terug. Ze legde de hoorn terug en keek hem aan.

'Dat was ED. Een verdacht sterfgeval. Ik moet direct komen. Het is aan de rivier en AD komt me hier halen met een bootje van de waterpolitie. Het spijt me, Alan.' Het was alsof ze dat al drie jaar lang tegen hem zei: 'Het spijt me, Alan.'

Ze keken elkaar een ogenblik zwijgend aan; toen zei hij: 'Zoals in het begin, daarna en altijd. Wat wil je dat ik doe, Kate? Zal ik verder gaan met uitpakken?'

Opeens kon ze niet hebben dat hij hier alleen zou zijn. 'Nee,' zei ze, 'laat maar. Ik doe het later wel. Het kan wachten.'

Maar hij ging verder met uitpakken terwijl zij zich verkleedde; ze verruilde haar jeans en sweater, geschikt voor het stoffige werk van verhuizen en schoonmaken, voor een beige corduroy broek, getailleerd tweedjasje en crèmewollen polo. Ze deed haar haar in een hoge vlecht en zette die vast met een speld.

Toen ze terugkwam, keek hij haar zoals gewoonlijk met een goedkeurende grijns aan. 'Werkkleding?' vroeg hij. 'Ik weet nooit of je je kleedt voor Adam Dalgliesh of voor de verdachten. Niet voor het lijk, natuurlijk.'

Het was betrekkelijk recent, zijn jaloezie ten opzichte van haar chef, en misschien was het zowel een symptoom als de oorzaak van hun veranderende relatie.

Zwijgend verlieten ze het huis. Pas toen Kate de voordeur op beide sloten had gedaan, zei hij: 'Zie ik je nog voor ik woensdag wegga?'

'Ik weet het niet, Alan. Ik weet het niet.'

Maar ze wist het wel. Als deze zaak zo belangrijk werd als zich nu liet aanzien, zou ze werkdagen van zestien uur of meer moeten draaien. Hun schaarse gezamenlijke uren in deze flat zouden achteraf een prettige, nostalgische herinnering zijn. Maar wat ze nu voelde, was veel opwindender; en dat gevoel kreeg ze elke keer als ze bij een nieuwe zaak werd geroepen. Dit was haar werk, ze was ervoor opgeleid, ze functioneerde goed en ze hield ervan. Hoewel ze wist dat ze hem misschien voor het laatst in jaren zag, nam ze nu al afstand en bereidde zich mentaal voor op wat haar te wachten stond.

Hij had zijn auto geparkeerd in een van de vakken voor het gebouw, maar hij stapte niet in. In plaats daarvan liep hij met haar mee naar het water om op de boot van de waterpolitie te wachten. Toen het donkerblauwe, slanke vaartuig in zicht kwam, wendde hij zich zonder iets te zeggen af en liep naar zijn auto. Maar hij reed niet weg. Toen de boot aanlegde, wist Kate dat hij nog stond te kijken terwijl de lange, donkere gedaante bij de reling zijn hand uitstak om haar aan boord te helpen.

19

De oproep bereikte adjudant Daniel Aaron toen hij Eastern Avenue naderde. Hij hoefde de auto er niet voor te stoppen, de boodschap was kort en duidelijk. Verdacht sterfgeval in Innocent House, aan Innocent Walk. Hij moest er onmiddellijk heen. Robbins nam de moordtas mee.

De oproep had niet op een beter moment kunnen komen. Zijn eerste reactie was opwinding: eindelijk de grote zaak waarnaar hij had uitgekeken. Drie maanden waren verstreken sinds hij Massingham bij Ernstige Delicten was opgevolgd en hij wilde graag laten zien wat hij kon. Maar er was nog een reden. Hij was onderweg naar het huis van zijn ouders in Ilford. Ze waren veertig jaar getrouwd en er was een lunch georganiseerd met de zuster van zijn moeder en haar man. Hij had ruim van tevoren verlof aangevraagd in het besef dat dit een familiefeestje was waar hij met goed fatsoen niet onderuit kon, maar hij had zich er niet op verheugd. Eerst een pretentieuze maar saaie lunch in het populaire warenhuisrestaurant dat zijn moeder had uitgekozen, en dan een middag van vervelende familiepraatjes. Hij wist dat zijn tante hem beschouwde als een harteloze zoon, een tekortschietende neef, een slechte jood. Bij deze gele-

genheid zou ze haar afkeur misschien niet hardop uitspreken, maar haar moeizame zelfbeheersing zou de sfeer niet ten goede komen.
Hij reed een zijstraat in en parkeerde om te telefoneren. Het zou een moeilijk telefoontje worden en dat voerde hij liever niet onder het rijden.
Terwijl hij het nummer indrukte, was hij zich bewust van sterke, tegenstrijdige gevoelens: opluchting dat hij een geldige reden had om weg te blijven, tegenzin in het gesprek dat hij moest voeren, opwinding omdat hem hoogstwaarschijnlijk een grote zaak wachtte en het gebruikelijke redeloze schuldgevoel dat afbreuk deed aan het genoegen. Hij was niet van plan tijd te verdoen aan wederzijdse verwijten of lang heen-en-weergepraat. Kate Miskin was misschien al ter plaatse. Zijn ouders zouden zich erbij moeten neerleggen dat hij niet kon worden gemist.
Het was zijn vader die de telefoon aannam. 'Daniel, ben je nu nog niet onderweg? Je zei dat je vroeg zou komen om nog even rustig met ons te praten voor de komst van de anderen. Waar zit je?'
'Eastern Avenue. Het spijt me, vader, maar ik kan niet komen. Ik ben net opgeroepen. Het is dringend. Een moord. Ik moet er meteen heen.'
Daarna de stem van zijn moeder die de hoorn overnam: 'Wat vertel je me nu, Daniel? Dat je niet komt? Maar je moet komen. Je hebt het beloofd. Je oom en tante komen. We zijn veertig jaar getrouwd vandaag. Het is toch geen feest als ik mijn beide jongens niet bij me heb? Je hebt het beloofd.'
'Ik weet dat ik het heb beloofd. Als ik het niet had beloofd, stond ik nu niet op Eastern Avenue. De oproep is net een minuut geleden gekomen.'
'Maar je hebt verlof. Wat heeft het voor zin je verlof te geven als ze je toch nog oproepen? Kan er niet iemand anders heen? Waarom moet jij het altijd doen?'
'Ik hoef het niet altijd te doen. Maar vandaag wel. Het is een belangrijke zaak. Een moord.'
'Een moord! Jij verdiept je liever in een moord dan bij je ouders te komen. Moord. Doodslag. Denk je dan nooit aan levende mensen?'
'Het spijt me, ik moet nu gaan.' Grimmig voegde hij eraan toe: 'Veel plezier aan de lunch', en verbrak de verbinding.
Het was nog moeilijker geweest dan hij had voorzien. Even bleef hij roerloos zitten om zichzelf tot kalmte te dwingen en de ergernis te verdringen die dreigde om te slaan in woede. Toen schakelde hij in de achteruit, keerde in een uitrit en voegde weer in. Het was hollen of stilstaan in de ochtendspits en hij had pech met de stoplichten. Het ene na het andere sprong als om hem te tergen op rood. Van de plaats van het levensdelict waarnaar hij hinderlijk traag op weg was, kon hij zich nog geen voorstelling maken, maar zodra hij daar was gearriveerd zou het werk al zijn ge-

dachten en energie in beslag nemen. Fysiek verwijderde hij zich pijnlijk langzaam kilometer voor kilometer van het huis in Ilford, maar hij kon dat huis en het leven daar nog niet uit zijn gedachten bannen. Het gezin was op zijn tiende en Davids dertiende verhuisd uit het rijtjeshuis in Whitechapel waar hij was geboren. Hij beschouwde Balaclava Terrace nummer drieëntwintig nog altijd als thuis. Het was een van de weinige straten die niet waren vernield door de Duitse bombardementen maar koppig overeind waren gebleven terwijl de omliggende huizen en flatgebouwen tot verstikkend stof waren gesloopt om plaats te maken voor futuristische hoogbouw. Ook Balaclava Terrace zou zijn gesloopt, als er niet een excentrieke, onverzettelijke oude vrouw op het plein had gewoond; haar inzet voor behoud van een deel van het oude East End viel samen met geldgebrek bij de deelraad voor hun meest ambitieuze plannen. Balaclava Terrace had de kaalslag overleefd en was inmiddels ongetwijfeld opgewaardeerd, een toevluchtsoord voor jonge managers, artsen in opleiding van London Hospital en medische studenten die een hekel hadden aan moderne woningbouw. Van het gezin was niemand teruggegaan. Voor zijn ouders was de verhuizing de verwezenlijking van een droom, een droom die bijna angstaanjagend werd toen hij beloofde werkelijkheid te worden, het onderwerp van voortdurende halfluide gesprekken die tot 's avonds laat duurden. Zijn vader had zijn laatste boekhoudexamen afgelegd en promotie gemaakt. Hun verhuizing naar het noordoosten was ook een breuk met het verleden, een stap hogerop, steeds verder van het verre Poolse dorp met de moeilijke naam waaruit zijn overgrootvader was weggetrokken. Er moest een hypotheek voor worden afgesloten, onderwerp van zuchtend gemaakte sommen; de alternatieven moesten zorgvuldig worden afgewogen.

Maar het was allemaal goed gegaan. Een half jaar na de verhuizing had een onvoorzien sterfgeval een nieuwe promotie tot gevolg gehad en daarmee financiële zekerheid. In het huis in Ilford werd de keuken verbouwd en er kwam een bankstel in de huiskamer. De vrouwen die de plaatselijke synagoge bezochten, gingen modieus gekleed en zijn moeder was nu een van de best geklede. Daniel vermoedde dat hij de enige in het gezin was die betreurde dat ze niet meer op Balaclava Terrace woonden. Hij schaamde zich voor hun huis in Ilford en schaamde zich omdat hij neerkeek op wat met zoveel moeite was verworven. Als hij ooit Kate Miskin mee naar huis nam, had hij haar liever Balaclava Terrace laten zien dan The Drive in Ilford. Maar wat had Kate Miskin in vredesnaam te maken met waar of hoe hij woonde? Er was geen sprake van dat hij haar thuis zou voorstellen. Wat had adjudant Kate Miskin met zijn milieu van doen? Hij meende de bron van zijn misnoegen te kennen: jaloezie. Haast van het begin af had hij geweten dat zijn oudere broer de oogappel van zijn moeder was. Ze was vijfendertig toen ze David kreeg en al nauwelijks meer op een kind durfde hopen. De overweldigende liefde die ze voor haar eerstgeborene had gevoeld, was een openbaring van zo grote intensiteit geweest dat die vrijwel al haar moederlijke gevoelens in beslag had genomen. Toen hij drie jaar later arriveerde, was hij welkom, maar niet meer de vervulling van een obsessie. Hij herinnerde zich dat hij als jongen van veertien een vrouw in de kinderwagen van een buurvrouw had zien kijken waarbij ze had gezegd: 'Dus hij is nummer vijf? Nu ja, ze brengen allemaal hun eigen liefde mee, niet?' Hij had nooit het gevoel gehad dat hij zijn eigen liefde had meegebracht.

En toen had David op zijn elfde een ongeluk gehad. Daniel herinnerde zich de reactie van zijn moeder. Haar wilde ogen toen ze zich aan zijn vader vastklampte, haar door doodsangst en pijn wit geworden gezicht dat opeens het verwrongen gezicht van een vreemde was; haar onverdraaglijke huilen, de lange uren aan Davids ziekenhuisbed terwijl hij werd toevertrouwd aan de zorg van de buren. Uiteindelijk hadden ze Davids linkerbeen onder de knie moeten amputeren. Ze had haar verminkte oudste zoon thuisgebracht en met een triomfantelijke tederheid omringd alsof hij uit de doden was opgestaan. Daniel wist dat hij niet tegen zijn oudste broer op kon. David was een moedig jongetje dat zich niet beklaagde en met iedereen kon opschieten. Daniel was wispelturig, jaloers en lastig. Hij was ook intelligent. Hij vermoedde dat hij intelligenter was dan David, maar hij had zich al vroeg teruggetrokken uit de intellectuele rivaliteit. Het was David die aan de universiteit van Londen rechten was gaan studeren en nu als advocaat verbonden was aan een praktijk die veel strafzaken deed. Alsof hij dwars wilde liggen, was hij na zijn achttiende van school direct bij de politie gegaan.

Hij had het gevoel dat zijn ouders zich voor zijn werk schaamden; dat geloofde hij ook half. In ieder geval pochten ze nooit op zijn succes, wel op dat van David. Hij herinnerde zich een flard van een gesprek op de verjaardag van zijn moeder. Toen ze hem bij de deur begroette, zei ze: 'Ik heb mevrouw Forsdyke niet verteld dat je bij de politie bent. Maar als ze ernaar vraagt, zal ik het natuurlijk wel zeggen.'

Zijn vader had zachtjes gezegd: 'Hij werkt bij Ernstige Delicten, moeder, voor commissaris Dalgliesh, die belast is met zaken die moeilijk liggen.' Met een bitterheid die hem zelf verbaasde had hij gezegd: 'Ik weet niet of dat wel een pleister op de wonde is. En trouwens, waar zijn we bang voor? Dat het mens flauwvalt boven haar garnalencocktail? Wat kan het haar schelen dat ik voor de politie werk, tenzij haar man fraudeert natuurlijk?' O God, had hij gedacht, nou heb ik het weer gedaan. En nog wel op haar

verjaardag. 'Zie het van de vrolijke kant. Je hebt één keurige zoon. Zeg maar tegen mevrouw Forsdyke dat David liegt om boeven uit de gevangenis te houden, terwijl ik lieg om ze erin te krijgen.'
Nu ja, ze konden tijdens het voorgerecht hun kritiek op hem spuien. En Bella was er immers ook. Net als David was ze advocaat, maar zij zou vast wel vrij hebben genomen voor de trouwdag van haar aanstaande schoonouders. Bella die Jiddisch leerde, die twee keer per jaar naar Israël ging en geld inzamelde voor immigranten uit Rusland en Ethiopië, die naar Beit Midrasj ging, de talmoedschool in de synagoge, die sabbat hield; Bella die hem met haar donkere verwijtende ogen aankeek en zich zorgen maakte over zijn ziel.
Het was zinloos te zeggen: 'Ik geloof er niet meer in.' Hoe sterk was het geloof van zijn ouders? Die zou je eens onder ede moeten vragen of ze echt geloofden dat God op de Sinaï de Thora aan Mozes had gegeven. Wat zouden ze dan zeggen? Hij had zijn broer de vraag wel eens gesteld en wist het antwoord nog. Het had hem indertijd verbaasd en eigenlijk verbaasde het hem nog steeds; het suggereerde de verontrustende mogelijkheid dat David veel subtieler in elkaar zat dan hij ooit had vermoed. 'Ik zou waarschijnlijk liegen. Er zijn overtuigingen die waard zijn om voor te sterven, en dat wordt niet bepaald door de vraag of ze naar de letter waar zijn.'
Zijn moeder zou het natuurlijk nooit kunnen opbrengen om te zeggen: 'Het maakt me niet uit of je gelooft of niet. Ik wil dat je op sabbat bij ons bent. Ik wil dat je in de synagoge wordt gezien met je vader en je broer.' En het was geen intellectuele oneerlijkheid, al probeerde hij zichzelf wijs te maken van wel. Je kon stellen dat weinig aanhangers van een godsdienst alle dogma's geloofden, afgezien van de fundamentalisten, en God wist dat die heel wat gevaarlijker waren dan welke ongelovige ook. Absoluut. Het was zo natuurlijk, zo menselijk om je van de taal van het geloof te bedienen. En misschien had zijn moeder gelijk, hoewel ze het nooit over haar hart zou kunnen verkrijgen om de waarheid uit te spreken. De uiterlijke vorm was belangrijk. Godsdienstbeleving was niet alleen een kwestie van intellectuele instemming. In de synagoge gezien worden was verkondigen: hier sta ik, dit zijn mijn mensen, dit zijn de waarden die ik in mijn leven probeer te eerbiedigen, ik ben de resultante van generaties voorouders, dit is wat ik ben. Hij herinnerde zich wat zijn grootvader had gezegd nadat hij bar mitswa was geworden: 'Wat is een jood zonder zijn geloof? Zouden wij onszelf aandoen wat Hitler niet van ons gedaan kon krijgen?' De oude wrok kwam opzetten. Een jood werd zijn ongeloof in God niet gegund. Belast met schuldgevoel uit zijn jeugd kon hij niet eens zijn geloof afwijzen zonder het gevoel te hebben dat hij zich moest ver-

ontschuldigen tegenover de God waarin hij niet meer geloofde. Hij was zich steeds bewust van een stille getuige van zijn ketterij: de sjokkende schare van naakte mensen, jonge mensen, mensen van middelbare leeftijd, kinderen, die als een donkere stroom naar de gaskamers waren gevloeid. En terwijl hij weer op het rode licht wachtte en aan een huis dacht dat voor hem nooit thuis zou zijn, zag hij voor zijn geestesoog de brandschone ramen, de geplooide vitrage met embrasses, het kortgeschoren gazon, en dacht: waarom moet ik mijn identiteit ontlenen aan het kwaad dat anderen mijn ras hebben aangedaan? Het schuldgevoel is al erg genoeg; moet ik ook nog de last van de onschuld dragen? Ik ben een jood, is dat niet genoeg? Moet ik voor mezelf en anderen ook nog de slechtheid van het mensdom belichamen?

Hij bereikte de Highway en zoals vaak was er op onverklaarbare wijze opeens zo weinig verkeer dat hij goed kon opschieten. Als hij geluk had, was hij over vijf minuten bij Innocent House. Dit sterfgeval moest bijzonder zijn, dit raadsel zou zich niet gemakkelijk laten ontrafelen. Voor routinezaken werd hun team niet opgeroepen. Voor de direct betrokkenen was een sterfgeval misschien altijd bijzonder en geen onderzoek een routinekwestie. Maar dit was zijn kans om Adam Dalgliesh te bewijzen dat hij er goed aan had gedaan hem als opvolger van Massingham aan te zoeken en hij was vastbesloten die kans met beide handen aan te pakken. Geen enkele prioriteit op het persoonlijke of professionele vlak woog hiertegen op.

20

Het surveillancevaartuig tufte om de noordelijke bocht tussen Rotherhithe en Narrow Street tegen een sterke stroming op. Het koeltje wakkerde aan tot een lichte bries en het was kouder geworden dan toen Kate wakker werd, meende ze. Een paar wolken, dunne slierten witte damp, verwaaiden aan de lichtblauwe hemel. Ze had Innocent House wel eens eerder vanaf het water gezien, maar het verscheen zo dramatisch nadat ze de Limehouse Reach-bocht hadden gerond dat ze een zachte kreet slaakte van verbazing en, opkijkend naar het gezicht van Dalgliesh, hem op een lachje betrapte. In de ochtendzon glansde het huis zo onwerkelijk intens dat ze een ogenblik meende dat het met schijnwerpers werd verlicht. Terwijl de motor van de politieboot werd uitgeschakeld en het vaartuig behendig naar de rij hangende autobanden rechts van de watertrap werd gemanoeuvreerd, kon ze bijna geloven dat het huis deel uitmaakte van een filmdecor, een droompaleis van karton en gips met dunne muren waarachter de regisseur, de acteurs en de belichters al in de weer waren rond het lijk, terwijl het meisje van de make-up toeschoot om een glinsterend voorhoofd te deppen en een laatste veeg kunstbloed aan te brengen. De fantasie verraste haar; toneelspelen of zich aan droombeelden overgeven was niets voor haar, maar het besef van een onnatuurlijke situatie waarin ze zowel waarnemer als deelnemer was, liet zich moeilijk afschudden en werd nog versterkt door de geposeerdheid van het roerloze comité van ontvangst.

Het waren twee mannen en twee vrouwen. De vrouwen stonden tamelijk vooraan tussen de mannen in. Met ernstige, misschien zelfs kritische gezichten stonden ze zo roerloos als standbeelden op de brede marmeren voorhof te kijken naar het aanleggen van de politieboot. Onderweg had Dalgliesh al voor Kate de situatie uiteengezet en Kate kon raden wie het waren. De lange vrouw met het donkere haar moest Claudia Etienne zijn, de zuster van de dode; de laatste Peverell, Frances, stond naast haar. De oudste van de beide mannen, die over de zeventig leek, moest Gabriel Dauntsey zijn, de poëzieredacteur; de ander was James de Witt. Ze leken zorgvuldig zo neergezet door een regisseur die dacht in termen van camerahoeken, maar zodra Dalgliesh aan wal stapte, kwam het groepje in beweging. Claudia Etienne kwam met uitgestoken hand op hem af om de mensen aan hem voor te stellen. Ze draaide zich om en ze liepen achter haar aan over de kinderhoofdjes naar de ingang opzij van het huis.

Een man op leeftijd zat aan de centrale in de receptie. Met zijn bijna volmaakt ovale, gladde en bleke gezicht en hoogrode konen onder vriendelijke ogen leek hij op een bejaarde clown. Hij keek op toen ze binnenkwamen en Kate zag in zijn glanzende ogen een mengeling van vrees en een verzoek om hulp. Het was een blik die ze eerder had gezien. Zelfs als de komst van de politie gewenst was en met ongeduld werd verwacht, werden ze zelden met een gerust hart begroet, ook niet door onschuldigen. Welke beroepsbeoefenaren zouden mensen wel zonder reserve in hun huis begroeten, vroeg ze zich af. Artsen en loodgieters waarschijnlijk, vroedvrouwen zeker. Hoe zou het voelen te worden ingehaald met een welgemeend 'Goddank dat u er bent'?

De telefoon ging en de oude man wendde zich af om het gesprek aan te nemen. Hij had een lage, innemende stem, maar hij kon zijn zenuwen niet

bedwingen en zijn handen beefden.
'Peverell Press, goedemorgen. Nee, ik vrees dat ik u niet met meneer Gerard kan doorverbinden. Zal ik iemand vragen u straks terug te bellen?'
Hij keek weer op, nu naar Claudia Etienne, en zei hulpeloos: 'Het is de secretaresse van Matthew Evans van Faber, juffrouw Etienne. Hij wil meneer Gerard spreken. Het gaat om het overleg op aanstaande woensdag, over de ontduiking van copyrights.'
Claudia nam de hoorn over. 'Met Claudia Etienne. Wilt u tegen meneer Evans zeggen dat ik zo gauw mogelijk terug zal bellen? De rest van de dag zijn we gesloten. Er is helaas een ongeluk gebeurd. U kunt hem vertellen dat Gerard Etienne dood is. Dan begrijpt hij wel dat ik nu niet aan de telefoon kan komen.'
Zonder op een reactie te wachten legde ze de hoorn terug en wendde zich tot Dalgliesh. 'Het heeft immers geen zin er geheimzinnig over te doen? Dood is dood. Het is geen tijdelijke zaak, een kortstondig ongemak. Je kunt niet doen alsof het niet is gebeurd. En de pers krijgt er gauw genoeg lucht van.'
Haar stem klonk onverzoenlijk en haar ogen stonden hard. Ze leek eerder verontwaardigd dan verdrietig. Ze wendde zich tot de receptionist en zei iets vriendelijker: 'Spreek maar een boodschap in op het antwoordapparaat, George; de uitgeverij is vandaag gesloten. En ga dan een kop sterke koffie drinken. Mevrouw Demery zal wel in de buurt zijn. Als er nog anderen van het personeel komen, zeg je maar dat ze naar huis kunnen gaan.'
'Maar nemen ze dat van mij wel aan, juffrouw Claudia?' vroeg George.
Claudia Etienne fronste. 'Misschien niet. Misschien moet ik het zelf doen. Of weet je wat, meneer Bartrum kan het wel doen. Die is er toch, George?'
'Meneer Bartrum zit op zijn eigen kantoor op nummer tien, juffrouw Claudia. Hij zei dat hij veel werk te doen had en wilde blijven. Hij dacht dat het wel kon, omdat hij niet in het hoofdgebouw werkt.'
'Wil je hem bellen, George, en zeggen dat ik hem wil spreken. Hij kan de laatkomers opvangen. Sommigen hebben misschien werk dat ze thuis kunnen doen. Geef het maar door. Zeg maar dat ik maandag iedereen zal toespreken.'
Ze wendde zich weer tot Dalgliesh. 'We hebben al wat personeelsleden naar huis gestuurd. Ik hoop dat u dat goedvindt. Het leek me beter niet te veel mensen over de vloer te hebben.'
'We zullen ze mettertijd allemaal moeten spreken,' zei Dalgliesh, 'maar dat kan wachten. Wie heeft uw broer gevonden?'
'Ik. Blackie – juffrouw Blackett, de secretaresse van mijn broer – was

erbij en mevrouw Demery, onze huishoudster. We waren samen naar boven gegaan.'
'Wie is het eerst naar binnen gegaan?'
'Ik.'
'Kunt u me laten zien waar het is? Nam uw broer meestal de lift of de trap?'
'De trap. Maar hij ging niet vaak helemaal naar boven. Dat is ook zo vreemd, dat hij in de archiefkamer is gevonden.'
'We nemen de trap,' zei Dalgliesh.
'Ik heb de kamer op slot gedaan nadat we het lijk van mijn broer hadden gevonden,' zei Claudia Etienne. 'Lord Stilgoe heeft de sleutel. Hij vroeg erom. Misschien dacht hij dat een van ons terug zou gaan om sporen uit te wissen.'
Maar lord Stilgoe drong al naar voren. 'Het leek me beter de sleutel in bewaring te nemen, commissaris. Ik moet u onder vier ogen spreken. Ik heb u gewaarschuwd. Ik wist dat hier vroeg of laat iets tragisch zou gebeuren.'
Hij bood de sleutel aan, maar het was Claudia die hem aanpakte. 'Lord Stilgoe, weet u hoe Gerard Etienne is gestorven?' vroeg Dalgliesh.
'Natuurlijk niet, hoe kan ik dat nu weten?'
'Dan spreken we elkaar straks.'
'Maar ik heb natuurlijk het lijk gezien. Dat leek me niet meer dan mijn plicht. Hoogst betreurenswaardig. Nu ja, ik heb u gewaarschuwd. Het is zonneklaar dat dit schandaal onderdeel uitmaakt van de campagne tegen mij en mijn boek.'
'Later, lord Stilgoe,' zei Dalgliesh.
Hij gunde zich als altijd ruim de tijd om het lijk in ogenschouw te nemen. Kate wist dat hij, hoe snel hij ook gehoor gaf aan een oproep, altijd bedaard en ongehaast aankwam. Ze had hem eens een overijverige rechercheur met een handgebaar zien tegenhouden, met de rustige woorden: 'Kalm aan, brigadier. Je bent geen arts. Doden kunnen niet gereanimeerd worden.'
Nu wendde hij zich tot Claudia Etienne. 'Zullen we naar boven gaan?'
Ze draaide zich om naar de drie vennoten die met lord Stilgoe zwijgend in een groepje bijeenstonden alsof ze wachtten op instructies en zei: 'Misschien kunnen jullie beter naar de vergaderzaal gaan. Ik kom zodra ik kan.'
Op redelijker toon dan Kate verwachtte, zei lord Stilgoe: 'Ik vrees dat ik niet langer kan blijven, commissaris. Daarom had ik zo vroeg met de heer Etienne afgesproken. Ik wilde met hem het werk aan mijn memoires bespreken voordat ik voor een kleine operatie naar het ziekenhuis ga. Daar

moet ik om elf uur zijn. Ik kan het risico niet nemen dat ik het bed kwijtraak. Ik neem wel op de Yard contact op met u of een van uw collega's.'
Kate zag dat De Witt en Dauntsey opgelucht reageerden op zijn woorden.
De kleine groep liep de hal in. Kate smoorde een zachte kreet van bewondering. Een ogenblik wilde ze blijven staan, maar ze weerstond de verleiding om op haar gemak rond te kijken. De politie maakte voortdurend inbreuk op de privacy van anderen; het was aanstootgevend je te gedragen als een betalende toerist. Maar ze had het gevoel dat ze zich in dat onthullende ogenblik bewust was van de volle grandeur van de hal met haar marmeren mozaïekvloer; de zes meerkleurige marmeren zuilen met hun elegant gevormde kapitelen; de rijkdom van de plafondschildering, een overrompelend panorama van achttiende-eeuws Londen met bruggen, torens, fortificaties, huizen, zeilschepen, alles verenigd door het blauw van de rivier; de sierlijke dubbele trap waarvan de balustrade omlaagboog tot aan de bronzen beelden van lachende jongens op dolfijnen die de grote globelampen droegen. Boven drongen de pracht en praal zich minder op; de versieringen waren bescheidener, maar het was door een waardige, ruime en elegante omgeving dat ze opklommen naar de gruwelijke ontluistering van een moord.

Op de derde verdieping stond een met groen laken bespannen deur open. Ze beklommen een smalle trap: Claudia voorop, Dalgliesh vlak achter haar, Kate als laatste. De trap boog naar rechts en de laatste zes treden voerden naar een drie meter brede gang met links het schaarhek van de lift. In de rechtermuur was geen deur, maar links was een afgesloten deur en recht voor hen een deur die openstond.

'Dit is de archiefruimte waar we onze oude stukken bewaren,' zei Claudia Etienne. 'Het kleine archief is hierachter.'

De archiefruimte had vroeger kennelijk uit twee kamers bestaan, maar de tussenmuur was weggebroken waardoor een langgerekt vertrek was ontstaan dat vrijwel de hele lengte van het huis besloeg. De rijen houten archiefstellingen, haaks op de deur en bijna reikend tot het plafond, stonden zo dicht opeen dat er nauwelijks loopruimte overbleef. Tussen de stellingen hingen kale lampen. Zes hoge ramen lieten daglicht toe; daarachter zag Kate een stenen borstwering. Ze liepen naar rechts, door de ruim een meter brede sleuf tussen de uiteinden van de stellingen en de muur, en stonden voor een volgende deur.

Zonder iets te zeggen gaf Claudia Etienne de sleutel aan Dalgliesh en hij zei: 'Als u het kunt opbrengen mee naar binnen te gaan wil ik graag dat u bevestigt dat de kamer en het lichaam van uw broer er nog precies zo uitzien als toen u de eerste keer binnenkwam. Maar het is niet erg als u

het bezwaarlijk vindt. Het is nuttig, maar niet essentieel.'
'Ik doe het wel,' zei ze. 'Het zal me nu gemakkelijker vallen dan morgen. Ik heb nog steeds moeite het te geloven. Het ziet er allemaal zo onecht uit, het voelt ook niet echt. Ik denk dat pas morgen tot me zal doordringen dat het werkelijk gebeurd is, en dat het onherroepelijk is.'
Het waren haar woorden die Kate onecht in de oren klonken. De evenwichtigheid van haar uitspraken had iets onwerkelijks, iets theatraals. Maar ze mocht niet te haastig oordelen. De desoriëntatie van verdriet kon gemakkelijk verkeerd worden opgevat. Beter dan de meeste mensen wist ze hoe merkwaardig misplaatst de eerste mondelinge reactie op een schok of een sterfgeval vaak was. Ze herinnerde zich de vrouw van een buschauffeur die in een pub in Islington was doodgestoken en die was uitgebarsten in een jammerklacht omdat hij die ochtend geen schoon overhemd had aangetrokken en de toto niet had ingeleverd. Toch had die vrouw van haar man gehouden; zijn dood had haar heftig aangegrepen. Dalgliesh nam de sleutel van Claudia Etienne over. Hij draaide soepel in het slot. Hij opende de deur. Een zure, gasachtige lucht sloeg hen als een ziekteverwekkende uitwaseming tegemoet. Het halfnaakte lijk scheen met de harde theatraliteit van de dood op hen af te springen en een ogenblik in onwerkelijkheid te blijven hangen, een bizar en krachtig beeld dat de stille lucht bezoedelde.
Hij lag languit, met zijn voeten naar de deur. Hij droeg een grijze broek en grijze sokken. De schoenen van mooi zwart leer leken nieuw; de zolen waren nauwelijks afgesleten. Vreemd dat je zulke kleinigheden opmerkt, dacht Kate. Het bovenlichaam van het lijk was naakt en een wit overhemd werd in plooien vastgeklemd door de vuist van de gestrekte rechterarm. De fluwelen slang was tweemaal om zijn hals gebonden, de staart lag tegen zijn borst en de kop was in zijn opengesperde mond gepropt. Even dacht Kate dat de openstaande glazige ogen, onmiskenbaar de ogen van een dode, verbaasd en verontwaardigd keken. Alle kleuren waren onnatuurlijk hard. Het diepe donkerbruin van het haar, het onnatuurlijke dieproze van het gezicht en het bovenlichaam, de gifgroene slang. De indruk van fysieke kracht die van het lichaam uitging, was zo sterk dat Kate instinctief een stap achteruit deed en haar schouder zacht tegen die van Claudia voelde stoten. 'Sorry,' zei ze en de conventionele verontschuldiging klonk ontoereikend, zelfs voor die onbedoelde aanraking. Toen verbleekte het beeld en de werkelijkheid werd hersteld. Het lijk werd wat het was: dood naakt vlees, grotesk versierd, neergelegd als op een toneel.
En met een snelle blik nam ze vanuit de deuropening de kamer in zich op. Het was een klein vertrek, hoogstens vier bij drie, met een kale houten

vloer en kale wanden. Er was een hoog, smal raam dat goed sloot en er hing een enkele lamp met lampekap aan het plafond. Aan het kozijn hing een stuk raamkoord dat nog maar een centimeter of tien lang was. Links van het raam was een kleine Victoriaanse schouw met gekleurde tegels in een decor van vruchten en bloemen. Het rooster was verwijderd en er stond een ouderwets gaskacheltje in. Aan de tegenoverliggende muur stond een kleine houten tafel met een moderne, zwarte schaarlamp en twee briefmandjes met wat beduimelde mappen erin. Kate keek of ze het ontbrekende gedeelte van het raamkoord zag, want ze besefte dat er iets niet klopte, en zag het onder de tafel liggen, alsof het was weggeschopt of weggegooid. Claudia Etienne stond nog steeds naast haar. Kate was zich bewust van haar roerloosheid en lichte, beheerste ademhaling.

'Is dit hoe u de kamer hebt aangetroffen?' vroeg Dalgliesh. 'Valt u soms nu iets op dat u toen niet is opgevallen?'

'Er is niets veranderd,' zei ze. 'Dat kan toch ook niet? Ik heb afgesloten bij het weggaan. Er is me aan de kamer niet veel opgevallen toen ik... Toen ik hem vond.'

'Hebt u het lichaam aangeraakt?'

'Ik ben bij hem geknield om zijn gezicht te voelen. Hij voelde heel koud aan, maar ik besefte meteen dat hij dood was. Ik bleef geknield bij hem zitten. Toen de anderen weg waren...' Ze zweeg even en vervolgde toen kordaat: 'Ik geloof dat ik toen mijn wang even tegen de zijne heb gedrukt.'

'En de kamer?'

'Die komt me vreemd voor. Ik kom hier niet vaak; de laatste keer was toen ik het lijk van Sonia Clements vond, maar hij ziet er nu anders uit, leger en schoner. En er is iets weg. De bandrecorder. Gabriel – meneer Dauntsey – spreekt een bandje in en de bandrecorder staat meestal op de tafel. En toen ik de eerste keer binnenkwam, is me niet opgevallen dat het raamkoord stuk is. Waar is het andere uiteinde? Ligt Gerard daarop?'

'Het ligt onder de tafel,' zei Kate.

Claudia Etienne staarde ernaar en zei: 'Wat vreemd. Je zou het eerder bij het raam verwachten.'

Ze leek duizelig te worden en Kate wilde haar steunen, maar de vrouw herstelde zich met een schouderophalen.

'Dank u voor uw komst, juffrouw Etienne,' zei Dalgliesh. 'Ik besef dat het niet gemakkelijk voor u moet zijn. Voorlopig heb ik geen vragen meer. Kate, wil jij...'

Maar voordat Kate in beweging kon komen, zei Claudia Etienne: 'Raak me niet aan. Ik ben heel goed in staat zelf naar beneden te gaan. U kunt me vinden bij de anderen in de vergaderzaal, als u me nog wilt spreken.'

Maar de doorgang werd haar op de trap belet. Er klonken mannenstemmen en lichte, vlugge voetstappen. Een paar seconden later kwam Daniel Aaron de kamer binnen, gevolgd door twee forensisch specialisten: Charlie Ferris en zijn assistent.

'Het spijt me dat ik zo laat ben,' zei Aaron. 'Ik zat vast in de file op Whitechapel Road.'

Hij keek even naar Kate en haalde glimlachend zijn schouders op. Ze mocht hem graag en had veel respect voor hem. Ze werkte graag met hem samen. In alle opzichten was hij een verbetering ten opzichte van Massingham, maar net als Massingham vond hij het nooit leuk als Kate eerder op de plaats delict was dan hij.

21

De vier vennoten waren gezamenlijk naar de vergaderzaal op de eerste verdieping gegaan, niet zozeer met een vooropgezette bedoeling als wel in het onuitgesproken besef dat het verstandiger was bijeen te blijven, te horen wat de anderen zeiden, de schrale troost te hebben van menselijk contact, en zich niet terug te trekken in een verdacht isolement. Maar ze hadden niets te doen en geen van hen voelde ervoor zich dossiers, papieren of boeken te laten brengen, uit vrees de schijn op zich te laden van harteloze onverschilligheid. Het leek vreemd stil in huis. Ergens, wisten ze, zouden de weinige achtergebleven personeelsleden overleggen en zich overgeven aan discussies en speculaties. Ook zij hadden natuurlijk zaken te bespreken, al was het maar een voorlopige herverdeling van het werk, maar daar nu al mee beginnen zou even grof en ongevoelig lijken als het beroven van doden.

Aanvankelijk hoefden de vennoten niet lang te wachten. Nog geen tien minuten na aankomst verscheen commissaris Dalgliesh met adjudant Miskin in de vergaderzaal. Terwijl de lange man met het donkere haar geruisloos naar de tafel liep, werden vier paar ogen op hem gericht die hem ernstig bekeken alsof zijn aanwezigheid, tegelijk gewenst en gevreesd, een inbreuk was op hun gezamenlijke smart. Ze bleven stil zitten terwijl hij een stoel aantrok voor zijn vrouwelijke collega en zelf ging zitten, waarna hij zijn handen op de tafel liet rusten.

'Het spijt me dat ik u heb laten wachten,' begon hij, 'maar ik ben bang dat wachten en verstoring van de normale gang van zaken onvermijdelijk zijn na een sterfgeval dat vragen oproept. Ik zal u allemaal apart moeten ondervragen en ik hoop daar straks mee te beginnen. Is hier een kamer met een telefoon die ik kan gebruiken zonder al te veel overlast te bezorgen? Ik heb hem alleen vandaag nodig. Ook al voor het contact met het bureau in Wapping.'
Het was Claudia die hem antwoord gaf. 'Al nam u het hele huis een maand over, dan zou de overlast nog gering zijn in vergelijking met de overlast die een moord bezorgt.'
'Als het moord is,' merkte De Witt met beheerste stem op en het leek alsof het daarna nog stiller werd in het vertrek.
'De zekerheid over de doodsoorzaak komt pas na de lijkschouwing. De arts zal zo wel komen en dan hoor ik van hem wanneer die waarschijnlijk zal plaatsvinden. Daarna moet er misschien nog laboratoriumonderzoek worden gedaan, wat ook tijd vergt.'
'U kunt de kamer van mijn broer nemen,' zei Claudia. 'Dat lijkt me het beste. Die is beneden, de voorkamer rechts. U moet door de kamer van zijn secretaresse, maar juffrouw Blackett kan verhuizen als u dat wilt. Hebt u verder nog iets nodig?'
'Ik wil graag een lijst van het voltallige personeel, met de kamers waar ze werken en de namen van mensen die nu misschien weg zijn, maar hier werkten in de tijd dat de kwelgeest u streken leverde. Ik meen dat u naar die incidenten al onderzoek hebt verrricht. Ik heb zoveel mogelijk gegevens nodig over de incidenten en eventuele ontdekkingen die u hebt gedaan.'
'Dus daar weet u van?' vroeg De Witt.
'De politie was op de hoogte gesteld. Het zou ook handig zijn als ik een tekening van het gebouw kan krijgen.'
'We hebben er een in het archief,' zei Claudia. 'Een paar jaar geleden hebben we het een en ander laten verbouwen en toen heeft de architect nieuwe tekeningen gemaakt van het interieur en de buitenkant. De oorspronkelijke ontwerptekeningen voor het huis en de versieringen liggen in het archief, maar ik neem aan dat uw belangstelling niet primair architectonisch is.'
'Momenteel niet. Hoe zit het met de veiligheidsmaatregelen in het gebouw? Wie heeft de sleutels?'
'Elk van de vennoten heeft de sleutels van alle deuren,' zei juffrouw Etienne. 'De officiële ingang is via de rivier en het terras, maar die wordt alleen nog voor bijzondere gelegenheden gebruikt, als de meeste gasten over het water komen. Zulke partijen hebben we tegenwoordig niet vaak

meer. De laatste was de viering van de verloving van mijn broer, op tien juli. De deur naar Innocent Walk is de straatingang, maar die wordt zelden gebruikt. Door de ongewone bouwstijl van het huis geeft hij toegang tot de gang die langs de personeelsverblijven en de keuken loopt. Die deur is altijd afgesloten en vergrendeld. Dat is hij is nog steeds. Lord Stilgoe heeft voordat u kwam de deuren gecontroleerd.' Ze leek iets over de activiteiten van lord Stilgoe te willen opmerken, maar hield zich in en vervolgde: 'De deur die wij gebruiken is de zijdeur aan Innocent Lane waardoor u bent binnengekomen. Die is overdag gewoonlijk open, zolang George Copeland de centrale bedient. George heeft een sleutel van die deur, maar niet van de achterdeur of de voordeur aan de rivier. Het inbraakalarm wordt bediend via een paneel naast de centrale. De deuren en de ramen op drie verdiepingen zijn afgesloten. Het systeem is tamelijk simpel, ben ik bang, maar we hebben nooit echt een probleem gehad met inbraken. Het huis is zelf natuurlijk uiterst waardevol, maar de meeste schilderijen zijn kopieën. Er is een grote kluis in de kamer van Gerard en na dat voorval met de proeven van het boek van lord Stilgoe, waarmee was geknoeid, hebben we afsluitbare kasten laten plaatsen in drie kamers en een kleine kluis onder de balie in de receptie, voor het bewaren van manuscripten of belangrijke documenten na werktijd.'

'En wie doet 's morgens gewoonlijk de deur van het slot?' vroeg Dalgliesh.

'Meestal is dat George Copeland,' zei Gabriel Dauntsey. 'Hij wordt geacht er om negen uur te zijn en meestal zit hij dan wel aan de centrale. Hij is erg betrouwbaar. Als hij wordt opgehouden – hij woont ten zuiden van de rivier – doe ik het soms, of juffrouw Peverell. Wij hebben allebei een flat op nummer twaalf, het huis links van Innocent House. Het gaat zoals het uitkomt. Wie het eerst komt, doet de deur van het slot en schakelt het alarm uit. De deur aan Innocent Lane heeft een yaleslot en een veiligheidsslot. Vanmorgen was George er zoals gewoonlijk het eerst en merkte op dat het veiligheidsslot niet was gebruikt. Hij kon de deur met de yalesleutel openmaken. Het alarmsysteem was uitgeschakeld en dus nam hij aan dat een van ons beiden er al was.'

'Wie van u heeft meneer Etienne het laatst gezien?' vroeg Dalgliesh.

'Ik,' zei Claudia. 'Ik ben voor ik wegging nog bij hem geweest in zijn kamer, om half zeven. Op donderdagavond werkte hij meestal over. Hij zat nog aan zijn bureau. Het is mogelijk dat er nog meer mensen waren, maar ik denk dat iedereen al weg was. Ik heb dat natuurlijk niet gecontroleerd.'

'Was het algemeen bekend dat uw broer op donderdagavond werkte?'

'Op kantoor wel. Waarschijnlijk waren er nog meer mensen die het wisten.'

'Leek hij net als anders?' vroeg Dalgliesh. 'Hij heeft niet tegen u gezegd dat hij van plan was op het het archief te gaan werken?'
'Hij was volkomen normaal en hij heeft niets gezegd van werken in het archief. Bij mijn weten kwam hij daar nooit. Ik heb geen idee wat hij daar deed of waarom hij daar is gestorven; als hij daar is gestorven.'
Weer keken de vier paar ogen Dalgliesh strak aan. Hij zei niets. Nadat hij formeel de verwachte vraag had gesteld of ze iemand kenden die Etiennes dood wenste en daarop de korte, verwachte antwoorden had ontvangen, stond hij op en de brigadier stond ook op. Daarna bedankte hij het gezelschap en de brigadier liet hem als eerste door de deur.
Toen ze weg waren, bleef het even stil; daarna zei De Witt: 'Niet bepaald een diender aan wie je de weg vraagt. Ik vind hem al angstaanjagend genoeg tegenover de onschuldigen, dus God mag weten wat hij met schuldigen doet. Ken je hem, Gabriel? Jullie zijn immers actief in dezelfde branche.'
Dauntsey keek op en zei: 'Ik ken zijn werk natuurlijk, maar ik geloof niet dat we elkaar ooit hebben ontmoet. Als dichter is hij goed.'
'O ja, dat weten we allemaal. Het verbaast me alleen dat je nooit hebt geprobeerd hem van zijn uitgever weg te lokken. Laten we hopen dat zijn recherchewerk even goed is.'
'Is het niet vreemd,' zei Frances, 'dat hij niet naar de slang heeft gevraagd?'
'Wat is er met de slang?' vroeg Claudia op scherpe toon.
'Hij heeft ons niet gevraagd of we wisten waar we die konden vinden.'
'Dat komt nog wel,' zei De Witt. 'Geloof me, dat komt nog wel.'

22

In de archiefkamer vroeg Dalgliesh: 'Heb je gesproken met dr. Kynaston, Kate?'
'Nee, meneer. Hij is in Australië voor een bezoek aan zijn zoon. Maar dok Wardle komt eraan. Hij was in zijn lab, dus het hoeft niet lang te duren.'
Het was een begin dat weinig goeds voorspelde. Dalgliesh was gewend samen te werken met Miles Kynaston, die hem als man sympathiek was en die hij beschouwde als de briljantste forensisch patholoog die ze had-

den. Het was misschien onredelijk dat hij erop had gerekend dat Kynaston bij het lijk zou knielen, dat het de stompe vingers van Kynaston zouden zijn, in hun tweede huid van nauwsluitende dunne latex, die het lijk zo voorzichtig zouden verplaatsen alsof de stijve ledematen nog konden schrikken van zijn onderzoekende handen. Reginald Wardle was een volstrekt competente patholoog; anders had hij niet voor de Londense politie gewerkt. Hij zou zijn werk naar behoren doen. Zijn rapport zou even diepgravend zijn als de rapporten van Kynaston en op tijd binnenkomen. Als getuige zou hij trouwens ook net zo degelijk zijn, voorzichtig maar vastberaden, niet van zijn stuk te brengen door het kruisverhoor. Maar Dalgliesh had hem altijd een irritante man gevonden en hij vermoedde dat de lichte antipathie, die niet sterk genoeg was om afkeer te worden genoemd of de samenwerking nadelig te beïnvloeden, wederzijds was.

Als Wardle werd opgeroepen vertrok hij meteen naar de plaats van het misdrijf – daar kon niemand iets van zeggen – maar hij kwam zo zorgeloos aangelopen alsof de dood door geweld hem niets deed en zeker dit lijk hem onverschillig liet. Hij neigde tot zuchten en nounou zeggen boven het lijk, alsof dat eerder een hinderlijk dan een interessant probleem voor hem vormde, nauwelijks een rechtvaardiging voor het feit dat de politie hem bij zijn dringende werkzaamheden in het lab had weggeroepen. Ter plaatse verschafte hij het minimum aan informatie, misschien omdat hij van nature voorzichtig was; te vaak echter wekte hij de indruk dat de politie ongewenste druk op hem uitoefende om overhaast tot een oordeel te komen. Zijn gebruikelijke woorden boven het lijk waren: 'Dat komt nog wel, commissaris, dat komt nog wel. Als ik hem eenmaal op de tafel heb liggen, weten we meer.'

Bovendien werkte hij ijverig aan zijn image. Op de plaats van het delict kon hij de indruk wekken een saaie, stuurse collega te zijn, maar verrassend genoeg was hij een briljante tafelredenaar en werd waarschijnlijk vaker voor diners gevraagd dan de meeste collega's. Voor Dalgliesh, die het verbijsterend vond dat iemand vrijwillig en zelfs voor zijn genoegen een langdurig, vaak matig diner in een hotel uitzat om na afloop te kunnen opstaan en het woord te voeren, was dit feit een reden te meer om Wardle als persoon niet te mogen. Maar in de snijzaal werd dok Wardle een ander mens. Dit was zijn rijk, en hier scheen hij er een eer in te stellen zijn grote en erkende vaardigheden te demonstreren, opinies uit te wisselen en theorieën uiteen te zetten.

Dalgliesh had eerder met Charlie Ferris gewerkt en was blij hem te zien. Zijn bijnaam 'de Fret' werd zelden gebruikt waar hij bij was, maar paste zo goed bij hem dat hij misschien niet altijd kon worden vermeden. Hij had kleine, scherpe ogen met blonde wimpers, een lange neus die gevoelig was voor elke geurnuance en kleine, precieze vingers die als door magnetisme kleine voorwerpen konden oprapen. Hij bood een excentrieke en soms bizarre aanblik als hij werkte, want hij droeg daarbij het liefst een nauwsluitende korte of lange katoenen broek, een sweatshirt, latex handschoenen en een badmuts. Hij was ervan overtuigd dat geen moordenaar de plaats van zijn delict verliet zonder fysieke sporen achter te laten, en het was zijn taak die te vinden.

'Je gebruikelijke onderzoek, Charlie,' zei Dalgliesh, 'maar we hebben een technicus van het gasbedrijf nodig voor die kachel. Zeg dat het dringend is. Als de afvoer verstopt is, wil ik het lab daar monsters van laten onderzoeken, eventueel ook van de voering van de schoorsteen, als die brokkelig is geworden. Het is een oude kachel voor de kinderkamer, met een kraan die kan worden verwijderd. Ik weet niet of we daar een bruikbare prent op zullen vinden; waarschijnlijk niet. Alle oppervlakken van de kachel moeten op vingerafdrukken worden onderzocht. Het raamkoord is ook belangrijk. Ik wil graag weten of het door natuurlijke slijtage is gebroken of opzettelijk is stukgetrokken. Ik betwijfel of je daar zekerheid over kunt krijgen, maar misschien levert het onderzoek in het lab wat op.'

Hij knielde bij het lijk, bestudeerde het een ogenblik geconcentreerd en raakte toen met zijn hand de wang aan. Was het verbeelding, of de blozende kleur van de huid, waardoor die warm aanvoelde? Of was het de warmte van zijn hand waardoor het dode lichaam een ogenblik een schijn van leven kreeg? Hij verschoof zijn vingers naar de kaak, voorzichtig om de slang niet weg te duwen. Het vlees was zacht en de kaak gaf mee toen hij zachtjes drukte.

'Kijk eens naar die kaak,' zei hij tegen Kate en Dan. 'Voorzichtig. Ik wil dat de slang op zijn plaats blijft tot de schouwing.'

Ze knielden om beurten, eerst Kate, bekeken het gezicht van dichtbij en betastten het naakte bovenlichaam.

'Wel rigor mortis in het bovenlichaam,' zei Dan, 'maar de kaak voelt los.'
'Wat wil dat zeggen?'

Het was Kate die antwoord gaf. 'Dat iemand enkele uren na het overlijden de lijkstijfte in de kaak heeft geforceerd. Misschien was dat nodig om de slang in zijn mond te duwen. Maar waarom zou je dat doen? Die slang om de hals is al duidelijk genoeg.'

'Minder dramatisch,' zei Daniel.

'Misschien. Maar het forceren van de kaak wijst erop dat iemand uren na het intreden van de dood naar het lijk is komen kijken. Het kan de moordenaar zijn geweest – als dit moord is. Het kan ook iemand anders zijn geweest. We hadden geen vermoeden van een tweede bezoek gehad als

134

de slang alleen om de hals was gewikkeld.'
'Misschien wilde de dader ons dat juist laten weten,' zei Daniel.
Dalgliesh keek geconcentreerd naar de slang. Hij was ongeveer anderhalve meter lang en kennelijk bedoeld om tocht te weren. De bovenkant van het lijf was van gestreept fluweel, de onderkant van steviger bruine stof. Onder de zachtheid van het fluweel voelde de slang korrelig aan.
Er klonken ongehaaste voetstappen in de archiefruimte. 'Zo te horen is de dokter er,' zei Daniel.

Dok Wardle was één meter negentig lang; zijn indrukwekkende kop stak uit boven bottige schouders waarover zijn slecht passende dunne jasje afhing als van een kleerhanger. Met zijn vlekkerige adelaarsneus, zijn blafstem en de flitsende ogen onder borstelige wenkbrauwen die zo zwaar en beweeglijk waren dat ze een eigen leven schenen te leiden, leek hij de stereotiepe toneelfiguur van de lichtgeraakte kolonel. Zijn lengte had een nadeel kunnen zijn in een baan waarbij lijken vaak moeilijk bereikbaar lagen in sloten, duikers, kasten en geïmproviseerde graven, maar het lange lichaam was verbazend soepel en paste zich schijnbaar moeiteloos aan de lastigste werkomstandigheden aan. Nu nam hij de kamer op, leek te betreuren dat hij zich voor deze kale eenvoud en zo'n onaantrekkelijke zaak had moeten losrukken van zijn microscoop, knielde toen bij het lijk en loosde een sombere zucht.

'U wilt natuurlijk een schatting van het tijdstip van overlijden, commissaris. Dat is altijd de eerste vraag na "Is hij dood?" en ja, hij is inderdaad dood. Daar kunnen we het allemaal over eens zijn. Het lijk is koud, rigor mortis maximaal. Met een interessante uitzondering, maar daar komen we nog op terug. Het ziet ernaar uit dat hij zo'n dertien tot vijftien uur dood is. De omgeving is warm, het is in deze kamer onnatuurlijk warm voor de tijd van het jaar. Hebt u de temperatuur al gemeten? Twintig graden. Daardoor en door het feit dat de spijsvertering al tamelijk ver was gevorderd op het tijdstip van overlijden, kan de rigor zijn vertraagd. De interessante anomalie hebt u ongetwijfeld al besproken. Maar vertelt u eens, commissaris. Vertelt u eens. Of u, adjudant; ik zie dat u staat te trappelen.'

Dalgliesh verwachtte bijna dat hij eraan zou toevoegen: 'Het is te veel gevraagd dat u met uw vingers van hem kunt afblijven.' Hij keek naar Kate, die zei: 'De kaak is slap. Lijkstijfte begint omstreeks vijf tot zeven uur na het overlijden in het gezicht, de kaak en de hals en is na ongeveer twaalf uur compleet. In dezelfde volgorde neemt de rigor ook weer af. Dus of de rigor neemt al af in de kaak, in welk geval het overlijden ongeveer zes uur eerder is geweest, of de mond is geforceerd. Het laatste lijkt me het waarschijnlijkst. De spieren van het gezicht zijn niet slap.'

'Ik vraag me wel eens af,' zei Wardle, 'waarom u er nog een patholoog bijhaalt, commissaris.'
Kate liet zich niet uit het veld slaan. 'Dat betekent dat de kop van de slang niet direct na het overlijden in de mond is gestopt maar minstens vijf tot zeven uur later. De doodsoorzaak kan dus niet verstikking zijn, in elk geval niet met de slang. Maar dat verwachtten we ook niet.'
'De lijkvlekken en de houding van het lichaam suggereren dat hij voorover liggend is gestorven en vervolgens is omgedraaid. Het zou interessant zijn om te weten waarom.'
'Om de slang gemakkelijker in zijn mond te kunnen stoppen?' opperde Kate.
'Misschien.'
Dalgliesh deed er verder het zwijgen toe, terwijl dok Wardle zijn onderzoek voortzette. Hij had zich al verder op het terrein van de patholoog gewaagd dan verstandig was. De doodsoorzaak stond voor hem vrijwel vast en hij vroeg zich af of Wardle uit bokkigheid of prudentie bleef zwijgen. Het was niet het eerste geval van koolmonoxidevergiftiging waarmee ze werden geconfronteerd. De lijkverkleuring, geprononceerder dan gewoonlijk als gevolg van de tragere bloedsomloop, en de kersrode kleur van de huid, zo fel dat het lijk geschminkt leek, waren onmiskenbaar en moesten doorslaggevend zijn.
'Zo uit het boekje, hè?' zei Wardle. 'Je hebt geen forensisch patholoog en commissaris van politie nodig om de diagnose te stellen: koolmonoxidevergiftiging. Maar laten we niet op hol slaan. Laten we hem eerst maar eens op tafel leggen. Dan kunnen de bloedzuigers in het lab hun bloedmonsters nemen en ons een antwoord geven waar we mee verder kunnen. Wilt u dat die slang in de mond blijft zitten?'
'Ja, dat lijkt me beter. Ik wil liever dat hij tot de sectie blijft zoals hij is.'
'En u wilt hem zeker zo snel mogelijk onderzocht hebben.'
'Zoals altijd, hè?'
'Ik kan het vanavond wel doen. We zouden naar een diner gaan, maar onze gastvrouw heeft zich laten verontschuldigen. De griep sloeg toe, beweerde ze. Half zeven in de gebruikelijke zaal, als u erbij kunt zijn. Ik zal bellen dat ze ons kunnen verwachten. Is het vervoer al onderweg?'
'De ambulance kan er elk ogenblik zijn,' zei Kate.
Dalgliesh was zich ervan bewust dat de sectie zou doorgaan, ongeacht of hij die kon bijwonen of niet, maar natuurlijk zou hij erbij zijn. Wardle werkte onverwacht vlot mee, maar hij moest bekennen dat Wardle dat eigenlijk altijd deed als het er echt op aankwam.

23

Zodra Dalgliesh mevrouw Demery zag, wist hij dat hij met haar geen moeite zou hebben; hij had eerder te maken gehad met mensen zoals zij. Het was zijn ervaring dat de mevrouwen Demery geen problemen hadden met de politie, die ze over het algemeen beschouwden als een instelling met goede bedoelingen die aan hun kant stond; tegelijkertijd zagen ze geen reden hen met groot ontzag te bejegenen of de mannen in het korps meer verstand toe te schrijven dan het gemiddelde. Ongetwijfeld waren ze net zo geneigd tot liegen om hun eigen mensen te beschermen als wie dan ook, maar door hun eerlijkheid en gebrek aan fantasie vertelden ze liever hun versie van de waarheid en zagen vervolgens geen reden hun geweten te kwellen met twijfel aan hun eigen motieven of de bedoelingen van andere mensen. In het kruisverhoor hielden ze koppig aan hun verklaring vast, waren niet van hun stuk te brengen en toonden geen overmatige eerbied. Dalgliesh vermoedde dat ze mannen een beetje belachelijk vonden, zeker als ze zich in toga en pruik hulden en zich over de hoofden van andere mensen heen overgaven aan arrogante betogen; door zulke irritante wezens lieten ze zich niet terechtwijzen, kleineren of aftroeven.

Een vertegenwoordigster van dit bewonderenswaardige slag installeerde zich tegenover hem en keek hem met opmerkzame, intelligente ogen schattend aan. Het haar had een fel oranje kleur die kennelijk uit een potje kwam en ze droeg het opgestoken in een kapsel dat hij kende van foto's uit de tijd van koning Edward: opzij en van achteren hoog, met krulletjes op het voorhoofd. Met haar scherpe neus en glanzende, enigszins uitpuilende ogen deed ze Dalgliesh denken aan een exotische, slimme poedel.

Zonder een inleidend woord van zijn kant af te wachten zei ze: 'Ik heb uw pa nog gekend, meneer Dalgliesh.'

'O ja, mevrouw Demery? Wanneer dan? In de oorlog?'

'Ja. Mijn tweelingbroer en ik waren naar uw dorp geëvacueerd. Weet u nog, de tweeling Carter? Ach nee, natuurlijk niet. Toen had uw vader u nog niet eens bedacht. Ach, wat een aardige man was dat, uw vader! We waren niet in de pastorie ondergebracht, die hadden de ongehuwde moeders. Wij woonden bij juffrouw Pilgrim. Mijn God, meneer Dalgliesh, wat een vreselijk oord, dat dorp. Ik weet niet hoe u het daar als kind kon uithouden. Het heeft me het buitenleven voorgoed tegengemaakt. Modder, regen en die vreselijke stank van de boerderij. En saai! Saai!'

'Er zal wel niet veel te doen zijn geweest voor een stadskind.'

'Dat wil ik niet zeggen. Er gebeurde van alles, maar als je wat deed, kreeg je meteen last.'
'Zoals het indammen van de beek in het dorp?'
'Hebt u daarvan gehoord? Maar hoe konden wij nou weten dat het water in de bijkeuken van mevrouw Piggott zou komen te staan en dat haar oude kat zou verdrinken? Toch grappig dat u dat weet.' Mevrouw Demery keek hem intens dankbaar aan.
'U en uw broer leven voort in de overlevering van het dorp, mevrouw Demery.'
'O ja? Wat leuk. Weet u ook van de biggetjes van meneer Stuart?'
'Meneer Stuart wel. Hij is al over de tachtig, maar er zijn gebeurtenissen die een mens nooit vergeet.'
'Dat moest een echte wedstrijd worden. We hadden ze allemaal min of meer naast elkaar gezet, maar daarna gingen ze alle kanten op. Nou ja, voornamelijk over de weg naar Norwich. Maar wat een vreselijk gat, dat dorp. Zo stil! We lagen er gewoon van wakker, van die stilte. Alsof je levend begraven was. En donker! Dat kende ik niet, dat je geen hand voor ogen kan zien. Alsof er een grote zwartwollen deken over je heen werd gegooid waar je zowat in stikte. Billy en ik konden er niet tegen. Voordat we geëvacueerd waren, hadden we nooit nachtmerries. Als mam op bezoek kwam, konden we alleen maar janken. Ja, die bezoeken, dan sjouwde mam met ons door de laan en Billy en ik grienden dat we naar huis wouen. We zeiden dat juffrouw Pilgrim ons geen eten gaf en dat we altijd ros kregen met haar pantoffel. Het was wel waar van het eten, want al die tijd dat we daar waren, hebben we nooit eens patat gehad. Uiteindelijk nam mam ons maar weer mee naar huis. Daarna ging het veel beter met ons. We vonden het prachtig, vooral toen de bombardementen eenmaal waren begonnen. We hadden zo'n bomkelder in de tuin en daar was het hartstikke knus, met mam en oma en tante Edie en mevrouw Powell van tweeënveertig toen zij was uitgebombardeerd.'
'Was het niet donker in die bomkelder?' vroeg Dalgliesh.
'We hadden toch zaklantaarns? En zolang er nog geen alarm was gegeven, konden we buiten spelen en naar de zoeklichten kijken. Prachtig, die kruisende lichtbundels aan de hemel. En dan het lawaai! Dat afweergeschut leek wel een reus die platen golfijzer verscheurde. Tja, zoals mam al zei: als je kinderen een gelukkige jeugd meegeeft, kan het leven daarna ze niet veel kwaad meer doen.'
Dalgliesh had niet het gevoel dat het zinvol zou zijn iets tegen deze optimistische opvatting over het grootbrengen van kinderen in te brengen. Hij wilde net tactvol voorstellen ter zake te komen, toen mevrouw Demery hem voor was.

'Maar genoeg gepraat over vroeger. U wilt natuurlijk vragen hoe het zit met de moord.'
'Dus u denkt dat het moord is, mevrouw Demery?'
'Allicht. Die slang heeft hij niet zelf om zijn hals gedaan. Hij is zeker gewurgd?'
'Dat weten we pas wanneer we het sectierapport hebben gezien.'
'Nou, mij leek hij gewurgd, met dat roze gezicht en die slangekop in zijn mond. Ik had nog nooit zo'n gezond uitziend lijk gezien. Hij zag er dood gezonder uit dan toen hij nog leefde, en toen hij nog leefde zag hij er al goed uit. Het was echt een knappe kerel. Ik vond altijd dat hij wel wat weghad van de jonge Gregory Peck.'
Dalgliesh vroeg haar te beschrijven wat er precies was gebeurd nadat ze Innocent House was binnengegaan.
'Ik kom alle dagen van de week behalve woensdag, van negen tot vijf. Op woensdag wordt er zogenaamd grondig schoongemaakt door een schoonmaakbedrijf, de Superior Office Cleaning Company. Zo noemen ze zich. Maar ik vind ze matig, heel matig. Ze zullen wel hun best doen, maar ja, het is toch iets anders als je een persoonlijke band hebt. George komt een half uur vroeger om ze binnen te laten. Meestal zijn ze om tien uur klaar.'
'Wie laat u binnen, mevrouw Demery? Hebt u de sleutels?'
'Nee. De oude meneer Etienne heeft dat wel voorgesteld, maar ik wou de verantwoording niet. Ik heb al veel te veel sleutels. Meestal doet George open. Of meneer Dauntsey of juffrouw Frances. Het hangt ervan af wie er het eerst is. Vanmorgen waren juffrouw Peverell en meneer Dauntsey er nog niet, maar George was er wel en die heeft me binnengelaten. Nou ja, ik ben rustig aan de gang gegaan met de keukenboel. Er is niets gebeurd tot een uur of negen, toen lord Stilgoe kwam die zei dat hij een afspraak had met meneer Gerard.'
'Was u daarbij?'
'Toevallig wel. Ik stond even met George te praten. Lord Stilgoe was uit zijn humeur omdat er niemand anders was dan de receptionist en ik. George had al gebeld om meneer Gerard te pakken te krijgen en hij stelde voor dat lord Stilgoe in de receptie zou wachten, toen juffrouw Etienne binnenkwam. Zij vroeg aan George of meneer Gerard in zijn kamer was en George zei dat hij had gebeld, maar dat er niet werd opgenomen. Dus toen liep ze naar zijn kamer toe en lord Stilgoe en ik liepen mee. Het jasje van meneer Gerard hing over zijn stoel en de stoel stond naar achteren, wat een beetje vreemd was. Ze haalde zijn sleutels uit de rechterla van zijn bureau. Daar bewaarde meneer Gerard zijn sleutels altijd als hij op kantoor was. Het was een zware bos en hij hield er niet van

om hem in zijn zak te hebben. "Hij moet hier ergens zijn," zei juffrouw Claudia. "Misschien op nummer tien bij meneer Bartrum." Dus toen gingen we weer naar de receptie en George zei dat hij al met nummer tien had gebeld. Meneer Bartrum was er, maar hij had meneer Gerard niet gezien, hoewel zijn Jag er wel stond. Meneer Gerard parkeerde altijd in Innocent Passage, dat was veiliger. "Hij moet hier ergens zijn, we moeten hem zoeken," zei juffrouw Claudia. Inmiddels was de eerste motorboot gearriveerd en daarna juffrouw Frances en meneer Dauntsey.'
'Was juffrouw Etienne bezorgd, zo te horen?'
'Eerder verbaasd, als u begrijpt wat ik bedoel. Ik zei dat ik de achterkant en beneden al had gedaan en dat hij niet in de keuken was. En juffrouw Claudia zei dat dat ook niet waarschijnlijk was, en liep naar boven met mij en juffrouw Blackett achter zich aan.'
'U hebt niet gezegd dat juffrouw Blackett er ook was.'
'O nee? Nou, die kwam met de motorboot mee. Natuurlijk ben je geneigd haar over het hoofd te zien nu de oude meneer Peverell dood is. Maar goed, zij was er dus bij, ze had haar mantel nog aan en liep met ons mee naar boven.'
'Drie mensen om één man te zoeken?'
'Nou ja, zo ging het gewoon. Ik ging mee uit nieuwsgierigheid, denk ik. Instinctief, zeg maar. Ik weet niet waarom juffrouw Blackett meeliep. Dat moet u haar zelf maar vragen. "We beginnen op de bovenste verdieping met zoeken," zei juffrouw Claudia en dat deden we dan ook.'
'Dus ze liep meteen naar het archief?'
'Ja, en het kamertje daarachter. De deur was niet op slot.'
'Hoe deed ze de deur open, mevrouw Demery?'
'Hoe bedoelt u? Gewoon, zoals je een deur opendoet.'
'Gooide ze de deur open? Duwde ze hem voorzichtig open? Wekte ze de indruk dat ze angstig was?'
'Niets van gemerkt. Ze deed gewoon de deur open. En daar was hij dus. Hij lag op zijn rug met zijn gezicht helemaal roze en die slang om zijn nek met de kop in zijn mond. Zijn ogen stonden open en hij staarde omhoog. Afschuwelijk! Ik zag meteen dat hij dood was, hoewel hij er beter uitzag dan anders, wat ik al zei. Juffrouw Claudia liep naar hem toe en knielde bij hem. "Gaan jullie de politie bellen," zei ze kortaf, "weg jullie, allebei." Het klonk nogal bits. Maar ja, het was haar broer. Ik weet wanneer ik niet welkom ben, dus ik ben weggegaan, niet dat ik liever wou blijven.'
'En juffrouw Blackett?'
'Die stond vlak achter me. Ik dacht dat ze zou gaan gillen, maar in plaats daarvan maakte ze een soort hoog jammerend geluid. Ik legde mijn arm om haar schouders. Ze beefde als een riet. "Kom maar mee, schat," zei ik

tegen haar, "hier kan je niets doen." We liepen de trap af. Dat leek me vlugger dan de lift, want die blijft nogal eens vastzitten. Maar misschien was het beter geweest om met de lift te gaan. Het viel niet mee haar beneden te krijgen, ze stond te trillen op haar benen. En twee keer ging ze bijna door haar knieën. Even dacht ik nog dat ik haar beter kon laten zitten om hulp te halen. Toen we bij de onderste trap kwamen, stonden lord Stilgoe en meneer De Witt en de anderen naar ons op te kijken. Ik denk dat ze aan mijn gezicht en aan de toestand van juffrouw Blackett wel konden zien dat er iets vreselijks was gebeurd. Ik vertelde wat er aan de hand was. Eerst leek het niet tot ze door te dringen, maar toen draafde meneer De Witt de trap op met lord Stilgoe en meneer Dauntsey achter zich aan.'
'En wat gebeurde er toen, mevrouw Demery?'
'Toen heb ik juffrouw Blackett naar een stoel geholpen en ben een glaasje water voor haar gaan halen.'
'U hebt niet meteen de politie gebeld?'
'Dat wou ik maar aan de anderen overlaten. Het lijk liep niet weg, toch? Het had geen haast. Trouwens, als ik had gebeld, had ik het toch verkeerd gedaan. Lord Stilgoe kwam weer naar beneden. Hij liep meteen door naar de receptie en zei tegen George: "Bel New Scotland Yard voor me. Vraag naar de hoofdcommissaris. Als hij niet aan de lijn kan komen, dan commissaris Adam Dalgliesh." Meteen maar de hoogste natuurlijk. Daarna vroeg juffrouw Claudia me om sterke koffie te gaan zetten en dat heb ik gedaan. Ze zag zo wit als een doek. Nou ja, dat is begrijpelijk, hè?'
'Meneer Gerard Etienne is nog maar pas directeur, hè?' zei Dalgliesh.
'Was hij geliefd?'
'Tja, hij zou niet in een lijkezak naar buiten worden gedragen als hij het zonnetje in huis was geweest. Iemand mocht hem niet, dat is wel duidelijk. Natuurlijk was het niet gemakkelijk voor hem om de oude meneer Peverell op te volgen. Daar keek iedereen naar op. De oude meneer Peverell was zo'n geweldige man. Maar ik kon het best vinden met meneer Gerard. Ik viel hem niet lastig en hij viel mij niet lastig. Ik denk niet dat er veel tranen om hem zullen worden vergoten. Maar moord is moord en het zal zeker een schok zijn. Het zal de reputatie van de zaak geen goed doen, denk ik zo. Ik krijg opeens een idee. Moet u horen. Misschien heeft hij het zelf gedaan, en dat later die grappenmaker die we hier hebben de slang om zijn hals heeft gedaan om te laten zien hoe ze over hem dachten. Dat is ook een mogelijkheid.'
Dalgliesh zei niet dat aan die mogelijkheid al was gedacht. 'Zou het u verbazen als hij zelfmoord had gepleegd?' vroeg hij.
'Eerlijk gezegd wel. Daarvoor was hij te veel met zichzelf ingenomen, zou

ik denken. En waarom zou hij dat doen? Nou goed, het bedrijf maakt een moeilijke periode door, maar dat geldt voor zoveel bedrijven. Daar was hij best doorheen gekomen. Ik kan me niet voorstellen dat meneer Gerard Robert Maxwell achterna is gegaan. Maar ja, wie had het van Robert Maxwell gedacht, dus je weet het eigenlijk nooit, hè? Je kunt de mensen nooit echt doorzien. Daar zou ik u staaltjes van kunnen vertellen.'
'Juffrouw Etienne moet wel vreselijk zijn geschrokken toen ze hem zo vond. Haar eigen broer,' zei Kate.
Mevrouw Demery verplaatste haar aandacht naar Kate, maar leek niet ingenomen met deze inbreuk op haar onderonsje door een derde aanwezige. 'Op een vierkante vraag krijgt u een vierkant antwoord, adjudant. Was juffrouw Claudia echt vreselijk geschrokken? Dat is toch wat u wilt weten? Dat moet u haar zelf vragen. Ik weet het niet. Ze stond over het lijk gebogen en zolang juffrouw Blackett en ik in de kamer waren, wat niet zo lang was, hebben we haar gezicht niet gezien. Ik weet niet wat ze voelde. Ik weet alleen wat ze zei.'
' "Weg jullie, allebei." Nogal bot.'
'Dat kwam misschien door de schok. Daar moet u maar achter zien te komen.'
'U liet haar bij het lijk achter.'
'Dat scheen ze zelf te willen. Trouwens, ik kon toch niet blijven. Ik moest juffrouw Blackett de trap af helpen.'
'Is dit een prettige omgeving om te werken, mevrouw Demery?' vroeg Dalgliesh. 'Bent u tevreden hier?'
'Iets beters zal ik niet gauw krijgen. Hoor eens, meneer Dalgliesh, ik ben drieënzestig. Niet echt oud, natuurlijk, en mijn ogen en mijn benen zijn nog best, en ik werk heel wat beter dan anderen die ik ken. Maar op je drieënzestigste ga je niet van baan veranderen, en ik hou van werken, ik zou sterven van verveling als ik thuis moest zitten met mijn handen over elkaar. En ik ben hier gewend, ik kom er al bijna dertig jaar. De sfeer is een beetje bijzonder, maar ik kan er goed mee overweg. En het is dichtbij – nou ja, betrekkelijk. Ik woon nog altijd in Whitechapel. In een mooie, moderne flat tegenwoordig.'
'Hoe komt u hierheen?'
'Ondergrondse naar Wapping en het laatste eindje lopen. Het is niet ver. Ik durf best over straat in Londen. Ik liep hier al rond toen u nog moest komen kijken. De oude meneer Peverell heeft aangeboden een taxi te sturen als ik liever niet te voet verder wou. Dat had hij vast ook gedaan. Hij was erg attent, meneer Peverell. Aan zulke dingen merk je dat je gewaardeerd wordt. Dat is heel prettig, als je gewaardeerd wordt.'
'Beslist. Vertelt u eens, mevrouw Demery. Hoe was het schoonhouden

van het archief geregeld, het grote archief en het kamertje waar meneer Etienne is gevonden? Is dat uw verantwoordelijkheid, of wordt dat door het schoonmaakbedrijf gedaan?'
'Dat doe ik. Het schoonmaakbedrijf komt nooit helemaal boven. Dat is met de oude meneer Peverell begonnen. Vanwege al het papier dat daar ligt, ziet u, en hij was bang dat ze zouden roken en dat er brand van zou komen. Bovendien is wat daar ligt vertrouwelijk. Vraag me niet waarom. Ik heb wel eens wat ingekeken en het zijn alleen maar oude brieven en manuscripten, volgens mij. Geen personeelsdossiers of andere privé-dingen. Maar voor meneer Peverell was het archief heel belangrijk. Hij heeft mij de verantwoording voor die verdieping gegeven. Er komt haast nooit iemand, behalve meneer Dauntsey, dus ik maak er ook niet te veel werk van. Dat is nergens goed voor. Een keer in de maand ga ik er op maandag heen om even te stoffen.'
'Stofzuigt u dan de vloer?'
'Ja, als het zo te zien nodig is. Anders niet. Meneer Dauntsey is de enige die er gebruik van maakt, wat ik al zei, en hij maakt niet veel rommel. Er is in de rest van het huis al genoeg te doen zonder dat ik de stofzuiger helemaal naar boven sleep en mijn tijd verdoe waar het niet nodig is.'
'Dat begrijp ik. Wanneer hebt u het kamertje voor het laatst gedaan?'
'Maandag voor drie weken heb ik er even stof afgenomen. Aanstaande maandag zou ik er weer heengaan. Tenminste normaal gesproken, maar ik neem aan dat u de deur op slot doet.'
'Voorlopig wel, mevrouw Demery. Zullen we naar boven gaan?'
Ze namen de lift, die traag was maar niet bleef steken. De deur van het archiefkamertje stond open. De technicus van het gas was er nog niet, maar de mannen van het laboratorium en de fotografen waren bezig. Op een teken van Dalgliesh schoven ze langs hem heen om buiten te wachten.
'Niet naar binnen gaan, mevrouw Demery,' zei Dalgliesh. 'Blijft u in de deuropening staan en vertelt u me dan of er iets is veranderd.'
Mevrouw Demery keek langzaam de kamer rond. Haar blik bleef even rusten op de met krijt nagetrokken positie van het afgevoerde lijk, maar ze zei niets. Na een paar seconden merkte ze op: 'Dus uw mensen hebben de boel een beurt gegeven?'
'We hebben niets schoongemaakt, mevrouw Demery.'
'Iemand is hier aan de gang geweest. Er ligt geen stof van drie weken. Moet u die schouw zien en de vloer. Die vloer is gezogen. Godallemachtig! Dus hij heeft hier schoongemaakt voordat hij zijn moord beging, en met mijn stofzuiger!'
Ze draaide zich om naar Dalgliesh en hij zag in haar ogen een mengeling

143

van verontwaardiging, afgrijzen en bijgelovig ontzag. Niets met betrekking tot de dood van Etienne had haar zo diep getroffen als het zien van deze opgeruimde en gereed gemaakte dodencel.
'Hoe weet u dat, mevrouw Demery?'
'De stofzuiger wordt in de bezemkast op de begane grond opgeborgen, naast de keuken. Toen ik hem vanmorgen pakte, zei ik bij mezelf: "Iemand heeft hem gebruikt." '
'Waar zag u dat aan?'
'Hij stond op het zuigen van een gladde vloer, niet op de tapijtstand. Er zijn twee mogelijkheden, ziet u. Toen ik hem wegzette, stond hij op tapijt. Wat ik er het laatst mee had gedaan, waren de tapijten in de vergaderzaal.'
'Weet u dat zeker, mevrouw Demery?'
'Ik zou er geen eed op kunnen doen. Er zijn dingen waar je een eed op kan doen en dingen waar je dat niet op kan. Het is altijd mogelijk dat ik de instelling per ongeluk heb veranderd. Alleen, toen ik de Hoover vanmorgen pakte, dacht ik: "Daar is iemand aan geweest." '
'Hebt u mensen gevraagd of ze hem hadden gebruikt?'
'Welnee, wie zou ik dat moeten vragen? Bovendien, iemand van het personeel zou het niet zijn. Waar zouden die de stofzuiger voor willen hebben? Stofzuigen is mijn werk, zij hebben ander werk. Ik dacht dat het misschien iemand van het schoonmaakbedrijf was geweest, maar dat zou ook raar zijn. Die hebben hun eigen spullen.'
'Stond de stofzuiger op zijn vaste plaats?'
'Jazeker. En het snoer was kruiselings opgeslagen, precies zoals ik altijd doe. Maar de instelling was anders.'
'Valt u hier verder nog iets op?'
'Het raamkoord is weg, hè? Dat hebben uw mensen zeker meegenomen. Het begon al oud en rafelig te worden. Toen ik maandag mijn hoofd om de deur stak, zei ik nog tegen meneer Dauntsey dat het nodig moest worden vervangen en hij zei dat hij het tegen George zou zeggen. George doet alle karweitjes hier in huis. Hij is erg handig, George. Meneer Dauntsey had toen het raam half open staan. Zo heeft hij het meestal. Hij leek niet echt bezorgd, maar wat ik zeg: hij zou het tegen George zeggen. En die tafel is verschoven. Ik verschuif hem nooit als ik hier stof afneem. U kunt het zelf zien. Hij staat misschien een handbreed verder naar rechts. U kunt aan dat stofrandje op de muur zien hoe hij stond. En de bandrecorder van meneer Dauntsey is weg. Vroeger stond hier een bed, maar dat hebben ze weggehaald nadat juffrouw Clements zich van kant had gemaakt. Dat was me ook een toestand. Twee sterfgevallen in deze kamer, meneer Dalgliesh. Wat mij betreft mogen ze die deur voorgoed

op slot doen.'
Dalgliesh besloot het gesprek met mevrouw Demery met het verzoek tegen niemand iets te zeggen over het mogelijke gebruik van haar stofzuiger, maar hij durfde nauwelijks te hopen dat ze het lang voor zich zou houden.
Nadat ze was weggegaan, zei Daniel: 'Hoe betrouwbaar is die verklaring, meneer? Zou ze echt kunnen zien of er pas stof is afgenomen in de kamer? Het kan ook verbeelding zijn.'
'Ze is deskundig op dit gebied, Daniel. Juffrouw Etienne heeft ook gezegd dat de kamer zo schoon was. Mevrouw Demery heeft toegegeven dat ze de vloer meestal oversloeg. Er ligt geen stof op de vloer, ook niet in de hoeken. Iemand heeft hier pas nog gestofzuigd en het was niet mevrouw Demery.'

24

In de vergaderzaal waren nog altijd de vier vennoten in afwachting bijeen. Gabriel Dauntsey en Frances Peverell zaten aan de ovale mahoniehouten tafel naast elkaar. Frances had haar hoofd gebogen en zat volkomen roerloos. De Witt stond bij het raam en drukte een hand tegen het glas alsof hij steun zocht. Claudia keek strak naar de grote kopie van een Canal Grande van Canaletto die naast de deur hing. De grandeur van het vertrek verkleinde en formaliseerde de vrees, het verdriet, de wrok of het schuldgevoel dat elk van de aanwezigen torste. Ze leken acteurs in een te sterk geënsceneerd stuk, waarin een fortuin was gespendeerd aan het extravagante decor maar de spelers zelf amateurs waren die hun dialoog maar half beheersten en zich moeizaam en houterig bewogen. Nadat Dalgliesh en Kate de vergaderzaal hadden verlaten, had Frances Peverell gezegd: 'Laat de deur maar open' en De Witt was zonder iets te zeggen teruggegaan om de deur op een kier te zetten. Ze hadden behoefte aan contact met de buitenwereld, het geluid van stemmen, al was het van ver en maar af en toe. De dichte deur deed te veel denken aan de lege stoel in het midden, het wachten op Gerards ongeduldige opkomst, op zijn leidinggevende aanwezigheid.
Zonder om zich heen te kijken zei Claudia: 'Gerard had altijd een hekel

aan dit schilderij. Hij vond Canaletto overschat, te precies, te vlak. Hij zei dat hij zich kon voorstellen hoe de leerlingen heel precies de golfjes zaten te schilderen.'

'Hij had geen hekel aan Canaletto,' zei De Witt, 'alleen aan dat schilderij. Hij zei dat het hem tegenstond bezoekers te moeten uitleggen dat het maar een kopie was.'

De stem van Frances klonk binnensmonds. 'Hij had er wel een hekel aan. Het herinnerde hem eraan dat grootvader het in een ongunstige tijd heeft moeten verkopen, waardoor hij er maar een kwart van de waarde voor kreeg.'

'Nee,' zei Claudia beslist. 'Hij had een hekel aan Canaletto.'

De Witt draaide zich langzaam om bij het raam. 'De politie is wel lang bezig. Mevrouw Demery geniet natuurlijk van haar favoriete rol als volkse werkster, het hart op de juiste plaats maar met een scherpe tong. Ik hoop dat de commissaris haar kan waarderen.'

Claudia staakte haar bestudering van het schilderij. 'Je kunt het nauwelijks een rol noemen, zo is ze. Maar ze gooit er wel alles uit als ze opgewonden is. We moeten zorgen dat wij dat niet doen. Alles eruit gooien. Te veel zeggen. De politie dingen vertellen die ze niet hoeven te weten.'

'Waar dacht je aan?' vroeg De Witt.

'Dat we niet bepaald onverdeeld waren in onze visie op de toekomst van het bedrijf. De politie denkt in clichés. Aangezien de meeste misdadigers handelen volgens clichés, zal dat hun kracht wel zijn.'

Frances Peverell keek op. Niemand had haar zien huilen, maar haar gezicht was bleek en pafferig, met doffe ogen en dikke oogleden, en haar stem klonk schor en een beetje klaaglijk.

'Wat maakt het uit of mevrouw Demery er van alles uit gooit? Wat maakt het uit wat wij zeggen? Niemand hier heeft iets te verbergen. Het is zonneklaar wat er is gebeurd. Gerard is een natuurlijke dood gestorven of heeft een ongeluk gehad en iemand, dezelfde kwelgeest die hier al eerder grappen heeft uitgehaald, heeft hem gevonden en besloten er een mysterie van te maken. Het moet heel erg voor je zijn geweest, Claudia, om hem zo te vinden met die slang om zijn nek. Maar meer is het niet. Meer kan het niet zijn.'

Claudia viel zo heftig tegen haar uit alsof ze ruzie hadden. 'Wat bedoel je, een ongeluk? Dat Gerard een ongeluk heeft gehad? Wat voor ongeluk dan?'

Frances leek ineen te krimpen in haar stoel, maar haar stem klonk resoluut. 'Ik weet het niet. Ik ben er niet bij geweest. Het was maar een idee.'

'Een verdomd onnozel idee.'

'Claudia,' zei De Witt, met een stem die eerder hartelijk dan bestraffend

klonk, 'we moeten geen ruzie maken. We moeten kalm blijven en we moeten bij elkaar blijven.'
'Hoe kunnen we nu bij elkaar blijven? Dalgliesh zal ons onder vier ogen willen spreken.'
'Niet letterlijk. Figuurlijk. Eén lijn trekken.'
Alsof hij niets had gezegd, vervolgde Frances: 'Of een hartaanval. Of een hersenbloeding. Beide is mogelijk. Dat overkomt mensen die kerngezond zijn.'
'Gerard had een sterk hart. Je kunt niet de Matterhorn beklimmen met een hartaandoening. En hij lijkt me wel de laatste voor een hersenbloeding.'
De stem van De Witt klonk verzoenend. 'We weten nog niet hoe hij is gestorven. Dat weten we pas na de sectie. Wat moet er intussen hier gebeuren?'
'We gaan door,' zei Claudia. 'We gaan natuurlijk door.'
'Dan hebben we wel de mensen nodig. Misschien wil de staf hier niet blijven werken, zeker niet als de politie van mening is dat Gerard geen natuurlijke dood is gestorven.'
Claudia's lach klonk schor als een snik. 'Geen natuurlijke dood! Natuurlijk was het geen natuurlijke dood. Hij is halfnaakt gevonden met een slang om zijn hals en de kop in zijn mond. Geen politieman kan dat aanzien voor een natuurlijke dood.'
'Ik bedoelde natuurlijk als ze denken aan moord. Dat is het woord waar we allemaal aan denken, dan moet het ook maar gezegd worden.'
'Moord?' riep Frances. 'Waarom zou iemand hem vermoorden? En er was toch geen bloed? Jullie hebben geen wapen gevonden. En niemand kan hem hebben vergiftigd. Waarmee trouwens? En wanneer had hij dat naar binnen kunnen krijgen?'
'Er zijn andere manieren,' zei Claudia.
'Bedoel je dat hij is gewurgd met Sissende Sid? Of is gestikt? Maar Gerard was sterk. Dan zou je hem toch eerst moeten overweldigen.' Toen geen van beiden iets zei, vervolgde ze: 'Ik begrijp niet waarom jullie er zo van overtuigd zijn dat Gerard is vermoord.'
De Witt kwam naast haar zitten. 'Frances, we weten het niet zeker, we zien alleen de mogelijkheid onder ogen. Maar je hebt natuurlijk gelijk. We kunnen beter wachten tot we weten hoe hij is gestorven. Wat ik niet begrijp, is waarom hij in het archief zat. Ik kan me niet herinneren dat hij ooit naar boven ging, jij wel, Claudia?'
'Nee, en hij kan er niet heen zijn gegaan om te werken. Dan had hij zijn sleutels niet in zijn bureaula laten liggen. Je weet hoe precies hij was als het om de beveiliging ging. De sleutels lagen alleen in zijn la als hij aan

147

zijn bureau zat. Als hij voor langere tijd zijn kamer uit ging, trok hij zijn jasje aan en deed de sleutels in zijn broekzak. Dat hebben we hem allemaal vaak genoeg zien doen.'

'Dat hij in de archiefkamer is gevonden, wil niet zeggen dat hij daar is gestorven,' merkte De Witt op.

Claudia ging tegenover hem zitten en boog zich over de tafel. 'Je bedoelt dat hij in zijn eigen kamer gestorven kan zijn?'

'Gestorven of vermoord en daarna verplaatst. Hij kan aan zijn bureau een natuurlijke dood zijn gestorven, een hartaanval of een hersenbloeding hebben gehad zoals Frances al zei, waarna het lijk naar boven is gebracht.'

'Maar daar moet je dan wel heel sterk voor zijn.'

'Niet als je een magazijnkarretje gebruikt en hem met de lift naar boven brengt. Er staat haast altijd wel een karretje bij de lift.'

'Maar de politie kan het toch zien als een stoffelijk overschot naderhand is verplaatst.'

'Ja, als het buiten wordt gevonden. Dan kunnen er bodemsporen zijn, takjes, geplet gras, sleepsporen. Ik weet niet of het binnenshuis wel zo gemakkelijk is. Het zal een van de mogelijkheden zijn waar ze aan denken. Vroeg of laat zullen ze toch wel de moeite nemen ons iets te vertellen. Ze haasten zich kennelijk niet.'

De twee spraken met elkaar alsof er verder niemand bij was. Opeens zei Frances: 'Moet je echt over de dood van Gerard praten alsof het een puzzel is, een detectiveverhaal, iets dat je leest of op de tv ziet? We hebben het over Gerard, niet over een vreemde, niet over een personage in een stuk. Gerard is dood. Hij ligt boven met die afschuwelijke slang om zijn hals en wij zitten hier alsof het ons niets doet.'

Claudia keek haar schattend en licht misprijzend aan. 'Wat verwacht je dan van ons? Dat we zwijgend tegenover elkaar blijven zitten? Een goed boek lezen? George vragen of de kranten er al zijn? Volgens mij is het beter om te praten. Hij was mijn broer. Als ik me redelijk goed kan houden, kun jij het ook. Je hebt wel een tijdje zijn bed gedeeld, maar je hebt in zijn leven nooit een rol van betekenis gespeeld.'

'Jij dan wel, Claudia?' vroeg De Witt zacht. 'Of iemand van ons?'

'Nee, maar wanneer zijn dood echt tot me doordringt, wanneer ik echt kan geloven wat er is gebeurd, zal ik om hem treuren, geloof me. Dan zal ik om hem rouwen, maar nu nog niet, niet nu en niet hier.'

Gabriel Dauntsey had uit het raam zitten staren naar de rivier. Het was voor het eerst dat hij iets zei en de anderen keken naar hem op alsof ze zich opeens herinnerden dat hij er ook was.

'Ik denk dat hij aan koolmonoxidevergiftiging kan zijn gestorven,' zei hij

zacht. 'De huid was hoogroze; dat schijnt een van de symptomen te zijn. En het was onnatuurlijk warm in de kamer. Is dat jou ook opgevallen, Claudia, dat het er opvallend warm was?'
Het bleef even stil; toen zei Claudia: 'Er is me weinig anders opgevallen dan Gerard en die slang. Je bedoelt dat hij vergast kan zijn?'
'Ja. Ik bedoel dat hij vergast kan zijn.'
Het woord bleef sissend in de lucht hangen. 'Maar Noordzeegas is toch onschadelijk?' zei Frances. 'Ik dacht dat je er tegenwoordig geen eind meer aan kon maken door je hoofd in een gasoven te steken.'
Het was De Witt die het uitlegde. 'Het gas is niet giftig om in te ademen. Bij normaal gebruik is het volkomen veilig. Maar als hij de gaskachel heeft aangestoken en als er geen goede ventilatie was, kan er koolmonoxide zijn ontstaan. Gerard kan daardoor versuft zijn geraakt en bewusteloos zijn geweest voordat hij besefte wat er aan de hand was.'
'En daarna,' zei Frances, 'heeft iemand hem gevonden, het gas uitgedraaid en de slang om zijn hals gedaan. Het kan een ongeluk zijn, zoals ik al zei.'
'Zo eenvoudig is het niet,' zei Dauntsey bedaard. 'Waarom heeft hij de kachel aangestoken? Het was gisteravond niet echt koud. En als hij de kachel heeft aangestoken, waarom heeft hij dan het raam dichtgedaan? Het was dicht toen ik hem zag liggen en ik heb het open laten staan toen ik afgelopen maandag in de kamer zat te werken.'
'En als hij zo lang in het archief wilde blijven dat hij de kachel nodig had, waarom heeft hij zijn jasje en sleutels dan in zijn kamer beneden gelaten?' zei De Witt. 'Dat slaat nergens op.'
In de stilte die volgde zei Frances opeens: 'We hebben niet aan Lucinda gedacht. Iemand zal het haar moeten vertellen.'
'God, ja!' zei Claudia. 'Lady Lucinda zie je gemakkelijk over het hoofd. Ik kan me niet voorstellen dat ze zich van verdriet in de Theems zal storten. Die verloving is altijd wat merkwaardig geweest.'
'Maar we moeten voorkomen dat ze het morgen in de krant leest of op Newsroom South East ziet,' zei De Witt. 'Een van ons zal lady Norrington moeten bellen. Dan kan die het aan haar dochter vertellen. Het lijkt me het beste dat jij het doet, Claudia.'
'Ja, daar zul je wel gelijk in hebben, als er maar niet van me wordt verwacht dat ik haar ga troosten. Ik moest het maar liever meteen doen. Ik ga wel naar mijn eigen kamer, als de politie die niet in gebruik heeft. Het is net of je muizen in huis hebt, de politie over de vloer. Je voelt dat ze aan het knagen zijn, ook als je ze niet echt ziet of hoort, en als ze er eenmaal zijn, heb je het gevoel dat je ze nooit meer kwijtraakt.'
Ze stond op en liep naar de deur, het hoofd onnatuurlijk opgeheven maar

149

met onzekere tred. Dauntsey wilde opstaan, maar zijn stijve benen schenen hem niet te willen gehoorzamen en het was De Witt die toeschoot. Ze schudde haar hoofd, duwde zijn arm zachtjes weg en deed de deur achter zich dicht.

Nog geen vijf minuten later was ze terug. 'Ze was niet thuis,' meldde ze. 'Het is niet echt een boodschap om in te spreken. Ik zal het straks nog eens proberen.'

'En je vader?' vroeg Frances. 'Is hij niet belangrijker?'

'Natuurlijk is hij belangrijker. Ik rijd er vanavond heen om het hem te vertellen.'

De deur ging open zonder dat er werd geklopt en adjudant Robbins keek om de hoek.

'Meneer Dalgliesh biedt u zijn excuses aan voor het lange wachten. Hij wil nu graag dat meneer Dauntsey naar het archief komt.'

Dauntsey stond meteen op, maar hij had zo lang gezeten dat zijn bewegingen stram waren. Zijn stok, die over zijn stoel had gehangen, kletterde op de grond. Hij en Frances Peverell knielden tegelijkertijd om hem op te pakken en na wat de anderen in de oren klonk als een korte strijd en wat geheimzinnig gefluister, pakte Frances de stok en kwam met een rood hoofd weer boven de tafel uit om hem aan Dauntsey te geven. Hij steunde er even op, hing hem toen weer over de rugleuning van de stoel en liep zonder hulpmiddel naar de deur, langzaam maar zonder wankelen.

Toen hij weg was, zei Claudia Etienne: 'Ik vraag me af waarom Gabriel de eer toebedeeld krijgt om als eerste aan de beurt te zijn.'

'Waarschijnlijk omdat hij de archiefkamer vaker gebruikt dan wij,' zei James de Witt.

'Ik geloof niet dat ik er ooit heb gewerkt,' zei Frances. 'De laatste keer dat ik er ben geweest, was toen het bed werd weggehaald. Jij komt ook niet vaak boven, hè James?'

'Ik heb er nooit gewerkt, althans niet langer dan een half uur. De laatste keer was een maand of drie geleden, toen was ik op zoek naar Esmé Carlings oorspronkelijke contract met ons. Maar ik kon het niet vinden.'

'Bedoel je dat je haar oude dossier niet kon vinden?'

'Haar dossier wel. Dat heb ik in het kamertje bestudeerd. Het oorspronkelijke contract zat er niet in.'

'Dat is niet zo vreemd,' zei Claudia mechanisch. 'Ze zit al dertig jaar in het fonds. Waarschijnlijk is het twintig jaar geleden in de verkeerde map opgeborgen.' En opeens energiek: 'Hoor eens, ik zie niet in waarom ik mijn tijd zou verdoen, alleen omdat Adam Dalgliesh met een collega-dichter wil praten. We hoeven hier toch niet te blijven.'

Frances leek te weifelen. 'Hij zei dat hij ons samen wou zien.'
'Hij heeft ons toch samen gezien. Nu wil hij ons één voor één spreken. Als hij me nodig heeft, kan hij me in mijn kamer vinden. Willen jullie dat tegen hem zeggen?'
Toen ze weg was, zei James: 'Ze heeft gelijk, weet je. Al staat ons hoofd niet naar werken, hier zitten wachten is erger, en kijken naar die lege stoel.'
'Maar dat hebben we toch juist niet gedaan? We hebben juist zorgvuldig vermeden naar die stoel te kijken, bijna alsof we ons schamen voor Gerard. Ik kan niet werken, maar ik wil nog wel een kop koffie.'
'Dan gaan we koffie halen. Mevrouw Demery zal wel ergens in de buurt zijn. Ik wil wel eens horen hoe haar gesprek met Dalgliesh is verlopen. Beter dan hier in een grafstemming blijven zitten.'
Ze liepen samen naar de deur. Frances draaide zich naar hem om. 'James, ik ben zo bang. Ik zou verdriet moeten voelen en geschokt moeten zijn omdat het zo gruwelijk is. We hebben een verhouding gehad. Ik hield echt van hem en nu is hij dood. Ik zou aan hem moeten denken, aan het ellendige definitieve van zijn dood. Ik zou voor hem moeten bidden. Ik heb het geprobeerd, maar de woorden hadden geen betekenis. Wat ik voel is totaal egoïstisch en verachtelijk. Angst.'
'Angst voor de politie? Dalgliesh is geen rouwdouw.'
'Nee, erger. Angst voor wat hier aan de gang is. Die slang... Degene die dat met Gerard heeft gedaan, is slecht. Voel je het dan niet, de aanwezigheid van het kwaad in Innocent House? Ik geloof dat ik me er al maanden van bewust ben. Dit lijkt alleen maar het onvermijdelijke einde, de climax van al die andere rotstreken. Het verdriet om Gerard zou me helemaal in beslag moeten nemen. Dat is niet zo, ik voel alleen angst, angst en een vreemd voorgevoel dat het hiermee nog niet afgelopen is.'
'Er zijn geen terechte of verkeerde gevoelens,' zei James vriendelijk. 'We voelen wat we voelen. Ik geloof niet dat iemand van ons intens verdriet voelt, ook Claudia niet. Gerard was een opmerkelijke man, maar hij was niet aardig. Wat ik zelf probeer te geloven is dat verdriet om een gestorvene waarschijnlijk niet meer is dan de algemene, machteloze droefheid die je altijd voelt bij de dood van een jong mens, iemand met talent, iemand die gezond was. En zelfs dat gevoel is niet vrij van intense nieuwsgierigheid en prikkelende angst.' Hij keek haar aan. 'Hier ben ik, Frances. Wanneer je me nodig hebt en als je me nodig hebt, ben ik in de buurt. Maak je geen zorgen, ik zal me niet aan je opdringen, alleen omdat we allebei kwetsbaar zijn geworden door de schok en het verdriet. Ik bied je alleen aan wat je maar wilt, wanneer je het wilt.'
'Ik heb het begrepen. Dank je, James.'

Ze legde even haar hand tegen zijn wang. Het was voor het eerst dat ze hem uit zichzelf aanraakte. Toen wendde ze zich af naar de deur, zodat haar ontging dat zijn gezicht begon te stralen van vreugde en triomf.

25

Twintig jaar terug had Dalgliesh in de Purcell Room op de South Bank Gabriel Dauntsey horen voordragen uit eigen werk. Hij was niet van plan dat tegen Dauntsey te zeggen, maar terwijl hij op de oude man wachtte, kwam de herinnering aan die gebeurtenis zo duidelijk bij hem op dat hij met de hooggespannen verwachting van een jongeman luisterde naar de naderende voetstappen in het archief. Van de twee wereldoorlogen had de eerste de beste Engelse poëzie voortgebracht en hij vroeg zich wel eens af hoe dat kwam. Had het jaar 1914 de onschuld zien smoren in bloed, had die wereldbrand meer dan een briljante generatie weggevaagd? Maar gedurende enkele jaren – was het echt maar drie jaar geweest? – leek Dauntsey de Wilfred Owen van zijn tijd te zijn, van zijn eigen, heel andere oorlog. De belofte van die eerste twee bundels was niet ingelost en daarna had hij niets meer gepubliceerd. Dalgliesh bedacht dat het woord belofte, met zijn suggestie van een nog niet gerealiseerd talent, eigenlijk niet van toepassing was. Enkele van die vroege gedichten stonden op een niveau dat door weinig naoorlogse dichters was geëvenaard.

Na die voorlezing was Dalgliesh zoveel te weten gekomen als Dauntsey van zijn voorgeschiedenis wilde prijsgeven: dat hij in Frankrijk woonde, maar voor zaken in Engeland was toen de oorlog uitbrak terwijl zijn vrouw en twee kinderen door de Duitse invasie werden overrompeld; dat zij spoorloos verdwenen waren uit het zicht van hun landgenoten en de officiële registers, zodat hij pas na de oorlog na jaren zoeken te weten was gekomen dat zij alle drie, levend onder een schuilnaam om zich aan internering te onttrekken, om het leven waren gekomen bij een Brits bombardement op bezet Frans gebied. Dauntsey had zelf bij de RAF gediend en bommenwerpers gevlogen, maar de ultieme tragische ironie was hem bespaard gebleven: bij die aanval was hij niet betrokken geweest. Zijn poëtische motief was de moderne oorlog – geleden verliezen en verdriet en doodsangst, kameraadschap en moed, lafheid en nederlagen. De sterke, lenige, rauwe verzen werden verlicht door passages van lyrische schoonheid die als mortiergranaten voor het geestesoog ontploften. De zware Lancasters die zich als logge dieren verhieven met de dood in hun buik; het donkere, stille firmament dat in een kakofonie van doodsangst werd opengereten; de bemanning, haast jongens nog, voor wie hij – net iets ouder – verantwoordelijk was en met wie hij avond aan avond opsteeg in dat broze metalen omhulsel in het volle besef van hun overlevingskans: dit kon de nacht worden waarin zij als brandende fakkels ter aarde zouden storten. En altijd het schuldgevoel, het besef dat deze telkens terugkerende en zowel verafschuwde als welkome verschrikking een boetedoening was, dat er een nalatigheid was begaan die alleen door de dood kon worden goedgemaakt, en het besef dat het persoonlijke verraad een meer omvattende, wijder verbreide ontluistering weerspiegelde.

En nu was hij hier, een gewone man op leeftijd, zo je al iemand op leeftijd gewoon mocht noemen: niet gebogen, maar stram rechtop door bewuste inspanning, alsof volharding en moed iets vermochten tegen de tand des tijds. Het verouderingsproces leidt ofwel tot een zachte molligheid die de ware aard in rimpels verhult ofwel, zoals bij hem, tot het uitdrogen van het gezicht, zodat de beenderen uitsteken als bij een skelet dat tijdelijk is bekleed met droog vlees, droog en broos als papier. Het haar was weliswaar grijs geworden maar nog vol, en de ogen waren nog even donker en beweeglijk als in de herinnering die Dalgliesh aan hem bewaarde. Die ogen keken hem strak vragend aan, met een ironische blik.

Dalgliesh greep haastig de stoel die bij de tafel stond en zette die bij de deur neer. Dauntsey ging zitten.

'U bent met lord Stilgoe en de heer De Witt naar boven gekomen,' zei Dalgliesh. 'Is u in deze kamer iets opgevallen, afgezien van de aanwezigheid van het lijk?'

'Niet meteen, afgezien van een onaangename geur. Een halfnaakt lijk dat zo bizar is opgetuigd als met dat lijk was gedaan overrompelt de zintuigen. Na een minuut, misschien eerder, merkte ik heel duidelijk andere dingen op. De kamer leek anders; er was iets vreemds mee. Hij leek leeggeruimd, hoewel dat niet zo was, ongewoon schoon en warmer dan gebruikelijk. Het lijk zag er zo... zo wanordelijk uit, en de kamer zo ordelijk. De stoel stond precies op zijn plaats, de mappen lagen keurig op tafel. Het viel me natuurlijk op dat de bandrecorder weg was.'

'Lagen de mappen nog zoals u ze had achtergelaten?'

'Voor zover ik me herinner niet. De twee bakjes waren verwisseld. Het bakje met de minste mappen had links moeten staan. Ik had twee stapels mappen en de rechter was hoger dan de linker. Ik werk van links naar

rechts met zes tot tien mappen tegelijk, dat hangt van de omvang af. Wanneer ik klaar ben met een map, leg ik die rechts neer. Wanneer ik ze alle zes heb gehad, berg ik ze weer op in het archief, waar ik een liniaal gebruik om aan te geven tot waar ik ben gevorderd.'
'Die liniaal hebben we zien liggen op een open plaats op de onderste plank in de tweede rij,' zei Dalgliesh. 'Wil dat zeggen dat u nog maar één rij hebt gedaan?'
'Het vordert heel langzaam. Ik verdiep me nogal eens in oude brieven, ook als ze niet de moeite van het bewaren waard zijn. Ik heb er heel wat gevonden die dat wel zijn: brieven van twintigste-eeuwse schrijvers en anderen die met Henry Peverell en diens vader correspondeerden, ook al publiceerden ze bij een andere uitgeverij. Er zijn brieven van H.G. Wells, Arnold Bennett, mensen van de Bloomsbury-groep, nog oudere mensen.'
'Wat voor systeem gebruikt u?'
'Ik dicteer een beschrijving van de inhoud van elke map en doe een aanbeveling: vernietigen, twijfelgeval, bewaren of belangrijk. Mijn verslag wordt vervolgens door een typiste uitgetikt en af en toe neemt de directie de verslagen door. Tot nu toe is er niets weggegooid. Het leek niet verstandig iets radicaals te doen voor we zekerheid hebben over de toekomst van het bedrijf.'
'Wanneer hebt u deze kamer het laatst gebruikt?'
'Maandag. Ik heb hier de hele dag gewerkt. Mevrouw Demery stak om een uur of tien haar hoofd om de deur, maar zei dat ze me niet zou storen. Er wordt hier maar eens in de vier weken schoongemaakt en dan nog niet erg grondig. Ze zei dat het raamkoord gerafeld was en ik zei dat ik het tegen George zou zeggen en dat hij het maar moest vervangen. Ik heb het nog niet tegen hem gezegd.'
'Het was u niet opgevallen?'
'Ik vrees van niet. Het raam heeft weken opengestaan. Dat heb ik liever. Ik denk dat ik het wel had gemerkt als het kouder was geworden.'
'Hoe verwarmt u de kamer?'
'Altijd met een elektrisch kacheltje. Mijn eigen kacheltje. Dat heb ik liever dan de gaskachel. Ik wil niet zeggen dat de gaskachel me onveilig leek, maar ik rook niet en heb nooit lucifers bij me als ik ze nodig heb. Het was gemakkelijker om het elektrische reflectorkacheltje uit mijn flat mee te nemen. Het is heel licht en ik neem het 's avonds weer mee naar nummer twaalf of laat het hier staan. Maandag heb ik het mee naar huis genomen.'
'En de deur was van het slot toen u wegging?'
'Ja, ik sluit nooit af. De sleutel steekt meestal in het slot, aan de binnen-

kant, maar ik gebruik hem nooit.'
'Het slot ziet er betrekkelijk nieuw uit,' zei Dalgliesh. 'Wie heeft het laten aanbrengen?'
'Henry Peverell. Op gezette tijden zat hij hier graag te werken. Ik weet niet waarom, maar hij was een eenzelvige man. Ik denk dat hij zich met dat slot veiliger voelde. Maar het is niet echt nieuw; veel nieuwer dan de deur, natuurlijk, maar ik denk dat die sleutel er al vijf jaar in zit.'
'Maar in die vijf jaar is het slot wel gebruikt,' zei Dalgliesh. 'Het slot is geolied en draait soepel.'
'O ja? Ik maak er zelf nooit gebruik van, dus ik zou het niet weten. Maar het is zeker vreemd. Mevrouw Demery zou het gedaan kunnen hebben, al lijkt dat niet waarschijnlijk.'
'Was Gerard Etienne u sympathiek?' vroeg Dalgliesh.
'Nee, maar ik had respect voor hem. Niet voor kwaliteiten die respect afdwingen; ik had respect voor hem omdat hij zo anders was dan ik. Hij besefte zijn tekortkomingen. En hij was jong. Daar kon hij zich natuurlijk niet op beroemen, maar daardoor had hij een enthousiasme dat de meesten van ons hier niet meer hebben en dat het bedrijf volgens mij nodig heeft. We klaagden misschien wel over wat hij deed of keurden zijn voornemens af, maar hij wist wat hij wilde. Ik denk dat we ons zonder hem nogal stuurloos zullen voelen.'
'Wie volgt hem op als directeur?'
'Zijn zuster, Claudia Etienne, dunkt me. De functie gaat naar degene die de meeste aandelen bezit. Bij mijn weten erft zij van hem. Daardoor zal ze over een absolute meerderheid kunnen beschikken.'
'En wat zou zij ermee doen?' vroeg Dalgliesh.
'Dat weet ik niet. Dat moet u haar maar vragen. Ik weet niet eens of ze het zelf wel weet. Ik betwijfel of ze erg in beslag wordt genomen door de toekomst van Peverell Press.'
Vervolgens vroeg Dalgliesh aan Dauntsey hoe hij de voorgaande dag, avond en nacht had doorgebracht. Met een scheef lachje sloeg Dauntsey zijn ogen neer. Hij was te intelligent om niet te beseffen dat hem naar zijn alibi werd gevraagd. Hij bleef een poosje stil alsof hij zijn gedachten wilde ordenen. Toen zei hij: 'Van tien uur tot half twaalf zat ik bij de directievergadering. Gerard werkte die graag binnen twee uur af, maar gisteren zijn we vroeger opgehouden dan anders. Na de vergadering sprak hij me nog even aan over de toekomst van het poëziefonds. Ik geloof dat hij ook steun bij me zocht voor zijn plan om Innocent House te verkopen en met het bedrijf stroomafwaarts te verhuizen naar de Docklands.'
'Was u daar een voorstander van?'
'Het leek me onontkoombaar.' Hij zweeg even en voegde er toen aan toe:

'Helaas.' Hij bleef weer even stil alvorens een betoog op te zetten, langzaam en weloverwogen maar zonder veel nadruk, soms pauzerend als om tussen twee woorden te kiezen, soms fronsend alsof een herinnering pijnlijk was of hem niet meer zo duidelijk voor ogen stond. Dalgliesh hoorde zijn monoloog zwijgend aan.

'Na de vergadering in Innocent House ging ik terug naar mijn flat om me voor te bereiden op een lunchafspraak. Daarmee bedoel ik dat ik alleen een kam door mijn haar haalde en mijn handen waste. Het duurde niet lang. Ik nam een jonge dichter, Damien Smith, mee uit lunchen in de Ivy. Gerard zei altijd dat het bedrag dat James de Witt en ik aan het trakteren van auteurs besteedden, omgekeerd evenredig was aan hun belang voor het bedrijf. Ik dacht dat de jongen de Ivy leuk zou vinden. Ik moest er om één uur zijn en werd met de motorboot naar London Bridge gebracht, waar ik een taxi naar het restaurant nam. De lunch duurde twee uur en omstreeks half vier was ik weer thuis. Ik zette een pot thee en om vier uur was ik hier terug op kantoor. Daarna heb ik nog ongeveer anderhalf uur gewerkt.

De laatste keer dat ik Gerard zag, was in het toilet op de begane grond. Aan de achterkant van het huis, naast de doucheruimte. De vrouwen gaan meestal op de eerste verdieping naar de wc. Gerard kwam naar buiten toen ik naar binnen wilde. We zeiden niets, maar ik geloof dat hij knikte of glimlachte. Een begroeting zonder woorden, meer niet. Daarna heb ik hem niet meer gezien. Ik ging naar huis en bracht daar twee uur door met het herlezen van de gedichten die ik voor die avond had uitgekozen; ik dacht erover na en zette koffie. Om zes uur luisterde ik naar het nieuws op de radio. Even later belde Frances Peverell op om me succes te wensen. Ze bood aan mee te gaan. Ik geloof dat ze vond dat iemand van de uitgeverij aanwezig moest zijn. We hadden er een paar dagen eerder al over gesproken en het was me gelukt haar op andere gedachten te brengen. Een van de mensen die gedichten zouden voorlezen, was Marigold Riley. Haar gedichten zijn niet slecht, maar vaak obsceen. Ik wist dat Frances haar werk niet zou appreciëren en het gezelschap en de sfeer evenmin. Ik zei dat ik liever alleen ging en dat ik er maar nerveus van zou worden als ze erbij was. Dat was niet helemaal een leugen. Ik had in geen vijftien jaar uit eigen werk voorgelezen. De meeste mensen daar zouden denken dat ik al dood was. Ik had er al spijt van dat ik had toegezegd. Als Frances erbij was geweest, als ik me druk had gemaakt over haar welzijn en haar afkeer van de ambiance daar, was het nog erger geworden. Ik belde een taxi en vertrok kort na half acht.'

'Hoe kort?' vroeg Dalgliesh.

'Ik had voor kwart voor acht een taxi in Innocent Lane besteld en ik meen

dat ik hem even heb laten wachten, maar niet lang.' Hij zweeg weer enige tijd en vervolgde toen: 'Wat er in de Connaught Arms gebeurde, zal u minder interesseren. Er waren genoeg mensen om mijn aanwezigheid daar te bevestigen. Het voorlezen ging beter dan ik had verwacht, maar het was er te druk en te vol. Ik had me niet gerealiseerd dat poëzie publiek vermaak is geworden. Er werd veel gedronken en gerookt en sommige dichters vatten hun opdracht nogal ruim op. Het ging allemaal veel te lang door. Ik had de kastelein willen vragen een taxi te bellen, maar hij stond druk te praten in een groep mensen en ik ben min of meer onopgemerkt weggeglipt. Ik dacht dat ik op het kruispunt wel een taxi zou kunnen aanhouden, maar voordat ik daar aankwam, werd ik beroofd. Ze waren met z'n drieën, geloof ik, twee zwarten en een blanke, maar ik zou ze niet kunnen aanwijzen. Ik was me alleen bewust van aanstormende gedaanten, een harde duw in mijn rug, graaiende handen in mijn zakken. Het was niet eens nodig geweest; als ze het hadden gevraagd, had ik ze mijn portemonnee wel gegeven. Wat kon ik anders doen?'
'Dus ze pakten uw portemonnee af?'
'Ja, die hebben ze te pakken gekregen. Althans: toen ik voelde, had ik hem niet meer. Door mijn val was ik even versuft. Toen ik bijkwam, stonden er een man en een vrouw over me heen gebogen. Ze hadden de poëzieavond bijgewoond en hadden me willen spreken. Ik had mijn hoofd gestoten toen ik viel en het bloedde een beetje. Ik pakte mijn zakdoek en drukte die tegen de wond. Ik vroeg of ze me naar huis wilden brengen, maar ze zeiden dat ze toch langs het St. Thomas kwamen en ze wilden me absoluut naar de eerste hulp brengen. Ze vonden dat er een foto moest worden gemaakt. Ik kon moeilijk eisen dat ze me naar huis zouden brengen of een taxi aanhouden. Ze waren heel vriendelijk, maar ik geloof niet dat ze zover wilden omrijden. In het ziekenhuis moest ik een poos wachten. Er waren mensen in de wachtkamer die dringender behandeld moesten worden. Ten slotte kwam er een verpleegster die mijn hoofd verbond en zei dat ik moest wachten voor de röntgenopname. Dat betekende nog langer wachten. De uitslag was gunstig, maar ze wilden me een nacht ter observatie houden. Ik heb gezegd dat ik thuis uitstekend zou worden verzorgd en dat ik niets voelde voor opname. Ik vroeg of ze Frances wilden bellen om haar te laten weten wat er was gebeurd, en een taxi. Ik dacht dat ze waarschijnlijk wachtte op mijn komst om te vragen hoe het was gegaan en zich misschien zorgen zou maken als ik zo lang wegbleef. Tegen half twee was ik eindelijk thuis en ik belde meteen Frances op. Ze wilde dat ik bij haar in haar flat zou komen, maar ik zei dat ik me prima kon redden en nog de meeste behoefte had aan een bad. Zodra ik in bad was geweest, belde ik haar weer en ze kwam direct naar beneden.'

'Dus ze kwam niet meteen naar uw flat zodra u thuis was?' vroeg Dalgliesh.
'Nee. Frances dringt zich nooit op als ze denkt dat iemand alleen wil zijn en ik wilde inderdaad even alleen zijn. Ik was nog niet toe aan het geven van uitleg en het aanhoren van betuigingen van medeleven. Wat ik nodig had, was een borrel en een bad. Ik nam een borrel, ging in bad en belde daarna Frances. Ik wist dat ze bezorgd was en wilde haar niet tot de volgende ochtend laten wachten op een verslag van wat er was gebeurd. Ik dacht dat ik van de whisky zou opknappen, maar ik werd er een beetje misselijk van. Waarschijnlijk drong de schok toen pas door. Toen ze aanklopte, voelde ik me niet best. We zaten nog een poosje bij elkaar en toen drong ze erop aan dat ik naar bed zou gaan. Ze zei dat ze in de flat zou blijven voor het geval ik in de loop van de nacht nog iets nodig had. Ze maakte zich zorgen dat ik er veel erger aan toe was dan ik liet merken, denk ik, en vond dat ze bij de hand moest zijn om de dokter te bellen als het slechter met me zou gaan. Ik deed geen pogingen haar over te halen om weg te gaan, hoewel ik wist dat ik alleen maar mijn nachtrust nodig had. Ik dacht dat ze in mijn logeerkamer zou slapen, maar ik geloof dat ze de nacht met een deken om zich heen in de huiskamer heeft doorgebracht. Toen ik de volgende morgen wakker werd, was ze al aangekleed en had thee voor me gezet. Ze stond erop dat ik thuis zou blijven, maar ik voelde me al een stuk beter toen ik me had aangekleed en besloot toch maar naar Innocent House te gaan. We liepen samen de hal in toen de eerste groep van de motorboot kwam. Toen hoorden we dat Gerard weg was.'
'En dat was het eerste wat u hoorde?' vroeg Dalgliesh.
'Ja. Hij had de gewoonte langer door te werken dan wij, vooral op donderdag. 's Ochtends kwam hij meestal later, behalve op dagen dat we directievergadering hadden; dan begon hij graag om tien uur precies. Ik had natuurlijk aangenomen dat hij naar huis was gegaan omstreeks de tijd dat ik naar mijn lezing ging.'
'Maar u hebt hem niet gezien toen u naar de Connaught Arms ging?'
'Nee, ik heb hem niet gezien.'
'Hebt u iemand Innocent House zien binnengaan?'
'Nee. Ik heb niemand gezien.'
'En toen u hoorde dat hij dood was, bent u met twee anderen naar boven gegaan, naar het archiefkamertje?'
'Ja, we zijn samen naar boven gegaan: Stilgoe, De Witt en ik. Het was een natuurlijke reactie op het nieuws, denk ik, de behoefte het met eigen ogen te zien. James was het eerst boven. Stilgoe en ik konden hem niet bijhouden. Claudia zat bij haar broer geknield toen we binnenkwamen.

Ze kwam overeind, keek ons aan en stak een arm naar ons uit. Het was een merkwaardig gebaar. Het was alsof ze die enormiteit aan de blikken van anderen prijsgaf.'
'En hoe lang bent u gebleven?'
'Misschien nog geen minuut. Het leek langer. We stonden dicht bij elkaar, net over de drempel, te kijken, te staren, in ongeloof, in ontzetting. Ik geloof dat niemand een woord zei. Ik weet dat ik zelf niets zei. Alles in de kamer drong zich op aan de blik. Door de schok leek het of mijn ogen uitzonderlijk goed waarnamen. Ik zag alle bijzonderheden van het lichaam van Gerard en de kamer zelf verbijsterend scherp. Toen zei Stilgoe: "Ik ga de politie bellen. Hier kunnen we niets doen. De kamer moet ogenblikkelijk worden afgesloten en ik neem de sleutel in bewaring." Hij nam het initiatief. We verlieten samen de kamer en Claudia deed de deur op slot. Stilgoe kreeg de sleutel. De rest weet u.'

26

In de ontelbare gesprekken over de tragedie die in de loop van de volgende weken en maanden op de uitgeverij werden gevoerd, waren de personeelsleden van Peverell Press het erover eens dat wat Marjorie Spenlove was overkomen, hoogst opmerkelijk was geweest. Juffrouw Spenlove, de oudste persklaarmaakster, kwam zoals gewoonlijk om kwart over negen in Innocent House aan. Ze had 'goeiemorgen' gemompeld tegen George, die onthutst achter zijn centrale zat en haar nauwelijks opmerkte. Lord Stilgoe, Dauntsey en De Witt stonden boven in de archiefkamer bij het lijk, mevrouw Demery zorgde voor Blackie in de vestiaire op de begane grond, omringd door andere personeelsleden, en in de hal was even niemand. Juffrouw Spenlove liep meteen door naar haar kamer, deed haar jasje uit en ging aan de slag. Tijdens het werken was ze zich uitsluitend bewust van de tekst waarmee ze bezig was. Peverell Press beroemde zich erop dat geen tekst die door juffrouw Spenlove persklaar was gemaakt, nog een onontdekte fout bevatte. Ze was op haar best als ze non-fictie deed; bij moderne jonge romanschrijvers vond ze het soms moeilijk onderscheid te maken tussen grammaticale fouten en hun gecultiveerde, hooggeprezen natuurlijke stijl. Haar kennis ging verder dan het vocabulaire: geen aardrijkskundige of historische onjuistheid werd over het hoofd gezien en geen tegenstrijdige bewering over het weer, een lokatie of een jurk ging onopgemerkt aan haar voorbij. Schrijvers hadden grote waardering voor haar, hoewel zij zich na een bespreking met haar over de definitieve versie van de tekst voelden als na een buitengewoon traumatisch gesprek met een streng schoolhoofd van de oude stempel.

Brigadier Robbins en een agent hadden het gebouw kort na aankomst doorzocht. Ze hadden het niet al te grondig gedaan; niemand kon serieus denken dat de moordenaar zich nog in huis bevond, tenzij het iemand was die daar werkte. Maar brigadier Robbins had, wat misschien te excuseren viel, verzuimd te kijken in de kleine wc op de tweede verdieping. Toen hij naar beneden ging om Gabriel Dauntsey te halen, registreerden zijn scherpe oren een kuchje in de kamer ernaast en toen hij de deur opendeed, zag hij een dame van middelbare leeftijd die aan een bureau zat te werken. Ze keek hem over haar halve brilleglazen streng aan en vroeg: 'En wie bent u, meneer?'

'Brigadier Robbins van de recherche, mevrouw. Hoe bent u hier binnengekomen?'

'Door de deur. Ik werk hier. Dit is mijn kamer. Ik ben persklaarmaakster bij Peverell Press. Ik heb dus het volste recht hier te zijn. Ik betwijfel ten zeerste of ik dat ook van u kan zeggen.'

'Ik ben hier ambtshalve, mevrouw. De heer Gerard Etienne is dood aangetroffen en hij is onder verdachte omstandigheden overleden.'

'Bedoelt u dat iemand hem heeft vermoord?'

'Dat weten we nog niet zeker.'

'Wanneer is hij dan gestorven?'

'Dat weten we pas als het sectierapport er is.'

'Hoe is hij gestorven?'

'De doodsoorzaak weten we nog niet.'

'Ik krijg de indruk, jongeman, dat er heel weinig is dat u wel weet. Misschien kunt u beter terugkomen wanneer u over meer gegevens beschikt.'

Brigadier Robbins deed zijn mond open en weer dicht voordat hij zich liet ontvallen: 'Ja, juffrouw. Zeker, juffrouw.' Hij trok zich terug, sloot de deur achter zich en was al halverwege de trap toen hij bedacht dat hij de vrouw niet had gevraagd hoe ze heette. Natuurlijk zou hij daar nog wel achter komen. Het was een kleine omissie in een korte ontmoeting die, moest hij toegeven, ongunstig voor hem was verlopen. Omdat hij eerlijk was en zich graag aan kleine bespiegelingen overgaf, moest hij zichzelf ook bekennen dat het een beetje kwam omdat de vrouw een griezelige gelijkenis had vertoond met juffrouw Addison, zijn eerste onderwijzeres

op de lagere school, die het standpunt had gehuldigd dat het voor kinderen het beste is wanneer ze van meet af aan beseffen wie de baas is.
Het nieuws had juffrouw Spenlove meer aangegrepen dan ze hem had laten merken. Zodra ze klaar was met het corrigeren van de pagina, belde ze de centrale.
'George, kun je mevrouw Demery voor me vinden?' Als je iets wilde weten, moest je een deskundige raadplegen, meende ze. 'Mevrouw Demery? Er zwerft een jongeman door het gebouw die beweert brigadier van politie te zijn. Hij vertelde me dat meneer Etienne dood is en misschien is vermoord. Als u daar meer van weet, kunt u dan boven komen om me op de hoogte te brengen? Neemt u meteen mijn koffie mee.'
Mevrouw Demery droeg juffrouw Blackett over aan de zorgen van Mandy en gaf gretig gehoor aan haar verzoek.

27

Met Kate erbij werkte Dalgliesh de gesprekken met de overige vennoten af in de kamer van Gerard Etienne. Daniel bleef achter in de archiefkamer, waar de technicus van het gasbedrijf al bezig was met het demonteren van de kachel; zodra dat was gebeurd en ook de monsters uit de schoorsteen naar het lab waren gestuurd, zou hij naar het politiebureau in Wapping gaan om daar een meldpost in te richten. Dalgliesh had al met de bureauchef gesproken, die het tijdelijke beslag op een van zijn kamers filosofisch had opgenomen. Dalgliesh hoopte dat het niet lang zou duren. Als dit een moord was, en voor hem stond dat al wel vast, zou het aantal in aanmerking komende verdachten waarschijnlijk niet groot zijn.
Hij vond het niet prettig aan het bureau van Etienne te zitten, niet alleen omdat hij liever de gevoelens van de vennoten zou respecteren, maar ook omdat hij (en dat was de voornaamste reden) vond dat een confrontatie over een afstand van één meter twintig blank eiken elk gesprek iets formeels gaf waardoor een verdachte zich eerder geremd of gestoord zou voelen dan geneigd nuttige informatie te verstrekken. Maar er stond ook een kleine vergadertafel in hetzelfde hout, met zes stoelen, dicht bij het raam, en daar installeerden ze zich. De lange wandeling vanaf de deur zou alleen voor zeer zelfbewuste mensen geen bezoeking zijn, maar hij

dacht niet dat Claudia of James de Witt er moeite mee zouden hebben. Het vertrek was een voormalige eetzaal, zoals nog duidelijk te zien was, maar het werd ontluisterd door de scheidingswand die een deel van het plafondrozet afsneed en midden op een van de vier hoge ramen met uitzicht op Innocent Passage stond. De schitterende marmeren schouw met het sierlijke lofwerk bevond zich in de kamer van juffrouw Blackett. En hier in het kantoor van Etienne was het meubilair – bureau, stoelen, vergadertafel en kasten – bijna agressief modern. Het leek opzettelijk gekozen om te contrasteren met de marmeren pilasters en purperstenen architraven, de twee schitterende kroonluchters waarvan de ene de scheidingswand bijna raakte, en het goud van de schilderijlijsten tegen de lichtgroene wanden. De schilderijen waren conventionele landschappen, waarschijnlijk Victoriaans. Ze waren bekwaam maar iets te kunstig geschilderd en te sentimenteel naar zijn smaak. Hij betwijfelde of het de schilderijen waren die hier oorspronkelijk hadden gehangen en vroeg zich af wat voor portretten van de Peverells vroeger deze wanden hadden gesierd. Er stond nog één oorspronkelijk meubelstuk: een vroeg-negentiende-eeuwse wijntafel in marmer en brons. Eén herinnering aan het glorierijke verleden was dus nog in gebruik. Hij vroeg zich af wat Frances Peverell van de ontluistering van het vertrek vond en of, nu Gerard Etienne dood was, de scheidingswand zou worden gesloopt. Hij vroeg zich ook af of Gerard Etienne ongevoelig was geweest voor alle architectuur, of alleen voor dit huis. Waren de scheidingswand en het schrille contrast van het moderne meubilair zijn commentaar op de ongeschiktheid van het vertrek voor zijn doeleinden, een welbewuste afwijzing van een verleden dat was gedomineerd door Peverells, niet door Etiennes? Claudia Etienne legde de tien meter naar de tafel vol zelfvertrouwen af en ging zitten alsof ze hem een gunst bewees. Ze zag erg bleek, maar ze had zichzelf goed in bedwang, al vermoedde hij dat haar handen, die ze diep in de zakken van haar vest duwde, meer zouden verraden dan haar strakke, ernstige gezicht. Hij condoleerde haar in eenvoudige bewoordingen, oprecht, hoopte hij, maar ze kapte hem af.

'Bent u hier in verband met lord Stilgoe?'

'Nee, ik ben hier vanwege de dood van uw broer. Lord Stilgoe heeft al wel indirect contact met me opgenomen, via een wederzijdse vriend. Hij had een anonieme brief ontvangen die zijn vrouw erg had aangegrepen; zij las er bedreiging van zijn leven in. Hij wilde officieel bevestigd zien dat er volgens de politie geen sprake was van misdaad in de andere drie sterfgevallen die verband hielden met Innocent House: de twee auteurs en Sonia Clements.'

'Dat kon u natuurlijk bevestigen.'

'Dat konden de betrokken korpsen bevestigen. Hij moet die verzekering een dag of drie geleden hebben ontvangen.'
'Ik hoop dat hij daar genoegen mee nam. Lord Stilgoe betrekt alles zozeer op zichzelf dat het grenst aan paranoia. Maar zelfs hij kan toch moeilijk denken dat de dood van Gerard een opzettelijke poging is om zijn wereldschokkende memoires te saboteren? Ik vind het nog steeds vreemd, commissaris, dat u hier in persoon bent gekomen, en met zoveel mensen. Behandelt u de dood van mijn broer als een moordzaak?'
'Als een sterfgeval dat nader onderzoek wettigt. Daarom moet ik u nu lastigvallen. Ik zou u dankbaar zijn voor uw medewerking, niet alleen persoonlijk – ik zou het ook prettig vinden als u uw mensen wilt uitleggen dat het niet te vermijden is dat zij worden gestoord in hun privé-sfeer en in hun werk.'
'Ik denk dat ze dat wel zullen begrijpen.'
'Voor het schiftingsprocédé hebben we hun vingerafdrukken nodig. Al het materiaal dat voor de uiteindelijke bewijsvoering niet nodig is, zal worden vernietigd.'
'Dat zal een nieuwe ervaring voor ons zijn. Als het noodzakelijk is, moeten we ons er natuurlijk bij neerleggen. Ik neem aan dat u van ons allemaal, zeker de vennoten, een alibi nodig hebt.'
'Inderdaad, juffrouw Etienne. Ik moet weten wat u hebt gedaan, en in gezelschap van wie, sinds gisteravond zes uur.'
'U bent niet te benijden, commissaris,' zei ze. 'U moet uw medeleven uitspreken met de dood van mijn broer, terwijl u tegelijkertijd een alibi wilt horen waaruit blijkt dat ik hem niet heb vermoord. Ik moet toegeven dat u zich met flair van uw taak kwijt. Daar moet ik u mee feliciteren, maar u hebt dan ook heel wat ervaring. Gisteravond ben ik met mijn vriend Declan Cartwright de rivier op geweest. Als u bij hem navraag doet, zal hij me waarschijnlijk zijn verloofde noemen. Ik noem hem liever mijn minnaar. We zijn even na half zeven weggevaren, toen de motorboot terug was na het personeel te hebben afgezet op de steiger bij Charing Cross. We zijn weggebleven tot omstreeks half elf of iets later; we hebben hier aangelegd en daarna heb ik hem teruggebracht naar zijn huis bij Westbourne Grove. Hij woont boven een antiekwinkel die hij voor de eigenaar beheert. Ik zal u het adres natuurlijk geven. Ik ben tot twee uur bij hem gebleven; daarna ben ik teruggereden naar het Barbican. Daar heb ik een appartement op de etage onder die van mijn broer.'
'U bent nog laat op het water gebleven, voor een avond in oktober.'
'Een mooie avond in oktober. We zijn stroomafwaarts naar de stuw gevaren en weer terug naar de steiger in Greenwich. We hebben gegeten bij Le Papillon in Greenwich Church Street. We hadden voor acht uur een

tafel gereserveerd en ik denk dat we er anderhalf uur zijn gebleven. Daarna zijn we stroomopwaarts gevaren tot voorbij de Battersea-brug en we waren terug omstreeks half elf, zoals ik al zei.'
'Heeft iemand u gezien, afgezien natuurlijk van het restaurantpersoneel en de andere gasten?'
'Het was niet druk op het water. Allerlei mensen moeten ons natuurlijk hebben gezien, maar dat wil niet zeggen dat ze dat nog zouden weten. Declan was bijna al die tijd bij me. We hebben minstens twee boten van de waterpolitie op de rivier gezien. Die hebben ons misschien wel opgemerkt. Daar zijn ze immers voor?'
'Heeft iemand u zien wegvaren, of zien aanleggen toen u terugkwam?'
'Bij mijn weten niet. We hebben niemand gezien of gehoord.'
'En u zou niemand weten die uw broer dood wilde hebben?'
'Dat hebt u al gevraagd.'
'Ik vraag het nu opnieuw, onder vier ogen.'
'Onder vier ogen? Is een gesprek met iemand van de politie ooit echt onder vier ogen? Het antwoord blijft hetzelfde. Ik ken niemand die Gerard zo haatte dat hij hem zou willen vermoorden. Waarschijnlijk zijn er mensen die zijn dood niet betreuren. Geen enkel sterfgeval wordt door iedereen betreurd. Elk sterfgeval levert iemand voordeel op.'
'Wie heeft voordeel bij zijn dood?'
'Ikzelf, om maar iemand te noemen. Daar zou natuurlijk verandering in zijn gekomen met zijn huwelijk. Onder de huidige omstandigheden erf ik zijn aandelen in de uitgeverij, zijn appartement in het Barbican en de uitkering van zijn levensverzekering. Ik heb hem niet echt goed gekend; we zijn niet samen opgevoed. We hebben verschillende scholen en een andere universiteit bezocht en zijn los van elkaar opgegroeid. Ik woon onder hem in het Barbican, maar we maakten er geen gewoonte van bij elkaar langs te gaan. Dat zou een inbreuk op de privé-sfeer hebben geleken. Maar ik mocht hem graag, ik keek naar hem op, ik stond aan zijn kant. Als hij is vermoord, hoop ik dat de dader de rest van zijn leven achter de tralies wegrot. Al gebeurt dat natuurlijk niet. We vergeten de doden maar al te snel en schenken de levenden vergiffenis. Misschien moeten we ons vergevensgezind tonen omdat we de barmhartigheid van anderen ooit zelf nog eens nodig zullen hebben. Hier zijn trouwens de sleutels waar u om vroeg. Ik heb zijn autosleutels en de sleutels van zijn flat erafgehaald.'
'Dank u,' zei Dalgliesh terwijl hij de sleutelbos aannam. 'U begrijpt dat de sleutels onder mijn hoede blijven of hoogstens door mijn team zullen worden gebruikt. Is uw vader al op de hoogte gesteld van de dood van zijn zoon?'

'Nog niet. Ik ga aan het einde van de middag naar Bradwell-on-Sea. Hij leeft in afzondering; je kunt hem niet opbellen. Ik wil het hem hoe dan ook liever in een gesprek vertellen. Wilt u hem zelf spreken?'
'Ja, dat is heel belangrijk. Ik zou graag willen dat u hem vraagt of ik hem morgen kan spreken op een tijd die hem uitkomt.'
'Ik zal het hem vragen, maar ik weet niet of hij daartoe bereid zal zijn. Hij is erg gekant tegen bezoek. Hij woont daar met een bejaarde Française die voor hem zorgt. Haar zoon is zijn chauffeur en hij is getrouwd met een meisje uit het dorp; ik neem aan dat zij de verzorging zullen overnemen na de dood van Estelle. Ze is niet iemand die ooit met pensioen zal gaan. Ze beschouwt het als een voorrecht haar leven te wijden aan een held van Frankrijk. Vader heeft als altijd zijn leven op orde. Ik vertel dit alleen maar om u een idee te geven van wat u kunt verwachten. Ik denk niet dat u welkom zult zijn. Is dat alles?'
'Ik zal ook met de naaste verwanten van Sonia Clements moeten spreken.'
'Sonia Clements? Welk verband zou er kunnen zijn tussen haar zelfmoord en de dood van Gerard?'
'Voor zover ik nu weet, is er geen enkel verband. Heeft ze naaste familie, of woonde ze samen met andere mensen?'
'Ze had alleen een zuster en de laatste drie jaar van haar leven hebben ze niet samengewoond. De zuster is non en woont in een leefgemeenschap in Kempton, bij Brighton. Een hospitium voor stervenden. Het Annaklooster, meen ik. Moeder-overste zal u zeker een onderhoud met haar toestaan. Iemand van de politie is immers zoiets als iemand van de belastinginspectie? Al is het nog zo onaangenaam of lastig, zo'n bezoeker moet je wel binnenlaten. Is er verder nog iets?'
'De kamer in de archiefruimte wordt verzegeld en ik zou graag het hele archief willen afsluiten.'
'Voor hoe lang?'
'Zolang als nodig is. Wordt dat erg lastig?'
'Natuurlijk is het lastig. Gabriel Dauntsey werkt aan de oude documenten. Het project loopt al achter op het schema.'
'Ik begrijp dat het lastig is. Ik vroeg of het erg lastig zal zijn. Kan het bedrijf doordraaien zonder toegang tot die twee ruimten?'
'Als het zo belangrijk voor u is, zullen we ons natuurlijk moeten zien te redden.'
'Dank u.'
Tot slot vroeg hij haar naar de kwelgeest in Innocent House en de middelen die waren gebruikt om de schuldige aan het licht te brengen. Het onderzoek bleek oppervlakkig en vruchteloos te zijn geweest.

'Gerard liet de zaak min of meer aan mij over,' zei ze, 'maar ik heb weinig bereikt. Ik kon alleen maar een lijst maken van de incidenten die zich hebben voorgedaan en de mensen die aanwezig waren en ertoe in de gelegenheid waren. Maar dat gold voor het voltallige personeel, met uitzondering van mensen die ziek thuis waren of vrij hadden genomen. Het leek wel of de dader opzettelijk tijdstippen uitkoos waarop alle vennoten aanwezig waren en vrijwel iedereen verder. Gabriel Dauntsey heeft een alibi voor het meest recente incident, een fax die gisteren vanhier naar Better Books in Cambridge is verstuurd. Hij was al vertrokken om met een van onze auteurs te lunchen, maar de andere vennoten en de mensen van de redactie waren aanwezig. Gerard en ik zijn met de motorboot naar Greenwich gegaan om te lunchen in de Trafalgar Tavern, maar we zijn pas om tien voor half twee weggegaan. De fax is om half één verstuurd. Carling zou om één uur beginnen met signeren. En dan is er nog de kwestie van de agenda van mijn broer. Die kan op woensdag haast op elk tijdstip zijn ontvreemd. Gisterochtend vroeg zag hij dat zijn agenda er niet meer lag.'

'Vertelt u eens over de slang,' zei Dalgliesh.

'Sissende Sid? De hemel mag weten wanneer die hier is gekomen. Een jaar of vijf geleden, denk ik. Hij is blijven liggen na een personeelsfeestje met Kerstmis. Juffrouw Blackett gebruikte hem vroeger om de deur open te houden tussen haar kantoor en dat van Henry Peverell. Het is een soort kantoormascotte geworden. Blackie is er om een of andere reden aan gehecht.'

'En gisteren heeft uw broer gezegd dat ze hem moest weghalen.'

'Dat hebt u zeker van mevrouw Demery gehoord. Ja, dat is zo. Na de directievergadering was hij nogal uit zijn humeur en om een of andere reden ergerde het ding hem. Ze heeft het beest in een la gestopt.'

'Hebt u zelf gezien dat ze dat deed?'

'Ja. Ik was erbij, met Gabriel Dauntsey en onze uitzendkracht, Mandy Price. Ik denk dat het nieuwtje snel de ronde heeft gedaan.'

'Uw broer was in een slecht humeur na de directievergadering?' vroeg Dalgliesh.

'Dat heb ik niet gezegd. Hij was uit zijn humeur en dat waren we allemaal. Het is geen geheim dat het niet goed gaat met de uitgeverij. We moeten onder ogen zien dat we Innocent House moeten afstoten, wil de uitgeverij solvent blijven.'

'Geen aangenaam vooruitzicht voor juffrouw Peverell.'

'Voor geen van ons, denk ik. Maar dat iemand zou hebben geprobeerd het te voorkomen door Gerard te vermoorden is belachelijk.'

'Dat heb ik ook niet beweerd,' zei Dalgliesh.

Daarna mocht ze weg.
Ze was net bij de deur toen Daniel wilde binnenkomen. Hij hield de deur voor haar open en wachtte met iets zeggen tot de deur in het slot viel.
'De man van het gas wil weg, commissaris. Het is zoals we al dachten: de afvoer is lelijk verstopt. De voering van de schoorsteen is verteerd en er is in de loop van de jaren ook veel naar beneden gekomen. Zijn rapport komt natuurlijk nog, maar het is wel duidelijk wat er is gebeurd. Door de verstopping in de afvoer was het levensgevaarlijk die kachel te gebruiken.'
'Alleen in een ruimte zonder voldoende ventilatie,' zei Dalgliesh. 'Dat is ons vaak genoeg verteld. De levensgevaarlijke combinatie was de brandende kachel plus een raam dat niet open kon.'
'Er zat een flink brok klem in de afvoer,' zei Daniel. 'Het kan afkomstig zijn geweest van de voering of er met opzet in zijn gestopt. Dat is niet te zeggen. Zodra je die voering aanraakt, vallen er stukken af. Wilt u zelf nog kijken?'
'Ja, ik ga met je mee.'
'En moet de kachel mee met de rommel naar het lab?'
'Ja, Daniel, ik wil graag dat alles wordt bekeken.' Hij hoefde er niet aan toe te voegen dat hij ook vingerafdrukken en foto's wilde hebben van alles. Hij werkte als altijd met vakmensen.
Op de trap vroeg hij: 'Nog iets gehoord over de bandrecorder die weg is of de agenda van Etienne?'
'Nog niet. Juffrouw Etienne heeft met veel misbaar de bureaus doorzocht van de mensen die hier werken, maar vrij hebben of naar huis zijn gestuurd. Ik dacht niet dat u eerst een last wou aanvragen.'
'Dat hoeft voorlopig niet. Ik betwijfel of het nodig zal zijn. De huiszoeking kan maandag plaatsvinden, als iedereen aanwezig is. Als de bandrecorder om een specifieke reden door de dader is meegenomen, ligt het ding waarschijnlijk op de bodem van de Theems. Als de grappenmaker hem heeft meegenomen, kun je hem overal terugverwachten. Hetzelfde geldt voor die agenda.'
'De bandrecorder schijnt een unicum op dit kantoor te zijn,' zei Daniel. 'Hij was het persoonlijk eigendom van meneer Dauntsey. Alle andere zijn groter, gewone cassetterecorders met het gangbare formaat bandjes. Meneer De Witt vraagt zich af of u hem nog veel langer laat wachten. Hij heeft een ernstig zieke vriend in huis en heeft beloofd dat hij vroeg thuis zou zijn.'
'Goed, dan ga ik door met hem.'
De man van het gas had zijn jas al aan, maar kon niet nalaten zich afkeurend uit te spreken over de installatie; hij werd kennelijk verscheurd tus-

sen zijn belangstelling voor het apparaat en zijn verontwaardiging over het misbruik ervan.
'Zeker twintig jaar niet meer zo'n ding gezien. Het hoort in een museum thuis. Maar op zichzelf is er niets mis mee. Heel solide. Wat ze vroeger in een kinderkamer installeerden. De kraan kan eraf, ziet u wel, zodat de kinderen hem niet per ongeluk konden opendraaien. Het is glashelder wat hier is gebeurd, commissaris. De afvoer is totaal geblokkeerd. Er is hier kennelijk in jaren niet geveegd. Dat is natuurlijk vragen om narigheid. De mensen kunnen niet zeggen dat ze onvoldoende zijn voorgelicht. Gasapparaten hebben frisse lucht nodig. Zonder ventilatie werkt het apparaat niet goed, plus dat je dan een gevaarlijke hoeveelheid koolmonoxide krijgt. Gas is een volstrekt ongevaarlijke energiebron, maar je moet er wel verstandig mee omgaan.'
'Dus als het raam had opengestaan, was er niets gebeurd?'
'Nee, dan had er niets hoeven gebeuren. Het raam zit nogal hoog en het is niet breed, maar als het open was geweest, was hem niets overkomen. Hoe hebt u hem gevonden? In zijn stoel in slaap gevallen, zeker. Dat is wat je meestal ziet. De mensen raken versuft, vallen in slaap en worden niet meer wakker.'
'Er zijn onaangenamer manieren om dood te gaan,' zei Daniel.
'Nou, voor een gasman niet. Het produkt lijdt eronder. U wilt zeker een rapport, commissaris? Nou ja, dat krijgt u nog wel. Het was nog een jonge man, niet? Des te erger. Ik weet niet waarom, maar het is wel zo.' Hij deed de deur open en keek nog een keer achterom. 'Ik vraag me af waarom hij zo nodig hier moest werken. Vreemde plaats om te kiezen. Kantoren genoeg in zo'n groot gebouw, zou je zeggen.'

28

James de Witt trok de deur achter zich dicht en bleef even staan, nonchalant tegen de deurpost geleund, alsof hij zich afvroeg of hij wel naar binnen wilde; toen liep hij met lange passen naar de tafel en trok de lege stoel opzij.
'Is het goed als ik hier ga zitten? Over dat blad naar u te moeten kijken roept onaangename herinneringen op aan gesprekken met mijn studie-

begeleider.' Hij droeg donkerblauwe jeans en een ruimvallende ribtrui met leren elleboogstukken en schouders die afkomstig leek uit de dump. Hij zag er bijna elegant in uit.

Hij was minstens één meter tachtig lang, bewoog zich soepel en had met zijn lange, magere polsen iets van een uit zijn krachten gegroeide jongen. Zijn gezicht, met de melancholieke humor van een clown, was smal en intelligent, met vlakke wangen onder geprononceerde jukbeenderen. Een dikke lok lichtbruin haar viel over zijn hoge voorhoofd. De half dichtgeknepen ogen onder de dikke oogleden gaven hem iets slaperigs maar er ontging hun weinig en ze verrieden niets. Zijn zachte, welluidende stem leek niet in overeenstemming met zijn woorden.

'Ik zag Claudia zoëven. Ze is aan het einde van haar krachten. Was het echt nodig haar te verhoren? Ze heeft net haar enige broer verloren, onder gruwelijke omstandigheden.'

'Het was geen verhoor,' zei Dalgliesh. 'Als juffrouw Etienne me had gevraagd op te houden, of als ik had gedacht dat ze het niet meer aankon, hadden we het gesprek natuurlijk uitgesteld.'

'En Frances Peverell? Voor haar is het even ellendig. Kan het gesprek niet wachten tot morgen?'

'Alleen als ze nu te zeer van streek is om met me te kunnen praten. Bij een onderzoek zoals dit moeten we zo snel mogelijk zoveel mogelijk gegevens verzamelen.'

Kate vroeg zich af of zijn bezorgdheid niet eerder Frances Peverell gold dan Claudia Etienne.

'Ik ga zeker voor mijn beurt,' zei hij. 'Het spijt me. Maar wat ik voor vandaag had afgesproken kan niet doorgaan en dat betekent dat mijn vriend Rupert Farlow alleen is als ik niet om half vijf thuis ben. Rupert Farlow is trouwens mijn alibi. Ik neem aan dat het voornaamste doel van dit gesprek is dat ik daarover een verklaring afleg. Ik ben gisteren om half zes met de motorboot meegegaan en was om half zeven in Hillgate Village. Van Charing Cross ben ik met de Circle Line naar Notting Hill Gate gegaan. Rupert kan bevestigen dat ik de hele avond thuis was. Er is niemand op bezoek geweest en er heeft ook niemand gebeld, bij uitzondering. Het zou prettig zijn als u een afspraak wilt maken voordat u hem spreekt. Hij is ernstig ziek en heeft goede en slechte dagen.'

Dalgliesh stelde hem de gebruikelijke vraag: of hij iemand kende die Gerard Etienne dood wenste. 'Had hij politieke vijanden, in de ruimst mogelijke betekenis?'

'Goeie God, nee! Gerard was een onberispelijke liberaal, in ieder geval in zijn uitlatingen. En daar gaat het immers om. Hij wist wat er vandaag de dag in dit land niet kan worden gezegd of uitgegeven; dat zei hij niet en

dat gaf hij niet uit. Misschien dacht hij het wel eens, zoals wij allemaal, maar dat is nog geen misdaad. Ik betwijfel trouwens of hij veel belangstelling had voor politieke of maatschappelijke kwesties, zelfs niet als ze de uitgeverij betroffen. Hij sprak zijn bezorgdheid uit als dat opportuun was, maar ik betwijfel of dat gemeend was.'
'Wat ging hem wel ter harte? Wat hield hem bezig?'
'Roem. Succes. Zijn eigen persoon. Peverell Press. Hij wilde aan het hoofd staan van een van de grootste en meest succesvolle particuliere uitgeverijen in dit land. Muziek: vooral Beethoven en Wagner. Hij speelde piano en lang niet slecht. Het is jammer dat hij niet net zo gevoelig was in zijn omgang met mensen. Zijn huidige vriendin, neem ik aan.'
'Hij was verloofd?'
'Met de zuster van graaf Norrington. Claudia heeft de douairière opgebeld. Ik neem aan dat die inmiddels haar dochter op de hoogte heeft gebracht.'
'En die verloving was niet problematisch?'
'Bij mijn weten niet. Claudia weet daar misschien meer van, maar ik denk het niet. Gerard was terughoudend wat lady Lucinda betrof. We hebben haar natuurlijk allemaal ontmoet. Gerard heeft hier op tien juli een verlovingsfeest en verjaarsfeest voor haar gegeven in plaats van onze gebruikelijke zomerreceptie. Ik meen dat hij haar vorig jaar in Bayreuth heeft ontmoet maar ik heb de indruk – al kan ik me vergissen – dat ze daar niet voor Wagner kwam. Ik geloof dat zij en haar moeder op bezoek waren bij familie. De verloving kwam natuurlijk wel als een verrassing. Gerard stond er niet om bekend dat hij de ambitie had in hogere kringen door te dringen, als dat is wat het was. Het is niet zo dat lady Lucinda geld in het bedrijf zou inbrengen. Wel een titel, geen poen. Als die mensen klagen dat ze arm zijn, bedoelen ze natuurlijk alleen dat het even minder goed uitkomt om het schoolgeld van de erfgenaam op Eton te voldoen. Maar goed, lady Lucinda moet zeker tot Gerards interesses worden gerekend. En dan bergbeklimmen. Als u Gerard naar zijn interesses had gevraagd, had hij waarschijnlijk ook bergbeklimmen genoemd. Bij mijn weten heeft hij in zijn leven maar één berg beklommen.'
'Welke berg?' vroeg Kate meteen.
De Witt keek haar glimlachend aan. De glimlach was onverwacht en veranderde zijn gezicht volkomen. 'De Matterhorn. Dat zegt waarschijnlijk genoeg over Gerard Etienne.'
'Hij schijnt hier veranderingen te willen doorvoeren. Zijn plannen zullen niet bij iedereen in goede aarde zijn gevallen.'
'Dat wil niet zeggen dat ze niet noodzakelijk waren, of noodzakelijk zijn, als je het mij vraagt. Het onderhoud van dit huis slokt al tientallen jaren

de winst op. Ik vermoed dat we het zouden kunnen redden als we het aantal titels halveren, twee derde van het personeel ontslaan, een salarisvermindering van dertig procent zouden accepteren, en genoegen zouden nemen met het fonds zoals het nu is en een positie als klein uitgeverijtje van cultboeken. Dat was niets voor Gerard Etienne.'
'En voor de anderen?'
'Ach, wij kankerden natuurlijk en lagen dwars, tegen beter weten in, maar ik denk dat we wel beseften dat Gerard gelijk had: we hadden de keus tussen uitbreiden of failliet gaan. Een uitgeverij kan zich niet meer handhaven zonder diversificatie. Gerard wilde een bedrijf overnemen met een sterke lijst op juridisch gebied – er is een uitgeverij die daaraan toe is – en daarnaast een educatief fonds opbouwen. Dat zou allemaal geld kosten, om nog maar te zwijgen van energie en zakelijke agressie. Ik weet niet of wij daar wel trek in hadden. God weet wat er nu zal gebeuren. Ik denk dat er een directievergadering komt, dat we Claudia tot directeur benoemen en alle moeilijke beslissingen minstens een half jaar voor ons uit schuiven. Dat zou Gerard wel grappig hebben gevonden. Precies wat er in zijn ogen aan het bedrijf niet deugde.'
Dalgliesh, die hem niet te lang wilde ophouden, vroeg hem tot slot nog naar de kwelgeest die op het kantoor actief was.
'Ik heb geen idee wie het is. De afgelopen maanden hebben we er op de vergaderingen veel tijd aan verspild, maar we zijn geen stap dichter bij een verklaring gekomen. Eigenlijk is het gek. Op een kantoor van maar dertig mensen zou je denken dat we inmiddels wel enig idee moesten hebben, al was het maar door eliminatie. De meeste mensen werken hier al jaren en voor mijn gevoel zijn ze allemaal, jong en oud, boven verdenking verheven. En de incidenten hebben zich voorgedaan toen vrijwel iedereen aanwezig was. Misschien was dat de opzet van de grappenmaker, en wilde hij zo het eliminatieproces bemoeilijken. Het schadelijkst was natuurlijk de verdwijning van de illustraties voor het boek over Guy Fawkes en het geknoei in de proeven van lord Stilgoes boek.'
'Maar in geen van beide gevallen waren de gevolgen rampzalig,' zei Dalgliesh.
'Nee, dat niet. Wat er met Sissende Sid is gebeurd, lijkt van een andere orde. De overige incidenten waren tegen het bedrijf gericht, maar die slangekop in Gerards mond proppen moet tegen hem persoonlijk gericht zijn. Ik zal u de vraag besparen door uit mezelf te zeggen dat ik wist waar Sissende Sid was. Ik denk dat de meeste mensen het wel wisten nadat mevrouw Demery de ronde had gedaan.'
Het leek Dalgliesh tijd hem weg te sturen. 'Hoe gaat u naar huis?' vroeg hij.

'Ik heb een taxi besteld omdat de motorboot er te lang over doet naar Charing Cross. Morgenochtend om half tien ben ik er weer, als u nog iets wilt weten. Al denk ik niet dat ik u verder kan helpen. O ja, ik wou ook nog zeggen dat ik Gerard niet heb vermoord en ook die slang niet om zijn hals heb gedaan. Ik kon hem moeilijk overtuigen van de waarde van de literaire roman door hem te vergassen.'
'Dus u denkt dat dat de manier is waarop hij is gestorven?'
'Is dat dan niet zo? Het idee was van Dauntsey, geloof ik, ik kan niet zeggen dat ik het zelf heb bedacht. Maar hoe langer ik erover nadenk, des te plausibeler lijkt het me.'
Hij vertrok met dezelfde ongehaaste elegantie als waarmee hij was binnengekomen.
Dalgliesh bedacht dat het ondervragen van verdachten wel iets had van het voeren van sollicitatiegesprekken. Je kwam altijd in de verleiding de prestatie van elke kandidaat meteen te evalueren en een voorlopige mening uit te spreken, nog voordat de volgende werd toegelaten. Hij wachtte zwijgend af. Kate voelde als altijd aan dat ze er beter aan deed om haar indrukken voor zich te houden, maar hij vermoedde dat ze over Claudia Etienne graag een hartig woordje had gezegd.
Frances Peverell was de laatste. Ze kwam zo gedwee binnen als een braaf schoolkind, maar kon zich niet beheersen toen ze Etiennes jasje over zijn stoel zag hangen.
'Ik wist niet dat dat er nog hing,' zei ze en liep er met uitgestrekte hand op af. Toen verstarde ze en keek Dalgliesh aan; hij zag dat ze tranen in haar ogen had.
'Het spijt me,' zei hij. 'Misschien hadden we het moeten weghalen.'
'Dat had Claudia misschien kunnen doen,' zei ze, 'maar die had natuurlijk wel wat anders aan haar hoofd. Arme Claudia. Zij zal iets moeten doen met al zijn spullen, zijn kleren.'
Ze ging zitten en keek Dalgliesh aan als een patiënt die op de mening van de specialist wacht. Ze had een zacht gezicht; haar lichtbruine en gouden lokken waren geknipt in een pony, boven rechte wenkbrauwen en blauwgroene ogen. Dalgliesh vermoedde dat haar vermoeide, bezorgde oogopslag meer was dan een reactie op het huidige trauma en hij vroeg zich af hoe Henry Peverell als vader was geweest. De vrouw die hij zag had niets van de nukkige egoïste die je zou verwachten bij een verwende enige dochter. Ze zag eruit als een vrouw die zich haar hele leven op de behoeften van anderen had gericht en meer gewend was aan indirecte kritiek dan aan lof. Ze was niet zelfbewust, zoals Claudia Etienne, of los en elegant, zoals James de Witt. Ze droeg een tweedrok in zachtblauw met reebruin en een blauwe pullover met bijpassend vest, maar zonder het ge-

bruikelijke parelsnoer. Ze had, bedacht hij, precies hetzelfde kunnen dragen in de jaren dertig of de jaren vijftig, de gebruikelijke daagse dracht van de Engelse vrouw van goede komaf: keurig en conventioneel, een dure goede smaak die voor niemand aanstootgevend was.

Vriendelijk zei Dalgliesh: 'Dat lijkt me altijd het meest deprimerende karwei na een sterfgeval. Horloges, sieraden, boeken, schilderijen: die kunnen aan vrienden worden geschonken en dat heeft iets passends. Maar kleren zijn te intiem om cadeau te doen. Paradoxaal genoeg kunnen we alleen hebben dat vreemden ze zullen dragen. Niet mensen die we kennen.'

Gretig, alsof ze hem dankbaar was voor zijn begrip, zei ze: 'Ja, dat had ik ook na papa's overlijden. Uiteindelijk heb ik al zijn pakken en schoenen aan het Leger des Heils gegeven. Ik hoop dat die iemand hebben gevonden die ze goed kon gebruiken, maar het was net alsof ik hem uit het huis en uit mijn leven bande.'

'Was u gesteld op Gerard Etienne?'

Ze keek neer op haar verstrengelde handen en daarna recht in zijn ogen. 'Ik was verliefd op hem. Ik wilde het u zelf vertellen, omdat u het vroeg of laat toch te weten komt en het is beter als u het van mij hoort. We hebben een verhouding gehad, maar daaraan is een week voor zijn verloving een eind gekomen.'

'Met instemming van beide betrokkenen?'

'Nee, dat niet.'

Hij hoefde haar niet te vragen wat ze had gevoeld bij dat verraad. Wat ze had gevoeld en nog voelde was van haar gezicht af te lezen.

'Het spijt me,' zei hij. 'Het moet heel moeilijk voor u zijn om over zijn dood te praten.'

'Minder pijnlijk dan te moeten zwijgen. Meneer Dalgliesh, wilt u me zeggen of Gerard is vermoord?'

'We weten het nog niet zeker, maar naar alle waarschijnlijkheid wel. Daarom moet ik u nu een paar vragen stellen. Ik wil graag dat u precies vertelt wat er gisteravond is gebeurd.'

'Ik neem aan dat Gabriel – meneer Dauntsey – heeft verteld dat hij is beroofd. Ik ben niet met hem meegegaan naar zijn voorlezing omdat hij absoluut alleen wilde gaan. Ik neem aan dat hij dacht dat ik het er niet naar mijn zin zou hebben. Maar er had beter iemand van de uitgeverij met hem mee kunnen gaan. Het was zeker vijftien jaar geleden dat hij uit eigen werk had voorgelezen en het was niet goed dat er niemand bij was. Als ik was meegegaan, was hij misschien niet beroofd. Omstreeks half twaalf belde hij me vanuit het ziekenhuis om te zeggen dat hij daar was en moest wachten op het maken van een röntgenfoto; hij vroeg of ik bereid

was langs te komen als ze hem naar huis stuurden. Hij wilde kennelijk absoluut naar huis en zij wilden hem alleen laten gaan als hij niet alleen zou zijn. Ik keek door mijn keukenraam naar hem uit, maar hoorde zijn taxi niet. Zijn voordeur is aan Innocent Lane, maar ik denk dat de chauffeur hem verderop heeft afgezet. Hij moet hebben gebeld zodra hij thuis was. Hij zei dat hij geen fractuur had en in bad wilde. Daarna zou hij het prettig vinden als ik naar beneden kwam. Ik geloof niet dat hij echt wilde dat ik zou komen, maar hij wist dat ik anders ongerust zou blijven.'
'Dus u hebt geen sleutel van zijn flat?' vroeg Dalgliesh. 'U kon niet daar op hem wachten?'
'Ik heb wel een sleutel en hij heeft de sleutel van mijn flat. Dat is nuttig in geval van brand of overstroming, als we bij elkaar naar binnen moeten terwijl de ander er niet is. Maar ik zou er niet aan denken die sleutel te gebruiken als Gabriel me dat niet had gevraagd.'
'Hoeveel later bent u naar hem toe gegaan?' vroeg Dalgliesh.
Het antwoord was natuurlijk van vitaal belang. Het was mogelijk dat Gabriel Dauntsey Etienne had vermoord voordat hij om kwart voor acht naar zijn poëzieavond ging. Dat kon, al was het krap. Maar het zag ernaar uit dat hij niet voor één uur naar de plaats van het delict terug had kunnen keren.
'Hoe lang duurde het voordat meneer Dauntsey u opbelde om te vragen of u naar hem toe wilde komen? Kunt u dat vrij precies zeggen?'
'Het kan niet lang zijn geweest. Misschien acht of tien minuten, misschien iets korter. Ongeveer acht minuten, denk ik, net lang genoeg om in bad te gaan. Zijn badkamer is onder de mijne. Ik kan het niet horen als hij het water in het bad laat lopen, wel wanneer het wegloopt. Daar luisterde ik gisteren naar.'
'En het duurde ongeveer acht minuten voordat u dat hoorde?'
'Ik heb niet zo op de tijd gelet. Waarom zou ik? Maar ik weet zeker dat het niet heel lang duurde.' Alsof de gedachte haar nu pas trof, zei ze: 'Maar u kunt toch niet menen dat u Gabriel verdenkt, dat u denkt dat hij naar Innocent House terug is gegaan en Gerard heeft vermoord?'
'Meneer Etienne is lang voor middernacht gestorven. Wat we nu afwegen, is de mogelijkheid dat de slang enkele uren na zijn dood in zijn mond is gestopt.'
'Maar dat zou betekenen dat iemand daar speciaal voor naar het archiefkamertje is gegaan, iemand die wist dat hij dood was, dat hij daar lag. Maar de enige die dat wist, moet de dader zijn. U zegt dat u denkt dat de moordenaar later terug is gegaan naar het archiefkamertje.'
'Als er een moordenaar is geweest. Dat weten we nog niet zeker.'
'Maar Gabriel was van streek, hij was beroofd! En hij is oud. Hij is over de

zeventig. En hij heeft reuma. Hij loopt meestal met een stok. Hij kan het onmogelijk hebben gedaan in die tijd.'
'Bent u daar absoluut van overtuigd, juffrouw Peverell?'
'Ja, absoluut. Bovendien is hij in bad gegaan. Ik heb het water horen weglopen.'
'Maar u weet niet of hij in het bad heeft gezeten,' zei Dalgliesh voorzichtig.
'Dat moet toch wel? Hij heeft niet alleen maar de kraan opengedraaid, als u dat bedoelt. Anders had ik het meteen gehoord. Het weglopen van het water begon pas een minuut of acht nadat hij had opgebeld om te vragen of ik kwam. Ik ben toen meteen naar beneden gegaan. Hij had zijn ochtendjas aan. Ik kon zien dat hij in bad was geweest. Zijn haar en gezicht waren vochtig.'
'En daarna?'
'Hij had al een glas whisky gedronken en wilde verder niets, dus toen heb ik hem naar bed gestuurd. Ik wilde beslist blijven slapen en hij zei waar de schone lakens lagen voor het logeerbed. Volgens mij had er in jaren niemand in die kamer geslapen; ik heb het bed niet opgemaakt. Hij viel heel snel in slaap en toen heb ik me in de leunstoel in de huiskamer geïnstalleerd, bij de kachel. Ik heb de deur open laten staan om hem te kunnen horen, maar hij sliep door. Ik werd eerder wakker dan hij, kort voor zeven uur, en ben thee gaan zetten. Ik deed zachtjes, maar ik denk dat hij me toch heeft gehoord. Hij stond om een uur of acht op. We hadden geen van beiden haast. We wisten dat George in Innocent House open zou doen. We hebben ontbeten met een gekookt ei en zijn even over negenen naar de uitgeverij gegaan.'
'En u bent niet mee naar boven gegaan om naar meneer Etienne te kijken?'
'Gabriel wel. Ik niet. Ik heb met de anderen beneden bij de trap gewacht. Maar ik denk dat ik al wist dat Gerard dood was toen we dat gruwelijke hoge gejammer hoorden.'
Dalgliesh zag dat ze het weer te kwaad kreeg. Hij wist voorlopig genoeg. Hij bedankte haar vriendelijk en liet haar gaan.
Nadat ze was vertrokken, bleef het even stil; toen zei Dalgliesh: 'Zo, Kate, nu hebben we er nog een paar belangeloze en overtuigende alibi's bij: de minnaar van Claudia Etienne, de zieke logé van De Witt en Frances Peverell, die kennelijk niet kan geloven dat Gabriel Dauntsey zich schuldig kan hebben gemaakt aan een misdrijf, laat staan een moord. Ze probeert eerlijk te zijn wat de tijdsduur betreft tussen zijn thuiskomst en zijn telefoontje. Ze is eerlijk, maar volgens mij is die geschatte acht minuten te krap.'

'Zou ze beseffen dat hij haar een alibi verschafte, terwijl ze hem er een gaf?' vroeg Kate. 'Maar dat is natuurlijk niet belangrijk, hè? Ze kan heel goed in de loop van de avond naar Innocent House zijn gegaan om dat met die slang te doen voordat Dauntsey thuiskwam. En ze had alle gelegenheid om Etienne te vermoorden. Ze heeft geen alibi voor eerder op de avond. Ze was snel met haar reactie op het badwater, dat hij niet zomaar de kraan kon laten lopen.'
'Nee, maar er is nog een andere mogelijkheid. Denk eens na, Kate.'
Kate dacht na en zei toen: 'Ja, dat kan natuurlijk.'
'Dat betekent dat we moeten weten hoeveel liter er in dat bad gaat. En hoe snel het volloopt. Daar kunnen we Dauntsey niet voor gebruiken. Robbins zal moeten spelen dat hij een reumatische man van zesenzeventig is. Ga na hoelang het duurt om van Dauntsey's deur in Innocent Lane naar het archiefkamertje te gaan, daar te doen wat gedaan moet worden, en terug te gaan.'
'Over de trap?'
'Neem zowel de tijd op via de trap als via de lift. Gezien die lift is de trap waarschijnlijk vlugger.'
Terwijl ze hun papieren verzamelden, dacht Kate na over Frances Peverell. Dalgliesh had haar tactvol benaderd, maar hij werd nooit grof bij een verhoor. Toch was het hem snel gelukt het vertrouwen van Frances Peverell te winnen. Waarschijnlijk had hij medelijden met haar, misschien vond hij haar nogal sympathiek; maar hij liet zich bij een verhoor niet door zijn persoonlijke gevoelens beïnvloeden. En ik? vroeg Kate zich af, niet voor het eerst. Zou hij in zijn beroep in alle opzichten even neutraal en genadeloos zijn? Ze dacht: hij respecteert me, hij heeft me graag in zijn team, soms kan ik geloven dat hij me graag mag. Maar stel dat ik me zou vergalopperen in mijn werk, hoe lang zou hij me dan nog tolereren?
'Ik moet een paar uur naar de Yard,' zei Dalgliesh. 'Ik zie jou en Daniel wel in het mortuarium voor de sectie, maar misschien kan ik niet blijven tot de dokter klaar is. Ik heb om acht uur een afspraak met de hoofdcommissaris en de minister in het Lagerhuis. Ik weet niet hoe laat ik weg kan, maar daarna kom ik meteen naar het bureau in Wapping om de vorderingen te bespreken.'
Het zou een lange avond worden.

29

Het was twee minuten voor drie en Blackie zat alleen in haar kantoor. Ze was ten prooi aan een lusteloosheid die deels voortkwam uit het trauma dat ze had geleden en deels uit angst; elke handeling leek een onverdraaglijke inspanning. Ze kon naar huis gaan, dacht ze, al had niemand dat gezegd. Er moesten brieven worden opgeborgen, dictaten van Gerard Etienne worden uitgetikt, maar het leek onfatsoenlijk en zinloos brieven op te bergen waar hij nooit meer om zou vragen en brieven te typen waaronder hij nooit meer zijn handtekening zou zetten. Mandy was een half uur eerder vertrokken; waarschijnlijk had iemand tegen haar gezegd dat ze niet hoefde te blijven. Blackie had toegekeken terwijl ze haar rode motorhelm uit de onderste la pakte en haar strakke leren jasje dichtritste. Met die glinsterende bol op haar hoofd en haar magere lijf met de lange benen in een legging met ribbels was ze als altijd op slag veranderd in een karikatuur van een exotisch insekt.

Haar laatste woorden tegen Blackie, uitgesproken met een zweem van verlegen sympathie, waren geweest: 'U moet er maar niet wakker van liggen. Dat doe ik ook niet en ik mocht hem wel, voor zover ik hem heb meegemaakt. Maar tegen u heeft hij zich gewoon schofterig gedragen. Lukt het allemaal wel, naar huis gaan, bedoel ik?'

'Ja hoor, Mandy. Dank je wel. Ik heb mezelf weer helemaal in de hand. Het was de schok. Ik was immers zijn privé-secretaresse. Jij hebt hem maar een paar weken gekend, en als uitzendkracht.'

De woorden, een onhandige poging haar waardigheid te heroveren, hadden ook in haar eigen oren bits en pretentieus geklonken. De reactie was een schouderophalen geweest; Mandy was zwijgend vertrokken en had in de gang met schallende stem dag gezegd tegen mevrouw Demery.

Mandy was in een uitstekend humeur geweest na haar gesprek met de politie en ze was meteen naar de keuken gegaan om het met mevrouw Demery, George en Amy na te beschouwen. Blackie was graag meegegaan, maar vond het niet bij haar status passen om in de keuken te zitten praten. Ze wist ook dat ze niet welkom zou zijn geweest bij hun confidenties en speculaties. Anderzijds was ze niet uitgenodigd bij de vennoten in de vergaderzaal en had niemand gesproken, alleen mevrouw Demery toen ze belde om koffie en broodjes. Ze had het gevoel dat ze nergens in Innocent House gewenst was of zich thuis kon voelen.

Ze dacht na over Mandy's laatste woorden. Was dat wat Mandy tegen de politie had gezegd, dat meneer Gerard haar, Blackie, schofterig had behandeld? Natuurlijk had ze dat gezegd. Waarom zou Mandy haar mond houden over wat er in Innocent House was gebeurd? Mandy was een buitenstaander die lang na de serie misselijke grappen was binnengekomen; zij stond met een onthechte, bijna aangename belangstelling tegenover alle opwinding, gerust in het besef van haar eigen onschuld, zonder emotionele betrokkenheid. Mandy, met haar scherpe ogen die alles zagen, moest voor de politie een uitkomst zijn. En ze was lang weggebleven, zeker een uur; veel langer dan haar positie in het bedrijf rechtvaardigde. Weer dacht Blackie aan haar eigen gesprek met de politie, vruchteloos, omdat ze niets meer ongedaan kon maken. Ze was niet een van de eersten geweest die moesten komen. Ze had tijd gehad om zich voor te bereiden, na te denken over wat ze zou zeggen. En ze had erover nagedacht. De angst had haar geest gescherpt.

Het gesprek had plaatsgevonden in de kamer van juffrouw Claudia en er waren maar twee mensen van de politie bij geweest: de vrouwelijke adjudant en een brigadier. Ze had eigenlijk gedacht dat ze met commissaris Dalgliesh zou moeten praten; zijn afwezigheid had haar zo uit haar doen gebracht dat ze de eerste vragen had beantwoord zonder te weten of het verhoor al was begonnen, en met het gevoel dat hij elk ogenblik kon binnenkomen. Ze was ook verbaasd dat het gesprek niet op de band werd opgenomen. Dat deed de politie bijna altijd in de series waar haar nicht in Weaver's Cottage zo graag naar keek, maar misschien kwam dat pas later, als ze een verdachte na de gebruikelijke waarschuwing verhoorden. En dan had ze er natuurlijk een advocaat bij gehad. Nu was ze alleen. Deze keer was er geen waarschuwing; ze had ook niet te horen gekregen dat dit iets anders was dan een informeel inleidend babbeltje. De vrouwelijke adjudant had de meeste vragen gesteld terwijl de brigadier aantekeningen maakte, maar hij was van tijd tot tijd tussenbeide gekomen zonder respect voor zijn superieur en met een bedaarde zelfverzekerdheid waaruit ze had opgemaakt dat ze gewend waren samen te werken. Beiden waren heel beleefd tegen haar geweest, bijna omzichtig, maar daardoor had ze zich niet laten misleiden. Het waren ondervragers en zelfs hun beleefde sympathiebetuigingen en hun omzichtigheid waren onderdeel van de techniek. Ze was verbaasd, achteraf, dat ze dat had geweten en zelfs in haar hevige angst had beseft dat zij vijanden waren.

Ze waren begonnen met eenvoudige inleidende vragen naar de duur van haar werkverband bij het bedrijf, de manier waarop 's avonds werd afgesloten, de mensen die sleutels hadden en de alarminstallatie konden bedienen, haar dagindeling, zelfs haar lunchpauze. Bij het beantwoorden was ze zich meer op haar gemak gaan voelen, hoewel ze besefte dat de vragen met die bedoeling werden gesteld.

Toen had adjudant Miskin gezegd: 'U hebt zevenentwintig jaar voor

Henry Peverell gewerkt, tot hij stierf; daarna bent u voor meneer Etienne gaan werken zodra die directeur werd. Dat moet voor u en voor het bedrijf een moeilijke overgang zijn geweest.'
Die vraag had ze verwacht. Ze had haar antwoord klaar.
'Het was natuurlijk een hele verandering. Ik had zo lang voor de oude meneer Peverell gewerkt dat hij me in vertrouwen nam. Meneer Gerard was jonger en had een andere aanpak. Ik moest aan een andere persoonlijkheid wennen. Dat moet elke directiesecretaresse die een andere baas krijgt.'
'Vond u het prettig om voor meneer Etienne te werken? Vond u hem aardig?' Dat was de adjudant, die met haar strenge, donkere ogen dwingend in de hare keek.
'Ik had respect voor hem.'
'Dat is niet hetzelfde.'
'Je kunt je baas niet altijd aardig vinden. Ik geloof dat ik aan hem begon te wennen.'
'En hij aan u? En de andere mensen hier? Hij wilde een andere koers varen, hè? Veranderingen zijn altijd pijnlijk, zeker bij een bedrijf dat al zo lang bestaat. Dat hebben we bij de Yard wel gemerkt. Was er niet sprake van ontslagen, dreigende ontslagen, een mogelijke verhuizing naar een nieuw gebouw, het voorstel Innocent House te verkopen?'
'Daar moet u juffrouw Claudia naar vragen. Meneer Gerard besprak het beleid niet met mij.'
'In tegenstelling tot meneer Peverell. De overgang van vertrouwelinge naar gewone secretaresse kan niet aangenaam zijn geweest.'
Ze zweeg. Toen boog adjudant Miskin zich naar haar toe en zei vertrouwelijk, bijna alsof ze meisjes waren die een meisjesgeheim zouden uitwisselen: 'Vertel eens van de slang. Vertel eens van Sissende Sid.'
Ze had verteld hoe de slang in het bedrijf was gekomen: vijf jaar terug op een kerstfeest meegenomen door een stenotypiste, een uitzendkracht wier naam en adres niemand meer wist. Ze had het ding na het kerstfeest laten liggen en het was pas een half jaar later achter in een la teruggevonden. Blackie had het ding gebruikt om het om de handvatten van de deur te winden tussen haar kamer en de kamer van meneer Peverell. Hij had de deur graag op een kier, zodat hij haar kon roepen als hij haar nodig had. Meneer Peverell hield niet van de telefoon. Sissende Sid was een soort huismascotte geworden, die 's zomers meeging op het tochtje over de rivier en met Kerstmis bij het feest was. Maar hij werd niet meer gebruikt om de deur open te houden; meneer Etienne had de deur liever dicht.
'Waar werd de slang bewaard?' vroeg de brigadier.

'Meestal opgerold op de linkerkast. Soms hing hij aan een handvat.'
'Vertelt u eens wat er gisteren is gebeurd. Meneer Etienne maakte bezwaar tegen de slang op kantoor?'
Ze probeerde haar stem bedaard te laten klinken. 'Hij kwam zijn kamer uit en zag Sissende Sid aan het bovenste handvat van de archiefkast hangen. Hij vond het niet passend voor een kantoor en zei dat ik hem moest opruimen.'
'En wat hebt u toen gedaan?'
'In mijn bovenste la rechts gestopt.'
'Dit is heel belangrijk, juffrouw Blackett,' zei adjudant Miskin, 'en u bent ongetwijfeld intelligent genoeg om te beseffen waarom. Wie was erbij toen u de slang in de la stopte?'
'Alleen Mandy Price, die bij mij in de kamer werkt, meneer Dauntsey en juffrouw Claudia. Naderhand ging ze met haar broer naar diens kamer. Meneer Dauntsey gaf Mandy een brief op en ging daarna weg.'
'Verder niemand?'
'In de kamer was verder niemand, maar ik vermoed dat mensen die erbij waren het aan anderen hebben verteld. Ik denk niet dat Mandy haar mond heeft gehouden. En iedereen die de slang zocht, zou meteen aan de bovenste la rechts hebben gedacht. Dat was de voor de hand liggende plaats om de slang op te bergen.'
'U hebt niet overwogen hem weg te gooien?'
Nu ze er achteraf weer aan dacht, besefte ze dat ze op die suggestie te heftig had gereageerd, dat haar stem verontwaardigd en wrokkig had geklonken.
'Sissende Sid weggooien? Nee, waarom zou ik? Meneer Peverell vond de slang leuk. Hij vond hem grappig. Hij deed geen kwaad op kantoor. Mijn kamer is geen plek waar het publiek normaal gesproken komt. Ik heb hem gewoon in de bovenste la gedaan. Ik dacht erover om hem mee naar huis te nemen.'
Ze hadden gevraagd naar het eerdere bezoek van Esmé Carling, die absoluut meneer Etienne wilde spreken. Ze besefte dat iemand dat moest hebben verteld, dat het allemaal niet nieuw voor hen was, en dus vertelde ze de waarheid, voor zover ze die over haar lippen kon krijgen.
'Mevrouw Carling is bepaald niet gemakkelijk en ze was buiten zichzelf van woede. Ik denk dat ze van haar agent te horen had gekregen dat meneer Etienne haar nieuwe boek niet wou uitgeven. Ze eiste hem te spreken, maar ik moest haar uitleggen dat hij in vergadering was met de vennoten en dat ik hem onmogelijk kon storen. Ze nam wraak met een kwetsende opmerking over meneer Peverell en onze vertrouwensrelatie. Ik meen dat ze dacht dat ik te veel invloed bij het bedrijf had.'

'Heeft ze gedreigd later op de dag terug te komen om meneer Etienne te spreken te krijgen?'
'Nee, dat niet. Ze had er natuurlijk op kunnen staan om te blijven tot na de vergadering, maar ze moest signeren in een boekwinkel in Cambridge.'
'Maar om half één werd er vanuit dit kantoor een fax verzonden om die sessie te annuleren. Hebt u die fax verstuurd, juffrouw Blackett?'
Ze keek recht in de grijze ogen. 'Nee.'
'Weet u wie dat wel heeft gedaan?'
'Ik heb geen idee. Het was tijdens de lunchpauze. Ik was in de keuken bezig een pakje spaghetti bolognese van Marks & Spencer op te warmen. De mensen liepen in en uit. Ik weet echt niet meer precies waar iedereen was om half één. Ik weet alleen dat ik niet in mijn kamer was.'
'En was uw kamer op slot?'
'Natuurlijk niet. We sluiten de kamers overdag nooit af.'
En zo was het verder gegaan. Vragen over eerdere streken die waren uitgehaald, vragen over het tijdstip waarop ze de vorige avond naar huis was gegaan, haar rit naar huis, het tijdstip waarop ze was aangekomen, hoe ze de avond had doorgebracht. Allemaal niet moeilijk. Ten slotte had adjudant Miskin het gesprek afgesloten, maar zonder het gevoel te geven dat het echt afgelopen was.
Blackie had gemerkt dat ze knikkende knieën had en ze had haar stoel even stevig moeten vastpakken voordat ze erop kon vertrouwen dat ze zonder struikelen naar de deur kon lopen.
Ze had twee keer geprobeerd Weaver's Cottage te bellen, maar er was niet opgenomen. Joan was zeker ergens in het dorp of naar de stad om boodschappen te doen; misschien was het ook maar goed zo. Dit nieuws kon het beste in een persoonlijk gesprek worden verteld, niet over de telefoon. Ze vroeg zich af of het zin had om nogmaals te bellen om te zeggen dat ze vroeg thuiskwam, maar zelfs de hoorn pakken leek een te zware inspanning. Terwijl ze zichzelf tot die handeling probeerde aan te sporen, ging de deur open en juffrouw Claudia stak haar hoofd naar binnen.
'O, je bent er nog. De politie vindt het best als de mensen naar huis gaan. Hebben ze dat niet tegen je gezegd? Het kantoor gaat dicht en Fred Bowling staat klaar om je naar Charing Cross te varen.' Ze zag Blackies gezicht en voegde eraan toe: 'Gaat het wel, Blackie? Ik bedoel: wil je dat er iemand met je mee naar huis gaat?'
De schrik sloeg Blackie om het hart. Wie zou dat kunnen doen? Mevrouw Demery was er nog, wist ze; die zette eindeloos koffie voor de vennoten en de politie, maar ze zou het zeker niet leuk vinden om anderhalf uur naar Kent onderweg te zijn. Blackie zag het voor zich: het geklets, de

vragen, samen aankomen bij Weaver's Cottage, mevrouw Demery die haar met tegenzin begeleidde, alsof ze een stout kind of een bewaakte gevangene was. Joan zou zich waarschijnlijk verplicht voelen mevrouw Demery thee aan te bieden. Blackie stelde zich voor hoe ze met hun drieën in de huiskamer zouden zitten waar mevrouw Demery haar sterk gekleurde verslag van de gebeurtenissen zou doen: een spraakwaterval, nu eens vulgair, dan weer bezorgd en niet weg te krijgen. 'Ik red me echt wel, juffrouw Claudia,' zei ze. 'Het spijt me dat ik me zo heb laten gaan. Het kwam door de schok.'

'Het was een schok voor ons allemaal.'

De stem van juffrouw Claudia klonk vlak. Misschien bedoelde ze het niet verwijtend, maar zo klonk het wel. Ze zweeg alsof ze nog iets moest zeggen of meende te moeten zeggen. 'Blijf maandag maar thuis als je het nog te kwaad hebt. Doe dat maar. Als de politie je wil spreken, weten ze waar ze je kunnen vinden.' En weg was ze.

Het was voor het eerst dat ze elkaar onder vier ogen spraken, al was het kort, sinds het vinden van het lijk, en Blackie betreurde het dat ze niets had gezegd om haar medeleven te uiten. Maar wat kon ze zeggen dat zowel waar als gemeend was? 'Ik mocht hem niet en hij mocht mij niet, maar het spijt me dat hij dood is.' Was dat wel waar?

Op Charing Cross was ze gewend meegevoerd te worden door de forenzenstroom die zich in het spitsuur doelbewust en vol vertrouwen voortbewoog. Het was vreemd hier halverwege de middag te zijn; het perron was verrassend leeg voor een vrijdag en er hing een sfeer van aarzeling, van tijdloosheid. Een echtpaar op leeftijd in zondagse kleren keek bezorgd naar het bord met de vertrektijden; de man sleepte een koffer op wielen mee waar een dikke riem omheen zat. De vrouw zei iets, hij boog zich naar haar toe en meteen viel de koffer met een klap om. Blackie keek terwijl ze vergeefs probeerden de koffer weer rechtop te zetten en liep toen naar hen toe om te helpen. Terwijl ze het topzware geval overeind probeerde te krijgen, was ze zich bewust van hun bezorgde en argwanende blikken, alsof ze vreesden dat zij het op hun ondergoed had voorzien. Nadat het karwei was geklaard, mompelden ze een bedankje en liepen door met tussen zich in de koffer, die ze af en toe een klopje gaven alsof het een weerspannige hond was.

Op het bord met de vertrektijden was te zien dat Blackie een half uur zou moeten wachten, net genoeg voor een kopje koffie. Terwijl ze kleine slokjes nam en de vertrouwde geur opsnoof, met haar handen om het kopje, bedacht ze dat de onverwacht vroege thuisreis normaal een buitenkansje zou zijn en dat de vreemde leegte van het station haar niet aan het ongemak van de spits zou moeten doen denken maar aan vakanties in haar jeugd, de tijd om koffie te drinken, de geruststellende zekerheid dat ze voor donker thuis zou zijn. Maar alle genoegens werden nu overschaduwd door de herinnering aan die gruwel, door de hardnekkige, knagende mengeling van angst en schuldgevoel. Ze vroeg zich af of ze daar ooit nog van zou worden bevrijd. Eindelijk was ze op weg naar huis. Ze had nog niet besloten in hoeverre ze haar nicht in vertrouwen zou nemen. Er waren dingen die ze haar niet kon en mocht vertellen, maar in ieder geval kon ze rekenen op Joans geruststellende nuchterheid en de vertrouwde, geordende rust in Weaver's Cottage.

De trein, halfleeg, vertrok op tijd, maar later kon ze zich niets meer herinneren van de reis of van de overstap in de auto die in East Marling geparkeerd stond, of de rit naar West Marling, naar huis. Het enige dat ze zich later herinnerde was dat ze voorreed en wat ze toen zag. Ze staarde er in ongelovig afgrijzen naar. In de herfstzon bood de tuin een aanblik van ontluistering, troosteloze vernielingen, scheuring en omwoeling. De schok bracht haar zo van haar stuk dat ze even in de war raakte met herinneringen aan de grote stormen van de afgelopen jaren; ze dacht dat Weaver's Cottage moest zijn getroffen door een bizarre, plaatselijke tornado. Maar die gedachte duurde niet lang. Deze vernieling was kleinzieliger en gerichter: het werk van mensenhanden.

Ze stapte uit met het gevoel dat haar ledematen niet meer bij haar hoorden en strompelde naar het hek om daar steun bij te zoeken. Nu kon ze het gevolg van elke afzonderlijke barbaarse daad zien. Van de sierkers rechts van het hek, die met zijn herfstpalet van felrood en geel tegen de hemel afstak, waren alle lage takken afgerukt en de littekens in de bast waren zo rauw als open wonden. De moerbeiboom midden op het gazon, Joans grote trots, had dezelfde mishandeling ondergaan en De Witte lattenbank om de stam was vernield alsof er met zware laarzen op was gestampt. De rozenstruiken waren, misschien vanwege hun doornigheid, heel gelaten, maar uit de grond gerukt en op een hoop gegooid, en het bed vroege herfstasters en witte chrysanten, die Joan als een licht accent voor de donkere heg had bedoeld, lagen uitgerukt en vertrapt op het pad. De roos bij de deur was te sterk voor de vandalen geweest, maar ze hadden zowel de clematis als de blauwe regen losgerukt, waardoor de voorzijde van het huis er vreemd naakt en weerloos uitzag.

Er was niemand thuis. Blackie ging alle kamers af en riep Joans naam, maar het was al spoedig duidelijk dat ze niet aanwezig was. Ze begon zich al ernstig ongerust te maken toen ze het hek hoorde gaan en haar niet zag, met haar fiets die ze meevoerde over het pad. Ze rende naar de voordeur en riep: 'Wat is er gebeurd? Alles goed met je?'

Haar nicht toonde geen verbazing omdat ze uren eerder dan gewoonlijk

thuis was. 'Je ziet het,' zei ze grimmig. 'Vandalen. Vier stuks op motoren. Ik had ze bijna betrapt. Ze reden met loeiende motor weg toen ik uit het dorp terugkwam, maar ze waren weg voordat ik hun kentekens kon noteren.'
'Heb je de politie gebeld?'
'Natuurlijk. Ze moeten uit East Marling komen en nemen de tijd. Het zou niet zijn gebeurd als we onze dorpsagent nog hadden gehad. Het heeft geen zin dat ze zich haasten. Ze krijgen ze toch niet te pakken. Niemand krijgt ze te pakken. En zelfs als ze gepakt worden, wat dan? Hoogstens een lichte boete of een voorwaardelijke veroordeling. Mijn God, als de politie ons niet kan beschermen, moeten ze maar toestaan dat we ons zelf van wapens voorzien. Had ik maar kunnen schieten.'
'Je kunt toch geen mensen neerschieten omdat ze je tuin hebben vernield,' zei Blackie.
'O nee? Ik wel.'
Terwijl ze naar binnen liepen, zag Blackie met verbazing en gêne dat Joan had gehuild. Het was goed te zien: de ogen waren onnatuurlijk klein en uitdrukkingsloos en bloeddoorlopen; haar vlekkerige gezicht was asgrauw met rode vlekken. Tegen deze schending had ze met haar gebruikelijke kalmte en gelatenheid geen verweer. Ze zou minder moeite hebben gehad met agressie tegen haar persoon. Maar haar verdriet werd al verdrongen door wrok en Joans wrok was niet gering.
'Ik ben het dorp in geweest om te kijken wat ze nog meer hadden gedaan. Niet veel, schijnt het. Ze hebben geluncht in de Moonraker's Arms, maar maakten zoveel misbaar dat mevrouw Baker weigerde ze nog langer te bedienen en meneer Baker heeft ze eruit gezet. Daarna gingen ze rondjes rijden over de meent tot mevrouw Baker naar ze toe ging om te zeggen dat dat niet mag. Toen waren ze al aan het tieren en schelden en lieten hun motoren zo hard mogelijk ronken. Ze gingen pas weg toen Baker naar buiten liep om te zeggen dat hij de politie ging bellen. Ik denk dat dit hun wraak was.'
'Stel dat ze terugkomen?'
'Ze komen niet terug. Mijn God, waarom zouden ze? Ze zoeken wel iets anders moois om te vernielen. Mijn God, wat hebben we voor generatie grootgebracht? Beter gevoed, beter opgeleid, beter verzorgd dan alle vorige generaties, en ze gedragen zich als kwaadaardige pummels. Wat is er met ons gebeurd? En praat me niet van werkloosheid. Misschien waren ze wel werkloos, maar ze konden zich dure motoren permitteren en twee hadden een sigaret in hun mond hangen.'
'Ze zijn niet allemaal zo, Joan. Je mag niet een hele generatie aanrekenen wat een paar mensen doen.'

'Je hebt natuurlijk gelijk. Ik ben blij dat je thuis bent.'
Het was voor het eerst in hun negentien jaar samen dat ze had laten merken dat ze behoefte had aan Blackies steun en troost. 'Aardig van meneer Etienne om je zo vroeg weg te laten gaan. Hoe komt dat? Heeft iemand van het dorp gebeld om het je te vertellen? Maar dat kan niet. Je moet al onderweg zijn geweest toen het gebeurde.'
Beknopt maar helder vertelde Blackie wat er was gebeurd.
Het nieuws van deze bizarre gruweldaad had in ieder geval het voordeel dat Joans aandacht werd afgeleid. Ze liet zich in de dichtstbijzijnde stoel vallen alsof haar benen haar niet meer konden dragen en hoorde het verhaal zwijgend aan, zonder uitingen van walging of verbazing. Toen Blackie klaar was, stond ze op en keek haar nicht vijftien lange seconden in de ogen alsof ze zich ervan wilde vergewissen dat Blackie nog bij haar verstand was. 'Blijf jij maar zitten,' zei ze. 'Ik zal de haard aansteken. We hebben allebei een zware slag te verwerken en het is belangrijk dat we het niet koud krijgen. We moeten erover praten.'
Terwijl Joan haar met een zorgzaamheid die ze anders niet toonde in de fauteuil bij de haard installeerde, de kussens opklopte en het voetenkrukje bijtrok, kon Blackie het niet helpen dat ze zag dat het gezicht van haar nicht niet zozeer verontwaardiging als een grimmige voldoening uitdrukte; er gaat toch maar niets boven het via een ander meebeleefde griezelen bij een moord om de aandacht van je eigen ellende af te leiden, dacht ze.
Veertig minuten later, toen ze voor het knappende houtvuur zaten, getroost door de warmte en de gloed van de whisky die zij en haar nicht voor noodsituaties reserveerden, voelde ze zich voor het eerst loskomen van de trauma's die de dag had gebracht. Op het haardkleed rekte Arabella zich elegant uit en kneedde genietend met haar klauwtjes de witte vacht, rossig gekleurd door de dansende vlammen. Joan had de oven aangestoken voordat ze bij de haard gingen zitten en Blackie rook de eerste geurige dampen van gestoofd lamsvlees die uit de keuken kwamen. Ze merkte dat ze echt honger had, dat ze misschien zelfs met smaak zou kunnen eten. Haar lichaam voelde licht aan, alsof een last van schuldgevoelens en angst letterlijk van haar schouders was getild. Ondanks haar voornemen hoorde ze zichzelf vertrouwelijk praten over Sydney Bartrum.
'Je moet weten dat ik wist dat hij zou worden ontslagen. Ik heb de brief van meneer Gerard aan dat headhuntersbedrijf getikt. Natuurlijk kon ik Sydney niet vertellen wat hem te wachten stond. Ik heb mijn werk als directiesecretaresse altijd als zeer vertrouwelijk beschouwd. Maar het leek me toch niet netjes om hem niet te waarschuwen. Nog maar ruim een jaar getrouwd en nu hebben ze een dochtertje. En hij is over de vijftig.

Dat kan haast niet anders. Het zal hem niet meevallen om ander werk te vinden. Daarom liet ik een doorslag van de brief op mijn bureau liggen toen ik wist dat hij bij meneer Gerard moest komen in verband met de bijgewerkte begroting. Meneer Gerard liet hem altijd wachten, dus ik ben de kamer uitgegaan om hem in de gelegenheid te stellen. Ik weet bijna zeker dat hij de brief heeft gelezen. Het ligt in de aard van de mens om een brief te lezen die voor je ligt.'
Maar haar handeling, die zo afweek van haar karakter en normale gedrag, was niet door medelijden ingegeven. Dat besefte ze nu heel goed en ze vroeg zich af waarom ze dat niet eerder had begrepen. Wat ze had gevoeld, was dat ze iets gemeen had met Sydney Bartrum; ze waren allebei het slachtoffer van de nauw verholen minachting van meneer Gerard. Ze had haar eerste kleine daad van verzet gepleegd. Was dat wat haar later moed had gegeven voor die rampzaliger opstandigheid?
'Maar heeft hij de brief gelezen?' vroeg Joan.
'Het kan haast niet anders. Hij heeft me niet verraden; meneer Gerard heeft althans nooit iets tegen mij gezegd of me een verwijt gemaakt van mijn nonchalance. Maar de volgende dag maakte Sydney een afspraak met hem voor een gesprek en ik denk dat hij toen heeft gevraagd of er ontslag voor hem dreigde. Ik heb hun gesprek niet gehoord, maar hij bleef maar kort en hij kwam huilend de kamer uit. Denk je eens in, Joan: een volwassen man in tranen.' En ze voegde eraan toe: 'Daarom heb ik het niet aan de politie verteld.'
'Van dat huilen?'
'Van de brief. Daar heb ik niets over gezegd.'
'En is dat alles wat je hebt verzwegen?'
'Ja,' loog Blackie.
'Ik denk dat je er goed aan hebt gedaan.' Mevrouw Willoughby, die haar sterke benen licht had gespreid en haar hand naar de whiskyfles uitstak, sprak een onpartijdig oordeel uit. 'Waarom zou je uit jezelf informatie verschaffen die irrelevant kan zijn of zelfs misleidend? Als ze er rechtstreeks naar vragen, moet je natuurlijk de waarheid zeggen.'
'Dat dacht ik ook. En we weten nog niet eens zeker of hij is vermoord. Het kan ook dat hij door een natuurlijke oorzaak is gestorven, misschien een hartaanval, en dat iemand naderhand die slang om zijn hals heeft gedaan. Dat is wat de meeste mensen schijnen te denken. Echt iets voor de figuur die op kantoor die gemene streken uithaalt.'
Maar die prettige theorie wees mevrouw Willoughby onmiddellijk af. 'O, ik denk dat we er wel redelijk zeker van kunnen zijn dat het moord is. Anders was de politie niet zo lang gebleven, als ze er nog aan hadden getwijfeld, en dan was er niet zo'n zwaar team op afgestuurd. Ik heb het

een en ander gehoord over die commissaris Dalgliesh. Zo iemand sturen ze niet als iemand een natuurlijke dood gestorven is. Je zegt natuurlijk dat het lord Stilgoe was die de politie heeft gebeld. Misschien is dat van invloed geweest. Een titel heeft nog altijd macht. Er is altijd de mogelijkheid van zelfmoord of een ongeluk, maar na wat je me hebt verteld, lijkt me dat niet waarschijnlijk. Nee, als je het mij vraagt, is het moord, en moet een van de mensen op kantoor de dader zijn.'
'Maar Sydney toch niet,' zei Blackie. 'Sydney Bartrum zou geen vlieg kwaad doen.'
'Misschien niet. Maar iets groters en veel gevaarlijkers misschien wel. Nu ja, de politie zal jullie alibi's wel natrekken. Het is jammer dat je gisteravond nog naar de koopavond in het West End bent geweest in plaats van direct naar huis te gaan. Er is zeker niemand bij Liberty of Jaeger die kan bevestigen dat je daar bent geweest?'
'Ik denk het niet. Ik heb niets gekocht. Ik heb alleen maar gekeken. En het was erg druk in de winkels.'
'Het is natuurlijk te gek voor woorden dat jij er iets mee te maken zou hebben, maar de politie moet iedereen gelijk behandelen, in elk geval in het begin. Nu ja, we hoeven ons geen zorgen te maken voor we het juiste tijdstip weten. Wie heeft hem het laatst gezien? Is dat vastgesteld?'
'Juffrouw Claudia, geloof ik. Die gaat meestal het laatst weg.'
'Afgezien van de dader natuurlijk. Ik vraag me af hoe hij het slachtoffer naar het archiefkamertje heeft gelokt. Ik neem aan dat hij daar is gestorven. Als je ervan uitgaat dat hij is gewurgd of met Sissende Sid door verstikking om het leven is gebracht, dan moet de moordenaar hem eerst buiten gevecht hebben gesteld. Een sterke jongeman gaat niet gedwee liggen om te worden vermoord. Hij kan natuurlijk verdoofd zijn of versuft door een slag waardoor hij wel het bewustzijn verloor, maar waaraan hij geen wond overhield.'
Mevrouw Willoughby, gretig lezeres van detectiveverhalen, was vertrouwd met fictieve moordenaars die die lastige procedure beheersten. 'Het verdovende middel kan in zijn middagthee zijn gedaan,' vervolgde ze. 'Het zou neutraal moeten smaken en traag werken. Lastig. Hij kan natuurlijk ook zijn gewurgd met iets zachts dat geen sporen achterliet, een panty of een kous. De moordenaar kan geen touw hebben gebruikt; dat zou onder de slang duidelijk zichtbaar zijn geweest. Dat zal de politie al wel allemaal hebben bedacht.'
'Ze hebben vast aan alles gedacht, Joan, daar ben ik van overtuigd.'
Terwijl ze van haar whisky nipte, bedacht Blackie dat Joans ongeremde belangstelling en haar speculaties over het misdrijf merkwaardig troostrijk waren. Ze had niet voor niets vijf planken met misdaadpockets in

haar slaapkamer: de schrijfsters uit de Golden Age van de detective – Agatha Christie, Dorothy L. Sayers, Margery Allingham, Ngaio Marsh, Josephine Tey – en de weinige moderne auteurs die Joan goed genoeg vond om bij die illustere beoefenaars van de fictieve moord te mogen staan. Waarom zou Joan het zich persoonlijk aantrekken? Ze was maar één keer in Innocent House geweest, drie jaar terug, toen ze het kerstfeest had bijgewoond. Ze kende de meeste mensen die er werkten alleen van naam. En terwijl zij de zaak van alle kanten bekeek, werd de verschrikking in Innocent House bijna onwerkelijk, niet meer angstaanjagend, een elegant letterkundig bouwsel zonder verdriet, zonder pijn, zonder smart; schuldgevoel en afgrijzen werden geneutraliseerd en gereduceerd tot een vernuftige puzzel. Ze staarde in de dansende vlammen waaruit het beeld van Miss Marple leek op te rijzen, met haar handtas beschermend tegen haar boezem geklemd; de vriendelijke, wijze oude ogen staarden geruststellend in de hare: niets om bang voor te zijn, alles zou heus wel in orde komen.

Het vuur en de whisky riepen samen een slaperige tevredenheid op, zodat de stem van haar nicht, die ze af en toe hoorde, van heel ver leek te komen. Als ze niet gauw gingen eten, zou ze in slaap vallen. Ze richtte zich op en vroeg: 'Wordt het niet tijd om te eten?'

30

Ze hadden om kwart over zes afgesproken op de watertrap bij het station Greenwich, tussen een hoge muur en de helling van een botenhuis. Het was een geschikte plaats voor een discreet contact. Er was een kiezelstrandje en nu hij naar huis reed, ver van de rivier, hoorde hij nog het zachte klotsen van de aanspoelende golfjes, het malen en rammelen van de kiezelsteentjes, het zuigen van de eb. Gabriel Dauntsey was het eerst op de afgesproken plaats, maar hij had zich nog niet omgedraaid toen Bartrum naast hem opdook. Zijn stem klonk zacht, bijna verontschuldigend.

'Ik vond dat we moesten praten, Sydney. Ik heb je gisteravond gezien toen je Innocent House binnenging. Ik keek toevallig net op dat ogenblik naar buiten. Het was omstreeks tien over half zeven.'

Sydney had geweten wat hij te horen zou krijgen en nu het hardop werd gezegd, voelde hij zich bijna opgelucht.
Zo overtuigend als hij kon, had hij tegen Dauntsey gezegd: 'Maar ik ben bijna meteen weer weggegaan. Ik zweer het. Als u was blijven wachten, had u me even later weer naar buiten zien komen. Ik ben niet verder gekomen dan de receptie. Ik kon het niet opbrengen. Ik dacht dat bidden en smeken zinloos zou zijn. Niets had hem op andere gedachten kunnen brengen, het had niets uitgehaald. Ik zweer het, meneer Dauntsey, dat ik hem gisteravond na kantoor niet meer heb gezien.'
'Het had inderdaad geen zin. Gerard was niet gevoelig voor smeekbeden.' En hij voegde eraan toe: 'Of dreigementen.'
'Waar kon ik hem mee dreigen? Ik stond machteloos. Hij kon me met een opzegtermijn van een week ontslaan; ik kon hem niet tegenhouden. Als ik hem nog meer tegen me in het harnas joeg, had hij me zo'n geraffineerd geformuleerde referentiebrief gegeven waar je niets tegen in kunt brengen, maar die garandeert dat je nooit meer een aanstelling krijgt. Hij had me in zijn macht. Ik ben blij dat hij dood is. Als ik in God geloofde, zou ik hem op mijn knieën danken dat hij dood is. Maar ik heb hem niet vermoord. U moet me geloven. Als u me niet gelooft, meneer Dauntsey – mijn God, wie dan wel?'
De gedaante naast hem verroerde zich niet, bleef zwijgen en staarde naar het zwarte water van de rivier. Ten slotte had hij nederig gevraagd: 'Wat gaat u doen?'
'Niets. Ik moest je spreken om te weten te komen of je het aan de politie had verteld of het nog gaat vertellen. Er is me natuurlijk gevraagd of ik iemand naar binnen heb zien gaan. Dat is ons allemaal gevraagd. Ik heb gelogen. Ik heb gelogen en stel voor te blijven liegen, maar dat heeft geen zin als jij het ze hebt verteld of niet in je leugen kunt volharden.'
'Nee, ik heb het niet verteld. Ik heb gezegd dat ik gewoon om een uur of zeven thuis was. Ik heb mijn vrouw gebeld zodra ik het nieuws hoorde, nog voordat de politie kwam, en heb haar gevraagd te bevestigen dat ik op de normale tijd thuis was voor het geval iemand haar belde om daarnaar te vragen. Ik bofte dat ik als eerste binnen was. Ik had de kamer alleen. Ik vond het vreselijk om haar te vragen voor me te liegen, maar zij vond het niet erg. Ze wist dat ik onschuldig was, dat ik niets had gedaan om me voor te schamen. Vanavond leg ik de hele zaak uit. Dan begrijpt ze het wel.'
'Je hebt opgebeld voordat je wist dat het inderdaad moord was?'
'Ik heb van meet af aan gedacht dat het moord was. Die slang, dat halfnaakte lichaam. Hoe kan iemand zo een natuurlijke dood gestorven zijn?' Hij voegde er eenvoudig aan toe: 'Dank u dat u niets hebt gezegd,

meneer Dauntsey. Ik zal het niet vergeten.'
'Je hoeft me niet te bedanken. Het was beter zo. Het was niet om jou een dienst te bewijzen. Je hoeft me niet dankbaar te zijn. Het is een kwestie van gezond verstand. Als de politie tijd verspilt aan het verdenken van iemand die onschuldig is, neemt de kans af dat ze de schuldige te pakken krijgen. En ik heb er niet meer zoveel vertrouwen in als vroeger dat ze nooit fouten maken.'
'En dat gaat u ter harte?' had hij durven vragen. 'U wilt dat de schuldige wordt gepakt?'
'Ik wil dat ze te weten komen wie Gerard die slang heeft omgedaan en de kop in zijn mond heeft gepropt. Dat was een schande; dat was lijkschennis. Het is me liever als de schuldigen worden veroordeeld en de onschuldigen gewroken. De meeste mensen zullen er wel zo over denken. Dat is immers wat we met gerechtigheid bedoelen. Maar ik voel de dood van Gerard niet als een persoonlijk affront; dat heb ik niet meer bij een sterfgeval. Ik weet niet of ik nog wel in staat ben tot heftige gevoelens. Ik heb hem niet vermoord; ik heb al te veel mensen gedood. Ik weet niet wie het heeft gedaan, maar de moordenaar en ik hebben iets gemeen. We hoefden ons slachtoffer niet in de ogen te kijken. Het heeft iets buitengewoon lafs, een moordenaar die de realiteit van wat hij heeft gedaan niet onder ogen hoeft te zien.'
Hij had zich zo diep vernederd als maar mogelijk was: 'Mijn baan, meneer Dauntsey. Denkt u dat ik die nu zal kunnen houden? Het is belangrijk voor me. U weet zeker niet wat juffrouw Etienne van plan is, wat de vennoten van plan zijn? Ik weet dat veranderingen onontkoombaar zijn. Ik kan een nieuwe aanpak leren als u denkt dat dat noodzakelijk is. En ik vind het niet erg als u een hoger opgeleide man boven me aanstelt. Ik kan loyaal werken in een ondergeschikte positie.' Verbitterd voegde hij eraan toe: 'Volgens meneer Gerard is dat het enige waar ik voor deug.'
'Ik weet niet hoe de beslissing zal uitvallen,' had Dauntsey gezegd, 'maar ik neem aan dat er het eerste halfjaar geen drastische veranderingen worden doorgevoerd. En als het aan mij ligt, krijg je geen ontslag.'
Ze hadden zich samen omgedraaid en waren zwijgend naar de weg gelopen waar hun auto's geparkeerd stonden.

31

Het huis dat Sydney en Julie Bartrum hadden uitgekozen en waarvoor hij de hoogst mogelijke hypotheek had afgesloten, stond dicht bij het station Buckhurst Hill, aan een hellende straat die meer van een landweg had dan van een straat in een voorstad. Het was een gewoon huis uit de jaren dertig, met een erker aan de voorkant en een portaal en een kleine achtertuin. Alles in huis was door hem en Julie samen uitgekozen. Geen van beiden had uit het verleden iets anders meegebracht dan herinneringen. Het was zijn huis, dat moeizaam bevochten onderpand, dat Gerard Etienne hem dreigde af te nemen, en nog meer. Als hij op zijn tweeënvijftigste werkloos werd, zou hij nooit meer ergens anders hetzelfde salaris kunnen verdienen. Maand na maand zou hij interen op zijn ontslagbonus, tot het aflossen van de hypotheek een ondraaglijke last werd.

Ze kwam uit de keuken zodra ze zijn sleutel in het slot hoorde. Zoals altijd sloeg ze haar armen om hem heen en gaf hem een kus op zijn wang, maar op deze avond klampte ze zich bijna radeloos aan hem vast.

'Lieverd, wat is er? Wat is er gebeurd? Ik wou je niet bellen. Je zei dat ik niet moest bellen.'

'Nee, dat was beter van niet. Lieverd, je hoeft je nergens zorgen over te maken. Alles komt in orde.'

'Maar meneer Etienne is dood, zei je. Vermoord.'

'Ga mee naar de kamer, Julie, dan vertel ik je het hele verhaal.'

Ze ging heel dicht bij hem zitten en verroerde zich niet terwijl hij sprak. Na afloop zei ze: 'Ze kunnen niet denken dat jij er iets mee te maken hebt, lieverd. Ik bedoel: dat is belachelijk, dat is dom. Je doet geen vlieg kwaad. Je hebt zo'n zacht karakter. Dat kunnen ze gewoon niet geloven.'

'Natuurlijk niet. Maar onschuldige mensen worden soms in het nauw gedreven, verhoord en onder verdenking gesteld. Soms worden ze zelfs aangehouden en berecht. Dat komt voor. En ik ben als laatste weggegaan. Ik had belangrijk werk te doen dat ik nog even heb afgemaakt. Daarom heb ik je gebeld zodra ik het nieuws hoorde. Het leek me beter tegen de politie te zeggen dat ik op de gewone tijd thuis was.'

'Natuurlijk, lieverd. Je hebt gelijk. Ik ben blij dat je dat hebt gedaan.'

Het verbaasde hem een beetje dat ze niet verontrust was of zich schuldig voelde vanwege zijn verzoek aan haar om te liegen. Misschien logen vrouwen gemakkelijker dan mannen zolang ze de overtuiging hadden dat het voor een goede zaak was. Hij had niet bezorgd hoeven zijn dat hij haar in een gewetensconflict bracht. Net als hij wist ze wat haar te doen stond.

'Heeft er al iemand contact opgenomen? Iemand van de politie?'
'Er heeft iemand gebeld. Brigadier Robbins, zei hij. Hij vroeg alleen hoe laat je gisteravond was thuisgekomen. Verder heeft hij niets gezegd, ook niet dat meneer Gerard dood was.'
'En je hebt niet laten merken dat je dat wist?'
'Natuurlijk niet. Daar had je me toch voor gewaarschuwd. Ik heb wel gevraagd waar het voor was en hij zei dat jij het wel zou uitleggen, dat ik me geen zorgen over je hoefde te maken.'
Dus de politie had snel gereageerd. Dat was ook te verwachten. Ze hadden het willen natrekken voordat hij de tijd had gehad om een alibi af te spreken.
'Je begrijpt het toch wel, lieverd?' zei hij. 'Het was beter om erop voorbereid te zijn.'
'Natuurlijk. Maar je denkt toch niet echt dat meneer Gerard is vermoord?'
'Ze schijnen niet te weten hoe hij aan zijn eind is gekomen. Moord is een mogelijkheid, maar er zijn er nog meer. Hij kan ook een hartaanval hebben gekregen, terwijl die slang hem later is omgeknoopt.'
'Lieverd, wat vreselijk! Wat vreselijk dat iemand zoiets doet. Dat is toch slecht.'
'Denk er maar niet meer aan,' zei hij. 'Het heeft niets met ons te maken. Het kan ons niet raken. Als we bij onze verklaring blijven, kan niemand iets doen.'
Ze had geen idee hoezeer het hen raakte. Het sterfgeval was zijn redding. Hij had haar niet toevertrouwd dat zijn aanstelling gevaar liep of dat hij Etienne haatte en vreesde, deels omdat hij haar niet met zijn zorgen wilde belasten maar ook – en dat was het belangrijkste – omdat het zijn eer te na was. Hij moest haar laten geloven dat hij succes had, dat hij respect genoot, dat hij onmisbaar was voor het bedrijf. Nu zou ze de waarheid nooit hoeven weten. Hij besloot ook zijn gesprek met Dauntsey voor haar te verzwijgen. Waarom zou hij haar daarmee lastig vallen? Alles kwam in orde.
Zoals gewoonlijk gingen ze voor het eten naar boven om naar hun slapende dochtertje te kijken. De baby lag in de kinderkamer aan de achterkant van het huis, die hij met hulp van Julie zelf had ingericht. Voor het eerst lag ze niet meer in de wieg maar in het kinderbedje met spijlen, zag hij. Julie had verteld dat werd aanbevolen het kind op de rug te leggen, zonder kussentje. Ze had het woord 'wiegedood' niet in de mond genomen, maar ze beseften allebei wat ze bedoelde. Dat er iets met het kind zou kunnen gebeuren, was hun grote, onuitgesproken vrees. Hij beroerde het donzige hoofdje. Het was ongelooflijk dat mensenhaar zo

zacht kon aanvoelen, dat een hoofd zo kwetsbaar kon lijken. Overmand door liefde wilde hij het kind optillen en tegen zijn wang drukken, moeder en dochter omvatten in een omhelzing die sterk, eeuwig en onverbrekelijk was en hen beschermen tegen alle verschrikkingen van het heden en de toekomst.

Het huis was zijn koninkrijk. Hij vond dat hij het door liefde had veroverd, maar voelde ook de felle bezitsdrang van een overwinnaar. Het kwam hem rechtens toe en hij zou nog eerder tien Gerard Etiennes doden dan er afstand van doen. Vóór Julie had niemand van hem gehouden. Hij was lelijk, schriel, humorloos en verlegen en wist heel goed dat hij niet iemand was om van te houden; dat hadden de jaren in het kindertehuis hem wel geleerd. Je vader ging niet dood, je moeder liet je niet in de steek als je iemand was om van te houden. Het personeel in het tehuis had zich naar de inzichten van de tijd moeite getroost, maar niemand had zich aan de kinderen gehecht. De zorg moest even zorgvuldig worden verdeeld als het eten, anders kwamen ze niet uit. De kinderen beseften dat ze waren afgewezen. Dat besef had hij met de paplepel ingekregen. Op het kindertehuis was een serie hospita's gevolgd, zitslaapkamers, kleine huurflats, avondschool en examens, waterige koffie, alleen eten in goedkope restaurants, ontbijt maken in een gemeenschappelijke keuken, eenzame genoegens, eenzame, onbevredigende, schuldgevoel bevorderende seks. Hij voelde zich nu als een man die zijn hele leven ondergronds heeft gewoond, in het schemerdonker. Met Julie was hij in de zon gekomen, verblind door een ongedachte wereld van licht en geluid en kleur en gevoel. Hij was blij dat Julie eerder getrouwd was geweest, maar in bed slaagde ze erin hem het gevoel te geven dat zij de onervarene was die voor het eerst bevrediging vond. Hij dacht bij zichzelf dat dat misschien ook zo was. Seks met haar was een openbaring geweest. Hij had nooit gedacht dat het tegelijkertijd zo eenvoudig en zo geweldig kon zijn. Hij was ook blij, met een half-schuldbewuste opluchting, dat haar eerste huwelijk ongelukkig was geweest en dat Terry bij haar was weggelopen. Hij hoefde nooit te vrezen dat ze hem vergeleek met een eerste liefde die door de dood een glans van romantiek en onsterfelijkheid had gekregen. Ze spraken zelden over het verleden; de mensen die in het verleden hadden geleefd en rondgelopen en gesproken waren andere mensen dan zij. In het begin van hun huwelijk had ze een keer tegen hem gezegd: 'Vroeger bad ik dat ik iemand zou vinden om van te houden, iemand die ik gelukkig kon maken en die mij gelukkig kon maken. Iemand die me een kind zou schenken. Ik had de hoop al bijna opgegeven. En toen vond ik jou. Het lijkt wel een wonder, lieverd; mijn gebed is verhoord.' Haar woorden hadden hem verrukt. Hij had zich even de representant van God zelf gevoeld. Hij had zijn hele leven alleen geweten hoe het was om je machteloos te voelen; nu voelde hij de roes van de macht.

Hij had het naar zijn zin gehad bij Peverell Press tot Gerard Etienne directeur werd. Hij wist dat hij een gewaardeerde, gewetensvolle boekhouder was. Hij werkte veel over, zonder daarvoor te worden betaald. Hij voldeed aan de eisen van Jean-Philippe Etienne en Henry Peverell en het lag ruim binnen zijn vermogen aan die eisen te voldoen. Maar de een was met pensioen gegaan en de ander was gestorven en de jonge Gerard Etienne had zijn directeursstoel overgenomen. Hij had in de voorgaande jaren weinig bemoeienis met de bedrijfsvoering gehad maar hij had toegekeken, geleerd en afgewacht tot de tijd rijp was; hij had zijn managementstudie afgerond en plannen opgesteld waarin geen plaats was voor een boekhouder van tweeënvijftig met een minimale opleiding. Gerard Etienne, jong, succesvol, knap, rijk, die zijn hele bevoorrechte bestaan zonder gewetensbezwaren alles had gepakt wat hij wilde, had hem, Sydney Bartrum, alles willen afnemen wat zijn leven waarde gaf. Maar Gerard Etienne was dood en lag in het politiemortuarium met een slangekop in zijn mond.

Hij drukte zijn vrouw dicht tegen zich aan en zei: 'Lieverd, zullen we maar gaan eten? Ik heb echt trek.'

32

De straatingang van het politiebureau in Wapping is zo onopvallend dat een oningewijde er gemakkelijk aan voorbijgaat. Vanaf de Theems suggereert de vriendelijke, bescheiden bakstenen voorgevel met de huiselijke erker en het uitzicht over de rivier een oud, gastvrij onderkomen, het huis van een koopman uit de achttiende eeuw die graag boven zijn pakhuis woonde. Daniel stond voor het raam van de meldkamer en keek omlaag naar de brede helling, de driedelige drijvende steiger met een vloot van waterpolitiebootjes en de onopvallend klaarstaande roestvrijstalen brancard voor het afspoelen van drijflijken, en bedacht dat het alleen oplettende reizigers over het water niet kon ontgaan wat de functie was van het gebouw.

Hij had het druk gehad sinds hij en brigadier Robbins waren aangekomen, de parkeerplaats waren overgestoken en de ijzeren trap op waren gegaan naar de stille bedrijvigheid op het bureau. Hij had de computers geïnstalleerd, een bureau voor Dalgliesh, zichzelf en Kate ontruimd, het kantoor van de lijkschouwer gevraagd wat er was geregeld in verband met de sectie en het gerechtelijk onderzoek, en had overleg gepleegd met het forensisch lab. De foto's die op de plaats van het delict waren gemaakt, hingen op het prikbord en leken met hun harde, schaduwloze contrast de gruwelijke gebeurtenis terug te brengen tot een oefening in fotografische techniek. Hij had ook met lord Stilgoe gesproken in diens kamer in het ziekenhuis. De nawerking van de algehele verdoving, de toegewijde zorgen van het verplegend personeel en de stoet bezoek hadden de aandacht van lord Stilgoe gelukkig afgeleid van de moord. Hij had Daniels verslag verrassend goedmoedig aangehoord en niet, zoals verwacht, ogenblikkelijk geëist dat Dalgliesh aan zijn bed zou verschijnen. Daniel had ook de politievoorlichters op de hoogte gebracht. Wanneer het verhaal bekend werd, zouden zij verantwoordelijk zijn voor de persconferenties en andere contacten met de media. Er waren een aantal bijzonderheden die de politie in het belang van het onderzoek niet kwijt wilde, maar met het bizarre gebruik van de slang zou iedereen in Innocent House op zijn laatst de volgende dag bekend zijn, waarna het heel snel zou uitlekken naar de kranten. De voorlichters zouden het druk krijgen.

Robbins kwam naast hem staan; kennelijk vatte hij Daniels houding op als excuus om te pauzeren. 'Interessant hier, hè?' zei hij. 'Het oudste politiebureau van het land.'

'Als je popelt om me te vertellen dat de waterpolitie in 1798 is opgericht, eenendertig jaar eerder dan ons korps, de Metropolitan Police: dat weet ik al.'

'Hebt u hun museum ook gezien? In de timmermanswerkplaats bij de oude werf. Ik ben er tijdens de opleiding een keer geweest. Ze hebben er allerlei interessante dingen. Beenkluisters, politiezwaarden, oude uniformen, een chirurgijnskist, dagrapporten uit de negentiende eeuw en verslagen van de ramp met de *Princess Alice*. Een fascinerende verzameling.'

'Vandaar waarschijnlijk dat we zo weinig enthousiast zijn begroet. Ze zullen wel denken dat onze curator de collectie het liefst zou overnemen, of dat wij hun mooiste stukken willen inpikken. Hun nieuwe speelgoed bevalt me anders wel.'

Onder hen was op de rivier een kolkend tumult losgebarsten. Een paar supersnelle rubberboten, in fel oranje met zwart en grijs, en een tweemansbemanning met valhelmen en fluorescerende groene jacks scheer-

den om de vloot van de waterpolitie heen en verdwenen met brullende motoren stroomafwaarts.
'Geen zitbanken,' zei Robbins. 'Dat achteruitvaren lijkt me een behoorlijke fysieke belasting. Ze doen misschien wel veertig knopen. Denkt u dat er tijd zal zijn om een kijkje in het museum te nemen?'
'Reken daar maar niet op.'
Naar Daniels opvatting was brigadier Robbins, die na een korte studie geschiedenis aan een moderne universiteit bij de politie was gekomen, bijna te mooi om waar te wezen. Hij moest het ideaal van elke moeder zijn: fris gezicht, eerzuchtig zonder hard te zijn, vroom methodist en verloofd met een meisje van zijn eigen kerk als de geruchten juist waren. Na die brave verloving zou hij ongetwijfeld trouwen en keurige kinderen krijgen die naar de goede scholen zouden gaan, de juiste examens zouden halen, hun ouders geen verdriet zouden doen en zich ten slotte zouden inzetten voor het heil van de mensheid bij het onderwijs, maatschappelijk werk of misschien zelfs de politie. In Daniels opvatting had Robbins allang ontslag moeten nemen, ontgoocheld door de heersende machosfeer die gemakkelijk in geweld kon ontaarden, de onontkoombare halfslachtige compromissen en het werk zelf: de dagelijkse confrontatie met de platvloersheid van de misdaad en de beestachtigheid van mensen ten opzichte van mensen. In plaats daarvan leek hij zich nergens over te verbazen terwijl zijn idealen overeind bleven. Daniel vermoedde dat hij een geheim leven leidde; dat hadden de meeste mensen. Je kon haast niet zonder. Maar Robbins was erg goed in het verhullen van het zijne. Daniel bedacht dat Binnenlandse Zaken er goed aan zou doen hem overal in te zetten om door het hele land idealistische schoolverlaters te overtuigen van de voordelen van een carrière bij de politie.
Ze gingen weer aan het werk. Veel tijd restte er niet voordat ze naar het mortuarium moesten, maar dat was geen reden om te slabakken. Daniel verdiepte zich in de stukken van Etienne. Hij had zich meteen al verbaasd over de hoeveelheid werk die Gerard Etienne op zich had genomen. De uitgeverij publiceerde met dertig mensen gemiddeld zestig boeken per jaar. Hij wist niets van het uitgeverijwezen. Hij had geen idee of dat een normaal aantal was, maar de taakverdeling in het bedrijf kwam hem vreemd voor: Etienne leek veel meer te moeten doen dan de anderen. De Witt was de uitgever en Gabriel Dauntsey, de redacteur van het poëziefonds, assisteerde hem, maar scheen weinig meer te doen dan het archief in kaart brengen. Claudia Etienne was verantwoordelijk voor verkoop, publiciteit en personeelszaken; Frances Peverell voor contracten en rechten. Gerard Etienne, directeur en vennoot, had toezicht gehouden op de produktie, de boekhouding en de voorraadbewaking, en had daar-

mee verreweg de zwaarste taak vervuld.
Het boeide Daniel ook hoever Etienne was gekomen met zijn plan om Innocent House te verkopen. De onderhandelingen met Hector Skolling waren al enkele maanden aan de gang en in een vergevorderd stadium. Uit de notulen van de directievergaderingen werd hij niets wijzer over allerlei ontwikkelingen die aan de gang waren. Terwijl Dalgliesh en Kate de mensen hadden ondervraagd, was hij evenveel te weten gekomen van de spraakzame mevrouw Demery en uit gesprekken met George en andere mensen die op de uitgeverij rondliepen. De vennoten mochten dan een beeld willen geven van een directie die één lijn trok en een gemeenschappelijk doel voor ogen had, uit de documenten bleek een heel andere realiteit.
De telefoon ging. Het was Kate. Ze ging naar huis om zich te verkleden. AD moest naar de Yard. Beiden verwachtten Daniel bij het mortuarium.

33

Het plaatselijke mortuarium was recent gemoderniseerd, maar aan de buitenkant was niets veranderd. Het was een laag gebouw van grijze Londense baksteen aan een korte, doodlopende steeg, met een voorhof ingesloten door een twee en een halve meter hoge muur. Naambord en huisnummer ontbraken, degenen die er moesten zijn, vonden het zo ook wel. Voor nieuwsgierigen bood het de aanblik van een saaie en niet bepaald bloeiende handelsonderneming waar goederen werden afgeleverd in neutrale bestelwagens en onopvallend naar binnen gedragen. Rechts van de voordeur was een garage, groot genoeg voor twee lijkwagens, waarachter dubbele deuren toegang gaven tot een kleine receptie met links een wachtkamer. Daar trof Dalgliesh om half zeven Kate en Daniel. Er was een poging gedaan de wachtkamer gezellig te maken met een lage ronde tafel, vier leunstoelen en een grote tv, die Dalgliesh nog nooit uit had gezien. Misschien was de functie daarvan eerder troosten dan amuseren; de laboranten met hun onvoorspelbare vrije perioden moesten, al was het nog zo kort, het stilzwijgende bederf van de dood kunnen afwisselen met kleurrijke, vluchtige beelden van de wereld der levenden.
Hij zag dat Kate haar gebruikelijke tweedjasje met broek had verwisseld

voor een denim jack en spijkerbroek en dat ze haar dikke blonde vlecht onder een jockeypet had weggestoken. Hij wist ook waarom. Hij was zelf ook informeel gekleed. De half zoete, half citrusachtige geur van het ontsmettingsmiddel viel de bezoeker na een half uur niet meer op maar bleef in kleding dagen hangen, zodat de geur van de dood zich aan je garderobe meedeelde. Hij had al gauw geleerd niets te dragen dat niet meteen na afloop in de wasmachine kon, en zelf douchte hij onder de hardste straal alsof het water meer kon wegspoelen dan de geur en de beelden van de afgelopen twee uur. Hij zou om acht uur de hoofdcommissaris ontmoeten in de kamer van de minister in het Lagerhuis. Op een of andere manier moest hij de tijd zien te vinden om daarvoor nog naar zijn huis in Queenhithe te gaan om te douchen.

Hij herinnerde zich als de dag van gisteren – hoe kon het ook anders? – de eerste sectie die hij als jonge agent had bijgewoond. De vermoorde was een prostituée van tweeëntwintig en de politie had problemen gehad met het identificeren van het lijk, wist hij nog, omdat ze geen familie of bekenden hadden kunnen vinden. Het bleke, ondervoede lichaam op de bak, met de paarse striemen van de zweep als stigmata, had in zijn kilte de ultieme menselijke getuige van mannelijke onmenselijkheid geleken. Toen hij om zich heen keek in de volle zaal, met de falanx van functionarissen, had hij bedacht dat Theresa Burns na haar dood heel wat meer officiële aandacht kreeg dan ze in leven had gehad. De patholoog was toen nog dokter McGregor, een enorme individualist, een man van de oude stempel en een strenge presbyteriaan die al zijn secties in een sfeer van heiligheid verrichtte. Dalgliesh herinnerde zich de vermaning aan het adres van een laborant die had gegrinnikt om een geestigheid van een collega: 'In mijn snijzaal wordt niet gelachen. Het is geen kikker die ik hier openleg.'

Dokter McGregor wilde onder het werk geen wereldlijke muziek horen en had een voorkeur voor de metrische psalmen die door hun slepende tempo de snelheid drukten waarmee werd gewerkt en zorgden voor een sombere sfeer. Maar het was een sectie van McGregor geweest – op een vermoord kind – onder begeleiding van Faurés *Pie Jesu* die Dalgliesh een van zijn beste gedichten had opgeleverd en hij mocht dus niet ondankbaar zijn. Het kon Wardle niet schelen wat voor muziek hij te horen kreeg bij het werk zolang het geen pop was, en vandaag luisterden ze naar de bekende melodieën van Classic *f*M.

Er waren twee snijzalen, een met vier tafels, de andere met één tafel. Die laatste gebruikte Reginald Wardle het liefst voor slachtoffers van moord, maar het was een klein zaaltje en het was onvermijdelijk dat de doodsdeskundigen elkaar verdrongen: de patholoog-anatoom en zijn assistent, twee laboranten, vier mensen van de politie, een verbindingsman, de fotograaf en zijn assistent, de plaats-delictrechercheur en mensen van de dactyloscopische dienst, en een patholoog-in-opleiding die door dokter Wardle als dokter Manning werd voorgesteld en die de aantekeningen zou maken. Dokter Wardle hield er niet van de microfoon die boven de tafel hing te gebruiken. In hun beige katoenen overals leek de groep wel een stel trage verhuizers. Alleen de plastic schoenhoezen suggereerden dat hun activiteiten een luguberder karakter konden hebben. De laboranten droegen hoofdbanden met een opklapbaar vizier; later, wanneer ze de bekkens met organen in ontvangst namen en wogen, zouden ze het vizier dragen als bescherming tegen aids en het veel grotere risico van hepatitis B. Dokter Wardle droeg zoals gewoonlijk alleen een lichtgroene voorschoot over zijn broek en overhemd. Zoals de meeste pathologen maakte hij zich niet druk over zijn bescherming.

Het lijk, dat in een plastic wade was verpakt, lag op de wagen in de voorkamer. Op een teken van Dalgliesh sneden de laboranten het plastic open. Er klonk een zachte luchtexplosie, als een diepe zucht, en het plastic knetterde alsof het elektrisch geladen was. Het lijk lag open als de inhoud van een reusachtige knalbonbon. De ogen waren doffer geworden; alleen de met tape tegen de wang vastgeplakte slang, waarvan de kop in de mond stak, had iets levendigs. Dalgliesh werd overvallen door een sterk verlangen de slang verwijderd te zien – pas dan kon het lijk zijn waardigheid herwinnen – en hij vroeg zich even af waarom hij er zo op had aangedrongen dat het ding tot de sectie zou blijven zitten. Hij moest zich bedwingen hem niet los te rukken. In plaats daarvan legde hij de officiële verklaring af waarmee het rapport zou worden geopend.

'Dit is het lijk dat ik de eerste keer heb gezien in Innocent House, Innocent Walk, Wapping, op vrijdag vijftien oktober te negen uur achtenveertig.'

Dalgliesh had een niet gering respect voor Marcus en Len, als mens en als laborant. Er waren mensen, ook politiemensen, die nauwelijks konden geloven dat iemand vrijwillig in een mortuarium kon werken zonder een vreemde of zelfs lugubere psychologische afwijking te hebben, maar Marcus en Len leken gelukkig vrij van de rauwe zwarte humor die sommigen in dit bedrijf gebruikten als wapen tegen hun walging of afkeer, en ze verrichtten hun werkzaamheden met een nuchtere bekwaamheid, ingetogenheid en waardigheid die hij indrukwekkend vond. Hij had vaak gezien hoeveel moeite ze zich getroostten om een lijk presentabel te maken voor familie die kwam identificeren. Veel lijken die zij ontleed zagen worden, waren van bejaarden, zieken, mensen die op een natuurlijke manier om het leven waren gekomen: misschien tragisch voor de nabestaanden, maar niet voor een vreemde. Maar hoe, vroeg hij zich af, verwerkten ze psychologisch de confrontatie met vermoorde kinderen, verminkten, de slachtoffers van een ongeluk of geweld? Wie ving Marcus en Len op, in een tijdperk waarin iedereen met verdriet, ook de natuurlijke pijn die inherent was aan het bestaan, in therapie ging? In elk geval waren zij immuun voor de neiging populaire, rijke of beroemde mensen te verafgoden. Hier in het mortuarium was iedereen gelijk. Wat Marcus en Len bezighield, was niet het aantal eminente artsen dat aan het sterfbed had gestaan, noch de pracht en praal van de uitvaart die werd voorbereid, maar de staat van bederf en de vraag of het stoffelijk overschot in de koeling voor corpulente posturen moest.

De bak waarin het ontklede lijk was neergelegd, werd op de grond gezet, zodat de fotograaf er gemakkelijker omheen kon lopen. Toen hij zijn eerste opnamen had gemaakt en tevreden had geknikt, draaiden de laboranten het lijk voorzichtig om zonder de slang te verplaatsen. Ten slotte werd de bak met het op de rug liggende lijk opgetild en op de steunen aan het uiteinde van de snijtafel gelegd, met het ronde gat boven de afvoer. Dokter Wardle onderzocht het lichaam en concentreerde zich vervolgens op het hoofd. Hij trok de tape los, verwijderde de slang zo voorzichtig alsof het een buitengewoon interessant biologisch specimen was en begon de mond te onderzoeken, waarbij hij volgens Dalgliesh iets had van een overijverige tandarts. Hij herinnerde zich wat Kate Miskin hem had toevertrouwd toen ze pas voor hem werkte en nog niet aarzelde openhartig te zijn: dat ze bij dit onderdeel van de sectie meer moeite had haar maag in bedwang te houden dan bij het latere systematisch uitnemen en wegen van de organen, alsof de dode zenuwen alleen verdoofd waren en op de zacht tastende gehandschoende vingers konden reageren. Hij was zich ervan bewust dat Kate vlak achter hem stond, maar keek niet naar haar om. Hij hoefde zich geen zorgen te maken dat ze nu of straks zou flauwvallen, maar hij vermoedde dat ze net als hij meer voelde dan beroepshalve belangstelling voor het ontleden van wat een jonge, gezonde man was geweest – en weer voelde hij een lichte spijt dat het politiewerk zoveel eiste van zachtzinnige en onschuldige mensen.

Opeens liet dokter Wardle een zacht gegrom horen, zijn karakteristieke geluid als hij iets interessants aantrof.

'Kom eens kijken, Adam. Het verhemelte. Een duidelijke kras. Post mortem, zo te zien.'

Op de plaats delict had hij 'commissaris' gezegd maar hier, in het domein waar hij koning was, voelde hij zich zoals altijd op zijn gemak bij het uitoefenen van zijn taak en dan noemde hij Dalgliesh bij de voornaam.

Dalgliesh boog zich over het lijk heen. 'Je zou zeggen dat iets met een

scherpe rand na de dood in de mond is geduwd of eruit getrokken. Eruit getrokken, dunkt me, als ik die kras zie.'
'Moeilijk met honderd procent zekerheid te zeggen, natuurlijk, maar dat denk ik ook. De kras loopt van achter in het verhemelte tot bijna aan de boventanden.' Dokter Wardle ging opzij om Kate en Daniel om beurten in de mond te laten kijken en zei toen: 'Het tijdstip waarop het is gebeurd, is natuurlijk niet te achterhalen, alleen moet het na de dood zijn geweest. Etienne kan het ding, wat het ook mag zijn geweest, in zijn mond hebben gestopt, maar een ander heeft het eruit gehaald.'
'Met kracht en mogelijk in haast,' zei Dalgliesh. 'Als het vóór het intreden van de rigor mortis was gebeurd, was het verwijderen sneller en gemakkelijker gegaan. Hoeveel kracht is ervoor nodig om de kaak na voltooide rigor te forceren?'
'Moeilijk is dat natuurlijk niet, en het zou nog gemakkelijker zijn als de mond iets openstond zodat hij zijn vingers erin kon steken en beide handen gebruiken. Een kind zou het niet kunnen doen, maar je denkt ook niet aan een kind.'
'Als de slang er kort na het overlijden, meteen na het verwijderen van het scherpe voorwerp, in is geduwd, zouden we dan niet een bloedvlek op de stof kunnen verwachten? Hoeveel bloed zou er na het overlijden zijn geweest?'
'Direct na overlijden? Niet veel. Maar hij leefde niet meer toen die kras werd gemaakt.'
Ze bekeken samen de kop van de slang. 'Met dat ding wordt al bijna vijf jaar in Innocent House gespeeld,' zei Dalgliesh. 'Je kunt je gemakkelijker een vlek verbeelden dan er een zien. Er is geen duidelijk bloedspoor. Misschien levert het lab-onderzoek nog iets op. Als de slang meteen in de mond is gestopt nadat het voorwerp was verwijderd, zouden er microsporen moeten zijn.'
'Enig idee wat voor voorwerp, dokter?' vroeg Daniel.
'Er zijn geen krassen op de zachte delen of de achterkant van de tanden, voor zover ik kan zien, wat erop wijst dat het ding vrij gemakkelijk in de mond paste, al heb ik geen flauw idee waarom hij het in zijn mond zou willen stoppen. Maar goed, dat is jullie afdeling.'
'Als hij iets wilde verbergen,' zei Daniel, 'waarom heeft hij het dan niet in zijn broekzak gestopt? Met dat ding in zijn mond kon hij zijn stem niet gebruiken. Hij kon moeilijk praten met een ding tussen zijn tong en zijn verhemelte. Maar stel dat hij wist dat hij zou sterven. Stel dat hij in die kamer gevangen zat terwijl het gas binnenstroomde, terwijl de gaskraan weg was en het raam niet open kon...'
'Maar het voorwerp zou op het lijk worden gevonden, als hij het alleen in

zijn zak had gestoken,' zei Kate.
'Tenzij zijn moordenaar wist dat hij het had en is teruggekomen om het te halen. Dan had het zin om het in zijn mond te doen, zelfs als het iets was waarvan de moordenaar het bestaan niet vermoedde. Door het in zijn mond te stoppen kon hij zorgen dat het bij de sectie werd gevonden, of eerder.'
'Maar hij wist het wel,' zei Kate, 'de moordenaar, bedoel ik. Hij is teruggekomen om het te halen en ik denk dat hij het heeft gevonden. Hij heeft de kaak geforceerd om het te kunnen pakken en daarna de slang gebruikt om de indruk te wekken dat de kwelgeest weer had toegeslagen.'
Kate en Daniel concentreerden zich op elkaar alsof ze alleen in het zaaltje waren. 'Maar kon hij echt verwachten dat we de kras zouden vinden?' vroeg Daniel.
'Och kom, Daniel. Hij besefte niet dat hij die kras had gemaakt. Wat hij wel wist, was dat hij de stijve kaak moest forceren en dat we dat zouden opmerken. Daarom heeft hij de slang gebruikt. En als die kras er niet was geweest, waren we erin getuind. We zoeken een moordenaar die iets wist van het tijdsverloop van lijkstijfte en die verwachtte dat het lijk vrij snel zou worden gevonden. Als het lijk nog een dag was blijven liggen voordat iemand het vond, was de slang niet nodig geweest.'
Ze liepen, besefte Dalgliesh, het risico theorieën op te zetten voordat ze in het bezit waren van de feiten. De sectie was nog niet voltooid. Er was nog geen zekerheid omtrent de doodsoorzaak, maar hij was er tamelijk zeker van, en dok Wardle ook, wist hij, wat de oorzaak zou blijken te zijn.
'Wat voor ding?' vroeg Kate. 'Iets kleins, met scherpe randen? Een sleutel? Een sleutelbos? Een metalen doosje?'
'Of de cassette van een dicteerapparaat?' suggereerde Dalgliesh zachtjes.
Dalgliesh vertrok voor het einde van de sectie. Dokter Wardle legde zijn assistent uit dat de bloedmonsters voor het lab uit de dijader moesten worden genomen, niet uit het hart, en waarom. Dalgliesh betwijfelde of hij van het verdere verloop van de sectie nog wijzer zou worden; als dat zo was, hoorde hij het snel genoeg. Hij moest nog stukken inzien voor zijn afspraak om acht uur in het Lagerhuis en hij had niet veel tijd meer. Het had geen zin eerst naar de Yard en daarna naar huis te gaan. William, zijn chauffeur, had zijn koffertje op zijn kamer opgehaald en stond op de voorhof te wachten, met een bezorgde uitdrukking op zijn vriendelijke, mollige gezicht.
De slagregens van de middag waren afgenomen tot een lichte maar continue motregen en met het raampje halfopen proefde hij de zilte geur van de Theems. De stoplichten op het Embankment waren rode vlekken in

de avondlucht en terwijl hij stond te wachten schraapte een politiepaard dat glinsterende flanken had met sierlijke hoeven over het asfalt. Het donker kwam met grote passen over de stad aangelopen en veranderde de aanblik in een schimmenspel van licht waarin straten en pleinen huiverden in bewegende halskettingen van wit, rood en groen. Hij deed zijn koffertje open en pakte zijn papieren om de sterkste argumenten nog eens door te nemen. Hoog tijd om over te schakelen naar de kwestie die nu aan de orde was, en die misschien uiteindelijk belangrijker zou blijken. Meestal kostte hem dat weinig moeite, maar nu bleven de gebeurtenissen in het mortuarium hem voor ogen zweven.
Iets kleins, iets scherps was uit Etiennes mond gewrikt nadat de rigor in het bovenlijf was ingezet. Het kon een minicassette zijn geweest; de verdwijning van de bandrecorder zou daarop kunnen wijzen. Wat daaruit kon worden opgemaakt was dat Etienne de naam van zijn moordenaar had ingesproken en dat de dader later was teruggekomen om het bewijsmateriaal te verwijderen. Maar zijn verstand wees die simpele hypothese af. De moordenaar van Etienne had ervoor gezorgd dat in die kamer niets was achtergebleven waarmee hij een boodschap kon achterlaten. De vloer en de schoorsteenmantel waren schoongemaakt, Etiennes agenda met het gouden potlood was een dag eerder ontvreemd. Zelfs daaraan had de dader gedacht. Etienne had niet eens zijn of haar naam in het kale hout van de vloer kunnen krassen. Waarom zou de moordenaar dan zo onnozel zijn geweest een bandrecorder achter te laten die zijn slachtoffer kon gebruiken?
Er was natuurlijk nog een verklaring mogelijk. De bandrecorder kon er met een specifiek doel hebben gestaan, en als dat het geval was geweest, beloofde de zaak nog verwarrender en intrigerender te worden dan ze op het eerste gezicht al was geweest.

34

Het was al half elf geweest toen Dalgliesh terugkeerde in de meldkamer in Wapping. Robbins was naar huis gestuurd. Kate en Daniel hadden broodjes gehaald op de terugweg van het mortuarium naar het politiebureau, ze hadden koffie gezet en hadden daarmee hun avondmaal gedaan.

Ze waren al twaalf uur in touw, maar hun werkdag was nog niet ten einde. Dalgliesh wenste de vorderingen door te nemen om een duidelijk idee te hebben waar ze stonden, voordat ze begonnen aan de volgende fase van het onderzoek.

Hij ging zitten en verdiepte zich gedurende tien minuten in de papieren die Daniel uit de kamer van Gerard Etienne had meegenomen, sloeg toen zonder commentaar de map dicht, keek op zijn horloge en zei: 'Juist. Tot welke voorlopige conclusies zijn jullie gekomen aan de hand van de feiten die ons nu bekend zijn?'

Daniel barstte meteen los, zoals Kate wel had verwacht. Het stoorde haar niet. Ze hadden dezelfde rang, maar zij had meer dienstjaren en voelde niet de behoefte daaraan rechten te ontlenen. Het had voordelen als eerste je verhaal te houden; je voorkwam dat andere mensen met je ideeën aan de haal gingen en er bleek gedrevenheid uit. Aan de andere kant was het niet onverstandig je moment af te wachten. Daniel had zijn verhaal zorgvuldig voorbereid; waarschijnlijk op de terugweg van het mortuarium, dacht ze.

'Natuurlijke oorzaken, zelfmoord, ongeluk of moord?' begon hij. 'De eerste twee zijn uitgesloten. We hebben de uitslagen van het lab niet nodig om te weten dat het koolmonoxidevergiftiging was; dat heeft de sectie aangetoond. Ook is vastgesteld dat hij afgezien daarvan gezond is gestorven. Er is geen enkele aanwijzing dat het zelfmoord was, dus ik geloof niet dat we daar tijd aan hoeven te verdoen.

'Een ongeluk dan? Stel dat het een ongeluk is geweest, wat moeten we dan geloven? Dat Etienne om een of andere reden besloot boven in het archief te gaan werken, maar zijn jasje beneden over zijn stoel liet hangen en zijn sleutels achterliet in de la. Hij kreeg het koud, stak de kachel aan met lucifers die we nergens hebben aangetroffen en raakte zo in zijn werk verdiept dat hij pas besefte dat de kachel niet goed werkte toen het te laat was. Afgezien van de kennelijke tegenstrijdigheden denk ik dat als het zo was gegaan, we hem aan tafel hadden aangetroffen, niet halfnaakt op zijn rug met zijn hoofd naar de kachel. In dit stadium houd ik nog geen rekening met de slang. Ik denk dat we een duidelijk onderscheid moeten maken tussen wat er bij het overlijden is gebeurd en wat er daarna met het lijk is gedaan. Kennelijk heeft iemand hem aangetroffen nadat er al lijkstijfte in het bovenlichaam was ingetreden, maar er is geen bewijs dat degene die de slang in zijn mond heeft gestopt hem zijn hemd heeft uitgetrokken of hem heeft neergelegd.'

'Hij moet zelf zijn hemd hebben uitgetrokken,' zei Kate. 'Hij hield het in zijn rechterhand geklemd. Het leek of hij het had uitgetrokken om de kachel uit te schakelen. Kijk naar de foto. De rechterhand houdt het over-

hemd vast, dat scheef over zijn lichaam ligt. Volgens mij ziet het eruit alsof hij op zijn buik liggend is gestorven en de dader het lijk heeft omgedraaid, misschien met zijn voet, en daarna de mond heeft opengewrikt. Kijk naar de knieën, die licht gebogen zijn. In die houding is hij niet gestorven. Volgens de bevindingen bij de sectie kan hij op zijn buik zijn gestorven. Hij kroop over de vloer naar de kachel.'
'Goed, dat spreek ik niet tegen. Maar hij kon de kachel niet doven met het hemd. Dat was in brand gevlogen.'
'Dat weet ik ook wel, maar daar lijkt het op. Misschien was hij zo versuft dat hij dacht dat hij zo het vuur kon doven.'
Dalgliesh kwam niet tussenbeide, maar luisterde naar hun discussie.
'Dat suggereert dat hij besefte wat hem overkwam,' zei Daniel. 'Maar dan ligt het meer voor de hand de deur open te zetten voor de ventilatie en dan het gas dicht te draaien.'
'En stel dat de deur aan de buitenkant op slot was gedaan en dat de kraan van de gaskachel was verwijderd. Toen hij het raam wilde opendoen, knapte het koord omdat iemand het had uitgerafeld zodat het zou knappen zodra er stevig aan werd getrokken. De dader moet eerst de stoelen en tafel hebben weggehaald, zodat Etienne daar niet op kon klimmen om bij het raam te kunnen en het glas te breken. Het raam klemde. Hij had het niet kunnen opendoen, hij had iets moeten hebben om het mee in te slaan.'
'De bandrecorder misschien?' zei Daniel.
'Te klein, te kwetsbaar. Maar ik ben het met je eens dat hij een poging zal hebben gedaan. Hij had kunnen proberen het glas met zijn handen te breken, maar aan zijn knokkels was niets te zien. Ik denk dat de meubels moeten zijn weggehaald voordat hij binnenkwam. We weten allemaal door het spoor aan de muur dat de tafel normaal wat verder naar links stond.'
'Dat is geen bewijs. De werkster kan hem hebben verzet.'
'Ik zei niet dat het bewijs is, maar het is een aanwijzing. Zowel Gabriel Dauntsey als mevrouw Demery zei dat de tafel anders stond.'
'Daarmee pleiten ze zich niet vrij als verdachten.'
'Dat zeg ik ook niet. Dauntsey is een voor de hand liggende verdachte. Niemand was er beter toe in de gelegenheid dan hij. Maar als Dauntsey de tafel en stoel heeft verzet, zou hij vast de tafel precies op de oude plaats hebben teruggezet. Tenzij hij haast had, natuurlijk.' Ze zweeg en keek toen enthousiast naar Dalgliesh. 'Natuurlijk had hij haast, meneer. Hij moest op tijd terug zijn voor zijn bad.'
'We gaan te snel. Allemaal raadwerk,' zei Daniel.
'Ik vind het eerder logisch deduceren.'

'De theorie van Kate is niet slecht,' zei Dalgliesh. 'Hij klopt met alle feiten die we hebben. Maar wat we niet hebben, is ook maar een schijn van bewijs. En laten we de slang niet vergeten. Hoever zijn jullie met uitzoeken wie wist dat die bij juffrouw Blackett in de la lag, afgezien natuurlijk van juffrouw Blackett, Mandy Price, Dauntsey en de beide Etiennes?'
Het was Kate die antwoord gaf. 'Het nieuws deed die middag overal de ronde op kantoor. Mandy had mevrouw Demery bij het koffie zetten in de keuken verteld dat Etienne juffrouw Blackett had gelast het ding op te ruimen, en mevrouw Demery erkent dat ze het een paar mensen kan hebben verteld toen ze 's middags de thee rondbracht. "Een paar mensen" betekent waarschijnlijk iedereen in het gebouw. Mevrouw Demery was een beetje vaag over wat ze precies heeft gezegd, maar Maggie FitzGerald van publiciteit weet heel zeker dat ze te horen hebben gekregen dat meneer Gerard juffrouw Blackett had gesommeerd de slang te verwijderen en dat ze hem in haar la had gelegd. Sydney Bartrum van de boekhouding beweert dat hij het niet weet. Hij zei dat hij en zijn medewerkers geen tijd hadden om met de huishoudelijke dienst te kletsen en dat ze daarvoor trouwens ook geen gelegenheid hebben. Ze werken op nummer tien en zetten 's middags zelf hun thee. De Witt en juffrouw Peverell hebben toegegeven dat ze het wisten. De la van juffrouw Blackett was trouwens de eerste plaats waar iemand zou zoeken. Ze was gehecht aan Sissende Sid en zou hem nooit weggooien.'
'Waarom heeft Demery dat eigenlijk doorverteld?' vroeg Daniel. 'Het was niet bepaald een groot schandaal op kantoor.'
'Maar het gaf deining. De meeste mensen wisten of vermoedden dat Gerard Etienne juffrouw Blackett liever zag gaan dan komen. Ze vroegen zich waarschijnlijk af hoe lang ze het zou volhouden, en of ze uit zichzelf zou opstappen voordat ze eruit vloog. Elke nieuwe bonje tussen die twee was nieuws.'
'Jullie begrijpen wat het belang is van de slang,' zei Dalgliesh. 'Die is of door de moordenaar om Etiennes hals gedaan en in zijn mond gepropt, waarschijnlijk om het forceren van de rigor van de kaak te camoufleren, of de kwelduivel heeft bij toeval het lijk aangetroffen en zijn kans schoon gezien om een bijzonder kwalijke grap uit te halen. Als de moordenaar het heeft gedaan, is hij of zij dan ook de kwelgeest? Waren de streken die zijn uitgehaald onderdeel van een zorgvuldig voorbereid plan dat teruggaat tot het eerste incident? Dat zou kloppen met het gerafelde raamkoord. Als dat opzettelijk sleets is gemaakt, is dat over een langere periode gedaan. Of zag de moordenaar wat de losse kaak betekende en heeft hij de slang in een opwelling gebruikt om te verhullen dat hij een voorwerp uit Etiennes mondholte had verwijderd?'

'Er is nog een mogelijkheid, meneer,' zei Daniel. 'Stel dat de grappenmaker het lijk heeft aangetroffen, denkt dat Etienne door een natuurlijke oorzaak of een ongeluk om het leven is gekomen, en uit kwaadaardigheid besluit het eruit te laten zien alsof er een moord is gepleegd. Diezelfde persoon kan ook de tafel hebben verzet en de slang om Etiennes hals hebben gedaan.'

Daar wilde Kate niet aan. 'Hij kan niet het raamkoord hebben gerafeld, dat moet eerder zijn gedaan. En waarom zou hij de tafel verschuiven? Dat zou de zaak alleen extra verwarrend maken en de verdenking van moord doen ontstaan als de grappenmaker al wist dat Etienne was gestorven aan koolmonoxidevergiftiging.'

'Dat moet hij hebben geweten. Hij heeft de gaskachel uitgeschakeld.'

'Dat zal hij hoe dan ook hebben gedaan,' zei Kate. 'Het moet bloedheet zijn geweest in het kamertje.' Ze richtte zich tot Dalgliesh. 'Volgens mij is er maar één theorie die met alle feiten klopt. Het was de bedoeling het te laten lijken op een ongeluk: koolmonoxidevergiftiging. De moordenaar had degene willen zijn die het lijk zou aantreffen, in zijn eentje. Dan hoefde hij alleen de kraan weer aan te brengen en het gas uit te draaien – een natuurlijke reactie, trouwens – en vervolgens de tafel en stoel terug te zetten, het bandje te pakken en alarm te slaan. Maar hij kon het bandje niet meteen vinden en toen hij wist waar het moest zijn, kon hij er niet bij zonder de rigor in de kaak te forceren. Hij wist dat dat een competente rechercheur of patholoog niet zou ontgaan, dus gebruikte hij de slang om de suggestie te wekken dat het een ongeluk was, gecompliceerd door een kwalijke grap van de kwelgeest.'

'Waarom heeft hij de bandrecorder meegenomen?' wierp Daniel tegen. 'De moordenaar, bedoel ik.'

'Waarom zou hij die laten staan? Hij moest het bandje hebben, dus kon hij net zo goed het apparaat ook meenemen. Normaal zou een dader het ding in de Theems gooien.' Ze keek Dalgliesh aan. 'Denkt u dat het gevonden zou worden, als we laten dreggen?'

'Hoogst onwaarschijnlijk,' zei Dalgliesh. 'En als het zou lukken, zouden we niets aan het bandje hebben. Dat heeft de dader heus wel gewist. Ik betwijfel of de kosten van het dreggen te verantwoorden zijn, maar overleg gerust met de mensen hier. Vraag hoe de rivierbodem voor Innocent House eruitziet.'

'Nog iets,' zei Daniel. 'Als de moordenaar een boodschap voor zijn slachtoffer wilde achterlaten, waarom zou hij dan het bandje gebruiken? Waarom geen stuk papier? Hij moest het toch ophalen. Een stuk papier is makkelijk terug te vinden, makkelijker misschien.'

'Maar niet zo veilig,' zei Dalgliesh. 'Als Etienne genoeg tijd had voordat hij versuft raakte, kon hij het papier verscheuren en de stukken afzonderlijk verstoppen. Papier is hoe dan ook gemakkelijker te verstoppen dan een bandje. De moordenaar wist dat hij misschien niet lang de tijd zou krijgen. Hij moest de boodschap terugvinden, en snel. En er is nog iets: een spreekstem kan niet worden genegeerd, een schriftelijke boodschap wel. De interessante vraag in deze hele zaak is waarom de dader een boodschap voor Etienne had.'

'Hij wou opscheppen,' meende Daniel. 'Het laatste woord krijgen. Demonstreren hoe geraffineerd hij was.'

'Of hem uitleggen waarom hij moest sterven,' zei Dalgliesh. 'Als dat de reden was, kan het motief voor deze moord lastig te vinden zijn. Het kan in het verleden liggen, in het verre verleden.'

'Maar waarom heeft de dader dan zo lang gewacht? Als de moordenaar in Innocent House werkt, had Etienne twintig jaar geleden al vermoord kunnen worden. Na zijn studie in Cambridge is hij direct hier komen werken. Wat is er dan onlangs gebeurd waardoor zijn dood noodzakelijk werd?'

'Etienne is directeur geworden, hij wilde de verkoop van Innocent House doordrukken, en hij heeft zich verloofd,' zei Dalgliesh.

'Zou die verloving er iets mee te maken kunnen hebben?'

'Het is heel goed mogelijk, Kate. Ik ga morgenochtend naar de vader van Etienne. Claudia Etienne is aan het einde van de middag naar Bradwell-on-Sea gereden om hem op de hoogte te stellen en hem te vragen me te ontvangen. Ze blijft niet logeren. Ik heb haar gevraagd morgen aanwezig te zijn in Etiennes flat in het Barbican. Maar de hoogste prioriteit heeft het controleren van alle alibi's van de mensen in Innocent House, te beginnen bij de vennoten. Daniel, jij en Robbins moeten naar Esmé Carling toe. Ga na wat ze heeft gedaan na haar bezoek aan Better Books in Cambridge. Dan was er het verlovingsfeest van Gerard Etienne op de tiende juli. We moeten de gastenlijst afwerken en mensen spreken die daar zijn geweest. Dat zal tact vergen. De vraag is of ze door het huis konden zwerven en daar nog iets vreemds of verdachts hebben gezien. Maar we concentreren ons op de vennoten. Heeft iemand Claudia Etienne met haar vriend op de rivier gezien, en zo ja, hoe laat? Bel het St. Thomas om te vragen hoe laat Gabriel Dauntsey daar is binnengekomen en hoe laat hij weg is gegaan. Ik ben morgenochtend in Bradwell-on-Sea, maar keer vroeg in de middag terug. Voor vanavond moesten we er maar een punt achter zetten.'

35

De vennoten brachten de vrijdagavond gescheiden door. Staande aan haar keukentafel bedacht Frances, die probeerde de energie op te brengen om te beslissen wat ze zou eten, dat dat niet verrassend was. Buiten Innocent House leidde elk zijn eigen leven en ze had weleens het idee dat ze weloverwogen elkaar uit de weg gingen, alsof ze duidelijk wilden maken dat ze buiten hun werk niets gemeen hadden. Over hun uitgaansleven spraken ze zelden met elkaar en soms zag ze tot haar verbazing op een receptie van een bevriende uitgeverij ineens Claudia's verzorgde hoofd opduiken in de opening tussen twee luid converserende gezichten; soms zag ze als ze met een vriendin van het internaat in de schouwburg was de rug van de moeizaam bewegende Dauntsey voorbijkomen. Dan groetten ze elkaar beleefd, alsof ze kennissen waren. Vanavond had ze het gevoel dat meer dan de macht der gewoonte hen scheidde, dat hun afkeer van praten over de dood van Gerard in de loop van de dag sterk was toegenomen en dat de openhartigheid van dat uur in de vergaderzaal had plaats gemaakt voor een argwanende afkeer van vertrouwelijkheid. James had geen keus, wist ze. Hij moest naar huis, naar Rupert, en ze benijdde hem die verplichting. Ze had zijn vriend nooit ontmoet en was niet meer bij hem thuis uitgenodigd sinds Rupert daar was ingetrokken; ze vroeg zich af wat voor leven ze samen leidden. Hij had in ieder geval iemand met wie hij de zorgen van de dag kon delen, een dag die nu uitzonderlijk lang leek. Ze hadden als bij stilzwijgende overeenkomst Innocent House vroeg de rug toegekeerd en waren blijven wachten terwijl Claudia de alarminstallatie inschakelde en de deur op slot deed. 'Gaat het wel, Claudia?' had ze gevraagd en terwijl ze het zei, was ze getroffen door de zinloosheid en banaliteit van de vraag. Ze had zich afgevraagd of ze moest aanbieden met Claudia mee naar huis te gaan, maar was bang dat het zou worden opgevat als blijk van zwakte, haar eigen behoefte aan gezelschap. En Claudia had immers haar verloofde, als hij inderdaad haar verloofde was. Ze zou zich eerder tot hem wenden dan tot Frances.
'Ik wil alleen maar naar huis en alleen zijn,' had Claudia gezegd. 'En jij, Frances? Red jij je wel?'
Dezelfde loze, niet te beantwoorden vraag. Ze vroeg zich af wat Claudia had gedaan als ze had gezegd: 'Nee, ik red het niet. Ik wil niet alleen zijn. Blijf bij me logeren, Claudia. Je kunt in de logeerkamer slapen.'
Ze kon natuurlijk Gabriel bellen. Ze vroeg zich af wat hij deed, waar hij aan dacht in die eenvoudig ingerichte flat onder de hare. Ook hij had gezegd: 'Gaat het wel, Frances? Bel me op als je behoefte hebt aan gezel-

schap.' Had hij maar gezegd: 'Mag ik langskomen, Frances? Ik wil niet alleen zijn.' In plaats daarvan had hij het initiatief aan haar overgelaten. Hem opbellen stond gelijk aan het bekennen van een zwakte, een behoefte die hem misschien niet welkom zou zijn. Wat was er toch met Innocent House aan de hand dat het voor mensen zo moeilijk werd een menselijke behoefte te uiten of elkaar een simpel genoegen te bereiden? Ze maakte ten slotte een zakje champignonsoep open en kookte een ei. Ze voelde zich enorm moe. Haar onrustige slaap in de stoel bij Gabriel was niet de beste voorbereiding geweest op een dag van vrijwel onafgebroken pijnlijke gebeurtenissen. Maar ze wist dat ze nog niet kon slapen. Na de afwas liep ze de kamer in die de slaapkamer van haar vader was geweest en die ze nu als zitkamer had ingericht, en installeerde zich voor de televisie. Flakkerende beelden trokken aan haar ogen voorbij: het nieuws, een documentaire, een komedie, een oude film, een modern theaterstuk. Terwijl ze de knopjes indrukte en overschakelde van kanaal naar kanaal vormden de veranderende gezichten, met hun grijnzen en lachen en ernst en gezag, en de monden die telkens open en dicht gingen, een visuele afleiding, zonder enige betekenis, zonder enige emotie op te roepen, maar een vorm van gezelschap, een vluchtige en irrationele troost.

Om één uur ging ze naar bed met een glas warme melk waarin ze een scheutje whisky had gedaan. Het hielp en ze doezelde weg met als laatste gedachte dat ze toch de zegen van de slaap ontving.

De nachtmerrie kwam terug in de vroege ochtenduren, de oude vertrouwde nachtmerrie maar in een nieuwe gedaante, beklemmender en realistischer. Ze liep tussen haar vader en mevrouw Rawlings door de tunnel onder de Theems. Ze hielden haar beide handen vast maar hun aanraking was benauwend, niet troostend. Ze kon niet weg en ze kon nergens heen. Achter zich hoorde ze het scheuren van het plafond van de tunnel, maar ze durfde niet om te kijken omdat ze besefte dat dat een ramp zou zijn. Voor haar strekte de tunnel zich verder uit dan in werkelijkheid, met een lichte, ronde opening aan het uiteinde. Terwijl ze doorliepen werd de tunnel langer en de zonnige, ronde opening kleiner, tot die niet meer dan een schoteltje was en ze wist dat het zou krimpen tot een lichtpuntje en daarna verdwijnen. Haar vader liep met kaarsrechte rug naast haar, zonder naar haar te kijken of iets tegen haar te zeggen. Hij droeg de tweedjas met de korte cape die hij in de winter altijd droeg en die ze aan het Leger des Heils had weggegeven. Hij was boos dat ze hem had weggegeven zonder hem daar eerst over te raadplegen, maar hij had hem teruggevonden en weer aangetrokken. Ze was niet verbaasd dat hij een slang om zijn hals had. Het was een echte slang, dik en lang als een cobra, die zich uitrekkend en samentrekkend om zijn schouders slingerde, vilein sissend, klaar om hem te wurgen. De tegels in het plafond van de tunnel waren nat en de eerste dikke druppels vielen al. Ze zag dat het geen waterdruppels waren, maar druppels bloed. En opeens had ze zich losgerukt en begon gillend te hollen naar dat onbereikbare lichtpuntje, terwijl voor haar uit het plafond instortte en naar haar toe schoof zodat het laatste licht werd buitengesloten: de zwarte, vernietigende golf van de dood.

Toen ze wakker werd, merkte ze dat ze tegen het raam aan was gezakt en met haar handen tegen het glas bonsde. Opluchting begeleidde de bewustwording, maar de beklemming van de nachtmerrie bleef als een smet op de geest. In elk geval wist ze wat het was. Ze liep naar haar bed en deed de lamp aan. Het was bijna vijf uur. Het had geen zin nog te proberen weer in slaap te vallen. Ze trok haar ochtendjas aan, schoof de gordijnen opzij en deed de balkondeuren open. Met de donkere kamer achter zich kon ze het fonkelen van de rivier zien en wat hoge sterren. De benauwenis van de droom week, maar in plaats daarvan kwam die andere vrees waaruit geen ontwaken mogelijk leek.

Plotseling dacht ze aan Adam Dalgliesh. Hij woonde ook aan de rivier, in Queenhithe. Ze vroeg zich af hoe ze kon weten waar hij woonde en herinnerde zich toen de publiciteit rond zijn laatste, goed ontvangen dichtbundel. Hij was erg gesloten, maar dat feit was dan toch naar buiten gekomen. Het was vreemd dat hun levens verbonden werden door die donkere getijdestroom met zijn oude geschiedenis. Ze vroeg zich af of hij ook wakker was, of een kilometer of drie stroomopwaarts zijn lange, donkere gedaante stond uit te kijken over dezelfde gevaarlijke rivier.

III

Werk in uitvoering

36

Op zaterdag zestien oktober maakte Jean-Philippe Etienne zoals gebruikelijk om negen uur zijn ochtendwandeling. Seizoen of weer waren niet van invloed op het tijdstip of zijn route. Hij liep over het smalle steenpad tussen de moerassen en akkers waarop het Romeinse fort Othona zou hebben gestaan, langs de Anglo-Keltische kapel van St. Peter-on-the-Wall, over de kaap naar de Blackwater-delta. Hij kwam maar zelden iemand tegen op zijn vroege omzwerving, ook niet in de zomer als er wel eens een bezoeker aan de kapel of een vogelliefhebber onderweg was; als hij iemand zag, groette hij beleefd, zonder meer. De mensen van de streek wisten dat hij in Othona House woonde omdat hij de eenzaamheid zocht, en wilden die niet verstoren. Hij kwam niet aan de telefoon en ontving geen bezoek. Maar op deze ochtend zou er om half elf een bezoeker komen die niet kon worden weggestuurd.

In het krachtiger wordende licht keek hij uit over de kalme geulen van de delta naar de lichtjes op het eiland Mersea en dacht na over die onbekende commissaris Dalgliesh. De boodschap die hij Claudia aan de politie had laten doorgeven was ondubbelzinnig: hij had geen informatie over de dood van zijn zoon, geen theorieën, geen mogelijke verklaring van het mysterie, geen idee van een verdachte. Zijn eigen visie was dat Gerards dood een ongeluk moest zijn, hoe merkwaardig of verdacht de omstandigheden ook waren. Een ongeluk was veel waarschijnlijker dan welke andere verklaring ook en zeker veel waarschijnlijker dan moord. Moord. Het onthutsende woord galmde door zijn hoofd en riep niets anders op dan weerzin en ongeloof.

Terwijl hij als versteend op de smalle, stenige zeereep stond, waar de minuscule golfjes aanspoelden in een smalle veeg vuil schuim, en zag hoe de lampen aan de overkant een voor een doofden naarmate het lichter werd, bewees hij zijn zoon met tegenzin de eer hem te gedenken. De meeste herinneringen waren onaangenaam, maar omdat ze zijn gedachtenstroom bepaalden en zich niet lieten verdringen, was het misschien beter ze te aanvaarden, te beoordelen en te rangschikken. Gerard was opgegroeid met één elementaire zekerheid: hij was de zoon van een held. Dat was belangrijk voor een jongen, voor elke jongen, maar zeker voor iemand die zo trots was als hij. Hij mocht een hekel aan zijn vader hebben, menen dat hij te weinig liefde van hem had ontvangen, werd ondergewaardeerd of verwaarloosd – hij kon het zonder liefde stellen als hij trots kon zijn, trots op de naam en waar die voor stond. Het was altijd belangrijk voor hem geweest te weten dat de man wiens genen hij meedroeg zwaarder op de proef was gesteld dan de meesten van zijn generatie en niet tekort was geschoten. De decennia verstreken en de herinnering verflauwde, maar een man kon nog altijd worden beoordeeld naar wat hij in die turbulente oorlogsjaren had gedaan. Jean-Philippes reputatie was onomstreden; er viel niets op af te dingen. De reputatie van andere helden uit het Franse verzet was bezoedeld door de onthullingen uit latere jaren, maar de zijne nooit. De medailles die hij nooit meer droeg, waren eerlijk verdiend.

Jean-Philippe had het effect van dat besef bij Gerard gezien: de behoefte aan goedkeuring en respect van zijn vader, de behoefte zich te bewijzen, in de ogen van zijn vader te rechtvaardigen. Was dat niet de reden waarom hij als jongen van eenentwintig de Matterhorn had beklommen? Tevoren had hij nooit enige belangstelling getoond voor bergbeklimmen. Het was een tijdrovende en dure onderneming geworden. Hij had de beste gids uit Zermatt gehuurd die terecht van hem had geëist dat hij een paar maanden stevig zou trainen voordat hij de poging zou wagen, en zijn voorwaarden had gesteld. De groep zou afzien van de laatste etappe naar de top als Gerard in de ogen van de gids een gevaar voor zichzelf of de anderen was. Maar ze hadden doorgezet. De top was bereikt. Dat was iets dat Jean-Philippe niet had gepresteerd.

En dan Peverell Press. Daar was Jean-Philippe in zijn laatste jaren, besefte hij, nauwelijks meer geweest dan een passagier: getolereerd, niet lastig gevallen en zelf niemand tot last. Gerard zou, zodra hij algemeen directeur was, Peverell Press fundamenteel veranderen. Hij had twintig van zijn aandelen in het bedrijf aan Gerard overgedragen en vijftien aan Claudia. Gerard hoefde zich alleen maar te verzekeren van de steun van zijn zuster om over een meerderheid te beschikken. En waarom ook niet? De Peverells hadden hun tijd gehad; nu was de beurt aan de Etiennes.

Toch was Gerard elke maand blijven komen om rapport uit te brengen, alsof hij een rentmeester was die verantwoording aflegde aan zijn gebieder. Hij kwam niet voor advies of bijval. Het scheen Jean-Philippe soms toe dat de reis een vorm van herstelbetaling was, een vrijwillig ondernomen boetedoening, een kinderplicht die werd vervuld nu het de oude man niet meer kon schelen, nu hij aan zijn stram geworden handen de zwakke banden met zijn familie, zijn bedrijf, zijn leven liet ontglippen. Hij had geluisterd en soms een opmerking gemaakt, maar het nooit opgebracht om te zeggen: 'Ik wil het niet horen. Het laat me koud. Voor mijn part kun je Innocent House verkopen, naar de Docklands verhuizen, het bedrijf overdoen, het archief verbranden. Aan mijn betrokkenheid bij Peverell is een einde gekomen toen ik die verpulverde botten in de Theems liet vallen. Ik ben even dood voor al je zakelijke beslommeringen als Henry Peverell. Wij zijn geen van beiden meer in staat ons er druk om te maken. Denk niet dat ik, omdat ik met je kan praten en bepaalde andere functies verrichten, nog leef.' Hij zat er roerloos bij en stak van tijd tot tijd zijn trillende hand uit naar zijn tumbler met wijn; het glas met de zware voet was voor hem gemakkelijker te gebruiken dan een wijnglas. De stem van zijn zoon klonk als van ver.

'Moeilijk te zeggen wat beter is: kopen of huren. In principe ben ik voor kopen. De huren zijn belachelijk laag, maar dat zal na afloop van de termijn wel anders worden. Aan de andere kant valt er iets voor te zeggen om een korte huurtermijn te kiezen, zeg vijf jaar, om kapitaal vrij te houden voor aankopen en ontwikkeling. Een uitgeverij moet zich met boeken bezighouden, niet met onroerend goed. De afgelopen honderd jaar heeft Peverell Press middelen verspild aan het onderhoud van Innocent House alsof het huis het bedrijf was. Baksteen en mortel tot symbool verheven, ook op het briefpapier.'

'Steen en marmer,' had Jean-Philippe gezegd. Nadat Gerard vragend had gefronst, had hij eraan toegevoegd: 'Steen en marmer, geen baksteen en mortel.'

'De achtergevel is van baksteen. Architectonisch is het huis een bastaardvorm. De mensen zeggen wel dat Charles Fowler op briljante wijze laatachttiende-eeuwse Britse elegantie heeft weten te combineren met vijftiende-eeuwse Venetiaanse gotiek, maar wat mij betreft had hij het beter kunnen laten. Hector Skolling mag het hebben.'

'Frances zal erom treuren.'

Hij had het gezegd om iets te zeggen. De gevoelens van Frances lieten hem koud. De krachtige smaak van de wijn vulde zijn mond. Het was goed dat hij de robuuste rode wijnen nog kon proeven.

'Ze komt er wel overheen,' had Gerard gezegd. 'De Peverells voelen zich verplicht van Innocent House te houden, maar ik betwijfel of het haar veel doet.' Het deed hem ergens aan denken. 'Hebt u de aankondiging van mijn verloving in de *Times* gezien?'

'Nee. Ik lees geen dagbladen meer. De *Spectator* heeft elke week een samenvatting van het belangrijkste nieuws. Die halve pagina stelt me gerust: de wereld draait nog ongeveer zo door als altijd. Ik hoop dat je ge-

lukkig zult worden in je huwelijk. Ik was dat wel.'
'Ja, ik heb altijd gedacht dat u en moeder het goed met elkaar konden vinden.'
Jean-Philippe rook zijn verlegenheid. De opmerking bleef in al zijn grove ontoereikendheid tussen hen in hangen als een flard scherpe rook. 'Ik dacht niet aan je moeder,' zei Jean-Philippe zacht.
Nu hij over het stille, weidse water keek, scheen het hem toe dat hij alleen in de turbulente, verwarde oorlogsjaren echt had geleefd. Hij was jong en hartstochtelijk verliefd; hij genoot van het constante gevaar, de druk van het leiderschap stimuleerde hem en zijn eenvoudige vaderlandsliefde, zonder reserves, was voor hem een godsdienst geworden. In het bezette Frankrijk, waarin velen niet goed raad wisten met hun loyaliteit, had hij zelf onvoorwaardelijk gekozen. Nadien had niets meer kunnen tippen aan de verrukking, de opwinding, de glans van die jaren. Nooit meer had hij elke dag zo intens beleefd. Zelfs na de dood van Chantal was zijn inzet totaal gebleven, hoewel hij tot het verwarrende besef was gekomen dat hij de maquis en de bezetters in gelijke mate schuldig achtte aan haar dood. Hij had nooit geloofd dat gewapende actie of het vermoorden van Duitse militairen de meest doelmatige vorm van verzet was. In 1944 kwamen de bevrijding en de overwinning en een onverwachte, zware terugslag die hem had gedemoraliseerd en bijna apathisch gemaakt. Pas toen, op het moment van de overwinning, had hij ruimte en tijd om te rouwen om Chantal. Hij voelde zich niet meer in staat tot een andere emotie dan het overweldigende verdriet dat in zijn treurige zinloosheid een onderdeel leek van een groter, universeel verdriet om gestorvenen.
Hij was zelf niet wraakzuchtig gestemd en had misselijk van afkeer gezien hoe het hoofd was geschoren van vrouwen die van 'banden met de vijand' waren beschuldigd, de vendetta's, de zuiveringen van de maquis, het standrecht dat had geleid tot de executie van dertig mensen in Puy-de-Dôme. Zoals de meeste mensen was hij verheugd toen de formele rechtsgang werd hersteld, maar hij ontleende geen bevrediging aan de processen of de straffen. Hij had geen sympathie voor de collaborateurs die het verzet hadden verraden of hadden gemarteld of gemoord. Maar in die tweeslachtige jaren hadden velen die met het Vichy-regime heulden, gedaan wat hun in het belang scheen van Frankrijk. Er waren fatsoenlijke mensen onder en als de Asmogendheden hadden gewonnen, was het wellicht inderdaad in het belang van Frankrijk geweest. Er waren fatsoenlijke mensen die de verkeerde kant hadden gekozen uit motieven die niet volstrekt verwerpelijk waren, er waren zwakkelingen, mensen die werden bezield door afkeer van het communisme, anderen die zich hadden laten verleiden door de schone schijn van het fascisme. Geen van die

mensen kon hij haten. Zijn eigen roem, zijn eigen heldendom, zijn eigen onschuld gingen hem tegenstaan.
Hij had niet langer in Frankrijk kunnen blijven en was naar Londen verhuisd. Zijn grootmoeder was een Engelse geweest. Hij beheerste de taal en was vertrouwd met de curieuze Engelse gewoonten, wat zijn zelf opgelegde verbanning vergemakkelijkte. Maar hij was niet naar Engeland gekomen uit liefde voor het land of de mensen. Het landschap was schitterend, maar dat gold ook voor Frankrijk. Hij had zich gedwongen gezien te vertrekken en Engeland lag het meest voor de hand. Op een feest in Londen – hij wist niet meer wat voor feest of waar – was hij aan Henry Peverells nicht Margaret voorgesteld. Ze was knap, sensitief en ontroerend kinderlijk en ze was romantisch verliefd geworden op hem, op zijn heldendom, zijn nationaliteit en zelfs zijn accent. Hij had haar kritiekloze adoratie vleiend gevonden en het was moeilijk geweest niet minstens met sympathie en een beschermende warmte te reageren op wat hij zag als haar kwetsbaarheid. Maar hij had nooit van haar gehouden. Er was maar één mens van wie hij had gehouden. Met Chantal was zijn vermogen gestorven om meer dan sympathie te voelen.
Maar hij was met haar getrouwd en vier jaar naar Toronto gegaan, en toen het hem daar begon te vervelen, waren ze met de twee jonge kinderen teruggekeerd naar Londen. Op uitnodiging van Henry was hij toegetreden tot Peverell Press, had zijn aanzienlijke kapitaal in het bedrijf gestoken en zijn aandelen gekregen en had de rest van zijn arbeidzame leven doorgebracht in het excentrieke bouwwerk aan die vreemde noordelijke rivier. Hij was er redelijk tevreden mee geweest. Hij wist dat de mensen hem nogal saai vonden; dat verbaasde hem niet, want hij vond zichzelf ook vervelend. Het huwelijk was duurzaam geweest. Hij had Margaret Peverell als zijn vrouw zo gelukkig gemaakt als ze kon zijn. Hij vermoedde dat de Peverell-vrouwen niet in staat waren erg gelukkig te worden. Ze had naar kinderen gehunkerd en hij had plichtsgetrouw de zoon en dochter bij haar verwekt waarop ze had gehoopt. Dat was zijn kijk op het ouderschap, zo had hij het altijd gezien: iets geven dat nodig was voor het geluk van zijn vrouw, al had hij zelf zonder gekund. Het was een geschenk zoals een ring, een ketting of een nieuwe auto, waarvoor hij verder geen verantwoordelijkheid droeg, omdat de verantwoordelijkheid met het geschenk werd overgedragen.
En nu was Gerard dood en de onbekende politieman zou hem komen vertellen dat zijn zoon was vermoord.

37

De afspraak van Kate en Daniel met Rupert Farlow was om tien uur. Ze wisten dat parkeren in Hillgate Village vrijwel onmogelijk zou zijn en lieten de auto staan bij het bureau in Notting Hill Gate, waarna ze te voet tegen de heuvel op verder liepen onder de lindebomen van Holland Park Avenue. Kate bedacht dat het vreemd was nu al terug te komen in deze vertrouwde omgeving. De verhuizing was pas drie dagen achter de rug maar het was of ze de buurt letterlijk en figuurlijk achter zich had gelaten zodat ze bij het naderen van Notting Hill Gate de luidruchtige grotestadswijk had gezien met de ogen van een vreemde. Maar er was natuurlijk niets veranderd: de onopvallende, niet bij elkaar passende huizenblokken uit de jaren dertig, de talloze borden, de hekken die haar het gevoel gaven een kuddedier te zijn, de lange betonnen bloembakken met hun verwilderde, bestofte groen, de etalages met de namen in stromen hardgroen, rood en geel, het continue verkeersgedreun. Voor de supermarkt stond nog dezelfde bedelaar die, met zijn grote Duitse herder op een kleedje aan zijn voeten, de voorbijgangers zachtjes vroeg om een kleine bijdrage om te kunnen eten. Achter die drukte lag Hillgate Village met zijn gepleisterde, veelkleurige kalmte.

Terwijl ze de bedelaar passeerden en wachtten om te kunnen oversteken, zei Daniel: 'Waar ik woon zijn er ook een paar. Ik zou in de verleiding komen de supermarkt binnen te gaan om een broodje voor hem te kopen als het niet verboden was, terwijl zijn hond er ook uitziet alsof hij te veel te eten krijgt. Geef jij ooit?'

'Aan zijn soort niet, en niet vaak. Soms. Ik vind het verkeerd van mezelf, maar ik doe het wel. Nooit meer dan een pond.'

'Die ze uitgeven aan drank en drugs.'

'Aan een gift mag je geen voorwaarden verbinden. Zelfs als het maar om een pond gaat. Zelfs als je aan een bedelaar geeft. En ik weet ook wel dat het officieel niet mag.'

Ze waren bij de stoplichten overgestoken en zonder inleiding zei hij: 'Ik moet eigenlijk aanstaande zaterdag naar de bar mitswa van mijn neefje.'

'Ga er dan heen als het belangrijk is.'

'AD zal het niet leuk vinden als ik verlof vraag. Je weet hoe hij is als we aan een zaak werken.'

'Het duurt toch niet de hele dag? Vraag het gewoon. Hij was heel schappelijk toen Robbins een dag vrij wou na de dood van zijn oom.'

'Dat was voor een christenbegrafenis, geen joodse bar mitswa.'

'Zijn er nog andere soorten bar mitswa? En wees eerlijk. Zo is hij hele-

maal niet en dat weet je best. Wat ik zeg: als het belangrijk is, moet je het gewoon vragen, en als het niet belangrijk is, vraag je het niet.'
'Belangrijk voor wie?'
'Hoe moet ik dat weten? Voor die jongen, misschien.'
'Ik ken hem nauwelijks. Voor hem maakt het waarschijnlijk niet zoveel uit. Maar onze familie is klein, hij heeft maar twee neven. Ik denk dat hij het wel prettig vindt als ik erbij ben. Mijn tante heeft waarschijnlijk liever dat ik wegblijf. Dan heeft ze er weer een grief tegen mijn moeder bij.'
'Je kunt van AD niet verwachten dat hij voor je beslist of doen wat je neef leuk vindt belangrijker is dan doen wat je tante niet leuk vindt. Als het belangrijk is, moet je erheen. Waarom doe je daar zo moeilijk over?'
Hij antwoordde niet en terwijl ze Hillgate Street inliepen, dacht ze: misschien omdat het voor hemzelf belangrijk is. Achteraf verbaasde ze zich over het gesprekje. Het was voor het eerst dat hij aarzelend de deur naar zijn privé-leven had opengezet. En ze had gemeend dat hij, net als zij, die gebarricadeerde toegang bewaakte met een bijna aan waanzin grenzend fanatisme. In zijn drie maanden bij het team hadden ze nooit over zijn joodse identiteit gepraat en eigenlijk alleen maar over het werk gesproken. Vroeg hij echt om raad of gebruikte hij haar om zelf te weten te komen wat hij wou? Als hij advies wilde, was het verrassend dat hij bij haar aankwam. Ze was zich er van meet af aan van bewust geweest dat hij zich afschermde en tactvol moest worden bejegend en zij vond het een beetje storend dat er tact werd gevergd in een collegiale relatie. Het politiewerk bracht al genoeg spanningen mee zonder de noodzaak een collega te ontzien of ter wille te zijn. Maar ze had hem aardig gevonden of liever gezegd, begon hem aardig te vinden zonder goed te weten waarom. Hij was stevig gebouwd, nauwelijks langer dan zij, met een markant gezicht, blond haar en leigrijze ogen die blonken als gepolijste kiezelstenen. Als hij zich kwaad maakte, werden ze donkerder, bijna zwart. Ze herkende zowel zijn intelligentie als zijn ambitie, die de hare evenaarden. In ieder geval had hij er geen moeite mee om samen te werken met een vrouw die langer bij de dienst was dan hij; als het wel zo was, verborg hij het beter dan de meesten van zijn collega's. Ze hield zichzelf ook voor dat ze hem seksueel aantrekkelijk begon te vinden, alsof een formele erkenning van dat feit kon voorkomen dat het nauwe contact zou leiden tot onbezonnenheden. Ze had zo vaak de ellende gezien van collega's die werk en privé-leven niet konden scheiden, dat ze een dergelijke relatie, die zoveel gemakkelijker was aan te knopen dan te verbreken, zelf niet aandurfde.
Omdat ze zijn vertrouwelijkheid wilde beantwoorden en bang was dat ze te bot was geweest, zei ze: 'Op Ancroft, mijn middelbare school, zaten

kinderen van wel tien of twaalf verschillende godsdiensten. Achteraf leek het of we elke dag wel een feest of een dienst hadden. Meestal hoorde er lawaai bij en een verkleedpartij. De visie van bovenaf was dat alle godsdiensten even belangrijk waren. Ik moet zeggen dat ik er de overtuiging aan heb overgehouden dat ze allemaal even onbelangrijk waren. Als godsdienst niet met overtuiging wordt gegeven, wordt het vak oninteressant, denk ik. Of misschien ben ik van nature een heiden. Ik heb het niet zo op die nadruk op zonde, lijden en het laatste oordeel. Als ik een god had, zou ik liever willen dat hij intelligent, vrolijk en onderhoudend was.'
'Ik betwijfel of je veel troost bij hem zou vinden als je naar de gaskamer werd gejaagd,' zei hij. 'Dan gaf je misschien de voorkeur aan een God der Wrake. Deze straat moeten we hebben, niet?'
Ze vroeg zich af of hij niet op het onderwerp door wilde gaan of haar waarschuwde dat ze hem te na kwam. 'Ja. Zo te zien zijn de hoge nummers aan het andere uiteinde.'
Links van de deur was een intercom. Kate belde aan, een man vroeg wie er was en ze zei: 'Adjudant Miskin en adjudant Aaron. We komen voor meneer Farlow. We hebben een afspraak.'
Ze luisterden naar de zoemer die kenbaar zou maken dat het slot werd ontgrendeld, maar in plaats daarvan zei dezelfde stem: 'Ik kom eraan.'
Ze moesten anderhalve minuut wachten, maar het leek langer. Kate had al twee keer op haar horloge gekeken toen de deur openging en ze een stevige jongeman zagen, op blote voeten, in een blauwwit geruite strakke broek met een wit sweatshirt. Zijn haar was zo kort geknipt dat zijn hoofd wel een borstel leek. Zijn neus was breed en vlezig en de korte, ronde armen, met hun patina van bruin haar, leken zo mollig rond als die van een kind. Kate vond hem net een teddybeer, met dat gedrongen, strak gespannen lijf; als er een prijskaartje aan de ring in zijn linkeroor had gebungeld, was de illusie compleet geweest. Maar de lichtblauwe ogen die haar aankeken, waren eerst argwanend en kregen toen ze hem op haar beurt aankeek iets vijandigs, en er was niets uitnodigends in zijn stem toen hij, het aangeboden kaartje negerend, zei: 'Kom dan maar boven.'
Het was erg warm in de smalle opgang en de lucht was verzadigd met een exotische kruidige bloemengeur die Kate aangenaam zou hebben gevonden als hij niet zo overheersend was geweest. Ze liepen na hun gids de smalle trap op naar een zitkamer die zich van de voorkant tot de achterkant van het huis uitstrekte. Waar een scheidingsmuur moest zijn geweest, bevond zich nu een toog. Aan de achterzijde was een kleine uitbouw met uitzicht over de tuin. Kate, die meende dat ze het tot in de

bijzonderheden waarnemen van haar omgeving zonder nieuwsgierig te lijken, op enig niveau beheerste, zag nu niets anders dan de man voor wie ze gekomen waren. Hij lag gesteund door kussens op een eenpersoonsbed rechts van de uitbouw en was zichtbaar ten dode opgeschreven. De aanblik van extreme vermagering had ze vaak genoeg op het scherm gezien; in haar kamer keek ze nauwelijks meer op van de dode ogen en uitgemergelde ledematen. Nu ze voor het eerst zo iemand in levenden lijve zag, vroeg ze zich verbaasd af hoe een mens zo verzwakt kon zijn en toch nog ademhalen; hoe het mogelijk was dat de grote ogen, die zich in de ingeteerde kassen vrijelijk leken te bewegen, haar zo intens en licht spottend konden aankijken. Hij was gehuld in een kamerjas van rode zijde, maar die gaf geen glans aan de ziekelijke, gele huid. Er stond een kaarttafel bij het hoofdeinde, met een fauteuil, en er lagen twee pakken kaarten op het met groen laken beklede blad. Blijkbaar hadden Rupert Farlow en zijn metgezel canasta willen spelen.

Zijn stem droeg niet, maar was vast; de essentie van zijn wezen was nog te horen in het heldere, hoge geluid. 'Sorry dat ik niet opsta. De geest is willig, maar het vlees is zwak. Ik reserveer mijn energie liever voor mijn kaarten, die Ray niet mag zien. Ga vooral zitten, als er ergens een stoel is. Willen jullie een borrel? Ik weet wel dat jullie in diensttijd niet mogen drinken, maar ik weiger dit als een dienstbezoek te beschouwen. Ray, waar heb je de fles verstopt?'

De jongen, die aan de kaarttafel was gaan zitten, maakte geen aanstalten.

'We hoeven geen borrel,' zei Kate, 'maar bedankt voor het aanbod. Het gesprek hoeft niet lang te duren. Het gaat over donderdagavond.'

'Zoiets dacht ik al.'

'Meneer De Witt zegt dat hij van kantoor direct naar huis is gekomen en de hele avond bij u is geweest. Kunt u dat bevestigen?'

'Als James dat tegen u heeft gezegd, is het waar. James liegt nooit. Dat is een van de dingen waar zijn vrienden veel moeite mee hebben.'

'En is het waar?'

'Natuurlijk. Dat heeft hij toch gezegd?'

'Hoe laat kwam hij thuis?'

'De gebruikelijke tijd. Half zeven, zoiets, toch? Dat heeft hij vast wel verteld. Dat moet hij hebben verteld.'

Kate, die een stapel tijdschriften opzij had geschoven, was gaan zitten op de Victoriaanse sofa die naast het bed stond. 'Hoe lang woont u al hier bij meneer De Witt?' vroeg ze.

Rupert Farlow keek haar met zijn immense, van pijn gloeiende ogen aan en bewoog langzaam zijn hoofd, alsof het gewicht van zijn ingeteerde schedel te zwaar was voor zijn hals. 'U wilt weten hoe lang ik bij hem

inwoon en niet, laten we zeggen, hoe lang ik zijn leven en zijn bed deel?'
'Ja, dat is de vraag.'
'Vier maanden, twee weken en drie dagen. Hij heeft me in huis genomen vanuit het hospitium. Ik weet niet precies waarom. Misschien vindt hij het opwindend om een sterfbed mee te maken. Sommige mensen krijgen daar een kick van. In het hospitium kreeg ik veel bezoek, kan ik u verzekeren. Onze charitatieve instelling is de enige die nooit moeite heeft met het werven van vrijwilligers. Seks en dood geven de grootste kick. Overigens hebben we nooit iets met elkaar gehad. Hij is verliefd op die saaie burgerlijke trut Frances Peverell. James is akelig hetero. U kunt hem met een gerust hart een hand geven of u aan intiemer contact wagen als u daar heil in ziet.'
'Hij is om half zeven van zijn werk gekomen,' zei Daniel. 'Is hij later nog de deur uit geweest?'
'Bij mijn weten niet. Hij is vóór elven naar bed gegaan en is bij me gekomen toen ik om half vier wakker werd en om kwart over vier en om kwart voor zes. Ik heb de tijdstippen genoteerd. O, en om zeven uur in de ochtend heeft hij diverse vieze karweitjes voor me gedaan. In de tussentijd heeft hij bepaald geen tijd gehad om naar Innocent House te gaan om Gerard Etienne om zeep te helpen. Maar ik moet u waarschuwen dat ik niet echt betrouwbaar ben. Ik zou hem nooit afvallen. Het is immers niet in mijn belang dat James achter de tralies gaat?'
'Evenmin om medeplichtig te zijn aan moord,' zei Daniel.
'Daar hoef ik niet over in te zitten. Als jullie James meenemen, neem mij dan ook maar mee. Ik zou het penitentiaire systeem meer last bezorgen dan het systeem mij. Dat is het voordeel van ongeneeslijk ziek zijn. Er is weinig voor te zeggen, maar de politie heeft geen macht meer over je. Nu ja, ik moet me zeker constructief opstellen? In dat geval: jij hebt James om half acht nog aan de telefoon gehad, Ray.'
Ray had een tweede pak kaarten in zijn handen dat hij vaardig schudde.
'Ja, dat klopt, tegen half acht. Om te vragen hoe het ging. Toen was hij hier.'
'Kijk eens aan. Goed van mij dat ik dat nog weet.'
In een opwelling vroeg Kate: 'Bent u – het kan haast niet anders – de Rupert Farlow van *The Fruit Cage*?'
'Hebt u dat gelezen?'
'Met Kerstmis van een vriend gekregen. Hij had de gebonden editie voor me op de kop weten te tikken. Daar schijnt veel vraag naar te zijn. Hij vertelde me dat de eerste druk uitverkocht was en niet zou worden herdrukt.'
'Een rus met literaire belangstelling. Ik dacht dat die alleen in boeken

voorkwamen. Vond u het mooi?'
'Jazeker.' Ze wachtte even en voegde er toen aan toe: 'Ik vond het schitterend.'
Hij tilde zijn hoofd op om naar haar te kijken. Zijn stem veranderde van klank en hij sprak zo zacht dat ze hem nauwelijks kon verstaan. 'Ik was er zelf heel tevreden over.'
Ze keek in zijn ogen en zag tot haar ontzetting dat ze zich met tranen vulden. Het broze lichaam in de bloedrode wade trilde en met veel moeite bedwong ze de opwelling zich naar voren te buigen en haar armen om hem heen te leggen. Ze wendde haar blik af en zei, zorgvuldig modulerend: 'We zullen u niet meer vermoeien, maar misschien moeten we nog terugkomen om u te vragen een verklaring te ondertekenen.'
'U treft me vast thuis. Anders kan ik u waarschijnlijk niet helpen. Ray brengt u wel naar de deur.'
Zwijgend liepen ze gedrieën de trap af. Bij de deur draaide Daniel zich om en zei: 'Meneer De Witt heeft ons verteld dat er donderdagavond niemand heeft opgebeld, dus een van u beiden liegt of vergist zich. Bent u het?'
De jongen haalde zijn schouders op. 'Best mogelijk dat ik me vergis. Weet ik veel. Het kan best een andere avond zijn geweest.'
'Of misschien is het helemaal niet gebeurd? Liegen in een onderzoek naar een moord is gevaarlijk. Gevaarlijk voor u en de onschuldigen. Als u invloed op meneer Farlow hebt, zegt u dan tegen hem dat hij zijn vriend het beste kan helpen door de waarheid te spreken.'
Ray had zijn hand op de deur. 'Wat een gelul,' zei hij. 'Waarom zou ik? Dat zegt de politie toch altijd, dat je jezelf en de onschuldigen helpt door de waarheid te spreken? De waarheid spreken tegen de russen is in het belang van de russen. Je maakt ons niet wijs dat wij er iets mee opschieten. En als jullie nog een keer willen komen, bel dan van tevoren op. Hij kan niet veel meer hebben.'
Daniel deed zijn mond open maar bedacht zich. De deur viel achter hen in het slot. Ze liepen elk in eigen gedachten verdiept Hillgate Street af. Toen zei Kate: 'Ik had beter niets kunnen zeggen over zijn roman.'
'Waarom niet? Wat steekt daar nu voor kwaad in, als het gemeend was?'
'Juist omdat ik het meende, had ik het niet moeten doen. Daarmee heb ik hem van streek gemaakt.' Ze zweeg even en vroeg toen: 'Wat is dit alibi waard, denk je?'
'Niet veel. Als hij erbij blijft, en ik denk dat hij dat zal doen, wordt het lastig voor ons, wat we verder ook nog over De Witt kunnen vinden.'
'Dat hoeft niet. Dat hangt ervan af hoe sterk het overige bewijs wordt. En als wij het geen overtuigend alibi vinden, dan vindt een jury dat ook niet.'

'Als je die man voor een jury kunt slepen.'
'Er zit me één ding dwars,' zei Kate. 'Het kan toeval zijn, maar ik vraag het me af. Kennelijk loog die vriend van hem, die Ray, maar hoe wist Farlow dat er een alibi nodig was voor half acht of daaromtrent? Of was dat een toevalstreffer?'

38

De afspraak die Claudia Etienne voor Dalgliesh had gemaakt met Jean-Philippe was voor half elf, zodat hij plezierig vroeg uit Londen zou moeten vertrekken. Het tijdstip van de afspraak was opmerkelijk exact voor een man die, naar hij mocht aannemen, de dag aan zichzelf had. Dalgliesh vroeg zich af of het zo gekozen was dat Etienne, ook als het gesprek wat zou uitlopen, zich niet verplicht hoefde te voelen hem voor de lunch uit te nodigen. Dat kwam hem ook goed uit. Lunchen in een onbekende omgeving, zonder te worden herkend, was een zeldzaam genoegen, ook als het eten teleurstelde; zolang hij maar ergens kon eten in het besef dat niemand wist waar hij was en dat geen telefoon hem kon bereiken. Hij nam zich voor daar na afloop van het gesprek ten volle van te genieten. Hij moest om vier uur terug zijn op de Yard voor een bespreking en zou daarna doorgaan naar Wapping, om van Kate te horen hoe het onderzoek vorderde. Dat liet geen tijd voor een eenzame wandeling of het verkennen van een interessante kerk. Maar een mens moest toch eten.

Het was nog donker toen hij vertrok en toen het licht werd, was het droog weer zonder zon. Maar toen hij voorbij de laatste oostelijke voorsteden tussen de gedempte kleuren van het landschap van Essex reed, werd de grauwe hemelkoepel belicht op een manier die een belofte van zon inhield. Achter de gesnoeide hagen met hier en daar een door de wind vervormde boom strekten de geploegde najaarsakkers met de eerste groene stipjes van de wintertarwe zich tot aan de verre horizon uit. Onder de wijde hemel van East Anglia voelde hij zich bevrijd, alsof het gewicht van een oude, vertrouwde last even van zijn schouders werd getild.

Hij ging na wat hij wist over de man die hij zou ontmoeten. Hij kwam naar Othona House zonder grote verwachtingen, maar niet geheel onvoorbereid. Er was geen tijd geweest voor een gedetailleerd onderzoek naar de levensgeschiedenis van de man. Hij had in Londen krap drie kwartier in de openbare leeszaal doorgebracht en getelefoneerd met een voormalige deelnemer aan het verzet in Parijs, wiens naam hij had gekregen van een contact op de Franse ambassade. Hij wist nu iets meer van Jean-Philippe Etienne, held van het verzet in het bezette Frankrijk.

Etiennes vader was eigenaar geweest van een goedlopende krant en een drukkerij in Clermont-Ferrand en hij was een van de vroegste en meest actieve leden van de Organisation de résistance de l'armée. Hij was in 1941 aan kanker gestorven en zijn enige zoon, toen net getrouwd, had de bedrijven geërfd en daarnaast de rol van zijn vader overgenomen in de strijd tegen Vichy en de Duitse bezetter. Net als zijn vader was hij een fervent gaullist en anticommunist; hij wantrouwde het Front national omdat het door communisten was opgericht, hoewel veel van zijn vrienden – christenen, socialisten, intellectuelen – lid waren. Maar hij was een eenzaat van nature en kon het beste overweg met zijn eigen kleine, in het geheim aangeworven groep. Zonder openlijk conflict met de grote organisaties had hij zich eerder op propaganda dan op de gewapende strijd geconcentreerd en zijn eigen ondergrondse krant opgericht, gedropte geallieerde pamfletten verspreid, Londen regelmatig zeer waardevolle inlichtingen verschaft en zelfs geprobeerd Duitse soldaten te bewerken en te demoraliseren door propaganda in hun kazernes binnen te smokkelen. Zijn krant bleef verschijnen maar werd meer een literaire publikatie dan een nieuwskrant; de voorzichtige, niet-politieke houding stelde Etienne in staat een ruimere toelage drukinkt en papier te behouden dan hem toekwam in een tijd dat de distributie daarvan onder strenge controle stond. Door zuinigheid en list kon hij voldoende overhouden voor zijn ondergrondse publikaties.

Vier jaar lang had hij een dubbelleven geleid met zoveel succes dat de Duitsers geen argwaan tegen hem koesterden terwijl hij bij het verzet niet te boek stond als collaborateur. Zijn diepgewortelde argwaan jegens de maquis was nog versterkt toen zijn vrouw in 1943 om het leven kwam bij een aanslag op een trein door een van de meer actieve groepen. Hij was als een held uit de oorlog gekomen, en al was hij minder bekend dan Alphonse Rosier, Serge Fischer of Henri Martin, zijn naam was te vinden in de registers van boeken over het verzet tegen Vichy. Hij had zijn medailles en zijn vrede verdiend.

Na een kleine twee uur rijden had Dalgliesh de afslag van de A12 naar het zuidoosten, richting Maldon, genomen en nu reed hij naar het oosten door een vlak, weinig opwindend landschap tot aan Bradwell-on-Sea, een aantrekkelijk dorp met zijn vierkante kerktoren en roze, witte en okerkleurige houten huizen met late chrysanten in hangmandjes naast de voordeur. De King's Head leek hem heel geschikt om te lunchen. Een smalle weg was voorzien van een bord dat verwees naar de kapel van St. Peter-on-the-Wall en al spoedig zag hij in de verte een hoog, rechthoekig bouwwerk afsteken tegen de lucht. De kapel zag er nog net zo uit als toen hij hier als jongen van tien met zijn vader kwam, eenvoudig en elementair van proporties als het poppenhuis van een kind. Het hobbelige pad naar de kapel was van de weg gescheiden door een houten hek, maar het pad naar Othona House, een paar honderd meter naar rechts, was open. Op een houten bord dat zo gespleten was dat het opschrift nauwelijks meer te ontcijferen viel, stond de naam van het huis geschilderd; dat en het dak met de schoorstenen in de verte bevestigden dat het karrespoor de enige toegang was. Dalgliesh bedacht dat Etienne nauwelijks een doelmatiger manier had kunnen bedenken om bezoekers af te schrikken en een ogenblik vroeg hij zich af of hij die paar honderd meter niet beter had kunnen lopen in plaats van zijn schokbrekers eraan te wagen. Hij keek op zijn horloge: vijf voor half elf. Hij was precies op tijd.

Het karrespoor naar Othona House was diep uitgesleten en in de kuilen stond nog regen van de afgelopen nacht. Aan de ene kant lagen geploegde velden zover het oog strekte, zonder hagen en zonder bebouwing. Links was een brede sloot met een brede rij braamstruiken vol vruchten en daarachter een hier en daar onderbroken rij zware bomen, de knoestige stammen dik begroeid met klimop. Aan weerszijden van het spoor bewogen de verdroogde halmen van het hoog opgeschoten gras onrustig in de wind. Hoewel hij de ergste kuilen wist te vermijden, slingerde en schokte de Jaguar, en hij begon er al spijt van te krijgen dat hij niet voor aan de weg had geparkeerd toen het karrespoor ineens wat beter werd, de scheuren minder diep, en hij de laatste honderd meter meer gas kon geven.

Van het huis, omgeven door een hoge, gebogen muur van baksteen die betrekkelijk modern leek, was nog steeds niet meer te zien dan het dak en de schoorstenen. Kennelijk was de ingang aan de zeezijde. Na de bocht rechtsom kon hij het voor het eerst goed zien.

Het was een niet bijzonder groot huis van aangename proporties in zachtrood verkleurde baksteen, met een voorgevel die vrijwel zeker vroegachttiende-eeuws was. De gebogen lijn van de borstwering boven het uitspringende middengedeelte vormde een herhaling van het elegante bordes voor de ingang. De identieke vleugels aan weerszijden hadden in achten verdeelde ramen en de stenen kroonlijst erboven was versierd met gebeeldhouwde kamschelpen. De schelpen waren de enige toespeling op de ligging van het huis, dat met zijn waardige symmetrie en vriendelijke verweerdheid eerder op zijn plaats leek in de schaduw van een kathedraal dan op deze troosteloze, verlaten kaap. Er was geen directe toegang tot de zee. Tussen de brekers en Othona House lag over zo'n honderd meter een zoutmoeras dat werd doorsneden door talloze stroompjes; een doorweekt en verraderlijk tapijt van zachtblauw, zachtgroen en grijs, met gifgroene plekken waarin poelen zeewater glansden alsof het moeras met juwelen was bezaaid. Hij hoorde de zee, maar het was zulk rustig weer, met alleen een lichte bries die het riet deed ritselen, dat het geluid hem bereikte als een lichte zucht.

Hij belde aan en hoorde het gedempte luiden in het huis, maar het duurde ruim een minuut voordat hij het naderen van schuifelende voetstappen hoorde. Het knarsen van een grendel die werd weggeschoven volgde, een sleutel werd omgedraaid, en toen zwaaide de deur langzaam open.

De vrouw die hem zonder enig teken van belangstelling opnam was oud; eerder tachtig dan zeventig, dacht hij, maar haar stevige, gevulde figuur had niets broos. Ze droeg een zwarte japon met knoopjes tot aan de hals en een onyx broche bezet met doffe kunstparels. Haar benen bolden boven hoge zwarte veterschoenen en ze droeg haar borsten hoog, vormeloos als een kussen boven haar gesteven witte schort. Ze had een breed gezicht in de kleur van braadvet en haar jukbeenderen waren scherpe randen onder de omrimpelde, wantrouwige ogen. Voordat hij iets had kunnen zeggen, vroeg ze: 'Vous êtes le commissaire Dalgliesh?'

'Oui madame, je viens voir Monsieur Etienne, s'il vous plaît.'

'Suivez-moi.'

Ze sprak zijn naam zo vreemd uit dat hij hem niet direct herkende, maar ze had een lage, krachtige stem, vol zelfvertrouwen en gezag. Ze mocht dan in dienst zijn in Othona House, ze was niet serviel. Ze ging opzij om hem binnen te laten en hij bleef wachten terwijl ze de deur sloot en vergrendelde. De grendel boven haar hoofd was zwaar, de sleutel groot en ouderwets, en het kostte haar enige moeite hem om te draaien. De aderen op haar door ouderdom verbleekte en gevlekte werkhanden staken als paarse koorden af en de sterke vingers waren gekromd.

Ze ging hem voor door een gelambrizeerde gang naar een vertrek achter in het huis. In de deuropening kondigde ze 'le commissaire Dalgliesh' aan, haar rug tegen de deur gedrukt alsof hij besmettelijk was, en sloot toen de deur zorgvuldig achter zich alsof ze niets met deze ongewenste gast te maken wilde hebben.

Het vertrek was verrassend licht na de schemerige gang. Twee hoge ramen met jaloezieën gaven uitzicht op een boomloze tuin, doorsneden door stenen paden en ingericht voor groente en kruiden. De enige kleur kwam van late geraniums in de grote aardewerken potten langs het breedste pad. De kamer was kennelijk zowel bibliotheek als salon. Langs drie wanden waren boekenplanken aangebracht tot manshoogte; daarboven hingen prenten en kaarten. Een kolomtafel in het midden van de kamer lag vol boeken. Links was een stenen schouw met een eenvoudige, maar sierlijke schoorsteenmantel. In de vuurkoof knetterde een klein houtvuur.

Jean-Philippe Etienne zat in een hoge, groenleren fauteuil rechts van het vuur, bleef zitten tot Dalgliesh al bij de haard stond en kwam toen overeind en stak zijn hand uit. Even voelde Dalgliesh de greep van het koude vlees. De tijd, bedacht hij, is in staat alle individualiteit tot een stereotype terug te brengen. Ze kan het gezicht met de jaren verzachten en voller maken tot kinderlijke molligheid, of tot op het bot vermageren zodat de sterfelijkheid al uit de ingevallen ogen staart. Het scheen hem toe dat hij elk bot, elke spiertrekking in het gezicht van Etienne kon zien. Al bewoog hij zich stram, zijn magere gestalte was ongebogen en de verzorgde elegantie verried geen zwakte. Het dungeworden grijze haar boven het hoge voorhoofd was naar achteren geborsteld; de prominente neus was lang boven de brede, bijna liploze mond; de grote oren lagen plat tegen de schedel en de fijne adertjes onder de hoge jukbeenderen leken elk ogenblik te gaan bloeden. Hij droeg een fluwelen huisjasje met brandenbourgs boven een nauwsluitende zwarte broek. Precies zo had een negentiende-eeuwse landeigenaar stijfjes kunnen opstaan voor een gast, maar Dalgliesh besefte meteen dat deze gast in de elegante bibliotheek even onwelkom was als hij aan de voordeur was geweest.

Etienne gebaarde naar de fauteuil tegenover de zijne, ging zelf zitten en zei: 'Claudia heeft me uw brief gegeven, maar bespaart u mij een herhaling van uw rouwbeklag. Het kan onmogelijk gemeend zijn. U hebt mijn zoon niet gekend.'

'Je hoeft een man niet te kennen om te betreuren dat hij jong en onnodig is gestorven.'

'Daar hebt u natuurlijk gelijk in. De dood van jonge mensen is altijd extra bitter door het onrechtvaardige van de sterfelijkheid: jonge mensen gaan, oude mensen blijven in leven. Wilt u iets gebruiken? Wijn? Koffie?'

'Koffie graag.'

Etienne liep de gang in en sloot de deur achter zich. Dalgliesh hoorde hem iets roepen, waarschijnlijk in het Frans. Er hing een gebordurd schellekoord, maar kennelijk verkoos Etienne dat niet te gebruiken voor zijn personeel. Terwijl hij weer plaats nam in zijn stoel, zei hij: 'Uw komst was noodzakelijk, dat besef ik wel. Maar ik kan niets zeggen waar u mee geholpen bent. Ik heb geen idee waarom mijn zoon is gestorven, tenzij het een ongeluk is geweest, wat het meest waarschijnlijk is.'

'Een aantal merkwaardige omstandigheden rond zijn overlijden sugge-

reert eerder opzet,' zei Dalgliesh. 'Dat moet pijnlijk voor u zijn, en dat spijt me.'
'Wat zijn die merkwaardige omstandigheden?'
'Het feit dat hij is overleden aan koolmonoxidevergiftiging in een kamer waar hij zelden kwam. Een afgebroken raamkoord, dat mogelijk brak toen hij eraan trok, waardoor hij het raam niet kon openen. Een ontbrekende bandrecorder. Een afneembare kraan aan een gaskachel die na het ontsteken van de kachel kan zijn verwijderd. De positie van het lijk.'
'U vertelt me niets nieuws,' zei Etienne. 'Mijn dochter was hier gisteren. Die omstandigheden kunnen toch niet de doorslag geven? Waren er vingerafdrukken op de gaskraan?'
'Alleen een veeg. Het oppervlak is zo klein dat het niets bruikbaars oplevert.'
'Al met al zijn die veronderstellingen niet zo... "merkwaardig" zei u, meen ik, als de suggestie dat Gerard is vermoord. Merkwaardige omstandigheden zijn geen bewijs. Ik negeer de kwestie van de slang. Ik weet dat er een merkwaardige kwelgeest actief is in Innocent House. Zijn of haar daden rechtvaardigen niet de bemoeienis van een commissaris van New Scotland Yard.'
'Wel als ze een moord compliceren, verhullen of ermee in verband staan.'
Er klonken voetstappen op de gang. Etienne stond meteen op om de deur voor de huishoudster open te houden. Ze kwam binnen met een dienblad met een cafetière, een bruine kan, suiker en een grote kop. Ze zette het dienblad op tafel en ging, na een blik op Etienne, meteen weer weg. Etienne schonk koffie in en bracht Dalgliesh de kop. Het was duidelijk dat hij zelf niets zou drinken en Dalgliesh vroeg zich af of het een weinig subtiele manoeuvre was om hem in het nadeel te brengen. Er stond geen tafeltje bij zijn stoel, dus zette hij de koffiekop neer naast de haard.
Etienne ging weer zitten. 'Als mijn zoon is vermoord, wil ik dat de moordenaar zijn gerechte straf niet ontloopt, hoe ontoereikend die straf ook mag zijn. Het is misschien niet nodig dat ik dit zeg, maar het is belangrijk dat u dat weet en dat u me gelooft. Als wat ik zeg u niet verder helpt, is dat omdat ik u niet kan helpen.'
'Uw zoon had geen vijanden?'
'Ik ken er geen. Hij had ongetwijfeld rivalen binnen de uitgeverij, ontevreden auteurs, collega's die hem niet mochten, grieven tegen hem koesterden of jaloers op hem waren. Dat is heel gewoon voor iemand die iets heeft bereikt. Ik zou niemand kennen die hem wilde uitschakelen.'
'Is er iets in zijn verleden, of het uwe? Een oud of verbeeld onrecht dat tot een jarenlange wrok kan hebben geleid?'
Etienne gaf niet meteen antwoord en Dalgliesh was zich voor het eerst

bewust van de stilte in de kamer. In de haard klonk geknetter, een vlam explodeerde en er viel een regen van vonken op de koof. Etienne staarde naar het vuur. 'Wrok? De vijanden van Frankrijk waren eens mijn vijanden en die heb ik bestreden op de enige wijze waartoe ik in staat was. Degenen die hebben geleden kunnen zonen of kleinzoons hebben. Dat iemand zich op mijn zoon zou hebben gewroken om mij te treffen, lijkt me belachelijk. En dan zijn er mijn eigen mensen, familieleden van Fransen die ten gevolge van activiteiten van het verzet zijn gefusilleerd. Hun grief komt sommigen stellig gerechtvaardigd voor, maar daarom zullen ze zich toch niet richten tegen mijn zoon. Ik denk dat u uw aandacht beter kunt richten op het heden dan op het verleden, dus op de mensen die normaal toegang hadden tot Innocent House. Dat lijkt me de logische benadering.'

Dalgliesh pakte de koffiekop. De koffie, zwart zoals hij hem graag dronk, was nog te heet om te drinken. Hij zette de kop terug en zei: 'Juffrouw Etienne heeft ons verteld dat uw zoon geregeld bij u op bezoek kwam. Sprak u dan over het bedrijf?'

'We bespraken niets. Hij had er kennelijk behoefte aan me op de hoogte te houden van de gebeurtenissen, maar hij vroeg me niet om raad en ik gaf die ook niet. Ik heb geen belangstelling meer voor de firma; mijn interesse was al gering in de laatste vijf jaar dat ik er werkte. Gerard wilde Innocent House verkopen en naar de Docklands verhuizen. Dat is meen ik geen geheim. Hij zag die beslissing als onvermijdelijk, en ongetwijfeld was ze dat ook. Dat zal ze nog wel zijn. Ik heb verwarde herinneringen aan onze gesprekken; ze gingen over geld, aankopen, personeelsverloop, huurcontracten, een mogelijke koper voor Innocent House. Het spijt me dat ik het niet beter onthouden heb.'

'Maar uw jaren bij het bedrijf waren niet ongelukkig?'

De vraag werd ervaren als een impertinentie, zag Dalgliesh. Hij had zich op verboden terrein gewaagd. 'Niet gelukkig en niet ongelukkig,' zei Etienne. 'Ik droeg mijn steentje bij, hoewel het, zoals ik al zei, in de laatste vijf jaar niet meer zo belangrijk voor me was. Ik betwijfel of ik een andere positie prettiger had gevonden. Henry Peverell en ik zijn te lang doorgegaan. De laatste keer dat ik in Innocent House ben geweest, was om te helpen bij het verstrooien van Peverells as in de Theems. Ik zal er niet meer terugkomen.'

'Uw zoon wilde een aantal veranderingen doorvoeren die ongetwijfeld impopulair waren,' zei Dalgliesh.

'Veranderingen zijn altijd impopulair. Ik ben blij dat ik er niet meer bij betrokken ben. Sommigen onder ons die een afkeer koesteren van de moderne maatschappij zijn gelukkig. We hoeven er geen deel meer van uit te maken.' Terwijl Dalgliesh zijn koffie dronk en naar hem keek, zag hij dat de man zo gespannen in zijn stoel zat alsof hij overeind wilde vliegen. Hij besefte dat Etienne inderdaad een kluizenaar was. Menselijk gezelschap van anderen dan de enkelingen met wie hij in het huis woonde, werd al na korte tijd ondraaglijk voor hem en hij was bijna aan het einde van zijn incasseringsvermogen. Het was tijd weg te gaan; hier kwam hij niets meer te weten.

Even later, toen Etienne met hem meeliep naar de voordeur (een hoffelijkheid die Dalgliesh niet had verwacht), maakte hij een opmerking over de ouderdom en de architectuur van het huis. Het was het enige dat hij had gezegd dat interesse bij zijn gastheer wekte.

'De voorgevel is vroeg-achttiende-eeuws, zoals u zeker al hebt gezien, maar het interieur is overwegend Tudor. Het oorspronkelijke huis op deze plaats was veel ouder. Net als de kapel is het gebouwd op de muren van de oude Romeinse nederzetting Othona, vandaar de naam van het huis.'

'Ik zou graag de kapel bezoeken, als ik mijn auto hier nog even mag laten staan.'

'Natuurlijk.'

Maar de toestemming werd niet van harte verleend. Het was alsof zelfs de aanwezigheid van de Jaguar voor het huis als hinderlijke inbreuk werd ervaren. Zodra hij buiten stond, hoorde hij dat de deur achter hem werd gesloten en hij hoorde het knarsen van de grendel.

39

Dalgliesh vroeg zich af of de kapeldeur op slot zou zijn, maar de deur gaf mee en hij trad binnen in stilte en eenvoud. De lucht was heel koud en rook naar aarde en mortel, een onkerkse geur, huiselijk en eigentijds. De kapel was sober ingericht: een stenen altaar met een Grieks crucifix erboven, enkele banken, twee grote vazen droogbloemen aan weerskanten van het altaar en een rek met folders en gidsen. Hij vouwde een biljet en schoof het in het offerblok, pakte een gids en ging op een bank zitten om zich erin te verdiepen, terwijl hij zich afvroeg waar zijn gevoel van leegte en lichte somberheid vandaan kwam. De kapel was immers een van de oudste kerkgebouwen in Engeland, misschien wel het oudste, het enige nog bestaande monument van de Anglo-Keltische kerk in dit deel van Engeland, gesticht door St. Cedd die hier in 653 bij het oude Romeinse fort Othona aan wal was gegaan. Dertien eeuwen lang had het de koude en onbarmhartige Noordzee getrotseerd. Hij had de wegstervende echo's moeten horen van dertienhonderd jaar geprevelde gebeden.

Of de wijding van een gebouw werd gevoeld, hing van de persoonlijke waarneming af, en dat hij op dit ogenblik niet meer ervoer dan het wegvloeien van spanning, zoals altijd wanneer hij volstrekt alleen was, lag aan zijn gebrek aan fantasie, niet aan zijn omgeving. Hij zou willen dat hij, terwijl hij hier stilletjes zat, de zee kon horen en die behoefte was bijna een smachten naar het onophoudelijke rijzen en dalen dat, meer dan welk natuurgeluid ook, verstand en hart het besef gaf van het onontkoombare verstrijken van de tijd, van de eeuwen van ongekende en onkenbare mensenlevens met hun kortstondige leed en nog kortstondiger vreugden. Maar hij was hier niet om te mediteren, hij was hier om na te denken over moord en de vernederingen in verband met een moord. Hij legde de gids weg en ging in gedachten het gesprek na dat hij zojuist had gevoerd.

Het was onbevredigend verlopen. Het was een noodzakelijke gang geweest, maar het bezoek had nog minder opgeleverd dan hij had gevreesd. Toch kon hij zich niet aan de overtuiging onttrekken dat in Othona House iets belangrijks te ontdekken viel dat Jean-Philippe had verkozen hem niet te vertellen. Het was natuurlijk mogelijk dat Etienne het had verzwegen omdat het hem ontschoten was, omdat het hem niet belangrijk toescheen, of omdat hij niet besefte dat hij het wist. Dalgliesh dacht opnieuw aan het centrale feit van het mysterie, de ontbrekende bandrecorder, de kras in de mondholte van Gerard Etienne.

De moordenaar had zijn slachtoffer moeten toespreken voordat hij stierf en zelfs terwijl hij stierf. Hij of zij had Etienne dood willen hebben, maar had Etienne ook willen laten weten waarom hij stierf. Was dat niet meer dan gigantische ijdelheid van de dader, of lag er in Etiennes verleden een andere reden verborgen? Als dat zo was, dan was een deel van dat leven hier in Othona House aanwezig, en het was hem niet gelukt het te vinden. Hij vroeg zich af wat Etienne tegen het einde van zijn leven naar deze drassige uithoek van een vreemd land had gevoerd, naar deze troosteloze, door de wind gestriemde kust waar het moeras als een zure, uiteenvallende spons het schuim van de koude Noordzee opzoog. Verlangde hij nooit terug naar de bergen van zijn geboortestreek, naar het geratel van Franse stemmen op straat en in cafés, naar de geluiden, geuren en kleuren van het Franse landschap? Was hij naar deze desolate plek gekomen om het verleden te vergeten of om het opnieuw te beleven? Wat hadden die oude, droevige gebeurtenissen in het verre verleden te maken met de dood, bijna vijftig jaar later, van zijn zoon, kind van een Engelse moeder, geboren in Canada en vermoord in Londen? Welke tentakels, als die er waren, hadden zich vanuit die noodlottige jaren om de hals van Gerard Etienne geklemd?

Hij keek op zijn horloge. Eén minuut voor half twaalf. Hij zou zijn tijd gebruiken voor een bezoek aan de monumenten in de St. George-kerk in Bradwell, maar na dat korte bezoek had hij geen excuus meer om iets anders te doen dan terug te rijden naar New Scotland Yard en daar te lunchen.

Hij zat nog met de gids in zijn hand toen de deur openging en twee dames op leeftijd binnenkwamen. Ze waren gekleed en geschoeid om te wandelen en hadden allebei een kleine rugzak bij zich. Ze keken verbaasd en een beetje verschrikt naar hem, en omdat hij meende dat ze het gezelschap van een man alleen minder prettig zouden vinden, zei hij haastig 'Goedemorgen' en ging naar buiten. Toen hij zich bij de deur nog even omdraaide, zag hij dat ze knielden en hij vroeg zich af wat zij hadden gevonden in deze stille kapel en of hij, als hij met meer nederigheid was binnengekomen, dat ook zou hebben gevonden.

40

De flat van Gerard Etienne was op de achtste verdieping van het Barbican. Claudia Etienne had beloofd hen om vier uur binnen te laten en toen Kate aanbelde, ging de deur direct open. Zonder iets te zeggen liet ze hen binnen.

Buiten begon het al te schemeren maar in de grote, rechthoekige kamer was het nog licht, zoals een kamer ook warmte vasthoudt na het ondergaan van de zon. De lange gordijnen van fijn, crèmekleurig linnen waren open zodat achter het balkon een fraai uitzicht te zien was over de vijver en de elegante toren van een stadskerk. Daniels eerste reactie op de flat was de wens ook zo'n flat te bezitten, en de tweede was dat hij bij al zijn bezoeken aan de huizen van slachtoffers nog nooit zo'n onpersoonlijk interieur had gezien, zo geordend, zonder ook maar iets van door de dode

achtergelaten rommel. Het leek wel een modelflat die met veel zorg was ingericht om een koper aan te trekken. Maar het zou een rijke koper moeten zijn; alles in dit appartement was duur geweest. En hij had ongelijk om de flat onpersoonlijk te vinden: hij gaf een even scherp beeld van de eigenaar als de meest volgepropte zitkamer in een buitenwijk of een peeskamer in de hoerenbuurt. Hij had zo dat tv-spel kunnen doen: 'Beschrijf de eigenaar van deze woonruimte'. Een man, jong, rijk, kritisch, georganiseerd, vrijgezel; de kamer had niets vrouwelijks. Kennelijk muzikaal: zo'n dure stereo-installatie was te verwachten in elke flat van een welgestelde vrijgezel, maar die vleugel niet. Alle meubels waren modern, van licht, gepolijst hout dat elegant was verwerkt tot kasten, boekenplanken, een bureau. Aan het andere uiteinde van de kamer, dicht bij een deur die waarschijnlijk toegang gaf tot de keuken, stond een ronde eettafel met zes stoelen. Er was geen open haard. De blik concentreerde zich automatisch op het raam, waarvoor een lange bank en twee fauteuils van zacht zwart leer gegroepeerd stonden om een lage tafel. Op een lage boekenkast stond in een zilveren lijst een studioportret van een meisje, zeker de verloofde van Etienne. Ze droeg het fijne haar in een middenscheiding en had een lang, fijngevormd gezicht met grote ogen en een iets te kleine mond met een prachtig gewelfde volle bovenlip. Was dit ook een object dat veel geld had gekost? vroeg Daniel zich af. Hij had het gevoel dat hij misschien aanstoot gaf als hij het te lang bleef bestuderen en richtte zijn aandacht op het enige schilderij, een groot olieverfdoek van Etienne en zijn zuster dat aan de muur tegenover het raam hing. In de winter, als de gordijnen dicht waren, zou dit schilderij meteen de aandacht trekken: kleuren, vormen en penseelvoering verkondigden op bijna agressieve wijze het meesterschap van de kunstenaar. Misschien zouden deze week of volgende week de bank en de stoelen omgekeerd zijn neergezet, naar het schilderij toe, waarmee Etiennes winter officieel zou zijn begonnen. Dat Daniel zich zo identificeerde met de dode kwam hem irrationeel en een beetje verontrustend voor. Elk bewijs van Etiennes aanwezigheid ontbrak hier immers, je zag geen van die kleine, deernis opwekkende sporen van een onverwacht beëindigd leven – een halfleeg bord, een boek dat omgekeerd openlag, een volle asbak: de kleine wanordelijkheden van alledag.
Hij zag dat ook Kates ogen naar het schilderij waren gegaan. Dat was begrijpelijk, het was bekend dat ze van moderne kunst hield. Ze wendde zich tot Claudia Etienne. 'Het is een Freud, hè? Schitterend.'
'Ja. Mijn vader heeft het laten schilderen als verjaarscadeau voor Gerard toen hij eenentwintig werd.'
Het is er allemaal, dacht Daniel terwijl hij naast haar ging staan: het arro-

gante knappe gezicht, de intelligentie, het zelfvertrouwen, de overtuiging dat het leven voor hem openstond. Naast de centrale figuur keek zijn zuster, die jonger en kwetsbaarder leek, de schilder met argwanende ogen aan, alsof ze hem wilde uitdagen zich te buiten te gaan.

'Wilt u koffie?' vroeg Claudia Etienne. 'Die is zo gezet. Je kon er nooit op rekenen dat er iets te eten in huis was, want Gerard at meestal buitenshuis, maar wijn en koffie waren er altijd. U mag best mee naar de keuken, maar daar is niets te zien. Gerards papieren liggen allemaal in dat bureau. Het gaat aan de zijkant open, met een verdekte sluiting. U mag ze gerust inkijken, maar u zult geen plezier beleven aan uw graafwerk. Belangrijke papieren zijn in bewaring gegeven bij de bank en zijn zakelijke papieren liggen in Innocent House. Die hebt u al. Gerard leefde altijd alsof hij verwachtte elke dag te kunnen sterven. Maar er is één ding. Dit lag ongeopend op de mat. De datum is dertien oktober, dus het zal donderdag zijn gekomen, met de late post. Ik zag geen reden de brief niet te lezen.'

Ze overhandigde een blanco witte envelop. Het vel papier erin was van hoge kwaliteit, met het adres in verhoogde letters. Het handschrift was groot, een meisjeskrabbel. Daniel las over Kates schouder mee.

Beste Gerard,
Ik schrijf je omdat ik onze verloving wil verbreken. Ik denk dat ik zou moeten zeggen dat het me spijt dat ik je verdriet doe, maar ik denk dat ik je alleen tref in je trots. Ik zal het erger vinden dan jij, maar niet heel erg en niet lang. Mama vindt dat we een ingezonden mededeling in de *Times* moeten zetten omdat we de verloving ook bekend hebben gemaakt, maar dat lijkt me op dit ogenblik niet zo belangrijk. Zorg goed voor jezelf. Het was leuk, maar niet zo leuk als het had kunnen zijn.
Lucinda

Daaronder stond nog een PS: 'Laat me weten of je de ring terug wilt.'
Daniel vond het maar goed dat de brief ongeopend was aangetroffen. Als Etienne hem had gelezen, had een verdediger de brief als motief voor zelfmoord kunnen aanvoeren. Nu was hij van gering belang voor het onderzoek.

'Had uw broer er enig idee van dat lady Lucinda de verloving wilde verbreken?' vroeg hij aan Claudia.

'Bij mijn weten niet. Waarschijnlijk heeft ze al spijt van die brief. Nu kan ze niet de diepbedroefde verloofde spelen.'

Het bureau was modern, strak en bescheiden van uiterlijk, maar het interieur was geraffineerd ontworpen, met talrijke laden en vakjes. Het was onberispelijk keurig ingericht: betaalde rekeningen, enkele rekeningen die nog voldaan moesten worden, chequeboekjes van de voorgaande twee jaar met een elastiekje erom, een la met een portefeuille van zijn investeringen. Het was duidelijk dat Etienne alleen het noodzakelijke bewaarde en zijn leven gaandeweg opruimde, overbodigheden wegdeed en zijn omgang met mensen, voor zover hij die had, telefonisch en niet schriftelijk afdeed. Ze waren nog maar enkele minuten met hun onderzoek bezig toen Claudia Etienne weer binnenkwam met een cafetière en drie bekers. Ze zette het blad neer op de lage tafel en Kate en Daniel liepen erheen om hun bekers te pakken. Terwijl ze daar stonden, Claudia Etienne met een beker in de hand, hoorden ze dat er een sleutel in het slot werd gestoken.

Claudia liet een vreemd geluid horen – iets tussen hoorbaar schrikken en kreunen in – en Daniel zag dat haar gezicht vertrok tot een masker van dodelijke angst. De beker met koffie viel op de grond en de bruine vlek verspreidde zich door het tapijt. Ze bukte zich om hem op te rapen maar haar vingers bewogen zo krampachtig over de zachte wol en beefden zo heftig dat ze niet in staat was de beker weer op het blad te zetten. Het scheen Daniel toe dat haar doodsangst op hem en Kate overging zodat ook zij met ontzette blik naar de dichte deur staarden.

Hij ging langzaam open en het origineel van de foto kwam de kamer binnen. 'Ik ben Lucinda Norrington. Wie bent u?' Ze had een hoge, heldere stem, een kinderstem.

Instinctief schoot Kate toe om Claudia te ondersteunen en het was Daniel die antwoord gaf. 'Wij zijn van de politie. Adjudant Miskin, en ik ben adjudant Aaron.'

Claudia vond haar zelfbeheersing snel terug. Moeizaam kwam ze overeind, zonder zich door Kate te willen laten helpen. Lucinda's brief lag op de koffietafel. Het scheen Daniel toe dat alle ogen erop gericht waren.

Claudia's stem klonk schor. 'Waar kom je voor?'

Lady Lucinda liep verder de kamer in. 'Ik kom voor die brief. Ik wou niet dat de mensen zouden denken dat Gerard zelfmoord had gepleegd om mij. Dat heeft hij immers niet gedaan? Zelfmoord gepleegd, bedoel ik.'

'Hoe kunt u dat zo zeker weten?' vroeg Kate.

Lady Lucinda keek haar met haar grote blauwe ogen aan. 'Daarvoor had hij een te hoge dunk van zichzelf. Mensen met een hoge dunk van zichzelf plegen geen zelfmoord. En trouwens, hij zou niet de hand aan zichzelf slaan omdat ik hem de bons had gegeven. Hij hield niet van mij, hij hield alleen van het beeld dat hij van me had.'

Claudia's stem klonk weer normaal. 'Ik heb tegen hem gezegd dat ik het onnozel van hem vond, die verloving, dat je een zelfzuchtig, in de watten gelegd en tamelijk onnozel meisje was, maar misschien heb ik je te kort

gedaan. Je bent minder onnozel dan ik dacht. Gerard heeft je brief niet gelezen. Ik heb hem hier ongeopend gevonden.'
'Waarom heb je hem dan opengemaakt? Hij was niet voor jou bestemd.'
'Iemand moest hem openmaken. Ik had hem je terug kunnen geven, maar ik wist niet van wie hij was. Ik had je handschrift nog nooit gezien.'
'Mag ik mijn brief?' zei lady Lucinda.
'Die willen we graag nog even houden, als het mag,' zei Kate.
Lady Lucinda zag daar eerder een verklaring dan een verzoek in. 'Maar hij is van mij. Ik heb hem geschreven.'
'Misschien hoeven we hem niet lang te houden. We zijn niet van plan hem openbaar te maken.'
Daniel, die niet goed wist wat de wet zei over de eigendom van een brief, vroeg zich af of ze het recht hadden er beslag op te leggen en wat Kate zou doen als lady Lucinda aanhield. Hij vroeg zich ook af waarom Kate de brief wilde houden. Etienne had hem immers niet ontvangen. Maar konden ze dat aantonen? Ze hadden alleen het woord van zijn zuster dat ze hem ongeopend had aangetroffen. Lady Lucinda maakte geen bezwaar meer. Ze haalde haar schouders op en richtte zich tot Claudia.
'Het spijt me van Gerard. Het was een ongeluk, hè? Dat was de indruk die mama kreeg van je telefoontje. Maar vanmorgen laten een paar kranten doorschemeren dat het ingewikkelder zou kunnen liggen. Hij kan toch niet vermoord zijn?'
'Dat is mogelijk,' zei Kate.
Weer werden de blauwe ogen onderzoekend op haar gericht. 'Wat bizar. Ik geloof niet dat ik ooit iemand heb gekend die is vermoord. Persoonlijk gekend, bedoel ik.'
Ze liep naar haar portret toe en pakte het op om het te bestuderen, alsof ze de foto nooit eerder had gezien en niet tevreden was over wat de fotograaf had gedaan. Toen zei ze: 'Dit neem ik maar mee. Jij zult het immers niet willen hebben, Claudia.'
'Strikt gesproken mogen zijn bezittingen niet worden meegenomen, behalve door zijn executeurs of de politie.'
'De politie zal het ook niet willen hebben. Als Gerard inderdaad is vermoord, wil ik niet dat de foto hier in de lege flat achterblijft.'
Dus bijgelovig was ze wel. Die ontdekking trof Daniel. Bijgeloof paste niet bij haar koele, zelfbewuste air. Hij keek toe terwijl ze de foto bestudeerde en een lange vinger met roze nagel liefkozend over het glas liet gaan, alsof ze wilde weten of het stoffig was. Toen draaide ze zich om en zei tegen Claudia: 'Er is zeker wel iets om dit in te verpakken?'
'Misschien ligt er wel een plastic zak in de keuken la, kijk maar even. En als hier nog meer van je is, zou dit wel eens het beste ogenblik kunnen zijn

om het mee te nemen.'
Lady Lucinda keek niet eens om zich heen. 'Verder is er niets,' zei ze.
'Als je koffie wilt, pak dan een mok. Ik heb net verse gezet.'
'Ik hoef geen koffie, dank je.'
Ze wachtten zwijgend tot ze even later terugkwam met het portret in een plastic tasje van Harrods. Terwijl ze naar de deur liep, zei Kate: 'Lady Lucinda, mogen we u misschien een paar vragen stellen? We wilden u in ieder geval nog spreken, maar nu u er toch bent, kunt u uzelf en ons tijd besparen.'
'Hoeveel tijd? Hoe lang gaat het duren, bedoel ik?'
'Niet zo lang.' Kate keek naar Claudia. 'Vindt u het goed als we het gesprek hier voeren?'
'Ik zie niet in hoe ik u dat kan beletten. U verwacht toch niet dat ik me in de keuken terugtrek?'
'Dat hoeft niet.'
'Of de slaapkamer? Daar is meer comfort.'
Ze keek strak naar lady Lucinda, die kalm zei: 'Ik zou het niet weten. Ik ben nooit in Gerards slaapkamer geweest.'
Ze ging in een van de leren stoelen zitten en Kate nam de fauteuil tegenover haar. Daniel en Claudia gingen tussen hen in op de bank zitten.
'Wanneer was de laatste keer dat u uw verloofde hebt gezien?' vroeg Kate.
'Hij is mijn verloofde niet. Maar toen nog wel. Afgelopen zaterdag.'
'Zaterdag negen oktober?'
'Dat zal wel, als het zaterdag de negende was. We zouden naar Bradwell-on-Sea gaan, naar zijn vader, maar het regende en Gerard zei dat het huis van zijn vader al somber genoeg was zonder regen en dat we wel een andere keer konden gaan. In plaats daarvan zijn we die middag naar de Sainsbury-vleugel van de National Gallery gegaan omdat Gerard de diptiek van Wilton weer wilde zien, en daarna door naar het Ritz voor de thee. Die avond heb ik hem niet gezien, omdat mama wou dat ik met haar naar Wiltshire zou rijden om de avond en de zondag bij mijn broer door te brengen. Ze wilde over huwelijksvoorwaarden praten voor we het officieel zouden vastleggen.'
'En hoe was het met meneer Etienne toen u hem die zaterdag sprak, afgezien van zijn sombere stemming vanwege het weer?'
'Hij was niet somber door het weer. Het bezoek aan zijn vader had geen haast. Gerard liet zich niet somber maken door dingen waaraan hij niets kon veranderen.'
'En wat hij kon veranderen, veranderde hij?' vroeg Daniel.
Ze keek opzij naar hem en glimlachte opeens. 'Inderdaad. Het was de

laatste keer dat ik hem heb gezien, maar niet de laatste keer dat ik hem heb gesproken. Donderdagavond heb ik hem nog aan de telefoon gehad.'
Zonder iets van emotie te laten merken vroeg Kate beheerst: 'U hebt hem twee dagen geleden nog gesproken, op de avond van zijn dood?'
'Ik weet niet wanneer hij is gestorven. Hij is toch gisterochtend dood aangetroffen? De avond daarvoor had ik hem nog op zijn privé-nummer gesproken.'
'Hoe laat was dat, lady Lucinda?'
'Om ongeveer tien minuten voor half acht. Het kan iets later zijn geweest, maar in ieder geval vóór half acht, omdat mama en ik om half acht weg moesten naar het diner met mijn peetmoeder, en ik had me al verkleed. Ik had nog net tijd om Gerard te bellen. Ik wilde een excuus om niet lang te hoeven praten. Daarom weet ik zo precies hoe laat het was.'
'Waarover? U had hem al geschreven om de verloving te verbreken.'
'Dat weet ik. Ik dacht dat hij de brief die ochtend zou hebben gekregen. Ik wilde hem vragen of hij het met mama eens was dat we een ingezonden mededeling in de *Times* moesten zetten, of dat hij liever wilde dat we onze vrienden een briefje zouden schrijven. Natuurlijk wil mama nu dat ik mijn brief aan Gerard vernietig en niets zeg. Dat zal ik niet doen. Dat kan ik ook niet doen, want u hebt hem nu al gezien. Maar ze hoeft in elk geval niet te piekeren over de *Times*. Dat scheelt haar weer een paar pond.'
De speldeprik van venijn kwam zo plotseling en duurde zo kort dat Daniel bijna kon geloven dat hij hem niet had gehoord. De opmerking negerend vroeg Kate: 'Wat zei hij over de *Times,* en over uw verbroken verloving? Hebt u hem gevraagd of hij uw brief had ontvangen?'
'Ik heb hem niets gevraagd. Hij zei dat hij niet met me kon praten omdat hij bezoek had.'
'Weet u dat zeker?'
De hoge, heldere stem was bijna uitdrukkingsloos. 'Ik weet niet zeker of hij bezoek had. Hoe kon ik dat weten? Ik heb niemand gehoord of gesproken, alleen Gerard. Misschien was het een smoes om niet met me te hoeven praten, maar ik weet wel zeker dat hij dat heeft gezegd.'
'Ook precies in die woorden? Ik wil hier geen misverstanden over, lady Lucinda. Hij heeft niet gezegd dat hij niet alleen was of dat er iemand anders bij was? Hij heeft het woord "bezoek" gebruikt?'
'Dat zeg ik toch. Hij zei dat hij bezoek bij zich had.'
'En dat was tussen tien voor half acht en half acht?'
'Tegen half acht. De auto kwam mama en mij om half acht halen.'
Bezoek. Daniel moest zich bedwingen om Kate niet aan te kijken, maar hij wist dat hun gedachten in dezelfde richting gingen. Als Etienne inder-

241

daad dat woord had gebruikt – en het meisje leek daarvan overtuigd – moest het betekenen dat Etienne bezoek had gehad van iemand buiten het bedrijf. Hij zou dat woord niet hebben gebruikt voor een vennoot of een personeelslid. Dan zou hij toch eerder 'ik ben bezig' hebben gezegd, of 'ik ben in bespreking' of 'ik overleg met een collega'? En als iemand die avond ongevraagd of zonder uitnodiging langs was gekomen, had hij of zij zich nog niet gemeld. Waarom niet, als het een onschuldig bezoek was geweest, als hij of zij Etienne levend en wel had achtergelaten? Er stond geen aantekening over een bezoek in Etiennes kantooragenda, maar dat was niet doorslaggevend. De bezoeker kon hem de hele dag of vooravond op zijn privé-nummer hebben gebeld of onuitgenodigd en onverwacht zijn gekomen. Maar het bewijs was indirect, zoals zoveel bewijs in deze zaak die steeds onbegrijpelijker werd.
Maar Kate hield vol en vroeg lady Lucinda wanneer ze voor de laatste keer in Innocent House was geweest.
'Voor het feest op tien juli. Het feest was zowel voor mijn verjaardag – ik werd twintig – als voor onze verloving.'
'We hebben de gastenlijst,' zei Kate. 'Ik neem aan dat ze overal mochten komen?'
'Sommige mensen hebben dat ook gedaan, geloof ik. U weet hoe stellen zijn op feesten, ze zonderen zich graag af. Ik geloof niet dat er kamers op slot waren, maar Gerard zei dat de mensen al hun papieren veilig hadden moeten opbergen.'
'U hebt niet toevallig iemand boven gezien, in de buurt van de archiefkamer?'
'Ja, toevallig wel. Dat was grappig, eigenlijk. Ik moest naar de plee, maar die voor de dames op de eerste verdieping was bezet en ik bedacht dat er boven nog een was en besloot daarheen te gaan. Ik liep de trap op en zag twee mensen naar beneden komen. Helemaal niet de mensen die je daar zou verwachten. Ze keken zo schuldbewust. Het was echt bizar.'
'Wie zag u dan, lady Lucinda?'
'George, de oude man die op de receptie werkt, en dat saaie mensje dat met de boekhouder getrouwd is, ik weet niet meer hoe die heet, Sydney Bernard of zo. Gerard stelde me voor aan iedereen die daar werkte en aan de aanhang. Heel vervelend.'
'Sydney Bartrum?'
'Ja, precies, zijn vrouw. Ze droeg een vreselijke jurk van lichtblauwe tafzijde met een roze ceintuur.' Ze keek Claudia Etienne aan. 'Weet je nog, Claudia? Een wijde rok met roze tule erover, en pofmouwen. Geen gezicht!'
'Ik weet het nog,' zei Claudia kortaf.

'Zeiden ze wat ze boven hadden gedaan?'
'Hetzelfde als ik, denk ik. Ze werd vuurrood en mompelde iets over de wc. Ze leken sprekend op elkaar: hetzelfde ronde gezicht, dezelfde gêne. George keek alsof ik ze op een greep in de kleine kas had betrapt. Maar is het niet vreemd? Dat ze samen waren, bedoel ik. George was natuurlijk geen gast. Hij was er alleen om te helpen met de jassen en onuitgenodigde mensen tegen te houden. En als mevrouw Bartrum wilde weten waar de plee was, waarom vroeg ze dat dan niet aan Claudia of een van de vrouwelijke personeelsleden?'
'Hebt u dit na afloop nog aan iemand verteld?' vroeg Kate. 'Aan meneer Etienne, bijvoorbeeld?'
'Nee, zo belangrijk was het niet, het was meer gek. Ik was het al bijna weer vergeten. Hebt u verder nog vragen? Ik ben hier nu wel lang genoeg gebleven. Als u me verder nog nodig hebt, schrijft u maar een briefje, dan probeer ik tijd vrij te maken.'
'We willen graag dat u een verklaring aflegt, lady Lucinda,' zei Kate. 'Misschien kunt u op het bureau Wapping langskomen, zodra het u schikt.'
'Met mijn advocaat?'
'Als u dat liever wilt, of als u daar de noodzaak van inziet.'
'Het zal wel niet nodig zijn. Mama zei dat ik misschien een advocaat in de arm zou moeten nemen om mijn belangen te behartigen wanneer het een rechtzaak wordt, maar ik geloof niet dat ik nog belangen heb als Gerard is gestorven voordat hij mijn brief had gelezen.'
Ze stond op en gaf Kate en Daniel beleefd een hand maar sloeg Claudia Etienne over. Bij de deur draaide ze zich om en richtte zich tot Claudia.
'Hij is nooit met me naar bed gegaan toen we verloofd waren, dus ik denk niet dat het huwelijk voor hem of voor mij erg leuk was geworden, denk je ook niet?' Daniel vermoedde dat ze in afwezigheid van de politie een grovere uitdrukking zou hebben gebruikt. 'En neem jij die maar,' zei ze en legde een sleutel neer. 'Ik denk niet dat ik deze flat ooit nog zal zien.'
Ze trok de deur achter zich dicht en even later hoorden ze dat de voordeur even beslist werd dichtgedaan.
'Gerard was een romanticus,' zei Claudia. 'Voor hem waren er twee soorten vrouwen: die waar je verhoudingen mee hebt en die waar je mee trouwt. De meeste mannen raken voor hun eenentwintigste die seksuele illusie kwijt. Waarschijnlijk was het een reactie op te veel te gemakkelijke seksuele veroveringen. Ik vraag me af hoe lang dat huwelijk stand zou hebben gehouden. Nu ja, die ontgoocheling is hem bespaard gebleven. Bent u hier nog lang bezig?'
'Niet heel lang,' zei Kate.
Een paar minuten later waren ze klaar. Daniels laatste beeld van Claudia

Etienne was van een lange vrouw die op het balkon stond en zich naar buiten boog, naar de donker wordende torenspitsen van de stad. Ze beantwoordde hun afscheidsgroet zonder haar hoofd om te draaien; ze lieten haar achter in de stille, lege flat en deden de deuren zachtjes dicht.

41

Na het gesprek in Hillgate Street hadden Daniel en Kate de auto weer opgehaald bij het bureau Notting Hill Gate en waren naar de winkel van Declan Cartwright gereden. Het was niet ver. De winkel was open en in de voorkamer liet een bejaarde man met een baard, een keppeltje en een door ouderdom groen uitgeslagen lange, zwarte jas, een klant een Victoriaans schrijfkabinet zien. Zijn skeletgele vingers liefkoosden het inlegwerk op de klep. Hij ging er kennelijk zo in op dat hij hen niet hoorde binnenkomen, ondanks het gerinkel van de bel, maar toen de klant zich omdraaide, keek de oude man op.
'Meneer Simon? We hebben een afspraak met meneer Cartwright,' zei Kate.
Nog voor ze haar kaartje kon laten zien, zei hij: 'Die zit achter. Loopt u maar door. Hij zit achter.' Meteen concentreerde hij zich weer op het kabinet; zijn vingers trilden zo heftig dat de vingertoppen op de klep trommelden. Kate vroeg zich af wat er in zijn verleden was gebeurd dat hem zo bang had gemaakt voor het gezag, zo doodsbang voor de politie.
Ze liepen door de winkel heen en daalden drie treden af naar een soort tuinkamer aan de achterkant. Te midden van een chaotische verzameling voorwerpen overlegde Declan Cartwright met een klant. Hij was groot en donker en droeg een jas met astrakankraag en een flambard en bestudeerde een camee met behulp van een oogloep. Kate nam aan dat een man die er uit vrije wil uitzag als een karikatuur van een boef, geen boef zou durven zijn. Zodra ze verschenen zei Cartwright: 'Charlie, waarom ga je niet even een borrel drinken en nadenken? Kom over een half uur terug. Dit zijn dienders. Ik ben betrokken bij een moord. Kijk niet zo zorgelijk, ik heb het niet gedaan. Ik moet alleen iemand die het wel kan hebben gedaan, een alibi bezorgen.'
Met een terloopse blik op Kate en Daniel vertrok de klant.

Kate wilde haar kaartje weer geven, maar Declan wuifde het weg. 'Laat maar. Ik herken de politie ook zo wel.'

Hij moest als kind opvallend knap zijn geweest en had nog altijd iets jongensachtigs: met wilde krullen boven een hoog voorhoofd, enorme ogen en een prachtig gevormde maar wat pruilende mond. Maar de manier waarop hij zowel haar als Daniel schattend opnam was seksueel volwassen. Ze voelde Daniel, die naast haar stond, verstijven en dacht: niet zijn type en zeker niet het mijne.

Net als Rupert Farlow beantwoordde hij hun vragen met een licht ironische achteloosheid, maar er was een essentieel verschil. Bij Farlow waren ze zich bewust geweest van een intelligentie en kracht die het deerniswekkend vermagerde lichaam domineerden. Declan Cartwright was zowel een zwakke als een bange broeder, net zo bevreesd als de oude Simon, maar om een andere reden. Zijn stem klonk onzeker, zijn handen waren rusteloos en zijn poging een nonchalante toon aan te slaan was even weinig overtuigend als zijn dictie. 'Mijn verloofde heeft gezegd dat ik u kon verwachten. Ik denk niet dat u voor antiek komt, maar ik heb net een aardige partij Staffordshire binnengekregen. Allemaal legale handel. Ik kan een leuk prijsje maken als u dat niet beschouwt als een poging tot omkoperij van ambtenaren in functie.'

'U en juffrouw Etienne zijn verloofd?' begon Kate.

'Ik ben verloofd met haar, maar ik weet niet zeker of zij wel verloofd is met mij. Dat moet u aan haar vragen. Bij Claudia gaat verloofd zijn op en neer. Het ligt eraan hoe ze er op een gegeven ogenblik over denkt. Maar we waren in ieder geval verloofd – denk ik – toen we donderdagavond de rivier op gingen.'

'Wanneer had u dat afgesproken?'

'Een hele poos geleden al. Op de avond van de crematie van Sonia Clements. Van Sonia Clements hebt u natuurlijk gehoord.'

'Was het niet vreemd om zoiets zo ver van tevoren af te spreken?' vroeg Kate.

'Claudia regelt zulke dingen graag een week van tevoren. Ze houdt erg van organiseren. Er was trouwens een aanleiding. Donderdag veertien oktober was de ochtend van de directievergadering. Ze zou me vertellen hoe het was afgelopen.'

'En heeft ze u verteld hoe het is afgelopen?'

'Ze heeft me verteld dat de vennoten Innocent House zouden verkopen en naar de Docklands verhuizen en dat ze iemand gingen ontslaan, de boekhouder geloof ik. Precies weet ik het niet meer. Het was nogal saai.'

'Niet echt de moeite om de rivier voor op te gaan.'

'O, maar je kunt nog andere dingen op het water doen dan over zaken praten, al is de roef niet groot. Die grote stalen kappen van de stuw in de Theems zijn erg erotisch. Leent u maar eens een bootje van de waterpolitie. Je weet niet wat je ziet.'

'Wanneer begon dat tochtje en hoe laat was het afgelopen?' vroeg Kate.

'Het begon om half zeven, toen de motorboot terugkwam van Charing Cross en wij hem overnamen. Het eindigde omstreeks half elf toen we weer aanlegden bij Innocent House, waarna Claudia me met de auto naar huis bracht. Ik denk dat we hier tegen elf uur waren. Ze zal u wel hebben verteld dat ze nog tot twee uur is gebleven.'

'Dat kan meneer Simon zeker wel bevestigen?' vroeg Daniel. 'Of woont hij hier niet?'

'Dat zal niet gaan, vrees ik. Het spijt me. Het is een lieve man, maar hij wordt wel erg doof. We doen altijd zachtjes op de trap om hem niet te storen, maar eigenlijk is dat nergens voor nodig. Misschien kan hij bevestigen wanneer we zijn thuisgekomen. Hij kan zijn deur op een kier hebben gehad. Hij slaapt geruster als hij weet dat de jongen veilig thuis is en in zijn bedje ligt. Maar ik betwijfel of hij daarna nog iets heeft gehoord.'

'Dus u bent niet zelf naar Innocent House gereden?' vroeg Kate.

'Ik rijd niet, mevrouw. Ik betreur de vervuiling die door automobielen wordt veroorzaakt en draag er niet aan bij. Is dat niet sociaal voelend van me? Bovendien is het een feit dat ik, toen ik probeerde het te leren, de hele ervaring zo eng vond dat ik mijn ogen permanent dicht moest houden, en geen van de instructeurs wilde me hebben. Ik ben met de ondergrondse naar Innocent House gegaan. Heel saai. Met de Circle Line van Notting Hill Gate naar Tower Hill en daar een taxi genomen. Het is gemakkelijker om de Central Line tot Liverpool Street te nemen en daar in een taxi te stappen, maar dat heb ik niet gedaan, als dat er nog iets toe doet.'

Kate vroeg door over de avond en was niet verbaasd dat hij Claudia Etiennes verslag bevestigde.

'Dus u bent de hele avond bij elkaar gebleven, van half zeven tot in de vroege ochtenduren?' vroeg Daniel.

'Inderdaad, brigadier. U bent toch zeker een brigadier? Anders mijn excuses. Maar u lijkt echt op een brigadier. We waren van half zeven tot twee uur in de ochtend bij elkaar. Ik denk niet dat het u interesseert wat we tussen pakweg elf uur en twee uur hebben gedaan. Dat kunt u anders beter aan juffrouw Etienne vragen, dan kan die het vertellen in termen die passen bij uw kuise oren. U wilt zeker dat ik een officiële verklaring afleg?'

Het gaf Kate niet weinig voldoening te kunnen zeggen dat dat inderdaad zou moeten en dat hij daarvoor op het politiebureau in Wapping diende te komen.

De heer Simon, zo voorzichtig en geduldig door Kate ondervraagd dat zijn paniek alleen maar scheen toe te nemen, bevestigde dat hij de twee om elf uur had horen thuiskomen. Hij had geluisterd of hij Declan hoorde omdat hij altijd beter sliep als hij wist dat er iemand in huis was. Dat was een van de redenen dat hij meneer Cartwright had gevraagd boven de winkel te komen wonen. Maar nadat hij de deur had horen gaan, was hij ingeslapen. Als daarna een van de twee was vertrokken, had hij dat niet gehoord.

Toen ze de sleutel in het autoportier stak, zei Kate: 'Hij deed het zowat in zijn broek, hè? Cartwright, bedoel ik. Is hij volgens jou een boef of een domme jongen of allebei, of alleen een knap jochie met een voorliefde voor curiosa? Wat ziet een intelligente vrouw als Claudia Etienne in vredesnaam in hem?'

'Och kom, Kate. Sinds wanneer heeft intelligentie iets met seks te maken? Misschien is dat wel niet met elkaar te verenigen, seks en intelligentie, bedoel ik.'

'Voor mij wel. Intelligentie windt me op.'

'Ja, dat weet ik.'

'Wat bedoel je?' vroeg ze scherp.

'Niets. Ik heb gemerkt dat ik het beste functioneer bij knappe, opgewekte, gedienstige vrouwen die niet al te snugger zijn.'

'Zoals je meeste seksegenoten. Doe je best om het af te leren. Wat vond je van dit alibi?'

'Net zo sterk als dat van Rupert Farlow. Cartwright en Claudia Etienne kunnen Etienne hebben vermoord, met de motorboot naar Greenwich zijn gevaren en om acht uur in dat restaurant zijn geweest. Na donker is er weinig verkeer op de rivier en de kans dat iemand ze zou zien, was niet groot. Alweer zoiets vervelends om na te trekken.'

'Hij heeft een motief,' zei Kate, 'ze hebben allebei een motief. Als Claudia Etienne zo onnozel is dat ze met hem trouwt, krijgt hij een rijke vrouw.'

'Denk je dat hij het lef heeft om iemand te doden?' vroeg Daniel.

'Zoveel lef was daar toch niet voor nodig? Hij hoefde alleen maar te zorgen dat Etienne dat kamertje binnenging voor zijn executie. Hij hoefde hem niet te steken of neer te slaan of wurgen. Hij hoefde zijn slachtoffer niet eens te zien.'

'Een van de twee moet later terug zijn gegaan voor dat gedoe met die slang. Daar was wel lef voor nodig. Ik kan me niet voorstellen dat Claudia dat bij haar broer heeft gedaan.'

'Nou, dat weet ik niet. Als ze er niet voor terugschrok haar broer te vermoorden, waarom dan wel voor de ontwijding van het lijk? Rijd jij of rijd ik?'

Kate schoof achter het stuur en Daniel belde met Wapping. Kennelijk was er nieuws. Na een paar minuten legde hij de hoorn terug en zei: 'Het lab-rapport is er. Ik ben net door Robbins doorgezaagd over het bloed. De verzadiging bedroeg drieënzeventig procent. Waarschijnlijk is hij tamelijk snel gestorven. Half acht lijkt wel te kloppen als tijdstip van overlijden. Bij dertig procent krijg je duizeligheid en hoofdpijn, coördinatiestoornissen en bewusteloosheid bij zestig procent. Zuurstofgebrek in de spieren kan plotselinge verzwakking veroorzaken.'

'En was er nog iets over de verstopping van de afvoer?'

'Uit de schoorsteen. Het is hetzelfde materiaal. We verwachtten niet anders.'

'We weten al dat de gaskachel goed werkte en we hebben geen bruikbare vingerafdrukken. En het raamkoord?'

'Dat is wat lastiger. Hoogstwaarschijnlijk is er met een stomp voorwerp gedurende een zekere periode opzettelijk slijtage aan toegebracht, maar zeker weten ze het niet. De vezels zijn geplet en gebroken, maar niet doorgesneden. De rest van het koord was oud en op bepaalde stukken was het verband zwak, maar ze zouden niet weten waarom het in dit stadium was gebroken tenzij er opzettelijk mee was gerommeld. O, en nog iets. Op de kop van de slang is een slijmvlekje aangetroffen. Dat betekent dat de slang meteen na de verwijdering van het scherpe voorwerp in de mond is geduwd, of heel kort daarna.'

42

Op zondag zeventien oktober besloot Dalgliesh Kate mee te nemen naar het klooster in Brighton, waar hij de zuster van Sonia Clements, zuster Agnes, wilde verhoren. Hij was liever alleen gegaan, maar een klooster, zelfs een anglicaans klooster, was ook voor de zoon van een predikant met sympathie voor het High Church-ritueel onbekend terrein dat voorzichtig moest worden betreden. Zonder een vrouwelijke begeleider kreeg hij zuster Agnes misschien alleen te spreken in tegenwoordigheid van de moeder-overste of een andere non. Hij wist niet precies wat hij van het bezoek verwachtte maar zijn instinct, dat hij soms wantrouwde maar had geleerd niet te negeren, zei hem dat het iets kon opleveren. Tussen de twee volstrekt verschillende sterfgevallen waren nog meer verbanden dan die kale zolderkamer waarin de een had verkozen te sterven en de ander zich tegen de aanslag op zijn leven had verzet. Sonia Clements had vierentwintig jaar bij Peverell Press gewerkt en het was Gerard Etienne geweest die haar had ontslagen. Was die meedogenloze beslissing voldoende reden om zelfmoord te plegen? Zo niet, waarom had ze dan de dood verkozen? Was iemand mogelijk in de verleiding gekomen haar dood te wreken?

Het weer bleef goed. Een vroege nevel verdampte tot een belofte van zonnige opklaringen. Zelfs de Londense lucht had iets van het zoete van de zomer en een lichte bries duwde wolkenrafels voort langs een azuurblauwe lucht. Tijdens de moeizame, indirecte rit door de buitenwijken van Londen-Zuid met Kate aan zijn zijde besefte Dalgliesh, die zich bewust was van een jongensachtig verlangen naar het zien en het horen van de zee, dat hij hoopte dat het klooster aan zee zou liggen. Ze spraken weinig. Dalgliesh reed liever in stilte en Kate had daar geen probleem mee. Het was niet de minste van haar goede eigenschappen, vond hij. Ze hadden afgesproken bij haar nieuwe flat maar hij was in de Jaguar blijven zitten in plaats van de lift te nemen en daar aan te bellen; dan had ze zich misschien verplicht gevoeld hem binnen te laten. Hij was zelf zo op zijn privacy gesteld dat hij het niet zou wagen de hare te verstoren. Ze kwam precies op tijd beneden, zoals hij wel had verwacht. Ze zag er anders uit en hij besefte dat hij haar zelden in een rok zag. Hij onderdrukte een lachje en vroeg zich af of ze had geaarzeld voordat ze had besloten dat de broek die ze gewoonlijk droeg minder gepast was voor een bezoek aan een klooster. Hij vermoedde dat hij zich daar meer op zijn gemak zou voelen dan Kate, al was hij een man.

Zijn geheime hoop op een stevige wandeling langs het strand werd de bodem ingeslagen. Het klooster stond op een helling boven een saaie, maar drukke, doorgaande weg, en werd omgeven door een twee en een halve meter hoge muur van baksteen. Het hek van de hoofdingang stond open en toen ze naar binnen reden, zagen ze een rijk versierd gebouw van hardrode baksteen, kennelijk Victoriaans en ontworpen als instelling, waarschijnlijk voor de eerste zusters van de orde. De vier etages met identieke, regelmatig geplaatste ramen riepen bij Dalgliesh associaties op met een gevangenis; een gedachte die misschien ook bij de architect was opgekomen, aangezien de ornamenten aan weerszijden van het gebouw, een torenspitsje en een toren, later toegevoegd leken, als decoratie en om het gebouw te vermenselijken. Een breed gravelpad leidde naar een voordeur van bijna zwart geworden eiken met ijzerbeslag, meer iets voor een Noormannenfort dan voor een klooster. Rechts verrees een van baksteen opgetrokken kerk die groot genoeg was voor een parochie, voorzien van een lompe spits en smalle lancetvensters. Het gebouw links was heel anders: laag en modern, met een overdekt terras en een kleine stijltuin. Dat moet het hospitium voor de stervenden zijn, dacht hij.

Er stond maar één auto, een Ford, voor het klooster en Dalgliesh parkeerde de zijne er netjes naast. Hij stapte uit en bleef even staan om uit te kijken over de terrasvormige gazons; in de verte kon hij dan toch het Kanaal zien. Korte straten met kleine, kleurige huizen in bleke tinten blauw, roze en groen, de daken versierd met een fijn, geometrisch patroon van tv-antennes, strekten zich uit in parallelle lijnen met het gelaagde blauw van de zee en vormden met hun geordende huiselijkheid een aardig contrast met het logge Victoriaanse bakbeest achter hem.

Vanuit het hoofdgebouw kwam geen teken van leven, maar toen hij zich omdraaide om de auto af te sluiten, zag hij een non om de hoek van het hospitium komen met een patiënt in een rolstoel. De patiënt droeg een blauw-wit gestreepte muts met een rode pompon en ging schuil onder een deken die tot aan de kin was opgetrokken. De non boog zich voorover om hem iets toe te fluisteren en de patiënt lachte, een blij getinkel in de stille lucht.

Hij trok aan de ijzeren ketting links van de deur en hoorde het galmen van de bel ondanks de dikte van de met ijzer beslagen eiken deur. Het vierkante rooster werd opengeschoven en een non met een zachtmoedig gezicht keek naar buiten. Dalgliesh noemde zijn naam en bood zijn kaartje aan. De deur ging meteen open en de glimlachende non gebaarde zwijgend dat ze konden binnenkomen. Ze kwamen in een brede hal die niet onprettig rook naar een mild schoonmaakmiddel. De zwarte en witte vloertegels leken pas geschrobd en de muren waren kaal, op twee versieringen na: een kennelijk Victoriaans sepiaportret van een indrukwekkende non met een ernstig gezicht, waarschijnlijk de stichtster van de orde, dacht Dalgliesh, en een reproduktie van de 'Christus in de timmermanswerkplaats' van Millais, in een bewerkte houten lijst. De glimlachende, zwijgende non bracht hen naar een kamertje rechts van de gang en nodigde hen met een wat theatraal gebaar uit plaats te nemen. Dalgliesh vroeg zich af of ze doofstom was.

Het vertrek was sober ingericht, maar niet onvriendelijk. Op de glanzend gepolitoerde tafel stond een vaas met late rozen en er stonden twee fauteuils, bekleed met verschoten cretonne, voor de openslaande ramen. De muren waren leeg, op een gruwelijk levensecht zilveren crucifix links van de schoorsteenmantel na. Spaans, dacht Dalgliesh, misschien afkomstig

uit een kerk. En boven de schoorsteenmantel hing een kopie in olieverf van een madonna die het Christuskind een tros druiven voorhield; hij had er enige tijd voor nodig om er Mignards 'La vierge à la grappe' in te herkennen. Een messing bordje vermeldde de naam van de schenker. Er stonden vier rechte eetkamerstoelen in een weinig uitnodigende rij langs de rechtermuur, maar Dalgliesh en Kate bleven liever staan.
Ze hoefden niet lang te wachten. De deur ging open en er kwam een non binnen die energiek zelfverzekerd een hand uitstak.
'Commissaris Dalgliesh en adjudant Miskin? Welkom in ons klooster. Ik ben moeder Mary Clare. Wij hebben elkaar over de telefoon gesproken, commissaris. Wilt u koffie?'
De hand die kort de zijne omvatte was mollig maar koel. 'Nee, dank u, moeder,' zei hij. 'Heel vriendelijk van u, maar we hopen u niet lang op te houden.'
Ze boezemde geen vrees in. Haar lange, blauwgrijze habijt met leren riem verleende waardigheid aan haar korte, stevige lichaam, maar zo te zien voelde ze zich er zo prettig in alsof de formele dracht normale werkkleding was. Een zwaar houten kruis hing aan een koord om haar hals en haar gezicht, zacht en bleek als deeg, had de rondingen van een baby in de strakke kap. Maar de ogen achter de stalen bril waren pienter en de kleine mond was zacht maar hield de belofte in van onverzettelijkheid. Dalgliesh besefte dat hij en Kate aan een strenge, onopvallende keuring werden onderworpen.
Met een knikje zei ze: 'Ik stuur zuster Agnes naar u toe. Het is prachtig weer; misschien wilt u in de rozentuin wandelen.'
Het was een gebod, geen voorstel, begreep Dalgliesh, maar hij wist dat ze bij deze korte ontmoeting een proef hadden doorstaan. Als ze niet tevreden was geweest, had het gesprek ongetwijfeld in deze kamer onder haar toezicht moeten plaatsvinden. Ze trok aan het schellekoord en de glimlachende non die hen had toegelaten verscheen opnieuw.
'Wilt u zuster Agnes vragen of ze zich bij ons wil voegen?'
Weer wachtten ze in stilte af, zonder te gaan zitten. Nog geen twee minuten later ging de deur open en een lange non kwam alleen binnen. 'Dit is zuster Agnes,' zei de moeder-overste. 'Agnes, dit zijn commissaris Dalgliesh van New Scotland Yard en adjudant Miskin. Ik heb een wandeling in de rozentuin voorgesteld.'
Met een knikje, maar zonder groet trok ze zich terug.
De non die hen met een gereserveerde blik opnam, was een geheel ander type dan de moeder-overste. Het habijt was hetzelfde, maar haar kruis was kleiner; haar verleende het een priesterlijke waardigheid, afstandelijk en een beetje mysterieus. De moeder-overste leek gekleed om aan

het fornuis te staan; zuster Agnes kon je je moeilijk elders voorstellen dan voor het altaar. Ze was heel mager, met lange armen en benen en een sterk gezicht; de kap benadrukte de hoge jukbeenderen, de krachtige lijn van de wenkbrauwen en de strenge, brede mond.
'Zullen we dan maar naar de rozen gaan kijken, commissaris?' zei ze.
Dalgliesh deed de deur open en hij en Kate liepen achter haar aan bijna geruisloos de gang door.
Ze ging hen voor over het brede pad naar de terrasvormig aangelegde rozentuin. Er waren drie lange rijen plantenbedden, verdeeld door evenwijdige grindpaden, elk pad vier stenen treden lager dan het pad erboven. Er was net ruimte om gedrieën naast elkaar te lopen, eerst over het bovenste pad, dan de treden af, dan terug over het tweede pad naar de tweede treden en de veertig meter van het onderste pad en weer terug, een vreugdeloze omgang in het volle zicht van de kloosterramen. Hij vroeg zich af of er een meer besloten tuin was achter het klooster. Zo ja, dan werd kennelijk niet verwacht dat ze daarheen zouden gaan.
Zuster Agnes liep met opgeheven hoofd tussen hen in, bijna net zo lang als hij met zijn één meter achtentachtig. Ze droeg een lang grijs vest over haar habijt, en had haar handen diep in de mouw van de andere arm gestoken alsof ze het koud had. Met de armen stijf tegen het lichaam riep ze bij Dalgliesh onaangename associaties op met oude prenten van geesteszieken in dwangbuizen. Ze leek een gevangene onder geleide zoals ze tussen hen in liep, en hij vroeg zich af of het er ook zo uitzag voor iemand die hen heimelijk observeerde vanuit een van de hoge ramen. Dezelfde gedachte had kennelijk Kate gestoord, want met een gemompeld excuus bleef ze staan om een veter opnieuw te strikken. Daarna haalde ze hen weer in en ging naast Dalgliesh lopen.
Het was Dalgliesh die de stilte verbrak. 'Het is heel vriendelijk van u om ons een gesprek toe te staan. Het spijt me dat ik u moet lastig vallen, vooral omdat u het moet voelen als een inbreuk op persoonlijk leed. Ik moet u vragen naar de dood van uw zuster.'
'"Inbreuk op persoonlijk leed". Dat stond ook in het telefoonbericht dat ik van moeder-overste heb ontvangen. Het zullen woorden zijn die u vaak moet gebruiken, commissaris.'
'Inbreuk maken op het leven van anderen is in mijn beroep soms onvermijdelijk.'
'En hebt u specifieke vragen waarop u van mij een antwoord hoopt te krijgen, of betreft de inbreuk algemener zaken?'
'Beide, denk ik.'
'Maar u weet hoe mijn zuster is gestorven. Sonia heeft zelfmoord gepleegd, dat lijdt geen twijfel. Ze heeft een briefje achtergelaten. Ze heeft

ook op de ochtend van haar dood een brief aan mij verstuurd. Het nieuws leek haar geen expressebrief waard. Ik kreeg de brief pas drie dagen later.'

'Kunt u me vertellen wat er in haar brief stond?' vroeg Dalgliesh. 'Ik weet natuurlijk wat er in de brief voor de autoriteiten stond.'

Ze zweeg enkele seconden die veel langer leken te duren en sprak toen zonder nadruk, alsof ze een tekst voordroeg die ze uit het hoofd had geleerd. ' "Wat ik zal doen zal in jouw ogen een zonde lijken. Probeer alsjeblieft te begrijpen dat wat jij als zondig ziet voor mij zowel natuurlijk als goed is. We hebben verschillend gekozen, maar ons einde zal eender zijn. Na de jaren van twijfel kan ik eindelijk absoluut kiezen voor de dood. Probeer niet te lang om me te rouwen; verdriet om een gestorvene is onmatigheid. Ik had geen betere zuster kunnen hebben." Is dat wat u wilt horen, commissaris? Dat kan toch niet van belang zijn voor uw huidige onderzoek.'

'We moeten alles nagaan wat er in de maanden voor de dood van Gerard Etienne in Innocent House is gebeurd, voor zover dat betrekking kan hebben op het sterfgeval. Een van die gebeurtenissen is de zelfmoord van uw zuster. In Londense literaire kringen en in Innocent House wordt beweerd dat Gerard Etienne haar tot die daad heeft gebracht. Als dat zo is, kan het zijn dat een bekende, een bepaalde bekende, hem kwaad wilde doen.'

'Ik was Sonia's beste vriendin,' zei ze. 'Ze had geen echte vriendinnen buiten mij, en ik had geen reden om Gerard Etienne dood te wensen. Ik was hier op de dag of de avond dat hij is gestorven. Dat is een feit dat u gemakkelijk kunt controleren.'

'Ik wilde niet suggereren dat u persoonlijk betrokken zou kunnen zijn bij de dood van Gerard Etienne,' zei Dalgliesh. 'Ik vraag of u weet of iemand anders, een bekende van uw zuster, aanstoot aan haar dood kan hebben genomen.'

'Alleen ik. Maar ik heb er inderdaad aanstoot aan genomen, commissaris. Zelfmoord is de ultieme radeloosheid, de ultieme afwijzing van Gods genade, de ultieme zonde.'

'Misschien, zuster, is er dan ook een ultieme vergiffenis voor,' zei hij zacht.

Ze hadden het einde van het eerste pad bereikt en samen liepen ze de trap af en sloegen linksaf. Opeens zei ze: 'Ik heb een hekel aan rozen in het najaar. Het zijn echte zomerbloemen. Decemberrozen zijn het treurigst, die bruine verdroogde knoppen aan doornige stelen. Ik kom hier niet graag in december. Net als wij weten rozen niet wanneer het tijd is om dood te gaan.'

253

'Maar vandaag kunnen we bijna geloven dat het zomer is,' zei hij. Hij zweeg even en voegde er toen aan toe: 'U zult wel weten dat Gerard Etienne aan koolmonoxidevergiftiging is gestorven, in dezelfde kamer als uw zuster. Het kan een ongeluk zijn geweest, als gevolg van een verstopte afvoer, maar we moeten aan een derde mogelijkheid denken: dat er opzettelijk met de kachel is geknoeid.'
'Wilt u zeggen dat u aan moord denkt?'
'Het valt niet uit te sluiten. Ik moet u vragen of u reden hebt om aan te nemen dat uw zuster iets met de kachel kan hebben gedaan. Ik zeg niet dat ze de bedoeling had Etienne om het leven te brengen. Maar is het mogelijk dat ze voornemens was zelfmoord te plegen op een zodanige manier dat het een ongeluk zou lijken, en zich daarna heeft bedacht?'
'Hoe zou ik dat moeten weten, commissaris?'
'Het lijkt me hoogst onwaarschijnlijk, maar ik moest het vragen. Als iemand wordt berecht wegens moord, is het een mogelijkheid die de verdediger naar voren kan brengen.'
'Het zou andere mensen veel pijn hebben bespaard als ze de moeite had genomen haar dood op een ongeluk te laten lijken, maar dat doen mensen die zelfmoord plegen zelden. Het is immers de opperste daad van agressie en hoe kan agressie bevredigend zijn als je alleen jezelf bezeert? Het was niet zo moeilijk geweest haar zelfmoord op een ongeluk te laten lijken. Ik kan wel manieren bedenken, andere dan het demonteren van een gaskachel en het blokkeren van een afvoer. Ik weet niet of Sonia wel wist hoe je dat aanpakt. Ze was nooit zo technisch en waarom zou ze dat kort voor haar dood dan wel zijn?'
'En de brief die ze u heeft gestuurd, was dat alles? Geen reden, geen verklaring?'
'Nee,' zei ze. 'Geen reden, geen verklaring.'
'Algemeen schijnt te zijn aangenomen,' zei Dalgliesh, 'dat uw zuster een eind aan haar leven heeft gemaakt omdat Gerard Etienne haar had ontslagen. Lijkt u dat plausibel?'
Ze gaf geen antwoord en na enkele ogenblikken drong hij nog eens voorzichtig aan. 'U bent haar zuster, u kende haar goed. Is dat voor u een bevredigende verklaring?'
Ze draaide zich half om en keek hem voor het eerst vol in het gezicht. 'Is die vraag relevant voor uw onderzoek?'
'Mogelijk wel. Als juffrouw Clements iets wist over Innocent House, of over een van de mensen die daar werkten, iets dat ze zo erg vond dat het heeft bijgedragen tot haar dood, dan kan dat ook met de dood van Gerard Etienne in verband staan.'
Weer keek ze hem aan. 'Is er sprake van dat het onderzoek naar de dood

van mijn zuster wordt heropend?'

'Officieel niet. We weten hoe juffrouw Clements is gestorven. Ik zou graag willen weten waarom, maar de rechtbank heeft een uitspraak gedaan. Voor de wet is het daarmee afgelopen.'

Ze liepen zwijgend door. Ze scheen te overwegen wat haar te doen stond. Hij voelde, of meende te voelen, dat de spieren van de arm die langs de zijne streek stijf stonden van de spanning. Met hese stem zei ze: 'Ik kan uw nieuwsgierigheid bevredigen, commissaris. Mijn zuster is gestorven omdat de twee mensen die haar het liefst waren, misschien de enige mensen die haar ooit lief zijn geweest, haar definitief waren ontvallen. Ik heb mijn geloften afgelegd in de week voordat ze een einde aan haar leven maakte; en acht maanden eerder was Henry Peverell gestorven.'

Tot nu toe had Kate gezwegen. Nu zei ze: 'Wilt u zeggen dat ze verliefd was op meneer Peverell?'

Zuster Agnes keek opzij alsof ze haar aanwezigheid nu pas opmerkte. Ze keek weer voor zich uit en klemde met een nauwelijks waarneembare huivering haar armen tegen haar borst. 'Ze was in de laatste acht jaar van zijn leven zijn maîtresse. Zij noemde het liefde. Ik noemde het een obsessie. Ik weet niet hoe hij het noemde. Ze waren nooit in het openbaar samen. Op zijn aandringen werd de verhouding geheim gehouden. De kamer waarin ze de liefde bedreven, was de kamer waarin ze is gestorven. Ik wist het altijd als ze samen waren geweest. Dat waren de avonden waarop ze overwerkte. Als ze binnenkwam, kon ik hem aan haar ruiken.'

'Maar waarom die geheimhouding?' vroeg Kate. 'Waar was hij bang voor? Ze waren geen van beiden getrouwd, ze waren allebei volwassen. Het ging niemand anders aan.'

'Toen ik dat opwierp, had ze haar antwoord klaar, of liever gezegd zijn antwoord. Ze zei dat hij niet wilde hertrouwen, dat hij trouw wilde blijven aan de herinnering aan zijn vrouw, dat hij het geen prettig idee zou vinden als er op kantoor werd gekletst over zijn privé-zaken, dat zijn dochter aanstoot zou nemen aan de relatie. Ze accepteerde alles wat hij aanvoerde. Het was voor haar genoeg dat hij kennelijk behoefte had aan wat zij hem kon bieden. Het kan natuurlijk heel eenvoudig zo zijn geweest dat zij toereikend was om een fysieke behoefte te bevredigen, maar niet mooi of jong of rijk genoeg om hem in de verleiding te brengen met haar te trouwen. En ik denk dat voor hem de geheimhouding een extra prikkel aan de verhouding gaf. Misschien was dat wat hij prettig vond: haar vernederen, nagaan hoever haar liefde voor hem ging, naar dat treurige kamertje sluipen als een Victoriaanse heer des huizes die zijn dienstmeid bevredigde. Het was niet de zondigheid van de verbintenis die me het meest stoorde, het was de vulgariteit.'

255

Hij had niet verwacht dat ze zo openhartig zou zijn, dat ze hem zo in vertrouwen zou nemen. Maar misschien was het niet zo verrassend. Ze moest maandenlang vrijwillig hebben gezwegen en nu ontketende ze, tegenover twee vreemden die ze nooit meer hoefde te zien, al haar opgekropte verbittering. 'Ik ben maar anderhalf jaar ouder,' zei ze. 'We waren heel innig. Daar heeft hij een einde aan gemaakt. Ze kon niet hem en haar religieuze overtuiging behouden, en ze koos hem. Hij heeft het vertrouwen tussen ons vernietigd. Hoe kon er nog vertrouwen zijn als elk van ons beiden de god van de ander minachtte?'
'Ze had geen begrip voor uw roeping?' vroeg Dalgliesh.
'Absoluut niet. En hij evenmin. Hij zag het als je terugtrekken uit de wereld en je onttrekken aan je verantwoordelijkheid, aan seksualiteit en betrokkenheid, en wat hij geloofde, geloofde zij. Ze was natuurlijk al enige tijd op de hoogte van mijn voornemen. Ik denk dat ze hoopte dat ik nergens zou worden aanvaard. Er zijn niet veel communauteiten waar postulanten van middelbare leeftijd welkom zijn. Een klooster is niet bedoeld als toevluchtsoord voor mislukkelingen en ontgoochelden. En ze wist natuurlijk dat ik niet over praktische vaardigheden beschikte. Wat ik kan – wat ik doe – is boeken restaureren. Moeder verleent me van tijd tot tijd nog toestemming om in bibliotheken in Londen, Oxford en Cambridge te werken, op voorwaarde dat er een geschikt huis, ik bedoel een klooster, is waarin ik onderdak kan krijgen. Maar dat werk wordt zeldzaam. Het vergt veel tijd om een waardevol boek of manuscript te restaureren en opnieuw te binden, meer tijd dan ik eraan mag geven.'
Dalgliesh herinnerde zich een bezoek dat hij drie jaar eerder aan de bibliotheek van Corpus Christi College in Cambridge had gebracht, waar hem de Jeruzalem-bijbel was getoond die onder escorte verscheidene malen voor een kroning naar de abdij van Westminster was vervoerd, samen met een heel vroeg verlucht Nieuw Testament. De pas opnieuw gebonden kunstschat, die liefdevol uit de speciale cassette was getild, was op een gecapitonneerde V-vormige katheder neergezet en de pagina's waren met een houten spatel omgelegd om contact te vermijden. Hij had vol ontzag gekeken naar de vijf eeuwen oude illustraties, nog zo fris van kleur als toen de tinten met fijne precisie van de pen van de kunstenaar vloeiden; de tekeningen waren zo mooi, zo menselijk, dat hij bijna in tranen was geweest.
'Wordt uw werk hier als belangrijker beschouwd?' vroeg hij.
'Het wordt naar andere normen beoordeeld. En hier is mijn gebrek aan praktische vaardigheden geen nadeel. Iedereen kan een wasmachine leren bedienen, patiënten naar de wc rijden, ondersteken uitdelen. Ik weet niet hoe lang er nog vraag zal zijn naar die vorm van hulpverlening. De

priester die hier onze huisgeestelijke is, bekeert zich tot het rooms-katholicisme als gevolg van het besluit van de anglicaanse kerk vrouwen tot priester te wijden. De helft van de zusters wil zijn voorbeeld volgen. De toekomst van de orde als anglicaanse orde is onzeker geworden.'

Ze waren nu de drie paden afgelopen en draaiden zich om voor een herhaling. 'Henry Peverell was niet de enige die in de laatste jaren van het leven van mijn zuster tussen ons in stond,' zei zuster Agnes. 'Dat gold ook voor Eliza Brady. Haar hoeft u niet te gaan zoeken, commissaris. Ze is in 1871 gestorven. Ik heb over haar gelezen in een rechtbankverslag in een Victoriaanse krant die ik in een antiquariaat aan de Charing Cross Road had gevonden en jammer genoeg aan Sonia heb gegeven. Eliza Brady was een meisje van dertien. Haar vader werkte voor een kolenhandelaar en haar moeder stierf in het kraambed. Eliza werd de moeder voor haar vier jongere broertjes en zusjes en de zuigeling. Haar vader verklaarde voor de rechtbank dat Eliza als een moeder voor alle kinderen was. Ze werkte veertien uur per dag. Ze deed de was, stookte de haard, maakte eten klaar, deed boodschappen en zorgde voor alles in het gezin. Op een ochtend droogde ze de luiers van de baby op een rek voor het vuur. Ze steunde op het rek en het viel in de vlammen. Ze liep zware brandwonden op en stierf na een gruwelijk lijden van drie dagen. Het verhaal greep mijn zuster heftig aan. "Dus dit is de gerechtigheid van jouw zogenaamde God van liefde," zei ze. "Zo beloont hij onschuldige, goede mensen. Ze moest niet alleen dood, dat was nog niet genoeg. Ze moest een verschrikkelijke dood sterven, langzaam en met verschrikkelijk veel pijn." Mijn zuster raakte bijna geobsedeerd door Eliza Brady. Ze werd een soort idool. Als ze een plaatje van het kind had gehad, had ze er waarschijnlijk voor gebeden, al weet ik niet tot wie.'

'Maar als ze een reden wilde hebben om niet in God te geloven, hoefde ze toch niet terug naar de negentiende eeuw?' wierp Kate tegen. 'Vandaag de dag gebeuren er genoeg tragische dingen. Ze hoefde maar naar het journaal te kijken of een krant te lezen. Ze hoefde maar aan Joegoslavië te denken. Eliza Brady is al ruim honderd jaar dood.'

'Dat heb ik ook tegen haar gezegd,' zei zuster Agnes, 'maar Sonia zei dat gerechtigheid niets te maken had met tijd. We mochten ons niet laten beheersen door de tijd. Als God eeuwig is, dan is zijn gerechtigheid eeuwig. En zijn onrechtvaardigheid ook.'

'Kwam u voordat u van uw zuster vervreemdde vaak in Innocent House?' vroeg Kate.

'Soms, niet vaak. Er is nog sprake van geweest, een paar maanden voordat ik besloot dat ik een roeping had, dat ik part-time op Innocent House zou komen werken. Jean-Philippe Etienne wilde graag dat de archieven

zouden worden bestudeerd en gecatalogiseerd en kennelijk dacht hij dat ik daar geschikt voor was. De Etiennes zijn altijd uit op koopjes en hij nam waarschijnlijk aan dat ik het werk evenzeer uit belangstelling als voor het geld zou doen. Maar Henry Peverell was tegen en ik begreep natuurlijk wel waarom.'
'Dus u hebt Jean-Philippe Etienne gekend?' vroeg Dalgliesh.
'Ik heb alle vennoten vrij goed leren kennen. De beide oude heren, Jean-Philippe en Henry, leken bijna koppig vast te houden aan een macht die ze geen van beiden meer leken te kunnen of willen uitoefenen. Gerard Etienne was natuurlijk de jonge Turk, de kroonprins. Met Claudia Etienne kon ik het niet zo vinden, wel met James de Witt. De Witt is een voorbeeld van een man die een goed leven leidt zonder hulp van een religieuze overtuiging. Sommige mensen zijn bij hun geboorte niet belast met de erfzonde, lijkt het. Hun goedheid is geen verdienste.'
'Maar een religieuze overtuiging is toch geen voorwaarde voor een goed leven,' zei Dalgliesh.
'Misschien niet. Het geloof in een religie hoeft het gedrag niet te beïnvloeden. Het praktiseren van een religie zou dat wel moeten doen.'
'U bent natuurlijk niet op hun laatste ontvangst geweest,' zei Kate. 'Hebt u eerdere feesten bezocht? Kregen de bezoekers onbeperkt toegang tot het huis?'
'Ik ben maar op twee recepties geweest. Ze hielden er een in de zomer en een in de winter. Er was niets dat de bezoekers belette door het huis te zwerven. Ik denk niet dat veel mensen dat deden. Het is niet echt beleefd om van zo'n gelegenheid gebruik te maken om kamers te verkennen die geacht worden privé te zijn. Innocent House is nu natuurlijk in hoofdzaak kantoor en misschien maakt dat verschil. Maar de ontvangsten op Innocent House waren tamelijk formeel. De gastenlijst werd gecontroleerd en Henry Peverell had er een afkeer van om meer dan tachtig mensen in huis te hebben. Peverell Press gaf geen gewone literaire recepties, waarop te veel mensen worden uitgenodigd om te voorkomen dat schrijvers beledigd zijn omdat ze worden overgeslagen, zodat het stampvol wordt in veel te warme kamers waar de gasten proberen borden met koud eten recht te houden en lauwe inferieure witte wijn drinken en tegen elkaar schreeuwen. De meeste gasten kwamen over het water, dus het zal vrij gemakkelijk zijn geweest onuitgenodigde gasten te weren, vermoed ik.'
Daarmee waren ze wel uitgepraat. Gedrieën draaiden ze zich aan het einde van het volgende pad om en liepen terug. Zwijgend liepen ze met zuster Agnes naar de voordeur en namen daar afscheid zonder nog weer naar binnen te gaan. Ze keek Dalgliesh en Kate heel intensief aan en

hield hun blik vast: zo dwong ze een ogenblik van geconcentreerde aandacht af, alsof ze hen door wilskracht kon dwingen haar openhartigheid te respecteren.
 Ze waren nog maar net weggereden en stonden voor het eerste stoplicht te wachten toen Kate haar verontwaardiging niet langer kon bedwingen. 'Dus daarom stond dat bed in de archiefkamer, daarom had de deur een slot en grendel. Mijn God, wat een smeerlap! Zuster Agnes had gelijk, hij sloop inderdaad als een Victoriaanse huistiran naar dat kamertje. Hij vernederde haar, hij gebruikte haar. Ik kan me wel voorstellen hoe het daar boven toeging. Die man was een sadist.'
 'Daar heb je geen bewijs van, Kate,' zei Dalgliesh zacht.
 'Verdomme, waarom liet ze met zich sollen? Ze had veel ervaring, ze verstond haar vak. Ze had weg kunnen gaan.'
 'Ze was verliefd op hem.'
 'En haar zuster is verliefd op God. Ze zoekt sereniteit. Ik heb niet de indruk dat ze die heeft gevonden. Zelfs de toekomst van het klooster loopt gevaar.'
 'De grondlegger van haar godsdienst heeft niet anders beloofd. "Ik ben niet gekomen om vrede te brengen, maar het zwaard." ' Hij keek naar haar en zag dat de tekst haar niets zei. 'Het was een nuttig bezoek,' zei hij. 'We weten nu waarom Sonia Clements is gestorven en dat had niets – of weinig – te maken met de manier waarop Gerard Etienne haar had bejegend. Het ziet ernaar uit dat er geen levend mens is met een motief om haar dood te wreken. We wisten al dat bezoekers in Innocent House door het huis konden uitzwermen, maar het is nuttig dat zuster Agnes dat heeft bevestigd. En dan is er die interessante aanvullende informatie over de archieven. Volgens zuster Agnes was het Henry Peverell die heeft verhinderd dat zij eraan zou werken. Pas na zijn dood heeft Jean-Philippe erin toegestemd dat Gabriel Dauntsey dat karwei zou ondernemen.'
 'Het zou interessanter zijn als de Etiennes degenen waren geweest die niet wilden dat er in het archief werd gesnuffeld,' zei Kate. 'Het is duidelijk waarom Henry Peverell niet wilde dat de zuster van Sonia Clements daar zou komen te werken. Dat zou de afspraakjes met zijn maîtresse hebben doorkruist.'
 'Dat is de voor de hand liggende verklaring,' zei Dalgliesh, 'maar wat voor de hand ligt, hoeft niet de juiste verklaring te zijn. Het is ook mogelijk dat er in het archief nog iets anders was waar Henry Peverell niemand naar wilde laten kijken, of dat hij vermoedde dat er zoiets lag. Toch is niet direct duidelijk hoe dat met de dood van Gerard Etienne te maken kan hebben. Je hebt gelijk, het was interessanter geweest als de Etiennes be-

zwaar hadden gemaakt tegen het archiefonderzoek. Toch denk ik dat we naar die papieren zullen moeten kijken.'
'Allemaal, meneer?'
'Als het moet wel, Kate.'

43

Het was zondag half tien en Daniel en Robbins wijdden zich op de zolder van Innocent House aan het doorzoeken van het archief. Ze gebruikten de tafel en stoel in het archiefkamertje. De methode die Daniel had gekozen, was dat ze allebei schap voor schap zouden afwerken en elke map die er hoopgevend uitzag zouden meenemen naar het archiefkamertje voor nader onderzoek. Het was ontmoedigend werk omdat ze geen van beiden wisten wat ze zochten. Daniel had geschat dat ze er met hun tweeën weken mee bezig zouden zijn, maar ze vorderden beter dan hij had gedacht. Als AD gelijk had, als er papieren lagen die nieuw licht op de moord op Etienne konden werpen, moest iemand ze tamelijk recent hebben ingezien. Dat betekende dat de oude negentiende-eeuwse stukken, waarvan er vele kennelijk in honderd jaar niet waren aangeraakt, voorlopig konden worden genegeerd. Ze hadden geen probleem met licht; op elke meter hing wel een kale peer. Maar het was stoffig, vermoeiend en saai werk en hij deed het zonder hoop.
Kort na half tien vond hij het wel genoeg voor deze avond. Hij besefte dat hij geen zin had om naar zijn flat in Bayswater terug te gaan; bijna alles leek hem aantrekkelijker. Hij had er zo min mogelijk tijd doorgebracht sinds Fenella naar de Verenigde Staten was vertrokken. Ze hadden de flat nog maar anderhalf jaar eerder gekocht en al een paar weken nadat ze waren gaan samenwonen, had hij beseft dat die binding aan een hypotheek en aan elkaars bestaan een vergissing was.
'We nemen natuurlijk elk een kamer, lieverd. We hebben allebei onze privacy nodig.'
Later zou hij zich afvragen of hij die woorden echt had gehoord. Niet alleen had Fenella geen behoefte aan privacy, ze was ook niet van plan hem de zijne te gunnen, misschien niet opzettelijk, maar omdat ze geen flauw idee had wat het woord betekende. Te laat had hij gedacht aan wat

een wijze les uit zijn jeugd had moeten zijn: een vriendin van zijn moeder die zelfgenoegzaam tegen haar had gezegd: 'Wij hebben thuis altijd respect gehad voor boeken en geleerdheid', terwijl haar zoontje van zes ongestraft de pagina's uit Daniels exemplaar van *Schateiland* scheurde. Daar had hij van moeten leren dat wat mensen van zichzelf vonden, zelden overeenkomst vertoonde met hun werkelijke gedrag. Toch had Fenella een record gebroken op het terrein van de onverzoenlijkheid van overtuiging en daad. Het was altijd druk in de flat; vrienden en vriendinnen kwamen binnenvallen, kregen te eten in de keuken, maakten ruzie en werden verzoend op zijn bank, gingen in bad in zijn bad, voerden internationale telefoongesprekken met zijn telefoon, plunderden zijn koelkast en dronken zijn bier. Het was nooit stil in de flat en ze waren nooit alleen. Zijn slaapkamer werd hun slaapkamer, voornamelijk omdat die van Fenella tijdelijk in gebruik was voor iemand die geen onderdak had. Ze trok mensen aan als een verlichte deuropening. Haar aantrekkelijke kant was haar onverstoorbaar goede humeur. Waarschijnlijk was zijn moeder weg van haar geweest als hij haar ooit had voorgesteld; waarschijnlijk had ze dan meteen beloofd zich tot het jodendom te bekeren. Fenella was erg inschikkelijk.

Haar manie om mensen om zich heen te verzamelen ging samen met een slordigheid die hem in hun anderhalve jaar samen steeds was blijven verbazen en die hij niet kon verenigen met haar precisie als het om de inrichting ging. Hij herinnerde zich dat ze in de huiskamer drie kleine prenten tegen de muur ophield aan een lint met een strik. 'Wat vind je, lieverd, hier of nog vijf centimeter verder naar links? Wat vind je?'

Het leek haar niet te deren dat ze een gootsteen vol vuile vaat hadden, een badkamer waarvan de deur moeizaam openging omdat er een stapel vuile en stinkende handdoeken lag, onopgemaakte bedden en overal in de slaapkamer slingerende kleren. Die verwaarlozing van het huishouden ging samen met een maniakale behoefte zichzelf en haar kleren te wassen. In de flat was altijd het bonken en gieren van de wasmachine te horen en het sissen van de douche.

Hij herinnerde zich hoe ze het einde van hun relatie had aangekondigd: 'Lieverd, Terry wil dat ik bij hem kom in New York. Aanstaande donderdag al. Hij heeft me een ticket eerste klas gestuurd. Ik dacht niet dat je het erg zou vinden. We hebben het de laatste tijd niet zo leuk meer, hè? Geloof je niet dat er tegenwoordig iets essentieels aan de relatie ontbreekt? Iets kostbaars dat we vroeger hadden, is verdwenen. Heb jij ook niet het gevoel dat er iets verloren is gegaan?'

'Afgezien van mijn spaargeld.'

'Niet vals doen, lieverd. Dat is niets voor jou.'

261

'Hoe moet het met je baan?' had hij gevraagd. 'Hoe wil je werken in Amerika? Het valt niet mee om aan een verblijfsvergunning te komen.'
'O, ik ga niet meteen werk zoeken. Terry is steenrijk. Hij zegt dat ik me kan amuseren met het inrichten van zijn appartement.'
Ze waren zonder heftige verwijten uit elkaar gegaan. Ruzie maken met Fenella was bijna onmogelijk, had hij gemerkt. Gelaten en zelfs een beetje geamuseerd accepteerde hij dat haar gemoedelijkheid samenging met meer handelsgeest dan hij had verwacht.
'Lieverd, je moest me maar uitkopen voor de halve aankoopsom van de flat, niet de helft van de huidige waarde. Die is vreselijk gedaald, zoals alles. Je kunt vast wel een hogere hypotheek krijgen. En als je me de helft geeft van wat de meubels hebben gekost, laat ik alles hier voor je staan. Je moet toch iets hebben om op te zitten, schatje.'
Het leek nauwelijks zinvol erop te wijzen dat hij de meeste meubels had betaald, al had hij ze niet zelf uitgezocht en al vond hij ze niet mooi. Hij merkte ook op dat enkele preciosa met haar waren verdwenen en nu dus wel in New York zouden zijn. De rommel bleef en hij had geen tijd of zin om op te ruimen. Ze had hem laten zitten met een moordende hypotheeklast, een telefoonrekening die voornamelijk uit telefoontjes met New York bestond en juridische kosten die hij in termijnen zou moeten voldoen. Des te hinderlijker was het dat hij haar af en toe verschrikkelijk miste.
Op de gang naast de archiefkamer was een klein toilet met wasruimte. Terwijl Robbins het stof van decennia van zijn handen spoelde, belde Daniel in een opwelling met het bureau in Wapping. Kate was er niet. Hij wachtte even, dacht nog geen tel na en belde haar toen thuis.
Ze nam op en hij vroeg: 'Wat doe je?'
'Orde scheppen in papieren. En jij?'
'Wanorde scheppen in papieren. Ik ben nog in Innocent House. Heb je zin om wat te gaan drinken?'
Ze aarzelde even en zei toen: 'Waarom niet. Waar wou je heen?'
'De Town of Ramsgate. Dat is ongeveer halverwege. Tot over twintig minuten.'

44

Kate parkeerde aan het begin van Wapping High Street en legde de vijftig meter naar de Town of Ramsgate te voet af. Terwijl ze daar liep verscheen Daniel, die uit de steeg naar de watertrap kwam.
'Ik heb even naar de executiesteiger gekeken,' zei hij. 'Denk je dat de piraten nog leefden als ze bij laag water aan de palen werden vastgebonden om daar te blijven tot het drie keer vloed was geweest?'
'Ik denk het niet. Waarschijnlijk werden ze eerst opgehangen. Het strafsysteem was wel barbaars in de achttiende eeuw, maar niet zo barbaars.'
Ze duwden de deur van het café open en werden opgenomen in de bonte glinstering en gemoedelijke zondagavondsfeer van een Londense pub. Het was vol in de smalle zeventiende-eeuwse herberg en Daniel moest zich tussen een menigte stamgasten een weg banen om een pint voor zichzelf en een halve pint Charrington's Ale voor Kate te halen. Een man en een vrouw stonden achterin op van hun stoel, dicht bij de deur naar de tuin, en Kate stelde ze snel veilig. Als Daniel meer voor een gesprek kwam dan om te drinken, was dit een geschikte plek. De sfeer was ontspannen maar het geluidsvolume lag hoog. Tegen het achtergrondlawaai van geklets en lachsalvo's konden ze vrijuit en onopvallender praten dan wanneer het stil was geweest.
Hij was in een merkwaardige stemming, dat voelde ze aan, en ze vroeg zich af of hij, toen hij haar belde, meer behoefte had aan een sparring partner dan aan iemand om wat mee te drinken. Maar het telefoontje was welkom geweest. Alan had niet gebeld en nu haar flat bijna op orde was, werd de verleiding hem op te bellen voor een laatste ontmoeting voordat hij wegging onaangenaam groot. Ze was blij met een aanleiding om van huis te gaan.
Daniels stemming was waarschijnlijk verzuurd door een frustrerende avond op het archief. Zij zou het morgenavond proberen, met waarschijnlijk even weinig kans op succes. Maar als het voorwerp dat uit Etiennes mond was verwijderd inderdaad een cassette was geweest, als de dader het slachtoffer had willen zeggen waarom hij in de val was gelokt, dan kon het motief heel goed in het verleden liggen, of zelfs in het verre verleden: een oud misdrijf, een vermeend onrecht, een verborgen gevaar. De beslissing het oude archief te doorzoeken mocht dan zo'n befaamde instinctbeslissing van AD zijn, er viel best iets voor te zeggen.
Daniel keek in zijn bier en zei: 'Jij hebt toch met John Massingham aan de zaak-Berowne gewerkt? Vond je hem aardig?'
'Een goede rechercheur, zij het niet zo goed als hij zelf dacht. Nee, ik

vond hem niet aardig. Hoezo?'
Hij ging daar niet op in. 'Ik ook niet. We zijn samen brigadier geweest bij afdeling H. Hij noemde me de jodenjongen. Het was natuurlijk niet de bedoeling dat ik het zou horen, dat zou hij nooit doen, iemand in zijn gezicht uitschelden. Wat hij eigenlijk zei, was "onze slimme, kleine jodenjongen", maar ik geloof niet dat het als compliment bedoeld was.'
Toen ze niets zei, vervolgde hij: 'Als Massingham "wanneer het eenmaal zover is" zegt, weet je dat hij niet bedoelt dat hij promotie wil maken, maar dat hij de titel van zijn pa zal erven. Lord Dungannon, de korpschef. Het zal hem geen kwaad doen. Hij zal eerder de top bereiken dan wij.'
In ieder geval eerder dan ik, dacht Kate. Zij moest haar ambitie laten temperen door de realiteit. Iemand moest de eerste vrouwelijke korpschef worden. Misschien zou zij dat zijn, maar het was dwaasheid daarop te rekenen. Waarschijnlijk was ze tien jaar te vroeg bij de politie gekomen.
'Je komt er wel, als je het echt wilt,' zei ze.
'Misschien. Het is niet gemakkelijk voor een jood.'
Ze had kunnen repliceren dat het niet gemakkelijk was om in de machowereld van de politie een vrouw te zijn, maar dat was een veel voorkomende klacht en ze was niet van plan zich tegenover Daniel te beklagen.
'Het is niet gemakkelijk om een onecht kind te zijn,' zei ze.
'Ben je dat dan? Ik dacht dat dat in de mode was.'
'Niet zoals in mijn geval. En jood zijn is ook in de mode; het geeft in elk geval aanzien.'
'Niet als je mijn soort jood bent.'
'Wat is er dan moeilijk aan?'
'Je kunt niet zoals andere mensen onbekommerd atheïst zijn. Je blijft je gedwongen voelen God uit te leggen waarom je niet in hem kunt geloven. Bovendien heb je een joodse moeder. Dat is absoluut essentieel, dat hoort erbij. Als je geen joodse moeder hebt, ben je geen jood. Joodse moeders willen dat hun zoon met een aardig joods meisje trouwt, voor joodse kleinkinderen zorgt en samen met ze in de synagoge wordt gezien.'
'Dat zou je in elk geval af en toe kunnen doen zonder je geweten te veel geweld aan te doen, als atheïsten dat hebben.'
'Joodse atheïsten wel. Dat is nu juist het probleem. Ga mee naar de rivier kijken.'
Achter de herberg was een kleine tuin met uitzicht op de rivier; op warme zomeravonden was het hier erg vol. Maar op een avond in oktober voelden weinig stamgasten zich geroepen met hun glas naar buiten te gaan en Kate en Daniel kwamen in een stilte terecht die naar de rivier rook. De

enkele lamp aan de muur verspreidde een zacht schijnsel over de scheef gezette tuinstoelen en kuipen met verhoute, verwilderde geraniums. Ze lieten hun glas op de kademuur rusten.

Het bleef even stil. Toen zei Daniel opeens: 'We krijgen hem niet te pakken.'

'Hoe kun je dat zo zeker weten? En waarom hij? Het kan best een vrouw zijn. En waarom zie je het zo somber in? AD is waarschijnlijk de intelligentste rechercheur die we hebben.'

'Het is waarschijnlijk dat het een man is. Het demonteren en weer monteren van die gaskachel is eerder het werk van een man. Laten we ervan uitgaan dat het een man is. We krijgen hem niet te pakken omdat hij net zo intelligent is als AD en omdat hij een groot voordeel heeft: het strafrechtstelsel bevoordeelt hem, niet ons.' Het was een vertrouwde klacht. Daniels bijna paranoïde wantrouwen jegens advocaten was een van zijn bijzondere trekjes, net als het feit dat hij er een hekel aan had om 'Dan' te worden genoemd. Ze was gewend aan zijn klacht dat het strafrechtstelsel minder gericht was op het veroordelen van schuldigen dan op het bieden van een ingenieuze, lucratieve hindernisbaan waarop advocaten hun raffinement konden tonen.

'Dat is niet nieuw,' zei ze. 'Het strafrechtstelsel begunstigt criminelen al zeker veertig jaar. Dat is iets waar we mee leven. Idioten proberen het te omzeilen door het bewijsmateriaal op te sieren als ze verdomd goed weten dat hun man schuldig is. Het enige dat je daarmee bereikt, is dat de politie in diskrediet raakt, dat schuldigen vrijuit gaan en dat je nog meer wetgeving krijgt waardoor het evenwicht nog verder wordt verstoord ten gunste van de criminelen. Dat weet je, dat weten we allemaal. De enige oplossing is eerlijk, stevig bewijs waar geen speld tussen te krijgen is.'

'Bij een ernstig delict kom je dan vaak uit bij de verklaringen van informanten en undercover-agenten. God nog aan toe, Kate, dat weet je toch. Nu moeten we daar de verdediging vooraf van op de hoogte stellen, zodat we het niet kunnen gebruiken zonder mensen in levensgevaar te brengen. Weet je wel hoeveel grote zaken we het afgelopen jaar alleen al in Londen hebben moeten afblazen?'

'Dat zal bij deze zaak toch niet gebeuren? Wanneer we bewijs vinden, gebruiken we het ook.'

'Maar we komen er immers niet aan? Alleen als een van die mensen het niet volhoudt en een bekentenis aflegt, maar dat gebeurt niet. We hebben geen enkel feit dat we met een van de verdachten in verband kunnen brengen. Elk van die mensen kan het hebben gedaan. Eén van hen heeft het gedaan. We kunnen wel iets in elkaar draaien, maar tot een behandeling komt het niet. We zouden uitgelachen worden. En zelfs als het tot een

proces komt, kun je je wel indenken wat de verdediging zal doen. Etienne kan met een eigen bedoeling naar die kamer zijn gegaan. We kunnen niet bewijzen dat het niet zo is. Misschien wilde hij iets uit het archief hebben, een oud contract of zo. Hij denkt maar even weg te blijven en laat zijn jasje en sleutels in zijn kamer. Dan komt hij iets tegen dat interessanter is dan hij had verwacht en gaat zitten om het te bestuderen. Hij heeft het koud en doet het raam dicht, waarbij hij het raamkoord stuktrekt, en doet de kachel aan. Tegen de tijd dat hij beseft wat er gebeurt, is hij al te zeer in de war om de kachel uit te doen. Hij komt om het leven. Uren later vindt de grapjas van het bedrijf het lijk en besluit een morbide grap uit te halen om iets mysterieus te geven aan wat in feite een betreurenswaardig ongeluk is.'
'Dat hebben we allemaal al doorgenomen,' zei Kate. 'Het klopt niet helemaal. Waarom is hij bij de kachel neergevallen? Waarom is hij niet de deur uit gegaan? Etienne was intelligent, hij moet hebben geweten dat het gevaarlijk was om een gaskachel te laten branden in een ongeventileerde kamer, dus waarom heeft hij het raam gesloten?'
'Nou goed, dan heeft hij geprobeerd het open te trekken, niet dicht, toen het raamkoord brak.'
'Dauntsey zegt dat hij het open heeft laten staan.'
'Dauntsey is de voornaamste verdachte; die bewering kunnen we negeren.'
'Zijn advocaat zal dat niet doen. Je kunt geen zaak opbouwen door verklaringen te negeren die je slecht uitkomen.'
'Nou goed, dan probeerde hij het raam open of dicht te doen. Laat maar even zitten.'
'Maar waarom zou hij de kachel aandoen? Zo koud was het niet. Waar zijn die documenten die hij zo interessant vond? Wat er op tafel lag, waren vijftig jaar oude contracten met schrijvers die allang dood en vergeten zijn. Waarom zou hij daarnaar willen kijken?'
'Misschien heeft de kwelgeest ze verwisseld. We kunnen niet weten welke documenten hij inzag.'
'Waarom zou de kwelgeest ze verwisselen? En als Etienne daar kwam om te werken, waarom had hij dan geen pen bij zich? Of een potlood? Of een ballpoint?'
'Hij kwam er om te lezen, niet om te schrijven.'
'Hij kon immers niet schrijven? Hij kon niet eens de naam van de dader opschrijven. Hij had niets om mee te schrijven. Iemand had zijn agenda gepikt waar een potlood in zat. Hij kon niet eens de naam in het stof schrijven. Er was geen stof. En die kras in zijn verhemelte? Dat is een onomstotelijk feit.'

'Maar niet in verband met iemand. We kunnen niet bewijzen hoe die kras is gemaakt, als we niet het voorwerp vinden waarmee die is gemaakt. En we weten niet wat dat voor voorwerp is. Waarschijnlijk zullen we het nooit weten. We hebben alleen maar verdenkingen en indirecte bewijzen. We weten niet eens genoeg om een van de verdachten in observatie te kunnen nemen. Kun je je het schandaal voorstellen als we dat toch zouden doen? Vijf keurige mensen, niet één met een strafblad. En twee hebben een alibi.'
'Dat geen moer voorstelt,' zei Kate. 'Rupert Farlow heeft openlijk toegegeven dat hij zou zweren dat De Witt die avond bij hem was, of het nu waar is of niet. En dat verhaal over die nachtelijke bijstand: die tijdstippen waren wel erg nadrukkelijk exact, niet?'
'Ik denk dat je daarop let wanneer je stervende bent.'
'En Claudia Etienne zegt dat ze bij haar verloofde was. Hij heeft een rijke vrouw aan de haak geslagen die nu een smak geld rijker is dan een week geleden. Denk je dat hij ook maar een ogenblik zou aarzelen voor haar te liegen?'
'Goed,' zei Daniel, 'het is gemakkelijk genoeg om aan die alibi's te twijfelen, maar kunnen we aantonen dat ze vals zijn? Het is heel goed mogelijk dat allebei de waarheid hebben verteld. We kunnen er niet van uitgaan dat ze liegen. En als ze de waarheid spreken, vallen Claudia Etienne en De Witt af. Daarmee zijn we terug bij Gabriel Dauntsey. Hij had de middelen en de gelegenheid en hij heeft geen alibi voor het halve uur voordat hij naar zijn poëzieavond ging.'
'Maar dat geldt ook voor Frances Peverell en zij heeft een motief,' zei Kate. 'Etienne had haar de bons gegeven voor een ander en wilde tegen haar zin Innocent House verkopen. Zij had meer reden om hem dood te willen hebben dan wie ook. En probeer maar eens een jury ervan te overtuigen dat een man van zesenzeventig, met reuma, die trap op is gegaan of die krakende lift heeft genomen, het nodige in dat archiefkamertje heeft gedaan en na een minuut of acht weer thuis was. Zeker, Robbins heeft het nagegaan en het is mogelijk, maar niet als hij ook nog naar beneden moest om die slang te halen.'
'Dat van die acht minuten weten we alleen van Frances Peverell. En ze kunnen het ook samen hebben gedaan. Dat is altijd een mogelijkheid geweest. Het weglopen van het badwater zegt niets. Ik heb dat bad gezien, Kate. Zo'n grote ouderwetse massieve kuip. Daar kun je een paar volwassenen in verdrinken. Hij hoefde alleen maar de kraan een heel klein eindje open te zetten, zodat het bad in zijn afwezigheid volliep. Dan even erin om overtuigend nat te worden en Frances Peverell bellen. Maar ik denk eerder dat ze samen in het komplot zaten.'

'Daniël, je denkt niet logisch. Juist dat verhaal over het badwater toont Frances' onschuld aan. Als ze het samen deden, waarom dan zo'n ingewikkelde toestand over een bad, stromend water en acht minuten? Waarom heeft ze niet gewoon gezegd dat ze uitkeek naar zijn taxi, dat ze bezorgd was omdat hij zo lang wegbleef, dat ze hem zag aankomen en mee naar haar eigen flat heeft genomen om hem daar te laten logeren? Ze heeft toch een logeerkamer? Het gaat tenslotte om een moord. Ze hoeft zich geen zorgen te maken over haar reputatie.'
'We zouden kunnen bewijzen dat hij niet in dat bed had geslapen. Als ze dat verhaal had verteld, hadden we de jongens van de technische recherche naar dat bed laten kijken. Je kunt niet een nacht in een bed slapen zonder sporen achter te laten: haren of zweet.'
'Volgens mij spreekt ze de waarheid. Dat alibi is te ingewikkeld om niet authentiek te zijn.'
'Dat is waarschijnlijk wat we geacht worden te geloven. Mijn God, wat een intelligente dader. En geluk heeft hij ook gehad. Denk eens even aan Sonia Clements. Zij is in die kamer gestorven. Waarom heeft zij dat koord niet gesaboteerd of de kachel gesaboteerd?'
'Dat hebben AD en ik vanmorgen uitgezocht, Daniel, in ieder geval voor zover dat mogelijk was. Volgens haar zuster was ze technisch een nul. En waarom zou ze met de kachel knoeien? In de hoop dat iemand weken later op geheimzinnige wijze de kachel aandoet, Etienne naar boven lokt en hem insluit om hem door koolmonoxidevergiftiging om het leven te brengen?'
'Natuurlijk niet. Maar ze kan de bedoeling hebben gehad zelf op die manier aan haar eind te komen, als ze wilde dat het op een ongeluk zou lijken en als ze de Peverells wilde beschermen. Misschien was ze dat al van plan sinds het overlijden van de oude Peverell. En toen Etienne haar op zo'n grove manier ontsloeg...'
'Als hij dat op een grove manier heeft gedaan.'
'Laten we dat even aannemen. Daarna kon het haar niet meer schelen of ze het bedrijf schade toebracht of niet; waarschijnlijk was ze daar juist op uit, of in elk geval op het schaden van Etienne. Ze doet geen moeite meer haar dood als ongeluk te camoufleren, maar maakt er op een minder onprettige manier een eind aan met pillen en drank en laat een briefje achter. Daar zie ik wel iets in, Kate. Daar zit een soort krankzinnige logica in.'
'Krankzinnig, ja, maar logica, hm. Hoe kon de dader weten dat Clements met het gas had geknoeid? Ze zal het hem niet hebben verteld. Het enige dat jij hebt gedaan is de ongeluktheorie verder onderbouwen. Alweer een cadeautje voor de verdediging. Je hoort de advocaat al gnuiven. "Dames en heren van de jury, Sonia Clements had evenveel gelegenheid

om met die gaskachel te knoeien en Sonia Clements is dood." '
'Nou goed,' zei Daniel. 'Laten we het optimistisch bekijken. We krijgen hem te pakken, en dan? Tien jaar de bak in als hij pech heeft, minder als hij zich netjes gedraagt.'
'Je wilt hem toch niet zien bungelen?'
'Nee. Jij wel?'
'Nee, ik wil de doodstraf niet terug. Maar ik weet niet of ik daar wel erg rationeel in ben. Ik weet niet eens of ik daar wel eerlijk in ben. Ik geloof wel in het afschrikwekkende effect van de doodstraf, dus wat ik zeg is dat ik bereid ben onschuldige mensen een groter risico te laten lopen om vermoord te worden, zodat ik in het reine blijf met mijn geweten door te zeggen dat we geen moordenaars meer executeren.'
'Heb je vorige week dat programma op tv gezien?' vroeg Daniel.
'Over die strafinrichting in Amerika?'
'Zo zal je gestraft worden! Eerst lieten ze de gedetineerden God weet hoe lang in de dodencel zitten en daarna kregen ze een dodelijke injectie.'
'Ja, dat heb ik gezien. Je kunt natuurlijk aanvoeren dat hun einde heel wat genadiger is dan dat van hun slachtoffers. Genadiger dan van de mensen in het algemeen zelfs.'
'Dus jij bent een voorstander van oog om oog?'
'Dat heb ik niet gezegd, Daniel. Het is alleen dat ik niet veel medelijden kan opbrengen. Ze beroven iemand van het leven in een land dat de doodstraf kent en doen dan gegriefd omdat de staat ten uitvoer wil brengen wat in de wet is vastgelegd. Niet één van die mensen had het over zijn slachtoffer. Niemand zei iets van "berouw".'
'Eentje wel.'
'Dat is me dan zeker ontgaan.'
'Er is je wel meer ontgaan.'
'Zoek je ruzie?'
'Ik probeer alleen meer te weten te komen over je opvattingen.'
'Dat is privé.'
'Zelfs als het gaat om dingen die met het werk te maken hebben?'
'Juist als het gaat om dingen die met het werk te maken hebben. Trouwens, dit heeft er alleen indirect mee te maken. Dat programma was bedoeld om verontwaardiging op te wekken. Nou goed, het was vakkundig gemaakt. Het commentaar was nog tamelijk terughoudend. Dat was niet onredelijk. Maar na afloop werd er een telefoonnummer genoemd dat je kon bellen om je walging te uiten. Ik wou alleen maar zeggen dat ik niet de walging voelde die ze kennelijk wilden opwekken. Ach, ik hou gewoon niet van tv-programma's die me vertellen wat ik moet vinden.'
'Dan kun je beter niet meer naar documentaires kijken.'

Een snelle, slanke motorboot van de politie kwam in zicht, stroomopwaarts varend; het zoeklicht op het voorschip tastte het donker af en het achterschip liet een brede hekgolf van schuim na. Toen was de boot voorbij en het bruisende water ging weer over in een zacht golvend deinen waarop de weerkaatste lichten van de pubs aan de rivier glimmende zilveren woelingen vormden. Kleine belletjes zweefden omhoog en sloegen stuk tegen de muur. Er viel een stilte. Ze stonden een halve meter uit elkaar en keken allebei naar de rivier. Toen draaiden ze zich tegelijkertijd half om en keken elkaar aan. Kate kon bij het licht van de ene lamp zijn gezicht niet goed zien maar ze voelde zijn kracht en hoorde zijn versnelde ademhaling. Opeens voelde ze een zo sterk lichamelijk verlangen dat ze een hand op de muur moest leggen om niet in zijn armen te vallen.

'Kate,' zei hij en kwam snel naar haar toe, maar ze wist wat er zou komen en wendde zich snel af. Het was een subtiele, maar onmiskenbare afwijzing. 'Wat is er, Kate?' vroeg hij mild, en voegde er spottend aan toe: 'Denk je dat AD het niet wil hebben?'

'Ik richt me in mijn privé-leven niet naar AD.'

Hij raakte haar niet aan. Het was gemakkelijker geweest als hij dat wel had gedaan, bedacht ze. 'Moet je horen,' zei ze. 'Ik heb het vanwege mijn werk uitgemaakt met een man van wie ik houd. Waarom zou ik problemen aanhalen voor iemand van wie ik niet houd?'

'Zou het problemen geven, bij jouw werk of het mijne?'

'Daniel, dat gebeurt toch altijd?'

Een beetje plagend protesteerde hij: 'Je zei toch dat ik me op intelligente vrouwen moest richten.'

'Ik heb me niet aangeboden als lesmateriaal.'

Zijn zachte lach brak de spanning. Ze mocht hem erg graag, niet het minst omdat hij, anders dan de meeste mannen, een afwijzing zonder rancune accepteerde. Maar waarom ook niet? Geen van beiden kon verliefdheid veinzen. We zijn allebei kwetsbaar, bedacht ze, allebei een beetje eenzaam, maar dit is niet de oplossing.

Terwijl ze zich omdraaiden om de pub weer binnen te gaan, vroeg hij: 'Als AD hier nu naast je stond, als hij je vroeg om mee naar huis te gaan, zou je dat dan doen?'

Ze dacht er een paar seconden over na en besloot toen dat hij recht had op een eerlijk antwoord. 'Ja. Waarschijnlijk wel.'

'En zou dat liefde of seks zijn?'

'Geen van beide,' zei ze. 'Noem het nieuwsgierigheid.'

45

Maandagochtend belde Daniel de receptie in Innocent House en vroeg George Copeland om in zijn lunchpauze naar bureau Wapping te komen. Hij arriveerde even over half twee en met hem kwam een lading angst en spanning binnen die zwaar in de lucht bleef hangen. Toen Kate opmerkte dat het nogal warm was en dat hij misschien liever zijn jas uit zou trekken, deed hij dat direct, alsof de suggestie een gebod was, maar hij keek zijn jas bezorgd na toen Daniel die overnam om op te hangen, alsof hij vreesde dat dit het eerste stadium was van een voorgenomen ontkleding. Daniel bestudeerde het kinderlijke gezicht en kwam tot de conclusie dat het sinds Georges jongensjaren nauwelijks kon zijn veranderd. De ronde wangen met de scherp omlijnde rode vlekken waren zo glad als rubber en leken niet te passen bij de droge, grijze kuif haar. In de ogen las hij gespannen verwachting en de stem, aangenaam maar bedeesd, klonk eerder verzoenend dan bevelend. Op school gepest en ook daarna door iedereen gecommandeerd. Blijkbaar had hij in Innocent House zijn stek gevonden in een functie die hem paste en waarin hij voldeed. Hoe lang zou hij zich onder het nieuwe regime hebben weten te handhaven?

Kate had hem tegenover zich geïnstalleerd met meer hoffelijkheid dan ze tegenover Claudia Etienne of een andere verdachte zou hebben gebruikt, maar hij zat stokstijf voor het bureau en zijn handen lagen tot vuisten gebald in zijn schoot.

'Meneer Copeland,' zei Kate, 'op de avond van de verloving van meneer Etienne, de tiende juli, bent u met mevrouw Bartrum gezien toen u van het archief naar beneden kwam. Wat had u daarboven gedaan?'

De vraag klonk mild genoeg maar het effect was zo vernietigend alsof Kate hem tegen een muur had gedrukt en in zijn gezicht had geschreeuwd. Hij leek letterlijk weg te zinken in de stoel; de rode maantjes op zijn wangen gloeiden op en verbleekten, waarna hij zo wit zag dat Daniel instinctief dichterbij kwam en half verwachtte dat hij zou flauwvallen.

'Geeft u toe dat u naar boven bent geweest?' vroeg Kate.

Hij kon nog praten. 'Niet op het archief, daar niet. Mevrouw Bartrum wilde naar het toilet. Ik ben met haar meegelopen naar boven en heb op de gang gewacht.'

'Waarom maakte ze geen gebruik van het toilet in de damesgarderobe op de eerste verdieping?'

'Dat wou ze ook, maar beide wc's waren bezet en er stond een rij. Ze had... Ze had haast.'

'Daarom bent u met haar naar boven gegaan. Maar waarom vroeg ze dat aan u en niet aan een van de dames van het personeel?'
Het was een vraag die ze beter aan mevrouw Bartrum kon stellen, meende Daniel. Maar dat zou nog wel gebeuren.
Nu zweeg Copeland. Kate hield aan: 'Lag het niet meer voor de hand dat ze een van de dames om hulp vroeg?'
'Misschien, maar ze was verlegen. Ze kende niemand en ik zat achter de balie.'
'En ze kende u wel, was het dat?' Hij bleef zwijgen, maar knikte. 'Hoe goed kent ze u?' vroeg Kate.
Nu keek hij haar recht in het gezicht en zei: 'Ze is mijn dochter.'
'Meneer Bartrum is getrouwd met uw dochter? Dat verklaart het. Nu begrijp ik het. Ze kwam naar u toe omdat u haar vader bent. Maar dat is niet algemeen bekend, hè? Waarom houdt u dat geheim?'
'Als ik het u vertel, gaat het dan niet verder? Moet u verder vertellen wat ik heb gezegd?'
'We hoeven het alleen aan commissaris Dalgliesh te vertellen, en daar blijft het bij, tenzij het belangrijk is voor het onderzoek. Dat kunnen we alleen bepalen als u het uitlegt.'
'Het was meneer Bartrum – Sydney – die het geheim wilde houden. Hij wou dat het in ieder geval voorlopig niet bekend zou worden. Hij is een goede man voor haar, hij houdt van haar, ze zijn gelukkig samen. Haar eerste man was een schoft. Ze heeft haar best gedaan nog iets van dat huwelijk te maken, maar ik geloof dat het een opluchting was toen hij haar liet zitten. Er waren altijd andere vrouwen geweest en hij is met een van die vrouwen weggelopen. Daarna zijn ze gescheiden, maar dat heeft ze zich erg aangetrokken. Ze was haar zelfvertrouwen kwijt. Gelukkig waren er geen kinderen.'
'Hoe heeft ze meneer Bartrum leren kennen?'
'Ze kwam me een keer van mijn werk halen. Ik ga meestal als laatste weg, dus alleen meneer Bartrum zag haar. Zijn auto wou niet starten en Julie en ik gaven hem een lift. Bij zijn huis vroeg hij of we een kop koffie wilden. Ik denk dat hij vond dat het zo hoorde. Zo is het begonnen. Ze schreven elkaar. Hij ging in het weekend naar Basingstoke, waar ze woonde en werkte.'
'Maar de mensen in Innocent House zullen toch wel weten dat u een dochter hebt?'
'Dat denk ik niet. Ze zullen wel weten dat ik weduwnaar ben, maar ze vragen nooit naar mijn familie. Julie is het huis uit. Ze werkte in Basingstoke op het belastingkantoor en kwam niet vaak thuis. Ze zullen het wel geweten hebben, maar ze vroegen nooit naar haar. Daarom was het zo

gemakkelijk geheim te houden toen ze trouwden.'
'Waarom mochten de mensen dat niet weten?'
'Meneer Bartrum – Sydney – zei dat hij zijn privé-leven gescheiden wilde houden van zijn werk, dat zijn huwelijk de uitgeverij niet aanging en dat hij niet wilde dat het personeel over zijn privé-zaken zou praten. Hij heeft het wel aan de directie verteld. Nou ja, dat kon moeilijk anders, hij moest zijn belastingcode aanpassen. En later heeft hij van de baby verteld en iedereen een foto van haar laten zien. Hij is erg trots op haar. Ik denk dat hij in het begin niet wou weten dat hij... dat hij met de dochter van de receptionist was getrouwd. Misschien was hij bang dat de mensen van de uitgeverij op hem neer zouden kijken. Hij is grootgebracht in een tehuis en kindertehuizen waren veertig jaar geleden heel anders dan nu. Op school werd hij gepest, ze gaven hem het gevoel dat hij minder was, en ik denk dat hij dat nooit heeft kunnen vergeten. Hij maakt zich altijd wat te veel zorgen over zijn status binnen het bedrijf.'
'En wat vindt uw dochter daar allemaal van: die geheimzinnigdoenerij, niet willen weten dat meneer Bartrum uw schoonzoon is?'
'Ik denk niet dat het haar veel kan schelen. Ze is het waarschijnlijk al vergeten. De uitgeverij speelt geen rol in haar leven. Ze is pas één keer in Innocent House geweest sinds ze getrouwd zijn, bij de verloving van meneer Gerard. Ze wilde het huis een keer van binnen zien, en ook nummer tien en zijn werkkamer. Ze houdt van hem. Ze hebben nu een kind, ze zijn gelukkig samen. En buiten kantoor om zie ik ze zaak. Ik ga er bijna elk weekend heen. Ik kan Rosie – de baby – zien wanneer ik maar wil.'
Hij keek van Daniel naar Kate met een stille smeekbede om begrip en zei toen: 'Ik weet dat het een rare indruk maakt en ik geloof dat Sydney er zelf al spijt van heeft. Dat heeft hij min of meer gezegd. Maar ik kan het me wel indenken. In een opwelling heeft hij ons gevraagd het geheim te houden en hoe langer we daarmee doorgingen, des te moeilijker werd het om de waarheid te vertellen. En niemand vroeg ernaar. Het kon niemand schelen met wie hij getrouwd was. Niemand vroeg naar mijn dochter. De mensen interesseren zich alleen voor je familie als je erover praat en dan is het nog meer uit beleefdheid. Het kan ze niet echt schelen. Het zou heel pijnlijk zijn voor meneer Bartrum – Sydney – als het nu uitkwam. En ik zou het niet prettig vinden als hij wist dat ik het u had verteld. Moet het bekend worden?'
'Nee,' zei Kate, 'ik geloof niet dat het nodig is.'
Hij leek gerustgesteld en Daniel hielp hem in zijn jas. Toen hij terugkwam, zag hij dat Kate woedend liep te ijsberen.
'Wat een stomme, opgeblazen, ellendige snob! Die Copeland is tien Bartrums waard. Ja, ik begrijp wel hoe het is gegaan, en hoe het komt dat hij

zo onzeker is. Hij is meen ik de enige van de leiding die niet in Oxford of Cambridge heeft gestudeerd. Mannen schijnen zulke dingen belangrijk te vinden. God mag weten waarom. En het zegt wel iets over Peverell Press, niet? Die man werkt al bijna twintig jaar voor ze, en ze hebben nooit eens naar zijn dochter geïnformeerd.'

'Als ze naar haar hadden gevraagd, had hij gezegd dat ze nu getrouwd was en heel gelukkig, dank u. Maar waarom zouden ze? AD vraagt ook niet hoe jij het thuis hebt. Zou je willen dat hij dat deed? Ik begrijp precies hoe het is begonnen, die eerste snobistische opwelling om het stil te houden, en daarna het besef dat hij het stil moest blijven houden omdat hij zich anders belachelijk zou maken. Ik vraag me af hoeveel geld Bartrum ervoor over zou hebben om te voorkomen dat het uitlekt. In ieder geval weten we nu waarom Copeland en mevrouw Bartrum samen boven waren. Niet dat hij daar een excuus voor nodig had, hij kan daar altijd komen. Eén probleempje opgelost.'

'Niet echt,' zei Kate. 'Ze waren in Innocent House allemaal nogal gesloten, vooral de vennoten, maar we hebben van mevrouw Demery en de anderen genoeg gehoord om te weten wat er aan de hand was. Als Etienne Gerard de baas was geworden, hoe lang hadden Bartrum of Copeland dan nog hun baan behouden? Copeland houdt van zijn dochter en zij houdt van haar man – God mag weten waarom, maar kennelijk is het zo. Ze zijn gelukkig samen, ze hebben een kind. Ze hadden allebei heel veel te verliezen, toch, Bartrum en Copeland? En vergeet één ding niet. George Copeland is de klusjesman. Hij is een van de mensen in Innocent House die gemakkelijk met de kachel konden knoeien. En dat had hij ongestoord kunnen doen, daar had hij alle tijd voor. De enige die regelmatig het archiefkamertje gebruikt, is Gabriel Dauntsey, en die doet de gaskachel nooit aan. Hij neemt desnoods zijn eigen elektrische kacheltje mee. Het is geen opgelost probleempje. Het is verdomme een nieuwe complicatie.'

IV

Schriftelijk bewijs

46

Donderdag eenentwintig oktober ging Mandy 's middags een uur later weg. Ze had met haar huisgenoot Maureen afgesproken in de White Horse aan de Wanstead Road; ze zouden eten in de pub en daarna naar een optreden gaan. Het uitje was een dubbel feest: het was Maureens negentiende verjaardag en de drummer van de band, de Devils on Horseback, was haar vriendje van dit ogenblik. Het optreden zou om acht uur beginnen, maar ze zouden een uur eerder in de pub bij elkaar komen om vooraf te eten. Mandy had andere kleren meegenomen in haar motorkoffer want ze wilde direct door naar de White Horse. Het vooruitzicht van de avond – vooral de kans nader kennis te maken met de leider van de groep, Roy, die ze wel leuk vond, of bereid was leuk te vinden als alles goed ging – had haar de hele dag in een rozige stemming gebracht waar zelfs juffrouw Blackett met haar zwijgzame en bijna manische concentratie op het werk geen verandering in kon brengen. Juffrouw Blackett werkte nu voor juffrouw Claudia, die het kantoor van haar gestorven broer in gebruik had genomen. Drie dagen na zijn dood had Mandy toevallig gehoord dat meneer de Witt haar daartoe aanzette.
'Zo zou hij het zelf hebben gewild. Jij neemt de directie over, dat wordt officieel zodra we eraan toe zijn om het besluit te nemen. We kunnen de kamer niet leeg laten staan. Gerard zou niet willen dat het een soort heiligdom werd.'
Enkele mensen hadden ontslag genomen, maar degenen die waren gebleven, uit vrije verkiezing of omdat ze niet anders konden, werden verbonden door een onuitgesproken kameraadschap door wat ze gezamenlijk hadden doorstaan. Samen wachtten ze af en opperden vragen; als de vennoten er niet bij waren, gaven ze zich over aan speculatie en roddel. Mandy, met haar alerte ogen en uitstekende oren, ontging niets. Ze had het gevoel dat Innocent House onderworpen was aan een geheimzinnige macht. Ze kwam elke ochtend met gemengde gevoelens op haar werk: gespannen verwachting, maar ook lichte vrees. Het kale kamertje waarin ze op haar eerste dag naar het lijk van Sonia Clements had staan kijken, nam haar fantasie zo in beslag dat de hele bovenste verdieping, die nog

steeds in opdracht van de politie werd afgesloten, de griezelkracht van een sprookje had gekregen: Blauwbaards geheime kamer, het verboden terrein van de doodsangst. Het lijk van Gerard Etienne had ze niet gezien, maar ze zag het in haar verbeelding met de scherpte van een droombeeld. Voor het inslapen stelde ze zich soms de twee lijken samen voor: juffrouw Clements in haar treurige aftakeling op het bed en het halfnaakte lijk van de man op de vloer naast haar, en keek in doodsangst toe terwijl de doffe, levenloze ogen knipperden en glans kregen en de slang kronkelend tot leven kwam, met zijn vlugge, rode tong de dode mond zocht en alle spieren van zijn lijf spande om te worgen. Maar die fantasieën waren nog beheersbaar, wist ze. Beschermd door het veilige besef van haar onschuld genoot ze, zonder ooit het gevoel te krijgen dat ze zelf enig risico liep, half-schuldbewust van haar geveinsde afgrijzen. Maar ze wist dat Innocent House besmet was met een angst die veel verder strekte dan de fantasieën die ze zichzelf toestond. Ze rook die angst, als mist op de rivier, wanneer ze 's morgens van haar motor stapte; de angst werd sterker en sloeg als een golf over haar heen zodra ze de deur opendeed. Ze las de angst in de bezorgde ogen van George die haar begroette, in het strakke gezicht met de rusteloze ogen van juffrouw Blackett, in de tred van meneer Dauntsey, die opeens een krachteloze oude man was geworden en zich met pijn en moeite de trap op sleepte. Ze hoorde de angst in alle stemmen van de vennoten.

Woensdagochtend riep juffrouw Claudia kort voor tien uur het personeel bijeen in de vergaderzaal. Ze kwamen allemaal, zelfs de oude George, die de centrale op het antwoordapparaat had geschakeld, en Fred Bowling, de schipper. Er waren stoelen gehaald en in een halve kring gezet en de vennoten hadden aan de tafel gezeten, juffrouw Claudia met juffrouw Peverell rechts van haar en meneer De Witt en meneer Dauntsey links van haar. Toen de oproep kwam, had juffrouw Blackett de telefoon neergelegd en gezegd: 'Jij ook, Mandy. Je hoort er nu bij.' Ondanks alles had Mandy dat heel prettig gevonden. Ze waren een beetje verlegen gaan zitten, te beginnen op de tweede rij, en Mandy was zich bewust geweest van het verzamelde gewicht van hun opwinding, spanning en vrees.

Toen de laatste met een rood gezicht op haar stoel op de voorste rij ging zitten en de deur was dichtgedaan, zei juffrouw Claudia: 'Waar is mevrouw Demery?'

Het was juffrouw Blackett die antwoord gaf. 'Misschien dacht ze dat het niet de bedoeling was dat zij ook zou komen.'

'Iedereen hoort erbij. Wil je haar even waarschuwen, Blackie?'

Juffrouw Blackett haastte zich naar buiten om haar te halen, terwijl de anderen zwijgend afwachtten tot ze terugkwam. Mevrouw Demery had haar schort nog voor. Ze deed haar mond open alsof ze een geringschattende opmerking wilde maken, leek daarvan af te zien en nam de enige stoel die nog vrij was, midden in de voorste rij.

'Ten eerste wil ik iedereen bedanken voor de betoonde loyaliteit,' begon juffrouw Claudia. 'De dood van mijn broer, en de manier waarop hij is gestorven, is voor ons allemaal een vreselijke schok geweest. Het zijn moeilijke tijden voor Peverell Press, maar ik hoop en vertrouw dat we die samen zullen doorstaan. We hebben een verantwoordelijkheid tegenover onze auteurs die van ons verwachten dat wij hun boeken publiceren op hetzelfde hoge niveau dat de uitgeverij al twee eeuwen kenmerkt. Ik ben op de hoogte gesteld van de uitslag van het gerechtelijk onderzoek. Mijn broer is gestorven aan koolmonoxidevergiftiging, veroorzaakt door een defect aan de gaskachel in het archiefkamertje. Hoe dat precies is gebeurd kan de politie nog niet zeggen. Ik weet dat commissaris Dalgliesh of een van zijn medewerkers al met ieder van u heeft gesproken. Waarschijnlijk zullen er nog meer gesprekken komen en ik weet dat u allemaal de politie zo goed mogelijk zult helpen, net als wij, de vennoten. Een opmerking over de toekomst. U hebt waarschijnlijk geruchten gehoord over plannen om Innocent House te verkopen en naar een andere locatie stroomafwaarts te verhuizen. Die plannen zijn voorlopig opgeschort. Voorlopig gaan we door op de oude voet, in ieder geval tot het einde van het financiële jaar, volgend jaar april. Veel zal afhangen van het succes van de najaarsaanbieding en de kerstverkoop. Onze aanbieding is dit jaar heel sterk en we hebben er allemaal goede verwachtingen van. Maar ik moet u zeggen dat er geen kijk op is dat iemand nog dit jaar salarisverhoging krijgt en alle vennoten hebben ingestemd met een korting van tien procent. Personeelswijzigingen worden niet voorzien, in ieder geval niet voor april volgend jaar, maar een zekere mate van reorganisatie is onvermijdelijk; ik neem het directeurschap over, althans voorlopig. Dat betekent dat ik verantwoordelijk zal zijn voor de produktie, de boekhouding en de voorraad, zoals mijn broer dat was. Juffrouw Peverell neemt mijn huidige taak over bij de leiding van de verkoop en de publiciteit en de heer De Witt zal met de heer Dauntsey de zorg voor contracten en rechten aan hun redactionele taken toevoegen. We hebben Virginia Scott-Headley van Herne & Illingworth aangezocht om Maggie op publiciteit bij te staan. Zij is een bijzonder capabele en ervaren kracht en zal ook helpen met de stroom verzoeken van de pers en anderen in verband met de dood van mijn broer. George heeft de eerste golf uitstekend opgevangen, maar wanneer juffrouw Scott-Headley hier komt werken, zullen al die telefoontjes direct naar de publiciteitsafdeling gaan. Ik geloof dat ik verder niets hoef te zeggen, behalve dat Peverell Press de oudste zelfstandige uitgeverij in dit land is en dat wij vennoten ons er allemaal ten volle voor zullen inzetten dat het bedrijf groeit en bloeit. Dat is alles. Dank u voor uw komst. Zijn er nog vragen?'

Er was een bedrukte stilte gevallen waarin de mensen moed schenen te verzamelen om hun mond te kunnen opendoen. Juffrouw Claudia had daar haastig gebruik van gemaakt door op te staan en als eerste de vergaderzaal te verlaten.

Toen mevrouw Demery later in de keuken koffie zette voor juffrouw Blackett, was ze spraakzamer.

'Ze hebben geen idee wat ze aan moeten, dat is wel duidelijk. Meneer Gerard kon een botterik zijn, maar hij wist wat hij wou en hoe hij het moest bereiken. Innocent House wordt dus niet verkocht. Daar zit juffrouw Peverell zeker achter, met steun van meneer De Witt. Maar als ze het huis niet verkopen, hoe willen ze het dan onderhouden? Dat mag jij mij vertellen. Als de mensen verstandig zijn, zien ze elders aan onderdak te komen.'

En nu ze alleen in de kamer was en haar bureau opruimde, bedacht Mandy wat een verschil die extra zestig minuten maakten. Innocent House leek opeens erg leeg. Terwijl ze de trap opliep naar het damestoilet, waar ze zich wilde verkleden, klonken haar voetstappen griezelig luid op het marmer, alsof een ongeziene figuur een stapje achter haar liep. Op de overloop bleef ze staan om over de balustrade te kijken en zag de twee lichtbollen aan het begin van de trap als zwevende manen gloeien in een hal die groot en hol en mysterieus was geworden. Ze verkleedde zich haastig, duwde haar kantoorkleren in haar sporttas, trok de korte strokenmini met patchwork over haar hoofd en deed het bijpassende jasje aan en haar hoge, glinsterende laarzen. Misschien zonde om daarmee op de motor te stappen, maar ze waren vrij stevig en het was makkelijker ze vast aan te hebben.

Wat was het stil! Zelfs het doorspoelen van de wc klonk als een lawine. Het was een troost dat George, in zijn jas en met zijn oude tweedhoed op, nog achter de balie zat en drie pakjes die afgehaald zouden worden opborg in zijn kluis. De kwaadaardige grappenmaker had sinds de moord niet meer toegeslagen maar de veiligheidsmaatregelen waren nog steeds van kracht.

'Gek dat het zo stil is als de mensen weg zijn,' zei Mandy. 'Ben ik de laatste?'

'Juffrouw Claudia is er nog. Ik ga ook weg. Juffrouw Claudia schakelt het alarm wel in.'

Ze vertrokken samen en George deed de deur stevig dicht. Het had de hele dag onafgebroken geregend; dansende druppels op de marmeren voorhof, stralen langs de ramen die de grauwe rivierstroom bijna onzichtbaar maakten. Maar nu was de regen opgehouden en in het schijnsel van Georges achterlichten blonken de kinderhoofdjes van Innocent Passage als rijen pas ontbolsterde kastanjes. De lucht voerde de eerste winterse kou mee. Mandy's neus begon te lopen en ze zocht in haar tas naar een sjaal en haar zakdoek. Ze wachtte met op de motor stappen tot George, met de traagheid waar ze dol van werd, in zijn oude Metro door de steeg achteruit was gereden. Na een ogenblik rende ze hem voorbij om aan te geven dat er op Innocent Walk geen verkeer was. Daar was nooit verkeer, maar George reed altijd achteruit alsof deze manoeuvre zijn dagelijkse dodensprong was. Hij stak dankbaar zijn hand op en reed weg. Ze bedacht dat zijn baan in elk geval voorlopig veilig was, en daar was ze blij om. Mevrouw Demery had haar verteld dat het gerucht ging dat meneer Gerard hem kwijt wilde.

Met haar gebruikelijke flair en achteloze minachting voor het getoeter van beledigde automobilisten slingerde Mandy zich door de late spits en ruim een half uur later stond ze voor de met gekleurde lampjes versierde namaak-Tudor-gevel van de White Horse. De pub stond een eindje van de weg af op een honderd meter lange strook waar de laatste rijen buitenwijkhuizen plaats maakten voor de struiken en heesters aan de zoom van Epping Forest. Er stonden al veel auto's geparkeerd, zag ze, ook die van de band en Maureens Fiesta. Ze reed door naar het kleine parkeerterrein achter de pub, hees haar tas uit de motorkoffer, wrong zich door de gang naar de vestiaire voor dames en voegde zich bij de luidruchtige meisjes die daar hun jassen ophingen en andere schoenen aantrokken onder een bordje waarop stond dat er geen aansprakelijkheid voor hun bezittingen werd aanvaard, of in de rij stonden voor de toiletten en hun make-upspulletjes uitstalden op de smalle plank onder de lange spiegel. Pas toen ze zich een plaatsje had veroverd en haar plastic toilettas wilde pakken, deed Mandy een ontdekking waarvan haar hart oversloeg. Haar beurs was weg, de zwarte leren beurs die ze ook als portefeuille gebruikte. Haar geld zat erin, haar ene creditcard en bankpasje, beminde financiële statussymbolen, en de yalesleutel van haar voordeur. Haar luide kreten van ontzetting ontlokten Maureen, die heel precies met haar eyeliner in de weer was, een reactie.

'Keer je tas om. Doe ik ook altijd,' zei ze en concentreerde zich weer onbezorgd op haar oogleden.

'Wat kan het haar schelen,' mompelde Mandy en schoof Maureens spulletjes opzij om haar tas te kunnen omkeren. Maar de beurs zat er niet in. En toen schoot het haar te binnen. Ze moest hem nog bij Innocent House ongemerkt tegelijk met sjaal en zakdoek uit haar tas hebben gehaald.

Waarschijnlijk lag hij daar nog op de kinderhoofdjes. Ze moest terug. Haar enige troost was dat het heel onwaarschijnlijk was dat een voorbijganger hem in Innocent Walk had gevonden. Na donker kwam er niemand meer in Innocent Walk of Innocent Lane. Ze zou het eten mislopen, maar met wat geluk hoogstens een half uur van het optreden missen. Toen kreeg ze een inval. Ze kon meneer Dauntsey bellen, of juffrouw Peverell. Dan wist ze in elk geval of de beurs er lag. Misschien vonden ze het wel brutaal van haar, maar ze wist zeker dat ze het geen van beiden erg zouden vinden. Ze werkte weinig voor meneer Dauntsey of juffrouw Peverell, maar bij de gelegenheid waren ze haar dankbaar geweest en hadden haar fatsoenlijk behandeld. Ze hoefden alleen maar even te kijken, een paar meter lopen. En het regende immers niet meer. Het was vervelend van de sleutel. Als haar beurs er nog lag, zou het te laat worden om hem na het optreden op te halen. Ze zou met Maureen mee naar huis moeten of, als Maureen andere plannen voor de nacht had, Shirl of Pete wakker moeten bellen. Maar zij konden nauwelijks klagen; ze was vaak genoeg zelf wakker gebeld om hen binnen te laten.

Het duurde even voordat ze van Maureen de noodzakelijke munten voor de telefoon had losgepeuterd, het duurde opnieuw even tot een van de twee telefoons vrijkwam en tot ze had gezien dat de gids die ze moest hebben in de andere cel lag. Ze belde eerst juffrouw Peverell, maar kreeg haar antwoordapparaat met een boodschap die zacht en bijna verontschuldigend klonk. Er was nauwelijks plaats voor de gids en hij viel met een klap op de grond. Buiten de cel stonden een paar mensen ongeduldig te gebaren. Niets aan te doen, ze zouden moeten wachten. Als meneer Dauntsey thuis was, zou ze niet ophangen voordat hij terug was en had gekeken. Ze vond het nummer en drukte de toetsen in. Er werd niet opgenomen. Ze wachtte tot lang nadat ze de conclusie had getrokken dat er niet zou worden opgenomen en legde toen pas de hoorn terug. Nu had ze geen keus meer. Ze kon niet de hele avond in spanning blijven. Ze moest terug naar Innocent House.

Ze reed nu tegen het verkeer in, maar merkte onderweg nauwelijks iets op omdat ze zo bezorgd, ongeduldig en geïrriteerd was. Maureen had haar best even met de Fiesta kunnen brengen, maar Maureen had geen zin het eten over te slaan. Mandy had zelf ook honger gekregen, maar bedacht dat ze, als ze geluk had, nog tijd zou hebben voor een sandwich aan de bar voordat het optreden begon.

Innocent Walk was zoals gewoonlijk verlaten. De achterkant van Innocent House verhief zich als een donker bastion tegen de avondhemel; maar toen ze met het hoofd in de nek opkeek, werd de gevel zo onwerkelijk en wankel als een decorstuk tegen de achtergrond van lage, voortjagende wolken waaraan de stadslichten een roze zweem verleenden. De plassen in de goot van Innocent Lane waren opgedroogd en aan het einde voelde ze een opstekende bries die krachtig naar de rivier rook. Het enige teken van leven waren de verlichte ramen van de hoogste flat op nummer twaalf. Het zag ernaar uit dat juffrouw Peverell nu thuis was. Ze stapte af aan het begin van Innocent Lane omdat ze niemand wilde storen met het lawaai van haar motor en niet opgehouden wilde worden door vragen en verklaringen. Ze liep geruisloos als een dief in de richting van de glinsterende rivier, naar de plek waar ze de motor gewoonlijk parkeerde. De lampen op de voorhof gaven voldoende licht om te kunnen zoeken, maar dat was niet eens nodig. De beurs lag precies op de plek waar ze had gehoopt hem te vinden. Ze uitte een zachte kreet van verrukking en stopte hem diep weg in de ritszak van haar jack.

Het licht was niet voldoende om te kunnen zien hoe laat het was en ze liep naar de rivier toe. Aan beide uiteinden van de voorhof wierpen de grote lichtbollen, gesteund door bronzen dolfijnen, glinsterende poelen op het golvende wateroppervlak dat, terwijl ze ernaar keek, glansde als een grote mantel van zwart satijn die door een onzichtbare hand in beweging werd gebracht, glad gestreken en zachtjes gebold. Mandy keek op haar horloge: tien over half negen. Het was later dan ze dacht en ze merkte opeens dat haar enthousiasme voor het optreden van de band was verflauwd. Na de enorme opluchting over het terugvinden van haar beurs voelde ze er weinig voor om zich opnieuw uit te sloven en in die stemming van voldane lethargie werd het vooruitzicht van haar knusse, kleine zit-slaapkamer en het voor zich alleen hebben van de keuken – een zeldzaam genoegen – en een avondje tv-kijken met de minuut aantrekkelijker. Ze had een video van *Cape Fear* van Scorsese gehuurd die ze de volgende dag moest terugbrengen; als ze daar vanavond niet naar keek, was het zonde van die twee pond. Ongehaast draaide ze zich bijna gedachteloos om naar de voorgevel van Innocent House.

De onderste twee verdiepingen werden zacht verlicht door de lampen op het terras; de slanke marmeren zuilen glansden opzij van de dode ramen, hoge zwarte toegangen tot een interieur dat ze nu heel goed kende, maar dat mysterieus en grimmig was geworden. Vreemd, dacht ze, nu is alles binnen nog precies zoals toen ik wegging: de twee wordprocessors onder hun hoezen, juffrouw Blacketts opgeruimde bureau met haar rek archiefbakjes, haar agenda netjes rechts, de afgesloten kast en het prikbord naast de deur. Al die gewone dingen bleven daar, ook als er niemand was om ze te zien. En er was niemand, absoluut niemand. Ze dacht aan het kale kamertje onder het dak, waarin twee mensen waren gestorven. De stoel en de tafel moesten er nog staan, maar er stond geen bed meer en er lag geen dode vrouw, geen naakte man in doodsangst. Opeens zag ze het lijk van Sonia Clements weer voor zich, maar realistischer, angstaanjagender dan toen ze het in het echt zag. En ze herinnerde zich wat Ken van de inpakafdeling haar had verteld toen ze met een boodschap naar nummer tien moest en was blijven kletsen: dat lady Sarah Peverell, de vrouw van de Peverell die Innocent House had laten bouwen, zich van het bovenste balkon had gestort en op het marmer was doodgevallen.

'Je kunt de bloedvlek nog zien,' had Ken gezegd terwijl hij een stapel boeken op het wagentje schoof. 'Laat juffrouw Frances niet zien dat je gaat kijken. De familie heeft niet graag dat het verhaal wordt rondverteld. Maar die vlek krijgen ze niet weg en het huis blijft een ongelukshuis zolang die vlek er is. En ze komt spoken, lady Sarah. Dat kan je vragen aan alle schippers op de rivier.'

Ken had haar natuurlijk de stuipen op het lijf willen jagen, maar het was eind september toen hij het vertelde en zacht, zonnig weer; ze had genoten van het verhaal en het maar half geloofd, met een prettige huivering van angst. Maar ze had er Fred Bowling naar gevraagd en zijn antwoord onthouden. 'Er zijn genoeg schimmen op de rivier, maar er is geen spook in Innocent House.'

Dat was natuurlijk vóór de dood van meneer Gerard. Misschien kwam hij nu spoken.

Haar angst werd echt. Ze keek naar het bovenste balkon en verbeeldde zich die nootlottige val: de maaiende ledematen, de korte gil – ze had vast gegild – en de misselijk makende smak waarmee het lichaam op het marmer te pletter was gevallen. Opeens klonk er een wilde kreet en ze schrok al, maar het was een meeuw. De vogel scheerde over haar heen, streek een ogenblik neer op het hek en vloog toen weg, met de stroom mee.

Ze merkte dat ze het koud kreeg. Het was een vreemde kou die optrok uit het marmer alsof ze op ijs stond, en de wind over de rivier was killer geworden en sloeg haar winters in het gezicht. Nog even keek ze naar de rivier, naar de stille, lege motorboot, en zag toen iets wits aan de bovenkant van de balustrade, rechts van de stenen trap die omlaagliep naar de Theems. Het leek wel of iemand een zakdoek aan de metalen stang had geknoopt. Nieuwsgierig liep ze erheen en zag dat er een vel papier op een van de dunne sierpieken was geprikt. En er was nog iets, iets van goudkleurig oplichtend metaal aan de onderkant van het hek. Ze hurkte, een beetje beduusd door de angst die ze zelf had opgeroepen, en herkende het niet direct. Het was de gesp van een smalle leren riem, het hengsel van een bruine schoudertas. De riem stond strak tot aan het gerimpelde wateroppervlak en onder dat oppervlak was iets ternauwernood zichtbaar, iets bizars en onwerkelijks, als de bolle kop van een reusachtig insekt met miljoenen harige poten die zachtjes in de stroming bewogen. En toen besefte Mandy dat ze de bovenkant van een mensenhoofd zag. Aan het uiteinde van die riem bevond zich het lichaam van een mens. Terwijl ze er in afgrijzen naar staarde, verroerde het lichaam zich in het water en een bleke hand steeg langzaam op; de pols leek op de stengel van een stervende bloem.

Enkele seconden vocht ongeloof met besef; toen liet ze zich bijna bezwijmend van schrik en angst op haar knieën zakken en klampte zich vast aan de stang. Ze voelde het koude metaal dat haar handen schramde en drukte haar voorhoofd ertegen. Zo bleef ze geknield zitten, niet in staat zich te bewegen, terwijl doodsangst haar maag deed krimpen en haar ledematen tot steen verstijven. In dit koude niets leefde alleen haar hart nog, een hart dat een grote bal van brandend ijzer was geworden die tegen haar ribben bonkte alsof het haar onder de stang door in de rivier kon storten. Ze durfde haar ogen niet open te doen; dan moest ze zien wat ze nog maar half kon geloven: het dubbelgeslagen leer van de riem die strak stond tot aan dat gruwelijke in de diepte.

Ze wist niet hoe lang ze daar had gezeten zonder te kunnen voelen of waar te nemen, maar geleidelijk aan werd ze zich weer bewust van de sterke geur van de rivier in haar neusgaten, de kilte van het marmer onder haar knieën, haar tot bedaren komende hart. Haar handen waren zo stijf om de stang geklemd dat het moeite kostte ze los te maken. Ze richtte zich op en beschikte plotseling weer over kracht en initiatief.

Ze rende het terras over om op de eerste de beste deur te bonken, die van Dauntsey, en aan te bellen. De ramen boven waren donker en ze verspilde geen tijd met wachten op de reactie die, wist ze, niet zou komen; ze rende om het huis heen door Innocent Walk en drukte bij Frances Peverell op de bel, waarbij ze haar rechterduim op de knop liet rusten terwijl ze met haar linkerhand de klopper bediende. De reactie kwam vrijwel direct. Ze hoorde geen rappe voeten op de trap, maar de deur werd opengerukt en ze zag James de Witt staan, met Frances Peverell achter zijn schouder. Ze stamelde iets onsamenhangends en wees naar de rivier, begon te rennen en hoorde dat ze achter haar aan kwamen. En toen stonden ze samen omlaag te kijken in de rivier. Ik ben niet gek, dacht Mandy. Het was geen droom. Het is er nog.

'O nee! O God, alsjeblieft, nee!' hoorde ze juffrouw Peverell zeggen. Toen draaide ze zich bijna flauwvallend om in de armen van James de Witt, maar pas nadat Mandy haar een kruis had zien slaan.

'Het komt wel goed, liefste, het komt wel goed,' zei hij.

Haar stem werd half gesmoord door zijn jasje. 'Het is niet goed. Hoe kan het goed zijn?' Toen rukte ze zich los en vroeg met verrassend krachtige

en kalme stem: 'Wie is het?'
De Witt keek niet opnieuw naar het ding in de rivier. In plaats daarvan trok hij voorzichtig het papier van de sierpiek en bekeek het. 'Esmé Carling,' zei hij. 'Het lijkt me een afscheidsbrief.'
'Toch niet weer!' zei Frances. 'Toch niet weer! Wat staat er?'
'Het is moeilijk lezen bij dit licht.' Hij draaide zich om en hield het zo dat het licht van een van de bollampen op het papier viel. Er was vrijwel geen marge, alsof het papier was bijgeknipt, en de scherpe punt had het papier doorboord. 'Het lijkt me door haar met de hand geschreven,' zei hij. 'Het is gericht aan ons allemaal.'
Hij streek het papier glad en las voor: ' "Aan de vennoten van Peverell Press. God zij jullie ongenadig! Dertig jaar lang hebben jullie mijn talent uitgebuit, geld aan me verdiend, me verwaarloosd als auteur en vrouw, me behandeld alsof mijn boeken niet goed genoeg zijn om jullie verheven impressum te dragen. Wat weten jullie van creatief schrijven? Er is er bij jullie maar één die een woord op papier heeft gezet en zijn talent, voor zover hij dat had, is al jaren geleden doodgebloed. Ik en begaafde mensen zoals ik hebben het fonds overeind gehouden. En nu hebben jullie me eruit geschopt. Na dertig jaar ben ik uitgerangeerd, zonder een woord van verklaring, zonder dat ik de kans heb gekregen me te verdedigen, zonder de kans om te herschrijven of te herzien. Eruit gezet. Weggedaan, zoals de Peverells al generaties lang achteloos hun personeel hebben weggedaan als het niet meer gewenst was. Beseffen jullie dan niet dat ik hierdoor niet alleen als auteur, maar ook als mens met mijn rug tegen de muur sta? Beseffen jullie niet dat een auteur die niet kan publiceren net zo goed dood kan zijn? Maar in elk geval kan ik jullie naam in heel Londen laten stinken, en reken maar dat ik dat zal doen. Dit is nog maar het begin." '
'Arme vrouw,' zei Frances Peverell. 'Arme vrouw. O, die arme vrouw. James, waarom is ze niet bij ons gekomen?'
'Was ze daar dan iets mee opgeschoten?'
'Het is net als met Sonia. Als het echt moest, dan had het anders gekund, zachtzinniger, met meer gevoel.'
'Frances, we kunnen niets meer voor haar doen,' zei James de Witt zacht. 'We moesten maar liever de politie bellen.'
'Maar we kunnen haar zo toch niet laten hangen! Dat is te vreselijk. Het is obsceen. We moeten haar uit het water halen en proberen haar te reanimeren.'
'Frances, ze is dood,' zei hij geduldig.
'Maar we kunnen haar zo toch niet laten hangen. Toe, James, we moeten het proberen.'

286

Mandy kreeg het gevoel dat ze haar vergeten hadden. Nu ze niet meer alleen was, voelde ze niet langer die verlammende angst. De wereld was zo niet gewoon, dan toch vertrouwd en handelbaar geworden. Hij weet niet wat hij moet doen, dacht ze. Hij kan haar in zijn eentje niet aan de kant trekken en hij wil het lijk niet aanraken. 'Als u mond-op-mondbeademing had willen doen, had u haar er direct uit moeten halen,' zei ze. 'Nu is het te laat.'
Mandy bespeurde een diepe droefheid bij hem toen hij zei: 'Het was altijd al te laat. Bovendien zal de politie niet willen dat we ons ermee bemoeien.'
Bemoeien? Dat vond Mandy nogal grappig. Ze onderdrukte de impuls om te giechelen, want ze wist dat ze dan niet zou kunnen ophouden voordat ze was gaan huilen. O God, dacht ze, waarom doet hij verdomme niet wat?
'Als u hier met zijn tweeën blijft, kan ik de politie bellen. Geeft u mij de sleutel maar, en waar is de telefoon?'
'In de gang,' zei Frances dof. 'En de deur staat open; ik geloof tenminste dat hij openstaat.' Ze wendde zich tot De Witt en zei, radeloos opeens: 'O mijn God, James, ik heb ons toch niet buitengesloten?'
'Nee,' zei hij geduldig. 'Ik heb de sleutel. Die zat in de voordeur.'
Hij wilde hem net aan Mandy geven toen ze voetstappen in Innocent Lane hoorden en Gabriel Dauntsey en Sydney Bartrum verschenen. Ze hadden allebei een regenjas aan en zagen er geruststellend normaal uit. De drie verstilde gedaanten die met hun gezicht naar hen toe stonden, hadden kennelijk iets dat hen ertoe bracht hun pas te versnellen.
'We hoorden stemmen,' zei Dauntsey. 'Wat is er?'
Mandy nam de sleutel aan, maar verroerde zich niet. Het had trouwens geen haast; de politie kon mevrouw Carling niet meer redden. Niemand kon haar meer redden. En nu keken er nog twee gezichten omlaag en nog twee stemmen spraken hun ontzetting uit.
'Ze heeft een brief achtergelaten,' zei De Witt. 'Hier, op het hek. Een tirade tegen ons allemaal.'
'Alsjeblieft, jullie moeten haar eruit halen,' zei Frances.
En nu was het Dauntsey die het initiatief nam, terwijl Mandy naar hem keek, naar zijn huid die in het licht van de bollen zo bleekgroen zag als waterplanten; de vouwen in het gezicht leken zwarte wonden. Hij is een oude man, dacht Mandy, hij is echt een oude man. Dit zou hem niet mogen overkomen. Wat kan hij uitrichten?
'Als jij en Sydney haar nu optillen, vanaf de trap. Ik heb de kracht niet,' zei hij.
Zijn woorden hadden direct effect op James, die zonder tegenwerping

voorzichtig de glibberige trap af liep, zich vasthoudend aan de leuning. Mandy zag hem onwillekeurig huiveren toen hij het koude water aan zijn benen voelde. Het is het beste als meneer de Witt het lichaam steunt en meneer Dauntsey en meneer Bartrum aan de riem trekken, dacht Mandy, maar zo willen ze het vast niet doen. De gedachte aan het verdronken gezicht dat langzaam uit het water opsteeg terwijl de mannen aan de riem trokken, alsof ze haar opzettelijk nogmaals ophingen, was zo gruwelijk dat ze zich afvroeg hoe die gedachte bij haar had kunnen opkomen. Opnieuw leek het of ze waren vergeten dat zij erbij was. Frances Peverell was een eindje opzij gaan staan en omklemde het hek terwijl ze strak naar de rivier staarde. Mandy kon wel een beetje met haar meevoelen. Ze wilde het lijk op de kant hebben en die ellendige riem losmaken; ze moest blijven tot dat was gedaan, maar kon het niet aanzien. Voor Mandy was de blik afwenden echter gruwelijker dan kijken. Als ze er toch bij moest blijven, kon ze beter weten dan fantaseren. En natuurlijk moest ze erbij blijven. Niemand had tegen haar gezegd dat ze maar gauw de politie moest bellen. Er was ook geen haast bij. Wat gaf het of de politie wat later kwam? Die konden mevrouw Carling ook niet meer tot leven brengen.

De Witt daalde voorzichtig verder af tot hij tot aan zijn knieën in het water stond. Met zijn rechterhand hield hij het uiteinde van de ijzeren leuning vast en met zijn linkerhand tastte hij naar de natte kleding en begon het lichaam naar zich toe te trekken. Er verschenen rimpels in het water, de riem kwam slap te staan en spande zich toen weer. 'Als iemand die gesp kan losmaken, kan ik haar misschien de trap op trekken,' zei hij. Dauntseys stem klonk beheerst. Ook hij hield zich aan de leuning vast, alsof hij steun nodig had. 'Laat haar niet afdrijven, James. En houd de leuning goed vast. We willen niet dat je in het water valt.'

Het was Bartrum die de twee treden afliep en zich bukte om de gesp los te maken. Zijn handen waren bleek in het lamplicht en zijn vingers leken bolle worsten. Het kostte tijd en hij leek eerst niet te weten hoe hij de gesp moest losmaken.

Toen die eindelijk los was, zei De Witt: 'Ik heb mijn beide handen nodig. Houden jullie me aan mijn jasje vast.'

En nu kwam Dauntsey naast Bartrum op de tweede tree te staan. Terwijl ze samen De Witts jasje stevig vasthielden, trok hij met beide handen het lijk naar zich toe en maakte de riem om de hals los. En nu lag het lijk met het gezicht omlaag op de trap. De Witt pakte de benen, die als stokken onder de rok uitstaken, en Bartrum en Dauntsey namen allebei een arm. De doorweekte bundel werd over de trap omhoog gedragen en op het marmer neergelegd. Voorzichtig draaide De Witt het lichaam om. Mandy zag het dode gezicht maar heel kort: de afgrijselijke opengesperde mond en uitstekende tong, de half geopende ogen onder oogleden van crêpe, de grimmige stigmata van de dood aan haar keel, voordat Dauntsey opvallend snel zijn jas uittrok om er het lijk mee te bedekken. Onder het tweed kwam een stroompje water op gang, eerst smal en toen breder. Het sloop over het marmer, zo donker als bloed.

Frances Peverell kwam naar het lijk toe en knielde erbij. 'Arme vrouw. Arme, arme vrouw,' zei ze. Mandy zag haar lippen bewegen zonder geluid en vroeg zich af of ze bad. Ze wachtten in stilte en hun hijgende ademhaling klonk onnatuurlijk luid in de stille lucht. De inspanning van het bergen van het lijk scheen De Witt en Bartrum van elke besluitvaardigheid te hebben beroofd en het was Gabriel Dauntsey die weer het initiatief nam.

'Iemand moet bij haar blijven,' zei hij. 'Sydney en ik blijven wel hier. James, jij gaat met de vrouwen naar binnen en belt de politie. En we moeten allemaal koffie hebben, of iets sterkers, en veel.'

47

De voordeur van nummer twaalf gaf toegang tot een kleine, vierkante hal en Mandy liep achter Frances Peverell en James de Witt aan een steile trap op met een bleekgroene loper. De trap kwam uit op een tweede hal, langer en breder dan de eerste, met een deur aan het einde. Mandy betrad een kamer die de hele voorkant van het huis besloeg. Voor de twee hoge deuren die toegang gaven tot het balkon waren de gordijnen dichtgeschoven om de avond en de rivier buiten te sluiten. In de mand bij de haard lag een bergje steenkool. De Witt zette het messing haardscherm opzij en installeerde Mandy in een van de fauteuils met hoge rug. Opeens waren ze zo zorgzaam alsof ze hier te gast was; misschien om iets te doen te hebben, dacht ze.

Juffrouw Peverell keek op haar neer en zei: 'Mandy, het spijt me verschrikkelijk. Twee zelfmoorden en beide keren heb jij ze gevonden. Eerst juffrouw Clements, nu dit. Wat kunnen we je aanbieden? Koffie? Cognac? Er is ook rode wijn. Maar misschien heb je niet gegeten? Heb je trek?'

'Eigenlijk wel.'

Ze was opeens uitgehongerd. De etensgeur in de flat werkte heftig op haar eetlust. Juffrouw Peverell keek meneer De Witt aan en zei: 'We zouden canard à l'orange eten. Hoe staat het met jou, James?'
'Ik heb geen trek, maar Mandy vast wel.'
Ze heeft maar voor twee personen, dacht Mandy. Waarschijnlijk kant en klaar gekocht bij M & S. Ja, als je daar geld voor hebt! Juffrouw Peverell had zich voorbereid op een intiem etentje voor twee. En ze had zich echt uitgesloofd. Een ronde tafel was gedekt met een wit kleed en bij elk bord stonden drie blinkende glazen; er stonden ook kaarsen in zilveren kandelaars, maar die brandden nog niet. Ze kwam dichterbij en zag dat de sla al in houten schaaltjes klaarstond, allerlei verschillende groene en rode blaadjes, met nootjes erop en geraspte kaas. Er stonden een geopende fles rode wijn en een fles witte wijn in een koelemmer. In sla had Mandy geen trek. Ze hunkerde naar iets warms en pittigs.
Ze zag ook dat juffrouw Peverell niet alleen moeite aan het etentje had besteed. Ze droeg een blauwgroene jurk met een geplisseerde rok en overblouse met strik opzij, die van echte zijde was en bij haar huidkleur paste. Te oud voor haar, natuurlijk, een beetje braaf, en de rok was te lang. De jurk deed ook niet veel voor haar figuur, dat spectaculair had kunnen zijn als juffrouw Peverell had geweten hoe ze zich moest kleden. De parels die op de zijde glansden, zouden wel echt zijn. Mandy hoopte dat meneer De Witt al die moeite waardeerde. Mevrouw Demery had haar verteld dat hij al jaren verliefd was op juffrouw Peverell. Nu meneer Gerard er niet meer was, zag het ernaar uit dat er eindelijk schot in zou komen.
De eend werd opgediend met doperwten en nieuwe aardappeltjes. Mandy, die zich met haar positie niet goed raad wist maar uitgehongerd was, schrokte alles naar binnen. Ze kwamen bij haar aan tafel zitten. Ze aten niets, maar dronken allebei een glas rode wijn. Ze bedienden haar heel zorgzaam, alsof ze zich verantwoordelijk voelden voor wat er was gebeurd en hun best deden het goed te maken. Juffrouw Peverell drong erop aan dat ze zich nog eens van de groente zou bedienen en meneer de Witt vulde haar glas bij. Af en toe liepen ze samen de ruimte in die, dacht ze, de keuken was en uitzicht bood over Innocent Passage; dan hoorde ze hun gedempte stemmen en wist dat ze dingen zeiden die ze niet in haar aanwezigheid wilden zeggen, en uitkeken naar de komst van de politie. Hun tijdelijke afwezigheid stelde haar in de gelegenheid de kamer eens goed te bekijken terwijl ze at. De elegante eenvoud was Mandy, die een excentriekere en radicalere smaak had, te stijf en conventioneel, maar ze moest toegeven dat het er wel goed uitzag, als je er geld voor had en zoiets mooi vond. Het kleurschema was ouderwets, een zacht blauwgroen met

hier en daar zacht rood. De gordijnen van satijn hingen aan eenvoudige dikke roeden. Aan beide kanten van de haard was een nis met boekenplanken; de ruggen van de boeken glansden zacht in het schijnsel van het haardvuur. Op elke bovenste plank stond iets dat leek op een marmeren meisjeskopje, gekroond met rozen en een sluier. Het zouden wel bruiden moeten voorstellen maar de sluiers, die heel fijnzinnig en realistisch waren uitgevoerd, leken eerder op een doodskleed. Waar je trek in hebt, dacht Mandy, en nam nog een flinke hap eend. Het schilderij boven de schoorsteenmantel was van een moeder uit de achttiende eeuw die haar twee dochters vasthield; het was kennelijk een origineel, net als een merkwaardig schilderij van een vrouw in bed dat Mandy herinnerde aan haar bezoek met school aan Venetië. De twee oorfauteuils aan weerskanten van het vuur waren bekleed met zachtroze linnen, maar er was maar één stoel die er echt gebruikt uitzag; de stof van de zitting en de rug waren gekreukt. Dus daar zit juffrouw Peverell, dacht Mandy, tegenover een lege stoel met daarachter de rivier. Dat schilderij op de rechtermuur is zeker een ikoon, dacht ze, maar ze kon zich niet voorstellen waarom iemand zo'n oude, zwarte Maria zou willen hebben, met zo'n volwassen uitziend kind dat zo te zien in weken niet fatsoenlijk had gegeten.

Ze hoefde deze kamer niet te hebben, en de dingen ook niet, en ze dacht tevreden aan haar eigen grote, lage zolder van het huurhuis in Stratford East, met de muur tegenover haar bed die behangen was met hoeden in een kakelbonte combinatie van linten, bloemen en vilt in allerlei kleuren; haar twijfelaar, net breed genoeg voor als er een vriendje bleef slapen, met de gestreepte deken erover; de tekentafel die ze voor het ontwerpen gebruikte, de zitzakken op de vloer, de stereo-installatie en tv, en de diepe kast met haar kleren erin. Er was maar één kamer waarnaar ze nog meer verlangde.

Opeens verstrakte ze met haar vork halverwege haar mond en luisterde gespannen. Dat moesten autobanden op de kinderhoofdjes zijn. Een ogenblik later kwamen James en Frances uit de keuken terug.

'De politie is er,' zei James de Witt. 'Twee auto's. We konden niet zien met hoeveel mensen ze zijn.' Hij keek naar Frances Peverell en leek voor het eerst te weifelen, steun te zoeken. 'Moet ik naar beneden gaan?'

'Dat hoeft vast niet. Ze zullen er niemand bij nodig hebben. Gabriel en Sydney kunnen vertellen wat er is gebeurd. En trouwens, ze komen wel hierheen wanneer ze klaar zijn. Ze zullen Mandy willen spreken. Zij is belangrijkste getuige. Zij was er het eerst bij.' Ze ging weer aan tafel zitten en zei vriendelijk: 'Je zult wel graag naar huis willen, Mandy, en meneer De Witt of ik brengt je straks maar het lijkt me beter als je blijft tot de politie er is geweest.'

Het was niet bij Mandy opgekomen niet te blijven. 'Goed,' zei ze. 'Ze zullen wel denken dat ik ongeluk breng, hè? Overal waar ik kom, vind ik mensen die zelfmoord hebben gepleegd.'
Het was half gemeend, maar tot haar verbazing riep juffrouw Peverell uit: 'Dat moet je niet zeggen, Mandy! Dat mag je niet eens denken. Het is bijgeloof. Natuurlijk denkt niemand dat je ongeluk brengt. Hoor eens, Mandy, het is misschien beter als je vannacht niet alleen bent. Wil je je ouders bellen? Je moeder? Kun je straks niet beter naar haar toe? Ze kan je misschien komen afhalen.'
Alsof ik verdorie een postpakket ben, dacht Mandy. 'Ik weet niet waar ze is,' zei Mandy en kwam in de verleiding eraan toe te voegen: 'Misschien in de Red Cow op Hayling.'
Maar de woorden en de vriendelijkheid waardoor ze werden ingegeven, deden haar beseffen dat ze inderdaad behoefte had aan de troost van een vrouw en ze dacht aan die knusse bovenkamer bij de Whitechapel Road. Ze wilde de vertrouwde geur van drank en parfum van mevrouw Crealey ruiken en voor de gaskachel zitten in de hoge stoel die haar als een baarmoeder omsloot, en het prettige verkeersgebrom van de Whitechapel Road horen. Ze voelde zich niet op haar gemak in deze elegante flat of bij deze mensen, al waren ze nog zo vriendelijk. Liever mevrouw Crealey.
'Ik kan het uitzendbureau bellen. Misschien is mevrouw Crealey er nog,' zei ze.
Frances Peverell keek verbaasd, maar ze nam Mandy mee naar boven, naar haar slaapkamer. 'Hier kun je ongestoord bellen, Mandy, en hiernaast is de badkamer. Ik zeg het maar.'
De telefoon stond op de tafel bij het bed en erboven hing een crucifix. Mandy had eerder crucifixen gezien, meestal voor een kerk, maar dit was een andere. De bijna baardeloze Christus leek nog heel jong en zijn hoofd hing niet, maar was opgericht, met open mond, alsof hij zijn God schreeuwde om wraak of erbarmen. Niet wat Mandy naast haar bed zou willen hangen, maar ze wist dat het kracht had. Religieuze mensen baden voor een crucifix en als ze geluk hadden, werd hun gebed verhoord. Het was het proberen waard. Terwijl ze het kantoornummer van mevrouw Crealey indrukte, staarde ze strak naar de zilveren figuur met zijn doornenkroon en zei bij zichzelf: 'Laat haar alsjeblieft opnemen, laat haar alsjeblieft daar zijn. Laat haar alsjeblieft opnemen, laat haar alsjeblieft daar zijn.' Maar de telefoon bleef overgaan zonder dat er werd opgenomen.
Nog geen vijf minuten later ging de bel. James de Witt ging naar beneden en kwam terug met Dauntsey en Bartrum.
'Wat gebeurt er, Gabriel?' vroeg Frances Peverell. 'Is commissaris Dalgliesh er ook?'

'Nee, alleen adjudant Miskin en adjudant Aaron. O ja, en die brigadier en een fotograaf. Ze wachten op de politiearts die moet constateren dat ze dood is.'
'Maar natuurlijk is ze dood!' riep Frances uit. 'Daar hebben ze toch geen politiearts voor nodig.'
'Dat weet ik, Frances, maar het schijnt zo te moeten. Nee, ik hoef geen wijn. Sydney en ik hebben vanaf half acht in de Sailor's Return zitten drinken.'
'Koffie dan. Wil je koffie? En jij, Sydney?'
Sydney Bartrum leek niet op zijn gemak. 'Nee, dank u, juffrouw Peverell. Ik moet nu echt weg. Ik heb alleen tegen mijn vrouw gezegd dat ik een borrel zou drinken met meneer Dauntsey en dat het daardoor wat later kon worden, maar ik ben altijd voor tien uur thuis.'
'Dan moet u natuurlijk naar huis. Ze zal zich wel zorgen maken. U kunt haar hier bellen.'
'Ja, dat lijkt me ook beter. Graag.' Hij liep met haar mee.
'Hoe zijn ze eronder, de politie, bedoel ik?' vroeg De Witt.
'Professioneel. Wat anders? Ze zeggen niet veel. Ik kreeg de indruk dat ze niet blij waren dat we haar uit het water hadden gehaald, of het briefje hadden gelezen.'
De Witt schonk zich nog een glas wijn in.
'Verdomme, wat verwachtten ze dan? En dat briefje was aan ons gericht. Als we het niet hadden gelezen, hadden ze ons dan verteld wat erin stond? Ze zijn ook niet erg scheutig met informatie over de dood van Gerard.'
'Ze komen boven zodra ze met de wagen is weggehaald,' zei Gabriel. Hij zweeg even en zei toen: 'Misschien heb ik haar zien aankomen. Sydney en ik hadden om half acht in de Sailor's Return afgesproken en bij Wapping Way zag ik een taxi die Innocent Walk indraaide.'
'Heb je gezien wie erin zat?'
'Daarvoor was ik er niet dicht genoeg bij. Waarschijnlijk was zij me niet opgevallen. Ik heb wel de chauffeur gezien. Een forse man, en zwart. De politie denkt dat dat belangrijk kan zijn bij hun pogingen hem op te sporen. Zwarte taxichauffeurs zijn nog in de minderheid.'
Bartrum had opgebeld en kwam terug. Na zijn gebruikelijke nerveuze keelschrapen zei hij: 'Dan ga ik maar. Nee dank u, juffrouw Peverell, ik hoef geen koffie. Ik moet naar huis. Van de politie hoef ik niet te blijven. Ik heb alles verteld wat ik weet, dat ik van half acht af met meneer Dauntsey in de pub zat. Als ze me nog nodig hebben, kunnen ze me morgen op kantoor vinden. De zaken gaan door.'
Het quasi-energieke van zijn stem hinderde hen. Een ogenblik dacht

Mandy, die van haar bord opkeek, dat hij iedereen een hand zou geven. Toen draaide hij zich om en Frances Peverell bracht hem naar de deur. Ze zien hem net zo lief vertrekken, meende Mandy.

Er viel een onbehaaglijke stilte; een normale conversatie, een tafelgesprek of een babbeltje over het werk leken allemaal niet passend, bijna onfatsoenlijk. Innocent House en een macaber sterfgeval waren de enige dingen die ze gemeen hadden. Mandy besefte dat ze zich meer op hun gemak hadden gevoeld zonder haar, dat de band van de samen doorleefde schok minder sterk werd en dat ze zichzelf voorhielden dat zij maar de uitzendkracht was, de typiste die met mevrouw Demery kletste, en dat het hele verhaal morgen de ronde zou doen in Innocent House, zodat ze maar beter niets meer konden zeggen.

Af en toe deed iemand een poging Claudia Etienne te bellen. Uit de korte gesprekken daarna maakte Mandy op dat ze niet thuis was. Er was nog een nummer dat ze konden proberen, maar James de Witt zei: 'Laat maar. Het komt wel. Ze kan hier trouwens toch niets meer doen.'

En nu gingen Frances en Gabriel de keuken in om koffie te zetten en ditmaal bleef James bij Mandy. Hij vroeg waar ze woonde en dat vertelde ze. Hij zei dat ze volgens hem beter niet naar een leeg huis terug kon gaan. Zou er iemand thuis zijn? Mandy loog om uitleg en gedoe te voorkomen en beweerde van wel. Daarna leek hij geen vraag meer te kunnen bedenken en zwijgend luisterden ze naar de geluiden uit de keuken. Mandy bedacht dat het zoiets was als in het ziekenhuis op een gevreesd bericht wachten, zoals ze met haar moeder had gedaan toen haar oma haar laatste operatie onderging. Ze hadden stroef zwijgend in een kaal, anoniem kamertje zitten wachten, op de punt van hun stoel, en zich slecht op hun gemak gevoeld alsof ze niet het recht hadden daar te zijn, beseffend dat ergens buiten hun gezichtsveld deskundigen op het gebied van leven en dood hun mysterieuze handelingen verrichtten terwijl zijzelf alleen machteloos konden wachten. Deze keer hoefden ze niet lang te wachten. Ze hadden net hun koffie op toen er zoals verwacht werd aangebeld. Nog geen minuut later stonden adjudant Miskin en adjudant Aaron in de kamer. Ze hadden allebei een attachékoffer bij zich. Mandy vroeg zich af of dat nu hun 'moordtassen' waren.

'Na de sectie kunnen we wat langer praten,' zei adjudant Miskin. 'Nu hebben we alleen een paar vragen. Wie heeft haar gevonden?'

'Ik,' zei Mandy en geneerde zich omdat ze nog aan tafel zat met een bord met etensresten voor zich. Het leek niet helemaal netjes, dat blijk van eetlust. En waarom vragen jullie dat nou, dacht ze wrokkig, terwijl jullie het verdomd goed weten.

'Waarom was u hier? Het was na kantoortijd.' Het was adjudant Aaron

die dat vroeg.
'Ik was niet aan het werk.' Mandy besefte dat haar stem kribbig klonk en haalde diep adem. Ze beschreef in het kort de gebeurtenissen op haar mislukte avond.
'Toen u op de verwachte plaats uw beurs terugvond,' zei adjudant Miskin, 'waarom bent u toen naar het water gelopen?'
'Dat weet ik niet. Omdat het er was, denk ik.' Er viel haar iets in. 'Ik wilde op mijn horloge kijken. Bij de rivier was meer licht.'
'En u hebt toen niemand anders gehoord of gezien?'
'Anders had ik dat toch al gezegd. Ik heb niemand gezien of gehoord, er was alleen dat papier dat op het hek was geprikt. Daar ging ik naar kijken en toen zag ik de schoudertas onder aan de trap liggen en de riem die in de rivier hing. Toen ik omlaagkeek, zag ik wat er aan het einde van die riem was.'
Frances Peverell verhief haar zachte stem. 'Het is normaal dat je even naar de rivier gaat kijken, zeker 's avonds. Ik doe het zelf ook altijd, als ik kan. Moet juffrouw Price nog meer vragen beantwoorden? Ze heeft u alles verteld wat ze weet. Ze moet naar huis. Ze heeft een vreselijke ervaring achter de rug.'
Adjudant Aaron zei niets, maar adjudant Miskin vroeg op vriendelijke toon: 'Weet u hoe laat u bij Innocent House terug was?'
'Tien over half negen. Bij de rivier heb ik op mijn horloge gekeken.'
'Het was een heel eind terug van de White Horse naar hier,' zei Aaron. 'Hebt u overwogen juffrouw Peverell of meneer Dauntsey te bellen om te vragen of ze wilden gaan kijken?'
'Dat heb ik gedaan. Meneer Dauntsey nam niet op en juffrouw Peverell had het antwoordapparaat aan.'
'Dat doe ik soms als ik bezoek heb,' zei Frances Peverell. 'James kwam even over zevenen met een taxi en meneer Dauntsey was waarschijnlijk in de Sailor's Return met Sydney Bartrum.'
'Dat heeft hij ons al verteld. Is u vanavond iets ongewoons opgevallen, een geluid uit Innocent Lane, bijvoorbeeld?'
Ze keken elkaar aan. 'Ik geloof niet dat we voetstappen op de keien zouden horen, in deze kamer,' zei Frances Peverell. 'Om een uur of acht ben ik nog even in de keuken geweest om de sla aan te maken. Dat doe ik altijd op het laatste ogenblik. Door het raam kun je Innocent Lane zien en ik zou op dat moment een taxi hebben gehoord als die haar bij de gewone deur naar Innocent House had afgezet. Ik heb niets gehoord.'
'Ik heb ook geen taxi gehoord,' zei James de Witt, 'en na mijn aankomst hebben juffrouw Peverell en ik niets gezien of gehoord in Innocent Lane. Er waren de gebruikelijke geluiden van de rivier, maar gedempt door de

295

gordijnen. Eerder op de avond was er wel wat te horen, maar ik weet niet meer hoe laat. Het was niet zo ongewoon dat we het balkon op zijn gegaan om te kijken. Je raakt gewend aan de geluiden van de rivier.'
'Hoe bent u hier vanavond gekomen, met de auto?' vroeg Aaron.
'Per taxi. Ik gebruik mijn auto niet in de stad. Ik had eerder moeten zeggen dat ik van huis kwam. Ik ben vanmiddag niet op kantoor geweest, ik moest naar de tandarts.'
'Wat had ze in haar tas?' vroeg Frances Peverell opeens. 'Die leek heel zwaar.'
'Hij is zwaar,' zei adjudant Miskin. Ze nam de plastic tas over van adjudant Aaron en liet de schoudertas op tafel vallen.
Ze keken toe terwijl ze de tas openmaakte. Het manuscript was gevat in een lichtblauw omslag met de naam van de roman en de schrijfster in hoofdletters: MOORD OP HET PARADIJSEILAND, door ESMÉ CARLING. Met dikke, rode inktletters was eronder gekrast: AFGEWEZEN – EN DAT NA DERTIG JAAR, gevolgd door drie enorme uitroeptekens.
'Dus dat had ze ook nog bij zich,' zei Frances Peverell. 'We hebben ons allemaal iets te verwijten. Het had met meer tact moeten gebeuren. Maar dat ze de hand aan zichzelf heeft geslagen... En dan op die manier. Zo eenzaam, zo gruwelijk. Die arme vrouw.'
Ze wendde zich af en James de Witt liep naar haar toe, maar raakte haar niet aan. Hij draaide zich om en zei tegen adjudant Miskin: 'Moeten we nog verder gaan? Het heeft ons allemaal erg aangegrepen en het is immers niet zo dat er twijfels zijn.' Adjudant Miskin schoof het manuscript terug in de tas. 'Er is altijd twijfel zolang we de feiten niet weten,' zei ze zacht. 'Wanneer wist juffrouw Carling dat de uitgeverij het boek had afgewezen?'
'Mevrouw Carling,' zei James de Witt. 'Ze is weduwe. Ze is enige tijd geleden gescheiden en nadien is haar man gestorven. Ze wist het op de ochtend van de dood van Gerard. Ze kwam naar kantoor om hem te spreken, maar wij waren in vergadering en ze kon niet blijven omdat ze moest signeren in Cambridge. Maar dat weet u allemaal.'
'En het signeren bleek afgelast toen ze daar aankwam?'
'Ja, die gelegenheid.'
'En heeft ze na de dood van meneer Etienne nog contact opgenomen met iemand van de uitgeverij, weet u dat?'
Weer keken De Witt en Frances Peverell elkaar aan. 'Met mij niet,' zei De Witt. 'En met jou, Frances?'
'Nee, geen woord. Eigenlijk vreemd, als je erover nadenkt. Als we maar een gesprek hadden kunnen voeren, als we het hadden kunnen uitleggen,

was het misschien niet gebeurd.'
Het was adjudant Aaron die opeens de stilte verbrak. 'Wie heeft opdracht gegeven haar uit het water te halen?'
'Ik.' Frances keek hem met een mild verwijtende blik aan.
'U dacht toch niet dat u haar kon beademen?'
'Nee, ik geloof niet dat ik daaraan dacht, maar het was vreselijk haar zo te zien hangen. Zo...' Ze aarzelde. 'Zo onmenselijk.'
'We zijn niet allemaal bij de politie, adjudant,' zei De Witt. 'Wij hebben nog gewone menselijke gevoelens.'
Adjudant Aaron bloosde, keek even naar adjudant Miskin en hield zich met moeite in.
'Laten we hopen dat het zo blijft,' zei adjudant Miskin zacht. 'Ik denk dat juffrouw Price nu wel naar huis wil. Adjudant Aaron en ik zullen haar thuisbrengen.'
Koppig als een kind zei Mandy: 'Ik wil niet dat u me brengt. Ik wil zelf naar huis op mijn motor.'
'Je motor is hier veilig, Mandy,' zei Frances Peverell vriendelijk. 'Als je wilt, kan hij in de garage op nummer tien staan, achter slot en grendel.'
'Ik wil hem niet stallen. Ik wil erop naar huis.'
Uiteindelijk kreeg ze haar zin, maar adjudant Miskin stond erop in de politieauto achter haar aan te rijden. Mandy had er wel aardigheid in om veel in te halen en het ze zo lastig mogelijk te maken om haar bij te houden.
Bij het huis aan de Stratford High Street keek adjudant Miskin omhoog naar de donkere ramen en zei: 'Ik dacht dat je zei dat er iemand thuis zou zijn.'
'Er zijn ook mensen thuis. In de keuken. Hoor eens, ik kan echt wel voor mezelf zorgen. Ik ben toch geen kind meer? Laat me met rust.'
Ze stapte af en adjudant Aaron stapte uit en hielp haar de Yamaha in de gang te zetten. Zonder groeten deed ze de deur stevig achter hem dicht.

48

'Ze had wel even kunnen bedanken,' zei Daniel. 'Het is een harde.'
'Het komt door de schok.'
'Ze kon anders wel eten.'
Het was stil op bureau Wapping en ze zagen maar één collega toen ze de trap opliepen naar hun kamer. Ze bleven een ogenblik voor het raam staan alvorens de gordijnen te sluiten. De wolken waren opgetrokken en onder de fonkelende sterren voerde de brede en kalm stromende rivier zijn draaiende en zwierende lichtstrepen mee. Laat op de avond hing op een politiebureau altijd een onnatuurlijke sfeer van rust en afzondering. Ook als het druk was, als de stilte werd verbroken door schreeuwende stemmen en zware stappen, had de lucht een eigen verstilling, alsof de buitenwereld met zijn geweld en verschrikking op de loer kon liggen, maar niet bij machte was die essentiële sereniteit te verstoren. Vriendschappen verdiepten zich; de collega's zeiden minder, maar praatten meer vrijuit met elkaar. Op dit bureau konden ze natuurlijk geen vriendschap verwachten. Ze besefte dat ze tot op zekere hoogte indringers waren. Het politiebureau bood hun gastvrijheid en alle faciliteiten die ze nodig hadden, maar ze bleven buitenstaanders.
Dalgliesh was naar Durham voor een geheimzinnig commissarissenoverleg en ze wist niet of hij daar al weg was. Ze belde en kreeg te horen dat hij er waarschijnlijk nog was. Ze zouden een poging ondernemen hem te vinden en hem vragen terug te bellen.
Onder het wachten zei ze: 'Ben je overtuigd van haar alibi? Dat van Esmé Carling, bedoel ik. Was ze thuis op de avond dat Etienne stierf?'
Daniel ging aan zijn bureau zitten en begon met de computer te spelen. Hij probeerde de irritatie niet te laten doorklinken in zijn stem. 'Ja hoor. Je hebt mijn rapport toch gezien. Ze was met dat buurmeisje samen, Daisy Reed, uit hetzelfde flatgebouw. Ze zijn de hele avond samen geweest, tot een uur of twaalf of nog later. Dat meisje heeft het bevestigd. Ik doe behoorlijk mijn werk, of heb je kritiek?'
'Helemaal niet. Zo bedoel ik het niet, Daniel. Maar ze heeft nooit echt onder verdenking gestaan, hè? De verstopte afvoer, het gerafelde koord: dat wees allemaal op langdurige voorbereiding. We hebben haar nooit als mogelijke moordenares beschouwd.'
'Dus jij vindt dat ik te gauw tevreden ben geweest?'
'Nee, ik wou alleen weten of je tevreden was.'
'Hoor eens, ik ben met Robbins en een agente van de kinderpolitie bij haar geweest. Ik heb Esmé Carling en het kind afzonderlijk gehoord. Ze

waren die avond samen en dat was meestal zo. De moeder was uit werken – als stripper of in een nachtclub of in de prostitutie, weet ik veel – en het kind bleef thuis tot ze was vertrokken en smeerde hem dan naar Carling om daar de avond door te brengen. Daar waren ze allebei mee gediend. Ik heb alle bijzonderheden van die donderdagavond vergeleken en het klopte allemaal. Het meisje wou eerst niet toegeven dat ze bij Carling was geweest. Ze was een beetje bang dat haar moeder er een stokje voor zou steken en dat de kinderbescherming contact zou opnemen met maatschappelijk werk en dat ze naar een tehuis zou moeten. Dat hebben ze natuurlijk gedaan – contact opnemen met het maatschappelijk werk, bedoel ik. Ze moesten wel, gezien de omstandigheden. Maar dat meisje heeft de waarheid verteld. Hoe kom je erbij om daaraan te twijfelen?'
'Het is toch gek? Na dertig jaar wordt het boek van een vrouw afgewezen. Ze komt tierend van woede naar Innocent House om bij Gerard Etienne te vertellen wat ze van hem vindt. Ze krijgt hem niet te spreken omdat hij in vergadering is. Ze gaat weg om te signeren en hoort bij aankomst dat de sessie door iemand van Innocent House is afgelast. Daarna moet ze hebben gekookt van woede. Wat verwacht je dan van haar? Dat ze kalmpjes naar huis gaat of dat ze die avond terugkomt om ruzie te schoppen met Etienne? Waarschijnlijk wist ze van zijn overwerken op donderdag. Vrijwel iedereen die iets met Innocent House te maken had, wist daarvan. En haar gedrag daarna is ook vreemd. Ze wist dat vooral Gerard Etienne verantwoordelijk was voor het afwijzen van het manuscript. En nu is Gerard Etienne dood. Waarom is ze niet teruggegaan om nog een poging te doen het boek geaccepteerd te krijgen?'
'Waarschijnlijk besefte ze dat het geen zin had. De vennoten zouden zo kort na de dood van Etienne een besluit van hem niet willen terugdraaien. Trouwens, waarschijnlijk stonden ze achter hem.'
'En vanavond zijn er ook een paar vreemde dingen gebeurd,' vervolgde Kate. 'Frances Peverell en De Witt zouden de taxi hebben gehoord als die door Innocent Lane naar de ingang is gereden. Waar heeft ze zich dan wel laten afzetten?'
'Innocent Walk, waarschijnlijk, en dan te voet naar de rivier. Ze wist dat de taxi op de keien van Innocent Lane kon worden gehoord door Dauntsey of juffrouw Peverell. Of misschien aan het einde van Innocent Passage. Dat is het dichtst bij waar ze is gevonden.'
'Maar het hek aan het einde van de steeg is op slot. Als ze op die manier bij de rivier is gekomen, wie heeft het hek dan van het slot en weer op slot gedaan? En wat vind je van die brief? Een karakteristiek afscheidsbriefje?'
'Misschien niet, maar wat is nu wel een karakteristieke zelfmoordbrief?

Een jury zou zich er best van kunnen overtuigen dat het een authentieke afscheidsbrief is.'
'En wanneer geschreven?'
'Kort voor ze zelfmoord pleegde, denk ik. Het is niet iets dat je van tevoren opstelt en bij de hand houdt voor het geval je het opeens nodig hebt.'
'Waarom staat er dan niets in over de dood van Gerard Etienne? Ze moet hebben geweten dat hij de voornaamste figuur was die verantwoordelijk was voor de afwijzing van haar boek. Nou ja, natuurlijk wist ze dat. Mandy Price en juffrouw Blackett hebben allebei haar stormachtige bezoek aan hem beschreven. Zijn dood moet verschil hebben gemaakt voor haar opvatting over de uitgeverij. En als dat niet zo was, als ze nog even verbitterd was, is het dan toch niet vreemd dat er niets in het briefje staat over zijn dood?'
Toen ging de telefoon en Dalgliesh was aan de lijn. Kate bracht helder en beknopt verslag uit en vertelde dat ze nog geen contact hadden gehad met dokter Wardle, die was weggeroepen, maar geen vervanger hadden geprobeerd te vinden omdat het lijk was verplaatst. Het was overgebracht naar het mortuarium. Ze bleef lang naar hem luisteren, vond Daniel.
Ten slotte legde ze de hoorn neer. 'Hij neemt vanavond nog het vliegtuig terug. We mogen niemand afhoren op Innocent House tot na het sectierapport. Het kan wachten. Morgen moet jij proberen die taxi te vinden en nagaan of iemand op de rivier die avond iets heeft gezien, ook mensen op het water die voorbij zijn gekomen tussen zeven uur en het tijdstip waarop Mandy het lijk heeft gevonden. We hebben de sleutels van Carlings flat uit haar tas en er schijnt geen familie te zijn, dus daar gaan we morgenochtend heen. Het is in Hammersmith. Mount Eagle Mansions. Hij wil dat de agent van mevrouw Carling daar om half twaalf aanwezig is. Morgenochtend vroeg gaan hij en ik met Daisy Reed praten. En er is nog iets. Verdomme, Daniel, dat hadden we zelf moeten bedenken. AD wil een ploeg van de technische recherche morgenochtend vroeg de motorboot laten onderzoeken. De uitgeverij moet het personeel maar op een andere manier naar Charing Cross op en neer brengen. God, wat voel ik me stom. AD zal zich wel afvragen of we ooit verder kijken dan onze neus lang is.'
'Dus hij denkt dat ze de boot heeft gebruikt om zich op te knopen. Dat zou in elk geval gemakkelijker zijn geweest.'
'Dat Carling hem heeft gebruikt, of iemand anders.'
'Maar de boot lag op de vaste plek afgemeerd, aan de andere kant van de trap.'
'Precies. Dus als hij is gebruikt, heeft iemand hem voor en na haar dood

verplaatst. Als we dat kunnen aantonen, komen we dicht bij het bewijs dat ze is vermoord.'

49

Om tien uur was Gabriel Dauntsey naar beneden gegaan naar zijn eigen flat en waren James de Witt en Frances alleen. Beiden beseften dat ze honger hadden. Mandy had beide porties eend opgegeten, maar dat was ook niet waar ze trek in hadden. Ze bevonden zich in de onaangename situatie dat ze behoefte hadden aan eten, zonder te kunnen bedenken wat ze wilden eten. Ten slotte bakte Frances een grote omelet met kruiden die ze met meer smaak deelden dan ze voor mogelijk hadden gehouden. Als bij afspraak hadden ze nauwelijks meer over de dood van Esmé Carling gesproken.
Toen Dauntsey er nog was, had Frances gezegd: 'We dragen allemaal een zekere verantwoordelijkheid, hè? We hebben ons geen van allen echt verzet tegen Gerard. We hadden moeten aandringen op een gesprek over Esmés toekomst. Iemand had naar haar toe moeten gaan om met haar te praten.'
'Frances, we konden dat boek niet publiceren,' had James vriendelijk gezegd. 'Niet omdat het een commercieel boek was, we hebben publieksfictie nodig. Maar het was slechte publieksfictie. Het was een slecht boek.' En Frances had gezegd: 'Een slecht boek? De zwaarste misdaad, de zonde tegen de Heilige Geest. Nou, ze heeft er wel zwaar voor geboet.' De verbitterde spot had hem verbaasd. Dat was niets voor haar. Maar sinds de breuk met Gerard was ze minder zachtmoedig en volgzaam. Hij betreurde dat maar besefte dat hij, zoals af en toe voorkwam, een psychologische behoefte manifesteerde aan toenadering tot en liefde voor kwetsbare mensen, onschuldige mensen, getroffen en verzwakte mensen; aan geven in plaats van ontvangen. Hij wist heel goed dat op die basis geen gelijkwaardige relatie mogelijk was, dat een constante onkritische vriendelijkheid in zijn subtiele minachting even benauwend kon zijn voor de beminde als wreedheid of verwaarlozing. Poetste hij daarmee zijn ego op, met het besef dat mensen hem nodig hadden, afhankelijk van hem waren, hem bewonderden om een barmhartigheid die welbeschouwd

een buitengewoon subtiele vorm van minachting en trots was? Was hij beter dan Gerard, voor wie seks een machtsspel was en die het spannend vond een vrome maagd te verleiden omdat hij wist dat de overgave voor haar een doodzonde was? Hij had altijd van Frances gehouden, hij hield nog steeds van haar. Hij wilde haar niet alleen in zijn hart, maar ook in zijn leven, in zijn huis, in zijn bed. Nu ze als gelijken konden liefhebben, was dat misschien mogelijk.

Hij had geen zin om weg te gaan, maar hij moest wel. Ruperts buddy Ray moest om half twaalf weg en Rupert was te ziek om ook maar een paar uur alleen te kunnen zijn. En er was nog een probleem. Hij had het gevoel dat hij haar niet zomaar kon voorstellen of hij de nacht in de logeerkamer mocht doorbrengen. Misschien streed ze liever in haar eentje met haar eigen demonen, zonder de hinder van zijn aanwezigheid. En er was nog iets. Hij wilde met haar naar bed, maar dat was te belangrijk om te laten gebeuren op een moment dat ze kwetsbaar was door een tragische gebeurtenis, zodat ze niet uit een even hevig verlangen naar zijn bed kwam, maar uit behoefte aan troost. Wat is het toch allemaal moeilijk, dacht hij. Wat is het moeilijk om jezelf te kennen en, als je jezelf eenmaal kent, te veranderen.

Maar het probleem loste zichzelf op toen hij zei: 'Gaat het vanavond wel in je eentje, Frances?'

'Natuurlijk,' zei ze beslist. 'Trouwens, Rupert heeft je nodig. Gabriel is beneden als ik met iemand wil praten, maar daar heb ik geen behoefte aan. Ik ben gewend aan alleen zijn, James.'

Ze belde een taxi en hij nam de snelste weg naar huis, met de taxi naar de Bank en de Central Line naar Notting Hill Gate.

Hij zag de ambulance zodra hij de straat inliep. Zijn hart begon te bonzen. Hij begon te draven en zag dat de broeders Rupert al in een stoelbrancard naar beneden brachten. Alleen zijn gezicht boven de deken was nog te zien, een gezicht dat zelfs nu het een uiterst verzwakt dodenmasker was geworden voor James nooit zijn schoonheid had verloren. Terwijl hij naar de twee mannen keek die met bekwame handen de brancard verplaatsten, leek het of hij in zijn eigen armen de ondraaglijke lichtheid van hun last voelde.

'Ik ga mee,' zei hij.

Maar Rupert schudde zijn hoofd. 'Beter van niet. Ze willen niet meer dan één persoon in de ambulance. Ray gaat mee.'

'Ja, ik ga met hem mee,' zei Ray.

Ze wilden opschieten. Er stonden al twee auto's te wachten. Hij klom in de ambulance en staarde zonder iets te zeggen naar het gezicht van Rupert.

'Sorry van de troep in je kamer,' zei Rupert. 'Ik kom niet terug. Je kunt de boel opruimen en Frances op bezoek vragen zonder dat jullie het gevoel hoeven te hebben dat al het servies moet worden ontsmet.'
'Waar brengen ze je heen? Het hospitium?' vroeg James.
'Nee, het Middlesex.'
'Ik kom morgen langs.'
'Beter van niet.'
Ray zat al zo bedaard en comfortabel in de ambulance alsof hij zijn rechtmatige plaats had ingenomen. Het was ook zijn rechtmatige plaats. En nu zei Rupert weer iets. James boog zich over hem heen. 'Dat verhaal over Gerard Etienne,' zei hij. 'Over mij en Eric. Dat geloofde je toch niet?'
'Jawel, Rupert, dat geloofde ik wel.'
'Het was niet waar. Het kon toch ook niet? Het was onzin. Je weet toch hoe het met de incubatietijd zit? Je hebt het geloofd omdat je het wilde geloven. Arme James! Wat moet je hem hebben gehaat. Kijk niet zo. Kijk niet zo ontzet.'
James had het gevoel dat hij geen stem meer had. En toen hij iets zei, was hij ontsteld over de banale futiliteit van de woorden. 'Gaat het wel, Rupert?'
'Ja hoor. Het zal wel gaan. Het zal prima gaan. Maak je geen zorgen en kom niet langs. Denk aan wat G.K. Chesterton zei: "We moeten leren het leven lief te hebben zonder het ooit te vertrouwen." Dat heb ik nooit gedaan.'
Hij herinnerde zich niet dat hij uit de ambulance was gestapt, maar hij hoorde de dubbele deuren dichtslaan voor zijn gezicht. Seconden later was de ambulance de hoek om, maar hij bleef nog lang staan, alsof de wagen over een rechte weg reed en hij hem kon nakijken tot hij verdwenen was.

50

Mount Eagle Mansions, niet ver van de Hammersmith-brug, bleek een groot Victoriaans woonblok van rode baksteen met de vervallen, verwaarloosde aanblik van een gebouw waaraan in afwachting van overname geen onderhoud meer wordt verricht. Het enorme bordes in Italiaanse stijl, met krullerige versieringen die brokkelig waren geworden, stak vreemd af bij de strakke voorgevel die daar iets tweeslachtig excentrieks van kreeg, alsof de architect door gebrek aan inspiratie of geld zijn oorspronkelijke ontwerp niet had mogen afwerken. Als je dat bordes ziet, dacht Kate, is dat misschien maar goed ook. Maar de bewoners hadden kennelijk de hoop niet opgegeven dat zij de waarde van hun bezit op peil zouden kunnen houden. De ramen waren schoon, in ieder geval op de begane grond, er hingen keurig geplooide gordijnen en in verscheidene vensterbanken waren bakken gemonteerd vanwaar klimop en hanggeraniums de beroete baksteen trachtten te bedekken. De brievenbus en deurklopper in de vorm van een immense leeuwekop waren verblindend gepoetst en er lag een kennelijk nieuwe biezen mat met 'Mount Eagle Mansions' erin gevlochten. Rechts van de deur was een bellenbord met naamkaartjes in de vakjes. Voor flat 27 was kennelijk een bijgeknipt visitekaartje gebruikt: er stond 'Mevr. Esmé Carling' in sierletters. Het kaartje van flat 29 vermeldde 'Reed', in handgeschreven blokletters. Een paar seconden nadat Kate had aangebeld, klonk door het knetteren van de intercom heen een knorrig-gelaten vrouwenstem: 'Ja, kom dan maar boven.'

Er was geen lift, hoewel de omvang van de met mozaïek versierde hal nadrukkelijk suggereerde dat dat oorspronkelijk wel de bedoeling was geweest. Aan een muur hing een dubbele rij brievenbussen met duidelijke nummers; tegen een andere muur stond een zware mahoniehouten tafel met gedraaide poten waarop een verzameling folders lag, brieven met gewijzigd adres en een stapel oude kranten met een touwtje erom. Het zag er netjes uit en de halen opgedroogd sop maakten duidelijk dat iemand had geprobeerd het schilderwerk schoon te maken, al was het gevolg alleen geweest dat de smoezeligheid nog werd benadrukt. Het rook naar boenwas en ontsmettingsmiddel. Kate en Dalgliesh deden er het zwijgen toe, maar terwijl ze de trap opliepen en zware deuren passeerden met kijkglaasjes en dubbele veiligheidssloten, was Kate zich bewust van een toenemende opwinding en lichte vrees, en ze vroeg zich af of de man naast haar die gevoelens deelde. Het zou een belangrijk onderhoud worden. Wanneer ze weer beneden kwamen, was de zaak misschien opgelost.

Het verbaasde Kate dat Esmé Carling niet iets beters had kunnen vinden dan dit niet bepaald indrukwekkende flatgebouw. Het was geen prestigieus adres voor het ontvangen van interviewers of journalisten, aangenomen dat ze die ontving. Maar het weinige dat ze van haar wisten, duidde er niet op dat ze een eenzelvige letterkundige was geweest en ze was vrij bekend. Kate had wel van Esmé Carling gehoord, al had ze nooit iets van haar gelezen. Dat ze bekend was, hoefde nog niet te betekenen dat ze een ruim inkomen uit haar boeken had; had ze niet in een tijdschrift gelezen dat de meeste auteurs, afgezien van de zeer succesvolle enkelingen die er miljonair van waren geworden, met moeite de eindjes aan elkaar knoopten, al stonden ze bekend om de kwaliteit van hun werk? Maar over een uur zouden ze haar agent spreken; het had weinig zin tijd te verdoen aan piekeren over de detectiveschrijfster Esmé Carling, als alle vragen straks beantwoord konden worden door degene die er het meest van wist.

Dalgliesh had eerst naar Daisy willen gaan en pas daarna naar de flat van mevrouw Carling, en ze meende te weten waarom. De gegevens die het kind kon verschaffen, waren van doorslaggevend belang. De geheimen achter de deur van nummer 27 konden wachten. De overblijfselen van een vermoord leven vertelden hun eigen verhaal. De trieste erfenis van brieven en rekeningen kon onjuist worden geïnterpreteerd, maar dingen logen niet, weken niet van hun verhaal af, verzonnen geen alibi's. Het waren de levenden die moesten worden gehoord voordat ze van de schok van de moord waren bekomen. Een goede rechercheur had respect voor verdriet en deelde er soms in, maar maakte er ook vlot gebruik van, zelfs van het verdriet van een kind.

Ze kwamen bij de deur en voordat ze kon aanbellen, zei Dalgliesh: 'Jij voert het gesprek, Kate.'

'Ja, meneer,' zei ze alleen, maar ze was verrukt. Twee jaar eerder zou ze zich paniekerig hebben afgevraagd of ze het wel zou kunnen; nu, met meer ervaring, had ze daar alle vertrouwen in.

Ze had zich niet afgevraagd wat de moeder van het kind, Shelley Reed, voor type zou zijn, dat was zonde van je tijd. Een politiefunctionaris deed er verstandiger aan niet op de werkelijkheid vooruit te lopen door het ontwikkelen van vooroordelen. Maar toen de ketting werd losgehaakt en de deur opening, had ze moeite haar eerste verbaasde blik te maskeren. Ze kon nauwelijks geloven dat dat meisje met het mollige gezicht dat hen met het ressentiment van een puber aanstaarde, al een kind van twaalf had. Bij de geboorte van Daisy kon ze niet ouder dan zestien zijn geweest. Haar onopgemaakte gezicht had nog de zachtheid van de jeugd. De pruillippen waren vol, met omlaaggetrokken mondhoeken. Haar brede neus was aan de ene kant versierd met een glinsterend knopje dat paste bij de knopjes in haar oren. Het haar, geelblond in contrast met haar dikke donkere wenkbrauwen, hing in pony tot bijna over haar ogen en omlijstte haar gezicht met krultangkrullen. Haar ogen stonden ver uit elkaar en wat scheef, onder oogleden die zo zwaar waren dat ze opgezet leken. Alleen haar lichaam zag er volwassen uit. Zware borsten hingen los onder een lange trui van smetteloze witte katoen en haar lange, welgevormde benen staken in een zwarte legging. Ze droeg slippers met lurexborduursel. Haar harde, onverzettelijke blik veranderde toen ze Dalgliesh opnam met een zeker respect, alsof ze een autoriteit voor zich meende te hebben die lastiger af te wimpelen was dan de maatschappelijk werkster. En toen ze hen begroette, hoorde Kate iets van vermoeide gelatenheid in haar rituele rebellie.

'Kom dan maar binnen, al weet ik niet waar het goed voor is. Jullie hebben al een keer met Daisy gepraat. Het kind heeft jullie alles verteld wat ze weet. Werken we met de politie samen en wat kopen we ervoor? Krijgen we maatschappelijk werk op ons dak, verdomme. Het gaat ze niet aan hoe ik mijn geld verdien. Nou goed, ik ben stripper. Mag dat soms niet? Ik verdien de kost en breng mijn kind groot. Ik heb werk en het is niet zwart. De kranten schelden altijd op alleenstaande moeders in de bijstand, maar ik heb verdomme geen uitkering, maar dat komt nog wel als ik hier de hele dag moet zitten wachten of jullie nog meer stomme vragen hebben. En geen agenten van jeugdpolitie meer, begrepen? Die hier laatst was met die joodse man was hondsbrutaal.'

Ze deed een pas opzij, en nu liepen ze een gang in die eigenlijk te klein was voor hun drieën.

'Ik ben commissaris Dalgliesh en dit is adjudant Miskin, die niet van Jeugdzaken is. Ze is rechercheur, dat zijn we allebei. Het spijt ons dat we u nogmaals lastig vallen, mevrouw Reed, maar we moeten Daisy spreken. Weet ze al dat mevrouw Carling dood is?'

'Ja, dat weet ze. Dat weten we allemaal, toch? Het was op het stadsnieuws. Straks zegt u nog dat het geen zelfmoord was en dat wij het hebben gedaan.'

'Is Daisy erg van streek?'

'Hoe moet ik dat weten? Ze loopt niet te juichen. Maar ik krijg nooit veel hoogte van haar. Straks, wanneer jullie klaar zijn, dan is ze van streek. Ze is in de kamer; ik heb haar school gebeld dat ze pas vanmiddag komt. En doe me een lol. Werk het een beetje vlot af. Ik moet nog boodschappen doen. En vanavond heeft ze een oppas. Maken jullie je maar geen zorgen over Daisy. De conciërge komt vanavond langs. En daarna moet u maar aan het maatschappelijk werk vragen om een oppas als ze zo bezorgd zijn.'

De zitkamer was smal en rommelig en er was iets vreemds aan dat Kate pas begreep toen ze zag dat er een namaakhaard met een schoorsteenmantel vol wenskaarten en porseleinen beeldjes tegen de buitenmuur was geïnstalleerd, waar geen stookkanaal was. Achter een openstaande deur was een onopgemaakt tweepersoons bed te zien met allerlei kledingstukken erop. Mevrouw Reed liep er snel heen om het dicht te slaan. Rechts van de deur was een rail met een gordijn waarachter Kate een dicht opeengepakte rij jurken zag hangen. Links van de deur stond een immens tv-toestel met een bank ervoor en voor het dubbele raam een vierkante tafel met vier stoelen. Op de tafel lag een hoge stapel boeken, schoolboeken zo te zien. Een kind in een schooluniform dat bestond uit een donkerblauw plissérokje en een witte bloes keek naar hen om. Kate had nog maar zelden zo'n lelijk kind gezien. Ze was duidelijk de dochter van haar moeder, maar door een genetische speling waren de trekken van de moeder onharmonisch terug te zien in haar smalle, magere gezicht. De ogen achter de bril waren klein en stonden te ver uiteen, de neus was breed zoals die van de moeder, de mond even vol en de lage mondhoeken waren nog geprononceerder. Maar ze had een fijne huid in een merkwaardige tint, een bleek groengoud als van een appel onder water. Haar haar, tussen goudblond en kastanjebruin, hing als zijden lokken om een gezicht dat eerder gerijpt dan kinderlijk was. Kate keek even naar Dalgliesh en wendde toen snel haar blik af. Ze wist dat hij medelijden en tederheid voelde. Ze had die blik eerder gezien, hoe snel hij ook werd onderdrukt. Ze verbaasde zich dat die zo'n heftige wrok bij haar opriep. Ondanks zijn gevoeligheid verschilde hij hierin niet van andere mannen. Zijn eerste reactie als hij een vrouw zag, was een esthetische: behagen bij schoonheid en barmhartig mededogen bij lelijkheid. Lelijke vrouwen raakten aan die blik gewend; ze moesten wel. Maar een kind moest die pijnlijke onthulling van een universele menselijke onrechtvaardigheid worden bespaard. Je kon wetten uitvaardigen tegen elke vorm van discriminatie, behalve deze. Bij alles, van banen tot seks, waren aantrekkelijke mensen in het voordeel, terwijl echt lelijke mensen werden gehoond en afgewezen. En dit kind had niet eens de belofte van die aparte, seksueel geladen lelijkheid die in combinatie met intelligentie en fantasie zoveel erotischer kon zijn dan een knap gezicht. Er was niets te doen aan de pruilhoeken van die te dikke lippen, de te ver uiteenstaande varkensoogjes. In de paar seconden voordat ze het woord nam was Kate zich bewust van een lawine van emoties, waarbij afkeer van zichzelf niet de minste was. Dalgliesh kon instinctief medelijden voelen, bijna alsof het kind verminkt was, maar zij had dat ook gevoeld en zij was een vrouw. Zij had andere criteria kunnen aanleggen. Als reactie op een gebaar van de vrouw ging Dalgliesh op de bank zitten en Kate nam een stoel tegenover Daisy. Mevrouw Reed ging agressief aan de andere kant van de bank zitten en stak een sigaret op.

'Ik blijf erbij. Jullie krijgen het kind niet te spreken zonder mij.'

'We kunnen alleen met Daisy praten als u erbij blijft, mevrouw Reed,' zei

Dalgliesh. 'Er zijn voorschriften voor het horen van minderjarigen. Het zou prettig zijn als u ons niet in de rede valt, tenzij u vindt dat we te ver gaan.'

Kate was tegenover het kind aan de tafel gaan zitten en zei vriendelijk: 'Het spijt ons van je vriendin, Daisy. Mevrouw Carling was toch je vriendin?'

Daisy sloeg een van haar schoolboeken open en deed alsof ze las. Zonder op te kijken zei het meisje: 'Ze vond me aardig.'

'Als mensen ons aardig vinden, vinden wij ze meestal ook aardig. Ik wel, in ieder geval. Je weet dat mevrouw Carling dood is. Het is mogelijk dat ze het zelf heeft gedaan, maar dat weten we nog niet zeker. We moeten te weten zien te komen hoe ze is gestorven en waarom. We willen graag dat je ons helpt. Wil je dat?'

Pas nu keek Daisy naar haar op. De kleine, verontrustend intelligente ogen stonden zo hard als bij een volwassene en zo onbarmhartig als je alleen bij een kind ziet. 'Ik wil niet met u praten. Ik wil met de baas praten.' Ze staarde naar Dalgliesh en zei: 'Ik wil met hem praten.'

'Ik ben er toch bij,' zei Dalgliesh. 'Het maakt niet uit tegen wie je praat, Daisy.'

'Ik praat alleen met u.'

Kate, beduusd door die uitval, deed haar best de teleurstelling en ontgoocheling te verbergen. Ze stond op, maar Dalgliesh gebaarde naar haar en trok een stoel naast haar bij.

'U denkt dat tante Esmé is vermoord, hè?' zei Daisy. 'Wat gaat u met hem doen als u hem te pakken hebt?'

'Als hij schuldig wordt bevonden, moet hij naar de gevangenis. Maar we weten niet zeker of mevrouw Carling is vermoord. We weten nog niet hoe of waarom ze is gestorven.'

'Mevrouw Summers van school zegt dat de mensen niet beter worden in de gevangenis.'

'Mevrouw Summers heeft gelijk,' zei Dalgliesh. 'Maar daarvoor worden de mensen meestal ook niet naar de gevangenis gestuurd. Soms is het nodig omdat andere mensen beschermd moeten worden, of om af te schrikken, of omdat de maatschappij heel erg vindt wat de schuldige heeft gedaan en dat door de straf wil uitdrukken.'

Daar gaan we, dacht Kate. Moeten we echt in discussie over de merites van het detentiesysteem en de filosofie achter het strafrechtstelsel? Maar Dalgliesh was kennelijk bereid het geduld op te brengen.

'Mevrouw Summers zegt dat de doodstraf barbaars is.'

'We hebben de doodstraf in dit land afgeschaft, Daisy.'

'In Amerika doen ze het wel.'

'Ja, in sommige delen van de Verenigde Staten, en ook in andere landen, maar in ons land gebeurt het niet meer. Ik geloof dat je dat wel weet, Daisy.'
Dat kind werkt opzettelijk tegen, dacht Kate. Ze vroeg zich af waarom Daisy dat deed, behalve om tijd te rekken. In stilte vervloekte ze mevrouw Summers. Ze had zelf op school ook een paar van die mensen gekend, met name juffrouw Crighton, die haar best had gedaan haar ervan af te houden bij de politie te gaan werken, met als argument dat zij de onderdrukkende fascistische uitvoerders van het kapitalistische gezag waren. Ze had het kind graag gevraagd wat mevrouw Summers met de moordenaar van mevrouw Carling zou hebben gedaan, als er een moordenaar was, afgezien natuurlijk van opvang, therapie en een cruise om de wereld. Het zou nog prettiger zijn geweest mevrouw Summers een paar slachtoffers van moord te laten zien en bepaalde plaatsen waar Kate met dat misdrijf was geconfronteerd. Geërgerd over oude vooroordelen die weer de kop opstaken, oude grieven die ze meende te hebben overwonnen, en herinneringen die ze liever vergat, bleef ze naar Daisy's gezicht kijken. Mevrouw Reed zei niets, maar trok heftig aan haar sigaret. Het werd onaangenaam rokerig in de kamer.
'Daisy,' zei Dalgliesh, die dicht bij het kind zat, 'we moeten te weten zien te komen hoe en waarom mevrouw Carling is gestorven. Ze kan het zelf hebben gedaan en het is mogelijk, er is een klein kansje dat ze is vermoord. Als dat zo is, moeten we uitzoeken wie het gedaan heeft. Dat is ons werk. Daarom zijn we hier. We zijn bij jou gekomen omdat we denken dat jij ons kunt helpen.'
'Ik heb die andere rechercheur en die agente al verteld wat ik wist.'
Dalgliesh zweeg. De stilte en wat die betekende, maakten Daisy kennelijk onrustig. Na een poosje zei ze als om zich te verdedigen: 'Hoe weet ik nou of u niet probeert de moord op meneer Etienne op tante Esmé af te schuiven? Ze zei dat u dat misschien zou proberen, haar die moord in de schoenen schuiven.'
'We denken niet dat mevrouw Carling iets te maken had met de dood van meneer Etienne,' zei Dalgliesh. 'En we proberen niemand de moord in de schoenen te schuiven. Wat we proberen te doen is achter de waarheid te komen. Ik denk dat ik twee dingen van je weet, Daisy: dat je intelligent bent en dat je, als je belooft de waarheid te zeggen, ook de waarheid zegt. Wil je dat beloven?'
'Hoe weet ik of ik u kan vertrouwen?'
'Ik vraag je ons te vertrouwen. Je moet zelf beslissen of dat verstandig is. Dat is een belangrijke beslissing voor je, maar je kunt er niet aan ontkomen. Alleen: lieg niet. Ik heb liever dat je niets vertelt dan dat je liegt.'

Dat is een riskante aanpak, dacht Kate. Ze hoopte dat ze niet te horen zouden krijgen dat mevrouw Summers de kinderen had gewaarschuwd dat je de politie nooit kunt vertrouwen.

De varkensoogjes van Daisy keken recht in die van Dalgliesh. De stilte werd ondraaglijk.

Eindelijk zei Daisy: 'Nou goed. Ik zal de waarheid zeggen.'

De stem van Dalgliesh veranderde niet. 'Toen adjudant Aaron en de agente met je kwamen praten, vertelde je dat je 's avonds naar mevrouw Carling ging om je huiswerk te maken en samen te eten. Is dat waar?'

'Ja. Soms logeerde ik bij haar in de logeerkamer, soms bleef ik op de bank slapen en dan maakte tante Esmé me wakker om me naar huis te brengen voor mammie thuiskwam.'

'Hoor eens, het kind was hier veilig,' kwam mevrouw Reed tussenbeide. 'Ik deed de deur altijd dubbel op slot voor ik wegging en ze heeft zelf de sleutels. En het telefoonnummer. Verdomme, wat moest ik anders? Haar meenemen naar de club?'

Dalgliesh negeerde haar. Hij keek Daisy nog steeds aan.

'Wat deden jullie samen?'

'Ik maakte mijn huiswerk en soms zat ze te schrijven, en dan keken we samen naar de tv. Ik mocht haar boeken lezen. Ze heeft veel boeken over moord en ze wist alles van echte moordenaars. Ik nam vaak mijn avondeten mee en soms at ik met haar mee.'

'Zo te horen was het 's avonds gezellig bij jullie tweeën. Ze was zeker blij met je gezelschap.'

'Ze vond het niet prettig 's avonds alleen thuis te zijn. Ze zei dat ze dan geluiden op de trap hoorde en zich niet veilig voelde, al was de deur dubbel op slot. Ze zei dat iemand die een tweede stel sleutels had daar misschien niet goed op zou passen en dan kon een moordenaar ze te pakken krijgen en de trap op sluipen en in haar flat komen. Of hij kon na donker op het dak zijn en zich aan een touw laten zakken en dan door het raam naar binnen. Soms hoorde ze hem 's avonds tegen het raam tikken. Het was altijd erger als er iets engs op tv was. Ze keek niet graag in haar eentje.'

Arm kind, dacht Kate. Dus dat waren de levendige horrorfantasieën waardoor Daisy, avond aan avond alleen thuis, naar de flat van mevrouw Carling was gevlucht. Maar waarvoor was Esmé Carling gevlucht? Verveling, eenzaamheid, haar eigen verbeelde angsten? Het was een curieuze vriendschap, maar ze hadden elkaar gevonden in de bevrediging van hun behoefte aan gezelschap, aan geborgenheid, aan huiselijk comfort.

'En je hebt tegen adjudant Aaron en de agente van Jeugdzaken gezegd,'

zei Dalgliesh, 'dat je donderdag veertien oktober, de avond dat meneer Etienne stierf, van zes uur 's avonds tot middernacht bij mevrouw Carling thuis bent geweest en dat zij je om een uur of twaalf naar huis heeft gebracht. Was dat waar?'
Daar was de kritieke vraag en Kate had het gevoel dat ze met ingehouden adem op antwoord wachtten. Het kind staarde kalm naar Dalgliesh. De moeder nam een trek van haar sigaret, maar zei niets.
Seconden verstreken; toen zei Daisy: 'Nee, het was niet waar. Tante Esmé had me gevraagd voor haar te liegen.'
'Wanneer vroeg ze dat?'
'Vrijdag, de dag nadat meneer Etienne was vermoord, toen ze me van school haalde. Ze stond bij het hek. We zijn samen met de bus naar huis gegaan. We zaten boven en er waren niet veel mensen en ze zei dat de politie zou vragen waar ze was geweest en dat ik moest zeggen dat we bij haar thuis waren geweest, tot twaalf uur. Ze zei dat ze wel konden denken dat zij meneer Etienne had vermoord omdat zij detectives schreef en alles wist van moord en omdat ze zo goed was in het verzinnen van moordgeschiedenissen. Misschien wou de politie haar wel beschuldigen omdat ze een motief had. Iedereen bij de uitgeverij wist dat ze meneer Etienne een rotzak vond omdat hij haar boek niet wou hebben.'
'Maar jij dacht niet dat ze het had gedaan, hè Daisy? Waarom niet?'
De scherpe oogjes priemden zich in de zijne. 'Dat weet u toch.'
'Jawel, en adjudant Miskin ook. Maar zeg het toch maar.'
'Als ze het had gedaan, was ze hier laat op de avond gekomen voordat mammie thuiskwam om te vragen om het alibi. Maar daar heeft ze pas om gevraagd nadat het lijk was gevonden. En ze wist niet dat het meneer Etienne was die was vermoord. Ze zei dat ik haar vooral een alibi moest geven voor de hele avond. Tante zei dat we allebei hetzelfde verhaal moesten vertellen, omdat de politie zou proberen ons te betrappen. Dus toen heb ik die meneer van de recherche alles verteld, behalve wat er op tv was, maar het was allemaal wat er de avond daarvoor was gebeurd.'
'Dat is de betrouwbaarste manier om een vals alibi te geven. In feite vertel je de waarheid, zodat je niet bang hoeft te zijn dat de ander iets anders zal zeggen. Was dat de bedoeling?'
'Ja.'
'We moeten hopen, Daisy, dat je je niet serieus met de misdaad gaat bezighouden. Wat er nu komt, is erg belangrijk en ik wil dat je heel goed nadenkt voor je antwoord op mijn vragen geeft. Wil je dat doen?'
'Goed.'
'Heeft je tante Esmé je verteld wat er die donderdagavond in Innocent House is gebeurd, op de avond waarop meneer Etienne dood is gegaan?'

'Ze heeft me niet zoveel verteld. Ze zei dat ze er was geweest en meneer Etienne had gesproken, maar dat hij nog leefde toen ze wegging. Iemand had hem gebeld en hij moest naar boven en hij zei dat hij niet lang zou wegblijven. Maar het duurde zo lang dat ze er genoeg van kreeg. Ze zei dat ze toen maar was vertrokken.'
'Dus ze is weggegaan zonder hem te spreken?'
'Dat zei ze. Ze zei dat ze heel lang had gewacht en dat ze toen bang was geworden. Het is een heel eng gebouw als de mensen allemaal naar huis zijn, heel koud en stil. Er is een mevrouw die daar naar beneden is gesprongen en mevrouw Carling zegt dat die soms komt spoken. Daarom wou ze niet meer op meneer Etienne wachten. Ik vroeg of ze de moordenaar had gezien en ze zei: "Nee, ik heb hem niet gezien. Ik weet niet wie het heeft gedaan, maar ik weet wel wie het niet heeft gedaan." '
'Heeft ze daar nog meer over gezegd?'
'Nee.'
'Heeft ze gezegd of het een man of een vrouw was, degene die het niet heeft gedaan?'
'Nee.'
'Daisy, kon je ergens uit opmaken of ze het over een man of een vrouw had?'
'Nee.'
'Heeft ze je nog meer over die avond verteld? Probeer je te herinneren wat ze precies zei.'
'Ze zei wel iets, maar dat snapte ik toen nog niet. Ze zei: "Ik heb de stem gehoord, maar de slang lag voor de deur. Waarom lag de slang voor de deur? En wat een rare tijd om een stofzuiger te lenen." Dat zei ze heel zachtjes, meer voor zich heen.'
'Heb je haar gevraagd wat ze bedoelde?'
'Ik vroeg wat voor slang het was. Een gifslang of zo. Of meneer Etienne door een gifslang was gebeten. En ze zei: "Nee, het was geen echte slang, maar misschien was hij wel dodelijk." '
' "Ik heb de stem gehoord, maar de slang lag voor de deur. En wat een rare tijd om een stofzuiger te lenen." Weet je zeker dat ze dat heeft gezegd?'
'Ja.'
'Ze zei niet zijn stem of haar stem?'
'Nee, ze zei wat ik heb gezegd. Ik denk dat ze het een beetje geheim wou houden. Ze hield van geheimen en van geheimzinnige dingen.'
'En toen ze weer met je over de moord praatte, wanneer was dat?'
'Eergisteren, toen ik hier mijn huiswerk zat te doen. Ze zei dat ze donderdagavond naar Innocent House zou gaan om met iemand te praten. Want

ze zei: "Nu moeten ze me wel blijven uitgeven. Daar kan ik in ieder geval voor zorgen." Ze zei dat ze misschien nog zou vragen om weer een alibi, dat wist ze nog niet goed. Ik vroeg wie het was waar ze mee ging praten, maar dat wou ze nog niet zeggen, het moest een geheim blijven, zei ze. Volgens mij wou ze het helemaal niet zeggen. Ik denk dat het te belangrijk was om te vertellen, tegen wie dan ook. En ik zei nog: "Als u met de moordenaar gaat praten, maakt hij u misschien ook dood." Maar dat was onzin, zei ze, ze ging niet naar een moordenaar toe. Ze zei: "Ik weet niet wie de dader is, maar na morgenavond misschien wel." En dat was alles.'
Dalgliesh legde zijn hand op tafel en het kind greep hem vast. 'Dank je, Daisy,' zei hij. 'Het is erg belangrijk voor ons dat je ons hebt geholpen. We zullen je nog moeten vragen het op te schrijven en er je handtekening onder te zetten, maar niet nu.'
'En hoef ik niet naar een tehuis?'
'Daar lijkt me geen kans op.' Hij keek naar mevrouw Reed, die grimmig zei: 'Over mijn lijk gaat dat kind hier het huis uit.'
Ze liep mee naar de deur en stapte, in een opwelling leek het, mee de gang op en deed de deur dicht. Kate negerend zei ze tegen Dalgliesh: 'Meneer Mason, dat is het hoofd van de school waar Daisy op is, zegt dat ze intelligent is, echt een hoogvlieger.'
'Dat denk ik ook, mevrouw Reed. U kunt trots op haar zijn.'
'Volgens hem dan kan ze zo'n beurs krijgen voor een andere school, een kostschool.'
'Wat vindt Daisy daarvan?'
'Ze zegt dat ze wel wil. Ze heeft het niet zo naar haar zin op de school waar ze nu is. Ik denk dat ze zelf graag wil, maar dat ze er niet graag voor uitkomt.'
Kate voelde een lichte irritatie. Ze moesten door. Ze moesten naar de flat van mevrouw Carling en om half twaalf hadden ze die afspraak met haar agent.
Maar Dalgliesh leek alle tijd van de wereld te hebben. 'Waarom gaat u daar niet eens op uw gemak met die meneer Mason over praten?' zei hij.
'Daisy zal zelf moeten beslissen.'
Mevrouw Reed bleef staan en keek naar hem alsof er nog iets was dat ze moest horen, een geruststelling die alleen hij haar kon geven.
'U moet niet denken dat het wel verkeerd voor Daisy moet zijn omdat het u goed uitkomt,' zei hij. 'Het zou ook voor u allebei het beste kunnen zijn.'
'Dank u, dank u,' fluisterde ze en glipte weer naar binnen.

51

De flat van mevrouw Carling was een verdieping lager en lag aan de voorkant van het flatgebouw. De zware mahoniehouten deur was voorzien van een loperopening en twee veiligheidssloten, een Banham en een Ingersoll. De sleutels draaiden soepel en Dalgliesh duwde met de deur een stapel post naar binnen. De gang rook muf en was erg donker. Hij tastte naar de lichtschakelaar en nam, toen hij die gevonden had, met een enkele blik de eenvoudige indeling van de flat op: een gang met twee deuren aan weerskanten en een aan het uiteinde. Hij bukte zich om de verschillende enveloppen op te pakken en zag dat het voornamelijk reclame was, met twee rekeningen en een envelop waarop een aansporing stond om hem direct open te maken omdat er een half miljoen te winnen viel. Er was ook een dichtgevouwen vel papier bij met een moeizaam opgeschreven boodschap. 'Sorry dat ik morgen niet kan komen. Moet met Tracey naar de poli voor hoge bloeddruk. Graag tot vrijdag. Mevrouw Darlene Morgan.'
Dalgliesh opende de deur aan het einde van de gang en maakte licht. Ze bevonden zich in de zitkamer. De twee ramen met uitzicht op de straat waren dicht en de rode fluwelen gordijnen half dichtgetrokken. Op deze hoogte was er geen gevaar voor spiedende ogen vanuit de bovenverdieping van dubbeldekkers, maar de onderste helft van beide ramen werd met vitrage afgeschermd. Het kunstlicht kwam uit een glazen bol met een vaag vlindermotief aan een centrale rozet in het plafond; in de glazen kap bevonden zich de zwarte geschrompelde lijken van ingesloten vliegen. Er waren drie schemerlampen met roze franje aan de kap: een op een tafeltje bij een stoel naast de schouw, een op een vierkante tafel tussen de beide ramen en een derde op een groot cilinderbureau tegen de linkermuur. Alsof ze hunkerde naar licht en lucht schoof Kate de gordijnen opzij en zette een van de ramen open; daarna ging ze de kamer rond en deed alle lampen aan. Ze ademden de koele lucht in die de illusie van landlucht gaf en keken om zich heen in de kamer die ze nu pas goed konden zien.
De eerste indruk, benadrukt door het roze schijnsel van de lampen, was van een gecapitonneerde, ouderwetse knusheid omdat degene die hier woonde geen concessies had gedaan aan de moderne smaak. Het vertrek had in de jaren dertig ingericht kunnen zijn en daarna nauwelijks veranderd. De meeste stukken leken geërfd: het cilinderbureau waarop haar draagbare schrijfmachine stond; de vier mahoniehouten eetkamerstoelen die niet bij elkaar pasten, zowel in vorm als in ouderdom; een vroeg-

twintigste-eeuwse vitrinekast met diverse borden en gestapelde onderdelen van een theeservies; twee verschoten karpetten die zo vreemd lagen dat Dalgliesh vermoedde dat ze gaten in de vloerbedekking moesten verbergen. Alleen de bank en de twee bijpassende fauteuils bij de schouw waren betrekkelijk nieuw, overtrokken met linnen stof in een rozendessin in lichtroze en geel en aangekleed met mollige kussens. De schouw zelf leek origineel: een druk geval in grijs marmer met een zware schoorsteenmantel en een dubbele rij tegels gedecoreerd met bloemen, vruchten en vogels. Aan beide uiteinden van de schoorsteenmantel stond een aardewerken hondje met een gouden halsketting om strak te staren naar de muur tegenover hen. Tussen de hondjes in stonden allerlei andere siervoorwerpen: een kroningsbeker met George VI en koningin Elizabeth erop, een lakdoosje, twee kleine koperen kandelaars, een modern porseleinen beeldje van een vrouw in crinoline met een schoothondje in haar armen, een kristallen vaasje met kunstprimula's. Achter de siervoorwerpen stonden twee kleurenfoto's. De ene leek gemaakt bij een prijsuitreiking: Esmé Carling richtte een namaakvuurwapen, omringd door grijnzende gezichten. Op de tweede signeerde ze boeken. De foto was duidelijk geregisseerd. Een koper stond vol verwachting naast haar, het hoofd onnatuurlijk gebogen om op de foto te komen, terwijl mevrouw Carling met de pen in de aanslag innemend naar de camera lachte. Kate bestudeerde de foto kort en probeerde op het vierkante knaagdiergezicht met de kleine mond en de licht gebogen neus het gruwelijke verdronken en geschonden gezicht te projecteren dat haar van haar eerste blik op Esmé Carling was bijgebleven.

Dalgliesh kon zich heel goed voorstellen wat voor Daisy aantrekkelijk was geweest aan deze huiselijke, zacht gestoffeerde kamer. Op die brede bank had ze zitten lezen, tv gekeken, een dutje gedaan voordat ze met een arm om haar schouders naar haar eigen huis terug was gebracht. Hier had ze een toevlucht gevonden voor haar gefantaseerde schrikbeelden, netjes ingesloten binnen de omslagen van boeken, ongevaarlijk gemaakt door de fictievorm, zodat ze konden worden geproefd, met een ander gedeeld en terzijde gelegd, net zo onecht en zo gemakkelijk uit te schakelen als de dansende vlammen in het namaakhoutvuur. Hier waren geborgenheid, gezelschap en zelfs liefde, als liefde de bevrediging van een wederzijdse behoefte was. Hij liet zijn blik langs de boeken glijden. Er stonden paperbacks over misdaad en detectiveromans, maar het viel hem op dat er weinig nog levende schrijvers bij waren. De voorkeur van mevrouw Carling ging uit naar schrijfsters uit de Golden Age. Ze waren allemaal vaak gelezen, zo te zien. Eronder was een plank met boeken over authentieke misdaden: boeken over de zaak-Wallace, over Jack the Rip-

per, over fameuze moordzaken uit het Victoriaanse tijdperk, Adelaide Bartlett en Constance Kent. Op de lage planken stonden in leer gebonden exemplaren met goudopdruk van haar eigen werken, een extravagantie die waarschijnlijk niet door Peverell Press was bekostigd, dacht Dalgliesh. De aanblik van die ongevaarlijke ijdelheid bedrukte hem en wekte zijn deernis. Wie zou deze neerslag erven van een met moord geleefd bestaan waaraan door moord een einde was gekomen? Op welke plank in een huiskamer, slaapkamer of toilet zouden ze een ereplaats krijgen of worden getolereerd? Of zouden ze door een of andere antiquaar worden opgekocht en als set verkocht, in waarde verhoogd door de gruwelijk toepasselijke manier waarop ze aan haar eind was gekomen? Hij bekeek de titels die zo sterk deden denken aan de jaren dertig: veldwachters die naar de plaats van het misdrijf fietsten, diep ontzag voor meneer de baron, lijkschouwingen die na het avondspreekuur door excentrieke huisartsen werden verricht en onwaarschijnlijke ontknopingen in de bibliotheek. Hij nam er op goed geluk een paar uit de kast om ze te bekijken. *De dood danste mee* leek te spelen in kringen van ballroomdansers die aan wedstrijden deelnamen. *Van een cruise tot een moord*, *Dood door verdrinking*, *De kerstmoorden*. Hij zette ze netjes terug, zonder minachting. Waarom zou hij neerkijken op zulke boeken? Hij bedacht dat ze waarschijnlijk meer mensen een genoegen had gedaan met haar detectiveromans dan hij met zijn gedichten. Het was misschien een genoegen van een andere categorie, maar wie kon beweren dat het ene genre superieur was aan het andere? Ze had in ieder geval respect voor de Engelse taal getoond en die naar beste kunnen gebruikt. In een tijd waarin het geletterd zijn snel afnam was dat niet niets. Dertig jaar lang had ze de moord als fantasie verkend, het aanvaardbare gezicht van het geweld, de beheersbare doodsangst. Toen ze uiteindelijk met de realiteit werd geconfronteerd, was de ontmoeting kort en barmhartig geweest, hoopte hij.
Kate was naar de keuken gegaan. Hij voegde zich bij haar en samen keken ze naar de wanorde. In de gootsteen was de vuile vaat opgestapeld, de gebruikte koekepan stond op het fornuis en de afvalbak was zo vol dat lege blikjes en platgemaakte dozen op de groezelige vloer waren gevallen. 'Ze had vast niet gewild dat we dit zouden zien,' zei Kate. 'Pech voor haar dat haar mevrouw Morgan vanmorgen verhinderd was.'
Hij keek even naar haar en zag de blos opstijgen vanaf haar keel; hij wist dat ze het opeens een onzinnige, domme opmerking vond en wou dat ze niets had gezegd.
Maar hun gedachten gingen in dezelfde richting. 'Heere! Maak mij bekend mijn einde, en welke de maat van mijn dagen is; dat ik weet hoe vergankelijk ik ben.' Er konden niet veel mensen zijn die oprecht daarom

konden bidden. De mens kon hoogstens hopen op genoeg tijd om de rommel op te ruimen, geheimen aan de vlammen of de vuilnisbak toe te vertrouwen en de keuken netjes achter te laten.

Gedurende enkele seconden waarin hij laden en kasten openmaakte, was hij terug op het kerkhof in Norfolk en hoorde de stem van zijn vader: een realistische momentopname die de geur opriep van het gemaaide gras, de omgespitte aarde van Norfolk, de bedwelming van lelies. De parochianen zagen graag dat de zoon van de predikant bij begrafenissen in het dorp aanwezig was en in de vakantie ging hij er altijd heen; een dorpsbegrafenis bijwonen vond hij eerder interessant dan zonde van zijn tijd en na afloop probeerde hij bij het theedrinken zijn jongenshonger te bedwingen terwijl de nabestaanden hem de traditionele traktaties van brood met ham en plakken vruchtencake opdrongen en hun bedankjes mompelden.

'Heel vriendelijk van je om te komen, Adam. Pa zou het zeker op prijs hebben gesteld. Pa mocht je namelijk graag.'

Met een mond vol cake mompelde hij dan de verwachte leugen: 'Ik was erg op hem gesteld, mevrouw Hodgkin.'

Hij stond erbij te kijken terwijl de oude Goodfellow, koster en grafdelver, en de mannen van het uitvaartbedrijf de kist in de precies passende kuil lieten zakken, hoorde de zachte plof van de aarde van Norfolk op het deksel en luisterde naar de ernstige, intellectuele stem van zijn vader terwijl de wind zijn grijzende haar overeind zette en zijn surplie deed opwaaien. En dan dacht hij aan de man of vrouw die hij had gekend, aan het in een doodshemd gehulde lijk in gecapitonneerde kunstzijde, pronkzuchtiger opgebaard dan ooit bij leven, en stelde zich alle stadia van het verval voor: het wegrottende doodshemd, het traag ontbindende vlees, het uiteindelijke instorten van het deksel van de lijkkist op de kale botten. Van jongsaf had hij nooit kunnen geloven in die schitterende verkondiging van onsterfelijkheid: 'En als zij na mijn huid dit doorknaagd zullen hebben, zal ik uit mijn vlees God aanschouwen.'

Ze liepen naar de slaapkamer van mevrouw Carling, maar bleven niet lang. Het vertrek was groot, vol, rommelig en niet erg schoon. Op de kaptafel uit de jaren dertig met de driedelige spiegel stond een plastic dienblad met viooltjes erop en een verzameling halflege flacons met hand- en bodylotion, vettige potjes, lippenstiften en oogmake-up. Gedachteloos draaide Kate de grootste pot foundationcrème open en zag de enkele indruk waar mevrouw Carling met haar vinger over de inhoud was gegaan. Die indruk, zo vergankelijk en toch een ogenblik schijnbaar tijdloos en onuitwisbaar, riep zo'n levendig beeld van de dode vrouw op dat ze met de crème in haar hand verstarde alsof ze was betrapt op een inbreuk op de privé-sfeer. De ogen in de spiegel staarden haar schuldbewust en een beetje beschaamd aan. Ze dwong zichzelf naar de garderobekast te lopen en de deur open te doen. Van de ritselende kleren kwam haar een geur tegemoet die haar aan andere huiszoekingen herinnerde, andere slachtoffers, andere kamers, de zoetzure muffe geur van ouderdom en mislukking en dood. Ze deed de deur haastig dicht, maar toen had ze de drie whiskyflessen al zien staan, verstopt achter de rij schoenen. Er zijn ogenblikken waarop ik mijn werk haat, dacht ze. Maar niet vaak en nooit lang.

De logeerkamer was een smalle cel van onharmonieuze afmetingen; het hoge raam bood uitzicht op een baksteenmuur met het stadsvuil van tientallen jaren en dikke regenpijpen met hoekstukken. Toch was er een poging gedaan, hoe onbeholpen ook, om de kamer iets gezelligs te geven. De wanden en het plafond gingen schuil onder behang met verstrengelde kamperfoelieranken, rozen en klimop. De gordijnen met ingestikte plooien hadden hetzelfde motief en over het eenpersoonsbed onder het raam lag een roze sprei, kennelijk gekozen in de kleur van de rozen. De poging er iets moois van te maken en een troosteloos niets te bekleden met een vrouwelijke intensiteit had alleen het effect dat de tekortkomingen van de kamer nog meer opvielen. De inrichting was kennelijk afgestemd op een vrouwelijke gast, maar Dalgliesh kon zich niet voorstellen dat een vrouw vredig zou slapen in deze door het te nadrukkelijke motief claustrofobisch werkende cel. Een man in ieder geval niet: de synthetische charme van het plafond zou op hem drukken, het bed was te smal en het quasi-antieke tafeltje naast het bed te wankel en te klein voor meer dan een lamp.

De tijd die ze in de flat hadden doorgebracht, was nuttig besteed. Kate herinnerde zich een van de eerste lessen die haar als beginnend rechercheur was bijgebracht: leer je slachtoffer kennen. Ieder slachtoffer sterft door wie hij is, wat hij is, waar hij op een gegeven ogenblik is. Hoe meer je van het slachtoffer weet, des te dichter kom je bij de dader. Maar nu ze aan het bureau van Esmé Carling gingen zitten, zochten ze naar specifiekere aanwijzingen.

Zodra ze het bureau openschoven, werden ze beloond. Het bureau was systematischer ingericht en minder vol dan ze hadden verwacht en op een stapeltje onbetaalde rekeningen lagen twee vellen papier. Het eerste was kennelijk een kladversie van de brief die bij Innocent House was aangetroffen. Er waren enkele wijzigingen; de definitieve versie van mevrouw Carling week hier en daar af van haar eerste neerslag van pijn en woede. Maar het handschrift was een krabbel vergeleken met het kordate, zorgvuldige schoonschrift van de definitieve brief. Hier zagen ze de bevestiging dat het haar woorden waren, in haar hand. Eronder lag een kladversie van een brief in hetzelfde handschrift, gedateerd donderdag veertien oktober.

Beste Gerard,
Ik heb zojuist het nieuws gehoord van mijn agent. Jawel, van mijn agent! Je hebt niet eens het fatsoen of de moed om het me in mijn gezicht te vertellen. Je had me kunnen uitnodigen voor een gesprek op de uitgeverij, of zelfs mee uit lunchen of dineren kunnen nemen om me het nieuws mee te delen. Of ben je soms even gierig als trouweloos en laf? Misschien was je bang dat ik je te schande zou maken door boven de soep in snikken uit te barsten. Dan ken je me slecht, zoals je nog wel zult merken. Je afwijzing van *Moord op het Paradijseiland* zou ook dan nog onredelijk, ongerechtvaardigd en ondankbaar zijn geweest, maar dat had ik je dan in elk geval in je gezicht kunnen zeggen. En nu kan ik je niet eens aan de telefoon krijgen. Het verbaast me niets. Dat ellendige mens, die juffrouw Blackett, mag dan nergens anders voor deugen, telefoontjes blokkeren kan ze wel. Er blijkt in elk geval uit dat zelfs jij je nog kunt schamen.
Heb je enig idee wat ik voor Peverell Press heb verricht, lang voor de dag waarop jij aan de macht kwam? Dat is een zwarte dag voor het bedrijf gebleken. Dertig jaar lang heb ik elk jaar een boek geproduceerd, altijd goed voor een aanzienlijke afzet, en als de verkoop de laatste tijd tegenvalt, wiens schuld is dat dan? Wat heb jij ooit gedaan om mij in de publiciteit te houden met de inzet en het enthousiasme die je aan mijn reputatie verplicht bent?
Vanmiddag ga ik signeren in Cambridge. Wie heeft de boekhandel daartoe overgehaald? Ikzelf. Zoals gewoonlijk ga ik er alleen heen. De meeste uitgevers zien erop toe dat hun topauteurs behoorlijk worden begeleid en verzorgd. Maar de fans zullen er zijn, en zij zullen mijn boeken kopen. Ik heb een vaste lezerskring die van mij verwacht dat ik bied wat geen andere auteur van detectives meer schijnt te kunnen bieden: een degelijk mysterie, goed geschreven en zonder die nadruk op seks, geweld en schuttingtaal waar de mensen tegenwoordig om vragen, zoals jij schijnt te denken. Maar je vergist je. Als je zo slecht weet wat de lezers werkelijk willen, zul je Peverell Press nog sneller failliet maken dan nu in de uitgeverijwereld wordt voorspeld.
Ik zal natuurlijk moeten nagaan hoe ik mijn belangen het beste veilig kan stellen. Als ik naar een andere uitgeverij overstap, neem ik mijn oude titels natuurlijk mee. Denk maar niet dat je me eruit kunt gooien en onderwijl uit dat waardevolle fonds kunt blijven putten. En er is nog iets. Die mysterieuze ongelukjes ter uitgeverij zijn begonnen nadat jij direc-

teur bent geworden. Als ik jou was, zou ik maar oppassen. Twee mensen hebben al in Innocent House de dood gevonden.

'Ik vraag me af,' zei Kate, 'of dit ook een eerste versie is en of ze de definitieve versie hiervan heeft verstuurd. Meestal typte ze haar brieven, maar er is geen doorslag van. Als ze hem inderdaad heeft verstuurd, dacht ze misschien dat hij meer indruk zou maken als hij met de hand geschreven was. Dan kan dit een afschrift zijn.'
'Deze brief lag niet bij zijn correspondentie op kantoor. Ik denk dat hij niet is verstuurd. In plaats daarvan is ze naar Innocent House gegaan om te eisen dat hij haar zou ontvangen. Toen dat niet lukte, is ze naar Cambridge gegaan om te signeren, kwam tot de ontdekking dat iemand van de uitgeverij had doorgegeven dat ze niet kon komen, keerde diep verontwaardigd terug naar Londen en besloot nog die avond Etienne op te zoeken. De meeste mensen schijnen te hebben geweten dat hij op donderdag overwerkte. Het is mogelijk dat ze heeft opgebeld om te zeggen dat ze eraan kwam. Hij kon het haar moeilijk beletten. En als ze zijn privé-nummer heeft gebeld, is het niet via juffrouw Blackett gegaan.'
'Vreemd,' zei Kate, 'dat ze deze brief niet heeft meegenomen om bij hem achter te laten en wel die andere. Natuurlijk is het mogelijk dat ze hem wel heeft meegenomen en dat Etienne hem heeft verscheurd, of dat hij door de moordenaar is gevonden en vernietigd.'
'Dat lijkt me niet waarschijnlijk,' zei Dalgliesh. 'Het lijkt me waarschijnlijker dat ze de tirade tegen de vennoten heeft meegenomen, misschien met de bedoeling hem op het prikbord op de receptie op te hangen. Dan zouden de vennoten hem zien, maar ook alle mensen die er werken, en bezoekers.'
'Zoiets haal je toch meteen weg.'
'Natuurlijk. Maar ze hoopte waarschijnlijk dat iedereen hem zou zien voordat de aandacht van de vennoten erop werd gevestigd. Op zijn minst zou er heel wat over te doen zijn. De tirade was waarschijnlijk bedoeld als eerste actie in haar wraakcampagne. Ze moet heel moeilijke uren hebben beleefd toen ze hoorde dat Gerard dood was. Als ze de brief en misschien de roman inderdaad op de receptie heeft achtergelaten, zou de aanwezigheid ervan aantonen dat ze die avond in Innocent House is geweest nadat de meeste mensen die er werken waren vertrokken. Ze moet hebben gewacht tot wij bij haar kwamen en moet hebben beseft dat ze door de aanwezigheid van het briefje een zware verdenking op zich laadde. Daarom heeft ze met Daisy dat alibi afgesproken. Dan komt de politie en die zegt niets over een briefje. Dus of de betekenis ervan is ons ontgaan, wat onwaarschijnlijk is, of iemand heeft het verwijderd. En dan belt degene die

het op de receptie heeft gevonden haar op om haar gerust te stellen. Hij of zij kan haar geruststellen omdat Carling in de overtuiging leeft dat ze met een bondgenoot praat, in plaats van de dader.'
'Dat klinkt aannemelijk, meneer. Logisch en geloofwaardig.'
'Allemaal giswerk, Kate. De ene veronderstelling na de andere. Niet te bewijzen. Onbruikbaar in het proces. Het is een ingenieuze theorie die overeenstemt met die feiten die we nu kennen, maar niet meer dan indirect bewijs. Er is maar één dingetje dat een bevestiging kan zijn. Als ze het valse zelfmoordbriefje op het prikbord heeft gehangen voordat ze Innocent House verliet, moet er minstens één gaatje in het papier hebben gezeten. Is dat de reden dat het op die punt geprikt zat?'
In het bureau was verder weinig interessants te vinden. Mevrouw Carling kreeg weinig post of bewaarde niets. Ze had wel een stapeltje luchtpostbrieven bewaard met een lintje erom; dat bundeltje stak in een van de vakken. Het waren brieven van een vriendin in Australië, ene mevrouw Marjorie Rampton, maar de correspondentie was verwaterd en leek te zijn opgehouden. Afgezien daarvan waren er stapeltjes brieven van fans, allemaal met een doorslag van het antwoord aan de oorspronkelijke brief gehecht. Mevrouw Carling had zich kennelijk veel moeite getroost om haar bewonderaars tevreden te stellen. In de bovenste la van het bureau lag een map waarop 'investeringen' stond; daarin lagen brieven van haar effectenmakelaar. Ze had een kapitaal van iets meer dan tweeëndertigduizend pond, belegd in een voorzichtige portefeuille. In een andere map lag een afschrift van haar testament. Het was een kort document waarin ze vijfduizend pond vermaakte aan de Schrijversstichting en aan een club van detective-auteurs; de hoofdsom ging naar de vriendin in Australië. In een volgende map lagen brieven met betrekking tot haar scheiding, vijftien jaar terug. Dalgliesh nam de paperassen vluchtig door en zag dat het een bitter gevecht was geweest dat haar weinig had opgeleverd. De alimentatiebedragen waren gering geweest en waren opgehouden toen Raymond Carling vijf jaar na de scheiding stierf. En dat was alles. De inhoud van het bureau bevestigde wat Dalgliesh al had vermoed. Ze was een vrouw die leefde voor haar werk. Wat bleef er van haar over als dat haar werd afgenomen?

52

De literair agent van mevrouw Carling, Velma Pitt-Cowley, had beloofd om half twaalf in de flat aanwezig te zijn en ze arriveerde zes minuten te laat. Ze was nog nauwelijks binnen toen duidelijk werd dat ze danig uit haar humeur was. De snelheid waarmee ze kwam binnenstormen toen Kate opendeed, suggereerde dat zij degene was die had moeten wachten. Ze liet zich in een van de twee fauteuils vallen en boog zich naar voren om de gouden draagketting van haar handtas omlaag te laten glijden en een volle aktentas neer te zetten. Pas toen keurde ze Kate en Dalgliesh een blik waardig. Toen ze dat deed en Dalgliesh in de ogen keek, onderging haar stemming een subtiele verandering en uit haar eerste woorden bleek dat ze ook hoffelijk kon zijn.

'Het spijt me dat ik nu pas kom aanzetten, maar u weet hoe het is. Ik moest eerst naar kantoor en ik heb om kwart voor één een lunchgast in de Ivy. Een heel belangrijke afspraak. De auteur is speciaal vanmorgen uit New York overgekomen. En er gebeurde weer van alles zoals altijd als je op kantoor je gezicht laat zien. Je kunt tegenwoordig de simpelste karweitjes niet meer aan de mensen overlaten. Ik ben weggegaan zodra het kon, maar op Theobalds Road kwam de taxi hopeloos vast te zitten in het verkeer. Mijn God, wat verschrikkelijk van Esmé. Echt vreselijk! Wat is er gebeurd? Heeft ze zich verdronken? Verdronken of opgehangen of allebei. Ik bedoel, daar mag je toch niet aan denken.'

Nadat ze haar passende verontwaardiging had geuit, installeerde mevrouw Pitt-Cowley zich wat eleganter in haar stoel en trok de rok van haar fraaie zwarte pakje bijna tot aan haar kruis op, zodat heel lange, welgevormde benen zichtbaar waren, gehuld in zo dun nylon dat het niet meer dan een dof waas op de scherpe botten was. Ze had zich kennelijk met zorg gekleed voor haar lunchafspraak en Dalgliesh vroeg zich af wat voor bevoorrechte cliënt of beoogde cliënt kleding rechtvaardigde die een geraffineerde combinatie was van professionele bekwaamheid en seksuele allure. Onder het strakke jasje met de messing knopen droeg ze een hoogsluitende zijden blouse. Een hoedje van zwart fluweel, waardoor vooraan een gouden pijl was gestoken, rustte op lichtbruin haar met een pony die net de dikke, rechte wenkbrauwen raakte en in glanzend geborstelde lokken bijna tot op haar schouders viel. Ze gebaarde onder het spreken; haar lange vingers met de zware ringen kliefden telkens de lucht alsof ze gebarentaal sprak en van tijd tot tijd trok ze met een ruk haar schouders op. De gebaren leken vreemd genoeg nauwelijks verband te houden met wat ze zei en Dalgliesh kreeg de indruk dat dit aanwensel niet zozeer een symptoom van nervositeit of onzekerheid was als wel een truc om de aandacht te vestigen op haar bijzondere handen die een niet af te leren gewoonte was geworden. Haar aanvankelijke kribbigheid had hem verbaasd; in zijn ervaring waren de mensen die bij een moord betrokken raakten en niet om het slachtoffer rouwden of iets van de politie te duchten hadden, juist degenen die genoten van de opwinding rond een dood door geweld en de aandacht voor een ingewijde. Hij was gewend aan ogen die hem een beetje beschaamd maar bijzonder nieuwsgierig aankeken. Kortaangebondenheid en volstrekte gerichtheid op eigen besognes: dat was weer eens iets anders.

Ze keek de kamer rond, naar het openstaande bureau en de papieren op tafel, en zei: 'God, wat verschrikkelijk om hier bij haar thuis te zitten en dat u in haar privé-zaken moet snuffelen. Ik weet wel dat u dat moet doen, dat het uw werk is, maar het heeft iets macabers. Ze lijkt nu sterker aanwezig dan toen ze er nog was. Ik denk telkens dat we zo meteen haar sleutel in het slot zullen horen en dat ze ons hier dan onuitgenodigd ziet zitten en begint te schuimbekken.'

'Een onnatuurlijke dood maakt een einde aan privacy, vrees ik. Deed ze dat vaak, schuimbekken?'

Alsof ze hem niet had gehoord, zei mevrouw Pitt-Cowley: 'Weet u waar ik echt naar snak? Een kop sterke, zwarte koffie. Maar dat gaat zeker te ver?'

Ze keek naar Kate en Kate zei: 'Er staat een pot oplos in de keuken en in de koelkast is nog een ongeopend pak melk. Strikt genomen zouden we toestemming van de bank moeten hebben, maar ik denk niet dat iemand bezwaar zal maken.'

Toen Kate niet onmiddellijk aanstalten maakte om naar de keuken te gaan, liet Velma haar schattende blik enige tijd op haar rusten, alsof ze het stoorzendervermogen van een nieuwe typiste wilde beoordelen. Toen haalde ze haar schouders op, gesticuleerde en besloot het er niet op te laten aankomen.

'Misschien beter van niet, al zal ze de koffie zelf niet meer nodig hebben. Maar ik kan niet zeggen dat ik graag uit een van haar kopjes zou drinken.'

'Het zal duidelijk zijn,' zei Dalgliesh, 'dat we graag zoveel mogelijk over mevrouw Carling te weten willen komen. Daarom zijn we u dankbaar dat u hier vanmorgen hebt willen zijn. Haar dood moet een schok voor u zijn geweest en ik begrijp dat het lastig voor u was om hier te komen. Maar het is belangrijk.'

De stem en blik van mevrouw Pitt-Cowley drukten hartstochtelijke belangstelling uit. 'O, maar dat begrijp ik heel goed, ik begrijp volkomen dat u vragen moet stellen. Natuurlijk zal ik mijn uiterste best doen om u ter

wille te zijn. Wat wilt u weten?'
'Wanneer hebt u het nieuws gehoord?'
'Vanmorgen, even over zevenen, voordat uw mensen belden om te vragen of ik hier kon komen. Claudia Etienne belde me op. Belde me wakker, zelfs. Niet bepaald prettig nieuws om de dag mee te beginnen. Ze had misschien wel kunnen wachten, maar ik denk dat ze niet wou dat ik het in de krant zou lezen of op kantoor zou horen. U weet hoe snel zulke dingen in Londen de ronde doen. En ik ben – of was – immers Esmés agent en ik denk dat ze vond dat ik het als eerste moest horen, uit haar mond. Maar zelfmoord! Dat is bizar. Dat is nou wel het laatste dat ik van Esmé had gedacht. Nou ja, het was natuurlijk ook het laatste. O God, ik zeg maar wat. Op een ogenblik als dit kom je altijd op clichés uit.'
'Dus het verbaasde u?'
'Natuurlijk, dat heeft iedereen toch? Zelfs als mensen die met zelfmoord dreigen het daadwerkelijk doen, ben je altijd verbaasd dat het echt is gebeurd. Maar Esmé! En dan op zo'n manier. Ik bedoel: dat kan toch niet de aangenaamste manier zijn. Claudia scheen niet precies te weten hoe ze was gestorven. Ze zei alleen dat Esmé zich had opgehangen bij de watertrap van Innocent House en dat het lijk in het water was gevonden. Is ze verdronken of gewurgd of wat?'
'Het is mogelijk dat mevrouw Carling is verdronken,' zei Dalgliesh, 'maar de doodsoorzaak komen we pas bij de sectie te weten.'
'Maar het was zelfmoord? Ik bedoel: weet u dat zeker?'
'We weten nog niets met zekerheid. Kunt u een reden bedenken waarom mevrouw Carling een einde aan haar leven zou willen maken?'
'Ze trok het zich vreselijk aan dat Peverell Press *Moord op het Paradijseiland* niet wilde hebben. Dat hebt u zeker wel gehoord. Maar daar was ze eerder verontwaardigd over dan verdrietig. Diep verontwaardigd. Ik kan me voorstellen dat ze wraak op het bedrijf wilde nemen, maar niet door zich van kant te maken. Ik bedoel niet dat Esmé laf was, maar ik kan me niet voorstellen dat ze zichzelf heeft gewurgd of in de rivier is gesprongen. Wat een manier om dood te gaan! Als ze zich echt van kant wilde maken, zijn er toch nog andere manieren. Neem Sonia Clements. Daar weet u natuurlijk alles van. Sonia heeft pillen en drank gebruikt. Dat zou mijn manier zijn. Ik zou hebben gedacht dat dat ook eerder iets voor Esmé was.'
'Maar het is minder effectief als publiek protest,' zei Kate.
'Minder dramatisch, dat ben ik met u eens. Maar wat heeft een publiek protest voor zin als je er zelf niet bij bent om ervan te genieten? Nee, als Esmé er een eind aan wou maken, dan in bed, met schone lakens, bloemen in de kamer, haar mooiste nachthemd, en een waardig afscheids-

briefje op het nachtkastje. Verzorgd voor de dag komen, zo was ze.'
Kate herinnerde zich de kamers van zelfmoordenaars die ze had moeten betreden: het braaksel, het bevuilde beddegoed, het groteske verstijfde lijk, en ze bedacht dat zelfmoord in de praktijk zelden zo waardig was als in de verbeelding. 'Wanneer hebt u haar het laatst gezien?' vroeg ze.
'Op de avond van de dag na de dood van Gerard Etienne. Dat moet vrijdag vijftien oktober zijn geweest.'
'Hier of op uw kantoor?' vroeg Dalgliesh.
'In deze kamer. Het kwam goed uit. Ik bedoel, het was een opwelling. Ik moest dineren met Dicky Mulchester van Herne & Illingworth om over een cliënt te praten en ik had bedacht dat zijn bedrijf misschien interesse zou hebben voor *Moord op het Paradijseiland*. Het was een klein kansje, maar ze zijn bezig een misdaadfonds op te zetten. Ik kwam hier langs op weg naar het restaurant toen ik zag dat er een parkeerplaats vrij was en besloot even bij Esmé langs te gaan om het manuscript van haar te lenen. Er was minder verkeer dan ik had verwacht en ik had tien minuten over. We hadden elkaar na de dood van Gerard niet meer gesproken. Is het niet vreemd dat zulke kleinigheden beslissend kunnen zijn bij wat je doet? Waarschijnlijk had ik het niet gedaan als ik de auto niet kwijt had gekund. Bovendien wilde ik graag Esmés reactie op de dood van Gerard horen. Van Claudia werd ik niet veel wijzer. Ik dacht dat Esmé misschien meer bijzonderheden had gehoord. Ze was dol op roddelen. Niet dat ik veel tijd had. De voornaamste reden was dat ik het manuscript wilde ophalen.'
'Hoe was ze toen?' vroeg Dalgliesh.
Mevrouw Pitt-Cowley gaf niet meteen antwoord. Ze leek in gedachten verzonken en haar handen lagen even stil. Dalgliesh meende dat ze het gesprek beschouwde in het licht van de latere gebeurtenissen en er misschien meer in zag dan toen ze het voerde. Ten slotte zei ze: 'Achteraf vind ik dat ze een beetje vreemd deed. Ik had verwacht dat ze over Gerard zou willen praten, over de manier waarop hij was gestorven en waarom, en de vraag of het moord was. Ze wilde er gewoon niets over zeggen. Ze zei dat het te erg en te pijnlijk was, dat ze dertig jaar lang door Peverell was uitgegeven en dat zijn dood ontzettend hard was aangekomen, al hadden ze haar dan slecht behandeld. Ik had niet verwacht dat Esmé het zich zo zou aantrekken. Ze zei wel dat ze een alibi had voor de voorgaande avond. Het kind van de buren schijnt bij haar te zijn geweest. Ik vond het toen al een beetje raar dat ze dat tegen mij zei. Niemand zou Esmé er immers van verdenken dat zij Gerard met die slang had gewurgd, of wat ook. O ja, en ik weet nog dat ze vroeg of ik dacht dat de vennoten hun mening over *Paradijseiland* zouden herzien nu Gerard dood was. Ze hield hem in de

eerste plaats verantwoordelijk voor de afwijzing. Ik kon haar niet veel hoop geven. Ik wees haar erop dat het waarschijnlijk een beslissing van de voltallige titelcommissie was en dat de vennoten niet graag tegen Gerards wensen in zouden gaan nu hij dood was. Toen vertelde ik dat Herne & Illingworth mogelijk geïnteresseerd zou zijn en vroeg of ik haar manuscript mocht lenen. Toen deed ze ook zo raar. Ze zei dat ze niet wist waar ze het had liggen. Dat ze er die ochtend naar had gezocht en het niet had kunnen vinden. Daarna zei ze dat ze zo kort na de dood van Gerard niet aan *Paradijseiland* kon denken. Dat leek me onwaarschijnlijk. Ze had me immers net nog gevraagd of de vennoten het nu toch nog zouden willen hebben. Ik denk dat ze het manuscript niet had. Of dat ze het niet uit handen wilde geven. Kort daarna ben ik weggegaan. Het gesprek heeft misschien hooguit tien minuten geduurd.'
'En hebt u haar daarna nog gesproken?'
'Nee, niet één keer. Dat is ook gek, nu ik erbij stilsta. Gerard Etienne was toch haar uitgever. Ik had verwacht dat ze wel op kantoor zou komen voor een praatje. Meestal was ze er niet weg te slaan.'
'Hoe lang bent u haar agent geweest? Kende u haar goed?'
'Nog geen twee jaar, eigenlijk. Maar zelfs in die korte tijd heb ik haar vrij goed leren kennen. Daar zorgde ze wel voor. Ik heb haar indertijd geërfd. Haar vorige agent was Marjorie Rampton en Marge is met haar begonnen toen ze net haar eerste boek had geschreven. Dat is dertig jaar geleden. Zij waren echt vriendinnen. Er ontstaat vaak een persoonlijke vriendschap tussen agent en auteur; je kunt niet je best voor iemand doen die je niet aardig vindt en als je niets in het werk ziet. Maar bij Marge en Esmé ging het dieper. U moet me niet verkeerd begrijpen, ik heb het over vriendschap. Ik suggereer niets... niets seksueels. Ik denk dat ze veel gemeen hadden: allebei weduwe, allebei geen kinderen. Ze gingen samen op vakantie en ik denk dat Esmé Marge heeft gevraagd haar literaire nalatenschap te verzorgen. Dat wordt nog lastig voor iemand als ze haar testament niet heeft gewijzigd. Nadat Marge aan mij haar agentschap had verkocht, is ze naar haar nichten in Australië gegaan, en bij mijn weten is ze daar nog steeds.'
'Vertelt u eens over Esmé Carling,' zei Dalgliesh. 'Wat was ze voor een vrouw?'
'O God, wat verschrikkelijk. Ik bedoel: hoe moet ik dat nu uitleggen? Het lijkt bijna onfatsoenlijk, bijna verraad om iets kritisch over haar te zeggen nu ze dood is, maar ik kan niet beweren dat het een gemakkelijke tante was. Ze was zo'n cliënt die altijd aan de telefoon hangt of langskomt. Het is nooit goed. Ze hebben altijd het gevoel dat je meer zou kunnen doen, de uitgever een hoger voorschot uitdraaien, de filmrechten verkopen,

zorgen dat er een tv-serie komt. Ik denk dat ze het vreselijk vond dat Marge ermee ophield en vond dat ik haar niet de aandacht gaf die haar als briljant auteur toekwam, maar in feite stopte ik meer tijd in haar dan ze eigenlijk verdiende. Ik bedoel: ik heb nog meer cliënten en de meesten leveren heel wat meer op.'
'U was haar liever kwijt dan rijk?' vroeg Kate.
Mevrouw Pitt-Cowley keek haar schattend en vervolgens laatdunkend aan. 'Zo zou ik het zelf niet uitdrukken, maar als u het echt wilt weten: ik zou niet ontroostbaar zijn geweest als ze een andere agent had willen zoeken. Ik vind het vreselijk dat ik het moet zeggen, maar iedereen op kantoor zal u hetzelfde vertellen. Het kwam voor een groot deel door haar eenzaamheid, het wegvallen van Marge, wrok tegen Marge omdat die was weggegaan. Maar Marge was niet op haar achterhoofd gevallen. Toen ze kon kiezen tussen Esmé en haar nichten, hoefde ze niet lang na te denken. En ik denk dat Esmé besefte dat haar talent bijna was doodgebloed. Er stonden ons zware tijden te wachten. Dat Peverell *Moord op het Paradijseiland* afwees, was nog maar het begin.'
'Kwam dat door Gerard Etienne?'
'In feite wel. Etiennes wil was wet bij Peverell. Maar ik betwijfel of iemand nog iets in haar zag, behalve misschien James de Witt, en die heeft bij Peverell niet veel in te brengen. Ik heb natuurlijk gebeld om schandaal te schoppen zodra ik Gerards brief binnen had. Het haalde niets uit. Maar eerlijk gezegd was het nieuwe boek niet goed genoeg, minder dan haar vorige boeken. Kent u haar werk?'
'Ik heb natuurlijk wel van haar gehoord,' zei Dalgliesh voorzichtig, 'maar ik heb nooit iets van haar gelezen.'
'Zo slecht was ze niet. Ik bedoel: ze kon heel behoorlijk schrijven en dat is tegenwoordig al zeldzaam. Anders was ze ook niet door Peverell uitgegeven. Maar het niveau wisselde enorm. Net als je dacht: God, wat een slaapverwekkend gezeur, dan kreeg je een uitstekende passage waardoor het boek opeens tot leven kwam. En ze had een origineel idee voor haar hoofdfiguur – of hoofdfiguren, liever gezegd, haar detectives. Ze had een gepensioneerd echtpaar, de Mainwarings, Malcolm en Mavis. Hij was bankdirecteur in ruste en zij kwam uit het onderwijs. Uitstekende keuze. Zeer geschikt voor een vergrijzende bevolking. Daar kon de lezer zich in verplaatsen. Gepensioneerd echtpaar verveelt zich, draaft achter aanwijzingen aan, alle tijd om van moord hun hobby te maken, een leven van ervaring achter zich om de politie te slim af te kunnen zijn, de wijsheid van de ouderdom die het wint van de grasgroene onnozelheid van de jeugd, en zo. Aardig wel, een detective met lichte artritis. Maar ze begonnen een beetje druilerig te worden – de Mainwarings, bedoel ik. Esmé

had de inval om Malcolm achter de verdachte jonge vrouwen aan te laten gaan en hem dan door Mavis uit de problemen te laten halen. Ik denk dat ze het komisch bedoelde, maar de grap was eraf. Bejaardenseks is prima als dat je genre is, maar in publieksfictie willen mensen zulke dingen niet en in elk boek, ging Esmé verder. Van het lijf gescheurde kleren en bloed. Dat was niet echt haar markt. Het paste ook niet bij Malcolm Mainwarings karakter. En natuurlijk was ze hopeloos wat de plot betrof. God, ik vind het vreselijk dat ik het zeg, maar daar bakte ze echt niets van. U zei toch dat u de waarheid wilde horen. Ze stal ideeën van andere schrijvers – alleen dode schrijvers, natuurlijk – en gaf daar een andere draai aan. Het werd een beetje duidelijk. Daardoor kon Gerard Etienne *Paradijseiland* ook afwijzen. Hij vond het saai en de enige stukken die niet saai waren, leken te veel op Agatha Christies *Moord onder de zon*. Ik geloof dat hij zelfs het gevreesde woord "plagiaat" in de mond nam. En dan was er natuurlijk haar andere probleem, waardoor ze moeilijk in de omgang was.'

Velma schetste het silhouet van de St. Paul in de lucht, compleet met koepel, en eindigde met een pantomime van iemand die een glas aan de mond brengt.

'Wilt u zeggen dat ze aan de drank was?'

'Het begon erop te lijken. Na twaalf uur kwam er nauwelijks meer een verstandig woord uit Esmé. Het afgelopen halfjaar was het erger geworden.'

'Dus ze verdiende niet veel?'

'Het was nooit veel. Esmé was niet een van de groten. Maar tot voor drie jaar ging het heel aardig. Ze kon van de pen leven, wat meer is dan je van de meeste schrijvers kunt zeggen. Ze had een trouwe schare van oude *aficionados* die met de Mainwarings waren opgegroeid, maar die gingen successievelijk dood en er kwamen geen jonge lezers bij. Vorig jaar zakte de pocketverkoop in. Ik was bang dat we het contract zouden kwijtraken.'

'Dat is misschien de verklaring dat ze hier woont,' zei Kate. 'Niet bepaald op stand.'

'Ze was er tevreden mee. Ze had huurbescherming en de huur was laag, echt laag bedoel ik. Het zou oerstom van haar zijn geweest als ze was verhuisd. Ze heeft me wel eens verteld dat ze een huisje buiten wilde kopen in de Cotswolds of Herefordshire en daarvoor spaarde. Ze zag zich zeker tussen de rozen en de blauwe regen. Volgens mij was ze dan van verveling doodgegaan. Dat heb ik vaker meegemaakt.'

'Ze schreef misdaadromans, detectiveverhalen,' zei Dalgliesh. 'Is het aannemelijk dat ze zichzelf zag als amateurdetective? Dat ze zou probe-

ren een misdrijf op te lossen dat in haar omgeving werd gepleegd?'
'U bedoelt of ze de strijd zou aanbinden met een echte moordenaar, of wie het ook was die Etienne heeft vermoord? Ze zou wel gek zijn. Esmé was geen groot licht, maar onnozel was ze niet. Ik wil niet beweren dat het haar aan moed ontbrak, want lef had ze wel – zeker na een paar glazen whisky – maar dat zou echt stom zijn geweest.'
'Het kan zijn dat ze niet besefte dat ze met een moordenaar te maken had. Gesteld dat ze een opvatting had over de moord, zou ze dan eerder bij ons komen, of zou ze in de verleiding komen op eigen houtje onderzoek te doen?'
'Misschien het laatste, als ze dacht dat ze dat met een gerust hart kon doen. Het zou wel een sensatie zijn, hè? Uitstekende publiciteit. "Detectiveschrijfster Scotland Yard te slim af". Ja, zo'n gedachtengang kan ik me van haar wel voorstellen. Maar u wilt toch niet beweren dat er zoiets is gebeurd?'
'Ik wil alleen graag weten of ze in die richting zou kunnen denken.'
'Laten we zeggen dat het me niet zou verbazen. Ze werd gefascineerd door misdaad, speurwerk, moordzaken, dat genre. U hoeft maar naar haar boekenkast te kijken. En ze had een hoge dunk van haar eigen scherpzinnigheid. En ze zou blind kunnen zijn voor de gevaren. Ik geloof niet dat ze veel fantasie had, in het dagelijks leven bedoel ik. Ik weet wel dat het raar klinkt als je dat zegt van iemand die romans schrijft, maar ze had zolang met moord op papier geleefd dat ik denk dat ze niet besefte dat moord in het dagelijks leven iets anders is, dat het niet iets is dat je kunt beheersen en in een plot verwerken en in het laatste hoofdstuk keurig oplossen. En ze heeft het lijk van Gerard Etienne niet gezien, wel? Ik geloof niet dat ze ooit een dode in het echt heeft gezien. Ze kon het zich alleen verbeelden en de dood was voor haar waarschijnlijk niet echter of angstaanjagender dan haar andere fantasieën. Of gaat dat te ver? U moet het maar zeggen als ik onzin uitsla.'
Terwijl ze met haar handen een ingewikkelde manoeuvre uitvoerde, wierp mevrouw Pitt-Cowley Dalgliesh een theatraal oprechte blik toe die haar scherpe vraag niet helemaal kon camoufleren. Dalgliesh hield zichzelf voor dat hij haar intelligentie niet mocht onderschatten. 'Nee, u slaat geen onzin uit. Wat gebeurt er nu met haar laatste boek?'
'Ik denk niet dat Peverell het nog wil uitbrengen. Het zou natuurlijk anders zijn als Esmé was vermoord. Een dubbele moord: uitgever en auteur met nog geen twee weken ertussen moedwillig ter dood gebracht. Maar zelfs een zelfmoord heeft publiciteitswaarde, zeker als er voor een dramatische methode is gekozen. Daar zou ik met iemand een heel bevredigend contract over moeten kunnen afsluiten.'

Dalgliesh kwam in de verleiding te zeggen: wat jammer dat we de doodstraf hebben afgeschaft. Anders kon de publikatie samenvallen met de datum van executie.

Alsof mevrouw Pitt-Cowley zijn gedachten kon raden, keek ze een ogenblik beschaamd, haalde toen haar schouders op en vervolgde: 'Arme Esmé – als ze gratis publiciteit wilde, is ze daar zeker in geslaagd. Jammer dat ze er niet van zal profiteren. Maar aardig voor de erfgenamen.'

En voor jou, dacht Kate. 'Weet u wie haar geld krijgt?' vroeg ze.

'Nee, dat heeft ze me nooit verteld. Marge was haar executeur, zoals ik al zei, of een van de executeurs. Maar ik kan gelukkig zeggen dat ze nooit heeft voorgesteld dat voorrecht over te dragen toen ik het agentschap kocht. Niet dat ik eraan was begonnen. Ik deed veel voor Esmé, maar er zijn grenzen. Echt waar hoor, u hebt geen idee wat sommige auteurs van je verwachten. Opdrachten requireren, zorgen dat ze in een talkshow op tv komen, de kat voeren als ze met vakantie gaan, geestelijke bijstand tijdens de scheiding. Voor tien procent van de binnenlandse verkoop wordt van mij verwacht dat ik agent, verpleegster, toeverlaat, vriendin ben, noem maar op. Ik weet wel dat ze geen familie heeft – maar haar ex-man heeft ergens een dochter en kleinkinderen, ik meen in Canada. Ik kan me niet voorstellen dat Esmé die mensen iets heeft vermaakt. Er zal wel geld zijn, dat weet ik wel zeker, en ik denk dat het naar Marge gaat. Misschien kan ik zorgen dat de vroege pockets worden herdrukt.'

'Dus toch een profijtelijke cliënt,' zei Dalgliesh. 'Zo niet toen ze nog leefde, dan toch daarna.'

'Nou ja, de wereld zit gek in elkaar, toch?'

En zodra ze dat een dame had nagezegd met wie ze overigens weinig gemeen had, keek mevrouw Pitt-Cowley op haar horloge en bukte zich om haar handtas en aktentas te pakken.

Maar Dalgliesh wilde haar nog niet laten gaan. 'Ik neem aan dat mevrouw Carling u heeft verteld over de annulering van het signeren in Cambridge.'

'En of! Ze belde me vanuit de boekhandel op. Daarna heb ik geprobeerd Gerard Etienne aan de lijn te krijgen, maar die was geloof ik uit lunchen. Later die middag heb ik hem nog gesproken. Esmé kon geen zinnig woord uitbrengen van woede. Dat bedoel ik letterlijk. Volkomen terecht, natuurlijk. De schuld lag duidelijk bij de uitgeverij. Ik had te doen met de mensen in die winkel; ze ventileerde haar woede natuurlijk op de mensen daar, maar je kon het hun niet kwalijk nemen. Nou ja, misschien hadden ze de uitgeverij moeten bellen toen die fax binnenkwam om de boodschap te controleren; waarschijnlijk hadden ze dat ook wel gedaan als de uitgeverij niet zo gesloten was geweest over de bestaande problemen. De

chef van de boekwinkel was er niet toen de fax binnenkwam en het meisje dat de fax als eerste las, zag er natuurlijk niets geks in. Nou ja, de fax kwam toch ook echt van de uitgeverij. Ik was niet zo goed of ik moest Esmé beloven dat ik het met Gerard persoonlijk zou opnemen. Dat zou ik ook hebben gedaan als hij niet was vermoord. Daardoor kwam de grief van Esmé wel in een ander perspectief te staan. Ik wil de zaak nog steeds met de uitgeverij opnemen, maar wel bij de juiste gelegenheid. Mag ik nu weg? Ik moet naar mijn afspraak.'
'Ik heb nog maar een paar vragen,' zei Dalgliesh. 'In welke relatie stond u tot Gerard Etienne?'
'Beroepshalve, bedoelt u?'
'Uw relatie.'
Velma Pitt-Cowley bleef een ogenblik stilzwijgend zitten. Ze zagen dat ze even lachte als om een dierbare herinnering. Toen zei ze: 'Onze contacten waren zakelijk. Ik denk dat we elkaar gemiddeld om de veertien dagen aan de telefoon hadden. De laatste keer dat ik hem zag, is misschien vier maanden geleden. Dat was op een presentatie waar we allebei tot het bittere einde waren gebleven. Het was bijna middernacht en ik was tamelijk aangeschoten. Gerard had dat niet, die wilde zichzelf altijd in de hand houden. Hij bood aan me naar huis te brengen en de avond eindigde zoals te verwachten was. Een eenmalig seksueel contact, zeg maar.'
'Was het voor herhaling vatbaar?' vroeg Kate.
'Nou nee. De volgende dag stuurde hij me een spectaculair boeket. Gerard was niet echt subtiel, maar het lijkt me minder lomp dan vijftig pond neerleggen. Nee, ik wou er niet verder mee. Ik heb een gezond instinct voor zelfbehoud. Ik ben niet uit op groot verdriet. Maar het leek me beter het te zeggen. Op die presentatie waren allerlei mensen die waarschijnlijk wel zouden kunnen raden hoe de avond zou eindigen. God mag weten hoe die dingen uitkomen, maar het gebeurt altijd. Als het u interesseert: na de gebeurtenissen van die nacht en de volgende ochtend, die me duidelijker bijstaan, was ik hem eerder vriendschappelijk gezind dan iets anders. Maar niet zo vriendschappelijk dat ik een vervolg wilde. U wilt zeker weten waar ik was op de avond dat hij stierf.'
'Heel graag, mevrouw,' zei Dalgliesh ernstig.
'Merkwaardig genoeg was ik op die poëzieavond in de Connaught Arms waar Gabriel Dauntsey uit eigen werk voorlas. Kort na zijn optreden ben ik weggegaan. Ik was erheen gegaan met een dichter, of iemand die zich dichter noemt, en hij wou nog blijven, maar ik had genoeg van het lawaai, de harde stoelen en de rook. Iedereen was toen al aardig aangeschoten en zo te zien ging het nog lang duren. Ik denk dat ik om een uur of tien ben

weggegaan en naar huis gereden. Dus voor de rest van de avond heb ik geen alibi.'
'En gisteravond?'
'Esmé? Maar dat was zelfmoord, dat hebt u zelf gezegd.'
'Afgezien van de doodsoorzaak is het belangrijk te weten waar de mensen toen waren.'
'Ik weet niet hoe laat ze is gestorven. Tot half zeven was ik op kantoor en daarna ben ik naar huis gegaan. Ik was de hele avond thuis, en alleen. Is dat wat u wilt weten? Commissaris, ik moet nu echt weg.'
'Twee laatste vragen nog,' zei Dalgliesh. 'Hoeveel exemplaren van *Moord op het Paradijseiland* waren er in omloop, en week het eigen exemplaar van mevrouw Carling daar qua vorm van af?'
'Ik denk dat er al met al acht waren. De uitgeverij moest er vijf krijgen, één voor elk van de vennoten. Ik begrijp niet waarom ze het manuscript niet zelf konden kopiëren, maar goed. Ik heb er maar een paar gehad. Esmé liet haar eigen exemplaar altijd inbinden in een lichtblauw omslag. Een ingebonden exemplaar is onhandig als je wilt redigeren. Verdomd onhandig. Uitgevers en readers hebben liever een manuscript waarvan de pagina's per hoofdstuk bij elkaar worden gehouden, of gewoon los. Maar Esmé wilde altijd zelf een gebonden exemplaar.'
'En toen u op vijftien oktober hier in de vooravond langsging om mevrouw Carling te spreken, de dag na de dood van Gerard Etienne, kreeg u de indruk dat ze haar manuscript niet wilde afgeven, dat ze misschien veinsde het niet te kunnen vinden, of dat ze het niet meer in haar bezit had?'
Alsof ze het belang van de vraag besefte, nam mevrouw Pitt-Cowley alle tijd voor haar antwoord. 'Ik kan het natuurlijk niet met zekerheid zeggen,' zei ze toen. 'Maar ik weet wel dat het verzoek om het manuscript haar ongelegen kwam. Het bracht haar in verlegenheid, is mijn indruk. En het is nauwelijks aan te nemen dat ze het manuscript zou hebben weggemaakt. Ze was niet slordig met bezittingen die haar aan het hart gingen. Er is hier ook weinig ruimte. Ze ging er ook niet naar zoeken. Als u me vraagt wat ik denk, zou ik moeten zeggen dat ze het manuscript niet meer in haar bezit had.'

53

Toen ze weer in de auto stapten, zei Dalgliesh: 'Ik rijd wel, Kate.'
Ze ging links zitten en deed zonder iets te zeggen de gordel om. Ze reed graag en wist dat ze het goed deed, maar wanneer hij zelf wilde rijden zoals nu, wilde ze ook best naast hem zitten en kijken naar zijn sterke, gevoelige handen die het stuur losjes omvat hielden. Ze keek snel even opzij toen ze over de Hammersmith-brug reden en zag een uitdrukking op zijn gezicht waarmee ze vertrouwd was: een strenge ingekeerde blik alsof hij stoïcijns een persoonlijk leed verdroeg. Toen ze pas bij hem kwam werken, had ze gedacht dat het een blik van beheerste woede was en had angstig gewacht op de onverhoedse uitbarsting van kil sarcasme die, vermoedde ze, een verweer was tegen een gevoel van machteloosheid en gevreesd werd door zijn ondergeschikten. In de afgelopen twee en een half uur hadden ze gegevens van doorslaggevend belang verzameld en ze wilde dolgraag zijn reactie horen, maar wist dat ze er goed aan deed zijn stilzwijgen te respecteren. Hij chauffeerde bekwaam en je zou niet zeggen dat zijn aandacht eigenlijk bij andere dingen was. Maakte hij zich zorgen om dat kwetsbare meisje, terwijl hij tegelijkertijd de verklaring die ze had afgelegd naging? Probeerde hij grimmig zijn verontwaardiging te bedwingen over de beraamde barbaarsheid van Esmé Carlings dood, een dood die zoals ze nu wisten moord was geweest?
Bij een andere superieur had die strenge, gereserveerde blik een teken kunnen zijn van woede om het tekortschieten van Daniel. Als Daniel het meisje de waarheid had ontlokt over die donderdagavond, zou Esmé Carling nu misschien nog in leven zijn. Maar mocht je het wel tekortschieten noemen? Zowel Carling als het meisje had hetzelfde verhaal verteld en het had overtuigend geklonken. Kinderen waren goede getuigen en ze vertelden zelden leugens. Als ze zelf erop af was gestuurd om Daisy te ondervragen, had zij het dan beter gedaan? Had zij het vanmorgen beter gedaan, als Dalgliesh er niet bij was geweest? Ze betwijfelde of Dalgliesh een woord van verwijt zou laten horen, maar dat zou Daniel niet beletten zichzelf verwijten te maken. Ze was heel blij dat ze niet in zijn schoenen stond.
Pas na de brug liet Dalgliesh zich horen.
'Ik denk wel dat Daisy ons alles heeft verteld wat ze wist, maar wat er ontbreekt is hinderlijk, hè? Dat ene ontbrekende woord zou alle verschil hebben gemaakt. De slang lag voor de deur. Welke deur? Ze had een stem gehoord. Van een man of van een vrouw? Iemand heeft iets met een stofzuiger gedaan. Een man of een vrouw? In ieder geval hoeven we niet

333

meer op de ongeloofwaardigheid van de afscheidsbrief te steunen om er zeker van te zijn dat het moord was.'

Op het bureau in Wapping zat Daniel in zijn eentje te werken. Kate geneerde zich voor hem en wilde hem met Dalgliesh alleen laten, maar dat was lastig om ongemerkt te doen. Dalgliesh bracht kort verslag uit van hun gesprekken van die ochtend. Daniel stond op. Die daad deed Kate denken aan een verdachte in het beklaagdenbankje, maar leek instinctief. Zijn krachtige gezicht was heel bleek.

'Het spijt me, commissaris. Ik had dat alibi moeten doorzien. Het was een ernstige fout.'

'Het was zeker jammer.'

'Ik moet erbij zeggen dat brigadier Robbins niet overtuigd was. Hij vermoedde van meet af aan dat Daisy loog en wilde haar onder druk zetten.'

'Dat is altijd moeilijk met een kind,' zei Dalgliesh. 'Als brigadier Robbins en Daisy tegenover elkaar kwamen te staan, zou ik Daisy de beste kansen geven, denk ik.'

Interessant dat Robbins de verklaring van het kind heeft gewantrouwd, dacht Kate. Robbins leek in staat het geloof in de wezenlijke goedheid van de mens te verenigen met een sceptische houding tegenover de uitlatingen van verdachten. Het was wel grootmoedig van Daniel om te zeggen wat hij had gezegd. Grootmoedig, maar misschien, als ze het cynisch bekeek en AD kende, ook verstandig.

Alsof hij het met alle geweld zo erg mogelijk wilde maken vervolgde hij: 'Maar als ik er geen genoegen mee had genomen, leefde Esmé Carling nu nog.'

'Misschien. Ga je niet te buiten aan schuldgevoel, Daniel. Degene die verantwoordelijk is voor de dood van Esmé Carling, is degene die haar heeft vermoord. Hoe staat het met de sectie? Waren er nog verrassingen?'

'Samendrukkend geweld op de hals, meneer. Ze is gestorven zodra de riem om haar hals werd aangetrokken. Ze was dood toen ze het water in ging.'

'In ieder geval heeft het dan niet lang geduurd. En hoe staat het met de motorboot? Heeft Ferris zich nog gemeld?'

'Ja, met goed nieuws.' Daniels gezicht klaarde op. 'Op een houtsplinter uit de vloer van de roef heeft hij microsporen van textiel aangetroffen. Van een roze stof. Ze droeg een roze met bruin tweedjasje. Met een beetje geluk kan het lab aantonen dat het dezelfde stof is.'

Ze keken elkaar even aan. Kate wist dat de beide anderen dezelfde ingehouden verrukking voelden. Eindelijk iets tastbaars, iets dat gemeten en wetenschappelijk onderzocht kon worden en dat in de bewijsvoering kon worden opgenomen. Ze hadden al van Fred Bowling gehoord dat Esmé Carling sinds vorige zomer geen gebruik had gemaakt van de boot. Als die vezels van hetzelfde weefsel waren, dan hadden ze het bewijs dat ze in de motorboot ter dood was gebracht. En wie had in dat geval de boot naar de andere kant van de watertrap gevaren? Wie anders dan de moordenaar?

'Als de vezels overeenkomen,' zei Dalgliesh, 'kunnen we bewijzen dat ze gisteravond aan boord was. Daaruit moet af te leiden zijn dat ze in de motorboot aan haar eind is gekomen. Vanuit het gezichtspunt van de moordenaar is dat het beste plan. Hij kon wachten tot het rustig was geworden op de rivier en een geschikt ogenblik kiezen om haar onopgemerkt op te hangen. Maar zelfs als de vezels aantonen dat ze in de motorboot is geweest, toont dat nog geen verband met de moordenaar aan. We zullen de jasjes en jassen van alle verdachten die gebruik van de motorboot hebben gemaakt moeten opvragen voor laboratoriumonderzoek. Daniel, wil jij dat doen?'

'Ook Mandy Price en Bartrum?'

'Iedereen.'

'We hebben alleen nog maar een microspoor van die roze vezel op een van die jassen nodig,' zei Kate.

'Nee, daar hebben we nog niet genoeg aan,' zei Dalgliesh. 'Het is treurig maar waar, Kate: de meesten zullen zeggen dat ze bij het lijk van Esmé Carling op hun knieën hebben gelegen of haar zelfs hebben aangeraakt. En op die manier kunnen ze best een microvezel aan hun kleding hebben gekregen.'

'En wie zegt dat de moordenaar niet heel goed wist wat hij deed?' zei Daniel. 'Hij kan best zijn jasje hebben uitgetrokken voordat hij haar benaderde, en na afloop hebben gezorgd dat er bij hem geen microsporen te vinden zouden zijn.'

54

Mandy had de volgende morgen vroeg op haar werk willen zijn, maar tot haar verbijstering merkte ze bij het wakker worden dat ze zich had verslapen en dat het al kwart voor negen was. Waarschijnlijk was ze nog langer blijven slapen als Maureen en Mike geen ruzie hadden gekregen over de beschikbaarheid en staat van de badkamer. Zoals gewoonlijk stond Maureen boven aan de trap te schreeuwen, terwijl Mike uit de keuken terugbrulde. Een ogenblik later werd er op haar deur gebonsd, onmiddellijk gevolgd door het binnenstormen van Maureen, die kennelijk weer eens door het dolle was.

'Mandy, die verrekte motor van je, daar kan geen mens langs op de gang. Je kunt hem toch ook gewoon in de voortuin zetten?'

Het was een eeuwig weerkerende klacht. Mandy werd wakker en was op slag boos.

'Dan wordt hij door een of andere klootzak gestolen. Mijn motor moet op de gang staan.' En pruilend voegde ze eraan toe: 'De badkamer is zeker niet vrij.'

'Jawel, maar je moet niet vragen hoe. Mike heeft natuurlijk het bad weer niet schoongemaakt. Dus als je erin wilt, moet je het zelf schoonmaken. Bovendien is hij vergeten dat hij deze week toiletpapier had moeten kopen. Ik begrijp echt niet waarom ik hier in huis de enige moet zijn die wel eens ergens aan denkt of iets schoonmaakt.'

Zo'n dag dus. Maureen en Mike waren geen van beiden thuis toen ze terugkwam en ze was wel naar bed gegaan, maar had nog geluisterd of ze de voordeur hoorde. Ze had dolgraag haar verhaal willen doen. Maar ze was toch in slaap gevallen. En nu hoorde ze haar huisgenoten weggaan, twee keer de voordeur die hard werd dichtgeslagen, kort na elkaar. Maureen had haar niet eens gevraagd waarom ze niet terug was gekomen voor het optreden.

In Innocent House werd het al niet beter. Ze had zich erop verheugd de eerste te zijn met het nieuws, maar die kans was nu verkeken. De vennoten waren er allemaal al vroeg. Toen ze binnenkwam, voerde George net een moeizaam telefoongesprek en hij keek haar wanhopig aan, alsof elke vorm van bijstand welkom zou zijn. Het nieuws had zich kennelijk tot buiten de uitgeverij verspreid.

'Ja, dat is jammer genoeg waar... Ja, zelfmoord, waarschijnlijk... Nee, het spijt me, meer kan ik ook niet zeggen... Nee, echt niet... Ja, de politie is hier geweest... Het spijt me... Nee, juffrouw Etienne is momenteel niet te spreken... Nee, meneer De Witt ook niet... Misschien kan een van de twee

u terugbellen... Nee, het spijt me, ik kan echt geen tijd noemen.'
Hij legde de hoorn op het toestel en zei: 'Een van de auteurs van meneer De Witt. Ik weet niet hoe hij het te weten is gekomen. Misschien heeft hij publiciteit gebeld en het van Maggie of Amy gehoord. Van juffrouw Etienne moet ik zo min mogelijk loslaten, maar dat valt niet mee. De mensen nemen geen genoegen met mij. Ze willen een van de vennoten spreken.'
'Laat ze barsten,' zei Mandy. 'Als er iemand belt, moet u gewoon "verkeerd verbonden" zeggen. Als u dat lang genoeg doet, houden ze vanzelf op.'
De hal was leeg. Het huis voelde op een vreemde manier anders, onnatuurlijk stil, een huis in rouw. Mandy had verwacht dat de politie er zou zijn, maar van hun aanwezigheid was niets te merken. In haar kamer zat juffrouw Blackett als gebiologeerd naar het scherm van haar wordprocessor te kijken. Mandy had nog nooit meegemaakt dat ze er zo ziek uitzag. Ze was krijtwit en haar gezicht leek opeens dat van een oude vrouw.
'Gaat het wel? U ziet er vreselijk uit,' zei Mandy.
Juffrouw Blackett deed een poging haar waardigheid te herwinnen. 'Ik voel me natuurlijk ellendig, Mandy. We voelen ons allemaal ellendig. Het is het derde sterfgeval in twee maanden. Het is vreselijk. Ik weet niet wat er met het bedrijf aan de hand is. Sinds de dood van meneer Peverell gaat alles hier mis. En het verbaast me dat jij er zo opgewekt bij kunt kijken. Jij hebt haar immers gevonden.'
Ze leek bijna te zullen gaan huilen. En er was nog iets. Juffrouw Blackett was bang. Mandy kon haar angst bijna ruiken. 'Ja, nou, het spijt me dat ze dood is,' zei ze onzeker. 'Maar ik heb haar toch niet gekend? Ze was oud. En ze heeft het zelf gedaan. Het was haar keuze. Ze moet het zelf hebben gewild. Het is niet zoals bij meneer Gerard.'
Met een rood gezicht riep juffrouw Blackett uit: 'Ze was helemaal niet oud! Hoe kun je dat nu zeggen? En dan nog: oude mensen hebben net zoveel recht om te leven als jij.'
'Dat ontken ik toch niet.'
'Je zinspeelde erop. Je moet nadenken voor je iets zegt, Mandy. Je zei dat ze oud was en dat haar dood niet erg was.'
'Ik heb niet gezegd dat het niet erg was.'
Mandy kreeg het gevoel te worden meegesleurd door een draaikolk van redeloze gevoelens die ze niet kon begrijpen of beheersen. En ze zag dat juffrouw Blackett bijna in tranen was. Het was een opluchting voor haar toen de deur openging en juffrouw Etienne binnenkwam.
'O, daar ben je, Mandy. We vroegen ons al af of je zou verschijnen. Gaat het wel?'

'Ja hoor, dank u.'
'Volgende week zullen we het met minder mensen moeten doen. Ik neem aan dat jij ook weg wilt, zodra de spanning is weggeëbd.'
'Nee, juffrouw Etienne, ik wil graag blijven.' En in een flits van financieel inzicht zei ze: 'Als er mensen weggaan, waardoor er meer werk moet worden gedaan, verdien ik opslag, vind ik.'
Juffrouw Etienne schonk haar een blik die volgens Mandy eerder cynisch geamuseerd dan afkeurend was. Na een paar seconden zei ze: 'Goed, ik zal het met mevrouw Crealey bespreken. Tien pond per week erbij. Maar het is geen beloning om te blijven. We kopen geen mensen om bij Peverell en we laten ons ook niet chanteren. Je krijgt het omdat je je werk zo goed doet.' Ze wendde zich tot juffrouw Blackett. 'De politie komt waarschijnlijk vanmiddag. Misschien willen ze weer de kamer van meneer Gerard – mijn kamer – gebruiken. In dat geval ga ik wel naar boven, dan trek ik bij juffrouw Frances in.'
Toen ze weg was, zei Mandy: 'Waarom vraagt u ook niet om opslag? We zullen er werk bij moeten doen, tenzij er andere mensen worden aangenomen, en dat zal niet meevallen. Het is net wat u zei. Drie sterfgevallen in twee maanden. Dat maakt het niet echt aantrekkelijk voor de mensen om hier te werken.'
Juffrouw Blackett was begonnen met typen en keek strak naar haar stenoblok. 'Nee, dank je, Mandy. Ik profiteer niet van mijn werkgevers als die het moeilijk hebben. Daar ben ik principieel in.'
'Nou ja, dat kunt u zich waarschijnlijk veroorloven. Volgens mij wordt u hier al een jaar of twintig uitgebuit. Maar u moet het zelf weten. Even mevrouw Crealey bellen, dan zet ik daarna koffie.'
Mandy had voor ze van huis ging al geprobeerd mevrouw Crealey te bellen, maar toen werd er niet opgenomen. Nu wel en ze vertelde het nieuws in enkele woorden: alleen de feiten, niets over haar eigen emoties. Nu juffrouw Blackett afkeurend meeluisterde, kon ze het beter zo kort en zakelijk mogelijk houden. De bijzonderheden konden wachten tot hun avondje in haar huis.
'Ik heb opslag gevraagd. Ze geven me tien pond per week erbij. Ja, dat vond ik ook. Nee, ik heb gezegd dat ik blijf. Ik kom uit kantoor direct naar u toe om te praten.'
Ze legde de hoorn neer. Je kunt wel merken dat juffrouw Blackett niet zichzelf is, dacht ze. Anders had ze zeker gezegd dat ik op kantoor niet privé mag telefoneren.
Er waren meer mensen in de keuken dan anders voor tienen. Degenen die liever hun eigen koffie zetten dan bij mevrouw Demery een wekelijks bedragje te voldoen voor haar versie, verschenen zelden voor elf uur.

Mandy bleef bij de deur staan luisteren naar het geroezemoes. Het werd stil toen ze binnenkwam en ze keken schuldbewust op; toen begroetten ze haar hartelijk en met vleiende aandacht. Mevrouw Demery was er natuurlijk, en Emma Wainright, de vroegere privé-secretaresse van juffrouw Etienne, die aan anorexia nervosa leed; zij werkte nu voor juffrouw Peverell. Maggie FitzGerald en Amy Holden van publiciteit waren er, meneer Elton van contracten en rechten en Dave van de expeditie, die vanuit nummer tien was komen aanzetten met de weinig overtuigende smoes dat bij hen de melk op was. Het rook krachtig naar koffie en iemand had brood geroosterd. Er hing een samenzweerderig sfeertje in de keuken, maar ook hier rook Mandy de angst.

'We dachten dat je misschien niet zou komen vandaag,' zei Amy. 'Arme Mandy! Het moet heel erg zijn geweest. Ik was erin gebleven, denk ik. Als hier ergens een lijk ligt, loop jij ertegenaan. Vertel op. Is ze verdronken, was ze opgehangen, of hoe zat het? De vennoten willen niets zeggen.'

Mandy had kunnen zeggen dat een ander het lijk van Gerard Etienne had gevonden. In plaats daarvan deed ze verslag van de avond daarvoor, maar onder het vertellen merkte ze dat ze haar gehoor teleurstelde. Ze had zich op dit ogenblik verheugd, maar nu ze in het middelpunt van de belangstelling stond, vond ze het niet zo prettig om de nieuwsgierigheid van de anderen te bevredigen, bijna alsof het onfatsoenlijk was om over de dood van mevrouw Carling te staan kletsen. Het beeld van dat dode, doornatte gezicht, waarvan de make-up was weggespoeld zodat het naakt en weerloos leek in zijn lelijkheid, zweefde tussen haar en hun gretige ogen. Ze begreep niet wat haar overkwam, waarom haar gevoelens zo tegenstrijdig waren, zo moeilijk te bevatten. Wat ze tegen juffrouw Blackett had gezegd was waar: ze had mevrouw Carling niet eens gekend. Ze had geen reden zich schuldig te voelen. Wat was het dan wel?

Mevrouw Demery bleef merkwaardig stil. Ze zette zachtjes de koppen en schotels op haar wagentje, maar haar scherpe ogen gingen de gezichten af alsof elk ervan een geheim had dat haar door een onachtzaam ogenblik kon ontgaan.

'Heb je het afscheidsbriefje gelezen, Mandy?' vroeg Maggie.

'Nee, maar meneer De Witt las het voor. Het ging erover dat de vennoten zo gemeen tegen haar hadden gedaan en dat ze wraak zou nemen. "Hun namen laten stinken", zoiets schreef ze. Ik weet het niet precies meer.'

'Jij kende haar misschien wel het beste, Maggie,' zei meneer Elton. 'Anderhalf jaar geleden ben je nog met haar op toernee geweest. Wat was het voor iemand?'

'O, ik kon prima met haar opschieten. Geen kapsones. Ze stelde wel haar

339

eisen, maar ik heb veel ergere toernees meegemaakt. En ze gaf echt om haar lezers. Geen moeite was haar te veel. Altijd een praatje met de mensen voor wie ze signeerde, een persoonlijk woord in het boek, alles wat ze maar wilden. Heel anders dan Gordon Holgarth. Van hem kregen ze alleen een krabbel, een frons en een wolk sigarerook in hun gezicht.'
'Was het een type om zelfmoord te plegen?'
'Zijn er mensen die dat type zijn? Ik weet niet goed wat dat betekent. Maar als je me vraagt of het me verbaast dat ze zich van kant heeft gemaakt, dan is het antwoord ja. Ik ben zeker verbaasd. Het verbaast me hooglijk.'
Pas nu liet mevrouw Demery zich horen. 'Als ze het heeft gedaan.'
'Dat moet wel, mevrouw Demery. Ze heeft een briefje achtergelaten.'
'Een raar briefje, als het klopt wat Mandy zich herinnert. Ik zou dat briefje eerst moeten zien voor ik overtuigd was. En het is duidelijk dat de politie dat niet is. Anders hadden ze de boot toch niet meegenomen?'
'Zijn we daarom vanmorgen per taxi van Charing Closs afgehaald?' vroeg Maggie. 'Ik dacht dat hij motorstoring had. Fred Bowling heeft niets over de politie gezegd toen hij ons opving.'
'Nee, dat zal wel niet. Maar de motorboot is weggesleept. Vanmorgen vroeg. Ik dacht al zoiets, dus ik heb het hem gevraagd. De boot ligt bij bureau Wapping.'
Maggie schonk heet water op de koffie. Ze verstijfde met de ketel in de lucht.
'U wilt toch niet beweren dat de politie denkt dat mevrouw Carling is vermoord, mevrouw D.?'
'Ik weet niet wat de politie denkt. Ik weet wat ik denk. Het was geen tiep voor zelfmoord, Esmé Carling.'
Emma Wainwright zat aan het hoofdeinde van de tafel, de slanke vingers om een mok koffie gevouwen. Ze had nog geen slok genomen, maar staarde als verstijfd van afschuw naar het kolkende sliertje melk.
Nu keek ze op en zei met haar schorre keelstem: 'Dat is het tweede lijk dat je hebt gevonden, Mandy, sinds je in Innocent House bent komen werken. We hebben nog nooit zoveel ellende gehad hier. Straks noemen ze je nog de Typiste van de Dood. Als je zo doorgaat, kom je nergens meer aan de slag.'
Woedend gooide Mandy haar antwoord eruit. 'Kijk naar jezelf. Ik zie er tenminste niet uit of ik uit een concentratiekamp kom. Je zou jezelf eens moeten zien. Je ziet er weerzinwekkend uit.'
De ontzette stilte hield seconden aan. Zes paar ogen wierpen een snelle blik op Emma en wendden zich af. Ze bleef even roerloos zitten, kwam toen struikelend overeind en smeet haar koffiebeker in de gootsteen,

waar hij spectaculair aan scherven ging. Toen slaakte ze een hoge jammerkreet, barstte in snikken uit en sloeg op de vlucht. Amy uitte een zachte kreet en veegde hete koffie van haar wang.

Maggie was onthutst. 'Dat had je niet moeten zeggen, Mandy. Dat was wreed. Emma is ziek. Ze kan het niet helpen.'

'Natuurlijk kan ze het wel helpen. Ze doet het alleen om andere mensen op stang te jagen. En zij begon. Zij noemde me de Typiste van de Dood. Ik breng geen ongeluk aan. Het is niet mijn schuld dat ik ze heb gevonden.'

Amy keek Maggie aan. 'Zal ik naar haar toe gaan?'

'Laat haar maar. Je weet hoe ze is. Ze is van streek omdat juffrouw Claudia juffrouw Blackett heeft overgenomen als haar privé-secretaresse. Ze heeft al tegen juffrouw Claudia gezegd dat ze aan het eind van de week weg wil. Als je het mij vraagt, is ze gewoon bang. Dat kan ik me wel indenken.'

Verscheurd tussen beledigde zelfrechtvaardiging en een berouw dat des te onaangenamer was omdat ze er zo zelden last van had, zou Mandy ook graag haar gevoelens hebben geuit door met vaatwerk te smijten en in snikken uit te barsten. Wat hadden die mensen hier toch, wat was er met Innocent House, met haarzelf? Had geweld met fataal gevolg deze invloed op mensen? Ze had gedacht dat het een lekker spannend dagje zou worden, met veel smakelijke roddels en speculaties en zijzelf in het middelpunt van de belangstelling. In plaats daarvan was het van meet af aan een verschrikking geworden.

De deur ging open en juffrouw Etienne stond op de drempel. Met kille stem zei ze: 'Maggie, Amy en Mandy, er is werk dat moet worden gedaan. Als jullie niet van plan zijn iets te doen, kunnen jullie dat beter eerlijk zeggen en naar huis gaan.'

55

Dalgliesh had gezegd dat hij om drie uur alle vennoten in de vergaderzaal wilde spreken en dat juffrouw Blackett ook moest komen. Ze maakten geen bezwaar tegen de oproep of haar aanwezigheid. Ze hadden ook zonder morren de kleren ingeleverd die ze hadden gedragen toen het lijk van Esmé Carling werd gevonden. Maar het zijn ook allemaal intelligente mensen, bedacht Kate; ze begrijpen waar het voor is. Geen van de vennoten had gevraagd om de aanwezigheid van een advocaat en ze vroeg zich af of ze meenden dat dat verdacht zou lijken in dit vroege stadium, of dat ze eerder vertrouwen hadden in hun eigen kunnen, of gesterkt werden door het besef van hun onschuld.

Zij en Dalgliesh zaten aan de ene kant van de tafel, met de vennoten en juffrouw Blackett tegenover zich. Tijdens de vorige bijeenkomst in de vergaderzaal, na de dood van Gerard Etienne, was ze zich bewust geweest van de gemengde gevoelens die ze uitstraalden: geschoktheid, verdriet en vrees. Nu rook ze alleen angst. Het leek wel besmettelijk. Het was of ze elkaar aanstaken en of hun besmetting zich meedeelde aan de lucht. Alleen aan juffrouw Blackett was de angst ook te zien. Dauntsey leek heel oud en zat erbij met de gelatenheid van een geriatrische patiënt in afwachting van opname. De Witt was dicht bij Frances Peverell gaan zitten. Zijn ogen onder de zware oogleden waren waakzaam. Juffrouw Blackett zat op het puntje van haar stoel, met de beverige gespannenheid van een dier in de val. Ze zag doodsbleek, maar af en toe kreeg ze rode vlekken op haar gezicht en voorhoofd, alsof ze een ziekte onder de leden had. Het gezicht van Frances Peverell stond strak en ze liet haar tong over haar lippen gaan. Claudia Etienne, die aan haar andere kant zat, leek het meest beheerst. Ze zag er even elegant uit als altijd en Kate constateerde dat ze zich met zorg had opgemaakt; ze vroeg zich af of dat uitdagend bedoeld was, of gezien moest worden als een kleine, dappere poging de psychologische chaos in Innocent House te bestrijden met normaliteit.

Dalgliesh legde Esmé Carlings laatste boodschap op tafel. Er zat een plastic mapje omheen. Hij las het briefje voor met een vrijwel toonloze stem. Niemand zei iets. Zonder er commentaar op te geven vervolgde hij rustig: 'Wij denken nu dat mevrouw Carling op de avond waarop meneer Etienne is gestorven in Innocent House is geweest.'

Claudia's stem klonk scherp. 'Esmé is hier geweest? Waarom dan?'

'Ze kwam waarschijnlijk voor uw broer. Is dat zo vreemd? Ze had pas de dag daarvoor gehoord dat haar nieuwe roman door Peverell Press was afgewezen. Ze had 's morgens al een poging gedaan om meneer Etienne te spreken te krijgen, maar juffrouw Blackett had haar de toegang geweigerd.'

'Hij was in vergadering!' riep Blackie. 'Directievergadering! Daar mag niemand bij storen! Ik heb nadrukkelijk opdracht zelfs geen telefoontjes door te verbinden.'

Claudia's stem klonk ongeduldig. 'Niemand verwijt jou iets, Blackie. Natuurlijk had je gelijk dat je haar hebt afgewimpeld.'

Alsof er niets was gezegd, vervolgde Dalgliesh: 'Hiervandaan is ze naar

Liverpool Street gegaan voor de trip naar Cambridge, waar ze moest signeren, maar bij aankomst kreeg ze te horen dat iemand een fax had gestuurd dat het niet doorging. Is het waarschijnlijk dat ze daarna rustig naar huis is gegaan en niets meer heeft ondernomen? U kende haar allemaal. Is het niet veel waarschijnlijker dat ze hierheen zou gaan om nog eens te proberen haar grieven aan meneer Etienne voor te leggen, op een tijdstip waarop ze verwachtte hem alleen aan te treffen, niet langer afgeschermd door zijn secretaresse? Het schijnt algemeen bekend te zijn dat hij op donderdag overwerkte.'

'Maar dat moet u toch hebben nagegaan?' merkte De Witt op. 'Hebt u haar niet gevraagd waar ze die avond was? Als u serieus vermoedt dat Gerard is vermoord, moet Esmé Carling een van de verdachten zijn geweest.'

'Dat hebben we inderdaad nagetrokken. Ze had een heel overtuigend alibi: een kind dat beweerde dat ze van half zeven tot middernacht bij haar thuis was geweest. Ze heet Daisy en ze heeft ons nu alles verteld wat ze weet. Mevrouw Carling had haar overgehaald haar een alibi te verschaffen en ze heeft toegegeven dat ze in Innocent House was geweest.'

'En nu verwaardigt u zich ons dat te vertellen,' zei Claudia. 'Een hele verandering, commissaris. Het werd tijd dat we iets positiefs te horen kregen. Gerard was mijn broer. U hebt van meet af aan gesuggereerd dat zijn dood geen ongeluk was en u schijnt nog steeds niet te kunnen verklaren hoe of waarom hij is gestorven.'

'Doe niet zo naïef, Claudia,' zei De Witt. 'De commissaris neemt ons niet in vertrouwen uit consideratie met jou als zijn zuster. Hij vertelt ons dat het kind, die Daisy, is ondervraagd en alles heeft verteld wat ze weet, zodat het geen zin heeft dat iemand nog probeert haar te vinden, haar op andere gedachten te brengen, om te kopen of het zwijgen op te leggen.' Wat hij impliceerde, was duidelijk en zo gruwelijk dat Kate eigenlijk een koor van protest had verwacht. Dat bleef uit. Claudia werd vuurrood en leek iets te willen tegenwerpen, maar zich te bedenken. De andere vennoten bleven roerloos zwijgen en vermeden elkaars blik. Het was alsof de opmerking zo'n gruwelijke afgrond opende dat verdere verkenning niet raadzaam was.

Met een wat al te afgemeten stem zei Dauntsey: 'Dus u hebt een verdachte van wie bekend is dat ze hier is geweest, waarschijnlijk op het relevante tijdstip. Als ze niets te verbergen had, waarom heeft ze zich dan niet gemeld?'

'En het is vreemd, als je erover nadenkt, dat ze daarna zo stil is gebleven,' voegde De Witt eraan toe. 'Ik geloof niet dat je een condoléancebrief van haar verwachtte, Claudia, maar ik had wel een reactie verwacht, mis-

schien een nieuwe poging om ons over te halen het boek te nemen.'
'Het leek haar waarschijnlijk tactvoller nog even te wachten,' zei Frances.
'Het zou wel grof zijn als ze zo snel na de dood van Gerard een nieuw offensief had ingezet.'
'Het zou het minst geschikte ogenblik zijn voor een poging ons tot een andere beslissing over te halen,' zei De Witt.
'We zouden de beslissing niet hebben teruggedraaid,' zei Claudia vinnig.
'Gerard had gelijk, het was een slecht boek. Het zou onze naam geen goed hebben gedaan en de hare ook niet.'
'Maar we hadden het wat vriendelijker kunnen afwijzen,' zei Frances.
'We hadden haar kunnen ontvangen om het haar uit te leggen.'
Claudia richtte zich tot haar. 'God nog aan toe, Frances, begin nou niet weer. Wat waren we daarmee opgeschoten? Een afwijzing is een afwijzing. Ze was ook des duivels geworden als het haar was verteld bij champagne en kreeft thermidor in het Claridge.'
Dauntsey leek een eigen gedachtengang te hebben gevolgd. 'Ik begrijp niet hoe Esmé Carling iets met de dood van Gerard te maken kan hebben gehad, maar misschien is het mogelijk dat zij die slang om zijn hals heeft gedaan. Dat ligt meer in haar lijn.'
'Je bedoelt dat ze het lijk heeft gevonden en er een persoonlijk accent aan heeft willen geven?' vroeg Claudia.
'Maar het is niet erg waarschijnlijk, hè?' zei Dauntsey. 'Gerard moet nog hebben geleefd toen ze hier kwam. Hij zal haar wel hebben binnengelaten.'
'Dat hoeft niet,' zei Claudia. 'Het is mogelijk dat hij de voordeur niet had afgesloten of hem op een kier had laten staan. Gerard nam de beveiliging vrij serieus, maar het is niet uitgesloten. Ze kan na zijn dood zijn binnengekomen.'
'Maar waarom zou ze naar boven gaan?' vroeg De Witt.
Ze leken de aanwezigheid van Dalgliesh en Kate een ogenblik vergeten.
'Om hem te zoeken,' zei Kate.
'Maar is het niet waarschijnlijker dat ze in zijn kamer op hem heeft gewacht?' zei Dauntsey. 'Ze kon zien dat hij ergens in het gebouw moest zijn. Zijn jasje hing over zijn stoel. Hij kon elk ogenblik terugkomen. En dan de slang. Zou zij hebben geweten waar ze die kon vinden?'
Na zijn vernietigende analyse deed Dauntsey er weer het zwijgen toe. Claudia keek de vennoten langs als om stilzwijgend hun steun te vragen. Toen keek ze Dalgliesh recht in de ogen.
'Ik begrijp dat deze nieuwe informatie over Esmé Carling, dat ze op de avond van Gerards dood hier is geweest, een ander licht werpt op haar zelfmoord. Maar hoe ze ook is gestorven, de vennoten kunnen er niets

mee te maken hebben. We kunnen allemaal aantonen waar we waren.'
Ze wil het woord alibi niet gebruiken, dacht Kate.
'Ik was bij mijn verloofde, Frances en James waren bij haar thuis, Gabriel was met Sydney Bartrum naar de pub.' Ze wendde zich tot hem en haar stem klonk hard: 'Dapper van je, Gabriel, om in je eentje naar de Sailor's Return te lopen, zo kort nadat je was beroofd.'
'Ik loop al zestig jaar in mijn eentje door deze wereldstad. Een beroving kan me daar niet van weerhouden.'
'En het kwam goed uit dat je net vertrok toen Esmés taxi kwam aanrijden.'
'Dat was toeval, Claudia,' zei De Witt vermanend.
Maar Claudia keek naar Dauntsey alsof hij een vreemde was. 'En de pub zal misschien bevestigen hoe laat jij en Sydney zijn binnengekomen. Maar het is natuurlijk zowat de drukste pub aan het water, met de langste bar, en je kunt ook aan de rivierkant naar binnen gaan, en jullie zijn afzonderlijk binnengekomen. Ik betwijfel of ze iets exacts kunnen zeggen, zelfs als iemand zich twee bepaalde bezoekers herinnert. Jullie hebben zeker niet de aandacht op jezelf gevestigd?'
'Met die bedoeling zijn we er niet heen gegaan,' zei Dauntsey zacht.
'Waarom dan wel, eigenlijk? Ik wist niet dat jij ooit in de Sailor's Return kwam. Dat lijkt me helemaal jouw smaak niet. Veel te veel ruw volk. En ik wist niet dat jij en Sydney barvrienden waren.'
Het is alsof ze opeens een privé-oorlog voeren, dacht Kate. Ze hoorde Frances gesmoord en gekweld fluisteren: 'Niet doen, alsjeblieft!'
'Is jouw alibi soms wel betrouwbaar, Claudia?' vroeg De Witt.
Ze keek hem aan. 'Of het jouwe? Wil je zeggen dat Frances niet bereid zou zijn voor jou te liegen?'
'Misschien wel. Ik weet het niet. Het hoeft ook niet, toevallig. We zijn vanaf zeven uur bij elkaar geweest.'
'Niets gemerkt, niets gezien, niets gehoord,' zei Claudia. 'Jullie gingen helemaal in elkaar op.' Voordat De Witt iets terug kon zeggen, vervolgde ze: 'Is het niet vreemd hoe gewichtige gebeurtenissen met iets heel kleins beginnen? Als iemand niet die fax over Esmé had gestuurd, was ze misschien niet die avond teruggekomen, dan had ze niet gezien wat ze heeft gezien, dan was ze misschien niet gestorven.'
Blackie kon hun nauwelijks verhulde antipathie niet langer verdragen, en nu die gruwelijke opmerkingen. Ze sprong overeind en riep: 'Houd alsjeblieft op! En het is niet waar. Ze heeft zelfmoord gepleegd en Mandy heeft haar gevonden. Mandy heeft haar gezien. U weet dat ze zelfmoord heeft gepleegd. De fax heeft er niets mee te maken.'
'Natuurlijk heeft ze zelfmoord gepleegd!' zei Claudia snibbig. 'Al denkt

de politie nog zo graag aan iets anders. Waarom zou je met zelfmoord genoegen nemen als er een interessantere mogelijkheid is? En die fax kan voor Esmé wel de laatste druppel zijn geweest. Degene die die fax heeft verstuurd, draagt een zware verantwoordelijkheid.'

Ze staarde strak naar Blackie en de hoofden van de anderen draaiden opzij alsof Claudia aan een onzichtbare draad had getrokken.

'Jij hebt het gedaan!' zei Claudia opeens. 'Dat dacht ik wel. Jij hebt het gedaan, Blackie! Jij hebt die fax gestuurd!'

Ze keken in ontzetting toe terwijl Blackie langzaam haar mond open en weer dicht deed. Het leek of ze minutenlang haar adem inhield; toen begon ze onbedaarlijk te huilen. Claudia stond op en greep haar bij de schouders. Eén ogenblik leek het of ze haar door elkaar wilde schudden.

'En die andere gemene streken? Het geknoei met de drukproeven, de gestolen illustraties? Heb je dat ook gedaan?'

'Nee! Nee, ik zweer het. Alleen de fax. Verder niets. Alleen die ene fax. Ze was zo gemeen over meneer Peverell. Ze zei zulke kwetsende dingen. Het is niet waar dat hij me een lastpost vond. Hij gaf om me. Hij steunde op me. O God, ik wou dat ik dood was, net als hij.'

Ze kwam moeizaam overeind en strompelde huilend naar de deur, met een hand voor zich uit om die op de tast te vinden, als een blinde. Frances kwam half overeind en De Witt stond al toen Claudia hem bij de arm greep.

'Laat haar in godsnaam met rust, James. Niet iedereen is gediend van een schouder om op uit te huilen. Er zijn ook mensen die hun ellende liever zelf dragen.'

James bloosde en ging direct zitten.

'We moesten nu maar ophouden,' zei Dalgliesh. 'Wanneer juffrouw Blackett tot bedaren is gekomen, zal adjudant Miskin met haar praten.'

'Gefeliciteerd, commissaris,' zei De Witt. 'Heel leep van u om ons zover te krijgen dat we uw werk voor u doen. Het zou vriendelijker zijn geweest als u Blackie onder vier ogen had ondervraagd, maar dat zou stellig langer hebben geduurd, en had misschien geen succes opgeleverd.'

'Er is een vrouw gestorven en het is mijn taak te ontdekken hoe en waarom,' zei Dalgliesh. 'Vriendelijk zijn is niet mijn voornaamste prioriteit.'

Bijna in tranen zei Frances, kijkend naar De Witt: 'Arme Blackie! O God, die arme Blackie! Wat gaan ze nu met haar doen?'

Het was Claudia die haar vraag beantwoordde. 'Adjudant Miskin zal haar troosten en daarna gaat Dalgliesh haar uithoren. Of andersom, als ze geluk heeft. Maak je geen zorgen over Blackie. Die fax versturen is geen halszaak, het is niet eens een strafbaar feit.' Ze draaide zich heftig

om en zei tegen Dauntsey: 'Gabriel, het spijt me. Het spijt me verschrikkelijk. Het spijt me. Het spijt me. Ik weet niet wat me bezielde. Mijn God, we moeten elkaar blijven steunen.' Toen hij bleef zwijgen, zei ze bijna smekend: 'Je denkt toch niet dat het moord was? Dé dood van Esmé, bedoel ik. Je denkt toch niet dat iemand haar heeft vermoord?'
'Je hebt de commissaris het briefje horen voorlezen,' zei Dauntsey ingehouden. 'Vond jij dat het klonk als het briefje van iemand die zelfmoord wil plegen?'

56

Winston Johnson was fors, zwart, beminnelijk, zo te zien niet onder de indruk van de sfeer op een politiebureau en filosofisch over gemiste vrachtjes door het noodzakelijke bezoek aan Wapping. Zijn stem was een lage, welluidende bas, maar hij sprak zuiver Cockney. Toen Daniel zijn excuses aanbood voor de gemiste werktijd, zei hij: 'Ach, dat scheelt de helft niet. Op weg hierheen heb ik nog een vrachie naar Canary Wharf gebracht. Amerikaanse toeristen. Ruime tip. Vandaar dat ik verlaat ben.' Daniel schoof hem een foto van Esmé Carling toe. 'Dit is de passagier die ons interesseert. Donderdagavond naar Innocent Walk. Herkent u haar?'
Johnson nam de foto in zijn linkerhand. 'Jawel. Hield me aan bij de Hammersmith-brug, omstreeks half zeven. Wou om half acht op Innocent Walk tien zijn. Geen probleem. Dat hoefde geen uur te kosten, alleen als we vast kwamen te zitten of als er een bommelding was waarvoor jullie een weg hadden afgesloten. We konden goed opschieten.'
'Dus u was er voor half acht.'
'Had gekund, maar bij de Tower tikte ze op het glas en zei dat ze niet te vroeg wou aankomen. Of ik wat tijd wou doodslaan. Ik vroeg waar ze heen wou en ze zei: "Dat kan me niet schelen, als ik maar om half acht bij Innocent Walk ben." Dus toen ben ik naar het Isle of Dogs gereden en terug over de Highway. Kostte wel wat extra, maar dat was voor haar geen probleem, dacht ik. Achttien pond heeft het geintje haar gekost, en ze gaf nog een tip ook.'
'Hoe bent u naar Innocent Walk gereden?'

'Van de Highway linksaf Garnet Street in, dan rechtsaf bij Wapping Wall.'
'Is u nog iemand opgevallen?'
'Of me nog iemand is opgevallen? Er waren wel wat mensen op straat, maar ik kan niet zeggen dat iemand me is opgevallen. Ik moest op het verkeer letten, hè?'
'Heeft mevrouw Carling onderweg nog gepraat?'
'Ze zei alleen wat ik al heb verteld, dat ze niet voor half acht bij Innocent Walk wou zijn, dus of ik wou omrijden.'
'En u weet zeker dat ze om Innocent Walk nummer tien vroeg, niet Innocent House.'
'Nummer tien is wat ze vroeg en nummer tien is waar ik haar heb afgezet. Bij het ijzeren hek aan het einde van Innocent Passage. Volgens mij wou ze niet verder over Innocent Walk. Ze tikte op het raam zodra ik daar binnenreed en zei dat ze wou uitstappen.'
'Hebt u gezien of het hek naar Innocent Passage openstond?'
'Nee, het stond niet open. Wat niet wil zeggen dat het op slot was.'
Daniel wist het antwoord al, maar moest het op schrift hebben. 'Ze heeft niet gezegd waarom ze naar Innocent Walk ging, of ze een afspraak had, bijvoorbeeld?'
'Dat ging mij toch niet aan, heer?'
'Misschien niet, maar passagiers zeggen toch wel eens wat.'
'De meesten zijn met geen hamer stil te krijgen. Maar deze zei niets. Zat stil in een hoekje met die joekel van een schoudertas.'
Er werd opnieuw een foto getoond. 'Deze schoudertas?'
'Best mogelijk. Kan heel goed. Maar ik kan er geen eed op doen, hoor.'
'Leek de tas vol, alsof ze iets zwaars droeg of iets dat omvangrijk was?'
'Daar kan ik je niet mee helpen, heer. Maar ik heb wel gezien dat ze hem over haar schouder had en dat het een groot ding was.'
'En kunt u onder ede verklaren dat u deze vrouw op donderdag van Hammersmith naar Innocent Walk hebt gebracht en dat u haar om half acht levend en wel bij het einde van Innocent Passage hebt achtergelaten?'
'Nou nee, dood was ze niet. Ja, daar kan ik wel een eed op doen. Moet ik nog wat tekenen?'
'U hebt ons geweldig geholpen, meneer Johnson. Ja, u moet uw verklaring nog ondertekenen. Dat doen we hiernaast.'
Met de hoofdagent liep Johnson de kamer uit. Vrijwel direct ging de deur weer open en brigadier Robbins stak zijn hoofd naar binnen. Hij deed geen poging zijn opwinding te verbergen.
'Bezig met de controle op de rivier, adjudant. We krijgen net een telefoontje van de havendienst. Over mijn telefoontje van een uur geleden.

Hun *Royal Nore* is gisteravond langs Innocent House gevaren. De directeur gaf een etentje aan boord. Het begon om acht uur en drie gasten wilden Innocent House graag vanaf het water zien en die stonden aan dek. Twintig voor acht, denken ze. Ze kunnen onder ede verklaren dat het lijk toen niet in het water hing en ze hebben niemand op de voorhof gezien. En nog iets, adjudant. Ze houden strak en stijf vol dat de motorboot links van de trap lag, niet rechts. Ik bedoel links gezien over het water.'
'Wel godallemachtig!' zei Daniel langzaam. 'Dus AD had gelijk met zijn ingeving. Ze is in de boot vermoord. De dader hoorde de boot van de havendienst aankomen en heeft het lijk uit het zicht gehouden tot hij haar kon ophangen.'
'Maar waarom aan die kant? Waarom moest de boot worden verplaatst?'
'In de hoop dat we niet zouden beseffen dat ze daar is vermoord. Wat hij natuurlijk niet wou, was dat de plaats delict-ploeg de motorboot zou gaan doorzoeken. En nog iets. Hij is haar tegemoet gegaan aan de binnenkant van het smeedijzeren hek aan het einde van Innocent Passage. Hij had een sleutel en stond in de opening van de zijdeur. Het zou veiliger zijn op dat deel van de voorhof te blijven, zo ver mogelijk van Innocent House en nummer twaalf vandaan.'
Robbins had een tegenwerping bedacht. 'Was het niet riskant die motorboot te verplaatsen? Dat hadden juffrouw Peverell en meneer De Witt vanuit haar flat kunnen horen. En dan waren ze vast komen kijken wat er aan de hand was.'
'Ze beweren dat ze niet eens een taxi kunnen horen, tenzij die over de kinderhoofdjes van Innocent Lane rijdt. Dat kunnen we natuurlijk nagaan. Als ze een motor hebben gehoord, hebben ze waarschijnlijk gedacht dat die van een passerend vaartuig op de rivier was. Ze hadden immers de gordijnen dicht. Er is natuurlijk altijd nog een mogelijkheid.'
'Wat bedoelt u?'
'Dat zij het waren die de boot hebben verplaatst.'

57

Het was nog maar net half zes die zaterdag, meestal een drukke dag, maar de winkel was op slot en het bordje hing omgekeerd achter het glas. Claudia belde aan en even later verscheen Declan en schoof de grendel weg. Zodra ze binnen was, keek hij in beide richtingen de straat af en vergrendelde toen weer haastig de deur.

'Waar is meneer Simon?'

'In het ziekenhuis. Ik ben bij hem geweest. Hij is ernstig ziek. Hij denkt dat hij kanker heeft.'

'Wat zeggen ze in het ziekenhuis?'

'Hij is ter observatie opgenomen. Ik merkte wel dat ze dachten dat het ernstig was. Ik heb hem vanmorgen geprest dokter Cohen te bellen, dat is zijn huisarts, en die zei: "God nog aan toe, waarom ben je niet eerder bij me gekomen?" Simon weet dat hij niet meer levend uit het ziekenhuis komt, dat heeft hij tegen me gezegd. Hoor eens, ga liever mee naar achteren, daar kunnen we zitten.'

Hij kuste haar niet en raakte haar ook niet aan.

Hij praat tegen me zoals tegen een klant, dacht ze. Er is iets met hem gebeurd, iets anders dan de ziekte van de oude Simon. Ze had hem nog nooit meegemaakt zoals hij nu was. Hij leek zowel opgewonden als doodsbang. Zijn ogen stonden bijna wild en hij zweette. Ze kon hem ruiken: een vreemde, dierlijke lucht. Ze liep met hem mee naar achteren. Alle drie de staven van de elektrische kachel aan de muur brandden en het was er erg warm. De vertrouwde voorwerpen leken vreemd, banaler, de onnozele overblijfselen van dode en ongeachte levens.

Ze ging niet zitten, maar bleef staan om naar hem te kijken. Hij was rusteloos en gebruikte de kleine ruimte om te ijsberen. Hij was conventioneler gekleed dan anders en de das en het jasje, die haar niet vertrouwd waren, leken in tegenspraak met zijn bijna maniakale onrust en warrige haar. Ze vroeg zich af hoeveel hij al had gedronken. Er stond een fles wijn, voor twee derde leeg, en een enkel gebruikt glas tussen de voorwerpen op een van de tafels. Opeens bleef hij staan en draaide zich naar haar om, zodat ze in zijn ogen een smeekbede, schaamte en angst kon zien.

'De politie is hier geweest,' zei hij. 'Hoor eens, Claudia, ik moest van donderdag vertellen, van de avond van Gerards dood. Ik moest wel zeggen dat je me bij de Tower-steiger had afgezet, dat we niet de hele avond bij elkaar waren geweest.'

'Dat moest je wel vertellen? Hoe bedoel je dat?'

'Ze hebben me gedwongen.'

'Waarmee, duimschroeven en hete tangen? Heeft Dalgliesh je armen verdraaid en je in je gezicht geslagen? Hebben ze je meegenomen naar Notting Hill om je zo geraffineerd af te tuigen dat er geen sporen achterbleven? We weten hoe goed ze daarin zijn, dat zie je op tv.'
'Dalgliesh was er niet bij. Het was die jodenjongen met een brigadier. Claudia, je hebt geen idee. Ze denken dat die romanschrijfster is vermoord, die Esmé Carling.'
'Dat kunnen ze niet weten.'
'Ik zeg toch dat ze dat denken. En ze weten dat ik een motief had voor de moord op Gerard.'
'Als het moord was.'
'Ze wisten dat ik kapitaal nodig heb en dat je me dat had toegezegd. We hadden bij Innocent House kunnen aanleggen om het samen te doen.'
'Alleen hebben we dat niet gedaan.'
'Dat geloven ze niet.'
'Hebben ze dat precies zo gezegd?'
'Nee, maar dat hoefde ook niet. Ik kon wel zien wat ze dachten.'
Geduldig zei ze: 'Hoor eens, als ze je serieus verdachten, zouden ze je eerst onder cautie moeten stellen op een politiebureau en het gesprek op de band opnemen. Hebben ze dat gedaan?'
'Natuurlijk niet.'
'Ze hebben je niet gevraagd mee te gaan naar het bureau of gezegd dat je een advocaat kon bellen?'
'Helemaal niet. Ze hebben alleen tot slot gezegd dat ik op het bureau in Wapping moest komen om een verklaring af te leggen.'
'Dus wat hebben ze dan wel gedaan?'
'Ze bleven maar vragen of ik heel zeker wist dat we van begin tot eind bij elkaar waren geweest, dat je me hierheen had teruggebracht vanaf Innocent House. Dat het zoveel beter was om de waarheid te vertellen. De adjudant gebruikte de woorden "medeplichtig aan moord", daar ben ik zeker van.'
'O ja? Ik niet.'
'Nou ja, ik heb het ze dus verteld.'
Zachtjes zei ze, met een mond die niet meer de hare leek: 'Besef je wel wat je hebt gedaan? Als Esmé Carling is vermoord, dan is Gerard waarschijnlijk ook vermoord, en dan heeft de dader beide gevallen op zijn geweten. Het zou al te toevallig zijn als er twee moordenaars bij één bedrijf werken. Het enige dat je hebt bereikt, is dat je nu van twee moorden wordt verdacht, in plaats van één.'
Hij was bijna in tranen. 'Maar we waren hier samen toen Esmé stierf. Je kwam direct van je werk. Ik heb je binnengelaten. We zijn de hele avond

bij elkaar geweest. We zijn naar bed geweest. Dat heb ik verteld.'
'Maar meneer Simon was er niet toen ik aankwam, hè? Alleen jij hebt me gezien. Dus wat hebben we voor bewijs?'
'Maar we waren samen hier! We hebben een alibi – we hebben allebei een alibi!'
'Zal de politie daar nog in geloven? Je hebt toegegeven dat je hebt gelogen over de avond waarop Gerard stierf; waarom zou je niet opnieuw liegen over de avond waarop Esmé is gestorven? Je wilde zo graag je huid redden dat je niet besefte dat je jezelf juist dieper in de stront duwde.'
Hij wendde zich van haar af en schonk wijn in zijn glas. Hij hield haar de fles voor en vroeg: 'Wil je? Ik zal een glas pakken.'
'Nee, dank je.'
Weer wendde hij zich van haar af. 'Hoor eens,' zei hij, 'het lijkt me beter als we elkaar niet meer zien. In elk geval voorlopig niet. Ik bedoel: we kunnen beter niet samen worden gezien zolang de hele zaak nog niet is opgehelderd.'
'Er is nog iets anders gebeurd, hè? Het gaat niet alleen om het alibi.'
Het was bijna lachwekkend hoe zijn gezicht veranderde. De blik van schaamte en vrees maakte plaats voor een blos van opwinding, een sluwe voldoening. Wat is hij toch kinderlijk, dacht ze, en vroeg zich af wat voor nieuw stuk speelgoed hij in handen had gekregen. Maar ze wist dat haar minachting eerder haarzelf gold dan hem.
'Er is nog iets anders. Heel gunstig eigenlijk. Simon heeft zijn notaris laten komen. Hij wil een testament opstellen waarin ik de hele zaak en de inventaris erf. Nou ja, hij heeft toch niemand anders om de zaak aan na te laten? Hij heeft geen familie. Hij weet dat hij nooit meer naar de zon zal afreizen, dus dan mag ik alles wel hebben. Liever ik dan de staat, zei hij.'
'Ik begrijp het,' zei ze. En ze begreep het inderdaad. Ze was niet meer nodig. Het geld dat ze van Gerard had geërfd, was niet meer nodig. Met beheerste stem zei ze: 'Als de politie je verdenkt, en dat betwijfel ik ten zeerste, maakt het niet uit of we contact met elkaar hebben of niet. Het zal juist verdachter lijken als we elkaar ineens niet meer zien. Zo zouden twee schuldige mensen zich juist gedragen. Maar je hebt gelijk. We moesten elkaar maar niet meer zien, nooit meer wat mij betreft. Jij hebt mij niet nodig en ik heb jou zeker niet nodig. Je hebt wel een zekere woeste charme en je bent soms ook wel grappig, maar je bent niet bepaald de beste minnaar ter wereld, wel?'
Ze was verbaasd dat ze met vaste tred naar de deur kon lopen, maar daar had ze wat moeite met de grendels. Ze merkte dat hij vlak achter haar kwam staan.
Bijna smekend zei hij: 'Maar je begrijpt toch wel hoe dat overkwam. Je

had me gevraagd mee te gaan de rivier op. Je zei dat het belangrijk was.'
'Het was ook belangrijk. Ik wilde Gerard na de directievergadering spreken, weet je nog? Ik dacht dat ik misschien wel goed nieuws voor je zou hebben.'
'En toen heb je me om een alibi gevraagd. Ik moest zeggen dat we tot twee uur bij elkaar waren gebleven. Zodra je met het lijk alleen was, heb je vanuit het archief gebeld. Daar had je nog net tijd voor. En het was het eerste waar je aan dacht. Je zei wat ik moest zeggen. Je hebt me gedwongen te liegen.'
'En dat heb je natuurlijk tegen de politie gezegd.'
'Je begrijpt wel hoe zij daar tegenaan kijken, hoe iedereen daar tegenaan zal kijken. Je bent in je eentje met de boot teruggegaan. Je bent in Innocent House met Gerard alleen geweest. Je hebt zijn flat geërfd, zijn aandelen, het geld van zijn levensverzekering.'
Ze voelde de zware deur tegen haar rug. Ze keek naar hem op en zag de angst in zijn ogen toen ze zei: 'Ben je dan niet bang voor me? Ben je niet doodsbang om hier alleen met mij te zijn? Ik heb al twee mensen doodgemaakt, wat doet een derde er dan nog toe? Misschien ben ik wel een bloeddorstige maniak, dat kun je niet weten, hè? God, Declan! Dacht je echt dat ik Gerard zou vermoorden, die tien keer zoveel verdiensten had als jij, alleen maar om dit winkeltje te kopen met die zielige verzameling afval die jij inkoopt om jezelf wijs te maken dat je leven zin heeft, dat je een man bent?'
Ze kon zich niet herinneren dat ze de deur had opengekregen, maar ze hoorde hem achter zich dichtgaan. De avondlucht voelde erg koud en ze klappertandde. Dus het is afgelopen, dacht ze, afgelopen in verbittering, verwijten, goedkope seksuele beledigingen, vernedering. Maar zo ging het toch altijd? Ze duwde haar handen diep in de zakken van haar jas, trok haar schouders op en liep energiek naar de plaats waar ze de auto had geparkeerd.

V

Doorslag

58

Het was vroeg op de maandagavond en Daniel was in zijn eentje aan het werk in het archief. Hij wist niet goed waarom hij was teruggegaan naar die zwaar beladen, stoffig ruikende planken, tenzij als boetedoening die hij zichzelf had opgelegd. Het leek wel of hij zijn blunder met betrekking tot Esmé Carlings alibi geen ogenblik van zich af kon zetten. Het was niet alleen Daisy die hem had misleid, ook Esmé Carling, en haar had hij steviger aan de tand kunnen voelen. Dalgliesh was niet op de flater teruggekomen, maar het was niet waarschijnlijk dat hij hem zou vergeten. Daniel wist niet wat erger was, AD's vergevensgezindheid of Kates tact.

Hij nam telkens een stapel van ongeveer tien mappen mee naar het archiefkamertje. Het was er niet koud; hij had een elektrisch kacheltje te leen gekregen. Maar het was geen prettige kamer. Zonder de kachel werd het er bijna onnatuurlijk snel koud; met de kachel aan werd het er bijna onaangenaam warm. Hij was niet bijgelovig. Hij had niet het gevoel dat de schimmen van de onrustige doden hem bij zijn eenzame, methodische onderzoek gadesloegen. Het was een troosteloze, zielloze kamer zonder karakter die alleen een vage onrust opriep, niet door het contact met de gruwelen, maar door de afwezigheid daarvan.

Hij had een nieuwe stapel mappen van een bovenste plank gepakt en zag toen erachter een klein pakje in bruin papier dat met oud touw was dichtgebonden. Hij nam het mee naar de tafel, worstelde met de knopen en kon het ten slotte openmaken. Het was een oud, in leer gebonden gebedenboekje, ongeveer vijftien bij tien centimeter groot, met de initialen F.P. in goud op het omslag. Het was kennelijk veel gebruikt; de initialen waren nauwelijks meer te onderscheiden. Hij sloeg het open bij de eerste stijve, bruine pagina en zag een kopje in krulletters: 'Gedrukt door John Baskett, Drukker van 's Konings Opperste Majesteit en de Rechthebbenden van Thomas Newcomb, en Henry Hills, RIP. 1716. *Cum Privilegio.*' Hij begon geïnteresseerd te bladeren. Er liepen dunne rode lijnen over elke marge en het midden van de pagina. Hij wist weinig van het gebedenboek van de anglicaanse kerk, maar hij sloeg de stijve, bruine pagina's met belangstelling om; hij zag dat er een speciale 'Vorm van Ge-

bed met Dankzegging voor jaarlijks gebruik op de Vijfde November, voor de gelukkige Verlossing van Koning Jacobus I van de Hoogstverraderlijke en Bloedige beoogde Massamoord door Kruit'. Hij betwijfelde of het nog langer in de anglicaanse liturgie werd gebruikt.
Ineens viel er een vel papier uit het boekje. Het was dubbelgevouwen en witter dan de pagina's van het gebedenboekje, maar even dik. Er stond niets boven. De tekst was geschreven in zwarte inkt, het handschrift was beverig, maar de inhoud was nog zo goed te lezen als op de dag dat het geschreven werd:

Ik, Francis Peverell, schrijf dit met mijn eigen hand op de Vierde September 1850 in Innocent House, in stervensnood. De ziekte die mij al achttien maanden in haar greep heeft, zal spoedig haar arbeid hebben voltooid en de genade Gods zal mij bevrijden. Mijn hand heeft die woorden 'genade Gods' geschreven en ik zal ze niet verwijderen. Ik heb noch de kracht, noch de tijd om overnieuw te beginnen. Maar van God kan ik niet meer verwachten dan de genade van het niet-bestaan. Ik heb geen hoop op de Hemel en geen vrees voor de kwellingen van de Hel, omdat ik de afgelopen vijftien jaar mijn Hel hier op aarde heb beleefd. Ik heb alle verzachtingsmiddelen voor mijn huidige lijden geweigerd. Ik heb de laudanum van de vergetelheid niet aangeraakt. Haar dood was genadiger dan de mijne. Mijn bekentenis kan mijn geest of lichaam geen verlichting geven omdat ik geen genade heb gezocht, noch mijn zonde aan een levende ziel heb bekend. Noch heb ik herstel nagestreefd. Welk herstel is mogelijk voor een man die zijn vrouw heeft vermoord?
Ik schrijf deze woorden omdat recht doen aan haar nagedachtenis vereist dat de waarheid wordt verteld. Toch kan ik mij nog niet zetten tot een openbare bekentenis, noch van haar nagedachtenis de vlek van de zelfmoord uitwissen. Ik heb haar om het leven gebracht omdat ik haar geld nodig had om het werk aan Innocent House te doen voltooien. Ik had besteed wat zij als huwelijksportie had ingebracht, maar er waren fondsen waartoe ik pas na haar overlijden toegang zou krijgen. Mijn vrouw had mij lief, maar wilde mij die gelden niet geven. Zij beschouwde mijn liefde voor het huis als een bezetenheid en een zonde. Zij meende dat ik meer verknocht was aan Innocent House dan aan haar of aan onze kinderen, en zij had gelijk.
De daad had niet gemakkelijker kunnen zijn. Zij was een eenzelvige vrouw die door schroom en warsheid van ontvangsten werd weerhouden van innige vriendschappen. Zij had geen levende familieleden meer. Het personeel wist dat zij een ongelukkige was en in voorbereiding op haar dood heb ik zekere medewerkers en andere bekenden deelgenoot ge-

maakt van mijn zorgen over haar gezondheid en verminderde levenslust. Op de Vierentwintigste September, op een kalme najaarsavond, riep ik haar naar de derde verdieping, zeggende dat ik haar iets wilde tonen. Wij waren alleen thuis, op het personeel na. Zij kwam naar mij toe op het balkon. Zij was een tengere vrouw en het was slechts het werk van een ogenblik haar op te tillen en over de rand te werpen. Ongehaast liep ik terstond naar beneden, naar de bibliotheek, en zat daar stil te lezen toen de vreselijke tijding werd gebracht. Op mij viel nimmer enige verdenking. Waarom ook? Een man van aanzien kon niet worden verdacht van moord op zijn echtgenote.

Ik heb voor Innocent House geleefd en gedood, maar sinds haar dood schenkt het huis mij geen vreugde meer. Ik laat deze bekentenis na om van generatie op generatie aan de oudste zoon te worden overhandigd. Allen die dit lezen zullen, smeek ik mijn geheim te bewaren. Het zal eerst in handen komen van mijn zoon, Francis Henry, en mettertijd van zijn zoon, en van al mijn nazaten. Ik heb geen hoop in deze wereld of de andere en heb geen boodschap. Ik schrijf omdat het noodzakelijk is voordat ik sterf de waarheid te zeggen.

Onderaan had hij zijn handtekening en de datum geschreven.
Nadat Daniel de bekentenis had gelezen, bleef hij twee volle minuten roerloos zitten. Hij vroeg zich af waarom de woorden, die van anderhalve eeuw geleden tot hem kwamen, hem zo hadden aangegrepen. Hij had het gevoel dat hij niet het recht had ze te lezen, dat hij het papier in het gebedenboekje zou moeten terugleggen, het weer moest inpakken en op de plank terugleggen. Maar hij zou op zijn minst Dalgliesh moeten laten weten wat hij had gevonden. Was deze bekentenis de reden waarom Henry Peverell geen archiefonderzoek had gewild? Hij moest van het bestaan ervan op de hoogte zijn geweest. Was het stuk hem getoond toen hij meerderjarig werd, of was het al eerder zoekgeraakt en onderdeel van de familiefolklore geworden, iets waarover werd gefluisterd maar nooit gesproken? Had Frances Peverell het stuk gezien, of waren de woorden 'oudste zoon' letterlijk opgevat? Maar er kon geen verband zijn met de moord op Gerard Etienne. Het was een tragedie van de Peverells, de schande van de Peverells, zo oud als het papier van de bekentenis. Hij kon begrijpen dat de familie het geheim wilde houden. Het zou onaangenaam zijn om elke keer als iemand het huis bewonderde te moeten toegeven dat het was gebouwd van geld waarvoor een moord was gepleegd. Na enig gepeins legde hij het papier terug, pakte het gebedenboekje weer zorgvuldig in en legde het terzijde.
Er klonken lichte voetstappen op het archief. En nu hij aan die ver-

moorde echtgenote dacht, voelde hij even een lichte huivering van bijgelovig ontzag. Toen won zijn verstand. Het waren de voetstappen van een levende vrouw en hij wist ook van wie.
Claudia Etienne bleef in de deuropening staan. Zonder inleiding zei ze: 'Blijft u nog lang?'
'Niet zo heel lang. Een uur misschien nog, of minder.'
'Ik ga om half zeven weg. Ik doe overal het licht uit, behalve op de trap. Wilt u het licht daar uitdoen wanneer u weggaat en het alarmsysteem inschakelen?'
'Natuurlijk.'
Hij sloeg de dichtstbijzijnde map open en deed alsof hij zich erin verdiepte. Hij wilde niet met haar praten. Het zou nu onverstandig zijn een gesprek te voeren zonder aanwezigheid van een derde.
'Het spijt me dat ik over mijn alibi voor de dood van Gerard heb gelogen,' zei ze. 'Dat was ingegeven door angst en door de wens complicaties te vermijden. Maar ik heb hem niet vermoord, niemand van ons heeft dat gedaan.' Hij gaf geen antwoord en keek niet naar haar op. Met wanhoop in haar stem zei ze: 'Hoe lang moet dit nog doorgaan? Kunt u me dat niet zeggen? Hebt u enig idee? Het lijk van mijn broer is nog niet eens vrijgegeven voor crematie. Begrijpt u niet wat dat voor mij betekent?'
Toen keek hij naar haar op. Als hij tot medelijden in staat was geweest, toen hij haar gezicht zag, zou hij het op dat ogenblik hebben gevoeld. 'Het spijt me,' zei hij. 'Ik kan er nu niet over praten.'
Zonder iets te zeggen draaide ze zich abrupt om en liep weg. Hij wachtte tot haar voetstappen waren weggestorven en liep toen naar de archiefdeur om die op slot te doen. Hij had eraan moeten denken dat Dalgliesh de deur permanent op slot wilde houden.

59

Om vijf voor half zeven borg Claudia de ordners op waaraan ze had gewerkt en ging naar boven om haar handen te wassen en haar jas te halen. Overal in huis brandde licht. Sinds de dood van Gerard had ze een hekel aan in haar eentje in het donker werken. Kroonluchters, muurlampen en de grote bollen onder aan de trap verlichtten nu de pracht en praal van plafondschilderingen, de details van houtsnijwerk en de zuilen van gekleurd marmer. Adjudant Aaron kon het licht uitdoen wanneer hij naar beneden kwam. Ze had er spijt van dat ze de verleiding naar het archief te gaan geen weerstand had geboden. Ze had gehoopt dat ze, als ze hem onder vier ogen kon spreken, iets meer te weten had kunnen komen over de stand van het onderzoek, enig idee wanneer het voltooid zou zijn. Het was een dwaze gedachte die alleen tot vernedering had geleid. Ze was voor hem geen mens. Hij beschouwde haar niet als een mens, een vrouw die alleen was, bang, onvoorbereid belast met een zware verantwoordelijkheid. Voor hem en Dalgliesh en Kate Miskin was ze alleen een verdachte, misschien de voornaamste verdachte. Ze vroeg zich af of een moordonderzoek alle betrokkenen ontmenselijkte.

De meeste medewerkers parkeerden achter het afgesloten hek in Innocent Passage. Claudia was de enige die de garage gebruikte. Ze was erg gesteld op haar Porsche 911. De auto was nu zeven jaar oud, maar ze wilde geen andere en liet hem niet graag buiten staan. Ze deed de deur van nummer tien van het slot, liep de gang door en opende de deur naar de garage. Ze stak haar hand uit naar de lichtschakelaar maar er gebeurde niets; de lamp was zeker stuk. Terwijl ze besluiteloos bleef staan, werd ze zich bewust van een zachte ademhaling, die haar direct tot het angstige besef bracht dat hier iemand in het donker stond. Op dat ogenblik schoof de leren lus over haar hoofd en werd om haar hals aangetrokken. Ze werd met een ruk naar achteren gesjord, tegen het beton, zodat ze versuft raakte en haar achterhoofd schaafde.

Het was een lange riem. Ze spreidde haar armen om zich te verzetten tegen degene die hem vasthield, maar ze had geen kracht in haar armen en elke keer als ze zich wilde bewegen, kwam de strop strakker te zitten en het duizelde haar zo van pijn en angst dat ze kort het bewustzijn verloor. Ze maakte machteloze bewegingen, als een gevangen vis op het droge, en probeerde vergeefs met haar voeten vat te krijgen op het ruwe beton.

En toen hoorde ze zijn stem. 'Stil blijven liggen, Claudia. Zolang je stil blijft liggen, gebeurt er niets.'

Ze staakte haar verzet en direct hield het vreselijke wurgen op. Zijn stem klonk zacht en vol overredingskracht. Ze hoorde wat hij zei en het drong eindelijk tot haar versufte brein door. Hij vertelde haar dat ze moest sterven, en waarom.

Ze wilde schreeuwen dat het een verschrikkelijke vergissing was, dat het niet waar was, maar haar stem werd gesmoord en ze wist dat ze alleen door roerloos te blijven liggen in leven kon blijven. Hij legde haar nu uit dat het op zelfmoord zou lijken. De leren riem zou aan het geblokkeerde

stuur van de auto worden bevestigd, de motor zou blijven lopen. Dan zou ze al dood zijn, maar het was noodzakelijk voor hem dat de garage met een dodelijk gas zou zijn gevuld. Hij legde het haar geduldig uit, bijna vriendelijk, alsof het belangrijk voor hem was dat ze het zou begrijpen. Hij zei dat ze geen alibi voor de moorden meer had. De politie zou denken dat ze zelfmoord had gepleegd uit angst voor arrestatie en berouw. En nu was hij klaar. Ik ga niet dood, dacht ze. Ik laat me niet door hem afmaken. Ik wil niet dood, niet hier, niet zo, vastgelegd als een dier op deze garagevloer. Ze verzamelde al haar wilskracht. Ze dacht: ik moet doen alsof ik dood ben, flauwgevallen, half dood. Als ik hem kan verrassen, kan ik me omdraaien en de riem pakken. Als ik maar overeind kan komen, kan ik hem buiten gevecht stellen.
Ze verzamelde krachten voor die laatste actie. Maar hij was erop bedacht. Zodra ze in beweging kwam, werd de strop aangetrokken, en deze keer ging hij niet meer los.
Hij wachtte tot de vreselijke stuiptrekkingen waren opgehouden, het gerochel was verstild. Toen liet hij de riem los, bukte en luisterde naar een ademhaling die er niet was. Hij richtte zich op, haalde de lamp uit zijn zak, strekte zich en draaide hem weer in de fitting in het lage plafond. Nu het licht was in de garage, kon hij de sleuteltjes uit haar zak nemen, de auto van het slot doen en het uiteinde van de riem om het stuur vastmaken. Zijn handen in de handschoenen werkten snel en efficiënt. Ten slotte startte hij de motor. Haar lichaam lag languit, alsof ze zich uit de portieropening had geworpen, in het besef dat de strop of de fatale uitlaatgassen dodelijk zouden zijn. En op datzelfde moment hoorde hij voetstappen in de gang naar de garagedeur.

60

Het was drie minuten voor half zeven. In de flat van Frances Peverell ging de telefoon. Zodra James haar naam uitsprak, wist ze dat er iets mis was.
'James, wat is er?' riep ze meteen.
'Rupert Farlow is dood. Hij is een uur geleden in het ziekenhuis gestorven.'
'James, wat naar voor je. Was je bij hem?'

'Nee, Ray was bij hem. Hij wilde er alleen Ray bij hebben. Het is zo vreemd, Frances. Toen hij hier nog woonde, was het nauwelijks te verdragen hier in huis. Soms zag ik er als een berg tegenop om naar huis te gaan door de rommel, de stank, de verstoorde rust. En nu hij dood is, wil ik dat het er weer uitziet zoals toen. Ik vind het vreselijk. Het is precieus, aanstellerig, braaf en saai, een modelwoning voor iemand wiens hart dood is. Ik kan de hele boel wel kort en klein slaan.'
'Heb je er iets aan als ik naar je toe kom?' vroeg ze.
'Zou je dat willen doen, Frances?' Ze hoorde opluchting en vreugde in zijn stem. 'Weet je zeker dat het niet te veel gevraagd is?'
'Natuurlijk is het niet te veel gevraagd. Ik kom eraan. Het is nog geen half zeven, misschien is Claudia er nog. Dan vraag ik haar wel of ze me bij de Bank wil afzetten en dan neem ik de Circle Line. Dat is het vlugst. Als ze al weg is, neem ik een taxi.'
Ze legde de hoorn neer. Ze vond het treurig van Rupert, maar ze had hem maar één keer ontmoet, jaren terug, in Innocent House. En het langverwachte overlijden, dat in zo'n smartelijke vorm zonder klagen werd afgewacht, moest als een verlossing zijn gekomen. Maar James had haar gebeld, hij had haar nodig, wilde dat ze bij hem zou komen. Ze was verrukt. Ze greep haar jasje en das van de kapstok in de gang, holde de trap af en rende Innocent Lane in. Maar de deur van Innocent House was op slot en er scheen geen licht door het raam van de receptie. Claudia was al weg. Ze draafde naar Innocent Walk met het idee dat ze haar misschien nog zou aantreffen terwijl ze haar auto uit de garage haalde, maar ze zag dat de garage dicht was. Ze was te laat.
Ze besloot een taxi te bellen met het wandtoestel op de gang van nummer tien. Dat was sneller dan terug naar huis gaan. Terwijl ze langs de deuren van de garage liep, hoorde ze het onmiskenbare geluid van een lopende motor. Het verbaasde haar en ze schrok er ook een beetje van. Claudia's Porsche, haar geliefde 911, was te oud voor een katalysator. Ze moest toch weten dat het niet veilig was de motor in een afgesloten garage te laten lopen? Nonchalance was niets voor Claudia.
De deur naar nummer tien was op slot. Dat was niet vreemd; Claudia ging altijd via de deur naar binnen en deed hem meteen achter zich op slot. Maar het was wel gek dat het licht op de gang nog brandde en dat de zijdeur naar de garage op een kier stond. Ze riep Claudia's naam en gooide de deur open.
Het licht brandde, het harde, wrede, schaduwloze licht. Ze bleef als aan de grond genageld staan, volkomen verlamd door een alles onthullende gruwelijke seconde. Hij zat bij het lichaam geknield, maar nu kwam hij overeind en liep rustig naar haar toe terwijl ze de deur versperde. Ze keek

in zijn ogen. Het waren dezelfde ogen, wijs, een beetje vermoeid, die veel te lang veel te veel hadden gezien.
'O nee!' fluisterde ze. 'Nee toch, Gabriel. Niet jij. O nee.'
Ze gilde niet. Ze was noch tot gillen in staat, noch tot zich verroeren. Hij sprak haar vriendelijk toe, met de stem die ze van hem kende.
'Het spijt me, Frances. Je begrijpt toch wel dat ik je onmogelijk kan laten gaan?'
En toen begon ze te tollen op haar benen en voelde dat ze in de barmhartige duisternis viel.

61

In het archiefkamertje keek Daniel op zijn horloge. Zes uur. Hij was al twee uur bezig. Maar het was welbestede tijd geweest. Hij had in elk geval iets gevonden. Twee uur zoeken had iets opgeleverd. Misschien was het niet van belang voor het onderzoek, maar het was zeker interessant. Wanneer hij de bekentenis aan het team liet zien, zou AD misschien het gevoel krijgen dat zijn instinct hem niet had bedrogen, en het zoeken laten staken. Er was geen reden om nu niet op te houden.
Maar door het succes was zijn belangstelling herleefd en hij was bijna aan het einde van een stelling gekomen. Hij kon de laatste dertig mappen op de bovenste plank wel meenemen naar het kamertje. Hij hield van een duidelijk gemarkeerd einde aan een karwei en het was nog vroeg. Zodra hij hier klaar was, moest hij naar Wapping. Hij voelde zich nog even niet opgewassen tegen Kates begrip of medelijden. Hij verschoof de ladder langs de stelling.
De map, een grote map maar niet opvallend dik, stond stijf tussen twee andere in geduwd en terwijl hij hem pakte, gleed hij van de plank. Er vielen een paar papieren op zijn hoofd, als zware bladeren. Voorzichtig stapte hij van de ladder om ze op te rapen. De andere papieren waren bijeen gebonden, waarschijnlijk op datum. Twee dingen vielen hem op. De map was van dik papier en kennelijk heel oud, terwijl sommige documenten in de map er zo fris en schoon uitzagen of ze nog geen drie jaar geleden waren opgeborgen. Er stond geen aanduiding op de map, maar op de papieren die hij opraapte, kwam hij telkens het in het oog sprin-

gende woord 'jood' tegen. Hij nam de map mee naar de tafel in de archiefkamer.
De papieren waren niet genummerd en hij kon alleen aannemen dat ze in de goede volgorde lagen, maar één document, ongedateerd, trof zijn blik. Het was een voorstel voor een roman, stuntelig getikt en ongesigneerd. Er stond *Voorstel aan de vennoten van Peverell Press* op. Hij las:

De achtergrond en het universele en verbindende thema van deze roman, werktitel *Erfzonde*, is de medewerking van het Vichy-regime in Frankrijk aan de deportatie van joden uit Frankrijk, tussen 1940 en 1944. In die vier jaar zijn bijna 76.000 joden op transport gezet; de overgrote meerderheid is in concentratiekampen in Polen en Duitsland gestorven. Het boek zal het verhaal vertellen van een door de oorlog gescheiden gezin: een jonge joodse moeder en haar tweeling van vier kunnen door de bezetting Frankrijk niet verlaten, duiken onder bij vrienden en krijgen valse papieren, maar worden vervolgens verraden en afgevoerd om in Auschwitz te worden vermoord. De roman zal het effect van dit verraad behandelen – een klein gezin tussen de duizenden slachtoffers – op de echtgenoot, op de verradenen en op de verraders.

Hij werkte zich door de papieren heen, maar kon geen reactie op het voorstel vinden, geen door Peverell Press verzonden brief. Wat er verder in de map zat, waren kennelijk voorbereidende stukken en notities. Er was veel onderzoek gedaan; voor een roman was de voorbereiding uitzonderlijk grondig geweest. In de loop van de jaren had de schrijver een opmerkelijke collectie internationale en nationale instellingen aangeschreven of bezocht. De Archives nationales in Parijs en Toulouse, het Centre de documentation juive contemporaine in Parijs, de Harvard-universiteit, het Public Record Office en het Royal Institute of International Affairs in Londen en het Westduitse federale archief in Koblenz. Er waren ook knipsels uit Franse verzetskranten, *l'Humanité*, *Témoignage chrétien* en *Le Franc-tireur*, en verklaringen van préfets in het bezette gebied. Hij liet ze aan zijn ogen voorbijgaan, de brieven, rapporten, gedeelten van officiële documenten, afschriften van notulen, ooggetuigerapporten. Het was een breed opgezet onderzoek, dat hier en daar verbazend concreet was: het aantal gedeporteerden, treinschema's, de rol van Pierre Laval, zelfs wijzigingen in de Duitse machtsstructuur in Frankrijk in het voorjaar en de zomer van 1942. Al spoedig bleek dat de onderzoeker ervoor had gezorgd dat zijn naam nergens vermeld stond. Op door hem geschreven brieven waren zijn handtekening en adres verwijderd of zwart gemaakt, brieven aan hem vermeldden wel naam en adres van de afzender maar niet de geadresseerde. Uit niets bleek dat dit onderzoek ooit ergens voor was gebruikt, dat de onderzoeker ooit aan het boek was begonnen, laat staan dat hij het had afgemaakt.

Het werd steeds duidelijker dat de onderzoeker vooral belangstelling had voor een bepaalde streek en een bepaald jaar. De roman, als het een roman was, kreeg richting. Het was alsof een batterij zoeklichten een breed terrein had beschenen en een incident had uitgelicht, een interessante opstelling, een enkele gedaante, een rijdende trein, en ten slotte was gericht op een enkel jaar: 1942. In dat jaar hadden de Duitsers een veel hoger aantal deportaties uit niet-bezet gebied geëist. De opgepakte joden waren naar het Vel d'Hiv overgebracht of naar Drancy, een uitgestrekt appartementencomplex in een noordoostelijke voorstad van Parijs. Dit kamp was het doorgangskamp naar Auschwitz. In de map lagen drie ooggetuigerapporten: een van een Franse verpleegster die veertien maanden lang in Drancy had samengewerkt met een kinderarts, tot ze de opeenstapeling van ellende niet meer kon aanzien, en twee van overlevenden, kennelijk in antwoord op een specifiek verzoek van de onderzoeker. Een vrouw schreef:

Ik werd op 16 augustus 1942 aangehouden door de Gardes mobiles. Het stelde me gerust dat het Fransen waren en bij mijn arrestatie gedroegen zij zich correct. Ik wist niet wat me te wachten stond, maar ik herinner me dat ik het niet zo somber inzag. Ik moest handbagage meenemen en medisch worden gekeurd voor ik kon worden overgebracht. Ik werd naar Drancy gebracht en daar ontmoette ik de jonge moeder van een tweeling. Ze heette Sophie. De namen van de kinderen kan ik me niet herinneren. Ze was eerst in het Vel d'Hiv geweest, maar naderhand naar Drancy overgebracht. Ik kan me haar en de kinderen nog goed herinneren, hoewel we niet vaak met elkaar hebben gepraat. Ze vertelde me weinig over zichzelf, alleen dat ze bij Aubière onder een schuilnaam had geleefd. Al haar zorgen waren op haar kinderen gericht. In die tijd woonden we met vijftig andere gevangenen in een barak. De omstandigheden waren slecht. Er waren te weinig bedden en er was te weinig stro voor de matrassen, we kregen alleen koolsoep te eten en leden aan dysenterie. Veel mensen stierven in Drancy, in de eerste tien maanden alleen al ruim vierhonderd, meen ik. Ik herinner me het gejammer van de kinderen en het kreunen van de stervenden. Voor mij was Drancy even erg als Auschwitz. Ik ben alleen van de ene hel naar de andere gegaan.

De tweede overlevende van hetzelfde kamp beschreef dezelfde gruwelen, alleen in meer detail, maar had geen herinnering aan een jonge moe-

der met een tweeling.
Daniel werkte als in trance de papieren door. Hij wist nu waarheen de weg zou leiden en hier was eindelijk het bewijs: een brief van Marie-Louise Robert uit Quebec. Aan de met de hand geschreven brief was een getypte verklaring gehecht:

Ik heet Marie-Louise Robert en ik ben Canadees staatsburgeres, weduwe van Emile Edouard Robert, een Frans-Canadees. Ik heb hem in Canada ontmoet en ben in 1958 met hem getrouwd. Hij is twee jaar geleden gestorven. Ik ben in 1928 geboren, dus in 1942 was ik veertien jaar oud. Ik woonde met mijn moeder, die weduwe was, bij mijn grootvader op zijn kleine boerderij in Frankrijk, in de Puy-de-Dôme bij Aubière, even ten zuidoosten van Clermont-Ferrand. Sophie en de tweeling kwamen in april 1941 bij ons. Nu ik oud ben, valt het me moeilijk me te herinneren wat ik indertijd wist en wat ik later heb gehoord. Ik was een onderzoekend meisje en vond het vreselijk om door de volwassenen buiten hun zaken te worden gehouden en als kind te worden behandeld, nog niet rijp voor vertrouwen. Indertijd werd me niet verteld dat Sophie en de kinderen joods waren, dat heb ik later gehoord. Er waren in die tijd in Frankrijk veel mensen en organisaties die joden hielpen, ondanks het grote risico, en Sophie en de kinderen werden door een christelijke organisatie gestuurd. Ik heb nooit gehoord hoe die heette. Indertijd werd me verteld dat ze een vriendin was die bij ons kwam wonen vanwege de bombardementen. Mijn oom Pascal werkte voor de heer Jean-Philippe Etienne op diens uitgeverij en drukkerij in Clermont-Ferrand. Ik denk dat ik indertijd wel wist dat Pascal in het verzet zat, maar ik weet niet zeker of ik wist dat meneer Etienne aan het hoofd van de organisatie stond. In juli 1942 kwam de politie om Sophie en de tweeling weg te halen. Zodra de politie kwam, stuurde mijn moeder me naar de schuur waar ik moest blijven tot ze me zou roepen. Ik ging naar de schuur, maar sloop terug om te luisteren. Ik hoorde geschreeuw en de kinderen huilden. Toen hoorde ik een auto en een vrachtwagen wegrijden. Toen ik ons huis weer binnenkwam, huilde mijn moeder ook, maar ze wilde me niet vertellen wat er was gebeurd.
Die avond kwam Pascal op bezoek en ik sloop de trap af om te luisteren. Mijn moeder was kwaad op hem, maar hij zei dat hij Sophie en de tweeling niet had verraden, dat hij mijn moeder en grootvader niet in gevaar zou hebben gebracht, dat het meneer Etienne moest zijn geweest. Ik heb nog vergeten te zeggen dat het Pascal was die de papieren voor Sophie en de tweeling had vervalst. Dat was zijn taak in het verzet, maar ik denk niet dat ik dat toen al wist. Hij zei tegen mijn moeder dat ze niets moest doen

367

en niets moest zeggen. Daar waren redenen voor. Maar de volgende dag ging mijn moeder naar meneer Etienne en toen ze terugkwam, sprak ze er met mijn grootvader over. Ik geloof dat het geen van beiden kon schelen of ik het hoorde of niet. Ik zat stilletjes in de kamer te lezen tijdens hun gesprek. Ze zei tegen mijn grootvader dat meneer Etienne had toegegeven dat hij Sophie aan de autoriteiten had verraden, maar dat het noodzakelijk was geweest. Omdat hij werd vertrouwd en omdat zijn vriendschap op prijs werd gesteld, zou zij niet worden gestraft voor het verlenen van onderdak aan joden. Dankzij zijn relaties met de Duitsers was Pascal niet als dwangarbeider afgevoerd. Hij had mijn moeder gevraagd wat belangrijker was: de eer van Frankrijk, het behoud van haar familie of drie joden. Daarna werd niet meer over Sophie en de tweeling gesproken. Het was alsof ze niet hadden bestaan. Als ik ernaar vroeg, zei mijn moeder alleen: 'Het is afgelopen. Het is voorbij.' Het geld van de organisatie bleef komen, al was het niet veel, en mijn grootvader zei dat we het moesten houden. We waren erg arm in die tijd. Ik geloof dat iemand anderhalf jaar nadat Sophie en de kinderen waren weggehaald, schriftelijk navraag heeft gedaan, maar dat mijn moeder heeft teruggeschreven dat de autoriteiten argwaan hadden gekregen en dat Sophie naar vrienden in Lyon was gegaan en dat ze het adres niet wist. Daarna kwam er geen geld meer.

Ik ben de enige overlevende van mijn familie. Mijn grootvader is in 1946 gestorven en mijn moeder een jaar later, aan kanker. Pascal is in 1954 met zijn motorfiets verongelukt. Na mijn trouwen ben ik nooit meer in Aubière terug geweest. Ik kan me van Sophie en de kinderen verder niets meer herinneren, behalve dat ik de kinderen erg miste toen ze weg waren.

Deze verklaring was gedateerd op 18 juni 1989. Dauntsey had er ruim veertig jaar vrije tijd aan besteed om het bewijs te vinden dat de doorslag gaf. Maar hij was nog verder gegaan. Het laatste document dateerde van 20 juli 1990 en was opgesteld in het Duits, opnieuw met vertaling. Hij had een van de Duitse officieren in Clermont-Ferrand opgespoord. In kale zinnen en officiële taal had een oude man, die nu met pensioen was en in Beieren woonde, gedurende enkele ogenblikken een klein incident uit een half herinnerd verleden opgehaald. De waarheid van het verraad werd bevestigd.

Er restte nog één envelop. Daniel maakte die open en vond een zwart-wit foto, ruim vijftig jaar oud en een beetje vaal geworden, maar het beeld was nog goed te onderscheiden. Het was een amateurkiekje van een glimlachend meisje met donker haar en vriendelijke ogen; ze had haar arm om haar kinderen geslagen. De kinderen drukten zich ernstig tegen hun moeder aan en staarden met grote ogen naar de camera, alsof ze beseften hoe belangrijk dit ogenblik was, dat het klikken van de sluiter hun broze sterfelijkheid voor altijd zou vastleggen. Hij bekeek de achterkant en las: 'Sophie Dauntsey. 1920-1942. Martin en Ruth Dauntsey. 1938-1942.'

Hij sloeg de map dicht en bleef een ogenblik als versteend zitten. Toen stond hij op en begon tussen de stellingen op en neer te lopen; af en toe liet hij zijn vuist tegen een van de metalen staanders neerkomen. Hij was ten prooi aan een gevoel dat hij als woede herkende, maar een ander soort woede dan hij ooit had ervaren. Hij hoorde een vreemd dierlijk geluid en wist dat hij hardop kreunde van pijn en ontzetting. Het kwam niet bij hem op het bewijsmateriaal te vernietigen; dat kon hij niet en dat overwoog hij ook niet. Maar hij kon Dauntsey waarschuwen, hem laten weten dat ze al dichtbij waren en dat ze eindelijk het ontbrekende motief hadden gevonden. Het verbaasde hem even dat Dauntsey de papieren niet had opgehaald en vernietigd. Ze waren niet meer nodig. Geen rechtbank zou ze te zien krijgen. Ze waren niet gedurende een halve eeuw met zoveel geduld en nauwgezetheid verzameld om aan een rechtbank te worden aangeboden. Dauntsey was rechter en jury geweest, aanklager en eiser. Misschien zou hij de documenten hebben vernietigd als het archief niet op slot was geweest, als Dalgliesh niet had gemeend dat het motief voor de misdaad in het verleden lag en dat het ontbrekende bewijs schriftelijk bewijsmateriaal kon zijn.

Plotseling ging de telefoon, schril en gebiedend als een sirene. Hij verstarde, alsof opnemen en zich openstellen voor de lawaaiige banaliteiten van de buitenwereld fataal kon zijn voor zijn intense concentratie. Maar de telefoon bleef gaan. Hij liep naar het wandtoestel en kreeg de stem van Kate te horen.

'Wat duurde het lang voor je opnam.'
'Sorry. Ik stond met mappen in mijn handen.'
'Wil het een beetje, Daniel?'
'Ja. Ja hoor, het gaat wel.'
'We hebben bericht van het lab,' zei ze. 'De vezelsporen komen overeen. Carling is in de boot vermoord. Maar er zijn geen vezels aangetroffen op de kleding van de verdachten. Dat was ook te mooi geweest. Dus we zijn wel iets verder gekomen, maar niet veel verder. AD overweegt Dauntsey morgen een verhoor af te nemen - met taperecorder en onder cautie. Daar komen we vast niet verder mee, maar we zullen het moeten proberen. Hij zal niet bekennen. Niemand zal bekennen.'

Voor het eerst hoorde hij in haar stem iets vragends, een suggestie van

wanhoop. 'Heb je nog iets interessants gevonden?' vroeg ze.
'Nee,' zei hij. 'Niets interessants. Ik ga nu weg. Ik ga naar huis.'

62

Hij schoof de foto weer in de envelop en deed de envelop in zijn binnenzak en zette daarna alle mappen terug op de bovenste plank, ook de beige map. Hij deed het licht uit en sloot de deur achter zich. Claudia Etienne had de verlichting op de trap voor hem laten branden en terwijl hij naar beneden liep, deed hij de lampen een voor een uit. Beneden moest hij licht maken om iets te kunnen zien. Al zijn handelingen waren weloverwogen en plechtig, alsof elk ervan een unieke waarde had. Hij keek nog een keer naar het grote gewelfde plafond, dompelde de hal in duisternis, schakelde de alarminstallatie in, deed ten slotte het licht op de receptie uit en trok de deur van Innocent House achter zich dicht. Daarna sloot hij af. Hij vroeg zich af of hij er ooit weer binnen zou komen en glimlachte ironisch bij de gedachte dat hij, nu hij besloten had de onvergeeflijke trouweloosheid te begaan, de ultieme schennis, nog zo precies was in onbelangrijke dingen.

Achter de kleine zijramen van nummer twaalf was geen teken van leven te bekennen. Hij belde bij Dauntsey aan en keek omhoog, naar de donkere ramen. Er werd niet opengedaan. Misschien was hij bij Frances Peverell. Hij liep haastig naar Innocent Walk en op dat ogenblik zag hij, toen hij naar links keek, de crèmekleurige Rover van Dauntsey voor de garage wegrijden. Instinctief holde hij nog even door, maar hij besefte dat het zinloos was. Dauntsey zou hem niet horen; de motor en de auto op de keien maakten te veel lawaai.

Hij draafde naar zijn Golf GTi die in Innocent Lane geparkeerd stond en zette de achtervolging in. Hij moest Dauntsey vanavond nog spreken. Morgenavond was het misschien te laat. Dauntsey had een halve minuut voorsprong, maar dat kon cruciaal zijn als hij aan het einde van Garnet Road meteen kon afslaan, de Highway op. Maar hij had geluk. Hij zag de auto rechtsaf slaan, in de richting van de buitenwijken in Essex, niet naar het hart van Londen.

Zeven of acht kilometer lang hield hij zich op de Rover. Er was nog veel verkeer van naar huis rijdende mensen, een glinsterende, traag bewegende metaalmassa, en zelfs met handig inhalen en een rijstijl die eerder egoïstisch dan orthodox was, kwam hij niet snel vooruit. Van tijd tot tijd verloor hij het zicht op Dauntsey, maar zodra er wat minder verkeer op de weg was, vond hij hem terug. Daniel kon inmiddels wel raden welke bestemming Dauntsey voor ogen stond. Met elke kilometer nam zijn zekerheid toe en toen ze de A12 naderden, twijfelde hij niet meer. Maar bij elk stoplicht, elke vertraging, elk weggedeelte zonder verkeer bleven zijn gedachten geconcentreerd op de twee moorden die hem tot deze achtervolging en zijn besluit hadden gebracht.

Hij zag het hele plan nu in al zijn brille, in zijn aanvankelijke eenvoud. De moord op Etienne had op een ongeluk moeten lijken en was weken, misschien wel maandenlang voorbereid; het ideale ogenblik was geduldig afgewacht. De politie had steeds beseft dat Dauntsey de voornaamste verdachte was. Niemand kon zo ongestoord in het archiefkamertje werken. Hij had waarschijnlijk de deur op slot gedaan terwijl hij de kachel demonteerde, het voeringmateriaal in de schoorsteen verder verbrokkelde en de kachel weer installeerde met een verstopte afvoer. Het raamkoord was wekenlang telkens sleetser gemaakt. En hij had de meest geschikte dag voor de moord gekozen, een donderdag: het was bekend dat Etienne dan in zijn eentje overwerkte. Hij had als tijdstip half acht gekozen, net voordat hij naar de Connaught Arms ging. Was dat een gelukkig toeval geweest, was die poëzielezing toevallig op de avond die hij had uitgezocht? Of had hij die avond gekozen juist omdat hij later uit eigen werk moest voorlezen? Hij had gemakkelijk kunnen zorgen dat hij een andere afspraak had, maar het was steeds vreemd gevonden dat hij zich had laten overhalen tot die lezing uit eigen werk. Er waren verder geen bekende dichters en het was niet bepaald een manifestatie van grote literaire betekenis. Hij moest hebben gewacht tot hij ongemerkt Innocent House binnen kon glippen zodra alleen Etienne nog aanwezig was, en moest naar het archiefkamertje zijn geslopen. Maar zelfs als Etienne onverwachts uit zijn kamer was gekomen en hem had gezien, zou hij dat niet vreemd hebben gevonden. Waarom zou hij? Dauntsey had de sleutel, hij was een vennoot, hij had vrije toegang. Etienne zou denken dat hij, alvorens naar de Connaught Arms te gaan, nog een papier of papieren die hij nodig had wilde ophalen uit zijn kamer op de derde etage.

En daarna? De laatste voorbereidingen moesten ongeveer een uur eerder zijn getroffen. Daniel stelde zich elke handeling in volgorde voor. Dauntsey had de tafel en stoel uit de kamer verwijderd; het was belangrijk dat Etienne niet bij het raam zou kunnen. De kamer was schoongemaakt. Er mocht geen stof zijn waarin Etienne de naam van zijn moordenaar kon schrijven. Zijn agenda met vulpotlood was al gestolen voor het geval Etienne hem anders in zijn jasje of broekzak mee naar boven nam. Vervolgens had Dauntsey de gaskraan helemaal opengedraaid en de kraan verwijderd, zodat het gas kon uitstromen voordat het slachtoffer binnenkwam. Ten slotte was de bandrecorder op de vloer neergezet en ingeschakeld. Dauntsey had gewild dat Etienne wist dat hij zou sterven en dat hij niet kon ontsnappen, dat in dit vrijstaande, lege gebouw niemand zijn geschreeuw en bonken op de deur zou horen, een inspanning die zijn einde zou verhaasten, en dat zijn dood net zo onvermijdelijk was als wanneer hij in Auschwitz in de gaskamer was gedreven. Het was van het grootste belang dat Etienne zou weten waarom hij moest sterven.

Zo werd de omgeving ingericht voor de moord. Kort voor half acht had Dauntsey Etienne op zijn kantoor gebeld met behulp van het wandtoestel in de archiefruimte. Wat kon hij hebben gezegd: 'Kom direct boven, ik heb iets gevonden. Het is belangrijk.' Etienne was natuurlijk gekomen. Waarom niet? Terwijl hij de trap opliep, had hij zich misschien afgevraagd of Dauntsey erachter was gekomen wie de plaaggeest was. Het deed er weinig toe wat hij had gedacht. De stem moest dringend hebben geklonken, de boodschap moest intrigerend zijn geweest. Natuurlijk was hij naar boven gegaan.

De kamer was voorbereid, schoongemaakt en leeg. En daarna? Dauntsey moest hem bij de deur hebben opgewacht. Er konden hoogstens enkele woorden zijn gewisseld.

'Wat is er, Dauntsey?' Had zijn stem ongeduldig geklonken, een beetje arrogant?

'Het is hier, in het archiefkamertje. Kijk zelf maar. Er staat een boodschap op de bandrecorder. Luister maar, dan begrijp je het wel.'

En Etienne had verwonderd maar zonder argwaan het kamertje betreden waar de dood op hem wachtte.

De deur was snel achter hem dichtgedaan, de sleutel was in het slot omgedraaid. Sissende Sid was al tussen de mappen in de archiefruimte verstopt. Dauntsey had de slang tegen de drempel aan gelegd om te zorgen dat er geen ventilatie meer was door de kier onder de deur. Nu kon hij niets meer doen. Hij moest naar zijn poëzieavond.

Hij had om tien uur uit de Connaught Arms terug willen zijn om te doen wat hij moest doen. En hij zou zich niet hoeven haasten. De deur zou enige tijd moeten openstaan zodat het gas kon wegtrekken. Daarna moest hij de kraan weer op de gasleiding schuiven en de kamer weer inrichten als voorheen. De tafel en stoel moesten teruggezet worden, de documentenbakjes moesten weer op de tafel staan. Was er nog iets anders waaraan hij had moeten denken? Het zou verstandig kunnen zijn een map op de stapel te leggen, een map die Etienne had kunnen interesseren, iets waarvoor hij naar het archiefkamertje kon zijn gegaan: een oud contract, misschien iets dat met Esmé Carling te maken had. Dauntsey kon al eerder iets hebben opgediept en voor gebruik klaar hebben gelegd. Daarna moest hij zijn weggegaan; hij had de sleutel aan de binnenkant in het slot gestoken en de slang meegenomen.

Hij kon ongehaast te werk gaan en had in Innocent House waarschijnlijk een zaklantaarn gebruikt; in het archiefkamertje zou hij met een gerust hart het licht aan hebben gedaan. Hij moest naar Etiennes kamer om diens jasje over de stoel te hangen en de sleutels op tafel te leggen. Natuurlijk kon hij niet het stof op de schoorsteenmantel boven de kachel en op de vloer terugleggen. Maar zou het iemand zijn opgevallen dat er was schoongemaakt, als het van meet af aan een natuurlijke dood had geleken?

En de aanblik sprak voor zichzelf. Etienne had een map bestudeerd waarvan de inhoud kennelijk zijn interesse had. Hij was zeker van plan een poos aan het werk te blijven, want hij had zijn jasje en sleutels meegenomen. Hij had het raam dichtgedaan en daarbij was het raamkoord geknapt. Het lijk was waarschijnlijk met het bovenlichaam op de tafel gezakt of als het ware kruipend naar de kachel aangetroffen. Het enige raadsel zou zijn waarom hij niet had beseft wat hem overkwam en direct de deur had opengedaan. Maar een van de eerste symptomen van koolmonoxidevergiftiging was verwarring. Het zou een bijna volmaakt voorbeeld van een ongeluk met dodelijke afloop zijn.

Maar Dauntsey had pech gehad. Door de beroving, de in het ziekenhuis verspilde uren en de late thuiskomst waren al zijn plannen in het honderd gelopen. Toen hij eindelijk thuis was en Frances op hem wachtte, had hij razendsnel te werk moeten gaan, terwijl zijn weerstand gering was. Maar zijn verstand functioneerde nog. Hij had de badkraan minimaal opengezet, zodat het bad vol zou zijn wanneer hij terugkwam. Waarschijnlijk had hij haastig al zijn kleren uitgetrokken en alleen zijn ochtendjas gedragen; het had zijn voordelen om naakt het archiefkamertje binnen te gaan. Maar hij had moeten gaan, diezelfde nacht nog. Na zijn ongeluk zou het erg verdacht zijn als hij de volgende dag als eerste Innocent House betrad. Het allerbelangrijkste was het ophalen van het bandje, het belastende bandje dat hem als de moordenaar aanwees.

Etienne had naar het bandje geluisterd; die voldoening had Dauntsey in ieder geval gehad. Zijn slachtoffer had geweten dat hij niet aan de dood kon ontsnappen, maar had op briljante wijze wraak genomen. Hij had het bandje in zijn mond gedaan om te zorgen dat het zou worden gevonden. En daarna was hij al zo versuft geweest dat hij met behulp van zijn overhemd een einde had willen maken aan het uitstromen van het gas; daarmee was hij over de vloer gekropen tot hij buiten bewustzijn raakte. Hoe lang had Dauntsey erover gedaan om het bandje te vinden? Niet heel lang, kennelijk. Maar hij had de rigor in de kaak moeten forceren om erbij te kunnen en had beseft dat hij niet meer kon hopen dat de zaak als een ongeluk zou worden afgedaan. Had hij daarom de politie zo ijverig geholpen, opgemerkt dat de bandrecorder weg was en dat de kamer er zo schoon uitzag? Het waren omstandigheden waarover de politie verklaringen van anderen zou krijgen; voor de zekerheid kon hij maar beter de eerste zijn. En er was geen tijd geweest om meer te doen dan haastig de tafel en stoel terug te zetten. Hij had niet eens gemerkt dat hij de tafel verkeerd om had teruggezet, zodat de paperassen ondersteboven lagen, of dat er een veeg op de muur zat die aangaf dat de tafel was verschoven. En hij had geen tijd meer gehad om Etiennes jasje en sleutels te halen.

Wat moest hij doen aan de geforceerde kaak? Sissende Sid, de slang, moest hem hebben geïnspireerd. De slang lag voor de hand en het kostte geen tijd om hem te pakken. Hij hoefde hem alleen maar om Etiennes hals te doen en de kop in zijn mond te proppen. Hij had al een serie kwaadaardige grappen uitgehaald om het onderzoek te bemoeilijken voor het geval Etiennes dood niet als zelfmoord werd aanvaard. Hij had niet kunnen weten dat die ingeving van vitaal belang zou blijken.

Maar toen hij wegging, had hij Esmé Carlings blauwe gebonden manuscript zien liggen op de lage tafel in de receptie en had haar opgeprikte boodschap zien hangen. Hij moest een ogenblik in paniek zijn geraakt, maar dat kon niet lang hebben geduurd. Esmé Carling was stellig al weg geweest toen hij Etienne naar boven riep. Misschien was hij een ogenblik blijven staan om zich af te vragen of hij zou gaan kijken, maar had geconcludeerd dat het zinloos was. Ze was natuurlijk weg en had het manuscript en het briefje als uiting van protest achtergelaten. Zou ze naar de politie gaan om te vertellen dat ze in Innocent House was geweest, of haar mond houden? Eerder het laatste, moest hij hebben gedacht. Maar hij had besloten zowel het manuscript als het briefje mee te nemen. Dauntsey was een moordenaar die vooruit dacht, die zelfs de noodzaak had voorzien van haar dood.

63

Frances zweefde tussen bewustzijn en bewusteloosheid, kwam tot een doezelig begrip en zonk weer weg omdat haar verstand de gruwelijke realiteit afwees en weer vluchtte in de vergetelheid. Toen ze bij volle bewustzijn kwam, bleef ze enkele minuten heel stil liggen, waarbij ze nauwelijks ademhaalde, en vormde zich heel geleidelijk een beeld van haar situatie, alsof ze de werkelijkheid alleen met kleine stapjes tegelijk kon aanvaarden. Ze leefde nog. Ze lag op haar linkerzij op de vloer van een auto, onder een deken. Haar enkels waren geboeid en haar handen waren op haar rug vastgebonden. Ze had iets zachts in haar mond, haar zijden sjaal, dacht ze. De auto stopte af en toe en ze voelde een zachte duw toen er werd geremd. Ze stopten zeker voor rood licht. Dat betekende dat er verkeer was. Ze vroeg zich af of ze door te bewegen de deken van zich af kon schuiven, maar haar handen en voeten waren vastgebonden en ze voelde dat de deken te stijf was ingestopt. Ze kon wel haar lichaam energiek bewegen. Als er verkeer om hen heen was, kon een passerende automobilist die in de auto keek zich afvragen wat dat voor een dansende deken was. Zodra die gedachte bij haar was opgekomen, reed de auto door.

Ze leefde nog. Daar moest ze zich aan vastklampen. Als Gabriel van plan was geweest haar te doden, had hij dat gemakkelijk kunnen doen toen ze bewusteloos in de garage lag. Waarom had hij dat niet gedaan? Niet omdat hij haar genadig wilde zijn. Met Gerard, met Esmé Carling, met Claudia had hij ook geen genade gehad. De moord op Claudia moest net als de andere twee doorgaan voor een ongeluk of zelfmoord. Hij kon geen twee lijken in de garage laten liggen. Hij moest haar uit de weg ruimen, maar op een andere manier. Wat was hij van plan? Moest ze spoorloos verdwijnen? Een moord die Dalgliesh niet zou kunnen oplossen, omdat er geen lijk was? Ze herinnerde zich dat ze ergens had gelezen dat het niet noodzakelijk was over een lijk te beschikken om een moord te kunnen bewijzen, maar misschien besefte Gabriel dat niet. Hij was krankzinnig, hij moest krankzinnig zijn. Op ditzelfde moment vroeg hij zich misschien wel af hoe hij haar uit de weg zou ruimen, wat de beste manier zou zijn. Of hij naar de rand van een klip zou rijden en haar in zee zou laten vallen, of hij haar in een greppel zou begraven, geboeid en al, of in een oude mijngang zou opsluiten waar ze van dorst en honger zou omkomen, alleen, ergens waar ze nooit zou worden gevonden. Het ene schrikbeeld volgde op het andere en elk volgende beeld was gruwelijker dan het vorige. De gruwelijke val door de donkere lucht naar de beukende golven, de ver-

stikkende natte bladeren en aarde in haar ogen en mond, de verticale tunnel van de mijngang waar ze in claustrofobische doodsnood langzaam zou verkommeren.
De auto hield nu een gelijkmatiger tempo aan. Ze moesten zich uit de laatste tentakels van Londen hebben losgemaakt en een open landschap hebben bereikt. Ze zette al haar wilskracht in om zich te beheersen. Ze leefde nog. Daar moest ze zich aan vastklampen. Er was nog hoop, en als ze toch moest sterven, moest ze proberen moedig te sterven. Gerard en Claudia, geen van beiden gelovig, moesten moedig zijn gestorven, ook als het hun niet vergund was geweest om waardig te sterven. Wat was haar geloof waard als dat haar niet kon hélpen hetzelfde te doen?
Ze bad een akte van berouw, bad voor de zielen van Gerard en Claudia en ten slotte voor zichzelf en haar eigen behoud. De vertrouwde, troostende woorden gaven haar de geruststelling dat ze niet alleen was. Toen probeerde ze een plan te bedenken. Omdat ze niet wist wat hij met haar voorhad, was het moeilijk alternatieven te bedenken, maar één ding stond vast. Ze kon niet geloven dat hij sterk genoeg was om haar zonder hulp te dragen. Dat betekende dat hij op zijn minst haar enkels zou moeten losmaken. Ze was jonger en sterker dan hij en kon veel harder lopen. Als ze de kans kreeg, zou ze rennen voor haar leven. Maar wat er op het laatst ook gebeurde, ze zou niet om genade smeken.
Intussen moest ze zorgen dat haar ledematen niet te stijf werden. Haar handen waren op haar rug vastgebonden met iets zachts, misschien zijn stropdas of kousen. Hij was immers niet voorbereid geweest op een tweede slachtoffer. Maar hij had haar stevig vastgebonden. Ze kon zich niet bevrijden. Haar enkels waren nog steviger vastgebonden. Niettemin kon ze de spieren van haar benen spannen en ontspannen en zelfs die kleine voorbereiding op ontsnappen gaf haar kracht en moed. Ze hield zichzelf ook voor dat ze de hoop niet mocht opgeven dat ze zou worden bevrijd. Hoe lang zou James wachten voordat hij besefte dat ze verdwenen was? Het zou waarschijnlijk wel een uur duren voordat hij in actie kwam; aanvankelijk zou hij denken dat ze in het verkeer vastzat of dat de ondergrondse vertraging had. Maar daarna zou hij nummer twaalf bellen en, als daar niet werd opgenomen, Claudia's flat in het Barbican. Misschien zou hij zich dan nog niet echt zorgen maken. Maar langer dan anderhalf uur zou hij zeker niet wachten. Misschien zou hij een taxi nemen naar nummer twaalf. Als ze geluk had, hoorde hij misschien zelfs de stationair draaiende automotor in de garage. Zodra het lijk van Claudia was gevonden en Dauntseys afwezigheid was opgemerkt, zouden alle politiekorpsen naar deze auto moeten uitkijken. Aan dat idee moest ze zich vastklampen.

Hij reed nog steeds. Ze kon niet op haar horloge kijken en alleen gissen hoe laat het was en waar hij naar toe reed. Ze verspilde geen energie aan de vraag waarom Gabriel hen had gedood. Speculaties waren zinloos, alleen hij kon haar vertellen wat hem had bewogen, en misschien zou hij dat uiteindelijk ook doen. In plaats daarvan zou ze denken over haar eigen leven. Was dat niet uitsluitend een opeenvolging van compromissen geweest? Wat had ze haar vader anders geschonken dan een brave inschikkelijkheid die hem alleen maar had gestijfd in zijn ongevoeligheid en verachting? Waarom was ze zo gezeggelijk op de uitgeverij komen werken toen hij haar vroeg de contracten en rechten over te nemen? Ze kon het werk goed aan; ze was gewetensvol, methodisch en nauwgezet; maar het was niet wat ze zocht in het leven. En Gerard? In haar hart had ze geweten dat hij haar seksueel gebruikte. Hij had haar met verachting behandeld omdat ze zichzelf verachtte. Wie was ze? Wat was ze? Frances Peverell, gedwee, gedienstig, nooit een woord van protest, het aanhangsel van haar vader, van haar minnaar, van de uitgeverij. Nu haar bestaan misschien zijn einde naderde, kon ze pas zeggen: 'Ik ben Frances Peverell. Ik ben mezelf.' Als ze bleef leven en met James trouwde, kon ze hem als gelijkwaardige tegemoet treden. Ze had de moed gevonden de dood onder ogen te zien, maar dat was dan ook niet zo moeilijk. Duizenden mensen, en kinderen, deden dat elke dag. Het werd tijd dat ze de moed vond het leven onder ogen te zien.

En nu voelde ze een merkwaardige vrede. Af en toe bad ze, zei in gedachten een lievelingsgedicht op, keek terug op vreugdevolle ogenblikken. Ze probeerde zelfs te dommelen en zou zijn ingeslapen als de auto haar niet wakker had geschud. Gabriel reed over ruw terrein. De Rover bonkte, hing scheef, zakte in kuilen, hobbelde verder; ze gaf mee met de bewegingen. Er kwam een minder ruw stuk; waarschijnlijk een landweg. En toen stopte de auto en ze hoorde dat hij zijn portier opendeed.

64

In Hillgate Village keek James naar de pendule op de schoorsteenmantel. Het was achttien minuten voor acht, ruim een uur sinds hij met Frances had gebeld. Ze had er al kunnen zijn. Hij voerde nogmaals de korte berekening uit waarmee hij zich het afgelopen uur had beziggehouden. Er waren tien haltes tussen de Bank en Notting Hill Gate. Twee minuten per halte, twintig minuten rijden, vijftien minuten naar de Bank. Maar misschien was ze Claudia misgelopen en had ze een taxi moeten nemen. Dan nog kon het geen uur duren, ook niet in het spitsuur in het centrum van Londen, tenzij er iets bijzonders was gebeurd: een bommelding of een afsluiting. Hij belde opnieuw het nummer van Frances. Zoals hij verwachtte nam ze niet op. Hij probeerde Claudia nog een keer; opnieuw zonder succes. Het verbaasde hem niet. Ze kon naar Declan Cartwright zijn gegaan of naar de schouwburg of uit dineren. Het was niets bijzonders dat Claudia niet thuis was. Hij zette de radio aan om naar de plaatselijke zender te luisteren. Het duurde tien minuten voordat er een nieuwsflits kwam. Het was een waarschuwing voor een stremming op de Central Line. Er werd geen oorzaak opgegeven, wat waarschijnlijk betekende dat er een bommelding van de IRA was gekomen, maar vier haltes tussen Holborn en Marble Arch waren afgesloten. Dus dat was de verklaring. Het kon nog wel een uur duren voordat Frances kwam. Hij kon alleen geduldig op haar wachten.

Hij ijsbeerde door de voorkamer. Frances had een beetje last van claustrofobie. Hij wist van haar afkeer om de voetgangerstunnel naar Greenwich te gebruiken. Ze reisde niet graag ondergronds. Als ze niet meteen was vertrokken om hem bij te staan, zat ze daar nu niet vast. Hij hoopte dat er licht brandde in de ondergrondse, dat ze daar niet zonder blijken van solidariteit in het volslagen donker zat. En opeens kreeg hij een buitengewoon levensecht en verontrustend beeld van Frances: eenzaam stervend, in een donkere, afgesloten tunnel ergens ver van hem vandaan, onbereikbaar en alleen. Hij zette het idee als een morbide fantasie van zich af en keek weer naar de klok. Hij zou nog een half uur wachten en dan London Transport bellen om te vragen of de afsluiting was opgeheven en hoe lang het oponthoud zou duren. Hij liep naar het raam, ging achter de gordijnen staan, staarde naar de verlichte straat en probeerde haar door zijn wil te dwingen te komen.

65

Eindelijk zat Daniel op de A12, waar minder verkeer was. Hij hield zich aan de maximumsnelheid; het zou rampzalig zijn als hij door de verkeerspolitie werd aangehouden. Maar ook Dauntsey moest vermijden de aandacht te trekken, om niet te worden opgehouden. Wat dat betreft waren de voorwaarden voor beiden gelijk, maar zijn eigen auto was sneller. Hij vroeg zich af wat hij het beste kon doen zodra hij zijn prooi in zicht kreeg. Onder normale omstandigheden zou Dauntsey vrijwel zeker meteen de auto herkennen, en zou hij aan één blik genoeg hebben om te weten wie hij was, maar het was niet waarschijnlijk dat hij wist dat hij werd gevolgd. Hij zou niet uitkijken naar een achtervolger. Het zou het beste zijn te wachten tot het drukker was en hem dan in een verkeersstroom inhalen. En toen dacht hij voor het eerst aan Claudia Etienne. Ontzet besefte hij dat de mogelijkheid dat zij gevaar liep niet bij hem was opgekomen, omdat hij te zeer in beslag werd genomen door zijn voornemen Dauntsey te waarschuwen. Maar hij nam aan dat met haar alles in orde was. Hij had haar het laatst gezien toen ze zei dat ze naar huis wilde en ze moest inmiddels veilig thuis zijn aangekomen. Dauntsey reed voor hem uit in zijn Rover. Het enige gevaar dat hij zag, was dat ze had besloten om haar vader op te zoeken en nu ergens onderweg was naar Othona House. Maar dat was nog een reden om daar als eerste te willen zijn. Het was zinloos te proberen Dauntsey tegen te houden, hem in te halen en te beduiden dat hij moest stoppen. Dauntsey zou zich alleen door een overmacht tot stoppen laten dwingen. Daniel moest hem spreken, hem waarschuwen, maar in alle rust, niet door eerst zijn auto te rammen. De laatste scène in deze tragedie moest zich in vrede voltrekken.
Eindelijk kreeg hij de Rover in zicht. Ze naderden de afslag bij Chelmsford en het werd drukker op de weg. Hij wachtte zijn ogenblik af, voegde zich in de inhaalstroom en schoot de Rover voorbij.
Esmé Carling moest een paar moeilijke dagen hebben gehad na de ontdekking van het lijk. Ze moest hebben verwacht dat de politie langs zou komen met vragen over het briefje op het prikbord en het achtergelaten manuscript. Maar hij en Robbins waren met hun onschuldige vragen naar een alibi gekomen en dat alibi was verstrekt. Ze had zich heel goed gehouden, dat moest hij haar nageven. Hij had er geen moment een vermoeden van gehad dat er meer te ontdekken viel. En daarna? Wat voor gedachten waren er toen door haar hoofd gegaan? Had Dauntsey haar opgebeld, of had zij contact gezocht met hem? De laatste mogelijkheid was vrijwel zeker de juiste. Dauntsey had haar niet hoeven vermoorden

als ze niet had gezegd dat ze hem naar beneden had zien komen met de stofzuiger. Ook hij moest moeilijke ogenblikken hebben beleefd. Ook hij had het hoofd koel gehouden. Esmé Carling had niets gezegd en hij moest zich veilig hebben gewaand.

En toen kwam het telefoontje, het voorstel voor een ontmoeting, het verhulde dreigement dat ze naar de politie zou gaan tenzij haar boek werd uitgebracht. Het dreigement was natuurlijk ongefundeerd. Ze kon niet naar de politie gaan zonder te onthullen dat ook zij die avond in Innocent House was geweest. Ze had een even sterk motief om Etienne uit de weg te ruimen als wie dan ook. Maar zij was een vrouw wier verstand, hoe vernuftig, geslepen, listig en vasthoudend, op het maniakale af, het ook mocht zijn, zijn beperkingen kende. Logisch denken was niet haar sterkste punt, en uitzonderlijk intelligent was ze ook niet.

Wat zou Dauntsey hebben gedaan om haar tot die afspraak te verleiden? vroeg hij zich af. Had hij gezegd dat hij wist of vermoedde wie Etienne had vermoord en dat ze samen de waarheid konden ontsluieren en van een gezamenlijke triomf genieten? Waren ze ten slotte tot een voorlopig vergelijk gekomen: dat zij in ruil voor haar zwijgen het manuscript en de brief zou terugkrijgen en dat hij zou zorgen dat haar boek werd gepubliceerd? Ze had tegen Daisy Reed gezegd dat Peverell Press het nu wel moest uitgeven. Wie anders dan een van de vennoten kon haar die garantie hebben gegeven? Had hij zich in een kort gesprek als haar voorspraak en verlosser opgeworpen, of als deelgenoot aan de samenzwering? Ze zouden het nooit weten, tenzij Dauntsey het hun vertelde.

Eén ding stond vast: Esmé Carling was zonder angst naar die afspraak gegaan. Ze had niet geweten wie de moordenaar was, maar ze vertrouwde erop dat ze wist wie het niet kon zijn geweest. Zij was het bezoek in Etiennes kamer geweest toen het telefoontje kwam, en aanvankelijk had ze op zijn terugkeer gewacht. Toen ze ongeduldig werd, was ze naar boven gegaan, naar het archiefkamertje; toen ze uit de kamer van juffrouw Blackett kwam, zag ze Dauntsey met de stofzuiger de trap af komen. Voor de deur had ze de slang gezien en de stem gehoord. In het kamertje was iemand aan het woord. Het was geen dikke deur en waarschijnlijk had ze kunnen horen dat het niet de stem van Etienne was. Na de ontdekking van het lijk kon ze ervan overtuigd zijn dat Dauntsey in ieder geval onschuldig was. Ze had hem op de trap gezien toen Etienne nog leefde en in het archiefkamertje naar zijn moordenaar luisterde.

Hoe had hij zijn alibi voor de moord op Esmé Carling in elkaar gestoken? Natuurlijk: hij en Bartrum hadden tot de komst van de politie bij het lijk gewaakt. Had Dauntsey niet voorgesteld dat de vrouwen naar binnen zouden gaan, dat hij en Bartrum bij het lijk zouden blijven? Bij die gelegenheid moest hij zijn alibi hebben afgesproken. Maar het was merkwaardig dat Bartrum erin had toegestemd. Had Dauntsey hem steun beloofd om zijn baan te behouden? Had hij hem promotie aangeboden? Of was er een bestaande verplichting die moest worden nagekomen? Wat de reden ook mocht zijn, het alibi was verschaft. En de pub waarin ze elkaar een half uur later dan beweerd hadden ontmoet, was goed gekozen. Niemand in de Sailor's Return had geweten hoe laat de beide bezoekers precies waren binnengekomen in die grote, lawaaiige en drukke herberg.

De moord zelf kon niet moeilijk zijn geweest; het enige gevaarlijke ogenblik was het verplaatsen van de motorboot. Die was onontbeerlijk geweest; alleen in het veilige vooronder kon hij doden zonder van de kant of vanaf de rivier te worden gezien. Esmé Carling was een slanke vrouw en ze was niet zwaar, maar Dauntsey was zesenzeventig en het moest gemakkelijker zijn geweest haar aan de motorboot te hangen dan haar lichaam, levend of dood, over de glibberige watertrap te verslepen. De motorboot verplaatsen was niet echt riskant, als hij maar niet te veel gas gaf. De enige levende ziel in de nabijheid was Frances, en Dauntsey wist uit ervaring hoe weinig er in haar kamer van de rivier te horen was als de gordijnen dicht waren. En zelfs als ze de motor had gehoord, zou ze dan gaan kijken wat er aan de hand was? Het was immers een vertrouwd geluid. Maar na de moord moest de motorboot weer op de oude plaats liggen. Hij kon niet weten of ze in het vooronder geen sporen of microsporen had achtergelaten, zeker als er een handgemeen had plaatsgevonden. Het was belangrijk dat niemand een verband zou leggen tussen de motorboot en haar dood.

Ze was per taxi naar haar laatste afspraak gegaan. Dat moest Dauntsey hebben voorgesteld; hij moest ook hebben voorgesteld dat ze zich aan het einde van Innocent Passage zou laten afzetten. Hij moest in de donkere deuropening hebben afgewacht. Wat had hij tegen haar gezegd? Dat ze op het water ongestoord konden praten? Hij moest het manuscript en haar brief in het vooronder hebben klaargelegd. Wat zou er verder nog aan boord zijn geweest? Een touw om haar te wurgen, een sjaal, een riem? Maar hij moest hebben gehoopt dat ze haar schoudertas met lange riem zou dragen. Hij moest haar vaak genoeg met die tas hebben gezien. Terwijl hij strak voor zich op de weg keek, beide handen op het stuur, stelde Daniel zich de scène in de boot voor. Hoe lang hadden ze gepraat? Helemaal niet, misschien. Ze moest Dauntsey aan de telefoon al hebben verteld dat ze hem in Innocent House met de stofzuiger over de trap naar beneden had zien komen. Dat was belastend genoeg. Meer hoefde hij van haar niet te weten. Het zou het gemakkelijkst en het veiligst zijn geweest geen tijd te verspillen. Daniel stelde zich voor hoe Dauntsey een eindje opzij was gegaan en beleefd had gewacht terwijl zij als eerste aan boord ging, met de tas aan de riem over haar schouder. Dan de snelle ruk omhoog aan de riem, de val op de vloer van het vooronder, de maaiende ledematen en de oude handen die probeerden de leren strop te pakken te krijgen, terwijl hij hem met beide handen strak trok. Er moest nog minstens een seconde van afgrijzen en besef zijn geweest voordat een barmhartige bewusteloosheid haar gedachten voorgoed afgrendelde.

En dit was de man die hij wilde waarschuwen, niet omdat er nu nog een ontsnapping voor hem mogelijk was, maar omdat zelfs de gruwelijke dood van Esmé Carling maar een klein, onvermijdelijk onderdeel van een grotere en verder strekkende tragedie leek. Haar hele leven had ze raadsels verzonnen, het toeval misbruikt, feiten aan theorieën ondergeschikt gemaakt, haar personages gemanipuleerd, genoten van de gewichtigheid van indirect uitgeoefende macht. Het was haar tragedie dat ze uiteindelijk geen onderscheid meer had kunnen maken tussen fictie en het leven zelf.

Hij was Maldon al gepasseerd en naar het zuiden afgeslagen, over de B1018, toen hij verdwaalde. Hij was even op een parkeerplaats langs de weg gestopt om op de kaart te kijken, woedend om elk verspild ogenblik. De kortste weg naar Bradwell-on-Sea was linksaf de B1018 op en door de dorpen Steeple en St. Lawrence. Hij vouwde de kaart dicht en reed verder door het donkere, geteisterde landschap. Maar de weg, die breder was dan hij had verwacht, maakte twee keer een bocht naar links die hij zich van de kaart niet herinnerde, en een dorp was nergens te bekennen. Een instinct dat hij nooit had kunnen verklaren, gaf hem in dat hij naar het zuiden reed, niet naar het oosten. Hij stopte bij een kruising om op het bord te kijken en zag in het licht van de koplampen 'Southminster' staan. Op een of andere manier was hij op een langere weg terechtgekomen die verder naar het zuiden liep. De duisternis was zo dicht en dik als mist. Opeens schoven de wolken voor de maan vandaan en hij zag een pub langs de weg, gesloten en in verval; twee bakstenen huisjes met een flauw schijnsel achter de gordijnen; en een enkele door de wind vervormde boom met een snipper van een wit affiche dat op de bast was vastgeprikt en die fladderde als een gevangen vogel. Aan weerskanten van de weg lag een troosteloos landschap, gestriemd door de wind en onwezenlijk in het koude licht van de maan.

Hij reed verder. Aan de bochtige weg leek geen eind te komen. De wind wakkerde aan en trok stevig aan de auto. En daar was eindelijk de afslag rechts naar Bradwell-on-Sea en hij zag dat hij door de eerste huizen van een dorp naar een gedrongen kerktoren reed en een verlichte pub. Hij sloeg nogmaals af, naar het moeras en de zee. De auto van Dauntsey was nergens te bekennen en hij wist niet wie van hen als eerste bij Othona House zou zijn. Hij wist alleen dat dit voor hen beiden het einde van de reis zou betekenen.

66

Hij deed het achterportier open. Na de duisternis, de geur van benzine en haar eigen angst waren het maanlicht en de frisse lucht op haar gezicht als een zegening. Ze hoorde alleen het zuchten van de wind en zag alleen zijn donkere gedaante toen hij zich over haar heen boog. Zijn handen strekten zich naar haar uit en trokken aan de prop. Ze voelde zijn vingers even over haar wang strijken. Toen bukte hij zich om haar enkels los te maken. De knopen leverden geen problemen op. Als ze haar handen had kunnen gebruiken, had ze ze zelf kunnen losmaken. Hij hoefde ze niet door te snijden. Wou dat zeggen dat hij geen mes had? Maar ze maakte zich geen zorgen meer over haar veiligheid. Ze wist opeens dat hij haar niet hierheen had gebracht om haar te doden. Hij had andere zorgen die voor hem belangrijker waren.
Met een stem die net zo gewoon en vriendelijk klonk als de stem die ze kende en graag hoorde, zei hij: 'Frances, als je je omdraait, kan ik gemakkelijker bij je handen.'
Het had haar bevrijder kunnen zijn die dat zei, in plaats van haar ontvoerder. Ze draaide zich om en hij had maar een paar seconden nodig om haar te bevrijden. Ze probeerde uit te stappen, maar ze had stijve benen en hij stak haar behulpzaam zijn hand toe.
'Raak me niet aan,' zei ze.
Het klonk niet erg duidelijk. De prop had dieper gezeten dan ze dacht en ze had stijve kaken. Maar hij begreep het ook zo wel. Hij deed meteen een stap achteruit en keek toe terwijl ze zich naar buiten worstelde en oprichtte, steunend tegen de auto. Dit was het ogenblik waarvoor ze een plan had gemaakt, de kans om weg te lopen, het hinderde niet waarheen. Maar hij had haar de rug toegekeerd en ze wist dat ze niet hoefde te vluchten, dat wegrennen zinloos was. Hij had haar noodgedwongen meegenomen, maar ze vertegenwoordigde geen gevaar meer voor hem; ze was niet belangrijk meer. Hij was elders met zijn gedachten. Ze kon op

haar verkrampte benen wegstrompelen, maar hij zou het haar niet beletten en haar niet achtervolgen. Hij liep van haar weg, starend naar het donkere silhouet van een huis, en ze voelde de intensiteit van zijn blik. Dit was voor hem het einde van een lange weg.
'Waar zijn we?' vroeg ze. 'Wat is dat voor huis?'
Met beheerste stem zei hij: 'Othona House. Ik kom voor Jean-Philippe Etienne.'
Samen liepen ze naar de voordeur. Hij belde aan. Ze hoorde het rinkelen van de bel door het dikke eikehout van de deur heen. Ze hoefden niet lang te wachten. Ze hoorden het knarsen van de grendel, het omdraaien van de sleutel in het slot, en toen ging de deur open. Een gezette, bejaarde vrouw in het zwart tekende zich af in het licht op de gang.
'Monsieur Etienne vous attend,' zei ze.
Gabriel keek Frances aan. 'Ik geloof niet dat je Estelle kent, de huishoudster van Jean-Philippe. Maak je geen zorgen. Over een paar minuten kun je telefoneren om hulp. Estelle zorgt zolang voor je, als je met haar meegaat.'
'Niemand hoeft op me te passen. Ik ben geen kind. Je hebt me tegen mijn wil mee hierheen genomen. Nu ik hier ben, blijf ik bij je.'
Over een lange gang met een stenen vloer ging Estelle voor naar de achterkant van het huis en deed toen een stap opzij om te gebaren dat ze konden doorlopen. De kamer, kennelijk een studeervertrek, had een donkere lambrizering en het rook er nadrukkelijk naar verbrand hout. In de stenen schouw dansten de lekkende vlammen en het hout knapperde en siste. Jean-Philippe Etienne zat in een hoge oorstoel bij het vuur. Hij stond niet op. Tegen het raam, met het gezicht naar de deur, stond adjudant Aaron. Hij droeg een lammy jack dat de gedrongenheid van zijn gestalte versterkte. Hij zag heel bleek, maar toen er een houtblok verzakte en opvlamde, viel er even een rosse gloed over zijn gezicht. Hij had verwaaid haar. Hij moest net iets eerder zijn gekomen, dacht Frances, en zijn auto uit het zicht hebben geparkeerd.
Hij negeerde haar en richtte zich tot Dauntsey: 'Ik ben u achternagegaan. Ik moet u spreken.'
Hij nam een envelop uit zijn binnenzak, haalde er een foto uit en legde die op tafel.
Hij keek zwijgend naar Dauntsey. Niemand verroerde zich.
'Ik weet wat u hier wou komen vertellen, maar daarvoor is het te laat. U mag hier alleen nog luisteren.'
Pas nu leek Aaron zich bewust van Frances' aanwezigheid. Op bijna beschuldigende toon vroeg hij: 'Wat komt u hier doen?'
Frances had nog pijn in haar kaken, maar haar stem klonk beslist en goed

verstaanbaar. 'Ik ben hier met geweld naar toe gebracht. Geboeid en met een prop in mijn mond. Gabriel heeft Claudia vermoord. Hij heeft haar in de garage gewurgd. Ik heb gezien dat ze dood was. Waarom arresteert u hem niet? Hij heeft Claudia vermoord en de anderen ook.'

Etienne was overeind gekomen, maar nu liet hij een vreemd geluid horen, iets tussen gekreun en zuchten in, en liet zich in zijn stoel terugvallen. Frances haastte zich naar hem toe. 'Het spijt me, het spijt me, ik had het u voorzichtiger moeten vertellen.' Ze keek op en zag adjudant Aaron onthutst kijken.

Hij richtte zich tot Dauntsey en zei bijna fluisterend: 'Dus u hebt het afgemaakt.'

'U moet uzelf niets verwijten, adjudant. U had haar niet kunnen redden. Ze was al dood toen u wegging uit Innocent House.'

Nu richtte hij zich tot Jean-Philippe Etienne. 'Overeind, Etienne. Ik wil dat je erbij staat.'

Etienne richtte zich langzaam op uit zijn stoel en tastte naar zijn stok. Erop steunend kwam hij overeind. Het kostte hem kennelijk moeite om rechtop te gaan staan en misschien was hij gevallen als Frances niet was toegeschoten om haar arm om zijn middel te leggen. Hij zei niets, maar keek Dauntsey strak aan.

'Je kunt achter de stoel gaan staan om erop te steunen,' zei Dauntsey.

'Ik heb geen steun nodig.' Hij maakte Frances' arm los. 'Ik was alleen even stijf van het zitten. Ik ga niet achter de stoel staan als een verdachte voor de rechter. En als jij hier als rechter bent gekomen: ik dacht dat het gebruikelijk was om een pleidooi aan te horen en alleen tot strafoplegging over te gaan als het oordeel "schuldig" wordt uitgesproken.'

'Het proces heeft al plaatsgevonden. Ik ben ruim veertig jaar met het proces bezig geweest. Nu vraag ik je toe te geven dat je mijn vrouw en kinderen aan de Duitsers hebt uitgeleverd om in Auschwitz te worden vermoord.'

'Hoe heetten ze?'

'Sophie Dauntsey, Martin en Ruth. Ze gebruikten de naam Loiret. Ze hadden valse papieren. Je was een van de weinige mensen die dat wist, die wist dat het joden waren, die wist waar ze woonden.'

'De namen zeggen me niets,' zei Etienne kalm. 'Hoe kan ik die nog weten? Het waren niet de enige joden die ik aan Vichy en de Duitsers heb doorgegeven. Hoe zou ik me al die afzonderlijke namen moeten herinneren? Ik heb gedaan wat indertijd noodzakelijk was. Het leven van een groot aantal Fransen lag in mijn handen. Het was belangrijk dat de Duitsers het vertrouwen in me zouden behouden; anders was ik mijn toewijzing papier, inkt en zo meer kwijtgeraakt die ik voor mijn vlugschriften

nodig had. Hoe kan ik me na vijftig jaar een vrouw en twee kinderen voor de geest halen?'
'Ik kan dat heel goed,' zei Dauntsey.
'En nu kom je je wreken. Is de wraak nog zoet, na vijftig jaar?'
'Het is geen wraak, Etienne. Het is gerechtigheid.'
'Maak jezelf niets wijs, Gabriel. Het is wraak. De gerechtigheid vereist niet dat je me uiteindelijk komt vertellen wat je hebt gedaan. Je mag het wel gerechtigheid noemen als je dat liever is. Het is een zwaar woord; ik hoop dat je de betekenis ten volle beseft. Ik weet niet of dat bij mij wel het geval is. Misschien kan de aanwezige handhaver van de wet ons helpen.'
'Het betekent oog om oog en tand om tand,' zei Daniel.
Dauntsey staarde nog steeds naar Jean-Philippe Etienne. 'Ik heb niet meer genomen dan jij. Een zoon en een dochter voor een zoon en een dochter. Jij hebt mijn vrouw vermoord, maar de jouwe was al dood toen ik de waarheid onder ogen kreeg.'
'Ja, haar kon je met je toorn niet meer treffen. Of ik, met die van mij.'
De laatste woorden zei hij zo zacht dat Frances niet wist of ze ze echt had gehoord.
'Jij hebt mijn kinderen de dood in gejaagd, en ik de jouwe,' vervolgde Gabriel. 'Ik heb geen nazaten; jij zult er geen hebben. Na de dood van Sophie heb ik nooit meer van een vrouw kunnen houden. Ik heb niet de overtuiging dat ons bestaan hier een betekenis heeft of dat ons na de dood een toekomst wacht. Omdat er geen God is, kan er geen goddelijke gerechtigheid bestaan. Dus moeten wijzelf zorgen voor gerechtigheid, en wel hier op aarde. Het heeft me bijna vijftig jaar gekost, maar ik heb mijn gerechtigheid ten uitvoer gebracht.'
'Je had beter eerder in actie kunnen komen. Mijn zoon heeft zijn jeugd beleefd, zijn ontwikkeling tot jonge man. Hij heeft succes gekend, de liefde van vrouwen. Die heb je hem niet kunnen afnemen. Jouw kinderen is die ontwikkeling ontzegd gebleven. Gerechtigheid hoort snel te komen en doeltreffend. Gerechtigheid wacht geen vijftig jaar.'
'Wat heeft de tijd te maken met gerechtigheid? De tijd berooft ons van onze krachten, ons talent, onze herinneringen, onze hoogtepunten en zelfs ons vermogen te rouwen. Waarom zouden we ons door de tijd ook nog het gebod van de gerechtigheid laten ontnemen? Ik moest zekerheid hebben; ook dat was een noodzakelijke voorwaarde voor gerechtigheid. Het heeft me ruim twintig jaar gekost om de twee belangrijkste getuigen te vinden. Maar zelfs toen nog had ik geen haast. Ik had het geen twee jaar in de gevangenis uitgehouden en nu zal dat niet nodig zijn. Op je zesenzeventigste is niets ondraaglijk. Maar toen verloofde je zoon zich. Er kon een kind van komen. De gerechtigheid vereiste slechts de dood

van twee kinderen.'
'Is dit waarom je in 1962 bij die andere uitgeverij bent weggegaan en bij Peverell Press bent gekomen?' vroeg Etienne. 'Verdacht je me toen al?'
'Nog maar net. De lijnen van mijn onderzoek begonnen in één richting te wijzen. En je was wel blij met mij en mijn geld, als je dat nog weet.'
'Natuurlijk. Henry Peverell en ik meenden dat we een groot talent in huis haalden. Je had je energie voor je gedichten moeten bewaren, Gabriel, in plaats van je te verliezen in een uit je eigen schuldgevoel geboren obsessie. Dat je vrouw en kinderen niet uit Frankrijk weg konden komen, was jou nauwelijks te verwijten. Het was misschien onvoorzichtig ze in die tijd daar achter te laten, maar meer ook niet. Je was er niet meer bij en ze zijn omgekomen. Waarom heb je geprobeerd je schuldgevoel te lenigen door onschuldigen te vermoorden? Maar het vermoorden van onschuldige mensen is immers je kracht? Jij hebt deelgenomen aan het bombardement op Dresden. Ik heb niets gedaan dat zich laat vergelijken met de omvang van die verschrikking.'
Bijna fluisterend zei Daniel: 'Dat was iets anders. Dat moest gebeuren, hoe gruwelijk het ook was.'
Nu keerde Etienne zich tot hem: 'Dat was het voor mij ook: het moest gebeuren, hoe gruwelijk het ook was.' Hij zweeg even, en toen hij opnieuw het woord nam, hoorde Frances in zijn stem een nauwelijks verhulde triomf: 'Wanneer je als God wilt optreden, Gabriel, moet je vooraf wel zeker weten dat je de wijsheid en kennis van God hebt. Ik heb nooit een kind verwekt. Op mijn dertiende heb ik een virusinfectie opgelopen waardoor ik onvruchtbaar was. Mijn vrouw hunkerde naar een zoon en een dochter om haar moederschapsinstinct te bevredigen. Ik heb ervoor gezorgd dat ze er kwamen. Gerard en Claudia zijn in Canada geadopteerd en met ons meegekomen naar Engeland. Er bestaat geen bloedverwantschap tussen mij en de kinderen, noch tussen de kinderen onderling. Ik had mijn vrouw beloofd dat de waarheid nooit publiek bekend zou worden, maar Gerard en Claudia hebben het allebei op hun veertiende te horen gekregen. Op Gerard heeft het een ongunstig effect gehad. Beide kinderen hadden het veel eerder te horen moeten krijgen.'
Frances besefte dat Gabriel niet hoefde te vragen of het de waarheid was. Ze moest zichzelf dwingen naar hem te kijken, en op dat moment zag ze hem fysiek ineenstorten: de spieren van zijn gezicht en lichaam leken onder haar ogen krachteloos te worden. Hij was al een oude man, maar een man die over fysieke kracht, intelligentie en wilskracht kon beschikken. Nu verschrompelde hij voor haar ogen. Ze schoot toe, maar hij stak afwerend zijn hand uit. Met de grootste moeite dwong hij zichzelf te blijven staan. Hij probeerde iets te zeggen, maar kon geen woord uitbrengen.

Toen draaide hij zich om naar de deur. Geen van de aanwezigen zei iets, maar ze liepen achter hem aan de gang in naar buiten en keken toe terwijl hij naar de smalle rotsrand liep aan de rand van het moeras.

Frances ging hem achterna, haalde hem in en greep zijn jasje vast. Hij probeerde haar af te schudden, maar ze klampte zich eraan vast en hij was aan het eind van zijn krachten. Het was Daniel, die achter haar aan was gerend en haar vastgreep en tegen haar wil meetrok, bij hem vandaan. Ze probeerde zich los te rukken, maar zijn armen waren als ijzeren kluisters. Hulpeloos keek ze toe terwijl Gabriel zich verder in het moeras begaf.

'Je moet hem laten gaan,' zei Daniel. 'Je moet hem laten gaan.'

Over haar schouder riep ze naar de oude Etienne: 'Ga achter hem aan! Houd hem tegen! Zorg dat hij terugkomt!'

'En dan?' vroeg Daniel.

'Maar zo komt hij nooit bij de zee.'

Het was Etienne die naast haar kwam staan terwijl ze dat zei. 'Dat hoeft niet. De poelen zijn diep genoeg. Een man kan in een handbreed water verdrinken, als hij wil.'

Verstard bleven ze staan kijken. Frances had Daniels armen nog om zich heen. Opeens voelde ze zijn hart tegen het hare bonzen. De wankelende gedaante stak donker af tegen de avondhemel. De schim richtte zich op, viel en strompelde verder. De wolken schoven weg en in het volle maanlicht konden ze hem beter onderscheiden: af en toe viel hij, maar dan kwam hij weer overeind en leek zo groot als een reus, met geheven armen als in een vervloeking of laatst smekend gebaar. Frances wist dat hij alleen nog maar naar de zee wilde en hunkerde naar die uitgestrekte koude, steeds verder en dieper, om die laatste gezegende vergetelheid te bereiken.

Hij lag weer en nu stond hij niet meer op. Frances meende dat ze het maanlicht op de poel kon zien glinsteren. Bijna zijn hele lichaam lag onder water, leek het haar. Maar ze kon hem niet goed meer zien. Hij was een van de roerloze verhevenheden tussen alle pollen in het door de zee verzadigde moeras. Ze wachtten zwijgend af tot er geen beweging meer was. Hij was een onderdeel van het moeras en de nacht geworden. Daniel liet haar los en ze deed een stap bij hem vandaan. Het was volkomen stil. Uiteindelijk meende ze de zee te horen, een zacht ruisen, niet zozeer een geluid, als een polsslag in de windstille lucht.

Ze draaiden zich om naar het huis toen de nachtlucht in beweging werd gebracht door een trilling en een schor metaalgeluid dat snel overging in geratel. Hoog in de lucht verschenen de beide stralenbundels van een helikopter. Ze keken toe terwijl het toestel drie keer een rondje maakte alvorens naast Othona House te landen. Dus ze hebben Claudia gevonden, dacht Frances. James is zeker naar Innocent House gegaan om te kijken waar ze bleef.

Ze stond op enige afstand van de anderen toe te kijken en zag drie personen gebukt onder de verstrekkende rotorbladen vandaan rennen, zich oprichten en naderbij komen: commissaris Dalgliesh, adjudant Miskin en James. Etienne liep naar hen toe. In een groepje bleven ze samen staan praten. Laat Etienne het maar zeggen, dacht ze. Ik wacht wel.

Dalgliesh maakte zich los en kwam naar haar toe. Hij raakte haar niet aan, maar boog zich naar haar toe om haar in de ogen te kijken.

'Alles in orde?'

'Nu wel.'

Met een lachje zei hij: 'Binnenkort praten we verder. De Witt stond erop om mee te gaan. Het was het gemakkelijkst hem zijn zin te geven.'

Hij liep door naar Etienne en Kate en samen gingen ze naar Othona House.

Ik ben mezelf geworden, dacht Frances. Nu heb ik hem eindelijk iets te bieden. Ze vloog niet op hem af. Langzaam maar welbewust liep ze over het platgeslagen gras naar hem toe, naar zijn wachtende armen.

Daniel hoorde de helikopter wel aankomen, maar deed niets. Hij bleef op de richel staan kijken naar het moeras en de zee. Hij wachtte alleen en geduldig af toen Dalgliesh naast hem was komen staan.

'Had je hem al gearresteerd?'

'Nee, meneer. Daar kwam ik niet voor, ik wou hem waarschuwen. Ik heb hem niet eens onder cautie gesteld. Ik heb wel iets tegen hem gezegd, maar niet wat u zou hebben gezegd. Ik heb hem laten gaan.'

'Met opzet? Hij heeft zich niet bevrijd?'

'Nee, meneer. Hij heeft zich niet bevrijd.' Zo zachtjes dat hij niet kon weten of Dalgliesh het kon verstaan, voegde hij eraan toe: 'Maar hij is wel ontkomen.'

Dalgliesh draaide zich om naar het huis. Hij wist wat hij moest weten. Niemand ging naar hem toe. Daniel voelde zich in afzondering geplaatst, aan de rand van het moeras, aan de rand van de wereld. Hij meende een trillend schijnsel te zien, zo hel als fosfor, brandend en verschietend tussen de biezen en donkere poelen. Hij kon de brekende golfjes niet zien, maar hoorde wel de branding, een zacht altijd durend kreunen als een uiting van eeuwig verdriet. De wolken verschoven weer en de aan een kant geschoren maan, bijna vol, wierp zijn koude licht over het moeras en die verre, neergestorte gedaante. Hij voelde een schim naast zich. Hij keek opzij en besefte dat het Kate was. Met verbazing en meegevoel besefte hij dat ze een betraand gezicht had.

'Het was niet mijn bedoeling dat hij zou ontsnappen,' zei hij. 'Ik wist dat

hij niet echt kon ontsnappen. Maar ik kon het niet aanzien dat hij handboeien om zou krijgen, dat hij voorgeleid zou worden, dat hij in de cel zou moeten. Ik wilde hem de kans geven zijn eigen uitweg te zoeken.'
'Daniel, idioot die je bent,' zei ze.
Hij keek haar aan en vroeg: 'En hij?'
'AD? Wat denk je? O God, Daniel, en je was net zo goed op weg.'
'Etienne herkende de namen niet eens meer,' zei hij. 'Hij wist ternauwernood meer wat hij had gedaan. Hij voelde zich absoluut niet schuldig. Een moeder met twee kleine kinderen: ze bestonden niet voor hem. Niet als mensen. Een hond die uit zijn lijden moet worden geholpen had nog meer aandacht van hem gekregen. Hij beschouwde ze niet als mensen. De wereld kon wel zonder. Ze telden niet mee. Het waren maar joden,' zei Daniel.
'En Esmé Carling dan?' riep ze uit. 'Oud, lelijk, geen kinderen, alleen. Niet echt een goede schrijfster. Kon de wereld ook wel zonder haar? Goed, ze had niet veel. Een huis, het kind van een ander om de avonden mee door te komen, een paar foto's, haar boeken. Met welk recht heeft hij een einde aan haar leven gemaakt?'
'Je bent zo vol vertrouwen, Kate,' zei hij bitter. 'Je weet zo zeker dat je gelijk hebt. Het moet prettig zijn nooit voor een moreel dilemma te staan. Het strafrecht en de voorschriften: daar heb jij genoeg aan.'
'Er zijn dingen die ik zeker weet,' zei ze. 'Moord mag niet, dat weet ik zeker. Anders was ik toch niet bij de politie gegaan?'
Dalgliesh kwam naar hen toe. Op dezelfde toon die hij op bureau Wapping zou hebben aangeslagen, zei hij: 'De collega's van het korps Essex gaan pas na het aanbreken van de dag pogingen ondernemen om de man te bergen. Ik wil graag dat je Kate mee terugneemt naar Londen. Gaat dat lukken, denk je?'
'Zeker, meneer. Rijden is geen enkel probleem.'
'Anders kan Kate het stuur wel overnemen. De Witt en Frances Peverell gaan met mij mee terug in de helikopter. Die willen zo snel mogelijk naar huis. Ik zie jullie straks wel op bureau Wapping.'
Daniel bleef naast Kate staan tot de drie gedaanten zich bij de vlieger hadden gevoegd en in de helikopter waren gestapt. Brullend en met traag draaiende en toen tollende rotorbladen verhief het toestel zich en verdween uit het gezicht. Etienne en zijn huishoudster keken het aan de rand van de akker na. Het lijken wel toeristen, dacht hij bitter. Nog een wonder dat ze niet zwaaien.
'Ik heb binnen iets laten liggen,' zei Daniel.
De voordeur stond open. Ze liep met hem mee door de gang naar de kamer, achter hem om hem niet het gevoel te geven dat hij onder toezicht

was gesteld. In de kamer was het licht uit, maar het haardvuur wierp bloedrode vlammen op de muren en de zoldering en gaf een rossige glans aan de gepolitoerde tafel.

De foto lag er nog. Eén ogenblik was hij verbaasd dat Dalgliesh hem niet had meegenomen. Toen drong het pas tot hem door. Het maakte niets meer uit. Er zou geen proces komen, er hoefde geen bewijsmateriaal meer te worden aangeboden, het hoefde allemaal niet meer. Het deed er niet meer toe.

Hij liet de foto op tafel liggen, draaide zich naar Kate om en liep zwijgend met haar naar de auto.